鲍鹏山品水浒

鲍鹏山 著

中国民主法制出版社

图书在版编目（CIP）数据

鲍鹏山品水浒 / 鲍鹏山著. — 北京：中国民主法制出版社，2021.1

ISBN 978-7-5162-2339-0

Ⅰ. ①鲍… Ⅱ. ①鲍… Ⅲ. ①《水浒》评论 Ⅳ. ①I207.412

中国版本图书馆CIP数据核字（2020）第259303号

图书出品人：刘海涛
出 版 统 筹：石　松
责 任 编 辑：张佳彬　姜　华

书　　名 / 鲍鹏山品水浒
作　　者 / 鲍鹏山　著

出版·发行 / 中国民主法制出版社
地址 / 北京市丰台区右安门外玉林里7号（100069）
电话 /（010）63055259（总编室）　63058068　63057714（营销中心）
传真 /（010）63055259
http: // www.npcpub.com
E-mail: mzfz@npcpub.com
经销 / 新华书店
开本 / 16开　710毫米 × 1000毫米
印张 / 35.75　**字数** / 620千字
版本 / 2021年1月第1版　2025年10月第8次印刷
印刷 / 三河市宏图印务有限公司

书号 / ISBN 978-7-5162-2339-0
定价 / 88.00元

目　录

I　奇文水浒　安能不读

林冲篇

武松篇

李逵篇

鲁智深篇

宋江篇

奇文水浒　安能不读

毛泽东说,《三国演义》《水浒传》《红楼梦》，谁不看完这三部小说，不算中国人。[①]那么,《水浒》(《水浒》同《水浒传》，为方便行文，二者均有用）到底是一部什么样的书呢?“水浒”二字，到底又是什么意思呢?

《水浒传》——落草传

要解开这个谜团，可能还要到中国的另一部伟大作品中去寻找，这部作品就是《诗经》。“水浒”这个词，最早就出现在《诗经》中。

非常有趣的是,《水浒》一百零八将中第一个出场的人物是史进。关于史进这个名字，包括金圣叹在内的诸多评论家都试图揭示其含义。我想,“史进”就是“诗经”的谐音，暗示读者该到《诗经》中去寻找“水浒”的真正含义。

那么,“水浒”这个词出现在《诗经》的什么地方,又有着什么含义呢?《诗经·大雅·绵》:“古公亶父，来朝走马，率西水浒，至于岐下。爰及姜女，聿来胥宇。”意思是,古公亶父大清早骑着马,沿着西方的水滨,一直来到岐山下。他带着妻子姜氏，来寻找安居的地方。这几句诗不仅清晰地出现了“水浒”这个词，而且还暗含着另一个重要的词——梁山。

孟子对此历史有比较明确的说明。《孟子·梁惠王下》:“昔者大王居邠，狄人侵之。事之以皮币，不得免焉；事之以犬马，不得免焉；事之以珠玉，不得免焉。乃属其耆老而告之曰:‘狄人之所欲者，吾土地也。吾闻之也:君子不以其所以养人者害人。二三子何患乎无君?我将去之。’去邠，逾梁山，邑于岐山之下居焉。邠人曰:‘仁人也，不可失也。’从之者如归市。”

这段文字的意思是，过去太王住在邠地，狄人常来侵犯。太王用兽皮和丝绸来侍奉他们，但是不能免受侵犯；太王只好又用好狗、名马来侍奉他们，但也不能免受侵犯；于是，太王又用珠宝、玉石来侍奉他们，但还是不能免受侵犯。于是，太王召集邠地的长老，告诉他们:“狄人所要的，是我们的土地。我听说，君子不会让那些原本养活人的东西成为祸害人的东西。你们何必担

①陈晋著:《毛泽东与文艺传统》，中央文献出版社 1992 年版，第 107—108 页。

忧没有君主呢？我不能连累你们，我将要离开这儿。”他离开了邠地，越过梁山，在岐山脚下建筑城邑定居下来。邠地的人说：“这是一位仁人呀，不可以失去他。”于是，追随他的人成群结队像赶集一样。

我国古代研究《诗经》的著作《毛诗故训传》所记，与《孟子》一书的记载相差无几。我们注意到，这里提到了“梁山”。在中国，叫“梁山”的山，至少有六座，其中就有孟子提到的陕西乾县的梁山和《水浒》中提到的山东梁山。虽然这两个地方的梁山之间没有什么关系，但是，这并不妨碍作者借周太王被逼迁徙来提醒读者，“水浒”这个名称隐含的意思，就是被逼无奈、走投无路的人的安身之所。可以说，水浒，就是野草水洼之地，就是落草者的渊薮。

史进在大闹史家村后，避难少华山山寨，朱武劝他在山寨中落草，他说：“我是个清白好汉，如何肯把父母遗体来点污了？你劝我落草，再也休提。”什么叫“落草”呢？为什么梁山好汉中，很多人一开始都不愿意“落草”呢？清代程穆衡《水浒传注略·第二卷》：“落草，取弃掷之意。”落草就是落到野草上去了，有明珠暗投的意思。人们常说，落草为寇；又说，成者为王，败者为寇，所以，落草是失败者的下场，是失败者的去处。难怪《水浒》好汉中，一开始不愿意落草的，都是一些有地位有财力的人，像史进这样的地方财主，又涉世未深，对这个世界、世道还抱着淳朴的信任的年轻人，都不愿意落草。而李逵、时迁等出身低贱者，却绝无此担忧，因为他们本来就已经落在野草上了。

《诗经·小雅·北山》又说：“溥天之下，莫非王土。率土之滨，莫非王臣。”就是说，天下的土地，都是王的土地；天下的人，也是王的人。但是，这个天下的范围，也就到“率土之滨”，就是到土地消失、大水苍茫之处为止；水的那一边，就是被王抛弃的了，是不受王的恩惠保护的地方。所以，金圣叹认为：水浒，就是水的那一边。他解释说：“若夫耐庵所云水浒也者，王土之滨则有水，又在水外则曰浒，远之也。远之也者，天下之凶物，天下之所共击也，天下之恶物，天下之所共弃也。”

金圣叹此话的意思是，宋江之流，罪大恶极，为天下人共弃，所以，不能让他们住在王土，不能让他们住在我们身边，只能把他们抛弃到水浒边荒之处。

如果我们抛开金圣叹的主观倾向，单就这段文字来说，他的说法确有合理之处：天下之大，往往还真没有英雄们的安身立命之处。《水浒》英雄中，从史进到鲁达，到林冲，到杨志，到武松，人人都在寻找安身立命之所。但他们每个人最终都是一败涂地，不得不落草为寇。这难道不是王土之内，无立足之地吗？所以，他们都到这个边远荒芜之地来，寻求安身立命之所，在这里，他们找到了尊严与体面。这里固然不受王的恩惠与保护，但也不受王的约束和迫害。

这又要提到《诗经》中的一首诗。《魏风·硕鼠》："硕鼠硕鼠，无食我黍！三岁贯女，莫我肯顾。逝将去女，适彼乐土。乐土乐土，爰得我所。"

梁山，水浒，岂不就是落草人的乐土？汉语有一个词，叫"王道乐土"，其实，乐土往往不在王道所在的地方，恰恰在那王道不及的遥远的水浒。

因此，《水浒传》可以说是"落草传"。

《水浒传》——侠义传

林冲被逼上梁山的过程，一直被看作"官逼民反"的典型。它告诉我们，天下最凶险之地，乃是官场。体制之内，几乎是死门；而生门所在，恰是体制之外的江湖。水浒者，水滨也，王化之外也。即人之生门也。

我们看到，在梁山泊的水浒之内，只有亲热相称的"兄弟"，只有泛泛而称的"头领"，而没有什么高低贵贱、级别不同的官职。这不仅有别于大宋官场制度，也和模仿大宋政治制度的真正的造反者田虎、王庆、方腊不同。田虎自称"晋王"，王庆自称"楚王"，方腊自为"国王"，他们是要再建一个体制，再建一个王国，而梁山好汉们，要的是这个王化之外的"水浒"。

当然，这个世界的凶险，又岂止官场？《水浒》作者在刚刚写完林冲的可怜后，马上接着写杨志的故事。这第十一回（金圣叹本）的题目《梁山泊林冲落草　汴京城杨志卖刀》就很有意思：这边刚落草，那边又卖刀，一样写英雄可怜！真是一波未平，一波又起。

在杨志的故事里，压迫者不仅有高俅这样的政治流氓及其所代表的体制，甚至泼皮牛二也不给他活路。看杨志在东京闹市里被一个泼皮纠缠，最后不得不性起杀了他，从而身陷囹圄，被发配充军，给人莫名悲哀的感觉，哀叹这世界已无道到如此地步了。

被李贽称赞为文字"断有鬼神之助"的第二十回《虔婆醉打唐牛儿　宋江怒杀阎婆惜》中，作者写虔婆、阎婆惜"不惟能画眼前，且画心上；不惟能画心上，且并画意外"，这是对生活中人物真正深入了解之后才能写出的文字。中国古代的士大夫，从小就读圣贤书，皆是高头讲章，然后科举为官，更是官腔官调，其赋诗言志，亦是士大夫情怀，其作文载道，更是代圣贤之言。

事实上，要了解元明时代的中国，读士大夫的诗词、散文，远不如读小说。只有在小说里，才可以看到当时社会的真情况、风俗的真状态、道德人伦的真情形。像这一回写虔婆、写阎婆惜，不仅如金圣叹所说“写淫妇便写尽淫妇，写虔婆便写尽虔婆”，而且，还写尽市井人情世故，写尽口舌中的陷阱、言辞间的刀锋。金圣叹评此回阎婆惜的形象是“刁时便刁杀人，淫时便淫杀人，狠时便狠杀人”，有“狰狰食人之状”。原来，我们身边的人，我们依赖的人，也都是磨刀霍霍的谋杀者。

堂堂大宋，皇皇华夏，简直是杀人放火的所在！

落根在大宋，就是误落死地：

皇帝欺压人。

贪官污吏欺压人。

流氓地痞欺压人。

甚至，身边的人、枕边人，都欺人太甚！

如此，不逃往水浒，又能去哪里？

如果《水浒》照此写下去，会成为一部杰出的批判现实主义作品，但显然，后来成书的《水浒》比这更好。

《水浒》的字里行间布满了作者的情思：在苦难中，有浪漫；在泪光中，有笑容；在现实中，有理想。《水浒》不仅写了英雄的可怜，更写了英雄的可敬；不仅写出了人世的寒凉，也写出了这寒凉中的一丝暖意。

一百零八人，其社会身份，不过是强盗。其可贵者，其为人所首肯、心仪者，正是他们洒向人间的那一丝温暖。

金翠莲父女流落渭州街头，恶霸屠夫镇关西强占民女金翠莲，玩够了，又赶出门去，还诈称金翠莲欠他三千贯钱，逼金翠莲每日上街卖唱，为他挣钱。鲁达了解到这个情况后，怒火冲天，打死了镇关西，为百姓除了一害，并且出手相救，救金翠莲父女逃出了茫茫苦海。

这样的故事，是《水浒》中最动人的情节。《水浒》中有邪恶，亦有正义，且正义之遇邪恶，虽有冤抑或曲折，而终于获胜，所以报大仇，雪大耻，申大冤，令读者读之血脉偾张、攘臂欲斗。《水浒》中有镇关西，即有鲁提辖；有镇关西的欺男霸女，即有鲁提辖的三拳出手；有西门庆与潘金莲之杀武大郎，即有武二郎之屠潘金莲与西门庆；有高俅父子的斩尽杀绝，即有柴大官人的接济救助；有殷天锡，即有李逵；有牛二，即有杨志；有毛太公父子，即有顾大嫂夫妻。说白了，有朝廷，即有水浒；有官场，即有江湖；有风城春色，即有山东烟水寨。

《水浒》告诉我们，这世界虽然被封建统治者霸占着，但仍有出路，供无路可走之人奔逸，这就是水泊梁山。而梁山，就是这样一个平等理想的世界。

所以，《水浒传》，更是一部《理想国》、“侠义传”。

《水浒传》——兄弟传

林冲被陷害，刺配沧州，高俅随即安排董超、薛霸在路上结果林冲。在野猪林，林冲被绑了个结结实实，无法动弹，薛霸的水火棍往林冲脑袋劈将下来，林冲求饶不获允，自知必死，泪如雨下。就在这时，一条铁禅杖飞将来，把水火棍一隔，丢去九霄云外，接着跳出一胖大和尚，谁呢？鲁智深。面对受尽折磨的林冲，鲁智深开口俩字，便是“兄弟……”这时，谁的眼泪在飞？除了林冲，还有鲁达；除了鲁达，还有几百年来的读者。当我们被人遗忘，被人蹂践时，有谁能出手相救，并满含温情，叫我们一声“兄弟”？

是的，“兄弟”是《水浒》中最动情的两个字。武大对武松一口一声这么叫，直叫得人心惶惶，凄凄惨惨。武大被害，武松杀掉大嫂潘金莲、西门庆祭奠时，洒泪道：“哥哥灵魂不远，早生天界！兄弟与你报仇，杀了奸夫和淫妇，今日就行烧化。”又是哥哥，又是兄弟，且一场兄弟情就此了结，读得人阁泪汪汪。

最让人热血与热泪一起飞迸的是顾大嫂的一声“兄弟”。登州城外，山中出了伤人的老虎，官府拘集当地猎户，限期三天捕捉。过期不获，猎户将会受到严厉责罚。父母双亡、相依为命的解珍与解宝兄弟，在山上埋伏了三天三夜，终于用窝弓药箭射中了一只老虎，可是老虎却在药性发作之时，滚下山坡，滚到同乡里正毛太公的后园去了。毛太公让儿子毛仲义连夜将老虎抬到官府领赏，又与儿子毛仲义、女婿王正勾结节级包吉陷害二解兄弟，押在死牢，要取他两人性命。在读者绝望、哀叹之际，却绝地逢生牵扯出一个顾大嫂来。作为二解的表姐，这顾大嫂一得乐和的报信，得知二位表弟羁押大牢，早晚要被结果了性命，她“一片声叫起苦来”，可怜兄弟二人，可曾得到过什么人的怜惜与牵挂？什么人会因为他们的遭际而叫苦？

顾大嫂的一片叫苦声，是这死亡世界的一线生机！读者也就在心中叫一声“有救了”。

顾大嫂当即要连夜和丈夫孙新去劫牢。孙新却为了保险，提出要拉他的哥哥——登州兵马提辖孙立——下水。为了诈来大伯孙立一同劫狱救人，顾大嫂假说病重，骗得孙立来探视。孙立来到家里，见弟媳妇顾大嫂好好的，便问顾大嫂害的什么病，顾大嫂道："害些救兄弟的病。"

试问天下有几人还能生这样高尚的病？生这样感人的病？见孙立糊涂，顾大嫂道："伯伯，你不要推聋妆哑，你在城中岂不知道他两个是我兄弟，偏不是你的兄弟！"

"他两个"，何等亲热。他两个是我们的兄弟，他两个被人陷害，他两个身陷绝境，我们心中如何不痛？

大家商议已定，顾大嫂假作送饭，走到狱中。节级包吉呵斥她，她慢慢地向包吉靠近，待到近前，猛然掣出两把明晃晃的尖刀来，大叫一声："我的兄弟在那里？"

读《水浒》，读到这一句，谁能不热泪横飞？这是千古兄弟！千古顾大嫂！

是的，王法没了，清官没了，但是，只要兄弟还在，就还有活路。

解珍、解宝兄弟越狱了，获救了，而劣绅毛太公父子，贪官王正、包吉，受到了应有的惩罚。

"兄弟"一词，在《水浒传》里熠熠生辉！这个词的分量，从没有像在《水浒》中那么重，那么引人唏嘘。赛珍珠的英文版《水浒传》，题目就叫"All Men Are Brothers"（四海之内皆兄弟）。

是的，"兄弟"是《水浒》中最动情的两个字。

可以说，《水浒传》，还是"兄弟传"。

《水浒传》——英雄传

这些讲义气、爱兄弟、怜弱小、护善良的人们，他们原先生活在这个社会的各个不同的角落，有不同的身份、地位、教养、社会关系，但或遭际变故，或因缘际会，最终都聚集在梁山泊。

他们各有各的不幸，各有各的痛苦，各有各的仇恨，各有各的无奈。他们是什么人？他们是落草人。

这个社会正常、合法的生活，他们已经无法分享；这个社会的正常体制，他们已无法进入；这个社会的体面的餐桌边，已经没有了他们的位子和餐具，他们都是被抛弃的人、被迫害的人，但是最终他们没有自暴自弃，自甘堕落，他们没有被逼成侏儒，没有被逼成奴才，没有被逼成废物。恰恰相反，他们被逼成了英雄。

明代以来，《水浒传》就与《三国演义》《西游记》《金瓶梅》并称“四大奇书”，它们代表了中国古代小说的最高成就。到清代乾隆年间，《红楼梦》盛行，超过以上四本，尤其被文人称道。但是“惟细民所嗜，则仍在《三国》《水浒》”。（鲁迅《中国小说史略》第二十七篇）

为什么普通百姓最喜欢《三国》《水浒》呢？很简单，这两部书体现了老百姓的心情，表达了老百姓的愿望。《三国》写的是老百姓心目中的明君贤臣；《水浒》写的是老百姓心目中的侠客义士。

中国古代的老百姓，命运不在自己手里。掌握他们命运的，是皇帝以及各级衙门官吏。所以，他们特别向往明君贤臣、清官廉吏。

但是，这个愿望往往不能实现，出现在他们面前的，常常是昏君奸臣和贪官污吏。《水浒》所写的时代，就正是这样的时代。一个昏君，宋徽宗；四个贼臣：高俅、蔡京、童贯、杨戬，他们“变乱天下，坏国，坏家，坏民”。在他们下面，各级官府衙门里，满目皆是贪官污吏。

于是，老百姓就只能寄希望于侠客义士。

官府不能保障的，只好靠民间；公权不能维护的，只好靠私力。

他们希望能有侠客横空出世，从天而降，解救他们。

甚至，他们也希望自己拥有一份抗暴的力量，既能保护自己，还能保护自己的亲人，保护一切他们看到的受到欺压的人。路见不平，拔刀相助，是很多善良的中国普通百姓的善良愿望。

所以，我们看到，《水浒》中的侠客义士，不是从天而降的，他们原来就是细民，就是芸芸众生，就是被人欺压而无处诉说的苦人。他们在黑暗势力的压迫欺凌下，一忍再忍，一退再退，最后无处可退，无路可走，于是上演绝地反击——“撞破天罗归水浒，掀开地网上梁山”，由任人宰割的细民，变成横行江湖的英雄。他们不但掌握了自己的命运，还能在相当程度上影响他人的命运，甚至国家的命运。

根据马斯洛的五个需求理论，人有五个层次的需求：生理需求、安全需求、归属需求、尊重需求和自我实现需求。

而梁山，全部满足了这些草莽英雄、江湖盲流的人生需求，不仅最低的生理需求、安全需求得到了保障，他们“不怕天，不怕地，不怕官司，论秤分金银，一样穿绸锦，成瓮吃酒，大块吃肉，如何不快活！”（阮小五语）而且，这些英雄还实现了归属需求和尊重需求，有了自己的群体、自己的组织，并在这个自己的群体中得到了尊重。在梁山泊内，大家互称兄弟。试想一想，当李逵、时迁、白胜、王定六、郁保四等原先社会闲杂人员、无业流民，能够和关胜、秦明这样的较高级军官，卢俊义、李应这样的大财主，柴进这样的金枝玉叶，宋江、吴用、公孙胜这样的人中豪杰互称兄弟，平等相处，他们获得的是多么大的心理满足！

当梁山好汉们最后接受朝廷招安时，甚至最高的成就感——自我实现——也得到了满足。所以，那个本来最有反抗性的李逵，在骗自己老娘时，也说："铁牛如今做了官。"招安后从征田虎，梦见老娘，对老娘哭着说："铁牛今日受了招安，真个做了官。"阮小二在征方腊时战死，小五、小七反过来安慰宋江："为国家大事，折了性命，也强似死在梁山泊，埋没了名目。"这更是一种精神的升华，与他们当初只求改变自身处境，博个丰衣足食相比，境界已经大不相同。

所以，《水浒传》，从根本上说，就是"英雄传"。

《水浒》中那些真英雄，体现了我们民族的阳刚气质，体现了我们民族的英雄精神。他们的行为和性格，展现了我们民族的血性与生气。

说英雄，叹英雄，我们就来说说《水浒》中那些顶天立地的好汉。

说说他们的性格，他们的命运，他们的心理，他们的人性。

说他们，也就是说时代，说文化，说社会，说人生。

从他们那里，我们看到的，不仅是他们，也是我们。

林冲篇

- ○泼皮太尉
- ○灾星当头
- ○瞒天过海
- ○冲冠不怒
- ○磨刀霍霍
- ○命悬一线
- ○流血之途
- ○心腹大人
- ○绝处逢生
- ○妒火焚心
- ○钱可使鬼
- ○委曲求全
- ○快意恩仇
- ○逼上梁山
- ○笑傲江湖

豹子头林冲

一 泼皮太尉

高俅，有诸多技能傍身，又会诗书词赋，为何最终不能成为有用之才？

开卷之人，发迹之路

《水浒》一百单八将中，可谓悲喜遭际，结局迥异。其中，鲁智深的结局是最好的，他一生轰轰烈烈，最后在杭州六和寺圆寂，获得了人生的真正大圆满；而相比之下，林冲的结局却算是最惨的：堂堂七尺男儿，既没有战死沙场，也没有册勋封赏，衣锦还乡，他一生追求，尽皆落空。在生命的最后岁月，林冲风瘫，只有独臂武松照料，境况冷清凄惨，最终在六和寺中落寞死去，全没有了鲁智深圆寂之时的哀荣。

我们对《水浒》的解读，将以悲剧人物林冲开始。那么，施耐庵笔下这个充满神秘和复杂的人物，走过了一段怎样的人生之路？最后又是一个什么样的结局呢？让我们走进作者笔下的字里行间，去深品林冲一生的跌宕起伏与无奈遭遇。

在开始解读林冲之前，那个一直横在作者笔下、第一个出场的关键人物——高俅是绕不过的。他和林冲的命运，甚至与梁山水泊英雄的整体命运息息相关，并且贯穿始终。一个泼皮如何会飞黄腾达，旋即成为太尉？一个太尉又怎么会如此泼皮？一个高俅又如何会成为《水浒传》的开卷人物？让我们一起走近高俅。

历史上，高俅是宋代实有的人物。但相关记载极其简略，《宋史》上没有他的专传。仅在《徽宗本纪》上有两条极为简略的记载，其中一条提到他在政和七年正月被任命为太尉，对其生平事迹，没有特别的褒贬揄扬，可见不是什么劣迹昭彰者。

《水浒传》中的高俅，大约脱胎于王明清的《挥麈后录》。王氏笔下的高俅是苏东坡书童，精通笔札，颇风流儒雅，因而深得东坡赏识，后来，归驸马王诜（字晋卿），又在驸马府上遭际端王，升官发达。但发迹之后，仍然不忘苏氏之恩，可见也不是很糟糕的人。

但《水浒传》作者却把高俅与蔡京、童贯、杨戬并列为“变乱天下，坏国，坏家，坏民”的“四个贼臣”；人们习惯上又把高俅列为“六贼”之一。作者把历史上的高俅加以改造，使之成为“乱自上作”的代表人物。也就是说，《水浒》的作者只不过是借高俅这个人物来表现当时朝廷昏聩、流氓当政的现实而已。

但是，《水浒》为什么单单选高俅来做这样的代表而不是比他更坏的其他人呢？实际上，选择高俅，正是看中了他在《宋史》中没有专传，记载简略。作者可以放手来编撰，因为这是小说啊。没有杜撰的自由，就不能充分展示作者的才华，更不能尽性表达作者的思想。所以作者不选蔡京，不选童贯与杨戬，正是这个原因。

《水浒》虽然开始于《张天师祈禳瘟疫　洪太尉误走妖魔》，但那种怪力乱神的写法不过是一个幌子，正如《红楼梦》从“女娲补天”说起，从大荒山无稽崖炼成的三万六千五百零一块顽石开始一样，都是“无稽之谈”和“荒唐之言”。《红楼梦》的真正开始是在姑苏城葫芦庙里。

《水浒》的真正开始，也不是什么张天师、洪太尉，而是东京开封府汴梁的那一个浮浪破落户子弟。金圣叹把从此开始的文字称作第一回，而把此前的文字移作楔子，是颇有眼光的。

金圣叹还在回前总批中说出了这样做的好处：“一部大书……先写高俅者，盖不写高俅，便写一百八人，则是乱自下生也；不写一百八人，先写高俅者，则是乱自上作也。”

按《水浒》的写法，高俅原是一个浮浪破落户子弟，姓高，排行第二，自小不成家业，只好刺枪使棒，最是踢得脚好气毬。于是，京师人也就不叫他高二，只叫他“高毬”，发迹后，才把毛字旁的“毬”改为人字旁的“俅”。毛字旁的毬就是“球”，而这个单立人旁的“俅”，在汉语里几乎没有什么意思，不能单独用。所以，我不知道宋代的这个太尉为什么偏偏起这个名字，按说他也是一个肚里有些墨水的人。

那么，《水浒》写的高俅，在发迹之前，是个什么样的人呢？《水浒》是这样写的：“这人吹弹歌舞，刺枪使棒，相扑玩耍，样样在行，而且还胡乱学诗书词赋。”按今天一般人理解的素质教育要求，他还真是一个高素质的人才，至少比《水浒传》中绝大多数好汉有文化素养。梁山好汉中大概只有一个浪子燕青具备他的诸多技能。

可是，他既有诸多技能与多方面知识，为何最终不能成为一个有用的人，反而成为一个坏家坏国的人？《水浒》接着写到了，他会这么多，却偏偏有一样不会。哪一样呢？

“仁义礼智、信行忠良。”

而这**“仁义礼智”，才是一个人的本质素养。一个人的素质，绝不仅仅在于是否身怀诸多技能以及脑袋中知识总量的多少，还在于他是否有是非心、羞耻心、恭敬心与辞让心。可悲的是，我们今天绝大多数人对素质教育的理解正是高俅式的教育，这是我不得不指出的。**

你看，特别看重吹弹歌舞、刺枪使棒、相扑玩耍、诗书词赋，把这当成了素质教育，而严重忽略人格教育，忽略仁义礼智的品德教育，忽略是非判断力的培育，不正是今天很多家长的通病？我真担心这样的教育只会培养出高俅式的人物。

泼皮帮闲，破落人户

高俅的职业是什么呢？是在东京城里城外帮闲。什么叫帮闲？

“帮闲”，就是有人闲，你去帮他打发这份闲，不是帮人干正事，而是帮人干闲事。用今天的话说，即帮人休闲。

什么人才有这样无聊的闲，而且还需要并且有能力供养一些人来帮他打发这份闲？

只能是有权有势有钱之辈。既是有权有势有钱之辈，他们需要的帮闲就绝不是陪着聊聊天、唠唠嗑这样简单的事情，而是需要有一些文化含量，所以，必须是高俅这样的，吹弹歌舞、诗书词赋一应俱会的人才行。

但是，如果就这样了，他高俅此生的最高境界也就是做一个豪门清客或者地主狗腿子，不会有太大的出息。但是，阴差阳错，他竟然碰到了当时最大的帮主，使他“最是踢得脚好气毬”的绝活派上了大用场。

这个帮主是谁呢？他就是皇帝宋徽宗。

宋徽宗是特别喜欢帮闲之人的皇帝，他重用的人，大都是帮闲出身：蔡京以书法帮闲，当上了太师；蔡攸以演小丑帮闲，当上了节度使、少保；王黼以唱小曲帮闲，当上了太傅；李邦彦善踢足球兼会演曲艺，自号“李浪子”，当上了尚书右丞；朱勔帮着建御花园，指挥运花石纲，当了节度使。

高俅帮闲帮到他那里了，要不发迹也难。但是，这高俅，只是一个社会底层的“下三烂”而已，他怎么会帮闲帮到皇帝老儿那里去了呢？他有什么绝活呢？

这是一个曲折而有意味的过程。对高俅而言，这个过程充满人生的起伏跌宕，令人感叹造化弄人。

高俅最初也只是帮王员外的儿子使钱。王员外是一个做生铁生意的财主，家里有的是钱，却有一个不成器的儿子。王员外会挣钱，他儿子会花钱，不会花钱也没关系，不是有高俅这样的人吗？高俅可以教他如何花钱，并陪着他一起花钱。每日三瓦两舍，风花雪月，要花钱还不容易吗？北宋已经是一个花钱很容易的时代了，看张择端的《清明上河图》就知道，那时的休闲方式已经是五花八门。

但这王员外挣钱不易，眼看自己的儿子被高俅这个破落户泼皮带着到处吃喝嫖赌，简直要破落他的门户了（“破落户”这个称谓，既有“破落之户”的意思，也有“破落人户”的意思。高俅不但自己是一个破落之家、流氓无产者，而且还要破落他人之家）。王员外岂能心甘？岂不心痛？岂不心恨？于是一纸状子告到开封府，告这个高俅坏人子弟，教唆人堕落。

开封府把高俅断了二十脊杖，迭配出界发放。什么叫脊杖？脊杖就是用特制的大杖杖打脊背。什么叫“迭配”？“迭配”就是流配、解送，在罪犯颈项上戴上重量不等的刑具——行枷，贴上封条，由专人押送至配所。这高俅被迭配出界，也就是说，押送出东京，注销东京户口。

《水浒》写到这里，专门有一句：“东京城里人民不许容他在家宿食。”可见东京人对这个流氓无赖的厌恶。

高俅这次帮闲失败，乃是因为他帮错了人。他帮的是生铁王员外的儿子，而不是员外本人，当老子还在时，儿子哪里有权支配家产呢？所以，帮闲，一定要帮能自由支配自己产业的、有实权有实钱的。这是他的教训。他后来再帮闲，就明白这一点了。

从我们这个角度看，高俅这次破落人家没有成功，以后破落国家却成功了，就是因为，这个生铁王员外对他的儿子有一个监督和约束。如果王员外的儿子没有了这个监督和约束，这王家的家业怕也早被他破落光了。而高俅后来竟然败国成功，就是因为宋徽宗上面再无监督和约束的人了。生铁王员外的儿子是王员外的儿子，宋徽宗是谁的儿子呢？是天子，也就是天的儿子。王员外会管自己的不肖儿子，天却不管他在人间的这个混账儿子。于是，这个混账儿子就把天下弄成了一本混乱账簿。

群小相聚，奸人沃土

这个被注销东京户口、遣送出境的家伙，到哪里去了呢？

高俅此时，上有官府判决出界流放的法令，下有百姓的人人喊打，他在东京是无处落脚了，只得去淮西，投靠一个开赌坊的闲汉柳大郎柳世权。你看，又是一个闲人，而且开着赌坊，有的是钱。并且，这次高俅有了教训，有了经验，不是帮闲柳大郎的儿子，而是帮闲柳大郎本人，所以，一举成功，一住三年。

这柳世权的名字很有意思，它暗示的是，这是一个权宜的世界、一个苟且的世界，而不是一个有是非曲直、光明磊落的世界。所以，这是一个特别适合小人生存的世界。**正是这个世界上讲原则的人太少，讲苟且讲权宜自保的人太多，才让高俅这样的小人步步为营，并且往往最终还一步登天。**

中国古代谚语里有害的有毒的所谓聪明太多，比如，有一句话叫“宁得罪君子，不得罪小人”，这是多么孱头自私、不负责任的处世格言！大家都照这样去做，岂不造成一个君子吃亏、小人得志的世界？信奉这样格言的人，岂不自己首先就已经成了小人？而且还造成了社会的小人文化，直至小人社会？

三年以后，宋哲宗心血来潮，玩大赦天下的游戏。古代皇帝常常在登基、更换年号、立皇后、立太子之时，宣布天下大赦以示恩宠。这种大赦效力很大：

一是涉及的人数多、范围大，往往使在某一范围内的罪犯一律获得赦免；

二是程度很深，它不仅免除刑罚的执行，而且使犯的罪也归于消灭，取消犯罪记录，亦即不再作为犯罪前科。

中国古代封建统治阶级玩这种大赦天下的把戏，一方面伪装自己以示仁慈，一方面却是对法律公正的严重破坏。这种大赦对罪犯确实是一种恩典，但对受害者，岂不是一种嘲弄和严重的不公？

哲宗的这次“德政”，未见得对一般百姓有什么好处，但首先解放了高俅这个破落户。他得到了大赦，要回东京来了。

柳世权除了给他一些盘缠之外，还为他写了一封推荐信，让他投奔自己的亲戚：开生药铺的董将仕。董将仕一见高俅，又见了柳世权的来书，心中寻思：这样的人留不得，但又撇不过柳大郎的面皮，于是便假装欢天喜地地留高俅在家歇宿，每日酒食款待。住了十余天，董将仕想出一个两全之策：拿出一套衣服，又写了一封信，打发高俅到小苏学士处去，话还说得好听："小人家下萤火之光，照人不亮，恐后误了足下。我转荐足下与小苏学士处，久后也得个出身。"一番话把高俅说得欢天喜地。

这小苏学士，就是苏东坡，这显然是从王明清的《挥麈后录》脱胎而来的。但既是苏东坡这样的人，又如何能安得下这等小人呢？所以他心里也在盘算："我这里如何安着得他？不如做个人情，荐他去驸马王晋卿府里，做个亲随。……他便喜欢这样的人。"于是，小苏学士又写了一封信，把他荐给王晋卿了。《水浒》把王诜称作小王都太尉，说他是哲宗皇帝的妹夫、神宗皇帝的驸马。这是错误的，王诜是娶了英宗的第二女魏国大长公主，应该是英宗的驸马、神宗的姐夫。王诜还真喜欢高俅这类人，所以，一见就喜。随即就收留高俅在府内做个亲随，出入如同家人一般。

这王诜王晋卿，乃是苏东坡的朋友。东坡先生与他的朋友王诜，一同入了《水浒传》，而且还是以这样一种不大体面的方式，在他们的官职前，加了一个"小"字，一个叫"小苏学士"，一个叫"小王都太尉"，与下面的"小舅端王"，形成"群小相聚"之势，也算是施耐庵对他们的一种调侃吧。金圣叹说，"小苏学士，小王太尉，小舅端王。嗟乎！既已群小相聚矣，高俅即欲不得志，亦岂可得哉！"

我们来看看高俅步步接近上层社会权力中心的过程。本来，他是一个过街老鼠，被逐出京师，东京城中人人嫌弃，不许他在家宿食。他到淮西一待三年，也就是个下层灰色人群中的一个小帮闲。

是什么给了高俅机会呢？朝廷的大赦令。这是一个很有寓意的细节。它暗示我们：是朝廷的政令，解禁了高俅这类邪恶人物，使他有机会飞黄腾达，然后坏国坏家坏民。

还不止这些。当高俅得到大赦后，是柳世权的一封信，把他推荐到东京，使他在这个所谓的首善之区有了立足之地。董将仕并不是善恶不分的人物，恰恰相反，他的精明足以让他区分善恶，但他的精明更能让他区分利害。在判断了自身利害之后，他把高俅推荐给了小苏学士。小苏学士也一样，又把他推荐给了小王都太尉。他们或是本分的小生意人，或是朝廷里体面的官僚，但他们都在作善恶、是非判断之后，又接着作了利害判断。

作善恶是非判断的是君子，作利害判断并把利害置于是非之上，就是小人了。他们知道高俅是个瘟神，但他们不是在自己手下解决了这个瘟神，阻断他的上升之路，而是恰恰相反，正如第十七回丢失了生辰纲的众军士所云："火烧到身，各自去扫；蜂虿入怀，随即解衣。"**他们从自身利害出发的考虑压倒了是非判断，个人的小算盘压倒了做人的大原则，小占了上风，大不见了，大人也就成了小人了。**所以，施耐庵把苏学士写成小苏学士，把王都太尉写成小王都太尉，端王写成小舅端王。

人，也就从打个人小算盘开始，从大人变成小人的。

在这个过程中，还有一点要注意。柳大郎把高俅推荐给董将仕，董将仕是不高兴的；董将仕把高俅再推给小苏学士，小苏学士也是不乐意的。他们都把高俅看成是不祥之物、不洁之人。但当小苏学士把高俅这样为下层人民普遍厌恶的人推荐给小王都太尉时，他竟然是"见了便喜"，而且很快就"出入如同家人一般"。到此时，对这个处处惹人厌、被人推的破落户，我们要恭喜他，他找到家了。

但这还不是他的最后归宿，他现在找到了家，他还会找到国呢！

红运当头，飞黄腾达

有一日，小王都太尉庆诞生辰，吩咐府中安排筵席，专请小舅端王。这端王是个什么人物呢？他与高俅的命运又会有什么关系呢？

《水浒》说，这小舅端王是神宗天子第十一子，哲宗皇帝御弟，十分聪明俊俏。可笑的是，他出身如此高贵，却是浮浪子弟门风，帮闲之事，无一般不晓，无一般不会，更无一般不爱。即如琴、棋、书、画，无所不通，踢球打弹，品竹调丝，吹弹歌舞，自不必说。这几乎又是一个高俅啊！

当日端王来王都尉府中赴宴，在书院里看见书案上一对儿羊脂玉碾成的镇纸狮子，爱不释手。王都尉很会拍马，便说道："再有一个玉龙笔架，也是这个匠人一手做的，却不在手头，明日取来，一并相送。"

次日，小王都太尉取出玉龙笔架和两个镇纸玉狮子，让高俅送去。高俅到端王宫中时，端王正在庭心里和小黄门踢气球，高俅不敢过去冲撞，立在从人背后伺候。我们常说，"足球是圆的，什么事情都有可能发生"。高俅以自身的经历充分证明了这句话的无比正确。当时，高俅站在观众后面，那个气球腾地起来，端王接个不着，向人丛里直滚到高俅身边。那高俅见气球来，也是一时的胆量，使个鸳鸯拐，踢还端王。这一招一下子折服了端王。

端王大喜，便问道："你是甚人？"高俅向前跪下道："小的是王都尉亲随，受东人使令，赍送两般玉玩器来，进献大王，有书呈在此拜上。"

端王此时哪里还要看什么玉器？眼前这个活的宝贝才让他惊喜。可见，这个端王，也是爱惜人才的呢，而且，他爱人才超过了爱钱财。

所以，端王不再理玉玩器下落，却先问高俅道："你原来会踢气球。你唤做甚么？"高俅叉手跪覆道："小的叫做高俅，胡乱踢得几脚。"端王道："好！你便下场来踢一回耍。"高俅拜道："小的是何等样人，敢与恩王下脚！"端王道："这是'齐云社'，名为'天下圆'，但踢何伤？"高俅再拜道："怎敢！"三回五次告辞，端王定要他踢，高俅只得叩头谢罪，解膝下场。才踢几脚，端王喝采。高俅只得把平生本事都使出来，奉承端王。

端王大喜，哪里肯放高俅回府去，就留在宫中过了一夜。次日，排个宴会，专请王都尉宫中赴宴。

都尉随即上马，来到端王府前，下马入宫，来见了端王。端王大喜，称谢两般玉玩器。入席间，端王说道："这高俅踢得两脚好气球，孤欲索此人做亲随如何？"王都尉答道："殿下既用此人，就留在宫中伏侍殿下。"

高俅自此跟随端王，每日寸步不离。我们又要"恭喜"高俅，他终于找到组织了。

一般人大概是不会想到，一个堂堂的端王，后来那个"圣德巍巍"的皇上，竟然也是一个"浮浪子弟门风帮闲之事，无一般不晓，无一般不会，更无一般不爱"之人。原来，那时的上层社会，却是这样的所在。这一点高俅大概也没有想到。

但高俅更不会想到，更大的红运在等着他。

二 灾星当头

没权的老虎，不过一只病猫；有权的老鼠，顶得上一头狮子。当权力因素加进来之后，一切都失去了重量。

螟蛉之子，花花太岁

上回讲到高俅这个泼皮破落户，因为品行不端，东京普通百姓人家不容，董将仕不留，小苏学士推托。奇怪的是，到了驸马那里，就高高兴兴地留了；到了端王那里，竟然主动要了。这一段叙述大有深意啊！深在哪里？深在它向我们展示了，像高俅这样的民间垃圾，越往上层社会走，越受待见；越往上层社会走，人们对他的态度也逐渐从暧昧转为明目张胆的赏识。

然而，高俅的红运并没有到头，还有更多的好事在等着他。

两个月不到，哲宗皇帝驾崩，没有太子，文武百官商议，册立端王为天子，这就是宋徽宗。现在，高俅的帮主成了皇帝，成了国家的领袖——朕即国家，国家即朕，我们又要祝贺高俅：他终于找到国了。

前面提到，这赵佶皇帝有一大爱好，谁能陪他玩儿，陪他消磨时光，他就让谁做大官。他以前踢球打弹，品竹调丝，吹弹歌舞，玩琴玩棋玩书画，现在开始玩国玩家玩人民。

徽宗皇帝登上宝座不到半年，就抬举高俅做到殿帅府太尉。关于太尉一职，有两种观点：一种说相当于首都卫戍区司令，一种说相当于国防部长。但不管怎么说，事实是一个人见人嫌的泼皮破落户，摇身一变，成了执掌国家军事大权的大人物，成了人五人六的上层人物。

这徽宗皇帝是宋代的“无厘头”，特别会搞笑：这高俅，你让他做个大宋国足球协会主席多好啊！却偏要他当国防部长。他能保家卫国吗？我看他这个国防部长，应该把“防”字改为“妨”，他是在毁我长城啊。

他是怎么毁我长城的呢？足球运动健将高俅一当上国防部长，就要杀武艺高强的王进王教头。王进算是明白人，当机立断，带着母亲出逃边关。王进是《水浒》中一个很有意思的人物，是一个突然而来又突然而去，并且自从与史进分别，一去即杳然的人物。《水浒》把他写成一个忠臣孝子的形象。所以，金圣叹说，“高俅来，而王进去。王进去，而一百八人来。”这就直接揭示出了，一百零八人与高俅的关系。

高俅上任后迫害的第二人，便是又一位八十万禁军教头林冲。迫害王进，是因为王进之父曾经把他一棒打翻，他要官报私仇。迫害林冲，又为了什么呢？高俅迫害林冲，其原因更是令人发指：他的养子高衙内看中了林冲的老婆。

说起他这个养子高衙内，倒也是好笑：原来却是他叔叔的儿子，也就是他的叔伯兄弟。因为自己没有亲儿子，就把这叔伯兄弟收作干儿子，辈分乱了。这当然是施耐庵的杜撰，故意把这小人写得毫无伦理。其实，历史上的高俅是有自己的儿子的。据《宋会要辑稿》卷七十九记载，高俅至少有三个儿子：高尧康、高尧辅和高柄，并且都因为老子权势而做了大官，就是没有什么干儿子。所以，我们说，《水浒》中的人物，在宋代，有不少是实有其人，但其事往往是出于虚构。

《水浒》是一部英雄传奇小说，与《三国演义》不一样，《三国演义》是历史演义，七分史实，三分虚构，史实占了重头，并且必须基本符合事实。所以，要讲《三国演义》必讲历史，而《水浒》则仅仅借了历史上一些人物的名头和大致事迹，主要都是作者凭空设想结撰出来的。就大的背景而言，当然是反映了那个时代，但就具体人物、事件而言，则可以也应该完全抛开历史不论。

这个由叔伯兄弟改造成的干儿子，高俅竟然特别爱惜他。这小子也仗着这个叔伯大哥兼养父的势要，在东京专一淫垢人家妻女，京师人谁敢与他争执？给他取了个名字叫“花花太岁”。

“衙内”一词，原来是唐朝禁卫官的简称。这类负责保卫皇宫的禁卫官一般由贵族子弟担任，所谓自己人，信得过。也正因此，后来就把有权有势的高官子弟叫作衙内，而古代高官子弟品行优良者不多，“衙内”一词就带有很大的贬义色彩，逐渐成为文学作品中的反面形象。我们举几个元杂剧中衙内出场时的自我介绍看一看：

关汉卿《望江亭》第二折：“花花太岁为第一，浪子丧门世无对。普天无处不闻名，则是我权豪势官杨衙内。”

高文蔚《燕青博鱼》：“花花太岁我为最，浪子丧门世无对。满城百姓尽闻知，唤做有权有势杨衙内。”

武汉臣《生金阁》第一折：“花花太岁为第一，浪子丧门世无对。闻着名儿脑也疼，只我有权有势庞衙内。”

你看，这些衙内，其最大社会功能，就是让别人“丧门”，让别人家破人亡。这里说的是杨衙内、庞衙内，却也就是高衙内。

京剧《艳阳楼》中有一个高登，可能就是高衙内的原型。高登出场也有四句自我介绍：“我父在朝为首相，亚赛东京小宋王。人来带马会场上，顺者昌来逆者亡。”

京剧《野猪林》第一回，高世德高衙内自我介绍：“我父权威似首相，威风凛凛在朝堂。人来带马会场上，顺者昌来逆者亡！”

一个小衙内就能让顺者昌来逆者亡。**顺者昌，逆者亡，是权力的基本特征。在这样情形之下，逆者亡了，剩下的自然都是顺民。**所以，鲁迅先生就认为，中国古代的封建社会培养的是奴才，是顺民，是看客。甚至当我们亡国之后，我们留给占领者的，除了子女玉帛，还有听话的顺民，让他们统治起来很顺心。

有一天，这花花太岁在酸枣门外岳庙里，见到了来上香的林冲娘子并其使女锦儿，他那惯常色眯眯的小眼就直了。按他一贯的做事风格，是“有条件要上，没有条件创造条件也要上”，更何况此时这小娘子身边只有一个丫鬟，天赐其便，他二话不说便上来调戏，纠缠着不放，一定要拉林冲娘子上楼去。这小子是个畜生，做事是直奔主题，连情调也不讲。

一边是太尉衙内，一边是两个弱女子。衙内身边一帮帮闲的流氓，弱女子身边只有一个使女。岳庙前当然有不少人，但有谁敢出面制止？看来，林冲娘子今日在劫难逃。

但是，就是这个不起眼的小姑娘锦儿在高衙内及其帮闲们的眼皮底下溜走了。其时林冲刚刚在邻近的相国寺菜园里结识鲁智深，二人一见如故，当即结交为兄弟，正在饮酒。锦儿慌忙来报知林冲，林冲撇下鲁智深，慌忙赶到岳庙，远远地就看见一个男人的背，那人正拦住他的老婆纠缠，一定要拉她上楼。林冲怒火万丈，从背后扳过那人，大喝一声：“调戏良人妻子当得何罪？”我们知道，中国古代特重男女大防，调戏有夫之妇，是大罪，所以林冲大喝此一声时，是义正词严的，是有所依仗的。他依仗的，就是法律，就是法律背后更强大的中国传统道德。

与《水浒传》中的英雄故事出现大约同期，中国历史上出现了为善行及恶行记分的表格，其中特别注意的就是性行为。高罗佩《中国古代房内考》认为，这是由于蒙古军队驻扎在内地，内地汉人特别注意保护自家女眷。所以，这类表格出现于元代，以后由明代学者编成，共有两种功过格。第一种，也是最为详细的功过格，是《十戒功过格》。其中讲到奸淫良家妇女，计为五百过。第二种功过格是《警世功过格》，对此更为严苛，“败一良家妇女节”记为一千过，“千过”就是死罪。

所以，林冲绝对拥有道德和法律的强大支持，他可以狠狠地教训这个竟然在光天化日之下调戏自己老婆的恶棍！

但是当他准备下拳打时，却先自手软了——因为他认出了这人乃是高衙内，是他顶头上司的养子。反而是高衙内对他大喝一声：“林冲！干你甚事，你来多管！”

在大街上公然调戏妇女，还气焰嚣张，他凭借的是什么呢？

林冲凭借的是道德与法律，不用说是他自己的老婆，即使是他不认识的人，他也有权对高衙内的行为予以制止。

但高衙内气势汹汹地质问林冲，也有他的凭借。他的凭借就是他那大堂兄兼养父高俅的权势。

所以，这一场冲突非常有寓意。

民间垃圾，甚嚣尘上

在那样的时代，什么最厉害？是道德法律，还是权势？是人的武功能力，还是人的地位？

显然，首先不是个人的武功能力，而是地位。凭个人能力，林冲打十个小衙内也不会有问题，小白脸从来不经打。小白脸最善于在女人堆里厮混，在男人这里，他们永远是弱者。

所以，弗洛伊德说，那些总是和女人扎堆的男人，实际上是借此躲避男人，因为他们害怕真正的竞争。高衙内实际上是最无出息的“高干子弟”，他本来可以利用他养父的权势，去做大官、发大财，现在却只能搞搞女人。一副好牌，在他手里却只玩出这个结果，实在是没有出息。

从弗洛伊德的心理学上讲，他实际上是对男人的世界深怀恐惧，并且毫无竞争的能力与意愿。我们看看《水浒》中提到的其他衙内：蔡京家的衙内蔡得章做了江州知府，女婿梁中书做了北京大名府留守，就是高俅的叔伯兄弟高廉，也做了高唐州的知州。他们一朝权在手，便把令来行，贪赃枉法，骄奢淫逸，害国害民，无恶不作，“出息”比高衙内大多啦。高衙内只是在京城里糟蹋几个良家妇女，混了个绰号“花花太岁”，实在没有斤两。如果不是背后有高太尉，这样的货色，根本不要林冲动手，一个街头巡逻的警察就可以把他拎到局子里去。

但是，问题就在这里：这个小混混、小白脸、小流氓是高太尉的养子，他自己一钱不值，就是个人渣，但是，他的背后，是权势！而背靠道德法律的林冲一见到背靠高太尉权势的小衙内，他的手先就软了。

什么才是硬的？权势！但这个世界如果都是这样怕权势，这世界多么令人气闷，多么令人绝望？当林冲忍下这口恶气，带着老婆、使女往外走时，他看见鲁智深提着禅杖，引着那二三十个破落户，大踏步抢入庙里来。

他又出了什么事呢？

林冲一见，叫道:“师兄那里去？”智深道:“我来帮你厮打！”不问前因后果，就来帮打架，真是好鲁智深。林冲赶紧拦住智深，告诉他:原来是我的上司高太尉的衙内，不认得我的老婆，一时无礼。林冲本待要痛打那厮一顿，太尉面上须不好看。自古道:“不怕官，只怕管。”林冲没办法，在他手下吃饭，权且让他这一次。鲁智深说:“你却怕他本官太尉，洒家怕他甚鸟！俺若撞见那撮鸟时，且教他吃洒家三百禅杖了去！”

我们说，林冲一生，只是一个怕字；鲁智深一生，只是一个不怕。这段对话，就是一个重要依据。老婆被别人调戏，林冲竟然能忍，能让，原因就是那人的养父是他的顶头上司。他说不怕官，只怕管，其实，不是官，谁能管你？所以，还是怕官。问题是，这不是林冲一人的悲剧，也不是林冲一人的性格。在权力社会里，它几乎是所有人的性格、所有人的悲剧。所以，**就文学形象言，如果鲁智深的形象是一个类型，而林冲的形象就是一个典型，他是所有这一阶层的典型代表。林冲的形象比鲁智深的形象更有社会深度。**

马克思说，专制政治就是侮辱人，不把人当人。当权力决定一切的时候，一切都会堕落，当权力决定我们命运的时候，如果我们不能逃离，像王进那样；或者脱离体制，像鲁智深那样，我们只有以人格堕落和个人尊严的丧失为代价才能获得可怜的生存权。**在林冲身上，我们看到了很多人的人生与性格，甚至看到了我们自己内心深处深藏的惧怕与懦弱。**

而且，这可怜的生存权，仍然是随时可以丧失的。林冲有一个贤淑美貌的妻子，自身有一身好武艺，他的理想，就是到边疆，一刀一枪，博个封妻荫子。他此时的生活是很圆满的。

圆满的生活应该有两个条件：

第一，现状是安逸的、从容的；

第二，还有更大的发展空间。

也就是说，圆满的生活不光包括现在的圆满，而且还包括未来更大的圆满。应该说，林冲在这两点上都有了。他家的侍女名字叫锦儿，就是一个很有寓意的名字，暗含着他的生活如锦上添花，美满幸福。

绝对权力，绝对腐败

但是，一个小小的花花太岁就能彻底地破碎林冲的生活，使他未来的前途破灭。这样的社会，不是太可怕吗？这样的生活，哪里有安全感？

问题还在于，越是没有安全感，越是要小心翼翼；而越是小心翼翼，便越是没有安全感。人们几乎生活在一个悖论之中，生活在一个恶性循环之中不能自拔，这是真实的轮回。林冲总想委曲求全，但委曲就能求全吗？委曲的结果往往使自己的空间越来越小，能腾挪的自由就越来越少，反抗与自卫的能力就越来越弱，而与此相应的，是社会对你的压迫越来越肆无忌惮。林冲忍了，让了，把高衙内放了，但高衙内能放过他吗？能放过他的娘子吗？

高衙内回到府中，几日烦闷，怏怏不乐。一般情况下，他看中的女子，总能弄到手，但这一回不同了，这个让他心跳的女人，竟然是林冲的老婆。林冲的武功好生了得，他十个衙内也不是林冲的对手。再说，林冲老婆待在家里，足不出户，怎样才能见得上呢？他思前想后想不出个办法。

众多闲汉来侍候，见衙内心焦，没撩没乱，都走了。只有其中一个叫作富安的，唤作“干鸟头”，不但明白衙内的心事，而且挑逗衙内的心事。

见衙内在书房中闲坐，那富安走近前去道：“衙内近日面色清减，心中少乐，必然有件不悦之事。”高衙内道：“你如何省得？”富安道：“小子一猜便着。”衙内道：“你猜我心中甚事不乐？”富安道：“衙内是思想那双木的。这猜如何？”衙内笑道：“你猜得是。只没个道理得他。”富安道：“有何难哉！衙内怕林冲是个好汉，不敢欺他，这个无伤。他见在帐下听使唤，大请大受，怎敢恶了太尉？轻则便刺配了他，重则害了他性命。”

这富安的话让我们看出了小人的可恶。但是，光看出小人可恶还不行，还要知道小人可怕。这个奸邪小人看出了林冲的软肋，看出了衙内的强项。

什么是林冲的软肋，什么是衙内的强项呢？林冲英武、豪杰，是个好汉，林冲一条花枪可以让高衙内死十回，但是，林冲有软肋，林冲的软肋就在于他无权，被人管；衙内肮脏、下流，是个孬种，十个衙内也敌不过一个林冲，但是，衙内有强项，衙内的强项就在于他有一个大权在握的养父，可以管人。

可见富安的可怕，是因为他看出了问题的关键：权力。而且他还能充分地利用权力。

当权力因素加进来之后，一切都失去了重量：因为权力是绝对的重量。在权力面前，强大的林冲不堪一击；有权力撑腰，被酒色掏空的衙内却战无不胜。没权的老虎，不过一只病猫；有权的老鼠，顶得上一头狮子。林冲是老虎，但那又怎样？他无权，轻则便刺配了他，重则要了他性命。

高太尉是泼皮，对的。但那又怎样？他有权，可以草菅人命，顺他者未必昌，逆他者必然亡。他的是他的，你的也是他的，不仅你的前途、命运是他的，你的人格、尊严也是他的，甚至你的生命都是他的。

可见，在绝对权力面前，人的生存权都不会存在，更不用说其他的权利。林冲有生存权吗？那要看高俅想不想让他生存。这就是那个时代、那个社会的现实。中国现在有些人很向往皇权时代，老是写小说、拍电视剧歌颂封建帝王，他们根本不知道那是一个连生存权都被皇帝老儿及其各级爪牙捏在手里的时代。看不到这一点，就看不出今昔的差别，就看不出我们今天的进步。

现在，基本形势已经明朗。按自然法则，高衙内绝无胜算的可能，他不论在人品、能力诸多方面，都远远不是林冲的对手。但是，经小人富安一分析，他才发现，原来他拥有百战百胜、战无不胜的绝对优势，这优势就是：他是太尉的养子。所以，把权力这一社会性的因素一加进去，林冲拥有的那一切，瞬间就变得毫无分量，他的优势几乎一下子就蒸发了，而高衙内却可以得意地奸笑着，为所欲为。

需要说明的是，**读《水浒》，要有道德的眼光，更要有穿越道德的眼光。对人对事，要有道德的判断，更要有超越道德的判断。要明白，很多问题，是人的道德问题；更要明白，很多问题，不仅仅是道德问题。**衙内人性之丑，必借助权力，方可成害，没有权力的后台，他怎敢碰林冲老婆？所以，并非衙内生来较一般人恶，而是权力使他的恶能够得逞。

君子尊重权力，而小人利用权力。看准了林冲和高衙内胜败必然趋势的小人们，必然会毫不犹豫地站到高衙内一边。高衙内在经过富安的分析和鼓励之后，更坚定了霸占林冲娘子的信心和决心。目标确定了，方法就是关键。高衙内最苦恼的，也就是没有一个好办法。不过，这一点他倒不用担心，办法总比困难多，而办法总是人想的，下流的办法是下流人想的。只要你身边有下流人，就不愁找不到下流的办法。而衙内眼前的这个下流人，实际上已经胸有成竹。他会给衙内献上什么主意呢？

三　瞒天过海

他的一条奸计，成于人性的缺点，却最终败于人性的优点。

江湖宵小，口蜜腹剑

高衙内要占有林冲的老婆，是没有什么好办法的。但是，不用担心，有权力的地方，一定有小人。在高衙内算计霸占林冲老婆的过程中，两个奸邪小人就起到了十分重要的作用。我们知道，小人总是聪明的，这两个小人分别为高衙内贡献了两条十分下流而恶毒的计策，使林冲一步一步走入深渊，家破人亡。

第一条计策是富安贡献的。富安实在可以用“人渣”这样的词来评价他。通过他对高衙内所说的话就可以看出，这是一个十分邪恶的人。是的，他邪恶、肮脏，但有智啊。我们知道，古代有地位人家的妇女，往往是足不出户的，像林冲娘子这样，刚刚受过惊吓和调戏，更不会随便出来，这就使高衙内无法见到她，也就无法得逞其奸。怎么办呢？

针对这一情况，富安给高衙内献上了一条计，我们可以把它称之为“瞒天过海”计再加“调虎离山”计。“瞒天过海”计是“三十六计”中的第一计，原文是这样的：“备周则意怠，常见则不疑。阴在阳之内，不在阳之对。太阳，太阴。”意思是，自以为防备周到，就会麻痹大意；情况很常见，就不会疑惑。阴谋就隐藏在公开的行动之中，与之一同进展，并不与公开的行动相对立。最公开的行动隐藏着最阴险的阴谋。

我们来看看富安的计谋。富安对衙内说：“门下知心腹的陆虞候陆谦，他和林冲最好。明日衙内躲在陆虞候楼上深阁，摆下些酒食，却叫陆谦去请林冲出来吃酒。”不过不是去陆谦家，而是把林冲带到别处吃酒。“小闲便去他家对林冲娘子说道：‘你丈夫教头和陆谦吃酒，一时重气，闷倒在楼上，叫娘子快去看哩。’赚得他来到楼上。妇人家水性，见了衙内这般风流人物，再着些甜话儿调和他，不由他不肯。小闲这一计如何？”

高衙内喝采道：“好条计！就今晚着人去唤陆虞候来分付了。”

我们看这条计，于高衙内果然是好，而且完全符合“瞒天过海”计的基本要素。林冲自那日受气后，不会再让老婆出来，这样的防备当然周全，但此时也往往容易麻痹大意，这就叫作“备周则意怠”。陆谦是林冲的好朋友，让陆谦去叫林冲吃酒，这叫“常见则不疑”。大摇大摆地请林冲出来吃酒，这就叫“太阳”，而里面包含着极大的阴谋，这就叫“太阴”。利用林冲对陆谦的信任，光明正大地请他出来，然后骗奸他的老婆，这又是一招“调虎离山”！小人之心，太歹毒；小人之计，太阴损！

但是，这条计虽然好，还有两个问题。因为，这条计涉及对两个人的品性判断：陆谦和林娘子。

由此，第一个问题就是：既然陆谦是林冲的好朋友，他会配合他们，一起陷害林冲吗？实际上，这条计的最高明之处，正在这个地方。简单地说，这条计最高明的地方还不是上面所说的那些陷阱的巧妙设计等，而在于对丑恶人性的准确把握和充分利用。

因为，这条计能否得以实施，关键的人物是陆谦，而陆谦则偏偏是林冲的好朋友。实际上，富安与高衙内在这里碰到了一个两难选择：不用陆谦，骗不出林冲；用陆谦，则陆谦是林冲多年的好朋友，很可能拒绝。

我们注意到，富安在寻思这条计策时，根本不把陆谦可能拒绝考虑在内，而高衙内也同样对陆谦能听从他们而对朋友落井下石深信不疑：“就今晚着人去唤陆虞候来分付了。”时间就在今晚，态度则是“唤”，如唤一条狗。让陆谦做这样缺德的事，根本不怕他犹豫，更不会和他商量，直接是“分付了”即可。

人们有没有注意到，这里面包含着富安、高衙内对陆谦个人道德的贬低与蔑视？对他良心与人格的鄙视？假如陆谦是个有道德良知的人，他一定会为此感到愤怒！但是，富安与高衙内根本就对陆谦的配合深信不疑。因为，他们知道，陆谦既是林冲的好友，更是高太尉的门下心腹人。在朋友和权势之间，陆谦一定会毫不犹豫地抛弃朋友，投入权势的怀抱。

陆谦会像他们想象的那样，做出这样下流又缺德的事吗？当富安把他的计策向陆谦和盘托出并要求他配合时，陆谦是答应，还是愤怒地拒绝？

果然，陆谦几乎没有一刻的犹豫就答应了富安、高衙内交给他的这样卑鄙下流的任务。“陆虞候一时听允，也没奈何，只要衙内欢喜，却顾不得朋友交情。”而这一点，又正在高衙内、富安的意料之中。这就证明了一点：**小人往往比君子更能判断人性，从而利用人性的弱点来达成自己的目的。**

陆谦的官职是虞候，根据《水浒》的描写，他显然不是“都虞候”这样级别较高的职位，而只能是将虞候、院虞候等低级武职，大概相当于科级到处级这样的级别，甚至只是官僚雇用的侍从。

在官言官，他要往上爬啊！富安、高衙内知道，他们有着陆谦不能拒绝的东西，而林冲那边，不过是所谓的交情罢了。

所以，这条计的最高明之处，就是对陆谦的判断，就是对人性丑陋一面的充分利用。

深交之友，叵测之敌

下面，我们就来看看，好朋友、好兄弟陆谦如何到林冲家里，把林冲骗走的。

（那几日）林冲连日闷闷不已，懒上街去。

（突然）听得门首有人叫道：“教头在家么？”林冲出来看时，却是陆虞候，慌忙道：“陆兄何来？”

陆谦道：“特来探望，兄何故连日街前不见？”

双方口口声声都是兄弟。二人果然是兄弟。

林冲道：“心里闷，不曾出去。”

既是兄弟，也不隐瞒。

陆谦道：“我同兄去吃三杯解闷。”

林冲道：“少坐，拜茶。”

两个吃了茶起身。

陆虞候道：“阿嫂，我同兄到家去吃三杯。”

阿嫂叫得亲热。鲁智深也叫阿嫂，陆虞候也叫阿嫂。我们就不明白了，同样是兄弟，做人的差距咋就这么大呢？

特意说明“到家去”。本是在掘一个大大的陷阱，却说得亲亲热热。

一个人，在陷害自己的朋友时，在利用朋友的信任而加害他时，怎么能做得如此面不改色心不跳，如此从容，如此坦然，如此冷血，如此心安理得？

林冲娘子赶到布帘下，叫道：“大哥，少饮早归。”

贤妻都是这样。赶到布帘下，叫道，可见林冲去得快，可见对陆虞候的信任。

林冲与陆谦出得门来，街上闲走了一回。

为何闲走一回？为了不去家，还为了不去家显得自然，不使对方觉得奇怪。

陆虞候道："兄，我们休家去，只就樊楼内吃两杯。"

林冲懵懵懂懂，悉听安排。他哪里知道，这样转转弯弯，都是阴谋呢？他哪里知道，他眼前的这个兄弟，是个十足的歹徒呢?!

当时两个上到樊楼内，占个阁儿，唤酒保分付，叫取两瓶上色好酒。希奇果子按酒。两个叙说闲话，林冲叹了一口气，陆虞候道："兄何故叹气?"

一个是一直蒙在鼓里，半天如同梦游；一个是一切了然于胸，却假装不明白。写小人之玩弄君子，写君子之愚拙可欺，施耐庵好大本领啊！

林冲道："陆兄不知！男子汉空有一身本事，不遇明主，屈沉在小人之下，受这般腌臜的气！"

这是什么话?"不遇明主"，是骂皇帝；"屈沉在小人之下"，是骂太尉。这是何等严重的问题？如此发泄不满，报告上去，够你喝一壶的。这样的牢骚也敢在陆谦面前发，可见林冲何等信任这个兄弟。

陆虞候道："如今禁军中虽有几个教头，谁人及得兄的本事？太尉又看承得好，却受谁的气?"

林冲把前日高衙内的事，告诉陆虞候一遍。

这事不是什么光彩的事，却告诉陆虞候！这事鲁智深知道，可是接连几天，却没有去见鲁智深，胸中的郁闷，却不对鲁智深说。

两个兄弟，两种待遇。林冲更信任、更愿意对之倾吐心事的，显然是陆虞候而不是鲁智深。事实上，林冲对鲁智深一直是有些敬而远之的。

陆虞候道："衙内必不认得嫂子，兄且休气，只顾饮酒。"

我们读这一大段文字，一开始衙内出场，调戏林冲老婆，就觉得这人狗彘不如，万不可恕。待到富安出来，奸诈百出，反倒觉得衙内尚可恕，这富安决不可恕。再等到陆谦出场，以朋友、兄弟身份陷害林冲，又觉得富安还可恕，万不可恕者是陆谦。为什么我们会有这样的感觉呢？因为，这几个人，一个比一个坏。

如意算盘，功亏一篑

当陆谦这边调虎离山，骗林冲离家去了樊楼，富安那边按照计划，又去骗林冲娘子去陆虞候家。而在陆虞候家里，一条大色狼正馋涎欲滴地等着她。

富安的计策是天衣无缝的，而且眼看就要成功了。但是，他们的计划，在执行过程中，却百密一疏，出现了一个小小的疏忽。

什么疏忽呢？就是，当富安骗林冲娘子来到陆虞候家时，使女锦儿也跟来了。而且，当高衙内把林冲娘子关在陆虞候家欲行不轨时，竟然让锦儿跑了。

按说，高衙内手下跟随他欺男霸女多年，得手多次，应该经验丰富。让锦儿跟在林娘子身边，肯定于事有碍。而让她跑了，她肯定会大喊大叫，即使别人害怕衙内权势，不敢出头，这事弄得满城风雨，定也瞒不住林冲，即使得手，以后也后患无穷。更加要命的，锦儿一定会去找林冲。

所以，我们说，这是富安这个小人周密计划中的百密一疏。而这一疏，就使得他们的计划功亏一篑。

林冲家里，不仅有美貌贤妻，更有聪慧机灵的使女。这锦儿两次在关键时刻脱身报信，使主母免受凌辱。尤其是这一次，她一看到上次那个纠缠主母的无赖出现并拦住了主母，她没有做无谓的行动，而是毫不犹豫，赶紧下楼，逃脱报信，实在是聪明机灵。

锦儿急急地到处寻找林冲。恰好遇到林冲席间从樊楼上下来小解后从小巷里出来，便赶紧告诉他，娘子被骗到陆谦家，被高衙内关在房里。

林冲见说，吃了一惊，也不顾女使锦儿，三步并作两步，跑到陆虞候家；抢到胡梯上，却关着楼门。

林冲在楼门外听到了里面传出的两句话，一句是娘子的，一句是衙内的。这两句话十分关键。

林冲娘子的那句话是："清平世界，如何把我良人妻子关在这里！"

这句话之所以关键，是因为它让林冲吃了一颗定心丸：妻子并没有屈从。

这林家娘子果然是足不出户、不知天下事的女人。上一次在岳庙，面对高衙内拦路劫色，她红着脸斥责对方"清平世界，是何道理，把良人调戏！"此时，她还说着同样的话。她哪里知道，这个世界早已不再清平了呢！

作者实际上就是借一个很傻很天真的女人之口，讽刺这个世界。我们看看这个天真女人的逻辑：清平世界，就不能把我良人妻子关在这里。但我们反过来看，把顺序颠倒一下，不但符合了事实，而且还得出了完全不同的结论：现在良人妻子恰恰被关在这里，可见这世道不再是一个好世道，这世界也不再是一个清平世界。

一部《水浒》，就是写这样的混浊世界、不清平世界，因为这世界不清平，才有三十六天罡星、七十二地煞星，才有他们跑到水浒，跑到梁山泊。好好的世界为什么不待，偏偏要去那水浒？就是因为这世界已不清平。

高衙内的那句话是："娘子，可怜见救俺！便是铁石人，也告得回转。"

这句话之所以关键，是让林冲又吃了一颗定心丸：娘子尚未受辱，衙内不曾遂愿。

前面我在分析富安的计策时说到，他的计策中最成功的地方就在于他对人性弱点的准确判断与利用。富安为衙内所定的计策里，对陆谦的准确判断与利用，是他的最高明之处。

但富安的这条计里，还涉及对另一个人的品性判断。这个人就是林冲的老婆。把林冲老婆骗到陆谦家以后，林冲老婆愿意不愿意，便成了一个关键。而富安同样十分有把握："妇人家水性，见了衙内这般风流人物，再着些甜话儿调和他，不由他不肯。"

可是，林冲的老婆还就是不肯，哪怕你衙内长得如何风流，话说得如何甜蜜，她就是不肯。她当然不是铁石人，但她还真的比铁石人还坚贞，让衙内束手无策。

可见，富安对小人的判断完全正确，对女人的判断却完全胡扯。林娘子以她自己的坚贞，挽救了所有女人的清誉，清算了富安对女性的侮辱和污蔑。

是的，**人性有弱点，但人性也有优点。小人之所以常常成功，很多时候，是因为他们特别能利用人的弱点。但小人也成不了大事，并终将失败，那是因为人性中还有优点。林娘子不仅保住了自己的贞操，甚至可以说，保护了我们对于人性的信心。**

富安的一条计，成于人性的缺点，却最终失败于人性的优点。

四 冲冠不怒

这，根本就是世道的荒凉，人心的寒冷，道义的苍白！

不要里子，只要面子

上回讲到，林冲在樊楼内和陆谦喝酒，下来小解后正要上去继续喝，却碰到急匆匆找来的家中使女锦儿。锦儿告诉他，娘子被一个人骗到陆谦家里，高衙内等在那里，把娘子关在房里。林冲听完，三步并作两步，赶到陆谦家，果然听到关紧的房门内他的娘子正和高衙内争执。

林冲立在胡梯上，叫道："大嫂开门！"那妇人听得是丈夫声音，只顾来开门。高衙内吃了一惊，斡开了楼窗跳墙走了。

林冲上得楼上，寻不见高衙内，问娘子道："不曾被这厮点污了？"

娘子道："不曾。"

林冲把陆虞候家打得粉碎，将娘子下楼。出得门外看时，邻舍两边都闭了门。女使锦儿接着，三个人一处归家去了。

这一段叙述里，有些细节颇值得我们推敲。首先当然是林冲的行为，听到自己的娘子被人关在房里调戏，是个男人都会怒发冲冠，不顾一切打将入去，更何况是林冲这样的"豹子头"，他此时却能笃定地站立在楼梯上，叫老婆来开门，而不是破门而入。如果把他此时文明的举止和接下来他把陆虞候家打得粉碎的行为放在一起看，就更令人疑窦丛生：他为什么接下来把房间一切打得粉碎以泄愤，偏偏在仇人尚在时，不一脚踹开门冲进去痛揍他一顿？

反过来看，既然他耳听老婆被人在房间调戏，他尚能如此克制，如此文明，要开门才进去，进去后却砸烂家具等物，如此矛盾的行为，背后的心理是什么？

其实，作者这样的描写是非常符合人物的性格逻辑的。林冲既然在第一次见到高衙内拦路调戏他的老婆时，本待要打，一见是衙内，是他顶头上司的养子，马上手就软了，那么，这次他明知是高衙内在楼上调戏他的妻子，他能踢开楼门，上去把高衙内痛打一顿吗？

既然不能把高衙内痛打一顿，如果他砸开了门，冲了进去，面对高衙内，他怎么办？我们记得第一次高衙内在岳庙前调戏他的妻子，他高举拳头，却不敢打，只好拿眼睛瞅着高衙内。他这次不能打烂门然后进去拿眼睛再瞅对方吧？

所以，既不能痛打一顿，就不能冲进去；既不能冲进去，他就只好“立”在胡梯上，大喊妻子开门。

林冲大喊妻子开门，明显地是给高衙内时间，让他逃走，免得两人撞上，打又不是，不打又不是。显然，林冲怕高俅的权势，而衙内在这样的特定情形下，也怕林冲的拳头，这叫麻秸打狼——两头怕。于是，二者共同演出了这出戏，配合得还很默契，蒙住了多少读者的眼睛！

不过这出戏还没演完。为了让林冲的形象更像丈夫一些，作者又安排他在得知自己的娘子不曾被玷污的时候，又把陆虞候家砸得粉碎。不打衙内，是怕高俅；在这个色狼面前，林冲的拳头就像徒有其形的麻秸。

那他为什么要打砸陆虞候的家呢？那是因为：

一则他不怕陆虞候；

二则他极恨这个欺骗朋友的败类；

三则也为了自己的面子。

这第三点是最重要的原因。

你想，自己被骗了，自己的老婆被衙内诱骗到陆虞候家欲行奸淫，又不敢打衙内，若再不把陆虞候家砸烂，还像个男人吗？旁人会怎么看自己？还像个丈夫吗？自己的老婆在旁怕也看不懂了。

林冲能忍衙内之气，不能忍众人的眼光。他若不甘心做一个缩头乌龟，不甘心被人看作是一个缩头乌龟，就必在放过衙内之后，砸烂陆虞候家，以此向别人表明，自己是一条有血性的汉子。

在很多人看来，面子是最重要的，里子倒次之。林冲也是这样。

大宋真相，寒冷荒漠

砸了陆谦家以后，林冲又怎样呢？

作者接着写道：“将娘子下楼，出得门外看时，邻舍两边都闭了门。女使锦儿接着，三个人一处归家去了。”

这看似闲笔，却颇有意味。盖此事已闹得沸沸扬扬，尽人皆知。可是邻舍都闭了门。作者正是要通过写邻舍都闭了门，来写人人皆知此事。不是大家不知此事，恰恰是大家都知此事。都知此事，却又为何都闭了门？那是大家都不想惹事。为什么这样说？

一开始，林冲娘子被关，锦儿一定沿途呼救。这时，他们若大门洞开，他们管还是不管？

不管，实在说不过去。

管，这可是花花太岁高衙内的事，能管吗？自己有几个脑袋？

于是，关上门，闭上眼，就当没看见，自欺欺人。

怎么个自欺欺人呢？

欺人，我没看见，我没听见。

自欺，安慰自己的良心。

接下来，高衙内从窗口跳下来，众邻想林冲一定在后面追杀而来，他一定是要找个地方躲藏。

这时，他们是窝藏，还是不窝藏？

他们是不敢窝藏，又不敢不窝藏。为什么？

窝藏衙内，得罪了林冲。陆虞候家就是样子，一定是一家砸烂。

不窝藏衙内，得罪衙内，那会更惨：一定是一家打死。

既然如此，还是关上门，事不关己，高高挂起。

再后来，林冲砸烂陆虞候家，带着娘子和使女下来，众邻舍也是不能见。

为什么？

碰上这种烂事，林冲很没面子，你走上前去，不是正好扫他的面子？况且，见了，打招呼还是不打招呼？

打招呼，怎么个打法？是祝贺他还是同情他？不打招呼，像个什么样子？装作不认识，那多怪？

再说，刚才大家见林冲娘子被关，林冲会不会就此做了“乌龟”再说，两边邻舍倒先一个个都做了缩头乌龟。大家都关上门，缩了头，没有一个见义勇为、出手相救的，没有一个路见不平、拔刀相助的。现在，即使林冲不说，不骂，他们自己又有什么脸面见林冲？

于是，东京大街上，就出现了这样情景：青天白日，却阴森可怕，街衢宽阔，却空无一人。林冲一家三口，孤零零走过。

林冲一家走在这样的大街上，是否会感受到彻骨的寒意？这是大宋的东京城，物华天宝、人杰地灵之处吗？这是四方辐辏、人物繁盛之区吗？

这是泱泱华夏的首都吗？为何如此荒凉，如此寒冷，如此苍白？这是世道的荒凉，是人心的寒冷，是道义的苍白！

而这，才是东京的真相，是大宋的真相。

林冲回家后，转身又去找一个人了。找谁呢？

衙内跑了，老婆救回来了，陆谦家被砸烂了，邻居都关门避开了。还有谁呢？

陆谦。陆谦不是刚才还在樊楼上酒桌边吗？这个卖友求荣的泼贼，实在可恨，比衙内还可恨，比富安还可恨。所以，光砸烂陆虞候家是不够的，既不够让林冲挽回面子，也不够他出气，况且，作者对他也得有个交代。

于是，林冲把老婆送回家后，又拿了一把尖刀，径奔樊楼去寻陆虞候。赶到那里，陆虞候早已不见了。

林冲这事干得有些蹊跷。陆虞候既是此事主谋之一，见阴谋败露，岂能待在酒桌边等林冲杀他？

事实的真相是，林冲不但不敢杀高衙内，故意让他跳窗逃走；而且，他还不敢杀陆虞候，所以，同样给了他足够的逃走的时间。

如果林冲敢杀陆虞候，如果林冲真要杀陆虞候，林冲在见到高衙内逃走后，他要做的第一件事就是赶紧返回樊楼找陆虞候，而不是把时间花在砸陆虞候家的家具上。

林冲刚才是因为要小解才出门的，短时间里陆虞候不知外面的变故，有可能还在等他。但是，他没把他的怒气发泄在陆虞候身上，而是发泄在陆虞候的家具上，把他的家砸得粉碎。

事实上，他这样做，是一举三得：

一、争了个面子，维持了形象。

二、用最小的成本发泄了怒气，并且给了对方一个能够接受的警告。我们说，在那样的情形下，杀人也能出气，砸东西也能出气。相比较而言，砸东西出气的成本较小。从对方的角度而言，如此欺骗伤害了朋友，朋友只是打碎了几件家具，这个损失可以接受，所以，不会激化矛盾。他林冲还是希望息事宁人。

三、耽搁了时间，给陆虞候充分的时间逃走。

甚至，当他打碎了陆虞候家的家具后，他还是没有马上去樊楼杀陆虞候，而是先带着老婆、使女，三个人一处归家去了。回到家，他才拿了一把尖刀，径奔樊楼去杀陆虞候。

这半天了，林冲小解一去不回，陆虞候还会在樊楼等林冲来杀他吗？

显然不可能。陆虞候早跑了。

那么，此时林冲拿着一把尖刀，还去樊楼杀陆虞候，是本来就糊涂，还是一时气糊涂了？

我的答案是：**林冲一点儿也不糊涂。而且，此时此刻，他非常冷静。他在这样的突发事件面前，头脑非常清醒。他既不是本来糊涂，也不是一时气糊涂，而是装糊涂。**

能装糊涂的人，一定是最清醒的人，一定是最冷静的人。但是，林冲的这种清醒和冷静，实在不可爱，反而非常可怕。

在樊楼没找见陆虞候，林冲又回到陆虞候家门前等了一晚，也不见他回家。再接下来，林冲在他家门前等了三天，也等不到他，当然等不到他。

他陆虞候是弱智吗？你林冲砸烂了他的家，还手执尖刀，徘徊在他家门前，他会回来送死吗？

难道林冲不明白这一点吗？他当然明白。所以，他林冲根本就不是真要杀陆虞候。

不是真要杀陆虞候，为什么又装作要杀陆虞候呢？这是因为：

第一，陆虞候如此欺骗了他，侮辱了他，伤害了他，他必须做出有仇必报的样子，维护自己的形象。

第二，装出这样一定要杀人的样子，如果能吓得让陆虞候派人来讨饶，这样他就有了面子。

第三，在他这杀人架势的威胁下，高衙内、陆虞候有可能来向他保证，不再骚扰他的老婆。

这样，他就兵不血刃地解决了一场危机。

老婆保住了，自己的官职、前途也保住了。

算盘打得很精啊！难怪金圣叹说他“算得到，熬得住，把得牢，做得彻，都使人怕”，还说作者把他的形象写得“太狠”。

所以，林冲，有时可怜，有时又有些可怕，甚至有些可厌。

可怜之人，往往有可厌之处。

那么，还有一个问题，那就是，为什么林冲也不敢杀陆虞候呢？

答案很简单：

第一，陆虞候是高太尉的心腹之人；

第二，陆虞候是高衙内的帮闲之人。

因此，这样的人，杀不得！

归根到底，还是一个“怕”字。

我怕，我忍，我理解

林冲在陆虞候家门口三天的持刀徘徊，那陆虞候是活不见人，死不见尸。第四天，一个人出现了。这个人终于出现了。谁呢？

鲁智深。

鲁智深径寻到林冲家相探，问道：“教头如何连日不见面？”林冲答道：“小弟少冗，不曾探得师兄。既蒙到我寒舍，本当草酌三杯，争奈一时不能周备，且和师兄一同上街闲玩一遭，市沽两盏如何？”智深道：“最好。”两个同上街来，吃了一日酒，又约明日相会。

一个兄弟去了，另一个兄弟来了。

但是，很显然，这个地方，作者的叙述有一个很大的漏洞。什么漏洞呢？那就是，发生在林冲身上的这件大事，闹得沸沸扬扬，鲁智深竟然全不知情。要知道，鲁智深虽然可能在菜园里不出来，但那二三十个泼皮应该是消息灵通的。

值得我们注意的，是林冲在见到鲁智深以后的表现。因为这里有一个很古怪的问题，什么问题呢？

那就是，当鲁智深主动上门相寻，并且问到这连日情况时，林冲竟然没有直言相告，反而加以掩饰。而且，从此以后，每日与智深上街吃酒，就是只言不提高衙内、陆谦陷害之事。

而他在和陆谦喝酒时，却是先大发人生感慨，然后就主动说起了高衙内在岳庙前纠缠自己妻子的事。

相比起岳庙前发生的事，后面的事大多了，严重多了！但是，对鲁智深，他就是只字不提；而且是在对方主动问起近日有何事时，何况又是在连日饮酒之时。

第一个结论是：在他眼里，陆虞候比鲁智深更可以说心里话。

但是，此时陆虞候已经不再是他可以说心里话的人了。现在只剩下鲁智深这一个兄弟了。而且，这几天，他们一直在一起。

于是，第二个结论是：他怕告诉鲁智深。

那么，他怕什么呢？为什么怕呢？

我前面讲过，林冲一生，只是一个“怕”字，鲁智深一生，只是一个“不怕”。

现在，林冲就是怕鲁智深的不怕。

我们回头再看看岳庙前的那场冲突。

林冲看到有人拦住他的妻子欲行不轨，他从后面扳过那人，恰待下拳打时，认得是本管高太尉螟蛉之子高衙内，先自软了，放走了高衙内。

这时却见智深提着铁禅杖，引着那二三十个破落户，大踏步抢入庙来，要来帮他厮打。林冲赶紧劝阻：“原来是本官高太尉的衙内，不认得荆妇，一时间无礼。林冲本待要痛打那厮一顿，太尉面上须不好看。自古道：‘不怕官，只怕管。’林冲不合吃着他的请受，权且让他这一次。”

这段话有三层含义。

第一，非礼他娘子的不是一般人，而是顶头上司的养子。我怕。

第二，本来要打那厮一顿，但我在他老子手下吃饭，归他管，只好让他一次。我忍。

第三，这小子不认得我的老婆，所以才一时无礼。如果认得，也不会。我理解。

总之是，我怕我忍我理解。

这段话还有一层意思是：后果不严重，一场误会而已，你也别生气。

我忍了，我要吃饭，我要前途，这个人我得罪不起，希望你也理解我。

你看，这种事本来应该是鲁智深劝林冲不要生气冲动，反而是林冲来劝鲁智深息事宁人。

但鲁智深偏偏不理解，反而大声说：“你却怕他本官太尉，洒家怕他甚鸟！俺若撞见那撮鸟时，且教他吃洒家三百禅杖了去！”

这话我们听了，好舒服好爽！但是，我们设身处地为林冲想一想，他听了这样的话，是不是吓坏了？所以，才有下文：

林冲见智深醉了，便道：“师兄说得是，林冲一时被众人劝了，权且饶他。”

智深真的醉了吗?

我们看看他对林冲娘子说的话:“阿嫂休怪，莫要笑话。”又对林冲说:“阿哥，明日再得相会。”这像是醉人的话吗?

不是智深醉了，而是林冲觉得智深的话是醉人的话。一直谨小慎微的林冲，哪敢说出这样的话?这样的话他听着都怕。

智深又道:“但有事时，便来唤洒家与你去!”

智深不知道，林冲怕了你了，林冲才不要与你去呢。林冲不要和高太尉冲突，他要的是前程，是官场的升迁!至少是维持现状，不要变糟。

所以，我们看，林冲对鲁智深“明日再得相会”的建议一声不吭。而且，从此往下,“林冲连日闷闷不已，懒上街去”。

所谓懒上街去，就是不愿见鲁智深啊!

其实，那几天他很闷，很想上街，找人喝喝酒、散散心，只是不愿找鲁智深而已。

所以，陆虞候来叫他，他马上就和陆虞候一起上街喝酒去了，而且还吐露胸襟，吐露郁闷，直至锦儿来报信，他的老婆被骗、被关在陆虞候家，高衙内正在纠缠。

两相对比，林冲有意躲开鲁智深，不是昭然若揭吗?

如果他那几天听鲁智深的话，天天和鲁智深在一起，富安的奸计还不能实施呢!

那么，下一个问题是：**林冲为什么怕鲁智深呢?**

因为，他怕莽撞的鲁智深给他捅娄子，给他惹出事，坏了他的前程。

作为一个想在官场往上混的人，有鲁智深这样的朋友，在他看来既不体面，更会给他带来麻烦。

所以，前段时间，林冲不见鲁智深。他有些后悔当时草率结交，想从此疏远鲁智深。现在，郁闷中的林冲，虽然天天和鲁智深一起喝酒，却对自己碰到的窝心事讳莫如深，只字不提。

他还是怕，万一鲁智深知道后勃然大怒，要去杀了陆虞候甚至高衙内，那不就闯下弥天大祸了吗?

所以，他对鲁智深讳莫如深。这已经很不够哥们儿、很见外了。

但还有更糟糕的事。

这更糟糕的事就是，他不仅不让鲁智深知道自己的窝心事，几天之后，他自己都把这窝心事忘了。《水浒》写道：“（林冲）自此每日与智深上街吃酒，把这件事都放慢了。”

杀人之心没了，防人之心也没了。

但是，别人还在惦记着他呢。

陆虞候在他面前消失了，却在他的背后出现了。

难怪林冲见不到他。他不在林冲的前面，他在林冲的背后。

背后捅刀子，是一切小人的拿手绝活。

而林冲，偏偏就是一个不知道看看自己背后的人。他很像是庄子嘲笑过的那种人：专注于自己的眼前所得，却忘记自己背后的危险。

所以，金圣叹说林冲“算得到”，只说对了一半。林冲也有算不到的地方。比如他对陆虞候，就自始至终没有算得到，就像他自始至终没有充分认识到鲁智深这样的兄弟的弥足珍贵一样，他对陆虞候所有的判断与期待都是落空的。

实际上，当陆虞候同意富安的计谋，不仅自己骗出林冲，还把自己的家当作高衙内的犯罪现场时，就把自己晾了出来。他已经是宣布与林冲绝交，并下定决心，与林冲你死我活，白刀子进、红刀子出了。到了此时，哪怕林冲不杀他，他也会对林冲置之死地而后快。因为，他利用林冲对他的友谊，如此欺骗与伤害林冲，林冲绝不可能宽恕他，所以，只有林冲死了，他才会安全。

这一点，林冲应该想到，却没有想到。或者想到了，却掉以轻心，没有足够的警惕和应对之策。

比如说，他在陆虞候家门前候了三天不见人，他应该想到，这陆虞候在哪里呢？他总不会丢掉科长、处长的官职，跑到南方“下海”了吧？

他在哪里呢？

㊄ 磨刀霍霍

“杀人夺妻计划”拉开大幕。总指挥就是全国最高军事长官、“国防部长”——高俅。

美满破碎，幸福凋零

上文讲到，林冲在陆谦的家门口守候了好几天，活不见人，死不见尸。

陆谦躲到哪里去了呢?

实际上，他只能在一个地方：太尉府。

只有这个地方才是他可以藏身而林冲绝无胆量闯入的地方。

他知道，他绝不是林冲这样一个“豹子头”的对手。所以，在林冲这只大虫没有被捆绑制伏之前，他只能藏在这里。

而他出来之时，就是林冲覆亡之日。

而且，在太尉府，他绝不会仅仅作消极的躲藏，保住自己的肮脏狗命。他一定会积极地谋划，力争尽早结果林冲的小命。

太尉府里，受到惊吓又相思成病的高衙内，对陆虞候、富安说道:“实不瞒你们说，我为林家那人，两次不能够得他，又吃他（林冲）那一惊，这病越添得重了。眼见得半年三个月，性命难保!”

二人道:“衙内且宽心，只在小人两个身上，好歹要共那人完聚，只除他自缢死了便罢。”

这两个恶毒的歹徒，他们已经从林冲老婆的两次表现，看出这个女人不是可以引诱的。他们的内心里，已经做好了这样的准备：先杀林冲，再逼林冲老婆就范屈服；若不屈服就范，就再逼她自杀。

林冲，你的美满生活，在陆谦的奸笑里，已经完全破碎了。

现在，陆谦已经不仅仅在帮衙内，他更是在帮自己。衙内要活命，必须得到林冲老婆，而要得到林冲老婆，只有杀掉林冲。陆谦要活命，也只有杀掉林冲。

衙内和陆谦，现在终于目标一致、利益一致、生死与共了。

为了实现这个目标，陆谦献出了他的计策。陆谦的计策，我们可以把它称为“连环计”。这也是三十六计中的一计。一般至少由两个计组成，一计累敌，一计攻敌。也就是说，第一个计，套住他，使之上当；第二个计，攻击他，使之失败。

这陆谦陆虞候的连环计是这样的：高俅有一把宝刀人人皆知，林冲爱刀，多次想借看，高俅从来不肯拿出。陆谦的连环计便从这点生出。

第一计，先找一人假装卖宝刀，把高太尉的宝刀卖给林冲。

第二计，再让高太尉假说要林冲持宝刀来比试，林冲必然高兴前来，诱他持刀进入白虎节堂，便可告他一个“手持利刃，擅闯节堂，意欲行刺”的罪名。什么叫白虎节堂？白虎节堂是全国最高军机处，一般人是不能涉足的。

这陆谦不愧是林冲的好朋友，他果真是太了解林冲了，太了解林冲的脾气与爱好了，才想得出这般好计策！

这个连环计中，关键的第一计是卖刀和买刀。设计让人假装卖刀，他必须知道林冲必买。那么，问题就出来了——林冲一定会买刀吗？陆虞候很自信：是的，林冲一定会买。为什么？

第一，林冲爱刀。不爱，即便是宝刀，也不会花大价钱来买。一把宝刀，在街上叫卖三千贯，实要二千贯，最后一千贯成交。这不是一般的数目，一贯钱就是一千文。在当时，一两白银大约可换到一千文铜钱，一贯钱大约就是一两白银，那一千贯就是一千两银子。折合为今天的人民币，每克白银大约是两元，那么一两白银约值一百元，一千两银子大约就是十万元。不是真爱，谁会花这大价钱？

第二，林冲识刀。认得是宝刀，才会买。不然，那么高的价钱，谁会糊里糊涂掏钱？

第三，林冲知道高太尉家有把宝刀，却又一直没有看到过，而且又特别想看。这样，高太尉叫他拿刀去比试，才有根据，而且林冲既想借机看高太尉的刀，又想炫耀自己的刀，才会轻易上当。

官场自有默契，人心难存公道

好朋友就是好朋友，知心朋友就是知心朋友。陆谦太知道林冲的心了，作为知心朋友，林冲心里的一切他都知道，林冲怎能逃脱自己专为他的心设下的陷阱呢？

但这计策好，却还有一个关键问题。这个问题不解决，这个计策还是不能实施。

这个关键问题，实际上就是一个关键人物。这个关键人物不点头，他们不敢做；这个关键人物不加入，他们不能做。这是什么人呢？

这个关键人物就是高太尉。

没有高太尉，这连环计的第一计就不能实施：没有高太尉，就没有宝刀。一时三刻哪里去找一把真正的宝刀呢？

没有高太尉，这连环计的第二计更不能实施：没有高太尉，就骗不来林冲；没有白虎节堂，就不能"安排"林冲的罪名。

你看，这个计策里，需要两个关键的道具：一把宝刀，一座白虎节堂。而这两者，都非高俅高太尉不能提供。

还有，他们最后要"安排"的罪名是：林冲意欲行刺。行刺的对象是谁呢？当然是高俅。

所以，高俅本人，也要成为道具。

现在的问题是：太尉是堂堂的国家最高军事长官，能做这样的龌龊事吗？白虎节堂是堂堂的国家商议军机大事的地方，能用作一帮小人陷害忠良的陷阱吗？

陆虞候曾经把自己的家送给高衙内做犯罪现场，这还是他的私人场所，他有权这样处置。但白虎节堂可是堂堂国家军事机关，而且，高太尉不仅要对这一计策点头同意，还要亲自出马，在此计中担任最重要的角色，从设陷阱到出场地到捏造罪名，都必须由他亲自出面才行。

当然，这两个小人还是不敢直接把这主意告知高太尉，他们求助于太尉府里的老都管。他们对老都管说："若要衙内病好，只除教太尉得知，害了林冲性命，方能够得他老婆和衙内在一处，这病便得好。"

谈论要害一个人的性命，按说应该小心谨慎，偷偷摸摸。但这两个小人如此轻描淡写就告诉老都管了，显然，他们也很了解老都管。

老都管真的会在听到这样的主意时，毫不吃惊并赞成这样下流的主意吗？

是的，他也没有一刻犹豫，就认可了这个歹毒的计策。这老都管对于要害林冲，竟然也是连一点儿吃惊也没有，一点儿犹豫也没有，一点儿惭愧也没有。

在太尉府里谋划杀人，竟然没有一个阻拦的，没有一个反对的，不要一点儿遮掩，不要一点儿保密。大家其实都把对方看穿了，就像以前的一则广告词：我们是害虫，我们是害虫。大家都是害虫。谁也不要藏着掖着，都知道自己是什么东西，也都知道别人是什么东西，简单地说吧，大家都不是东西。所以，彼此也就不需要装腔作势，就直来直去吧。

这堂堂国家的太尉府，窝藏着的都是一些什么东西啊！从里面走出来的，一个个衣冠楚楚，一个个气宇轩昂，一个个看起来人五人六、冠冕堂皇，好像都是国之栋梁，原来却尽是衣冠禽兽。

这是我们想象的庄严肃穆的国家军事机关吗？这是虎窟狼窝啊！

但问题还是：老都管敢对高太尉说出这样下流的话，要高太尉做这样下流的事吗？

没想到，老都管一听，不但自己毫不犹豫，并且说："这个容易，老汉今晚便禀太尉得知。"

老都管在高太尉身边时间久，关系近，当然更知道他是什么东西，所以，他说："这个容易。"为什么容易？因为他知道，高太尉干这种缺德事太多了，太容易了。高太尉自从当上太尉，不就一直在干缺德事吗？干缺德事是他的专业，是他的爱好。他做这样缺德的事，不仅毫无法律上的阻碍，毫无道德上的阻碍，甚至毫无心理上的阻碍，他本来就是狼心狗肺。

于是，老都管当晚就来见高太尉，说："衙内不害别的症，却害林冲的老婆。"并把陆虞候的计详细地说了。高俅说道："如此，因为他浑家，怎地害他？我寻思起来，若为惜林冲一个人时，须送了我孩儿性命，却怎生是好？"都管道："陆虞候和富安有计较。"高俅道："既是如此，教唤二人来商议。"

这高俅真的是恬不知耻。这样的事，他几乎连一丝做作都没有，一点儿虚伪都没有，直接出面与下属商量这样的阴谋。所以我说他不仅没有良心，连一点儿羞耻心、自尊心都没有。如果他尚有一些自尊心，哪怕他要害林冲，他也可暗示下面的人去做，总不至于自己出面吧。

小人我们见过，但像高俅这样毫无羞耻、赤裸裸地做小人，少见；坏人、恶人我们见过，但像高俅这样毫不掩饰地作恶，少见。这小子从小爹妈大概就没教过他是非好歹，后来又没有读过什么书，既无家教又无圣教，从而成为一个彻头彻尾的禽兽。

那么，陆谦、富安进来后，高太尉会批准他们的计策，并身体力行吗？

高俅，显然是一个没有道德感，更没有道德自尊心的小人。

陆谦、富安这两个小人也知道高俅是小人，所以，才敢拿杀人的事与他商量，并且要他动手。

所以，陆虞候、富安这两个小人想出这样下流的主意，并且把高太尉当作计谋中的主角，这表明在他们内心里，是根本不把高太尉看作堂堂太尉的，甚至不把他看作具备一般道德水准的人，而是把他看作彻头彻尾的下流坯子。

我们知道，我们在平辈面前，在一般同学、朋友面前，往往可以放言无惮，开玩笑，说怪话，甚至胡说八道，但是一旦旁边有了师长辈，有了领导，我们就会很注意自己的言语，至少不会再胡说八道。为什么呢？这除了我们自己想表现好一些之外，还有一个重要的原因：对师长辈或领导的尊重。

敬重人、尊重人，就要把他当作君子，而不能把他当作小人，就要和他说正经话，做正派事，而不是拉他下水，和他一起做下流事。

《墨子·公输》有如下记载："公输盘为楚造云梯之械，成，将以攻宋。子墨子闻之，起于齐，行十日十夜而至于郢，见公输盘。公输盘曰：'夫子何命焉为？'子墨子曰：'北方有侮臣者，愿藉子杀之。'公输盘不说。子墨子曰：'请献十金。'公输盘曰：'吾义固不杀人。'"

公输盘为什么不高兴呢？因为，墨子请他去杀人，还要为此送他十金作为酬金。他觉得墨子侮辱了他的人格，他的自尊心受到了伤害。所以，墨子阻止楚国攻宋，他的办法是用君子的办法对付公输盘，接着用小人的办法对付楚王。墨子知道公输盘是君子，是有道德、有自尊心的君子，所以，他只用了这一招，就说服了公输盘。

一次，颜渊问孔子，怎样才能算是仁。孔子的答复是："非礼勿视，非礼勿听，非礼勿言，非礼勿动。"即"不合礼的事不看，不合礼的话不听，不合礼的话不说，不合礼的事不做。"在孔子看来，只有这样，才能叫作仁。按一般理解，不合礼的，不做、不说，也就行了，为什么还要不看、不听？因为，一个有道德自尊的人，即便是在对不合礼之事的看和听中，也会强烈地感受到对自己道德品性的侮辱。所以，孔子曾经说过，“自吾得由而恶言不入于耳”，就是不听那些不合道德的话。

高俅会坦然听着两个小人对他说这样下流而歹毒的计谋，而不感到羞耻吗？

待陆虞候、富安进来，他直接问：“我这小衙内的事，你两个有甚计较？救得我孩儿好了时，我自抬举你二人。”陆虞候向前，把他的阴险下流连环计又说了一遍，高太尉当即拍板：“既如此，你明日便与我行。”陆谦的连环计被批准执行了。

于是，由全国最高军事长官为总指挥，太尉府虞候为具体责任人的“杀人夺妻工作组”成立了。一切都在有条不紊地进行着，一切都在紧锣密鼓地进行着，一切又都在极其保密的情况下进行着，一张大网已经张开。而林冲，每日和鲁智深上街喝酒，他不仅瞒着鲁智深，而且自己早已将高衙内两次调戏、意图占有他妻子的事不记心了。君子大意，小人小心。君子为什么又叫大人？就是因为他老是大意；小人为什么叫小人，因为他总是怀揣着那一颗小心。

“豹子头”将一头撞进大网，被置之死地。

不鸣宝刀，杀人利器

一天，林冲和鲁智深同行到阅武坊巷口，见一条大汉，头戴一顶抓角儿头巾，穿一领旧战袍，手里拿着一口宝刀，插着个草标儿，立在街上。

为了诱林冲买刀，当林冲、鲁智深从身边走过时，这卖刀的大汉说了三句话。

第一句话是：“不遇识者，屈沉了我这口宝刀！”

这句话说得有分量，有感慨。林冲此时的人生感慨，不也像这把不遇识者的刀一样吗？

他那日和陆谦在樊楼饮酒，曾对这位“好兄弟”叹气感慨，说：“男子汉空有一身本事，不遇明主，屈沉在小人之下，受这般腌臜的气！”所以，这位大汉的这句话，就明白了是针对林冲的身世感慨而发，希望引起他的共鸣的。林冲正如这口宝刀，因为“不遇”，所以“屈沉”。

如果我们知道这卖刀大汉乃是陆谦的安排，就会倒吸一口凉气：这陆谦太厉害、太有才了！

但林冲正与鲁智深说话，偏不理会这话，这大汉又说了第二句话："好口宝刀，可惜不遇识者！"

这句话和第一句话内容完全一样，但强调的重点不一样。如果第一句话的重点在一个“屈”字，以此直刺林冲心中痛处；那么这句话颠倒过来再说一遍，其重点在于一个“识”字，是直接提醒林冲，赶紧来识货。而且，还突出了“好口宝刀”，以此打动爱刀的林冲的心。

欧阳修曾经感慨地说："祸患常积于忽微，而智勇多困于所溺。"**人有爱好，便有破绽，便有弱点，而小人正善于利用你的喜好，攻其所好，最后打败你。**林冲这样的智勇之人，平生就爱兵器，一把真正的宝刀，对他那是何等的诱惑！

但奇怪的是，林冲仍然没有反应，那汉跟在后面，又说了第三句话："偌大一个东京，没一个识得军器的！"

这句话比前两句又不同。前两句话的侧重点还在感慨刀的命运，那么这句话的意思，就是在感慨有眼无珠的东京人，而且“没一个”，那也就把林冲、鲁智深一同打在网里，一同骂作有眼无珠、不识兵器之人。

所以，如果说前两句是感慨，那么，这一句就是愤慨。前两句是叹息，这一句就是骂人。

而且，既然他在林冲、鲁智深背后大声地骂给他们听，也就是骂他们了。

事已至此，林冲已不得不理。

下文接着写：

林冲听得说，回过头来。那汉飕的把那口刀掣将出来，明晃晃的夺人眼目。林冲合当有事，猛可地道："将来看！"

那汉递将过来，林冲接在手内，同智深看了，吃了一惊，失口道："好刀！你要卖几钱？"

吃了一惊，可见真个是好刀。

刀已出鞘，必有人头落地。阴谋拉开了大幕，悲剧从此开始，丧钟已经敲响。

只是，丧钟为谁而鸣？谁将以自己的颈项试刀，谁的头颅将会落地？

经过一番讨价还价后，林冲买下了这把刀。

（回家后）林冲把这口刀翻来覆去看了一回，喝采道："端的好把刀！高太尉府中有一口宝刀，胡乱不肯教人看，我几番借看也不肯将出来，今日我也买了这口好刀，慢慢和他比试。"

林冲当晚不落手看了一晚。夜间挂在壁上，未等天明又去看那刀。

南北朝乐府民歌里有这样一首诗，写一英雄得一把好刀后的爱惜心理："新买五尺刀，悬着中梁柱。一日三摩娑（摩挲），剧于十五女。"

施耐庵这一段一边写林冲爱刀，一边心中也就默念这首诗吧！大英雄爱刀胜过爱美人。林冲也将如此：宝刀来了，美人去了。

令人可怜又可笑的是，林冲买来的这把宝刀，正是高太尉的那一把。他几次要向高太尉借来看看而不得，现在他可以翻来覆去看个够了。

一边看，一边还想着将来慢慢和他比试。你看这林冲，早忘了小衙内调戏他老婆的事了。

六 命悬一线

林冲恍然大悟！此前种种，连缀成片，不就是一个深不见底的陷阱吗？

轻信他人，自蹈死地

上回讲到，为了除去林冲，让自己安全，让高衙内占有林冲娘子，陆谦使出了毒辣的连环计。第一计，卖刀给林冲；第二计，骗林冲持刀进入白虎节堂，然后诬陷他一个刺杀高太尉的罪名。现在，林冲已经买下了那把宝刀，并且爱不释手，甚至自己就已经盘算着要与高太尉比看宝刀了。连环计已中了一计，而且又如此大意，别人还没实施第二计，他自己倒想着自投罗网了。

于是，剩下的那一计也就十分轻松地实施了：两个假扮的承局在第二天早晨便上门，对林冲说："林教头，太尉钧旨，道你买一口好刀，就叫你将去比看。太尉在府里专等。"林冲一听，不但没有警惕，反而内心窃喜。他说："又是甚么多口的报知了。"金圣叹在此句下引用朱熹的话批曰："其辞若有憾焉，其实乃深喜之。"

为什么林冲很高兴呢？三个原因：

第一，终于可以看到太尉的那把宝刀了；

第二，太尉来叫他去比试宝刀，说明太尉和他很亲近，很看重他；

第三，他可以借此和太尉套上近乎。

他真的早把高衙内调戏自己老婆的事忘了。

高俅此人，不说原先东京人民如何厌恶他，就是他当了太尉之后，真正的好汉也是极其藐视他：王进称他为高二、泼皮，避之唯恐不及；鲁智深称他为"撮鸟"，要在他身上打三百禅杖。偏偏林冲如此恭敬他。

两个"承局"把林冲引到白虎节堂前，便借机溜走。林冲在白虎节堂外徘徊傻等，猛抬头见"白虎节堂"四个青字，吓出一身冷汗："这节堂是商议军机大事处，如何敢无故辄入，不是礼！”急忙回身想走时，高俅突然出现，喝道：“林冲，你又无呼唤，安敢辄入白虎节堂！你知法度否？你手里拿着刀，莫非来刺杀下官？有人对我说，你两三日前拿刀在府前伺候，必有歹心。”

林冲躬身禀道：“恩相，恰才蒙两个承局呼唤林冲，将刀来比看。”太尉喝道：“承局在那里？”林冲道：“恩相，他两个已投堂里去了。”

太尉道：“胡说！甚么承局敢进我府堂里去。左右，与我拿下这厮！”说犹未了，旁边耳房里走出二十余人把林冲横推倒拽。

显然，这里有一个大大的疑点，如果允许侦查和辩护，我来做林冲的辩护律师，我就要指出这一点：为什么这些人来得这样及时而且整齐？这充分证明了这是早已设下的陷阱。

接下来，高太尉大怒道：“你既是禁军教头，法度也还不知道！因何手执利刃，故入节堂，欲杀本官？”

注意，高太尉的这句话和他刚才对林冲说的话有一个非常要害的区别。刚才那句话是：“莫非来刺杀下官？”尚是测度之辞，还没有直裁罪名。而这句话就变成了“因何手执利刃，故入节堂，欲杀本官”，已经是认定之辞，林冲的罪名，已经定下了。

既然罪名已定，凶器又在，高太尉叫左右把林冲推下，要当即处斩。林冲大叫冤枉，辩解自己并非要刺杀太尉。林冲哪里能就此引颈就戮？所以，这里的叫冤枉就是不服。

其实，上面我已经为他做了辩护，这个辩护概括起来有两点：

第一点，就高俅这一面说，若不是事先设计好的陷阱，怎么会一声断喝话犹未了，旁边耳房里就走出二十余人？这二十余人，在林冲执刀彷徨四顾时不出现，在高俅与林冲对话时不出现，偏在高俅下令时出现？

第二点，就林冲这一面说，假如他真是为杀高俅而来，他就该在高俅出现时直接上前拔刀刺杀，而不会是执刀向前问安声喏。

当然，林冲在高俅那里，只敢说自己不是为刺杀高太尉而来，断断不敢说高太尉陷害自己。他的叫屈，他的不服，一定是只敢就自己这一面，就自己的行为为自己辩解。

高俅当然不会听他辩解，而是质问：“你来节堂有何事务？见今手里拿着利刃，如何不是来杀下官？”

这是典型的有罪推定。它的要害就是林冲必须证明自己不是行刺，而不是高太尉要证明林冲就是行刺。林冲负有举证的责任。

林冲告道："太尉不唤，怎敢入来。有两个承局望堂里去了，故赚林冲到此。"

在有罪推定的前提下，两相对照，显然，高俅的质问更有力量。因为林冲到节堂来，乃是太尉派两个承局召唤，要来比试宝刀。但林冲这种说法，必须要高俅才能证明。也就是说，林冲现在身处这样的一个悖论之中：

第一，他要自己举证，证明自己不是行刺；

第二，他的举证却必须由高太尉来证明。

与此相关，高太尉是处于一个循环互证的有利处境：

第一，他可以否定林冲的举证，从而林冲不能证明自己无罪；

第二，林冲不能证明自己无罪，林冲就有罪。

所以，高俅可以说是胜券在握，而林冲无法洗清自己的冤屈。

至此，林冲这个"豹子头"已被紧紧地绑缚在高太尉设下的罗网里。

但是，高太尉在听完林冲不服的辩解后，还真的没有马上就在节堂里斩杀林冲，而是喝道："这厮不服断遣，解去开封府，分付滕府尹好生推问，勘理明白处决！"

天公抖擞，佛儿救人

本来，高太尉若在此处就杀了林冲，也就一了百了，完事大吉，但他为什么又要左右把林冲解去开封府，让滕府尹去判决呢？

第一，林冲不服，大叫冤枉。客观地说，林冲固然不能证明自己无罪，但高俅要证明林冲确凿有罪，也难；因此，就此在节堂当即杀了八十万禁军教头，他对上不好交代，就算他能咬定林冲有罪，他也推脱不了草率擅杀的罪名。所以，我们说，林冲此时大叫冤枉，是自己救了自己的命。

第二，更重要的是，高俅对把林冲解到开封府后被判决死刑充满信心。要知道，高俅此人做人够狠，做事够绝，如果他不能确定滕府尹会听从他的旨意将林冲处斩，他一定会在节堂前当即杀了林冲。至于擅杀的罪名，他自会慢慢摆平，何况当今皇上正是一个被他摆布愚弄的昏君。

既能杀了林冲，实现目的，而且还是借他人之手，自己落得个公正公道的名声，何乐而不为呢？

那么，高俅凭什么相信开封府一定会遵照他的旨意，判决林冲处斩呢？

因为，这已是惯例了。我们看看下文写到的孙孔目孙定对滕府尹发的牢骚。他说："谁不知高太尉当权，倚势豪强，更兼他府里无般不做，但有人小小触犯，便发来开封府，要杀便杀，要剐便剐，却不是他家官府？"

原来，高太尉借开封府报他的私仇已不是一次了，而且几乎次次得手，小小触犯，便发来开封府，要杀便杀，要剐便剐，何况林冲这次是该死的罪名！高太尉已经弄得这开封府不再是朝廷的，而是他高太尉家的了。

我们上面说到，高太尉把太尉府、白虎节堂都当成了他犯罪的场所与凭借，岂止如此，便是堂堂的开封府，不也成了他残害良善的帮凶？

孙定的这番话里，还有一句也要注意，那就是"他府里无般不做"。我们上面对此已做了较详细的说明，太尉府里的人，从太尉到衙内到老都管到陆虞候到富安，没有一个好东西，全都毫无正义感、是非心和廉耻心。我们现在再看看，为了完成设计陷害林冲的阴谋，高太尉的太尉府里，白虎节堂里除了上述的那几个人，又有多少人参与了阴谋：两个假扮的承局；还有耳房藏着的，太尉一声令下便冲出来把林冲横推倒拽下去的二十余人；众多参与阴谋的军校以及押送林冲到开封府的人。**我们可以想象，在太尉府里，在白虎节堂，只要高太尉喜欢，只要高太尉吩咐，哪里还有什么人讲什么良心，讲什么是非，讲什么礼义廉耻，这里，一切都听从高太尉权力魔杖指挥。在高太尉的权力魔杖指挥之下，这些人都成了魔鬼。**

白虎节堂既已成为陷阱，成为虎窟狼窝，那么林冲误入白虎节堂，岂不就是自蹈死地！

高太尉左右监押着林冲，也带上那把作为凶器和罪证的宝刀，投开封府来。恰好府尹坐衙未退，高太尉左右把林冲押在府前，跪在阶下。高太尉左右将太尉封的那把刀放在林冲面前，将太尉言语对滕府尹说了。太尉的言语是什么？就是已经对林冲的罪行进行了定性，要府尹判林冲死罪。

值得注意的，是滕府尹的话。府尹听完，对林冲说："林冲，你是个禁军教头，如何不知法度，手执利刃，故入节堂？这是该死的罪犯！"

我们看滕府尹这番话，与高太尉的话有一大不同。高太尉的原话中，控告林冲是三句："手执利刃，故入节堂，欲杀本官。"

前两句是行动，后一句是目的。如果没有后一句，光有前两句，就是违反规定，是一般的触犯法律；而后一句才是判他死罪的原因。

滕府尹的话中，偏偏少了这关键的最后四个字，只有前两句：“手执利刃，故入节堂。”

这表明，滕府尹只承认基本的事实：林冲确实手执宝刀，出现在白虎节堂。但林冲此行是何目的，是何因由，有何动机，却不加判断，更没有认定是“欲杀本官”。

既无“欲杀本官”的目的，或者不能确定这个事实，也就不该死罪。林冲的一线生机出现了。

而且，仔细揣摩揣摩滕府尹的话，显然还能感觉到其中的惋惜之情，甚至懊丧之意、埋怨之旨。你林冲也是八十万禁军教头，应该知道法度，却为何如此大意，上此大当？这是该死的罪过啊！

林冲是个知法度的，这是高太尉和滕府尹都承认的前提。一个知法度的人竟然故入节堂，一定是有别的原因。

在共同的前提下，可以得出不同的结论：高太尉由此给出“欲杀本官”的结论；而我们，包括滕府尹，也可以得出相反的结论，即一定是有人哄骗引诱，设计陷害。

林冲至此，也算是恍然大悟。此前种种迹象，现在也连缀成片，终于知道这一切都是陷阱，也终于知道，高衙内并未善罢甘休，并且高太尉也已深度介入，他林冲已成为他们必欲除之而后快的对象。他把高衙内两番调戏自己妻子，到自己买刀再到高太尉派承局来呼唤，诱骗自己到白虎节堂，直到被拿、被诬以欲刺太尉的罪名的全过程告诉了滕府尹。

非常有意思的是，滕府尹在听了林冲这一番叙说之后，却并无一句言语，只是写了回文，让高太尉手下带回，并把林冲上了枷具，投入牢里监下。

坏人枉法害人，好人枉法救人

我们看，当林冲被带到开封府时，开封府尹的反应很有味道：

他说的一句话很有味道。

他一句话不说更有味道。

实际上，滕府尹是否是一个坏人，或与高太尉一个鼻孔出气，我们可以暂时置之勿论。以他对高太尉一贯行径的了解，现在听了双方的言辞，一定会明白这其中的冤屈。所以，他一言不发，是既不能讲真话，又不愿讲假话，把林冲投入牢里监下，而并不即时判决，也就给了林冲一线生机。

我们在高太尉的太尉府里，看不到一个好人，这半日里，一直惊讶于人心之黑暗与世道之险恶。但在开封府里，我们终于见到了一个好人——孔目孙定。这人为人最耿直，只要周全人。因此，他有一个绰号叫“孙佛儿”。他听了高太尉左右的话，听了林冲的申诉，心里明明白白，这又是高太尉在陷害忠良。所以，他宛宛转转、反反复复在滕府尹那里说开就里。

所谓“说开就里”，就是在滕府尹面前分析此事的蹊跷之处、可疑之处、矛盾之处，发现高太尉控告林冲罪名的不实之处，揭开太尉的阴谋，明了林冲的冤屈。孙定说：“此事果是屈了林冲，只可周全他。”府尹道：“他做下这般罪，高太尉批仰定罪，定要问他‘手执利刃，故入节堂，杀害本官’，怎周全得他？”孙定道：“这南衙开封府不是朝廷的，是高太尉家的？”府尹道：“胡说！”

这孙定的话，有三层含义，是愤，是怨，也是理。

为什么是愤？愤的是高太尉把开封府当成他报复私怨的帮凶。历来他要陷害的人，若他不愿或不能亲自动手，他便发来开封府。开封府也一直配合，他要杀，开封府便帮他杀；他要剐，开封府便帮他剐。这样的人，怎不令人愤？

那孙定又怨什么呢？怨开封府，怨滕府尹。既然开封府已成了高太尉的帮凶，完全听命于他，从而下害忠良，上负朝廷，如何不让人怨？作为开封府的孔目、滕府尹的下属，他当然不能怒，但怨还是有的，这就叫怨而不怒。

为什么这话还是理呢？因为，孙定这话里明白提醒滕府尹：这开封府可不是他高太尉家的，而是朝廷的；既是朝廷的，就该对朝廷负责，而不该成为高太尉的帮凶。你滕府尹也是一位堂堂的朝廷命官，岂可以上负朝廷，下屈忠良？况且，你若这样，不仅有违皇恩国法，甚至，你自己不也很下贱吗？堂堂的朝廷命官，怎么可以堕落为高太尉私人的走狗？你的自尊哪里去了？你的人格哪里去了？

可见，孙定这番话虽然不多，但却字字有震撼，句句有刺痛。它不仅提醒了滕府尹自己的职责所在，甚至提醒了滕府尹自己的自尊所在。从某种意义上说，还激起了滕府尹对高太尉的怨恨愤懑：我也是一个堂堂的朝廷命官，为什么你总是把我当成你的走狗？你要杀人，为什么要我执刀？你害人得利，为什么让我替你做恶人？

看来这个孙孔目孙定，不仅是个好人，而且还很明白事情从何处着手。**做个好人，不仅要有意愿，而且还要有能力，有做好人的方法。**从滕府尹这里做工作，激起他的义气，通过他的手来解救林冲，这是孙孔目聪明的地方。

高太尉要借滕府尹之手杀林冲，孙孔目要借滕府尹之手救林冲。自从林冲被发送到开封府，他的生死确实就系于滕府尹之手。高太尉有权势，而孙孔目有正义；高太尉以权压府尹，而孙孔目以理服府尹。**我们看惯了权势的战无不胜，我们终于看到，正义也不是全无用处、全无作为，正义也有自己的力量，只要时机到了，正义也有自己的胜算。**

府尹在孙孔目的劝说下，实际上心中的天平已经转了过来。他问孙孔目："据你说时，林冲事怎的方便他，施行断遣？"

孙孔目毕竟是个法律上的专家，他一句话便把林冲从鬼门关拉了回来。

他说："看林冲口词，是个无罪的人。只是没拿那两个承局处。"

无疑，拿不到那两个承局，固然不能开脱林冲，判他无罪，却也不能证明他定然有罪，若按现在的无罪推定，林冲当得无罪释放。中国古代也有"赏疑从重、罪疑从轻"的法律传统，这传统的来头还非常大，来自孔子的"无讼"思想，来自《尚书》的"罪疑唯轻，功疑唯重""与其杀不辜，宁失不经"的思想，是儒家传统法律思想的重要核心价值之一。

既然不能证明无罪，又不能证明有罪，尤其不能证明有死罪，孙定便提出了他的建议：让林冲招认"不合腰悬利刃，误入节堂，脊杖二十，刺配远恶军州"。注意，这地方有两个小小的文字技巧："腰悬利刃"与"误入节堂"的区别。我们知道林冲进入节堂，是手执利刃的，并且高俅的控告以及此前滕府尹的言辞都认定了这一点，而此处改为"腰悬利刃"，"手执"与"腰悬"的区别显然是很大的。"手执利刃"，刺杀的嫌疑就大，误入的可能小。要不就是有人引导，要不就是有意谋杀，所以，叫"故入节堂"。

而"腰悬利刃"，误入的可能性就大，而刺杀的嫌疑小。因为利刃在腰间悬着，就有可能被疏忽，在走向节堂时，忘了腰间还有利刃，所以这就叫"误入节堂"。既然利刃还在腰间，刺杀的可能性当然就小。

"手执利刃，故入节堂"，即使不是为了杀人，也是知法犯法；而"腰悬利刃，误入节堂"虽则不能判无罪，但也只能是轻罪，至少绝不是死罪。

既不能判林冲死罪，那高俅、陆谦等人欲以此计杀害林冲，一了百了的阴谋便不能实现，或只能部分实现，这就实际上挫败了高俅、陆谦的阴谋。

这孙孔目，还真是个人才。

但是，我们在佩服与敬重孙孔目的同时，在觉得他是一个好人，从而感谢他的同时，还要认识到，这孙孔目也是在玩弄法律。

从“手执利刃，故入节堂，欲杀本官”到“手执利刃，故入节堂”，是慎重；从“手执利刃，故入节堂”再到“腰悬利刃，误入节堂”，就是篡改事实。因为，“欲杀本官”固然是高太尉栽赃，但“手执利刃”却是事实。

实际上，一部《水浒传》都是如此：坏人玩弄法律以害人，好人玩弄法律以救人。

法律在《水浒传》中只是一个儿戏。更严重的问题是，我们看到坏人玩弄法律以害人时，我们只恨坏人阴险奸诈，只从道德角度给他一个判决，而对其玩弄法律违法乱纪并不十分在意。而当好人玩弄法律以救人时，我们更是拍手叫好，连连称快，而对法律之被践踏、之被篡改、之被糊弄，不但不惋惜，反而很高兴。

这说明了什么？说明当法律被权势者作为玩偶时，全社会都不会认真地把法律当回事，奉公守法的就是傻子，信任法律依靠法律的更是天真。社会到了这一步，当然是上层实行强权政治，下层横行的全是流氓！而这，不就是《水浒传》描写的宋代的社会现实吗？！

滕府尹这次看来是下决心也做一回正直的人，当然他还是不敢得罪高太尉，于是亲自去高太尉面前禀说林冲口词。林冲的口词是什么呢？

第一，详细地说明了高衙内如何两次试图霸占自己的娘子。

第二，明白地指出了高太尉为帮助养子占有下属妻子而设计陷害自己的内幕。

虽然这第二点是林冲这个当事人恍然大悟想出来的，尚无证据，但第一点，衙内两次图谋奸占林冲妻子的事却是皆有人证，满街的人都是知情者。现在林冲直言因此被高太尉陷害，若一定要判林冲死罪并处斩，高太尉还是有些担心的。

第一，民意一定沸腾，这会影响他的声誉；高太尉虽然一手遮天，蒙蔽皇帝，但也不能不怕物议。

第二，他在朝廷中也不会没有想抓他把柄的对手，哪怕一时没有，也不能保证将来没有，所以，这事若做得太绝，他也有后怕。

因此，这个滕府尹“再三禀说林冲口词”，也是摸透了高太尉的心理。

第三，以前但有人小小触犯高太尉，他便发来开封府，要杀便杀，要剐便剐，滕府尹也算是一直很配合，他也需要滕府尹以后还能这样一直配合。在林冲这件事上，滕府尹既已再三禀说，他也不能逼府尹太甚。

而府尹呢，他既要救林冲，也要装出为高太尉打算的样子，一定也会在高太尉面前陈说利害。

高太尉情知理短，又碍府尹，只得准了。我们看，开封府判决犯人，还得要高太尉“准了”，这太尉的权力以及宋代法律和行政秩序的混乱，不是太明显了吗？

实际是，高太尉最后终于准了滕府尹的判决，也就是孙定的判决，不光是书中所写到的“情知理短，又碍府尹”两条。关键还在于，他高太尉还有后手。那么，他的后手是什么呢？

七 流血之途

林冲已被这个体制、社会蹂躏得毫无骨骼、毫无胆气、毫无血性。唯有英雄的材质，却无做英雄的勇气。

冷酷抉择，凄然离别

上回讲到，林冲被诱骗，持刀误入白虎节堂，高俅定了他一个“擅闯节堂，欲刺本官”的死罪罪名，发付到开封府，想借开封府的刀砍林冲的头。林冲家人自来送饭，一面使钱；林冲的丈人张教头也来买上告下，使用财帛；再加上一个当案的孔目孙定一意周全，终于得免死罪，判了脊杖二十，刺配沧州牢城。当即刺了面颊，当厅打一面七斤半团头铁叶护身枷戴上，贴上封皮，押了一道牒文，差两个防送公人监押前去。这两个公人一个叫董超，一个叫薛霸，二人领了公文，押送林冲出开封府来。林冲的丈人和众邻舍在府前接着，到州桥下酒店里坐定。

张教头叫酒保安排酒水果子管待两个公人，又拿出银两赍发他俩。然后林冲和他丈人话别。翁婿之间的这一段对话，明万历袁无涯刻本眉批曰：“此一番往返语，情事凄然，使人酸涕。”金圣叹的眉批曰：“一路翁婿往复，凄凄恻恻，《祭十二郎文》与《琵琶行》兼有之。”他们都看出了这段对话中伤情伤别的内容，但却没有看出，这段翁婿对话，翁婿之间其实并不知心。由于丈人张教头并不了解林冲的真正用心，而林冲也不好太过直白地说明自己的真实想法，以至于两者的对话，反反复复，却总是说在两岔上。

先是林冲对丈人说了一番显然经过他深思熟虑的话。这段话确实很令人伤感，也赚了古往今来不少读者的眼泪，但这段话的根本意思却为读者疏忽了，从而不大能更好地认识林冲这个人。这段话分三层，我们一层一层看。

第一层就一句话：“泰山在上，年灾月厄，撞了高衙内，吃了一场屈官司。”

这是说自己的这场屈官司，林冲用“年灾月厄”来说明自己的命运不济。年是灾年，月是厄月，高衙内是歹人，被自己撞上了。但细分析一下，他抱怨的乃是灾年厄月，而不是高衙内，为什么？正是因为年运不济，才撞上高衙内，高衙内此前在京师，糟蹋过多少人家的女子？林冲也不见有什么愤怒与不平，这正是林冲不及鲁智深处。鲁智深一听说镇关西“欺负人”，马上就饱以老拳，送他上了西天。高衙内欺男霸女，比镇关西严重多了，而且京师人人都知，林冲哪怕不能像鲁达那样公开惩罚他，凭他的武功，暗中收拾他一顿，总还是可以的。但林冲一直也像一般人一样，不敢与他“争执”，任他胡作非为。

孔子说：“见义不为，无勇也。”从这个标准看，林冲哪里算有勇？既然勇都算不上，哪里能算英雄？**什么是英雄？在人民需要的时候挺身而出才是英雄；在邪恶横行时敢于斗争才是英雄。**像林冲这样，高衙内在他眼皮底下作恶多年，他不敢制止，普通百姓被高衙内侵害多年，他没能保护，只是希望这灾星不要降临到他头上，并且自以为凭自己的身份，这份灾祸不会落到自己头上。这哪里能算是英雄呢？

真正的英雄，一定是这样的：他不仅反抗加之于自己的不公，他还反抗加之于别人的不公。他不仅为自己争取正义，他还为他人主持正义。比如说，鲁智深就是这样的人。他是天生的英雄，天赋他一颗正义之心、包天之胆、绝世武功。他一出场，就是英雄；他一出手，就是精彩。而林冲，乃是人间打造的英雄，是逼成的英雄，他本来真的不是英雄，也不想做英雄，只想做官。他已经被这个体制，被这个社会揉捏得无骨骼、无胆气、无血性，甚至连正义感都没了。他有英雄的材质，却无做英雄的愿望；有做英雄的能力，却无做英雄的勇气。因为他有英雄的材质和能力，我们就误以为他是英雄，其实他早已经被体制奴化了，只要灾祸不降临到他头上，他永远都是顺民。如同在深夜，强盗杀进了屋子，挨着床杀过来，只要还没杀到他头上，他就假装睡着了，绝不会出头、出手。

在美国波士顿犹太人屠杀纪念碑上，一位叫马丁的德国新教神父留下了沉痛的忏悔之语：“起初他们追杀共产主义者，我不是共产主义者，我不说话；接着他们追杀犹太人，我不是犹太人，我不说话；此后他们追杀工会成员，我不是工会成员，我继续不说话；再后来他们追杀天主教徒，我不是天主教徒，我还是不说话；最后他们奔我而来，再也没人站起来为我说话了。”

是的，只有反抗施加于一切人身上的奴役与迫害，才能最终保护自己不受奴役与迫害。我认为鲁智深“他总是决不接受奴役，亦决不允许有人奴役别人”。不允许有人奴役别人，才能最终避免自己被人奴役的命运。鲁智深身上的优点，或者说，那种英雄的气质，在林冲身上是比较缺乏的。

现在，高衙内终于欺负到了他头上，与高衙内以前欺负别人一样，根本没有什么人出来主持公道。正像鲁迅先生后来沉痛揭示的一样，在这样的国度，只有两种人：示众的材料和麻木的看客。只是，林冲以前是麻木的看客，冷漠地看着示众的材料；现在自己成了示众的材料，眼前都是麻木的看客。当他带着妻子和锦儿在东京空荡荡的大街上走过时，他内心经历的，一定是无比的孤独和无助，无比的绝望与恐惧。

高衙内第一次调戏他老婆后，他一直抱有幻想：这高衙内不认识自己的老婆，若要认识，也不会这样。他暗中希望高衙内在得知是他林冲的老婆后会马上收手。但他等来的是更大的侮辱，甚至连他多年称兄道弟的朋友都参与了对他的欺骗，与他反目成仇，落井下石。他此时非常痛苦，但他仍然没有勇气与他们决绝，他还需要体制，还有在体制内出人头地的梦想，所以他不敢得罪高太尉。既不能得罪高太尉，他就只能忍，满含屈辱地忍。可以说，林冲是《水浒》一百零八人中内心最苦的人、最郁闷的人、最黑暗的人。一段时间里，他只能借酒浇愁，他的那些心事，无法对人说，包括对鲁智深。

现在他落入了陷阱，他痛苦地发现，现在人家不仅要占有他老婆，甚至为了达到这一目的，要先害了他。他要失去的，不仅是老婆，是做男人的尊严，而且，还有体制内的前途、自己的生命。但他仍然是只怨天不尤人，他的思路是这样的：因为年灾月厄，才撞了高衙内，好像高衙内只是一个无主观害人意志的客观存在，如同地上的陷坑、天上的冰雹、水中的暗礁，你碰上了，只能怪自己命运不好，不能去怪陷坑、冰雹和暗礁。谁叫你撞了高衙内呢？当高衙内此前欺男霸女时，那些被欺压的人家，也是这样的想法。林冲那时听到别人被高衙内欺负，心中也这样想：谁叫你撞上了呢？你撞上你活该，你倒霉，我们可以同情你，却不会恨高衙内，我们同情你，是你命不好。

实际上，当一种恶强大到我们无法推翻，或反抗的代价超过忍受的代价时，人们就可能选择忍受与妥协，并在心理上倾向于把这种恶看成是自己的宿命而加以接受。长期下去，习惯成自然，恶就变成一种客观的并且合理的存在了。

但高衙内是有意识的，是主动的恶。这一点，林冲不愿意承认。为什么不愿意承认呢？因为承认了这一点，就必须铲除这种恶，他没有这个勇气和胆量。所以，他只愿自欺欺人，自怨自艾，认命感叹。

在受到不公时，在被欺凌侮辱时，只怨天不尤人，是一切弱者的基本思维方式。同时，我们要看到在权力无孔不入地主控社会一切活动时，充斥于社会的，都是这种弱者。个别的强者，只能逃到王土之外，去水浒，不做王臣，去做强盗。

世间岂有双全法，不负如来不负卿

林冲对丈人所说的这番话的第二层是这样的："今日有句话说，上禀泰山。自蒙泰山错爱，将令爱嫁事小人，已经三载，不曾有半些儿差池。虽不曾生半个儿女，未曾面红面赤，半点相争。"

林冲这第二层意思是说夫妻恩爱，顺便还说到了他们没有儿女，这是为后文省事，也是写小说突出主要情节而省去不必要的枝节的主要方法。这一段叙述说的夫妻情深谊长，显示出是一对恩爱夫妻。《水浒》中的夫妻，恩爱的不多，至少作者费笔墨写恩爱处不多，所以这一段很珍贵，也给读者很深的印象，尤其是在这生离死别之时说出，更是令人恻然心伤。所以，无论李贽还是金圣叹，都被感动了，甚至都赞叹他们夫妻情深，却忘了这段话另外的意思，尤其是第三层的意思。

第三层的意思与第二层的意思截然不同。如果说第二层是叙夫妻情，忆夫妻情，恋夫妻情，那么第三层则是要忘夫妻情，断夫妻情，绝夫妻情。两相对比，写出人间惨剧，所以赚了多少读者或听众的眼泪。但是，仔细一琢磨，却不大对劲了，因为林冲未免太绝情，而绝情的理由，却是因为他太懦弱、太自私。

我们看他说的："今小人遭这场横事，配去沧州，生死存亡未保。娘子在家，小人心去不稳，诚恐高衙内威逼这头亲事；况兼青春年少，休为林冲误了前程。却是林冲自行主张，非他人逼迫，小人今日就高邻在此，明白立纸休书，任从改嫁，并无争执。如此，林冲去得心稳，免得高衙内陷害。"

你看，前面说好说歹，好像是为了娘子考虑，担心她误了青春，但最后一句"免得高衙内陷害"，却吐露了心迹：原来，他是担心高衙内不放过他，所以主动交出自己的老婆！

汉语中有一个词，叫“壮夫断腕”，很悲壮的一个词。而林冲这样做，叫什么呢？只能叫“懦夫断腕”，很可悲。

而且，他还说“今日就高邻在此，明白立纸休书，任从改嫁，并无争执”。为什么要当着众高邻的面？因为要大家做个见证，他已经当众表态放弃，从此与他无关了。什么叫“明白”立纸休书？要让谁明白？就是要让高衙内明白，我已放弃了老婆，任从她改嫁，剩下的事是你高衙内与我老婆的事、与张教头的事，与我无关了，你不用再陷害我了。

伤得越深，爱得越真

你看，高衙内、陆谦、高俅等人步步紧逼地陷害，不是让他愤怒，而是让他惧怕。当我们对坏人的怕压倒了恨，畏惧压倒了愤怒，我们不就只有屈服一途？

更糟糕的是，他的这场横事，明明白白的是高俅、高衙内父子陷害；他此时做出的这种丢妻保夫、懦夫断腕的事，明明白白是被逼无奈，众高邻都心知肚明，他却偏偏要申明：却是林冲自行主张，非他人逼迫。他为谁开脱呢？当然是为高俅父子开脱。他为什么要为他们开脱呢？他还想以此讨得他们的欢心，使他们对他的迫害放松一些，甚至，良心发现，还能关照他一些。

一个人，一旦被对方彻底打败、被对方彻底控制、对对方无比恐惧，对方越是压迫他，他越是要表现出忠心耿耿的样子，甚至帮着对方出主意，保护对方。这种现象，现代心理学把它称为“斯德哥尔摩情结”或“斯德哥尔摩综合征”。所谓斯德哥尔摩综合征或情结，是指犯罪事件的被害者对于犯罪者产生情感，甚至反过来帮助犯罪者的一种情结。这一心理学名词来自1973年发生在瑞典斯德哥尔摩的一桩银行绑架案。此事在警方与歹徒僵持了一百三十个小时之后，因歹徒放弃而结束，然而四名受害者在事后都表明并不痛恨歹徒，并表达了他们对歹徒非但没有伤害他们却对他们加以照顾的感激，相反，他们却对施救他们的警察采取敌对态度。事后，被绑架的人质中一名女职员竟然还爱上一名绑匪并与他订婚。

斯德哥尔摩情结的本质在于：在加害者处于完全优势的情况下，被害者不能逃离加害者圈定的博弈母系统。加害者行为在本质上的不正当性就被忽略，而生存第一的首要目标就会导致被害者产生合作的行动。

在权力社会里，权力拥有者处于绝对的优势，被权力侵害的人无法摆脱权力这个母系统，于是，权力拥有者行为的不正当性就被忽略。而为了生存，为了不至于招致更大的迫害，受害者就会产生与施害者合作的冲动，并对施害者没有采取更极端的伤害心存感激。

林冲现在实际上就是处于这样一种心理状态之中。你高衙内不是要我的老婆吗？我配合，你拿去。而且，我还要表明，这是我自觉自愿的行为。

当然，林冲表明休妻出于自愿，还有自身的面子问题。如果让众高邻知道自己是被人逼迫而放弃老婆，那多么丢人哪？所以，他要说自己是为老婆考虑，担心误了她的青春，所以他自行主张，为老婆做出牺牲。懦夫的行为变成了勇于自我牺牲的英雄行为了。

由此，我们可以得出一个结论：林冲在开封府这段囚禁待审期间，他已被吓破了胆，并且出现了斯德哥尔摩综合征，在这种特定的心理状态下，经过深思熟虑之后，决定抛妻救己。

但站在林冲的立场上，他的这种想法有他的道理，有他的合理性。世界上的事情，奇奇怪怪的，但总有一个角度让你看到它的合理性。如果从任何角度看都不合理，它就不会存在。这就是黑格尔的名言“存在即合理”的含义吧。

英雄丈人，狗熊女婿

但林冲的丈人张教头偏不从这个角度看问题。这个特别爱惜林冲、看重林冲（所以当初把女儿嫁给林冲）的教头，则表现出了真正的爱：因为敬重林冲是条好汉，所以把女儿嫁给林冲；把女儿嫁给好汉，又当然是爱女儿。此时林冲倒霉，他爱惜林冲的方式就是为林冲保存一个家庭，为林冲保护家小；而他爱女儿的方式，便是在女婿充军发配时，将女儿领回家去，保护起来，养起来，并且不让她受到高衙内的骚扰。

所以，他说：“贤婿甚么言语！你是天年不齐，遭了横事，又不是你作将出来的。今日权且去沧州躲灾避难，早晚天可怜见，放你回来时，依旧夫妻完聚。老汉家中也颇有些过活，便取了我女家去，并锦儿，不拣怎的，三年五载，养赡得他。又不叫他出入，高衙内便要见也不能够。休要忧心，都在老汉身上。你在沧州牢城，我自频频寄书并衣服与你。休得要胡思乱想，只顾放心去。”

张教头的这番话，说了三层意思，分别针对三个人：

第一，对林冲。先是理解，并不责怪，这场大祸，乃是天年不济，而非自作自受，去沧州后，休要胡思乱想，“我自频频寄书并衣服与你。”只顾放心去，早晚天可怜见，回来后，依旧夫妻完聚。这是丈人做得好。

第二，对女儿。女婿刺配沧州牢城，他就接女儿回家过活，并且连锦儿也接去，并不抛弃，三年五载，养赡得她。这是父亲做得好。

第三，对高衙内。张教头为什么要接女儿回家过活？就是为了防止高衙内骚扰，接回家去后，不叫女儿出入，让高衙内连面也见不着。这是做人有骨气。

他明确告诉林冲说：“休要忧心，都在老汉身上。”

哪些东西都在这位老汉身上？两个：

一是林冲老婆。

二是高衙内。

“老婆我替你养着，危险我替你担着。”这张教头大包大揽，天塌下来了，他冲上去顶着。他倒真是一个不显山不露水能担当的大英雄！把他和林冲一比，还真把林冲比下去了。

如果把张教头的这番话和林冲的话做个比较，我们发现两人说两岔去了。张教头只道是林冲担心娘子，全不知林冲担心的是自己的性命。可以不客气地讲，林冲自始至终都只担心自己：

先是担心自己的名誉受损；

后是担心自己的前程被毁；

现在是担心自己的性命被害。

我们说一句诛心的话，他在这件事情发生之后，尤其是在开封府大牢里思前想后，他没有想着怎样报仇，却是在想着怎样撇清自己。在他的潜意识里，这个恩爱数年的妻子，岂不也是他的一个负担、一个招惹是非灾祸的因由？所以，他的心思，不在仇人身上，反在亲人身上，没想着怎样杀仇人，倒在想着怎样抛亲人，而且还要抛得体面，抛得明白，彻底撇清自己的干系。

他今天做的是什么事呢？是亲者痛仇者快的事。亲者痛他不管，他还就要仇者快，仇者快了，就有可能放弃对他的迫害了。

而张教头从一般人情之常上考虑。在他看来，林冲此时最担心的是两样：

一是妻子在自己离开之后的生活；

二是高衙内威逼这头亲事。

所以，张教头一边保证接女儿回家养着，解决女儿的生活问题；一边又担当起保护女儿不受高衙内骚扰的重担。他以为他这样说，这样做，就可以让林冲放心，所以，他一再对林冲说："休要忧心""只顾放心"。岂不知，他越这样说，林冲倒越忧心、越不放心，因为这样高衙内就仍会把他看作是占有林娘子的阻碍，看作眼中钉、肉中刺，必欲除之而后快，他的安全就不能保证。

所以，林冲接着对丈人说道："感谢泰山厚意，只是林冲放心不下，枉自两相耽误。泰山可怜见林冲，依允小人，便死也瞑目！"

他放心不下什么呢？他担心的两样，张教头都保证了。况且，如果他放心不下妻子的安全，把她休了，她就安全了吗？什么叫两相耽误呢？林娘子独守空闺，等他归来，虚度青春，果然可以叫被他耽误了；那么林娘子耽误了他什么呢？这是一个大问题，但答案却十分明白而简单：假如娘子还是他林冲的娘子，高衙内就不会放过他；高衙内不放过他，就会害他。这就是所谓的"两相耽误"的真正用意。

他甚至开始央求老丈人，"泰山可怜见林冲"。张教头那番话里也有"可怜见"一词，不过是"天可怜见"，天可怜见，是夫妻能再完聚，这是张教头的善良愿望，也是一般人情之常；而林冲要的"泰山可怜见"，竟然是夫妻就此分手，这竟然是林冲的愿望！

对这样一个荒唐的愿望，张教头当然不肯应承，不仅张教头，众邻舍也都纷纷说不行。大家都在善意地测度林冲，以为他是为了娘子着想，所以，大家都和林冲想两岔去了，林冲要泰山可怜见，就是要丈人饶了他，救他啊。但林冲哪里能明白说出他的真实想法呢？

他只得发了一个毒誓："若不依允小人之时，便挣扎得回来，誓不与娘子相聚！"

金圣叹在此下批曰："截铁语。"他哪里是截铁呢？他是截几载夫妻之情啊，这种折断骨头连着筋的截断，他真是够忍心！

而李贽批曰："可怜。"这是可怜吗？是可恨吧！

林冲话说得这么绝，张教头很无奈，但他也是一个倔强之人。他说："既然恁地时，权且由你写下，我只不把女儿嫁人便了。"

金圣叹在此下又批曰："截铁语。"不错，今天张教头也认上了，决不屈服。他不是不向林冲屈服，恰恰相反，他这样做是在为林冲着想，是在为林冲维护他的生活，维护他的家庭，维护他的世界。他是不向这个邪恶的世道屈服，不向高太尉、高衙内屈服。

那么，双方都把话说得这么绝，接下来，林冲会写下休书吗？他写下的，又是怎样的休书呢？

八 心腹大人

人治时代，“心腹人”最吃香。驰骋政界，有心腹人，就有鹰犬爪牙；而只有成为权豪势要的“心腹人”，才能攀龙附凤以鸡犬升天。

不为丈夫，即是小人

林冲在刺配沧州出发前，在开封府前和家人告别。告别之时他突然提出一个令家人措手不及也令邻居们非常吃惊的要求：要明白立下休书休妻。在他的决意坚持下，林冲的丈人张教头不得已同意他立下休书，但也表示，决不把女儿嫁人，而是等他回来，依旧夫妻团聚。

张教头既这样说了，林冲就叫酒保寻了一个写文书的人来，由林冲口授了一份休妻书：

> 东京八十万禁军教头林冲，为因身犯重罪，断配沧州，去后存亡不保。有妻张氏年少，情愿立此休书，任从改嫁，永无争执。委是自行情愿，即非相逼。恐后无凭，立此文约为照。　年　月　日。

这份休书写得有些特别，特别在哪里呢？特别在两点：一是有一个地方很有意思；二是又有一个地方很没有意思。

哪个地方很有意思呢？这个地方就是第一句话，林冲对自己身份的介绍。本来完全可以直书林冲如何如何即可，他偏要在林冲前加上“东京八十万禁军教头”这个头衔，这就是很有意思的地方。有意思在哪里呢？

要知道写此休书之时，他已不是什么教头，他是一个罪犯，但他念念不忘他的这个已经失去的头衔，他太看重和无比留恋这个由体制赋予他的头衔了。

我前面说到，林冲的很多做法不符合人之常情，他的很多想法更是非常扭曲。是什么扭曲了他呢？是体制。

我前面还说过，就文学形象而言，林冲的人物形象要比鲁智深这个人物形象更有内涵，更有价值，更有一种认知上的意义，因为他更加典型。

在权力社会里，大多数人都可以在他身上找到自己的一些影子。从人性的缺点这方面来看，大多数人是部分的林冲、全部的林冲，甚至比林冲还要林冲。大多数人极可能没有鲁智深的优点，但一定或多或少有着和林冲一样的缺点。因为，大家处在相同的处境里，有相同的遭遇。

那么，这份休书里，哪个地方又很没有意思呢？就是这样的几句："委是自行情愿，并非相逼。"

金圣叹批曰："句句出脱衙内。"到了此时，林冲已决定把妻子让出，还要为衙内着想，担心衙内担上逼人休妻再占有的恶名，所以特别申明"自行情愿，并非相逼"，而且还要加上"委是"——确实是——加以强调。这种腔调，哪里像一个英雄，哪里像一个豪杰？

也是，在封建集权时代，王权所到之处，正如元曲中唱的，"天地间不见一个英雄，不见一个豪杰"，只有奴隶和奴才。

林冲哪里是英雄？他只不过是想做奴才而不得罢了。

休书写完，正要交给泰山张教头收下，林冲娘子和锦儿抱着一包衣服，号哭着寻到酒店里。娘子如此，林冲本该好言安慰，但是他却告诉她，已写好了休书，并说："万望娘子休等小人，有好头脑，自行招嫁，莫为林冲误了贤妻。"

什么人是"好头脑"呢？"好头脑"是指谁呢？金圣叹批曰："高衙内也。"

高衙内是"好头脑"吗？他哪里好呢？品性好？才华高？只有一点——"高干子弟"，家庭好，有势力。

金圣叹接着说："却不直说高衙内，盖恐其伤心也。"这是金圣叹以仁人之心测度林冲了，林冲若担心娘子伤心，此时就不该说休妻并劝其另嫁的话。何况这地方虽不明说要妻子嫁与高衙内，娘子岂能不明白？要娘子嫁给纠缠她的人，侮辱她的人，想诱奸她的人，嫁给东京人都知道的专一淫垢人家妻女的花花太岁，亏他想得出、说得出。

林娘子听罢，当然又是大哭，说："丈夫！我不曾有半些儿点污，如何把我休了？"

还是丈人张教头真英雄，他说："我儿放心。虽是女婿恁的主张，我终不成下得将你来再嫁人。这事且由他放心去。他便不来时，我也安排你一世的终身盘费，只教你守志便了。"

这张教头，真是好丈人，好父亲，真好汉！

我们来这样想想，假如张教头有一丝夤缘攀升的思想、趋炎附势的念头，高衙内看中了他的女儿，林冲又自愿退出，他不正好可以将女儿嫁入高家，从此和顶头上司高太尉成了儿女亲家，他不是要风得风，要雨得雨？

但是，他就是决不屈服！

我们来比较一下林冲和张教头对待林娘子的不同态度。

从林冲角度看，他的老婆有了张教头的保护和养赡，他完全可以无忧，因为有三点保障：

一是衙内不得见；

二是丈人愿赡养；

三是娘子愿守志。

但他有了这三点保障之后，仍要决绝地休妻，只为了一点：衙内不害己。

从张教头角度看，他如果想通过婚姻攀高枝，他完全可以做到，因为他也有三点保障：

一是衙内苦苦相求；

二是林冲自愿退出；

三是女儿婚嫁由父母做主。

但在这种情况下，他仍然决绝地告诉女儿："他便不来时，我也安排你一世的终身盘费，只教你守志便了。"

宁愿让女儿守寡，绝不向衙内屈服！

说英雄，谁是英雄？

张教头一番言辞，没有感动林冲，倒是痛绝了自己的女儿。林娘子一听父亲这番话，又见了休书，当即哭倒，昏厥在地。林冲与张教头救了起来，半晌才苏醒过来，邻舍女人和锦儿搀扶回去了。张教头又嘱咐林冲道："只顾前程去，挣扎回来厮见。你的老小，我明日便取回去养在家里，待你回来完聚。你但放心去，不要挂念。如有便人，千万频频寄些书信来。"

林冲拜谢泰山并众邻舍，背了包裹，随公人去了。

休书写了，话也说明白了。应该说，林冲在走之前，当着众邻舍之面，把自己算是撇清了，林冲应该可以放心了。那么，在前方等待着林冲的，会是什么呢？

心腹之蜜，权力之刃

就在林冲当着众位高邻的面，公开宣布休妻，任从改嫁、永无争执之时，另一边的阴谋却也在悄悄进行。当林冲步步退让之时，他的对手们却步步紧逼而来。

两个防送公人董超、薛霸把林冲寄监在使臣房里，各自回家收拾行李。一条偏僻小巷的酒店里的酒保忽然来到董超家里，说道："董端公，一位官人在小人店里请说话。"

是谁在这样微妙的时刻，请一个防送公人说话呢？

董超也觉得奇怪，就问了一声："是谁？"——这是第一次问。

酒保道："小人不认得，只叫请端公便来。"

董超和酒保一起到酒店里时，见了这个在那里等他的人，不认识。董超又问了一声："小人自来不曾拜识尊颜，不知呼唤有何使令？"——这是第二问。

那人道："请坐，少间便知。"

那人又叫酒保去唤薛霸。

薛霸到来，也是不认识，也问了一声：

"不敢动问大人高姓？"——这是第三问。

那人又道："少刻便知，且请饮酒。"

这个人的神秘做派吓住了董超、薛霸，不然他们完全可以拒绝喝酒。

他们乖乖地喝酒，却一肚皮的纳闷儿。

我们读者也一直在纳闷儿：这个神秘莫测、莫名其妙的家伙，到底是谁？他要干什么呢？

酒至数杯，那人突然从袖子里取出十两金子，放在桌上说："二位端公各收五两，有些小事烦及。"

不认识人没问题，只要认识金子。黑眼珠见不得白银子，何况是金子？这世上的人，还就是认人的不多，认金子的多。

二人心中早已七上八下。这一早晨，这么一个神秘兮兮的人装神弄鬼，也不知道葫芦里卖什么药。现在突然拿出这么多金子，他们虽然贪财，却也害怕，就问道："小人素不认得尊客，何故与我金子？"——这是第四问。

那人却仍然不答，反而来了个反问："二位莫不投沧州去？"

这实际上是明知故问，其用意也在于加重那种神秘紧张的气氛，让董薛二人精神紧张，产生畏惧心理，从而易于控制。

在得到肯定的答复后，这个人终于亮出了自己的身份，而且前面四问不答，现在一答惊人："我是高太尉府心腹人陆虞候便是。"

原来是这个肮脏小人！

但董薛二人不这样看，他们听到的是"高太尉府心腹人"这七个字。这七个字足以震慑人，震得他们灵魂出窍，良心走失。

所以，他俩一听，吓得诺诺连声："小人何等样人，敢共对席！"——我们是什么样的人，敢和您坐在一起吃饭。

高太尉的走狗也有如此的声威！有了这样的声威，别人还能不言听计从？

"心腹人"这个词好。**在人治时代，"心腹人"是最吃香的，也是最重要的，当官的要有心腹人，才有抬轿子的，才有鹰犬爪牙；而只有成为权豪势要的"心腹人"，才能吃香的喝辣的，狐假虎威以压迫他人，攀龙附凤以鸡犬升天。**

所以，陆虞候在介绍自己的姓氏官职前，给自己加上的这"高太尉府心腹人"七个字的头衔，收到了预期的效果：

一是震住了对方；

二是炫耀了自己。

陆虞候是下层军官，大约相当于今天的小科长一类。在京师这样的大码头，小科长多如牛毛，本来不会让人肃然起敬。若陆谦的名片上印上：陆谦，某某部某某司某某处某某科主任科员，没人正眼看他。但陆谦的名片上印的却是：陆谦，高太尉心腹人。这足以吓死大半城的东京人。

需要指出的是，《水浒》这地方的描写是有问题的。这问题就是：包括酒保在内，董超、薛霸等都不认识陆虞候。这有些不可思议。我们看林冲，有多少人认识他？连大街上卖药的张先生都认识林冲，林冲被发配，众邻舍都来送行。一个酒保，对董超、薛霸这样的小人物的家也熟门熟路，陆虞候家也住在附近，整日在附近走来走去，却不认识，不可信。

这可以说是小说的漏洞，但却是作者故意这样写的。因为，作者要达到三个文学上的效果。

一是故意这样制造悬念，制造紧张气氛，让我们揪心。

二是写出陆虞候装神弄鬼、故作神秘、摆足架子以吓唬人。

三是还写出了陆虞候偷偷摸摸、鬼头鬼脑，在见不得人的地方，干见不得人的事。

那么，这个高太尉“心腹人”如此神秘兮兮，到底要干什么事呢？

陆谦看到这二人已被震慑住，终于亮出了底牌：要这二人在路上结果了林冲！而且明白告诉对方，这是太尉的钧旨。

这是杀人的勾当，非同小可，是严重犯罪，要掉脑袋的。所以，董超一听还有些犹豫，但是薛霸则非常爽利地答应了。为什么？

薛霸这个小人，他非常明白两点：

第一，只要是做高太尉要你做的事，杀人放火都没有问题。

第二，如果不做高太尉要你做的事，那倒真的会有大问题。

于是，他对董超说：“老董，你听我说。高太尉便叫你我死，也只得依他。”

金圣叹在此句下批曰：“不知图个甚么，死亦依他也。”金圣叹本来是一个明白人，此时却不知怎么突然糊涂了。岂不闻“君要臣死，臣不得不死”，死前还要谢恩的中国古代封建社会的规矩吗？这种理念，在封建专权时代，是一级一级复制的，正如各级权力机构的权力运作机制是一级一级复制的一样。

由此，我们也就可以对林冲的斯德哥尔摩综合征做更进一步的阐述：既然权力所有者拥有叫人死的权力，他现在要你的老婆，不是很正常的吗？而且，他只要你的老婆，没要你死，可见他是多么仁慈，你不应该为此感恩戴德吗？

在斯德哥尔摩绑架案中最终获救的四个人就是这种心态：绑架者在拥有杀死他们的机会的情况下，没有杀死他们，这就是他们的仁慈。所以，要感激他们，甚至，爱上他们。

我们看，当权力可以这样控制人和社会时，在这样理念下建立的制度与社会运作秩序，实际上就是对全民的绑架。这多么可怕！它彻底扭曲了人心、人格。

薛霸接着说：“莫说使这官人又送金子与俺。你不要多说，和你分了罢，落得做人情，日后也有照顾俺处。”

权力可以杀人，权力可以抬举人。违逆了它，它就杀你；顺遂了它，它可以抬举你。一个人的成功与否，不看才赋、品德，只看你对权力的态度，对当权人的态度。

《水浒》中的林冲故事，第一大要目、大主题、大看点，就是看权力的可怕、可恶。

既然如此，结果也就可想而知。薛霸接着往下说:“前头有的是大松林，猛恶去处，不拣怎的，与他结果了罢!”

当下收了金子，薛霸又对陆谦说道:“官人放心，多是五站路，少便两程，便有分晓。”

得到薛霸如此爽快的答复，陆谦大喜，道:“还是薛端公，真是爽利!明日到地了时，是必揭取林冲脸上金印，回来做表证，陆谦再包办二位十两金子相谢。专等好音，切不可相误!”

又是金子!

《水浒》中林冲的故事，第二大要目、大主题、大看点，便是看金钱的可怕、可恶。

对权力的屈从趋附与对金钱的渴望贪求，是人性中最丑陋的部分。

《水浒》中林冲故事，在这一点上写得极其透彻。

而且，它还间接地揭示了这些丑陋品性与社会制度的关系。

一种制度培育一种品性。

要改变国民性，必先改变国家制度。

鲁迅先生一生，做两件事：痛揭中国的国民性；痛批中国的封建性。

他知道，不改变封建制度，就不能改变国民性。

林冲丈人张教头要林冲放心，只顾前去；

薛霸此时，也要陆谦放心，前去不远便结果他。

张教头越要林冲放心，林冲越放心不下。

为什么放心不下？因为这边还有薛霸要陆谦放心。

当陆谦放心时，林冲就不能放心了，而是要当心了。

但林冲会当心吗?

九　绝处逢生

野猪林，多少英雄在此命丧黄泉，多少豪杰在此黯然销魂，多少冤屈性命成为孤魂野鬼。

哀其不幸，怒其不争

陆谦、董超、薛霸三人离开酒店，各自分手。董薛二人将良心交给陆谦，将金子送回家中。他们取了包裹，拿了水火棍，监押林冲上路。

第一天还算好，因为出来晚，走了三十多里路天色已晚，就在客店里歇了一宿。

次后三两日，天气酷热，林冲的棒伤复发了，路上走一步挨一步，走不动，二位公人一个唱白脸，一个唱红脸，开始折磨林冲。晚间投宿村中客店，林冲不等公人开口，赶紧去包裹里取些碎银两，央求店小二买酒买肉，安排盘馔，请两个公人坐了吃。

要知道他请的这两个人，是一路上折磨他、蹂践他，不把他当人的人！金圣叹在此句下批曰:“可怜。”是很可怜。但是，一个堂堂正正的汉子，为何老是这样低三下四？老是这样低三下四，不也可厌？不也让人“哀其不幸，怒其不争”？

武松在杀嫂之后被解送孟州的时候，也有两个公人相送，武松也是“包里内有的是金银，但过村坊铺店，便买酒买肉，和他两个公人吃”。但是，这是有前提的。这前提是：那两个公人知道武松是个好汉，一路只是小心服侍他，不敢轻慢他些个。武松的那两个公人有恭敬心，有同情心，知道尊敬武松这样的好汉，同情武松这样的遭遇，所以，武松才这样对待他们。

而林冲遭遇比武松更惨，但是这两个公人毫无同情心、毫无是非心，一路上一直在折磨他、凌辱他，不把他当人。对这样的奸邪小人，林冲也是曲意逢迎，这怎不令人郁闷！

他这样低三下四、低声下气，一意讨好，讨来了什么呢？

董薛二人使个眼色，添了些酒，把林冲灌醉了，然后骗林冲洗脚，打来开水，把林冲的脚按在开水盆里，烫伤了林冲的脚。并趁林冲不注意，把他的旧草鞋扔了。

第二天早晨，林冲脚上都是燎浆泡，却找不到鞋了。董超假慈悲，给了他一双麻编的新草鞋。新草鞋磨脚，林冲走不到二三里，脚上的泡就被新草鞋磨破了，鲜血淋漓，走不动，声唤不已。

薛霸骂道:“走便快走，不走便大棍搠将起来!”非常恶毒。

董超又假意来扶，林冲又强忍着走了四五里，真正走不动了。却见前面烟笼雾锁，一座猛恶林子——有名的野猪林到了。

两个公人假意要歇一歇，睡一觉再走。刚刚睡下，却又一惊一乍跳将起来，说怕林冲乘他们睡着跑了。

林冲道:“小人是个好汉，官司既已吃了，一世也不走。”

薛霸道:“那里信得你说。要我们心稳，须得缚一缚。”

林冲道:“上下，要缚便缚，小人敢道怎的。”

这完全是一副奴才声口，完全是一副讨好声口，毫无骨气。

他的前提还是：我是罪犯，你们是防送公人，你们拥有支配我的权力。所以，你们对我做什么，我都没有意见，而且心甘情愿，毫无怨言。

你看，还是典型的斯德哥尔摩综合征。

当然，他也要通过尽量做得谦恭，尽量做得卑贱，尽量做得巴结，来换得他们的一丝宽待，一丝同情，一丝可怜，使自己遭受的痛苦有些减轻。

但是正像我们看到的，越是这样没骨气，越是这样乞怜，林冲越是让对方瞧不起，越是遭来对方更加严厉的侮辱和损害；换来的是这两个奸邪小人有恃无恐、日甚一日的虐待，直至虐待得他气息奄奄，毫无反抗之力。

薛霸腰里解下绳子来，把林冲连手带脚和枷紧紧绑在树上。原来绳子早就准备好了。

你看，两个小人几乎不用什么计谋，就已经彻底制伏了林冲。

而林冲是何等大意！

光是大意还罢了，这是何等自卑，何等曲意逢迎！

一口气不来，向何处安身

现在，林冲被绑在树上，一丝也动弹不得。两个小人的奸计终于得逞，而林冲委曲求全的最终结果也就是置自己于万死不能一生的绝地。

两个小人转过身来，原形毕露，拿起水火棍，对林冲说出了受陆谦之托，要在此杀死他的真相。

林冲泪如雨下，但毫无反抗能力的他只能是乞求对方良心发现："上下，我与你二位往日无仇，近日无冤，你二位如何救得小人，生死不忘。"

按说，林冲这样的武功，即使戴着枷锁，要收拾这两个公人，也还是易如反掌的。林冲的武功不在武松之下，武松大闹飞云浦时，连杀四人，其中两个还是蒋门神的徒弟，习武出身。而那时的武松，也是戴着行枷，也是脊杖二十。

所以，董超、薛霸这两个要杀林冲，必须先想尽办法折磨他，消耗他的体力，直至把他折磨得连路也走不动，把老虎变成病猫，才决定下手。

即便如此，这两个胆怯的小人也还害怕，又设计先绑住林冲，以求万无一失。而林冲对此的态度竟然是，要绑便绑，一句话也不敢说。

假如林冲的性格不是这样懦弱，不是这样一意退让，这两个小人一路上绝不敢如此嚣张，林冲也绝不会遭此大罪；在野猪林，他们也不会如此轻易得手，林冲也不会如此被动。林冲的不幸，实有以自致之，是他自己绑住了自己的手脚，解除了自己的武装，任人宰割。

生死兄弟，患难真情

林冲从来没有想到过反抗，此时，他已经完全没有了反抗的能力和资本，只能哭泣求情。

董超道："说甚么闲话？救你不得！"

金圣叹在句下批曰："临死求救，谓之闲话，为之绝倒。"在他们的眼里，一条人命，不过是一句闲话。

既是闲话，也就不用再说，更不用再听。薛霸是个爽快人，早已高高举起了水火棍，往林冲脑袋上就劈下来。而林冲被绑得紧紧的，动弹不得，反抗不得，亦躲让不得，只能闭目受死。

就在这千钧一发之时，只听松林里雷鸣似的一声，紧接着一条铁禅杖飞过来，把这水火棍一隔，丢出九霄云外，跳出一胖大和尚来，喝道："洒家在林子里听你多时!”林冲闪开眼一看，原来是鲁智深!

王望如在本回的回末总评上说:“自有宋以来，野猪林中，结果了多少冤屈的性命，几回得遇太白金星鲁智深搭救，巧哉!林冲相交花和尚，便得花和尚之力，岂不是绝处逢生!”

林冲的故事，至少有这两点值得我们思考。

第一，从情理上讲，林冲被害死在野猪林是必然的，而被鲁智深搭救只是偶然，或者说，只是小说家言。在生活中，像林冲这样，只有死路一条。这或许是《水浒》作者给我们的一个重要启示：不反抗，只有死。

第二，鲁智深是冲动的、莽撞的，林冲是精细的、谨慎的。按我们一般的想法，一定是鲁智深常常闯祸，深陷危险之中，需要别人搭救。而林冲则一定能够保护好自己免受伤害。

可结果却是，鲁智深偏偏吉人天相，处处逢凶化吉，而且一直在搭救别人；而林冲这样的谨慎人，则偏偏需要鲁智深这样的莽撞人搭救。其中的奥妙，值得我们深思。

实际上，孔子是反对人们“三思而行”的。常常告诫人们做事要谨慎小心、要有所畏惧的他，更要人们能在关键时刻挺身而出，而不是畏首畏尾，犹豫不决。

从鲁智深与林冲在大相国寺见面，故事的主人翁一直是林冲，鲁智深淡出。现在鲁智深又重新回到了我们的视野。**从阅读的角度讲，林冲的故事紧接在鲁智深的故事后面，那是因为鲁智深的故事令人痛快，令人神旺。痛快极了，神旺极了，让我们气闷一回，压抑一回，换一种节奏，所以，林冲出来了。而林冲的故事自从菜园结义开始到现在，一直令人气闷，令人压抑。气闷极了，压抑极了，又让鲁智深出来，让我们神旺。**

这是小说作者对我们阅读情绪的准确把握和巧妙调节。

接下来的故事，主角是鲁智深了。于是我们又找到了以前读《水浒》的痛快感觉：鲁达护送林冲去沧州，一路上收拾二公人，好便骂，不好便打，让我们畅快不已。我们对这两个奸邪小人的愤怨之情终于得到了发泄。

自从被高太尉设计陷害，关进开封府大牢直至此时，一直被蹂践不当人的林冲，也终于扬眉吐气做了一回人，而且还是人上人。鲁智深讨了一辆车子，让林冲上车躺着走、坐着走，像个地主；鲁智深扛着禅杖，监押着两个公人跟着车子慢着走、紧着走，像个狗腿子。

鲁智深一路买酒买肉，将息林冲，两个公人打火做饭，小心侍候。

十七八日后，林冲身体已基本康复，离沧州也只有七十来里路程。鲁智深突然说："兄弟，此去沧州不远了，前路都有人家，别无僻静去处，洒家已打听实了。俺如今和你分手，异日再得相见。"

在救下林冲时，鲁智深曾经对林冲保证："杀人须见血，救人须救彻。洒家放不下，直送兄弟到沧州。"可是，在只剩七十来里就要到沧州时，他为什么突然要分手，不再送到终点了呢？

林冲在没有了鲁智深护送后，又会遇到什么样的事呢？虽然走之前，鲁智深已做了细致的工作，打探到前面一路都有人家，再无僻静之处，林冲应该无安全之虞，并且鲁智深走之前，又一次给两位公人以严厉的警告，两人也早已死了害林冲的心。但鲁智深的这次"行百里者半九十"式的半途而废，仍然让人觉得有些蹊跷。但不要着急，答案很快就有。

江山易改，奴性难除

鲁智深这边一走，林冲和两个公人又上路。到了晌午，进了一家酒店，三个人入到里面来，林冲让两个公人上首坐了。董薛二人，半日方才得自在。

你看，鲁智深走了，董薛二人得自在，很正常。令人惆怅的是，鲁智深一走，林冲马上又不自在了——他主动让两个公人上首坐了，自己又坐到了下面，他又回到了受人欺凌的角色，又是一副巴结讨好的面孔了。

对外在强权的依赖，已成为林冲深入骨髓的顽疾。鲁智深这一外在强权没有介入时，他一路任人宰割，九死一生亦不敢有怨言；当鲁智深从天而降，凭着一条铁禅杖给他撑腰时，他过了十七八天正常人的日子，并且养好了备受折磨的身体，连心情也是舒展的。但是，鲁智深一走，他马上又非常自觉地回到了自己原先的位置上。饭桌上的座位很有意味，它隐喻着林冲和两个公人各自找回了原先的感觉，找回了原先的位置。

不难想象，如果前面的路程还很远，而且再没有其他外力的介入，二位公人高高在上、颐指气使，林冲低声下气、诺诺连声的情景马上又会出现。

好在，这段苦难之旅已到终点，而且就是在这仅剩的七十来里路程，还真的又有了一个强势的外力介入——柴进的出现，使得林冲侥幸摆脱了再受奴役的命运。

而我们也由此知道，为什么此时此刻，就在离沧州只剩下七十来里路程时，作者要让鲁智深走开，而不让他功德圆满。因为，当柴进出现时，如果鲁智深还在，鲁智深和林冲，谁是主角？因此，为了突出林冲，必须放下鲁智深，这就是小说突出重点的技巧。

在酒店里，林冲听说本村大财主柴进乃是大周柴世宗的子孙，因祖上陈桥让位于宋太祖赵匡胤，太祖敕赐他誓书铁券在家，无人敢欺负他。而他有一爱好，就是专一召集天下往来的好汉，三五十个养在家中。

柴进收留天下好汉，养在家中，还好理解，因为有三条显而易见的理由。

第一，他有的是家财，而中国历来有贵族豪富养士的传统，他只不过是效仿古人而已。

第二，这也是炫耀家财，扩大自己的名望，满足自己成就感的手段。元曲上有一首严忠济的《越调·天净沙》这样写："宁可少活十年，休得一日无权。大丈夫时乖命蹇。有朝一日天随人愿，赛田文养客三千！"

第三，他自己本是一个英雄豪杰，僻居乡下，不免寂寞，用些家财，收留好汉，一起谈论刀枪棍棒，江湖上的勾当，也解英雄寂寞。

柴进还嘱咐村中酒店："如有流配来的犯人，可叫他投我庄上来，我自资助他。"他为什么要特意关照资助流配来的犯人呢？

官府的阶下囚，柴进庄上的座上宾

这就见出柴进的心胸与眼光了：在他看来，在那样一个贪官污吏横行的时代，在那样一个是非不分、忠奸不辨、善恶相混的时代，流配来的犯人，定有冤屈之辈，可怜之人，豪杰之士。

柴进的这种想法与张青一样。张青与他的浑家孙二娘在孟州十字坡卖人肉包子，大块的好肉，切做黄牛肉卖，零碎的小肉，做馅子包馒头。但他也有原则，有三种人不害：一是云游僧道；二是行院妓女；三是各处犯罪流配的人。云游僧道因为苦修守戒，没有过分享受，所以不害；行院妓女冲州撞府，赔了多少小心泪水，方赚下一些皮肉钱，所以不害。

那么，为什么各处犯罪流配的人也不害呢？他的理由是：这"中间多有好汉在里头"。

柴进、张青的这种观念，说明了什么呢？

一是说明了那时世道黑暗，好坏不分，善恶不辨，贪官污吏违法乱纪，往往指白为黑，冤屈好人。这与《水浒》成书时的元代的社会状况是一致的，与关汉卿《窦娥冤》所反映的，是同样的社会问题。窦娥在刑场上唱道："天地也！做得个怕硬欺软，却原来也这般顺水推船！地也，你不分好歹何为地！天也，你错勘贤愚枉做天！"怕硬欺软，顺水推船，不分好歹，错勘贤愚，是那个时代封建官僚的基本特点。在这样的情形下，那些流配来的人中，有很多是被冤的窦娥一类。

二是那时官府贪污腐败，面对邪恶，往往是纵恶，甚至与恶人狼狈为奸，对坏人坏事不作为，当官不为民做主，更是常见的情形。镇关西强骗金翠莲，泼皮牛二终年在街上行泼，崔道成、丘小乙强占寺院等，都与官府不作为有关。官府的不作为，必然带来"私力救济"和"违法维权"问题。在这样的情形下，为这个社会主持公道的，已经不是官府，而是那些路见不平、拔刀相助的好汉。而这些好汉在主持正义的过程中，又不免违法；在违法之后，官府往往行文缉捕，致使很多行侠仗义的好汉成了罪犯，被流配、被充军。

因此，那些脸上刺着金印、脖子上戴着行枷、蓬头垢面、衣衫褴褛的人，往往正是感天动地的冤屈之人，是惊天动地的豪杰之士。

他们或是良善的弱者，可怜；或是正义的强者，可敬。对这样的人，怎能不资助，怎能不恤护，怎么能忍心杀害呢？

而林冲，正是这二者的复合。他既是被冤被屈的可怜的良善之人，又是武功一流的可敬的强悍之辈，正是柴大官人要资助要结识的对象。

于是，林冲和两个公人离开小酒店，径往只在三二里外的柴进庄上来，他们能见到柴进柴大官人吗？

林冲见柴大官人，《水浒》作者故意在此写出一些波澜。

先是写不巧：林冲到了柴大官人庄上，庄客告诉他柴大官人打猎去了。而且还不知何时回来，说不定还会住到东庄去，那就更难说几时回来了。我们只能和林冲一起叹息，林冲的命总是不好。

接着写巧：就在林冲叹息自己没福，不得遇柴大官人，闷闷地再回旧路时，却碰见了正在打猎的柴进。

两人互通姓名，都大喜过望。柴进当即携住林冲的手同行到庄上来，柴进再三谦让，柴进坐了主席，林冲坐了客席，董超、薛霸坐在林冲肩下。我们看，有了柴进这个外力的加入，林冲又有位子了。而两个公人，又只是陪坐了。

林冲从误入白虎节堂开始，就成了阶下囚。现在，他成了座上宾了。

但是，林冲真是一个苦命人。他的这个位子，很快又要被另一个人占去了。

谁呢？他又为什么要强占林冲的这个座位呢？

自林冲出场以来，他就一直是受侮辱、受损害而一直委曲求全的角色，直至丢了岗位、丢了前程，由体面的八十万禁军教头而沦落为流配两千里的囚犯，甚至还差点儿丢了性命。按说，这样的人只会引人同情，绝不会有人嫉妒。但是，事往往有大谬不然者，偏偏有一个人嫉妒上了林冲，而且还妒火中烧，越烧越旺，任谁也扑灭不了。

这样的一个怪人，他是谁呢？

十　妒火焚心

能受天磨真铁汉，不遭人妒是庸才。一旦被人妒忌，定是身处凶险、步步陷阱。

遭人嫉妒，如受天磨

当林冲在柴进庄上接受柴进的款待与敬意，大家饮酒叙谈时，只见庄客来报道：“教师来也。”

谁呢？原来是柴进不久前聘任的私人枪棒教练洪教头。

柴进道：“就请来一处坐地相会亦好。快抬一张桌来。”

林冲起身看时，只见洪教头入来，歪戴着一顶头巾，挺着脯子，来到后堂。林冲寻思：此人是大官人的师父，不能不特别恭敬。

于是，林冲急急躬身唱喏道：“林冲谨参。”

那人全不睬着，也不还礼。

林冲不敢抬头。

这个洪教头，显然是已听说有客在此，心中早有不满。所以特意歪戴着头巾，挺着脯子，他倒不是给柴进看，是给林冲看。但他这样做恰恰让柴进难看。而林冲礼数周到，心思绵密，与洪教头无礼傲慢、目中无人恰成鲜明对照。

柴进看出尴尬，赶紧出面解救。柴进指着林冲对洪教头道：“这位便是东京八十万禁军枪棒教头林武师林冲的便是，就请相见。”

你看，柴进特意用一个长句子郑重介绍林冲，不惜使用过度的修饰语，甚至啰唆重复，不光是显示自己对林冲的重视，更是以此提醒洪教头不可怠慢。

林冲听了，当然明白柴进的意思，人家如此重视自己，自己也郑重起来，赶紧起身，看着洪教头便拜。

那洪教头却冷冷地说道：“休拜，起来。”而且不躬身答礼。

柴进要他俩相见。何为相见？就是两者互相拜见。林冲拜见了洪教头，但洪教头没有拜见林冲。

林冲有眼色，洪教头无礼貌。

柴进很生气，后果很严重。

林冲拜了两拜，起身让洪教头坐。洪教头亦不相让，走去上首便坐。

柴进看了，又不喜欢。林冲只得肩下坐了。

两个公人亦各坐了。

可怜的林冲，位子又没了。

回顾一下林冲在沧州道上的位子：鲁智深没来之前，没位子；鲁智深来了以后，有位子；鲁智深走了以后，又没了位子；柴进来了，又有了位子；刚有了位子，洪教头来了，又没了位子。

关于洪教头，有一点要加以说明。他是一个蹊跷的人。为什么这样说呢？

第一，他来无踪。我们看看《水浒》写洪教头出场的文字：

只见庄客来报道："教师来也。"柴进道："就请来一处坐地相会亦好。快抬一张桌来。"

林冲起身看时，只见那个教师入来，歪戴着一顶头巾，挺着脯子，来到后堂。林冲寻思道："庄客称他做教师，必是大官人的师父。"

（林冲）急急躬身唱喏道："林冲谨参。"

那人全不睬着，也不还礼。

林冲不敢抬头。

柴进指着林冲对洪教头道："这位便是东京八十万禁军枪棒教头林武师林冲的便是，就请相见。"

从"那人"突然就变成了"洪教头"，毫无介绍。这是《水浒》的一个不大不小的漏洞。

第二，他去无影。本回过后，他再也没有出场。这也不算过分，过分的是，作者并没有给他一个下场就忘掉他了。

其实，洪教头只是一个符号、一个跑龙套的角色。他是为林冲作衬托的，所以，招之即来，挥之即去。

很可能林冲与洪教头的故事是早期话本的残留。因为精彩，又因为能特别衬托林冲的命运、性格、武功，就保留下来了。

我们做一个比喻：**在林冲的故事里，洪教头是一块"大红补丁"。虽然是"补丁"，却色泽鲜艳。补得恰到好处，就变成了装饰。**

恭谨雅士，遇无礼狂徒

等到坐下，洪教头问道："大官人今日何故厚礼管待配军？"

柴进已说是禁军教头，洪教头偏说是配军。这是故意挑衅侮辱林冲。

还不仅是挑衅侮辱林冲，也是给柴进难看，当着主人面，侮辱主人的客人，就是藐视主人。

为了林冲的面子，也为了自己的面子，柴进只好再示意他，并再次提醒：林冲是禁军教头。

柴进道："这位非比其他的，乃是八十万禁军教头，师父如何轻慢？"

洪教头道："大官人只因好习枪棒，往往流配军人都来倚草附木，皆道'我是枪棒教师'，来投庄上诱些酒食钱米。大官人如何忒认真？"

小人往往能洞察世道人心，往往能说破人间冷暖。洪教头的这番话还真是有道理。有人沽名钓誉来养士，就一定有人倚草附木来投奔，战国时代的孟尝君，门下就来了不少鸡鸣狗盗之徒。林冲当然是货真价实的豪杰，但洪教头说林冲来诱些酒食钱米，这想法林冲倒是有的。因为部分地说中了林冲的心事，林冲听了，并不作声。而他的不反击，反而让柴进愈加要保护他。

柴进便道："凡人不可易相，休小觑他。"

柴进越要保护林冲，洪教头便越要羞辱林冲。听到柴进说"休小觑他"，洪教头便跳起身来，道："我不信他。他敢和我使一棒看，我便道他是真教头！"

他忘了，林冲想到柴进庄上诱些酒食钱米是对的，但是林冲的枪棒教头的身份也是真的。他怎么敢这样贸然地向这样一个高手挑战？

柴进大笑道："也好，也好。林武师，你心下如何？"

金圣叹批道："恼极之后，翻成大笑。"柴进确实气坏了。

林冲道："小人却是不敢。"

还是一副敌进我退、忍让谦恭的姿态。这是林冲的性格，也是林冲的修养。客观地说，林冲在梁山好汉里是最有修养的一个，是最懂得尊重人、最愿意理解人也最能理解人的一个。

林冲为什么不敢？

林冲不敢，不是怕打不过他，恰恰是怕打得过他。

林冲不敢，是一旦动手开打，他就处在两难境地：

第一，不能打翻对方。林冲是多么心细如发的人！他想这洪教头是柴进的师父，打翻了他，柴进面子上不好看。

第二，又不能主动输给对方。输给了对方，不就恰好证明了对方此前对他的所有侮辱、藐视都是对的了吗？同时，对方对他的侮辱将变本加厉。更重要的是，也输了柴进的面子。

洪教头把林冲逼到了进退两难的境地。

更糟糕的是，洪教头也把柴进装进了套子：

林冲打翻了洪教头，就是打翻了他的师父，他没面子。

林冲输给了洪教头，洪教头就会更加放肆，就证明了洪教头的正确和柴进的错误，他更没面子。

但是，当林冲在两难之时，洪教头偏从另外的角度来猜度林冲的心思。

洪教头心中想道："那人必是不会，心中先怯了。"

因此，越要来惹林冲使棒。这是典型的"以小人之心，度君子之腹"。

而被洪教头装进套子中的柴进，已经无法保持中立。

因为，柴进如果中立，林冲无论是输是赢，他都难看。

他要从套子中出来，必须解开一头，也就是说，在林冲和洪教头之间，他必须放弃一个。这是洪教头逼的。

洪教头的目的当然是让柴进放弃林冲。

但是，柴进做出了相反的选择。

吃了五七杯酒，月亮上来，厅堂里面，如同白日。就这几句，多有诗意！月色之下，山村院落，一群人喝酒，还要比武。真是令人神往。

但是，这在场的三个主角却毫无诗意：各人都有一肚皮的气，一肚皮的算盘。

柴进突然起身道："二位教头，较量一棒。"

柴进一来要看林冲本事，二来要林冲赢洪教头，灭那厮嘴。这半天，他已经被洪教头气得肝疼。

柴进已经出了套子。

嫉妒使人狠毒，包容方能从容

但林冲并不知道柴进的真实想法，他还在两难之中。他还在犹豫。

见林冲踌躇，柴进又道："此位洪教头也到此不多时，此间又无对手。林武师休得要推辞，小可也正要看二位教头的本事。"

"到此不多时"，说明了什么？

第一，洪教头肯定不是柴进的师父。

第二，洪教头与柴进也没有什么特别深的交情。

柴进说这话，就是怕林冲碍于柴进的面皮，不肯使出本事来。

“此间又无对手”，又想表白什么？

第一，洪教头还是有些功夫的。不然如何衬托林冲？和林冲交手的，总得有些成色。

第二，正因为无对手，才养成了洪教头如此的傲慢与不知天高地厚，目中无人。

第三，无对手，也不是他的武功绝对高，而是没碰到真对手。所以，柴进希望林冲教训教训他。

林冲见柴进说开就里，方才放心。

林冲也从两难之中解脱了，他将放手一搏：为自己的被侮辱的尊严，也为了教训教训对方。

柴进何等聪明？林冲何等明白？二人心照不宣。

只有洪教头，一个傻子，蒙在鼓里。

洪教头不知道，到了此时，他已经输了。因为，无论输赢，他已经被柴进放弃。

骄横的洪教头不明白的是，林冲毕竟是柴进的客人。柴进在自己的庄上招待自己的客人，总是他的自由，总是他的权利。招待什么样的客人，什么样的客人值得招待，值得尊敬，柴进有自己的判断力。

骄横的洪教头不明白的还有，他自己也毕竟是柴进的客人，没有干涉柴进招待其他客人的权利。更不可容忍的是，你不能怀疑甚至否定柴进的判断力。

所以，他今天的行为对柴进而言，有几点不能容忍：

第一，干涉了柴进的自由。

第二，侵犯了柴进的权利。

第三，侮辱了柴进的智商。

他这样做的结果是：把柴进完全彻底地逼到林冲一边。

但他仍然对此浑然不觉，对柴进如此明显的倾向性与暗示性熟视无睹、充耳不闻。

洪教头先起身道：“来，来，来！和你使一棒看。”

先脱了衣裳，拽扎起裙子，掣条棒使个旗鼓，喝道："来，来，来！"

连着两个"来，来，来"，简直觑得林冲如无物。林冲还在犹豫。

柴进道："林武师，请较量一棒。"柴进已经忍无可忍。

林冲道："大官人休要笑话。"就地也拿了一条棒起来，道："师父请教。"

洪教头看了，恨不得一口水吞了他。

多大的仇恨啊。刚刚见面，恨从何来？

叹世上多少嫉恨，皆无从而起却其深似海。

叹世上多少才子英雄，于人无碍却遭刻骨仇恨、残酷打击。

洪教头与林冲素昧平生，而且林冲只是路过，为什么洪教头对他这样大的仇恨呢？

答案是两个字：嫉妒。

这是令人恐惧的词。

一个人，一旦被人嫉妒，他的人生之路上就一定处处有地雷，有陷阱。

但是，一个人一直不受嫉妒，也有问题：他肯定缺乏被人嫉妒的资本。

林冲是有资本的。虽然他此时遭际重重苦难，命运凶险，但是他仍然是有资本的。

他的资本就是他的武功、江湖上的名望以及曾经拥有的地位。

这些东西使他今天获得了柴进的隆重欢迎和招待，这些又成为他遭到洪教头嫉妒的原因。

既然人有资本就不免被人嫉妒，或者说，被人嫉妒是因为你有资本。那么，谁也不会因为害怕被人嫉妒、避免被人嫉妒而放弃资本。

保有你的资本，让别人嫉妒去吧！

民间有一副对联很好："能受天磨真铁汉，不遭人嫉是庸才。"

你林冲既然是好汉，你就坦然接受天赐的磨难吧。艰难困苦，玉汝于成。就林冲而言，没有这些磨难，他确实成不了英雄。

同样，你既然是英才不是庸才，你就只能接受被人嫉妒的命运。

林冲此前，受够了天磨。

林冲此时，遭到了人嫉。

何为嫉妒，为何嫉妒

培根说："嫉妒是人类一切情欲中最顽强、最持久的，是一种卑劣下贱的情欲，是恶魔的素质。”《道藏》也把嫉妒列为六恶之一。

那么，人一般嫉妒什么人呢？

唐代韩愈《原毁》上正确地发现了，在“疏远而又不与同其利”的人那里，嫉妒不大容易产生。这说明，嫉妒恰恰比较密集地发生在亲近而又有共同利益竞争者这里。诸如同学、同事、同行，甚至同乡，都是嫉妒的高发人群。像洪教头之嫉妒林冲，就属于同行之间的嫉妒。

那么，人又为什么嫉妒别人呢？

简单地讲，嫉妒有三个原因，我们可以把它称为“嫉妒三定律”：

第一，不能容忍别人拥有自己没有的东西——优先性。

第二，不能容忍别人夺走原由自己占有的东西——私有性。

第三，不能容忍别人分享原由自己独占的东西——排他性。

洪教头行走江湖，凭着自己的枪棒功夫被柴大官人聘为私人教练，对自己的功夫是颇自信的，不然他不会一再要和林冲比试。当然他也不能说抱必胜之把握，因为眼前这位毕竟是东京八十万禁军教头，虽然他对柴大官人说此人未必是枪棒教师，但林冲原先的枪棒教头身份有他此时囚徒的身份以及两位防送公人做证。洪教头之所以不惜冒比试失败之险，一定要和林冲使一棒看，完全是由于强烈的嫉妒心已使他失去了理智，他此时内心中充满的只是仇恨。一朝之愤，是可以摧毁一个人的判断力与自制力的。

那么，洪教头如此嫉恨林冲，是为了什么呢？

第一，林冲是八十万禁军教头，这个身份是一般的教头很眼红的，因为这是国家认可的身份。国家军队中最精锐、最重要、最核心部分的教练，这种身份是一般民间的、地方性的教练非常羡慕、梦寐以求的。而洪教头呢，却没任何名气，所以，不排除他对林冲所拥有的这个他所没有的身份的嫉妒，虽然林冲现在倒霉了，但林冲曾经得到的这一地位与声望，是他所没有的。这是“嫉妒三定律”的第一定律：优先性。

第二，他可能还担心将来林冲有可能来柴进庄上当教练。这样，林冲就不仅要在此时一顿酒席上分享他的一杯羹，而且还很有可能直接夺了他的岗位。笛卡儿说：“嫉妒属于一种恐惧。”（《灵魂的情感》）洪教头对林冲就有这样的抢夺饭碗的恐惧。这是“嫉妒三定律”的第二定律：私有性。

第三，林冲得到了柴大官人的款待，得到了柴大官人的尊敬，而且林冲之得到尊敬，恰恰是因为他在枪棒上的功夫，这正和他洪教头以枪棒上的功夫被柴进聘为教练一样。林冲因为和洪教头一样的特长而为柴大官人看重，柴大官人同时看重两个人，而不再是他洪教头一个，于是他受不了。这应了“嫉妒三定律”里的第三条：排他性。

既然如此，嫉妒的三条定律——优先性、私有性、排他性，洪教头都具备了。你叫他不嫉妒，难！

康德曾经说：“生气是拿别人的缺点惩罚自己。”那么，我要说，嫉妒是拿别人的优点惩罚自己。**拿别人的缺点惩罚自己的，往往是君子。而拿别人的优点惩罚自己的，一定是小人。君子生气，可能止于生气。小人嫉妒，虽然他先惩罚了自己，使自己在嫉妒的烈火中煎熬，但他最后的目的，一定是毁灭别人。**

所以，妒火中烧的洪教头必欲出棒与林冲一较高下。

那么，一方是妒火中烧，必欲打翻对方才解恨的洪教头；一方是八十万禁军教头，却从来没有显示过真本事的林冲。二人交手，到底结果如何呢？

两个教头在月明地上交手，使了四五合棒。

看来洪教头还有些本事，竟能和林冲应付四五个回合。

林冲道：“小人输了。”

柴进道：“未见二位较量，怎便是输了？”

林冲道：“小人只多这具枷，因此权当输了。”

原来这样！怪不得洪教头还能支撑四五个回合。

柴进道：“是小可一时失了计较。”

大笑着道：“这个容易。”

便叫庄客取十两银子来送给两个公人，让他们把林教头枷开了。董超、薛霸随即把林冲护身枷开了。

柴进大喜道：“今番两位教师再试一棒。”

洪教头见他刚才棒法怯了，肚里平欺他，便提起棒，却待要使。

柴进叫道：“且住。”

叫庄客取出一锭大银来，重二十五两。

柴进乃言：“二位教头比试，非比其他。这锭银子权为利物。若还赢的，便将此银子去。”

柴进心中只要林冲使出本事来，故意将银子丢在地上。

林冲彻底明白：柴进就要他打翻洪教头！

可怜洪教头，到此还不明白。

是的，我们对洪教头的感觉已经悄悄发生了变化：由觉得他可恨变为觉得他可怜。

洪教头深怪林冲来，又要争这个大银子，又怕输了锐气……

洪教头喝一声："来，来，来！"便使棒盖将入来，林冲望后一退，洪教头赶入一步，提起棒，又复一棒下来。

林冲看他脚步已乱了，把棒便从地下一跳。

洪教头措手不及……撇了棒，扑地倒了。

武师丢人，柴进绝情

柴进大喜。叫快将酒来把盏。

众人一齐大笑，快意非凡。

柴进大喜，众人大笑，这场面对洪教头而言，是何等残酷？

打翻洪教头身体的，是林冲；打垮洪教头精神的，是柴进和他的庄客。

洪教头那里挣扎起来，众庄客一头笑着扶了，满面羞惭，自投庄外去了。

说到底，洪教头也是一个颇为受人同情的角色，行走江湖，靠手艺吃饭，因担心有人来抢饭碗，而大失风度。丢棒又丢人。

挺着脯子来时，可厌；羞惭满面走时，可怜。

虽然可以说他是咎由自取，但柴进竟然一句挽留的话也没有，一句安慰的话也没有，一句圆场的话也没有，就更加显示出他的可怜。

柴进的为人是比较绝情的。后来，他在征方腊时自称柯引，混入方腊队伍，娶了方腊女儿金芝公主，做了驸马。征方腊的最后一战中，他阵前倒戈，在方腊的注视下，与燕青一起杀了方腊的侄子，也是方腊的最后一员大将方杰，方腊仓皇出逃。方腊寨破，柴进引兵杀入东宫，发现公主已经自杀，柴进对此毫不动情，把公主尸体连同宫苑，一把火烧了。虽然他的这种做法，可以称得上是"政治上正确"，但是夫妻一场，恩爱百日，柴进毫无怜惜之情，从而被李贽评为"柴进忒薄情"。

其实，洪教头是一个挺单纯的人，没有什么城府，喜怒哀乐都挂在脸上，不会要阴谋，不会虚伪；他攻击林冲，是明枪，而不是暗箭。

所以，林冲能够应付自如。

而不知何时何方向射来的暗箭，林冲能否躲过，就看天意了。

洪教头走后，兴奋的柴进携林冲再入酒席饮酒，把二十五两礼物大银送与林冲，留林冲住了五七日。林冲走时，又送林冲一锭二十五两大银，送两个公人五两银子。总之，林冲一来，柴进确实破费不少，除了几顿酒席外，共费银六十五两，这也不算一个小数字。看后来因为仗义疏财而得名“及时雨”的宋江，送别人银子，常常也就十来两。这也就是柴进此人的可取之处。

同时，他告诉林冲，“牢城营管营、差拨亦与柴进交厚”，便写了两封书给二位，“必然看觑教头”。

林冲得了五十两银子，公人得了十五两，带着柴进的书信，往牢城营来。牢城营里，又有什么命运在等着林冲呢?

柴进说，牢城营里的管营、差拨，都与他交厚，也就是有很深的交情。以柴进的眼光与境界，与他交厚的人定亦不差。所以，林冲到牢城营时，心情一定很好。

但没想到，一到牢城营，林冲就听到了很不好的消息。林冲正在单身房里听候点视，牢城营里一般的罪人听说新来了囚犯，都来看他。他们对林冲说:“此间管营、差拨十分害人，只是要诈人钱物。若有人情钱物送与他时，便觑的你好；若是无钱，将你撇在土牢里，求生不生，求死不死。若得了人情，入门便不打你一百杀威棒，只说有病，把来寄下；若不得人情时，这一百棒打得七死八活。”

原来是这样!

林冲道:“众兄长如此指教，且如要使钱，把多少与他?”

众人道:“若要使得好时，管营把五两银子与他，差拨也得五两银子送他，十分好了。”

这对林冲无异于一瓢冷水。为什么柴进嘴里的管营、差拨，与牢城营里众囚犯嘴里的管营、差拨完全不一样呢?到底哪个才是真的呢?

十一 钱可使鬼

“有钱可以通神，此语不差!”五两银子，改变了林冲的世界!

无奶不是娘，有钱便是爷

林冲在柴进庄上赢了洪教头，也赢得了那锭二十五两的大银，临行之时柴进又送他一锭二十五两的大银，还写了两封信，分别给与柴进有很深交情的牢城营的管营和差拨，让他们关照林冲。

有了银子，还有了柴进自称的交厚关系，林冲以为到牢城营一定万无一失。但没想到，一进牢城营，营中其他囚犯就告诉林冲，这管营、差拨只认银子，是专门诈人钱物、十分害人的人。林冲正与众囚犯说这些，差拨就过来了。

差拨一来，就问:“那个是新来的配军?”林冲赶紧答应:“小人便是。”那差拨不见他拿钱出来，马上就变了面皮，指着林冲骂道:“你这个贼配军！见我如何不下拜，却来唱喏！你这厮可知在东京做出事来，见我还是大刺刺的。我看这贼配军，满脸都是饿纹，一世也不发迹！打不死、拷不杀的顽囚！你这把贼骨头好歹落在我手里，教你粉骨碎身。少间叫你便见功效!”把林冲骂得一佛出世，那里敢抬头应答。众人见骂，各自散了。

这一段骂，是骂林冲:

一是贼——在东京做出事来。

二是贱——满脸饿纹，一世也不发迹。

三是顽——打不死、拷不杀的。

四是傲——不下拜，大刺刺的。

五是身份——配军，囚徒。

最后是恐吓：教你粉骨碎身!

实际上，我们知道，林冲并不是不愿意出钱。他不但愿意出，主动出，而且还打听好了大致的价位，只是还没来得及拿出来。这个差拨根本没有给林冲拿钱的时间，他太迫不及待了，恨不得人家双手捧着银子在那儿等他，一见面二话不说，直接交钱。

他其实何尝不知道林冲哪怕一时没有送钱，哪敢不送呢？既然这样，他为什么如此凶暴地痛骂林冲呢？

这种人心理上，往往都有一些问题。显然，这个差拨有以下心理问题：

一是迫害狂。他的心理比较阴暗，有着迫害狂的症状。骂人只是他迫害他人、发泄自己内心阴暗的方法之一。

二是强迫症、焦虑症。他要在第一时间见到钱。第一时间没见到，他便没有耐心，这种人不仅有道德上的贪财毛病，而且还有着心理上的焦虑或强迫症症状。

三是一顿臭骂，既可以立威，也可以威吓对方。使对方不仅快快拿出钱来，而且还让对方在恐吓之中，因为恐惧，拿出更多的钱来。

待他骂过了，发作完了，林冲赶紧取出五两银子，赔着笑脸，告道："差拨哥哥，些小薄礼，休言轻微。"

差拨看了，没有马上接，而是问了一个问题："你教我送与管营和俺的都在里面？"

显然，如果都在这里面，那就还是免不了一顿臭骂。

林冲道："只是送与差拨哥哥的，另有十两银子，就烦差拨哥哥送与管营。"

差拨满意了，林冲所送，大概至少符合了他的心理预期，于是他看着林冲笑道："林教头，我也闻你的好名字，端的是个好男子！想是高太尉陷害你了。虽然目下暂时受苦，久后必然发迹。据你的大名，这表人物，必不是等闲之人，久后必做大官。"

变色龙，势利鬼

十九世纪俄国短篇小说大师契诃夫，曾写过一篇特别著名的小说，叫《变色龙》，深刻地刻画了一个叫奥楚蔑洛夫的警官形象。其实，在中国，在元明之际，《水浒传》的作者就塑造出了差拨这一变色龙的形象，而且似乎更精练、更突出，而且更真实、更可信、更自然。

我们可以把差拨前后两番话逐一比较。初见时，因林冲没有马上奉上银子，他马上变了面皮，破口大骂；待林冲拿出钱来，马上便堆出笑脸，这是脸色上的变化，怒变成了笑。

更精彩的是语言上的变化。

在骂林冲时，他骂林冲是“贼”，他说：“你这厮可知在东京做出事来。”做出什么事来呢？当然是做出违法犯罪之事，现在是罪有应得。

可是在得到钱以后，就成了：“想是高太尉陷害你了。”

于是，**第一条：“贼”变成“冤”了。**

骂林冲时，他说林冲“贱”：“满脸都是饿纹，一世也不发迹！”

得到钱后，就成了“虽然目下暂时受苦，久后必然发迹……久后必做大官”。

于是，**第二条：“贱”变成“贵”了。**

骂林冲时，说林冲“顽”，是“打不死、拷不杀的顽囚”。

得到钱后，就成了“端的是个好男子……不是等闲之人”。

于是，**第三条：“顽”变成“好”了。**

骂林冲时，说林冲“傲”，是“不下拜”“大刺刺的”。

得到钱后，就变成了“据你的大名，……必不是等闲之人”。

于是，**第四条：“傲”就变成“正”了。**

骂林冲时，对林冲的称谓是“配军”“顽囚”，连名字也没有。

得到钱后，就成了：“林教头，我也闻你的好名字。”

于是，**第五条：侮辱性的称谓变成恭敬性的称谓了。**

五两银子，林冲就变了一个人。是林冲变了吗？林冲还是那个林冲；变了的，是差拨。

五两银子，差拨就变了一个人。

五两银子，改变了林冲的世界；五两银子，改变了差拨的人心。

听差拨说他日后必做大官，林冲笑道：“总赖照顾。”差拨道：“你只管放心。”

林冲没拿银子时，是差拨怒，林冲苦；林冲奉上银子时，是差拨笑，林冲也笑了。

更重要的问题是，通过五两银子，囚犯和管教人员达成了私下交易。

林冲又拿出柴进的书信，说道：“相烦老哥将这两封书下一下。”

差拨道：“既有柴大官人的书，烦恼做甚？这一封书直一锭金子。我一面与你下书，少间管营来点你，要打一百杀威棒时，你便只说你‘一路有病，未曾痊可’，我自来与你支吾，要瞒生人的眼目。”

林冲道："多谢指教。"

差拨拿了银子并书，自去了。

林冲叹口气道："'有钱可以通神'，此语不差。端的有这般的苦处。"

有钱是否可以通神，我们不知道，但我们知道"有钱可使鬼推磨"。现在，林冲的五两银子，就让差拨这个鬼为他推磨了。

做戏文化，看戏众生

林冲给差拨十两银子让他交给管营，差拨却自己偷偷落下五两，只将五两银子和柴进的书信送给管营，在管营面前备说："林冲是个好汉，柴大官人有书相荐，在此呈上。本是高太尉陷害，配他到此，又无十分大事。"

差拨要管营照顾林冲，说了三条理由：

第一，林冲本人是好汉。

第二，林冲是被陷害的。

第三，有柴进的书信。

但是这三条里，其实只有后一条管用。前两条其实毫无用处。不拿钱来，管你是否好汉，冤还是不冤。

管营道："况是柴大官人有书，必须要看顾他。"

这句话很妙，妙在很怪。怪在哪里呢？

怪在他只是说了上述应该关照林冲的三条理由中的第三条。

所以，这句话是一句不完整的话，而且是后半句，少了前半句。

这前半句应该是什么呢？应该是："林冲既然送了钱了……"

但这半句偏偏不说，因为心照不宣，不要说。

有了钱，何况又有了柴大官人的书信，必须要看顾他。

柴大官人的书信，为什么管用呢？

还是李贽看得明白，他在袁本上眉批曰："只因柴进是舍钱的大财主，故一封书值得一锭金子，不然，还是五两十两银子当得百十个柴进。"

可见，不是柴进有面子，是柴进有钱。

中国有一个词，叫"值钱"。一个东西好不好，怎么判断？拿钱来衡量。不值钱，就没人看重了。柴进被管营、差拨看重，是因为他值钱。

如何看顾林冲？

首先当然是免了那一百杀威棒。

于是，管营便教唤林冲来见。

林冲来到厅前。管营道："你是新到犯人，太祖武德皇帝留下旧制：新入配军，须吃一百杀威棒。左右与我驮起来。"

好像直接就要开打，弄得像真的一样。但我们已经知道，管营早就拿定主意，不打林冲了。

所以，这里管营的做法，不过是虚应故事、装装样子、背背台词而已，但不知道要给谁看。其实，这样的戏演得多了，谁不明白呢？

既然人人都知道，连满营囚犯都知道不过是做戏，那又何必做戏呢？做给谁看呢？

大家都看。**大家一起做戏，一起看。大家都是演员，又都是观众。**

这是什么文化呢？这是做戏文化。

只要演了戏了，程序就有了。程序有了，就算数了。这是典型的自欺欺人的文化。

现在轮到林冲背台词："小人于路感冒风寒，未曾痊可，告寄打。"

下面该牌头说台词了："这人见今有病，乞赐怜恕。"

管营道："果是这人症候在身，权且寄下，待病痊可却打。"

这一幕戏按部就班演完了。

差拨又推荐林冲去看守天王堂。

差拨道："林教头，我十分周全你。教看天王堂时，这是营中第一样省气力的勾当，早晚只烧香扫地便了。你看别的囚徒，从早起直做到晚，尚不饶他。还有一等无人情的，拨他在土牢里，求生不生，求死不死。"

这段话，说明了什么呢？

第一，说明了管营、差拨有权，囚徒的命运全在他们手里捏着。

第二，说明了这个权力可以寻租。

第三，林冲拿出了钱，管营、差拨的权力就为林冲所用了。

此时林冲已经开窍，已经领教了银子的威力，于是又取三二两银子与差拨，道："烦望哥哥一发周全，开了项上枷更好。"差拨接了银子，便道："都在我身上。"连忙去禀了管营，就将枷也开了。

果然是百试不爽啊！

林冲自此在天王堂内安排宿食处，每日只是烧香扫地，不觉光阴早过了四五十日。那管营、差拨得了贿赂，日久情熟，由他自在，亦不来拘管他。柴大官人来送冬衣并人事与他，那满营内囚徒亦得林冲救济。

林冲使银子使上瘾了。他把银子用得出神入化了，把银子的魔力使得登峰造极了。

金子出手，良心可买；金钱到手，良心可卖

《水浒》中的林冲故事有两大看点：一是权，二是钱。在权力的播弄下，在金钱的魔力下，林冲委曲求全却仍避免不了最后家破人亡的厄运。

在林冲的命运流程中，金钱总是时隐时现。金圣叹把这一回中有关金钱魔力的描写，概括为十三可叹，非常精彩，我们一一加以分析。

第一可叹是：“陆虞候送公人十两金子，又许干事回来，再包送十两。”

陆虞候酒店约见董超、薛霸，不介绍自己是谁，却先拿出十两金子。既出十两金子，再说出自己是高太尉府心腹人，然后要两个公人于路上结果林冲性命。这是最典型的钱权结合，形成合力害人的例子。

两个公人得到这十两金子，又听说是高太尉钧旨，便不问是非曲直，毫不犹豫地拿走了金子，交出了良心，答应：“不拣怎的，与他结果了。”林冲的命，十两金子而已。

金子出手，良心可买；金钱到手，良心可卖，岂不可叹！

第二可叹是：陆虞候见二人答应，为了让他们更积极更卖命，又许他们事成之后，再送他们十两金子。

现送十两，又赊十两，让他们牵挂着。这两个小人，既得了十两，又想着那十两，便一门心思要害林冲。后来鲁智深出现，要杀了两个公人，是林冲不计前嫌，救了他两个鸟命。但是，至此，这两个歹徒仍不思悔改，也不感谢林冲救命之恩，当鲁达说要直送林冲到沧州时，他俩还暗暗叫苦，说坏了他们的勾当。什么勾当呢？就是杀了林冲，得到那还没到手的十两金子。

这边是一包金子，那边是一条鲜活的生命、一条好汉的性命、一个女婿的性命、一个丈夫的性命。把它们放到天平上，却是十两金子更重，怎不让人浩叹！

第三可叹是：当他们终于明白，有鲁智深在，他们不可能害了林冲时，他们想到的还是“舍着还了他十两金子”。任务没完成就退还酬金，倒是有规矩，但这是什么样的规矩呢？这规矩就是有金子就可以害人，拿了钱就可以帮人杀人，这世道有这样的规矩不是太可怕吗？不是让人拍案惊叹吗？

第四可叹是：林冲访柴进，而柴进不在庄上。柴进庄上的庄客为林冲可惜。可惜什么呢？并不可惜别的，而是说：“你没福，若是柴大官人在家，

就有酒食钱财给你。”酒食钱财便是福，这出自普通庄客之口，但正是因为出自普通人之口，才可见这种观念如何普及，才可见钱财在一般人心目中的地位，才可见世道人心。

第五可叹是：洪教头挤对林冲，对柴进说，林冲是故意自称枪棒教练，以投柴进所好，以此“诱些酒食钱米”。金圣叹认为小人之污蔑君子，亦更不外乎此物。问题是，林冲此来，确实有这一层意思，则君子也不免于此累，也不免贪得钱财。这不更令人可叹吗？

第六可叹是：林冲与洪教头比武，要开了项上之枷，柴进取十两银子送给二位公人，二位公人就毫不犹豫开了枷。犯人押解途中不得开枷，这是朝廷之法，但是既有了十两银子，什么法不法？可见银子面前，国家法度也不堪一击。

第七可叹是：洪教头与林冲比武，最后关头，柴进拿出一锭二十五两大银，还故意丢在地上。洪教头一见银子，顿时方寸大乱。虽然洪教头之败势在必然，但二十五两银子在那里，也起到了扰乱洪教头心理的作用，银子可乱人心，银子可夺人志。还要指出的是，那地上的二十五两大银不也激发了林冲的斗志吗？并且，赢了洪教头之后，他也真的收下了这锭大银。可见，柴进用一锭大银，既乱了洪教头的方寸，也坚定了林冲的决心。君子也好，小人也罢，银子面前，都会动心。

第八可叹是：柴进送别林冲，又拿出一锭二十五两大银。金圣叹写道：“虽圣贤豪杰，心事如青天白日，亦必以此将其爱敬，设若无之，便若冷淡之甚也。”

可见不仅是凡夫俗子、普通小民，即使是英雄豪杰，也只能借银子表达心意。没有银子，心意便无从表示，岂不可叹！

孔子说：“君子喻于义，小人喻于利。”其意谓，说服君子要用义，说服小人要用利。其实，君子哪里就能完全无利呢？

在此，可以补充一个孔子的故事：

> 孔子之郯，遭程子于涂，倾盖而语终日，甚相亲。顾谓子路曰：“取束帛以赠先生。”子路屑然对曰：“由闻之，士不中间见，女嫁无媒，君子不以交礼也。”有间，又顾谓子路。子路又对如初。孔子曰：“由，诗不云乎：‘有美一人，清扬宛兮，邂逅相遇，适我愿兮。’今程子，天下贤士也，于斯不赠，则终身弗能见也，小子行之。”（《孔子家语·致思》）

成语“倾盖定交”，就是出于此处，那就是说双方志同道合，互相欣赏，结为朋友。可是，即使如此，也还是要财帛相赠啊！

第九可叹是：柴进送别林冲，给了二十五两大银一锭，却也给了两个公人五两。于是，林冲道谢，两个公人也道谢。金圣叹说："有是物即陌路皆亲，豺狼亦顾，分外热闹。"

第十可叹是：差拨见林冲，也就是五两银子送与未及时送的区别。当其未送，则"满面皆是饿纹，一世也不发迹"；及其既送，则"久后必然发迹"。金圣叹叹息道："千古人伦，甄别之际，或月而易，或旦而易，大约以此。"什么意思呢？就是，千古以来，对人物的甄别鉴定，有时一个月就变了，有时一天就变了，以前说好的，变成不好了，以前说歹的，变成好的了。为什么变了呢？因为银子。

第十一可叹是：林冲让差拨代送十两银子给管营，差拨私自落下了五两，只以五两给管营。管营是差拨的顶头上司，差拨是管营手下当差的。下级对上级，都如此昧了对方的银子，有银子处，哪有可以信赖的关系呢？

第十二可叹是：林冲要开了项上枷，又送了三二两银子，三二两银子到位了，项上枷也就解了。可见，只要有银子，则没有什么事不可以通融，没有什么事不可以周旋，没有什么人不愿效力。

第十三可叹是：满营囚犯，也都得到林冲的救济。林冲不过是银子多分人而已，满营囚徒，当然都感激林冲恩情；就是读者，读书至此，也会觉得林冲是仗义疏财的好汉，口口传为美谈。可见，人的名声，往往借银子而成就。

金圣叹把这一大段中有关银子的事罗列得颇细，但实际上还没有全面，随便拎点一下，我们还可以加上以下五条，凑成"十八叹"：

第十四可叹是：林冲被诬陷入狱，林冲家里自来送饭之外，还一面使钱；林冲的丈人张教头亦来买上告下，使用财帛。所以后来林冲被判流放，捡了一条命，不特有孙定这样好人的一力维持，还有银子的作用。这银子可以让人死，也可以让人生，生生死死，都关乎银子，岂不可叹！

第十五可叹是：林冲丈人关键时刻挺身而出，要接林冲娘子并锦儿回家。张教头有这样的英雄气概，固然感人，但他有这份经济实力，也是重要基础，"老汉家中也颇有些过活"，方可这样做；若张教头家中朝不虑夕，家徒四壁，吃了上顿没下顿，又当奈何？可见，没银子，做英雄是做不成的。岂独做英雄做不成？做个好父亲也做不成。

张教头又对女儿说，即便林冲不回来了，他也安排下她的一世盘缠，只教她守志便了。女子守志，是传统道德的楷模，但这楷模，却还要银子支持。失节固然事大，但是若守志而不免于饿死，则守志之人也往往守不住。可见，道德也要银子支持。宋代理学家程颐说："饿死事极小，失节事极大。"这是站着说话不腰疼。至少在一般人那里，到了快饿死时，节怕就守不住了。

第十六可叹是：林冲被两个公人押送，天晚投村中客店，林冲不等公人开口，便去包里取些细碎银两，买酒买肉请公人吃。可怜之人，为免更大迫害，亦只能以银子讨人欢心。

第十七可叹是：鲁智深救了林冲，一路上买酒买肉将息林冲，临别之际，又取出一二十两银子送给林冲。盖英雄相敬，兄弟相爱，亦少不得银子。

第十八可叹是：鲁智深给林冲一二十两银子时，还把三二两给两个公人。鲁智深何等英雄，二位公人何等龌龊，当此之时，却不得不给三二两银子，因为还要赖他们关照林冲，至少是不再迫害林冲。**英雄无奈之时，不得不屈就小人，可为一叹！而英雄之屈就小人，亦只能以银子表示，又是一叹！**

现在，在广散银子之后，从管营、差拨到一般囚徒，都对林冲很关照、很感激，林冲获得了一个较为安全和谐的环境。

林冲在沧州的牢城营里，看起来将会有一段平静的生活，可以抚平他的创伤。但是，他不可能想到的是，一场更大的阴谋正在酝酿，远在东京城里的高俅并没有放过他。

十二 委曲求全

京剧《野猪林》拔高了林冲，林冲哪里有“诛尽奸贼庙堂宽”的志向与觉悟？林冲只是一个温顺良民、尽职下属、听话职员。

渡过风波三五重，谁知浪尽又劲风

林冲凭着他的银子以及柴进给管营和差拨的信件，在牢城营里得到了很好的关照，不仅免了一百杀威棒，除了项上枷，而且还得了一个极其清闲的差事：看守天王堂。当别的囚犯从早起直做到晚，甚至拨在土牢里，求生不得，求死不能时，他却只要每日烧烧香，扫扫地。看来，受尽折磨的林冲在沧州牢城营里，获得了一段平静的生活。不知不觉地，四五十天过去了。

但是，更大的危险就要降临。陆虞候、富安，这两个为虎作伥的小人，带着高太尉的钧旨，从千里之外的东京赶到沧州。这次，他们是志在必得，而林冲却蒙在鼓里。

柴进结交朋友，手段是比较单一的，那就是金钱。他在管营、差拨那里已经花足了钱，管营、差拨也在柴进那里得到了足够的好处，并且还预备得到更多的好处，所以，他们之间的所谓交厚，不过是“利交”而已。

柴进自己不明白这一点，从而不能认识这二人的真面目，以为凭两封信，就可以让林冲享受关照，并高枕无忧。他绝想不到，管营、差拨在他的新朋友林冲面前有什么样的表演，而这样的表演，又多么跌了他柴进的份子。

这还不是最糟糕的，最糟糕的还在后面。

一天，管营叫唤林冲到点视厅上，说道:“你来这里许多时，柴大官人面皮，不曾抬举得你。此间东门外十五里，有座大军草料场，每月但是纳草纳料的，有些常例钱取觅。原是一个老军看管，如今我抬举你去替那老军来守天王堂，你在那里阖几贯盘缠。你可和差拨便去那里交割。”林冲应道：“小人便去。”林冲自来天王堂取了包裹，带了尖刀，拿了条花枪，与差拨一同来大军草料场交割。

林冲和差拨两个来到草料场外。看时，一周遭有些黄土墙，两扇大门，推开看里面时，七八间草房做着仓厫，四下里都是马草堆，中间两座草厅。到那厅里，只见那老军在里面向火。差拨说道：“管营差这个林冲来替你回天王堂看守，你可即便交割。”老军拿了钥匙，引着林冲，吩咐道：“仓厫内自有官司封记，这几堆草，一堆堆都有数目。”老军都点见了堆数。

大军草料场，是战备物资存放处。那时对北方的战争主要靠马战，而马战的重要后勤就是草料。所谓“兵马未动，粮草先行”。所以，这是一个非同寻常的所在，看守大军草料场，虽然好处很多，有很多所谓的常例钱支取，但也责任重大。你看这个老军，交割之时何等郑重：仓厫之外，都有数目；仓厫之内，都有封记。一个囚犯，尚且知道这是国家大事，不敢轻忽。但是，我们谁能想到，这个事关国家军事安全，不知经过多少年积累，经过多少人小心看护的大军草料，却将要被国家最高军事长官因为要谋害一个人而毫不怜惜地烧毁。

交割完草料，老军收拾行李，临走说道：“火盆、锅子、碗、碟都借与你。”又指着壁上挂的一个大葫芦说道：“你若买酒吃时，只出草场，投东大路去三二里，便有市井。”

老军淡淡的温情里掩不住英雄的可怜。火盆、锅子、碗、碟，就是林冲的坛坛罐罐，就是林冲与这样黑暗无道的世界妥协并委屈暂住的理由。是的，林冲要的不多，这世界足够丰富，足够繁华，但林冲只要有这些简陋的坛坛罐罐，就愿意妥协，就愿意屈服。林冲本人也曾经拥有过繁华，他家的使女名叫“锦儿”，就是暗示他曾经的生活如花似锦。但是，林冲仍然能够忍耐此时的艰难困苦、穷困潦倒，只要他还能有这样的坛坛罐罐，只要这个世界还能允许他拥有这样的坛坛罐罐，他就决不会反，他就决不会背叛为敌。

赔着小心，呵护世界

交割完毕，老军和差拨走了，撇下这东京八十万禁军教头一人在这荒凉的大雪天里。林冲就床上放了包裹被卧，就坐下生些焰火起来。屋后有一堆柴炭，拿几块来生在地炉里。仰面看那草屋时，四下里崩坏了，又被朔风吹撼，摇振得动。这是何等可怜？更可怜的，还是那大英雄的小心。他此时心里盘算的，不是逃离，不是反抗，而是如何将就，如何安顿："这屋如何过得一冬？待雪晴了，去城中唤个泥水匠来修理。"

真令人放声一哭！这间破草屋简直可以看成是这个残破世界的象征，这破世界让林冲如何过得一生？而且这破世界又哪里容得林冲修理？那背后的大阴谋正要修理林冲呢！让林冲过不完一冬的，哪里是这摇撼得动的草屋？一会儿，这草屋将和他一起化为灰烬。他兀自不知，还在想委曲求全，还在想着将就着在这寒凉的世界寻些温暖——这不就是一般人的生存现状与生存哲学？

向了一回火，觉得身上寒冷。寻思："却才老军所说二里路外有那市井，何不去沽些酒来吃？"

酒是我们和这世界妥协的又一理由和条件。酒调动的是我们自身的体温，却让我们感谢世界的温暖。有多少人在酒中消磨了自己，消磨了雄心。《战国策》记载，大禹在品尝了仪狄造出的美酒后，觉得美味无比，说了一句话："后世必有以酒亡其国者。"于是就疏远了仪狄。

在现实生活中，以酒亡国者倒不多，以酒亡身者却比比皆是。这亡身，也不一定是死亡之亡，而是在酒中麻醉、麻木、沉沦。酒壮懦夫胆，酒消英雄志啊！

林冲冷了，便去包裹里取些碎银子，把花枪挑了酒葫芦，出门买酒。下面是他出门前的动作：

一是将火炭盖了，取毡笠子戴上；

二是拿了钥匙出来，把草厅门拽上；

三是出到大门首，把两扇草场门反拽上，再锁了。

这一连串动作表现出的是什么呢？

是林冲对这个世界的小心。他几乎是赔着小心呵护着这个世界，虽然这世界如此寒凉，如此残破，如此寂寥，但林冲仍呵护它，仍委屈暂住，愿意和它和平共处。林冲不要冲突，林冲已经被逼到世界最后的、最黑暗的、最破烂的角落，但是林冲还是要求和。这个世界给予他的，只是一堆破烂。但是，这些破破烂烂却仍然让林冲珍惜。他要维护着自己生活中的坛坛罐罐，生怕打碎它们，它们是他生活和生命的依靠。

"将火炭盖了"，林冲很担心这世界再出什么意外，他希望它平安，希望这秩序延续，哪怕这秩序对他并不公正有利。

“锁了门”，细心呵护现有的一切，打算就这样抱残守缺，安于现状。

“拿了钥匙”“带了钥匙”，林冲深信这世界的大门随时会为他而开，让他栖身，哪怕这栖身之地如此寒碜。林冲握住了钥匙，似乎就握住了他和这世界的契约，他可以随时打开它，而这世界也随时让林冲安身立命。

然后他带了钥匙信步投东。

但是，“那雪正下得紧”。林冲脚踏积雪，背倚北风，几乎是在这风雪世界里挤出一条道。

林冲雪地里踏着碎琼乱玉，迤逦背着北风而行。

在这一段描写里，大雪是特别的背景，作者几乎让林冲的世界风雪迷漫。前几年有一首流行歌曲，唱道：“我的世界开始下雪。”我总以为这个歌词作者，一定是受《水浒》中《林教头风雪山神庙　陆虞候火烧草料场》这一回的影响。林冲自从撞上了高衙内，他的世界就一直在下雪。

京剧《野猪林》中，李少春扮演的林冲有一段唱词，表现的就是林冲在大军草料场的情景，唱得非常悲怆，体现出林冲英雄情怀的抑郁不平之气：

大雪飘扑人面，
朔风阵阵透骨寒。
彤云低锁山河暗，
疏林冷落尽凋残。
往事萦怀难排遣，
荒村沽酒慰愁烦。
……
叹英雄生死离别遭危难，
满怀激愤问苍天：
问苍天，万里关山何日返？
问苍天，缺月儿何时再团圆？
问苍天，何日里重挥三尺剑？
诛尽奸贼庙堂宽！
壮怀得舒展，贼头祭龙泉。
却为何天颜遍堆愁和怨……
天啊天！莫非你也怕权奸，有口难言？

其实，这段唱词是拔高了林冲。林冲不是一个具有强烈反抗精神的人。甚至可以说，他不是一个忧国忧民的人。他哪里有“诛尽奸贼庙堂宽”的志向和觉悟？在自己遭到高俅迫害之前，他压根儿就没觉得高俅是奸贼，他一直和高俅保持着良好的关系，甚至想和他套近乎。总之，林冲只是一个温顺的良民，一个尽职的专业人员，一个听话的下僚。

荒野古庙，一鬼独饮

行不上半里多路，看见一座古庙。林冲顶礼道:“神明庇佑，改日来烧钱纸。”又行了一回，终于找到了老军所说的酒店，酒店里的人得知他是大军草料场新来的看守，很客气地请他先坐着吃了一回酒肉。然后，林冲买了些牛肉，买了一葫芦酒，把花枪挑了酒葫芦，怀内揣了牛肉，依旧迎着朔风回来。

看那雪到晚越下得紧了。

林冲踏着那瑞雪，迎着北风，飞也似奔到草场门口，开了锁入内看时，只叫得苦。

发生了什么呢？

作者却不说，而是中断叙述，停了下来，发了几句议论:“原来天理昭然，佑护善人义士。因这场大雪，救了林冲的性命。”

这场大雪，怎么就救了林冲性命呢？

原来，那两间草厅，已被雪压倒了。

草厅被雪压倒，林冲没了住处。漫漫大雪，天色已晚，林冲何处安身？

无处安身，怎么倒救了林冲性命？

林冲寻思:“怎地好？”放下花枪、葫芦在雪里，恐怕火盆内有火炭燃烧起来，搬开破壁子，探半身入去摸时，火盆内火种都被雪水浸灭了。

林冲是个特别有责任心的人。

所以，虽然他此时站在大雪迷漫之中，不知道今晚何处安身，但他先想到的，还是恐怕火盆内的炭火燃烧起来，烧了大军草料场。直到看到火盆内的火都被雪水浸灭了，才放心。

这时候，他才想自己的事。

林冲把手床上摸时，只拽得一条絮被。林冲钻将出来，见天色黑了，寻思:“又没打火处，怎生安排?”

林冲突然想起那个古庙，于是把被卷了，花枪挑着酒葫芦，依旧把门拽上锁了，往那庙里来。李少春唱:“埋乾坤难埋英雄怨，忍孤愤山神庙暂避风寒。”

正如我前面所说，李少春的这段唱词，把林冲描写得太愤愤不平了。实际上，林冲此时的心态，没有多少怨，没有多少恨，没有多少激愤，没有多少不平，他只有一丝惶恐，一丝自怜，外加随遇而安将就着过的心态。他当然不喜欢现状，但他不是要用反抗的手段打破现状，他要的是，老实服刑，乖乖听话，慢慢磨出头。

我们读风雪山神庙中的林冲，也只是觉得他可怜。一个大英雄，或者说，一个有着一流英雄素质的人，在这样的状态下，也能将就，也能委屈，而且还没有什么怨恨。他让我们心里有一种绝大的反差，绝大的遗憾，绝大的感慨。在这种反差中，我们为他不平，为他愤怒，为他洒一把同情之泪。

接下来，林冲入得庙门，再把门掩上，旁边正有一块大石头，掇将过来靠了门。一切都小心翼翼，一切都仔仔细细，一切都谨谨慎慎。就这么一个临时栖身的地方，他都有一种恭敬，有一份小心。梁山好汉，大多不知道这个世界有很多东西值得恭敬，不知道这个世界有很多时候需要小心，但林冲知道，这是林冲非常可贵又特别可爱的地方。

这一点，我们把他和刘唐做个比较就可以看得很明白。刘唐去东溪村找晁盖商量打劫生辰纲，按说这是一个特别需要小心谨慎的事。但他喝醉酒后，走进灵官庙，殿门也不关，赤条条地躺倒在供桌上。巡逻至此的雷横正因为见到殿门不关，才心疑进来查看，把刘唐一举抓获。如果不是后来晁盖搭救，后果不堪设想。

所以，林冲算不得是众好汉中最让我们佩服的，但他一定是最让我们爱惜的。大多数的梁山好汉让我们怕，因为我们不知道下面他们又要惹出什么乱子，但林冲特别能给我们安全感。我相信，女性读者在梁山好汉里，一定最爱林冲：

林冲的软弱和不幸可以激发她们母性的同情心；

林冲的英武和豪杰又能引起她们的爱慕心；

林冲的超强自制力和冷静的判断力又给她们极大的安全感。

林冲进入庙里，仔细看时，殿上坐着一尊金甲山神。两边一个判官，一个小鬼。侧边堆着一堆纸。下面的叙述我们慢慢看：

第一，林冲把枪和酒葫芦放在纸堆上。

第二，将那条絮被放开。

第三，先取下毡笠子，把身上雪都抖了。

第四，把上盖白布衫脱将下来，早有五分湿了。

第五，和毡笠放在供桌上。

第六，把被扯来盖了半截下身。

第七，却把葫芦冷酒提来便吃。

第八，就将怀中牛肉下酒。

我特意将作者对林冲动作的叙述加上序号，这样我们可以看得更明白。作者为什么要如此耐心细心地叙述林冲一连串看起来没有什么意义的动作呢？这当然是有目的的。会看小说的人，一定要看细节，不要光看情节。

一般而言，细节描写有两个目的：

一是为下文埋下伏笔；

二是暗示人物心理，体现人物性格。

这一段八个动作的细致耐心描写，就是要写出林冲的性格和此时的心理状态。

我们从这些有条不紊的动作里，可以看出：

一是林冲有力量；

二是林冲无反心。

即使在这样的狼狈和仓皇里，林冲仍然有条有理，仍然从容不迫，沉得住气，耐得住性子，稳得住，把得牢，有定性。心不烦，意未乱，仍从容。

林冲，有一种深藏不露的力量。

另一方面，这些非常细致的描写，还是让我们记住：在这个世界上，几乎已经一无所有的林冲，还如此珍惜并牢牢守住他此时拥有的这些破烂：

一是花枪；

二是酒葫芦；

三是絮被；

四是毡笠子；

五是白布衫；

六是顶顶重要的，还有一把钥匙。

这就是他的全部。就这些东西，他也愿意守。这是大英雄吗？还是依恋老婆孩子热炕头的庸人？

是的，林冲是一个有着强烈庸人气息的大英雄，也是一个具有英雄素质的庸人。

问题在于，这个世界是要他做一个温驯的安分守己的庸人，还是逼着他去做一个叛逆的刀刀见血的英雄？

现在，深更半夜，荒郊野外，大雪纷飞之际，黑暗寂静之中，一座古庙里，一个人，独坐黑暗之中，独自饮酒。这是怎样的让人心惊肉跳的场景啊！

宋代张舜民《画墁录》卷一："*苏舜钦、石延年辈，有名鬼饮……鬼饮者，夜不以烧烛。*"

林冲此时就像是一个鬼，在黑暗的古庙里独饮，让我们在想象中毛骨悚然。

是高俅父子，让他变成了鬼。

但这是一个索债的厉鬼。

十三 快意恩仇

人之上，还有天；人做事，天在看。

苍天有眼，隔门有耳

林冲正吃时，只听得外面“毕毕剥剥”地爆响。跳起身来，就壁缝里看时，只见草料场里着火了，刮刮杂杂烧着。

林冲便拿枪，却待开门来救火，只听得外面有人说着话走近来。林冲伏在庙门背后听时，是三个人脚步响，且奔庙里来。

到了门口，用手推门，因为门被林冲用大石头靠住了，推也推不开。三人只好就在庙檐下立地看火。

只听得其中一个道：“这条计好么？”

谁呢？我们当然不知道，但林冲听出来了：差拨！

那么，差拨扬扬得意、意欲邀功请赏的计是什么计呢？

我们知道，林冲已经多次中计：从一开始富安的调虎离山计、瞒天过海计，到后来陆虞候的连环计，再到充军路上董超、薛霸的种种说不上名字也摆不上台面的奸计，林冲几乎一一中招。虽然最后都九死一生，侥幸活命，但哪一次不让他头破血流？

这一次，又是什么计？

一个应道：“端的亏管营、差拨两位用心！回到京师，禀过太尉，都保你二位做大官。这番张教头没得推故了。”

这是陆虞候的声音。原来，这计的策划人，乃是管营、差拨，他们是为了高俅而策划的这条计，并且显然是针对林冲的。那么，张教头，也就是林冲的丈人，又是怎么回事呢？

差拨接着道：“林冲今番直吃我们对付了，高衙内这病必然好了。”

怎么个对付法呢？从语气上看，不仅有终于杀掉林冲的得意，还有以前种种奸计没能置林冲于死地的遗憾。而高衙内病好了，差拨有大功劳啊，所以我们可以从他的语气里听出他的谄媚、他的邀功请赏的心态。

又一个道：“张教头那厮，三回五次托人情去说‘你的女婿没了’，张教头越不肯应承，因此衙内病患看看重了。太尉特使俺两个央浼二位干这件事，不想而今完备了。”

这是富安的声音。他的话直接告诉了门后偷听的林冲，为什么他们还没有放过他。

其实，林冲早就应该想到这一点：董超、薛霸在路上没有杀掉他，高俅父子绝不会善罢甘休！

只听差拨又说道：“小人直爬入墙里去，四下草堆上点了十来个火把，待走那里去！”

这个歹毒的小人！林冲的十五两银子、柴进的两封书信，都打了水漂。当初他拿着柴进的书信说：“这一封书直一锭金子。”是的，柴进的书信，也就只值一锭金子，而高太尉出的价高过了一锭金子，高太尉还能让他做大官。

当然，他还明白的是：得罪了柴进，没有什么关系；得罪了高太尉，就只有死路一条了。

那三个人还在继续谈话。一个道：“这早晚烧个八分过了。”

又听一个道：“便逃得性命时，烧了大军草料场，也得个死罪。”

又一个道：“我们回城里去罢。”

一个道：“再看一看，拾得他一两块骨头回京，府里见太尉和衙内时，也道我们也能会干事。”

一口一声，全是杀人成功、奸计得逞的快活，还有即将得到奖赏的得意！

林冲听了，心中想道：“天可怜见林冲！若不是倒了草厅，我准定被这厮们烧死了。”活生生的人变成一堆白骨了，而且，这白骨还能让陆虞候他们拿回去请赏。

我们看，作者一路写大雪，写寒冷，好像是在写大雪故意与林冲作对，正如李少春唱的，在林冲头上逞威严。我们哪里知道，这雪之冷，比人心之冷酷还差得远，这场大雪倒救了林冲的性命。

刚才，当林冲在大雪迷漫的荒凉之地苦熬时，林冲没有什么抱怨，他甚至做好了修理草厅并长住下去的打算。

林冲为何不抱怨？

就是因为林冲害怕有更大的灾难在某处潜伏。林冲已不奢望这世界变得稍好，只祈愿它不要变得更坏。对这个世界的道德品质，林冲已经完全没有了信心。不过，自然之母往往仁慈——大雪压倒了草厅，林冲不得已拽出一条絮被去那古庙里安身，躲过这场大劫。

那么，一直委曲求全的林冲，一直没有动杀心的林冲，一直不敢反抗的林冲，这次他又会做出什么样的选择呢？

他将最后证明：自己到底是一个真正的英雄，还是一个万劫不复的懦夫？

反抗，还是再次屈服，这是一个问题。

杀人者被杀，被杀者杀人

至此，林冲才明白，一切退让忍受、委曲求全都无济于事，都换不来他们的善心，都不能让他们放过自己。哪怕什么都让他们拿走，他们还是要取他的性命。

林冲终于幡然猛醒，他的血性，他的勇气，他的杀气，一齐爆发出来。一个那么愿意妥协的人，那么愿意认输的人，终于被逼成了一个血腥的杀手。他曾经的胆怯，曾经的懦弱，曾经的无能，都涣然冰释，在人生的绝境上，摇身一变，他成了一个真正的英雄。

他轻轻把石头移开，一手拽开庙门，挺着花枪，大喝一声：“泼贼那里去！”

是的，该轮到他这样喝问对方了。

当林冲被逼到绝境时，泼贼们也走到绝境了。

他们放火烧着了四下的草堆，以为把林冲烧在中间，满笃信地说：“待走那里去？”

没想到，转瞬之间，天道好还，轮到他们考虑“待走那里去”了。

他们还能哪里去？这个他们要害人的地方，阴差阳错，变成了自己的人生终点。

他们哪里也去不了了。这里就是他们的授首之处，就是他们的葬身之地。

中国有个成语，叫“恶贯满盈”，那意思就是，当你作恶作到满盈之时，也就是报应到来之日。

这伙泼贼，他们一路追杀林冲而来，把林冲逼到世界的角落还不罢休，一定要置之死地而后快。他们不知道，不给别人活路，自己也就没有活路。《孙子兵法》上讲“穷寇勿追”，这个道理他们是不信的。

其实，陆虞候也不是不信这个道理，而是他一开始就把自己放到和林冲你死我活的境地。他已经开弓没有回头箭，只能一条道走到黑，直到走向覆灭。

他之所以这般与林冲为敌，是因为：

第一，他要做。他要巴结高衙内和高太尉，他们可以让他升官发财。

第二，要他做。高衙内和高太尉要他做。

第三，不做怕。高太尉让他做，他不做，他也只有死路一条，至少是绝了升官发财之路。

第四，做不怕。他背后既然有高太尉撑腰，他不怕林冲。

所以，他毫不犹豫地选择了做。

但是，即使他背后有权倾一时的高太尉，他就一定稳操胜券吗？

要知道，人之上，还有天；人在做事，天在看。

陆虞候知道怕高太尉，还知道有了高太尉，他就不怕林冲，但是，他就不怕天吗？他就不怕天道好还，就不怕天旋地转，就不怕天翻地覆，就不怕天网恢恢？

一场大雪，慈悲的上天悄悄地改变了事态的方向，改变了双方的命运。

杀人者将被杀，被杀者将杀人。

随着林冲的一声断喝，天旋地转了，陆虞候们杀人的刀子，现在对准了自己的胸口。

林冲举手，对着吓呆的三人，先“胳察”的一枪，戳倒差拨。

陆虞候叫声饶命，却吓得慌了手脚，走不动。

富安走不到十来步，被林冲赶上，后心只一枪，又戳倒了。

反身回来，陆虞候却才行得三四步。

林冲喝声道：“奸贼！你待那里去！”劈胸只一提，丢翻在雪地上，把枪搠在地里，用脚踏住胸脯，身边取出尖刀来，便去陆谦脸上搁着，喝道：“泼贼！我自来又和你无什么冤仇，你如何这等害我！正是杀人可恕，情理难容。”

杀那两个，一点儿不啰唆；杀陆虞候，一定要啰唆几句。为什么？

因为林冲要告诉陆虞候，杀他的不是林冲，是天道！杀他的，不是别人，是他自己！

所以，陆虞候被杀，是天杀，是自杀。

陆虞候告道："不干小人事，太尉差遣，不敢不来。"

陆虞候的告饶是有道理的。照他的说法，他的行为不是他自愿的，是被逼的。被逼的行为，至少可以不负道德上的责任。

所以，我们可以说，真正的罪魁祸首，不是陆谦，而是高俅。

而高俅之所以能如此为所欲为，是因为他有可以控制、挟制他人的权力。

所以，我们可以得出一个结论：**很多表面上的道德问题，其实都是权力问题，是权力运作中的问题。**

按说，既然陆虞候是被逼而来，按林冲的性格和一贯的恩怨分明不滥杀，他可以在林冲那里得到宽恕。

林冲就宽恕过董超和薛霸，当鲁智深要杀这两个公人时，他两次制止，其理由是："非干他两个事。尽是高太尉和陆虞候分付他两个公人，要害我性命，他两个怎不依他？你若打杀他两个，也是冤屈。"

那么，林冲会否像饶恕董超、薛霸一样，放掉陆虞候呢？

林冲骂道："奸贼，我与你自幼相交，今日倒来害我，怎不干你事？且吃我一刀！"林冲把陆谦上身衣服扯开，把尖刀向心窝里只一剜，七窍迸出血来，将心肝提在手里。

如果我们不从个人品行上看问题，林冲和陆虞候这段终极对话是很有意思的。

林冲对陆虞候的指责无疑是合理的：你我之间，无冤无仇，你如此害我，情理难容。

但是，另一方面，既然你林冲也承认你们之间无冤无仇，那么林冲也就无法指证陆虞候的杀人动机。没有动机的故意杀人显然是不可想象的、不合逻辑的。那么，问题到底出在哪里呢？

为什么两次劝阻鲁智深，救下董超、薛霸的林冲，对陆虞候就不能原谅了呢？

第一，陆虞候要害林冲，不仅有被动受命于高太尉的一面，还有主动参与、积极献计、以求赏识，从而希望借此升官发财的一面。为了自己升官发财而害人，当然不可原谅。

第二，陆虞候害林冲不是一次，而是一而再，再而三，不置林冲于死地决不罢休。

第三，陆虞候和林冲自幼相交，兄弟相称。陆虞候的行为，危害了基本的为人处世之道，尤其可恶。

这三条之中，触犯任何一条，都不可宽恕。因此，像陆虞候、富安、差拨这样恶贯满盈之辈，不杀不足以平民愤，不杀不足以明道德，不杀不足以护法律。所以，他们只有死路一条。

实际上，相对于武松、李逵的滥杀，林冲是非常节制的。他不但没有多杀，实际上是少杀了：至少还有三个人，是该杀而没有杀的，那就是高俅、高衙内父子，还有一个沧州牢城营的管营。

该杀的杀了，草料场烧了。家待不成，待到牢城营。现在，牢城营也待不住了。一个社会，假如逼得人连监牢都待不成，这个人他将去何方？

这个世界没了门，手握钥匙也无用

我们来看看以下对林冲行为举止的描写："再穿了白布衫，系了搭膊，把毡笠子带上，将葫芦里冷酒都吃尽了。被与葫芦都丢了不要，提了枪，便出庙门投东去。"

林冲终于幡然醒悟，大梦初醒，彻底绝望，从而决绝远去。值得注意的是此前描写中一再提到的林冲的六件身旁之物，这地方有写到的，还有没写到的。无论写到的还是没写到的，都有特别的意义。

第一，写到的有被子与葫芦，但却是“被与葫芦都丢了不要”，是否定式的写法。为什么这样写？那是为了写出林冲心中了无牵挂，身外一丝不挂，身如飘蓬，心如死灰，曾经的小心在意，曾经的委曲求全，曾经的逆来顺受，都灰飞烟灭。

第二，写到了“枪”，而且是“提了枪”，是肯定式的写法。与“被与葫芦”的否定式写法作明白对比："被与葫芦”是安寝与享受，这两样象征林冲与这个世界和谐共处的东西被丢弃；"提了枪”，“枪”是冲突与决杀，这一样象征他与这个世界决绝、为仇的东西却被握在手中。从此，花枪上挑着的，就不再是酒葫芦，而是人头了。

第三，写到了白布衫、搭膊、毡笠子。这些是穿了，系了，带上，也是肯定式写法，并且也与被子、葫芦形成对比：被与葫芦，是安居的，这些则是出行的。它让我们想起汉乐府《东门行》中“拔剑东门去”的铤而走险。

小家庭如花美眷的温柔乡住不成了，住到牢城营的天王堂；天王堂住不成了，住到草料场；草料场住不成了，住到荒郊古庙。只要还能下有立锥之地，上有片瓦遮身，林冲都会苟且，林冲都会妥协。但是，现在什么也没有了，厚地高天，茫茫大宋，就是没有林冲的安居之所。既然这样，他也就只能人在路途，漂泊江湖，浪迹天涯了。

第四，写到的有酒，而且特别注明是“冷酒”，并以此煞尾。既是印证那人间的寒凉，又让我们读者感同身受。

那么，除了写到的上述几种身旁之物，没写到的是什么呢？这一段细致的描写中没有写到的一个东西，恰恰是此前的描写中最为郑重其事的，那就是钥匙。

是的，此前郑重其事的钥匙在描写中消失了，不是林冲把它扔了或丢了，而是钥匙已经无用。这个世界不是对林冲关上了门，而是这个世界根本就没了门。林冲要做的事，不是去找一把钥匙，然后紧紧捏住它，像握住自己的命运，然后试着打开某扇门。林冲要做的事，是在这个世界之外找一片天地，然后安身立命。这个地方，不在“率土之滨”，不在“溥天之下”，而在“水浒”，在王化之外，在现有的体制之外。

写到的与没写到的，出现的与没出现的，在肯定与否定之间，在带上和抛弃之间。林冲觉今是而昨非，他没有了幻想，没有了希望。在绝望中，一个最忠心耿耿又小心翼翼的人，成了反叛者。

一个最无做英雄愿望的人，就这样被逼成了英雄。

被逼铤而走险的林冲，出了庙门投东去。投何处去？何处可以安身？

十四　逼上梁山

做官，要关系，要门路；做贼，也要关系，也要门路；做强盗，也要关系，也要门路。

走投已无路，忠臣做强盗

林冲往东逃命。却不料走到柴进的东庄，在柴进东庄上住了五七日。

沧州那边，牢城营里管营向沧州府报告：林冲杀死差拨、陆虞候、富安等三人，放火烧了大军草料场。府尹大惊，下令缉捕人员将带做公的，沿乡、历邑、道店、村坊，捉拿林冲。

林冲在柴大官人东庄上，听得个信息紧急，担心缉捕人员寻到大官人庄上，负累柴进，便要离开。柴进道："既是兄长要行，小人有个去处，作书一封与兄长前去。"

柴进又有一个什么去处供走投无路的林冲安身呢？

柴进道："是山东济州管下一个水乡，地名梁山泊，方圆八百余里，中间是宛子城、蓼儿洼。"

一部大书，写梁山泊，写梁山好汉。"梁山泊"这个词，到第十一回，终于出现了。

梁山泊，只有在林冲的故事里出现，才能显示出意义。如果在李逵、李俊、张顺、张横、燕顺、王英、时迁等人的故事里首先出现，那么，梁山泊不过是社会下层、流氓无产者、市井流氓、江湖强盗等聚集的渊薮，一个强盗窝。如果在鲁智深、武松的故事里首先出现，梁山泊也就是江湖侠客的庇护所，一个杀人者躲灾避难的地方。

而梁山泊在林冲的故事里第一次出现，就能显示出更为深刻的内涵。

第一，它体现了逼上梁山的主题，从而揭示出乱自上作的社会现实。

第二，更重要的是，林冲本来是一个在大宋首都，并且负责皇家禁卫军武术训练的教头，他生活在王化之下，王土之中，是个忠心耿耿、绝无反叛之心的王臣。溥天之下，莫非王土；率土之滨，莫非王臣。**但是，林**

冲百般想做王臣，想做王的顺民、良民而不得，他被逐出王土，或者说，他被逼逃离王土。因为，在王土之中，他只有死路一条，王土已经变成死地。于是，他只能逃往梁山泊。至此，我们就可以明白，梁山泊，就是作为王土的对立面而存在的。水浒，也就是王化之外；而《水浒传》，也就是这些被王权抛弃、迫害、追杀的族群的传记。

那么，柴进为什么推荐林冲上梁山泊呢？

首先，他认识那里的人。

如今有三个好汉，在那里扎寨。为头的唤做白衣秀士王伦，第二个唤做摸着天杜迁，第三个唤做云里金刚宋万。三位好汉，亦与我交厚，尝寄书缄来。我今修一封书与兄长，去投那里入伙如何？

原来王伦当初不得第之时，与杜迁投奔柴进，多得柴进留在庄子上，住了几时。临起身，柴进又送他盘缠银两，因此有恩。

我们可以做一个比较。当初鲁智深杀了镇关西，逃走在江湖上，躲在赵员外庄上多日，后来官司追逼得紧，赵员外也给鲁智深指出一个安身立命的去处。那个去处是五台山文殊院，鲁智深从此做了和尚。

而柴进给林冲指出的去处，却是打家劫舍的梁山，让林冲做强盗。

这个对比中，合乎情理而有意思者，有一；不合乎情理而更有意思者，也有一。

“合乎情理而有意思”的是什么呢？

赵员外是个奉公守法、谨小慎微的乡间土财主，他的思想是息事宁人。所以，他出于为小妾感恩，帮鲁智深谋划的这个当和尚的出路非常合乎情理。如果鲁智深是个危险品，把他送进寺庙，就如同把危险品放到安全保障最好的场所，是最好的安置。

而柴进热衷交结四方豪杰，胸中虽然不能说早有不轨之念，但他特别关照往来流配的囚犯，至少可见他的价值观已经突破正统主流思想。所以，他推荐林冲去做强盗也很合乎他的性格。

那么，“不合乎情理而更有意思”的是什么呢？

是这两个推荐人都从自身的思想意识出发，而不考虑被推荐人的个性和想法。

鲁智深性格粗鲁，率性而为，最不适合当和尚，赵员外偏偏让他做和尚。

林冲委曲求全，最无反抗性格，柴进偏偏让他做强盗。

最不能循规蹈矩的人，偏要让他做最要循规蹈矩的和尚；最愿意做良民的人，却偏要让他去做最叛逆的强盗。

这完全不合情理！

但是，正如莎士比亚借哈姆雷特之口感叹的那样，谁又能避开命运的暴虐的毒箭呢？谁又知道最后的结局呢？

这不是《水浒》的作者故意批评赵员外和柴进，而是《水浒》作者的黑色幽默。他让我们在笑中有泪，泪中又有笑。

不过，柴进的这番话里还有一处让我们特别不放心。

哪个地方不放心呢？

就是他说的：梁山上的三位好汉，亦与他交厚，他又要修一封书与林冲，让林冲拿着他的书信去入伙。

当初他说他与沧州牢城营的管营和差拨交厚，也写了信。结果却是管营和差拨伙同东京来的陆虞候、富安陷害林冲，差点儿要了林冲的性命。

现在，他又说他和梁山上的王伦等交厚，又要写信，结果又会如何呢？

我们对这个柴大官人的交往，已经不大放心了。

不过，我们放不放心无所谓了，好在林冲放心。林冲放不放心也不重要了，因为林冲已经无路可走。

他只有上梁山。

这，就叫逼上梁山。

寂寥英雄，末路悲歌

接下来，柴进设计，护送林冲混出盘查甚严的沧州道口。林冲与柴大官人别后，上路行了十数日，时遇暮冬天气，彤云密布，朔风紧起，又见纷纷扬扬，下着漫天大雪。

对林冲而言，今年是特别不幸的一年，而今年的雪，也似乎比往年更多一些。看看天色冷得紧切，渐渐晚了。远远望见枕溪靠湖一个酒店，被雪漫漫地压着。林冲奔入那酒店里来，要了一大盘牛肉，数盘菜蔬，一个人吃了三四碗酒，叫道："酒保，你也来吃碗酒。"酒保吃了一碗。

林冲为何要请酒保喝酒？

第一，英雄寂寥。林冲此前在草料场，在天王堂，也是常常独自喝酒。此时，又在逃命之中，独行了十数日。国离了，家没了，自己流落江湖，大雪迷漫之中，人生彷徨之时，眼前四顾茫茫，胸中血泪一斗，和谁倾诉？所以，他叫酒保来喝一杯，也算是聊慰寂寞。

第二，他要向酒保打听如何去梁山泊。要先套个近乎。

所以，酒保吃了一碗之后，他便发问了："此间去梁山泊还有多少路？"酒保答道："此间要去梁山泊，虽只数里，却是水路，全无旱路。若要去时，须用船去，方才渡得到那里。"

林冲道："你可与我觅只船儿？"酒保道："这般大雪，天色又晚了，那里去寻船只？"

林冲道："我多与你些钱，央你觅只船来，渡我过去。"酒保道："却是没讨处。"

一句话，截断了林冲的希望。

这段对话，写尽林冲的英雄末路。

在朝廷，被陷害；在江湖，也无路。做好人，做不了；做强盗，也如此难！

八个字：报国无门，叛国无路。

林冲寻思道："这般却怎的好？"

又吃了几碗酒，闷上心来，蓦然想起："我先在京师做教头，每日六街三市游玩吃酒，谁想今日被高俅这贼坑陷了我这一场，文了面，直断送到这里，闪得我有家难奔，有国难投，受此寂寞！"

国家国家，人所赖以托身的地方，现在，对林冲而言，都没了。

因感伤怀抱，林冲问酒保借笔砚来，乘着一时酒兴，向那白粉壁上写下八句道：

仗义是林冲，为人最朴忠。江湖驰誉望，京国显英雄。
身世悲浮梗，功名类转蓬。他年若得志，威镇泰山东！

这是一首直抒胸臆的诗，写出了林冲此时此刻的愤懑、压抑、悲凉、可怜，当然，还有那大英雄的桀骜不驯之气。

仗义、朴忠，确实是林冲的两个基本的优点。**仗义，有时候需要大打出手，比如鲁智深，需要明火执仗，需要剑拔弩张。但有些时候，偃旗息鼓也是仗义的一种，容忍退让、拱手作揖，也是仗义，这就是林冲式的仗义。**这个朴忠，还有愚忠的味道，不到万不得已，绝不反抗。而他的身世确实如浮梗，在惊涛骇浪中沉沉浮浮。功名就更不用说了，不用说现在，就是当初，也不过一个教练而已，从来无根无据如同随风飘荡的蓬草，根本就没有得到过用武之地。

但最后两句，却显示出他的英雄气概：他还有志，他更有威，缺少的，只是时机而已。

但是这首写在墙上的诗，却有一个天大的问题。

什么问题呢？那就是，他把他的名字，毫不隐讳地公布了出来。在官府到处出榜缉拿他的时候，这样的行为，无异于自杀。

看来，他真是醉了。当然，这醉，不光是因为酒，还有他心中的酸楚，心中的悲愤，心中的寂寞。

正饮之间，只见一个穿皮袄的汉子走向前来，把林冲劈腰揪住，说道："你好大胆！你在沧州做下迷天大罪，却在这里！现今官司出三千贯信赏钱捉你，却是要怎地？"

林冲吓醒了，道："你道我是谁？"那汉道："你不是豹子头林冲？"

林冲道："我自姓张。"那汉笑道："你莫胡说。见今壁上写下名字，你脸上文着金印，如何要赖得过！"

肯定赖不过。

事已至此，林冲索性放手一搏，反正已经杀了三个，再杀一个也无所谓了，于是也放出狠话，道："你真个要拿我？"

那汉却突然一改严肃面孔，朗声笑道："我却拿你做甚么？"然后，邀林冲到后面一个水亭上说话。

原来这个人是王伦手下耳目，朱贵！

林冲告诉朱贵，他被官府追捕紧急，无安身处，特投这山寨里好汉入伙。朱贵道："虽然如此，必有个人荐兄长来入伙。"

做官要关系，做贼，也要关系，也要门路。

在第四十三回，戴宗劝石秀："壮士如此豪杰，流落在此卖柴，怎能够发迹？不若挺身江湖上去……"于是劝他上梁山。

石秀道："小人便要去，也无门路可进。"

实际上，晁盖和宋江主持下的梁山，已经是广纳英雄了，但还是有人发出没有门路的感慨。

我们常常说，天无绝人之路。但是，人生的路，常常面临绝境。因为，总有人要绝别人的路。

人类社会自从有了阶级，总有一些制度以绝别人的路为目的。

人创造出体制，又反过来受体制的压迫，这是人生荒谬的根源之一。

封建的国家是压迫人的体制。

梁山一旦成为一种组织，也就是一种体制。

没有小地方，只有小人物

林冲告诉朱贵，有柴进的书信。

朱贵说："既有柴大官人书缄相荐，亦是兄长名震寰海，王头领必当重用。"

真是绝处逢生。在林冲走投无路之际，突然峰回路转得遇朱贵，林冲上山之路理当一帆风顺。

朝廷理当重用而不用，推英雄入江湖，使英雄怨望，使江湖势大。这样的朝廷，不亡何待？

正如朱贵分析的，林冲到梁山必当重用。原因有三：

其一，有柴进的推荐。柴进既有恩于王伦，王伦当然不能拒绝。

其二，王伦也没有理由拒绝林冲，因为林冲武艺高强，名震寰海，有林冲加入，必然增强梁山的力量。

其三，招降纳叛，是一般占山为王者壮大自己、积聚资本的基本策略。像林冲这样被体制排挤出来走投无路的人，是他们最欢迎的。因为这样的人，既然已经在彼处彻底结仇树敌，你死我活，在此处必然死心塌地，忠心耿耿。

但是朱贵还是太厚道、头脑太简单了，林冲也高兴得太早了。

命运多舛的林冲，注定还要经受更多的磨难。

第二天一大早，朱贵引了林冲，乘船到对面金沙滩岸边上了岸，引着林冲来到聚义厅上，中间交椅上坐着一个好汉，正是白衣秀士王伦。左边交椅上坐着摸着天杜迁，右边交椅坐着云里金刚宋万。朱贵、林冲向前声喏了。

我们看，这王伦多大的架子。后来宋江做山寨之主时，但有人来投，他必亲自到金沙滩迎接。林冲来投，王伦不到金沙滩来接也就算了，待林冲在朱贵的带领下来到聚义厅时，王伦还是大咧咧地坐在交椅上，一点礼貌也没有。朱贵、林冲声喏了，行礼拜见了，他竟然一言不发。

林冲可怜，立在朱贵侧边，不知怎样才好。朱贵也很尴尬，只好主动介绍："这位是东京八十万禁军教头，姓林名冲。因被高太尉陷害，刺配沧州，那里又被火烧了大军草料场，争奈杀死三人，逃走在柴大官人家。好生相敬，因此，特写书来举荐入伙。"

这段话言语不多，但是却很简明扼要，把我们上述王伦应该接纳林冲的三点理由都暗含在其中了：林冲的本事；林冲的遭遇；林冲和柴进的关系。显然，忠厚的朱贵希望王头领赶紧热情起来。

但是，王伦竟仍然一言不发。林冲万分尴尬之中，忙在怀中取出柴进的书信递上，王伦还是一言不发接来拆开看了，让林冲坐了第四位交椅，朱贵坐了第五位。王伦终于开口说话了，却并不问候遭灾受难的林冲，而是动问柴大官人近日无恙。显然，他对林冲毫无同情心，毫不关心。这样一个自身也颇有坎坷的人，对他人的苦难毫无怜悯，这种人，如果占据江湖，岂不是让江湖也变成朝廷，变成官场，变成冷酷无情、尔虞我诈的所在？

可是，突然之间，王伦像变了一个人似的，对林冲无比热情起来：叫小喽啰一面安排酒食，整理筵宴，请林冲赴席，众好汉一同吃酒。

这是怎么回事呢？

刚才冷淡，问题倒还不大；现在热情，却是不祥之兆。

原来，王伦突然想到了一个问题："我却是个不及第的秀才，又没十分本事，杜迁、宋万武艺也只平常。如今不争添了这个人，他是京师禁军教头，必然好武艺。倘若被他识破我们手段，他须占强，我们如何迎敌？不若只是一个怪，推却事故，发付他下山去便了，免致后患。只是柴进面上却不好看，忘了日前之恩，如今也顾他不得。"

还是嫉妒！还是恐惧！

我们一般人的思想里，总觉得自身的弱点会影响自己的成功。但是，在很多时候，让我们栽跟头、受排挤、遭打击的，恰恰是因为我们自身的优点。

宋万比起林冲，武功上根本不在一个档次。但是宋万来投，王伦收下了；林冲来投，王伦要拒绝。一个因为武功差而留下了；一个因为武功强，反而被拒绝。

庄子说："人皆知有用之用，而莫知无用之用也。"其实这句话也正包含着愤懑与不平。

将要席终，王伦叫小喽啰把一个盘子托出五十两白银，两匹纻丝来。王伦起身说道："柴大官人举荐将教头来敝寨入伙，争奈小寨粮食缺少，屋宇不整，人力寡薄，恐日后误了足下，亦不好看。略有些薄礼，望乞笑留。寻个大寨安身歇马，切勿见怪。"

终于下逐客令了！

我们都知道林冲是被逼上梁山的，哪知道，他还要被逼下梁山呢？

林冲道："三位头领容覆：小人'千里投名，万里投主'，凭托柴大官人面皮，径投大寨入伙。林冲虽然不才，望赐收录。当以一死向前，并无谄佞，实为平生之幸。不为银两赍发而来，乞头领照察。"

话说得非常可怜。既搬出了柴大官人以作依靠，又赶紧表忠心。

王伦道："我这里是个小去处，如何安着得你？休怪，休怪！"已经很不耐烦了，一点儿伪装的礼节和客气都没有了。

林冲说他是大寨，他偏说自己是小去处。去处不小，是他的心眼儿小，志向小，眼界小。梁山在晁盖手下，就大了。到宋江手下，更大了。

没有小地方，只有小人物。

做人要简单，做事懂常识

朱贵见了，便谏道："哥哥在上，莫怪小弟多言。山寨中粮食虽少，近村远镇，可以去借；山场水泊，木植广有，便要盖千间房屋，却也无妨。这位是柴大官人力举荐来的人，如何教他别处去？抑且柴大官人自来与山上有恩，日后得知不纳此人，须不好看。这位又是有本事的人，他必然来出气力。"杜迁道："山寨中那争他一个！哥哥若不收留，柴大官人知道时见怪，显得我们忘恩背义。"宋万也劝道："柴大官人面上，可容他在这里做个头领也好。不然，见得我们无义气，使江湖上好汉见笑。"

这三个人，讲的都是为人处世的起码道理，都是一些为人处世的常识。

第一，山寨再小，也不至于短少一个人的衣食住。何况这个人不是白吃饭。

第二，柴进的面子总得要给，为人不能忘恩负义。

第三，林冲有本事，必然为山寨出力。

第四，无义气，会让江湖上好汉笑话。

有常识，未必能做大事，成大业，但是至少可以做个过得去的人。

什么叫过得去的人呢？能让别人过得去，自己也就能过得去。

像这三个人，此时他们让林冲过得去，不把他往绝路上逼。日后梁山火并，林冲也就让他们过得去。

而王伦自以为聪明，自以为算计得到，这样的人往往忘记了起码的为人处世的常识。为什么有那么多的人聪明反被聪明误呢？就是误在忘了常识。

做人简单一些。什么叫简单一些呢？

该做的，就做，不要想得太复杂；不该做的，就不做，也不要想得太复杂。一段时间过后，检点一下自己的所作所为，我们发现，该做的，我们都做了；不该做的，我们都没做。这就是成功。

反过来，那些把事情做得复杂的人，是怎么样的呢？

该做的，想了想，不做了。不该做的，想了想，做了。看起来，他比别人考虑得多，似乎聪明。但是一段时间过后，检点一下自己的人生，该做的，很多没做；不该做的，倒做了不少。

到底谁是真正的聪明人？

王伦道："兄弟们不知，他在沧州虽是犯了迷天大罪，今日上山，却不知心腹。倘或来看虚实，如之奈何？"

这完全是胡说八道，典型的心口不一。他真正担心的是什么，我们读者都知道。作者告诉我们了。但是林冲不知道。不过，林冲一句话就驳倒了他。

林冲道："小人一身犯了死罪，因此来投入伙，何故相疑？"

是的，没有任何怀疑人家的道理。

王伦道："既然如此，你若真心入伙，把一个投名状来。"

什么是"投名状"？

就是下山去杀得一个人，将头献纳，以证明自己确是死心塌地。

为了在梁山安身，林冲会违背他自己一贯的做人准则，去杀一个无辜的人吗？

十五 笑傲江湖

人生大抵如此：往往是莽撞之人最终获得圆满，精细之人往往留下遗憾。

纳投名状，结兄弟谊

林冲道："这事也不难，林冲便下山去等，只怕没人过。"

王伦道："与你三日限。若三日内有投名状来，便容你入伙；若三日内没时，只得休怪。"

王伦哪里是要考察林冲的忠诚呢？他是要给林冲制造困难，阻止他留在山上。

林冲应承了，自回房中宿歇，闷闷不已。

为什么闷啊？做官，不行；做强盗，竟然也不行。

做官，要缺德；做强盗，竟然也要缺德。

昨天在朱贵店里，他切齿骂高俅，说高俅弄得他有国难投，有家难奔。

现在，不光家与国难奔难投，就是强盗窝也难投。

问题还在于，为了留在梁山，他必须去杀一个无辜的人。

林冲到晚，取了刀仗行李，小喽啰引去客房内歇了一夜。

注意，是小喽啰引去的，可怜。

次日早起来，吃些茶饭，带了腰刀，提了朴刀，叫一个小喽啰领路下山，把船渡过去，僻静小路上等候客人过往。从朝至暮，等了一日，并无一个孤单客人经过。

回到山寨中。王伦问道："投名状何在？"

你听这小人的言语。

林冲答道："今日并无一个过往，以此不曾取得。"

王伦道："你明日若无投名状时，也难在这里了。"

说好三天的，就这样又少了一天了。

林冲再不敢答应，心内不乐，来到房中，讨些饭吃了，又歇了一夜。

注意，是讨些饭吃了。就是讨饭啊。

次日清早起来，林冲和小喽啰又下山来，依然一无所获，当晚依旧上山。

王伦说道："今日投名状如何？"

林冲不敢答应，只叹了一口气。

还是不敢！

我前面说过，林冲一生，总是"不敢"。我做了一个粗略统计，从第六回到第十一回，这写林冲的六回里，写到林冲"不敢"的，就有六次。其他：

怎敢，一次；

如何敢，三次；

哪里敢，两次；

岂敢，一次；

敢道怎地，一次。

加起来，有十四次之多。

王伦笑道："想是今日又没了。我说与你三日限，今已两日了。若明日再无，不必相见了，便请挪步下山，投别处去。"

王伦笑了。这是小人得意的笑，是一个毫无心肝的笑，是一个该死的笑！

能对一个如此不幸的人这样笑的人，他确实该死了，就快要死了。

王伦也是一个不得志的，是个不及第的秀才，因鸟气合着杜迁来这里落草。当初也是无处安身的，一旦他有了一个地盘，同样毫不怜悯走投无路的人。

这王伦，如果他真的及了第，做了官，还不是又一个高俅？

次日天明起来，林冲讨些饭食吃了，很自觉地自己打拴了包裹，撇在房中，做好了走人的准备。然后挎了腰刀，提了朴刀，又和小喽啰下山过渡，投东山路上来。

没想到，这天他还真的碰到了一个人了。而且此人还有一大担的金珠宝贝。林冲夺了他的一担财物，叫小喽啰挑上山去。此人踊跃前来拼命。

这可不是一个善角。林冲和他斗了三四十合，不分胜败。

原来，他是三代将门之后，五侯杨令公之孙，姓杨，名志，流落在此关西。他曾应过武举，做到殿司制使官，宋徽宗要盖万岁山，差十个制使去太湖边搬运花石纲，赴京交纳。不想他时乖运蹇，押着那花石纲，来到黄河里，遭风打翻了船，失陷了花石纲，不能回京赴任，逃去他处避难。如今赦了罪犯，他收了一担儿钱物，准备去东京枢密院送礼，谋求恢复以前的身份职位。这一担宝贝关系到他的前程性命，他哪里肯舍？

两人正斗，王伦出现，叫住了他们。

这时，王伦又有了新的想法了："若留林冲，实形容得我们不济，不如我做个人情，并留了杨志，与他作敌。"

你看这个小秀才的胸中"谋略"：有林冲，有杨志，二人旗鼓相当，让他们互相斗，然后小秀才控制他们。非常可笑。

可是杨志拒绝留下，终于离去。而林冲终于在屈辱重重中被收留了。

林冲原先在高俅那里受气，现在在王伦这里受气。改变的只是场合。

要改变林冲的命运，还得等机会。

而机会终会来。

宵小可忍，孰不可忍

机会终于来了。

晁盖、吴用等人劫了生辰纲，杀了官兵，投奔梁山泊来。

王伦见来者一个个都是惊天动地的好汉，又刚刚做下了惊天动地的大事，无论从才干还是魄力上，都远远超过了原来他所挂帅的梁山，骇然了半晌，心内踌躇，作声不得，自己沉吟，虚作应答。

他又要故伎重演了。而这一切心理活动，被两个人看得明明白白。

一个是吴用。他是何等人物？王伦的一举一动当然瞒不过他犀利的双眼。

一个就是林冲。他能看出王伦的心思，不是因为他犀利，而是因为他已经经历过了，对王伦太熟悉了，对他的言谈举止太敏感了。这是他心灵的创伤所在。

也许第一次伤害，人能忍了，认了，但是当你再去揭他的伤疤时，让他重新面对他曾经的伤痛时，他的反应比当初在他身上留下创伤时还要激烈——揭疤之痛胜过初创之痛。

更何况，林冲忍受到现在，他也忍够了。他发现，这种秩序只要不打破，他就永远没有改变自己现状的机会。

而他一直忍到现在，除了他的性格就是这样的逆来顺受型以外，他有三个担心。

一是杀了王伦，谁做老大？王伦一直是“武大郎开店”，手下的杜迁、宋万、朱贵比他还不济。若林冲自己做老大，就违背了江湖规矩，林冲也很难在江湖立足。

二是就算他想做，也做不了。他在梁山，武功固然最高，但他资历最浅，势力最单，位次靠后。

本来，他未尝不可以利用自己的武功，逐渐拉拢他人，形成自己的势力，但是以林冲的个性，显然不屑于这样做。他也不是一个很会搞关系的人。

三是就算他杀了王伦篡了位，他接着干什么呢？他没有一个高于王伦的目标，没有不同于王伦的方向，杀了王伦，他也就没有了方向。可以这样说，林冲缺少领袖气质，他是沙场上冲锋陷阵的虎将，但是他没有领袖群伦的才能和魅力。

我们说过，**林冲是一个非常依赖外在强权的人。**

有鲁智深，他就能挺直腰杆做人，鲁智深一走，他马上又低三下四了。

柴进出现了，他马上又找到了受人尊重的感觉。可是洪教头一来，他以为是柴进的师父，又赶紧把自己的位子让给了洪教头。

现在，晁盖、吴用这样的极其强大的外来强权出现了，林冲再一次找到了支撑的感觉。这一次，他甚至非常主动。

第二天一早，知道王伦将要逐客下山的林冲，主动到晁盖等住处，公开了他和王伦的矛盾，并告诉他们，一切都在自己身上，叫他们不要担心。

林冲此次为何如此主动呢？

他自己的一句话最能说明这个问题：“小可只恐众豪杰生退去之意，特来早早说知。”

显然，他一大早抢在王伦请客之前到晁盖、吴用等处表明心迹，原因在于：

第一，他在晁盖等人身上看到了自己喜欢的那种气质，他觉得这才是自己人。所以，他说“惺惺惜惺惺，好汉惜好汉”。既然这样，他很担心晁盖、吴用等人受不了王伦的窝囊气，下山而去，这样，林冲就有被撇下的感觉。

第二，他已经下定决心，要杀了王伦，他需要晁盖他们的配合。

那么，他为什么这次敢于杀王伦了呢？

晁盖他们来了，他以前的三个担心都没有了。

林冲在这种新形势下，下决心杀了王伦，重立新主。

晁盖等人在吴用的开导下，也认清了王伦的真面目，下决心取而代之。

两股力量，合到了一起。一场梁山大革命，就要发动。

量小起祸端，梁山大革命

当日王伦来请晁盖、吴用。王伦与四个头领——杜迁、宋万、林冲、朱贵——坐在左边主位上；晁盖与六个好汉——吴用、公孙胜、刘唐、三阮——坐在右边客席。两边的势力对比，非常醒目。

饮酒至午后，王伦回头叫小喽啰取来。取来什么呢？

三四个人去不多时，只见一人捧个大盘子，里面放着五锭大银。

林冲的创伤记忆被唤醒了。

王伦便起身把盏，对晁盖说道："感蒙众豪杰到此聚义，只恨敝山小寨，是一洼之水，如何安得许多真龙？聊备些小薄礼，万望笑留，烦投大寨歇马，小可使人亲到麾下纳降。"

真是丑死人，恨死人！

自己小家子气的人，也往往倾向于用小家子的方法去对待别人。当初拿银子打发林冲，如果说是侮辱英雄；今天又用银子打发晁盖等人，就只能显示他自己的可笑。

十万贯在手的晁盖等人，缺什么银子！晁盖是个直性人，道："小子久闻大山招贤纳士，一径地特来投托入伙，若是不能相容，我等众人自行告退。重蒙所赐白金，决不敢领。非敢自夸丰富，小可聊有些盘缠使用。速请纳回厚礼，只此告别。"

这话就是说，别拿那点儿小钱丢人现眼了。爷们儿不缺钱。

王伦又说出粮少房稀的废话来。

林冲的伤疤被硬生生撕开了。

他不能忍受这样的撕伤疤之痛，所以没等王伦说完，他双眉剔起，两眼圆睁，坐在交椅上大喝道："你前番我上山来时，也推道粮少房稀。今日晁兄与众豪杰到此山寨，你又发出这等言语来。是何道理？"

吴用马上道："头领息怒！自是我等来的不是，倒坏了你山寨情分。今日王头领以礼发付我们下山，送与盘缠，又不曾热赶将去。请头领息怒，我等自去罢休。"

这话狠毒。明明提醒林冲：当初王伦可是热赶他下山的。

伤疤又被撕了一回。

林冲道："这是笑里藏刀，言清行浊的人！我其实今日放他不过！"

你看，有常识就是过得去的人。王伦小聪明太多，忘了常识，放人不过，今天报应不爽，别人放他不过了。

王伦喝道："你看这畜生！又不醉了，倒把言语来伤触我，却不是反失上下！"

至今还以山寨之主的地位来压林冲。岂知林冲心中，山寨已经易主。

林冲大怒道："量你是个落第穷儒，胸中又没文学，怎做得山寨之主！"

到此，林冲已经是一堆干柴，只欠一点儿火星。

别急，自有煽风点火的人，那就是吴用。

吴用马上道："晁兄，只因我等上山相投，反坏了头领面皮。只今办了船只，便当告退。"

晁盖等七人便起身，要下亭子。

这哪里是要走？这是太了解林冲的心理了，逼他下手。

林冲是什么心理？

林冲就怕晁盖他们走了。

如果他和王伦没有翻脸，晁盖他们走了，他只能继续很压抑地在梁山苦熬。

现在，他和王伦翻脸了，晁盖他们走了，他不死也得滚蛋。

他早晨已经在晁盖那里表过态：都在他身上。此时，怎能食言？

所以，吴用这一招，以退为进，逼得林冲不仅没有退路，而且马上下手。

为什么要林冲马上下手？

他担心事态发生逆转。假如此时杜迁、宋万、朱贵等人出来相劝，事情不是没有转圜的余地。

所以，吴用要把事态推到不可逆转的地步。

梁山是我们的，天下是大家的

现在，就不可逆转了。

一个人，还在喘气，但是，他已经死了。

这个人还在梦中。

王伦留道："且请席终了去。"

梦中的王伦，可怜的秀才，喘气的死人。

《水浒》写人，常常写得一个人极其可恨可恶之后，又不知不觉写出他们的可怜来。这当然是作者手段的高强，可不也是生活的本来样子？

正如可怜之人往往有可恨之处，可恨之人更常常是可怜之辈。

林冲把桌子只一脚，踢在一边；抢起身来，衣襟底下掣出一把明晃晃的刀来。

林冲早有杀人准备。

王伦的致死之道早在林冲上山时就开始了，晁盖上山是结束。

吴用一看，便把手将髭须一摸。这是暗号。晁盖、刘唐便上亭子来，虚拦住王伦叫道："不要火并！"

不要火并，拦住王伦干什么？又不是王伦要火并。

什么不要火并？就是不要跑。

吴用一手扯住林冲，便道："头领不可造次！"

此时的场景令人好笑：用两个五大三粗的汉子拦住手无缚鸡之力的王伦王秀才，却又用另外一个秀才吴用拦住一个武功一流、杀气腾腾的汉子。

这哪里是阻止火并？分明是帮忙火并。

还有，阮小二拦住了杜迁，阮小五拦住了宋万，阮小七拦住了朱贵，吓得小喽啰们目瞪口呆。

看看这个阵势，就知道王伦多可怜。问题是，这可怜是他自己造成的：多年来的嫉贤妒能，使得他的手下都是武功平平的平庸之辈；唯一的武功一流的林冲，却正是拿刀子指着他的人。

正如林冲杀陆虞候之前，先要痛骂一顿一样，林冲杀王伦，也一样先是痛骂："你是一个村野穷儒，亏了杜迁得到这里。柴大官人这等资助你，赒给盘缠，与你相交，举荐我来，尚且许多推却。今日众豪杰特来相聚，又要发付他下山去。这梁山泊便是你的！你这嫉贤妒能的贼，不杀了，要你何用！你也无大量大才，也做不得山寨之主！"

这一大段痛骂里，最深刻也最解恨的是哪一句？不同的读者肯定会有不同的感受。而我选择的是这样一句：

"这梁山泊便是你的！"

因为，我马上想到，只要遵循同样的逻辑，我们也可以对皇帝说：

这天下便是你的！

敢反诘"这梁山泊便是你的"，便可以杀王伦，便可以做林冲。林冲让梁山焕然一新。

敢反诘"这天下便是你的"，便可以推翻帝制，便可以做孙中山。孙中山让中国走出了二千多年的黑暗。

林冲的这句话之所以振聋发聩，就在于，在那样的时代，天下还真的就是皇帝老儿的。所以，才会有水浒，才会有英雄好汉无处安身而去安身水浒，才会有《水浒传》！

我们回想一下中学读过的鲁迅先生的小说《药》。

革命党人夏瑜对牢头红眼睛阿义说："这大清的天下是我们大家的。"便被认为说的不是人话，被红眼睛阿义打了两个嘴巴。

为什么呢？因为他们都认为，这大清的天下是皇帝的。

这是愚昧而又可怜的人的观念。所以，夏瑜虽被阿义打了两个嘴巴，他却说阿义可怜。

华老栓茶馆里的遗老遗少和一个愤青模样的二十多岁的人百思不得其解，一个即将被杀头而又刚刚挨了两个嘴巴的人，怎么还说别人可怜呢？

最后一致结论：夏瑜疯了。

林冲拿住王伦，又骂了一顿，去心窝里只一刀，杀了王伦。《水浒》作者引古人言："量大福也大，机深祸亦深。"来为林冲杀王伦做定论，并赋诗嘲弄王伦：

> 独据梁山志可羞，嫉贤傲士少宽柔。只将寨主为身有，却把群英作寇仇。
>
> 酒席欢时生杀气，杯盘响处落人头。胸怀褊狭真堪恨，不肯留贤命

不留。

林冲杀了王伦，手握滴血的尖刀，指着众位好汉，推晁盖做了山寨之主。大家诺诺连声，唯命是从。接下来，他又推吴用做军师，坐第二把交椅；公孙胜同掌兵权，坐第三把交椅；并在大家的一致呼吁下，自己坐了第四位。这是林冲一生最为辉煌的时刻！这个一直被动、被别人主宰的人，这个性格一直比较沉闷、不显山露水的人，这时却主宰了梁山的命运，改变了梁山的历史；而他自己，也一时间痛快淋漓，头角峥嵘，大英雄的风范在瞬间得到充分展示。

精细人一生凄惨，莽撞身却得圆满

晁盖做了寨主后，林冲才觉得他终于找到了归宿，找到了安身立命的感觉。于是，他告诉晁盖，要搬取妻子上山。

晁盖便教人下山去，星夜取林冲妻子上山来。但是两个月后，小喽啰还寨说道："娘子被高太尉威逼亲事，自缢身死，已故半载。张教头亦为忧疑，半月之前，染患身故。只剩得女使锦儿，已招赘丈夫在家过活。"林冲见说，潸然泪下，自此杜绝了心中挂念。晁盖等见说了，也怅然嗟叹。

林冲娘子是《水浒传》中唯一可爱的有女人味的女性，美丽贤惠，善解人意，忠贞坚定。林冲不能保全她，她没有埋怨；林冲要杀陆谦，她担心丈夫惹祸，反而宽慰丈夫。可是，丈夫一纸休书，把她推给高衙内，从此以后，她几乎独自对抗高衙内，不但没有了丈夫的保护，而且没有了拒绝高衙内的理由。她的自缢而死，既是对高衙内的抗争，也是对林冲的怨恨绝望。

她悲剧的一生，碰到两个男人：一个懦弱的男人，一个淫邪的男人。这两个男人，就是她的命运。

林冲潸然而下的泪、晁盖等的怅然嗟叹，是《水浒》全书中所有男性唯一一次为女性流泪和嗟叹（李逵为母亲被虎吃了，大哭一场，当属另类）。

林冲至此，不仅绝了心中挂念，他往后的岁月里，我们也很少见到他的性情。除了在战场上用他的丈八蛇矛冲锋陷阵，他再无什么精彩的表现。他成了一个没有性格的木头人，一个沉默的不声不响的战争工具。

林冲的结局非常凄凉。《水浒传》的最后，梁山大军讨平了方腊。正要班师回朝，论功请赏，不料林冲染患风病瘫了，就留在六和寺中，由武松看视，后半载而亡。

既不让林冲战死沙场，壮怀激烈，也不让他论功请赏，封官加爵，并且还不让他死在宋江等众兄弟环绕之中，而是让他先行风瘫，再半载而亡，死在兄弟星散之后，死在万念俱灰之际，死在寂寞之中，死在落魄之时。这风瘫的半年，病榻之上，怀想一生，他又几多感慨？几多愧疚？想必定是欣慰之事少，抱憾之处多吧！

我们讲林冲，经常把他和鲁智深做比较。鲁智深是一个把复杂的事情弄简单的人，林冲是一个把简单的事搞复杂的人。

鲁智深是怎样把事情弄简单的呢？简单地说，他只对人和事做是非判断。有了是非判断后，他马上付诸行动。

林冲是怎样把事情弄复杂的呢？复杂在于，他在是非判断之后，还要进行特别复杂烦琐的利害判断。

在鲁智深眼里，人生无坏事，天下无大事。无论什么事，反正不怕事。

而在林冲眼里，人生太多事，天下皆难事。无论什么事，都是烦恼事。

鲁智深是个莽撞人，林冲是个精细人。

但是，偏偏这个莽撞人最终获得了圆满，精细人却终身遗憾。

当林冲风瘫之后，宋江叫武松看视。

梁山好汉里，竟然有三个人先后死在杭州六和寺。鲁智深，林冲，武松。

林冲的一生命运我们已经看到了，也感慨到了。

那么，武松又有什么样的人生呢？

武松篇

○怒虎神人
○赖汉娇娘
○骨肉为仇
○谋杀亲夫
○太岁归来
○复仇之刀
○再得兄嫂
○施恩图报
○黑帮老大
○重霸江湖
○英雄大意
○逃出生天
○虎头狗尾

行者武松

一 怒虎神人

武松，天赋英雄。上天不仅给了他豪气冲天的英雄气质，还赋予他风华绝代的英雄素质。

不知山有虎，故向虎山行

武松的出场在第二十一回，当时他以为自己打死了人，躲在柴进庄上。后来他才知道，这个人只是被他一拳打得昏迷过去，所以，他的第一场精彩，不是阳谷县打人，而是景阳冈打虎。

景阳冈打虎，是大家都十分熟悉的情节，也是《水浒传》中写得最为精彩的章节之一。金圣叹在本章的回前总评上说："天下莫易于说鬼，而莫难于说虎。无他，鬼无伦次，虎有性情也。说鬼到说不来处，可以意为补接；若说虎到说不来时，真是大段着力不得。所以《水浒》一书，断不肯以一字犯着鬼怪，而写虎则不惟一篇而已，至于再，至于三。盖亦易能之事薄之不为，而难能之事便乐此不疲也。"金圣叹又说，"读打虎一篇，而叹人是神人，虎是怒虎"，这都是在说《水浒》作者描写手段的高超。

我们比较一下鲁智深和林冲的出场。

鲁智深一出场，也是打，打的是人，恶霸镇关西。

林冲一出场，却是不打，不打的也是人，色狼高衙内。

打有打的道理，鲁智深这样个性的人，碰到镇关西这样的市井恶霸，不得不打。

不打有不打的原因，林冲这样性格的人，碰到顶头上司高太尉的养子，只能忍气吞声不打。

而武松一出场，打的却是虎。

虎是无道德意识的，无所谓好与坏，无所谓忠与奸。

武松打虎，也是不得不打吗？

是，也不是。

为什么这样说呢？

首先，武松并没有一定要打这只老虎的理由，他也没有打虎的打算。

这个问题实际上李贽早就看出来了。他在本回的回末总评上说："人以武松打虎到底有些怯在，不如李逵勇猛也。此村学究见识，如何读得《水浒传》？不知此正施、罗二公传神处。李是为母报仇，不顾性命者；武乃出于一时，不得不如此耳。俗人何足言此，俗人何足言此！"

李贽的意思就是，李逵连杀四虎，毫无胆怯退避之意，乃是因为这四只虎吃了他的母亲。也就是说，他是为母报仇，不得不打虎。

而武松却是一时仓促，路遇猛虎，无可退却，不得不硬着头皮打。而在此之前，他并没有打虎的打算。

武松在柴进庄上，得知自己并没打死人，于是要回清河县看望哥哥。在路上行了几日，来到阳谷县地面。当日晌午时分，走得肚中饥渴。望见前面有一个酒店，店招上写着五个字道："三碗不过冈。"武松进去，软磨硬泡，强买强要，前后共吃了十五碗（应该是十八碗，金本改得对。）手提哨棒便走。酒家赶出来告诉他，前面景阳冈上，最近出现了一只吊睛白额大虫，晚了出来伤人，坏了三二十条大汉性命。

听说有虎，而且是害了很多人性命的老虎，武松是否像鲁智深听说镇关西欺负金翠莲一样，马上要为民除害，去打死这只老虎呢？

没有。

武松听了，并不相信，他笑道："我是清河县人氏。这条景阳冈上，少也走过了一二十遭。几时见说有大虫！你休说这般鸟话来吓我！便有大虫，我也不怕。"

你看，他一意孤行要独自过景阳冈，是他不相信有老虎。

当然，他也说了，即使有虎，他也不怕，但那是吹牛。

武松的一大特点，就是好吹牛，好显摆，好炫耀，好逞能。

他一意孤行，走上景阳冈，走不到半里多路，见一个败落的山神庙。在庙门上见到贴着一张印信榜文，上面所写和酒家所说一致，武松知道真的有虎，他是怎样的反应呢？

如果他想打老虎，无论是为民除害，还是仅仅为了显示自己的神威，他都要抖擞精神、斗志昂扬才对。

可是，他的第一反应是：欲待发步再回酒店里来。

可见，他不想打。

为什么不想打呢？

我们刚刚说过，他是一个特别爱炫耀、好逞能的人，打死一只老虎，可以让他炫耀一辈子。事实上，他后来就是时时拿自己的打虎经历炫耀于人的。

那么，为什么他此时不想打呢？

原因是，他不敢打。

虽然他对酒家的一番好意，两次吹牛说，真有大虫，他也不怕。其实，他是怕的。

为什么说他怕呢？有根据吗？有。

当酒家第一次告诉他虎情时，他说："你休说这般鸟话来吓我！便有大虫，我也不怕！"

当酒家怕他不信，要他进屋看官司榜文时，他拒绝了，还说："你鸟做声！便真个有虎，老爷也不怕！"

当武松来到了冈子下，见一大树，刮去了皮，一片白，上面写着有虎的警告。武松看了，笑道："这是酒家诡诈，惊吓那等客人，便去那厮家里宿歇。我却怕甚么鸟！"

你看，三次他都说不怕。但是，这三次说不怕，是有原因的。

第一，是他根本不相信有虎。

第二，前两次他在酒家前，不愿意露怯，他好面子。他是把自己当成英雄的人，既然当自己是英雄，也就不能像普通人那样怕。

第三，第三次看到树皮上的字，他半信半疑，自言自语，很明显有自己给自己打气的味道。

如果大家不信，我们看第四次。

当他走上景阳冈，在山神庙门上见到印信榜文，知道真的有虎时，他是怎么反应的呢？

第一反应是：转身再回酒店。

第二反应是："我回去时，须吃他耻笑，不是好汉，难以转去。"——面子比性命重要。

第三反应是：存想了一回，说道："怕什么鸟！且只顾上去看怎地！"

你看，想回去，却碍于面子不能回，于是只好自我安慰，硬着头皮往前走。这时他的自言自语，很明显的是自己给自己打气壮胆。

还有第五次。

武松硬着头皮，一步步上那冈子来。回头看这日色时，渐渐地坠下去了。金圣叹在这句下面批曰：“骇人之景。”又批曰：“我当此时，便没虎来，也要大哭。”而武松自言自语道：“那得甚么大虫？人自怕了，不敢上山。”

听听这口气，又是自我安慰，又是自我欺骗，又是自我壮胆。

走夜路的人，往往吹口哨，不是不怕，恰恰是因为怕。

所以，**《水浒》作者在武松打虎之前，连写五次武松的“不怕”，实际上，就是要写出他的“怕”**。

这样写，是否降低了武松的高大形象呢？

不会。恰恰相反，是让我们觉得武松的形象更可信，更符合人性。

欣赏自己，可做大事；自我欣赏，常做傻事

那么现在的问题是：既然武松不想打虎，不敢打虎，也不是不得不打虎，那为什么他要打虎呢？

答案是：他已经没有退路了。

是的，在景阳冈上面对突然跳出来的吊睛白额大虫，他确实没有退路了。老虎堵住了他的退路。要从此处走，先过我这关。

但是在此之前，他本来有很多的退路。

那些退路又是被什么堵住的呢？

换句话说，武松是如何走到这无路可退的地步的？

答案一：他太自负。

首先，他是一个极度自我欣赏和自我肯定的人。

我们知道，一个人要鼓励自己有所作为、有所建树，最好的办法就是欣赏自己，肯定自己。但是，一个人要让自己做傻事、蠢事，闯祸，最好的办法也是欣赏自己，肯定自己。

我这样说，并不是说武松要干蠢事，要做傻事。当然，也不是说他此时做的不是蠢事和傻事。为什么说得这么拗口呢？

因为，**这个世界上，什么是蠢事，什么是傻事，还真难说。一件聪明的事，如果有始无终，最后就变成了傻事。相反，一件傻事，如果你坚持做下去，最后竟然让你做成了，那就变成了好事、大事，甚至变成了大事业。**

我们还是来看看武松的自我欣赏和自我肯定。

武松第一次对酒家说："便有大虫，我也不怕！"

第二次对酒家说："便真个有虎，老爷也不怕！"

都是"不怕"，第二次还把"我"变成了"老爷"。

这是典型的自我提升，我不是一般人，我是老爷。

我是老爷我怕谁？

第三次在景阳冈下，见到树皮上的警示，自言自语说："这是酒家诡诈，惊吓那等客人，便去那厮家里宿歇。我却怕甚么鸟！"

你看，把自己放在"那等客人"也就是一般人的对面，极力显示自己高人一等。自己不是那等人，也就是自己不是凡人。

那等客人怕，我却怕什么鸟！

因为这么自我期许，自我肯定，自我欣赏，自高自大，所以他一路走来，决不回头。

其次，自负的另一面，就是不信他人。不信别人的话，不听别人的劝。

当酒家第一次告诉他虎情时，他说人家说的是鸟话。

当酒家怕他不信，要他进屋看官司榜文时，他呵斥人家"鸟做声"。

真话，好话，关心的话，都变成了"鸟话"。

当他看到大树皮上的警示时，他笑道："这是酒家诡诈，惊吓那等客人，便去那厮家里宿歇。"

无端猜疑别人的用心，把好心当成了驴肝肺。

但这还不是全部答案。

答案二：太傲慢。

我们看看他和酒家的一番对话，就能感觉出酒家句句真诚实在；而武松一直是居高临下，总是自居高人一等的位置。

鲁智深在五台山下的铁匠铺里，会真诚邀请小铁匠一起喝酒。

林冲在朱贵的酒店里，在不知道这个酒店底细的情况下，也会邀请小伙计喝酒。林冲甚至有李小二这样的下层人朋友。

鲁智深和金翠莲父女这样的下层人也能坐在一起慢慢饮酒。

这样的事，在武松身上不会发生。

武松由于天生的英雄气质与英雄素质，使得他总是和普通人有着距离，他总是一种俯视众生的姿态。在走近那只老虎之前，武松受到三次警告：酒家的劝说，大树上的警示，山神庙墙上的官司通告。

但是生性傲慢的武松，把这一切都一挥而去。带着一条哨棒，一颗骄傲的心，他上路了，并且义无反顾。

太自信和太傲慢，使得他一步一步走上景阳冈，走近那只伤了三二十条大汉性命的老虎。

人要好面子，就有羞耻心

当武松在山神庙前终于确定那里确实有虎的时候，不想打虎也不敢打虎的武松，为什么不退回去呢？

他太要面子了。

一个自信和骄傲的人，往往也是最要面子的人。

这一点其实我们上面已经提到过，当他走上景阳冈，在山神庙门上见到印信榜文，知道端的有虎时，他的第二反应是："我回去时，须吃他耻笑，不是好汉，难以转去。"

为什么难以转去？因为怕别人耻笑。被别人耻笑，比老虎还可怕。套用孔子的一句话“苛政猛于虎”，在武松看来，是耻笑猛于虎。

被人耻笑，为什么这么可怕呢？因为，好汉是不能被人耻笑的。被人耻笑了，就做不得好汉了。

面子比性命重要。

我们知道，西方中世纪的贵族、圆桌骑士，也是把名誉看得高过生命的。

看来，无论是西方中世纪的骑士，还是中国的好汉，都有一种可爱可贵的品性——好面子。

是的，**好面子是可爱的，好面子是可贵的。好面子源于一种骄傲的个性。骄傲的个性，相比较卑贱的个性，是高贵的、可贵的、珍贵的。至少，好面子的人，不会太下流。**

好面子，就是有耻。而有耻，是中国传统文化对人的基本要求。

孔子讲，一个得到很好治理的国家，一个有着精神文明的国家，其人民一定是“有耻且格”——有羞耻心且行为举止体面。而一个有着自我品格的人，也要“行己有耻”——自己的品行和行为，都要有羞耻心。

孟子更把“羞耻心”作为人的四大基本良心之一。人一旦失去羞耻心，就叫“无耻”。人一旦无耻，会怎样呢？孟子几乎找不到一个比“无耻”更难听的骂人的话，所以，他只好说："无耻之耻，无耻矣。"

所以，孟子说："耻之于人大矣！"意思是，有羞耻心，对于一个人来说太重要了。

孔孟都讲了很多，我们可以说得直白一些：好面子，就是要脸。

要脸好不好？我们可以反过来看：不要脸好不好？

不要脸不好，所以，要脸好。

要脸为什么好？我们来看武松，他因为要脸，就不好意思退回去。

因为没有退回去，就碰上了老虎，就打死了老虎，就成就了他一世的英名。

可见，好面子还有一个好处，那就是往往逼着自己做一些有难度的事。做成了，自然就有了成功。

很多大事，都是一步一步做出来的，都是逼着做出来的，都是自己逼着自己勉为其难做出来的。

人有时要逼自己，逼出自己的潜能。不逼，你哪里知道你能做多大的事呢？

正如武松，他并不知道自己可以打死一只老虎。

因为好面子，他逼着自己面对老虎，然后逼出了自己的潜能，逼出了自己的神勇，打死了老虎，成了万人仰慕的英雄。

武松所以成为打虎英雄，第一是自信、自负、骄傲的个性；第二，就是他的好面子。

当然，光这两点还不行，还要有实力以及正确的战术。

临事而惧，好谋而成

正确战术之一：重视敌人。

如果说，此前武松的自信、自大、自负，开口闭口都是"不怕"，是战略上藐视敌人；那么，当那只害了三二十条大汉性命的吊睛白额、模样极其恐怖的大虫，随着一阵狂风猛然出现在他的面前时，他表现的就是对对手的极度重视。

孔子曾经和子路讨论过什么是真正的勇敢。有趣的是，孔子就用一个人面对老虎时的行为来说明。有一次，子路提醒孔子："您老人家不要总是夸奖颜回这样的文弱书生。要是上战场打仗，还得靠像我子路这样勇敢的人。"

孔子说："赤手空拳打老虎，没有船只还想渡河，死了都不知后悔的莽撞人，我不和他在一起。我需要的是遇事知道害怕而且谨慎小心，善于谋划并且最终能把事情做成的人。”

在孔子看来，临事而惧，不但不会损害英雄形象，恰恰是真正勇者的行为和心理。前文一再说武松“怕”，不是要说武松胆怯，武松窝囊，武松不够英勇，恰恰是说，这才是真实的英雄，而且是真正的英雄。

真正的英雄，往往需要真正的对手。面对真正的有实力的对手，心存敬畏、心存戒惧、小心应对，恰恰是英雄的必备素质。

此时，景阳冈上，日薄西山之时，武松面对的就是一个真正的有实力的对手，一个让三二十个大汉丧命的对手。

武松会如何对待呢？首先，正如孔子所说的：“临事而惧。”

当那个大虫又饥又渴，把两只爪在地上略按一按，和身往上一扑，从半空里蹿将下来时，武松被那一惊，酒都作冷汗出了。

一身冷汗，证明武松真的很怕，没有一点儿轻视对手，粗心大意。

有了这份临事而惧的心态，接下来就是：“好谋而成。”

面对又饥又渴、来势汹汹的恶虎，武松既没有落荒而逃，手足无措，也没有贸然出击，仓促以对。

他的战术是：先退避三舍。

第一退：当大虫扑过来时，武松一闪，闪在大虫背后。

第二退：当大虫把前爪搭在地上，把腰胯一掀，掀将起来时，武松又一闪，躲在一边。

第三退：当大虫把铁棒似的虎尾倒竖起来，猛然一扫时，武松又闪在一边。

这是武松打虎的第一阶段：**躲闪。**

大虫拿人，只是一扑，一掀，一剪。三般都没抓住人时，气性先自没了一半。

此时，武松知道，面对强大的来犯之敌，先行退让，待其疲惫，寻其破绽，再行进攻，是兵法的重要原则之一。

面对老虎的一扑，一掀，一剪，武松只用了一招：躲闪。这一招非常管用，不仅化解了老虎的汹汹攻势，而且消耗了老虎的气力；更重要的是，长了自己的志气，灭了老虎的威风。

现在，轮到武松出手了。

那大虫再吼了一声，又转过身来。武松双手抡起哨棒，尽平生气力，从半空劈将下来。

只听得一声响——不是打在老虎身上的响，而是树枝折断响和簌簌的树叶响。原来他太慌了，打在树枝上。不仅没打着老虎，反而把那条哨棒折作两截，只拿得一半在手里。

这根哨棒，武松从柴进庄上出来，就一直带在身边，作者时时提到它，我们以为最后定当靠它打虎。我们以为作者如此郑重其事、时时提醒我们注意的这个道具，这次终于闪亮出棒，一击致命，没想到却是这个结局，令我们的期待大受挫折。这也是作者制造悬念和曲折的文学手法之一。这是一个意外，平添波澜，这是小说家的路数，故意惊吓读者。

而且，我们看得出，武松直到现在，还是十分紧张，动作虽然勇猛，却有些变形。更重要的是，武松经此一个挫折，有没有慌神？

应该说，前面他三次躲闪，就是在寻找出手的机会。机会来了，尽平生气力，试图给对方致命一击，却失手了。不但没有打着老虎，自己反而没有了哨棒，真的变成了孔子所批评的暴虎——赤手空拳打虎了。

这是一次严峻的心理考验。这样严重的挫折会极大地打击人的信心。

这是武松打虎的第二阶段：**棒打。**

那大虫咆哮，性发起来，反身又是一扑，扑将过来。

武松猛然一跳，却退了十步远。

一跳，就是十步远，这是吓坏了的表现，是刚刚出手又失手之后，一时之间的仓皇应对。但是，武松很快就控制住了自己的情绪。

扑过来的大虫恰好把两只前爪搭在武松面前。武松迅即将半截棒丢在一边，两只手就势把大虫顶花皮揪住，一按按将下来。那只大虫急要挣扎，早没了气力。被武松尽气力纳定，哪里肯放半点儿松宽。

腾不出手来的武松只好用脚，把脚往大虫面门上、眼睛里只顾乱踢。

这是武松打虎的第三阶段：**脚踢。**

那大虫咆哮起来，把身底下扒起两堆黄泥，做了一个土坑。这倒恰恰帮了武松的忙，武松把那大虫嘴直按下黄泥坑里去。那大虫被武松折腾得没了气力。

武松把左手紧紧地揪住顶花皮，偷出右手来，提起铁锤般大小拳头，尽平生之力，只顾打。打得五七十拳，那大虫眼里、口里、鼻子里、耳朵里，都迸出鲜血来。

这是武松打虎的第四阶段：**拳打。**

武松放了手，来松树边寻那打折的棒橛，拿在手里，只怕大虫不死，用棒橛又打了一回。

上面我们说到，这根哨棒武松动静不离身。可是在我们期待它大打出手时，它却折断了，此时我们已经忘了它时，作者偏偏又让它出来，让它终于有所用场。

这是武松打虎的第五阶段：**打死。**

经过躲闪、棒打、脚踢、拳打，最后，终于打死。

我们前面说，**武松对虎，不想打，不敢打，也不会打。只因为他好面子，好自负，好逞能，逼得自己没了退路，只好打了。**

打了，也就真的打死了。

逞英雄，也就真的成了英雄。

世界上的好多事，往往也就是这样。

武松打死老虎之后，受到了阳谷县知县的抬举，做了阳谷县都头。上官见爱，乡里闻名。一个逃犯，摇身一变，成了“县刑警队大队长”。武松心中好不得意，连本要回清河县去看望哥哥的事都暂时抛在脑后了。

但是，天有不测风云，人有旦夕祸福。老子也说，福兮，祸之所伏。刚刚杀了一只虎的武松，不久又要大开杀戒，这回他杀的，却是人了。杀虎让他从逃犯变成都头，而接下来的杀人，又让他从都头变成了囚犯。

这是怎么回事呢?

二 赖汉娇娘

武大娶潘金莲是运气；潘金莲嫁武大是晦气。鲜花插在牛粪上，要她潘金莲安分守己，难得很。

好汉无好妻，赖汉娶娇娘

武松打虎之后，被阳谷县知县看重，抬举他做了步兵都头。武松觉得人生如同做梦，本来以为打死了人，逃亡在外，后来听说他所打之人并没死，又救活了。既然没打死人，也就不必再逃，准备回家看望哥哥，却又在路途之上打死了老虎，被当地县令抬举为“县刑警队大队长”，一时不能去看哥哥了。

武松这一段人生转折太快，他有些迷糊。正在迷糊呢，一件更让他迷糊的事又来了：他竟然在这阳谷县大街上碰到了他要找的哥哥！

兄弟离别一年有余，哥哥为何不在老家清河县，却跑到阳谷县来了呢？原来武大与武松，是一母所生。可是，这两个兄弟的差别却太大了：武松身长八尺，相貌堂堂，浑身上下有千百斤气力。而这武大郎卖炊饼为生，身不满五尺，面目生得狰狞，头脑可笑。清河县人见他生得短矮，起他一个诨名，叫作“三寸丁谷树皮”。

《水浒》的一大特色，就是各色人物往往都有一个绰号。而我以为武大郎的这个绰号最为神品。为什么呢？因为这个绰号令你百思不得其解，但却又觉得无比神似。根据程穆衡《水浒传注略》解释，“丁”是指十八岁以上成年男子；三寸丁，极言其短小。谷树皮，极言其皮色斑麻粗恶。可见，这是一个复合型的绰号，而其他人全是单一型的绰号，这是《水浒》作者给武大郎的特别待遇。

丑陋矮小不是罪，但是这样丑陋矮小的人，偏偏得了一个如花似玉的妻子，就会让很多人心理不平衡，这也是一种常见的心理现象。

自从武大娶得那妇人之后，清河县里有几个奸诈的浮浪子弟都来他家里骚扰。这一班人不时在门前叫道：“好一块羊肉！倒落在狗口里。”

武大是个懦弱本分的人，却一下子干了一件极不本分的事：依本分他哪里能娶上这么漂亮的老婆呢？现在，面对着这些流氓地痞的骚扰，他心中不自安，在清河县住不牢，就搬来这阳谷县了。他在县城紫石街租房居住，还操旧业，继续每日上街卖他的炊饼。

此日武大正在县前做买卖，竟然碰见了武松。

兄弟见面，格外亲热，武大也就不做买卖，带武松回家去。

武松和嫂子的关系，就此拉开了序幕。

但是，我们不明白的是，武松兄弟离别才一年，武大怎么就娶了一个美貌的妻子？

原来，清河县里有一个大户人家，有个使女，小名唤作潘金莲，年方二十余岁，颇有些颜色。因为那个大户要缠她，这使女不肯依从，还去告诉主人婆。这个大户大概也是一个怕老婆的，被老婆收拾后，记恨在心，宁愿倒赔些嫁妆，不要武大一文钱，白白地嫁与他。这是大户对潘金莲的惩罚。

这当然是武大的运气，但却是潘金莲的晦气。哪个女人在没有感情基础的情况下，愿意嫁给武大这样的人呢？潘金莲见武大身材短矮，人物猥琐，不会风流，心中自然极不平衡，红杏出墙也就在所难免。

这个大户，不但好色，而且恶毒。他用这个办法报复不肯向他就范的潘金莲，可以说，潘金莲后来的被杀，罪魁祸首就是他。从这个角度看，武大也是晦气：如此不般配的婚姻，享过分之福，对他而言是多么巨大的人生拖累？他后来被毒死，罪魁祸首也是这个大户。

花痴心动，春意萌生

随着武大回家的武松，看到这样的嫂子，会是什么样的情形呢？

武松见了嫂子，当下推金山，倒玉柱，纳头便拜。那妇人向前扶住武松道："叔叔，折杀奴家。"武松道："嫂嫂受礼！"

这是一个很平常的叔嫂相见的场景。

但是，各人的心中却都在犯嘀咕。

小叔子一定在想：平庸的哥哥怎么娶了这么漂亮的嫂子？

嫂子在想：平庸的丈夫怎么有这样杰出的兄弟？

三个人同到楼上坐了。潘金莲看着武大道："我陪侍着叔叔坐地，你去安排些酒食来管待叔叔。”武大应道：“最好。二哥，你且坐一坐，我便来也。”

武大下楼去了，楼上就只剩下武松和潘金莲二人。潘金莲看了武松这表人物，自心里寻思道：“武松与他是嫡亲一母兄弟，他又生得这般长大。我嫁得这等一个，也不枉为人一世。你看我那‘三寸丁谷树皮’，三分像人，七分似鬼。我直恁地晦气！据着武松，大虫也吃他打倒了，他必然好气力。说他又未曾婚娶，何不叫他搬来我家住？不想这段姻缘却在这里。”

潘金莲的这段心理活动，至少说明了这样一些问题：

其一，她认为如果嫁给武松这样相貌堂堂的人，也就不枉了为人一世。这是一个非常正常的想法。**对于女人来说，尤其是那个时代的女人来说，婚姻与情感的满意度，是她们对自己生活是否满意、人生是否幸福的最重要甚至唯一的尺度。虽然婚姻与爱情美满未必就能决定人生美满，但是婚姻与爱情不美满，则人生一定不美满。**所以，潘金莲守着武大郎，一直有着枉为人一世的遗憾。有了这样巨大的遗憾，我们若一味要求她安分守己，逆来顺受，也是不公正的。

其二，带着这样巨大的遗憾和不满，她一定会不安于室，只要有机会，她会试图改变命运。看到武松，她马上就动了心，甚至忘记了伦理，这是她迫不及待心理的明显表现。

其三，见了武松，潘金莲心动的有两点：一是武松生得长大，二是由武松打虎而想到他必然好气力。这种想象里，带有非常明显的性意识。

欲不得足，心岂能安

金圣叹在“必然好气力”下批曰：“便想到他好气力，绝倒。”李贽的眉批更直接：“便想着用他气力处，不知这长大汉子却不会弄这段哨棒伏这个母大虫。”很显然，武大作为丈夫，不仅矮小丑陋，还不能满足妻子情感和生理上的要求，潘金莲实际上一直处在一种性压抑状态之中。

《黄帝内经》中有一个概念叫“忧饥”，用以描述女性的精神病症状。“忧”就是焦虑，压抑；“饥”，就是基本的生理欲望处于饥渴状态。所以，这个概念就是指女性的生理、心理上的长期饥渴与压抑导致的极度焦虑、紧张和内心的煎熬。

弗洛伊德的性心理学理论也认为女人的性生活不满足，被迫忍欲、窒欲，是一切精神病变的总根源。当然，潘金莲还没有到精神病的地步，但是她那种迫不及待，表明她确实非常压抑。她见到武松是迫不及待，后来见到西门庆，西门庆挑逗她，还担心她拒绝，结果反而是她主动抱起了西门庆，可见也是迫不及待。

我们还可以把她和一丈青做个比较。一丈青武功高，人漂亮，英姿飒爽，而且她的未婚夫祝彪，一表人才，武功超群，在“祝氏三杰”里是第一了得，最为突出。后来祝彪被杀，一丈青一家老小全被李逵杀害，她被林冲擒获，又被宋江许配给王矮虎为妻。

而王矮虎恰恰和武大郎十分相像。武大郎与潘金莲这对夫妻，和王矮虎与一丈青这对夫妻，非常相似。

第一，就婚姻关系的缔结说:潘金莲嫁给武大郎，是大户出于报复，故意出此损招，毫不顾及潘金莲的愿望。扈三娘嫁给王矮虎，是宋江出于履行诺言，也是毫不顾及扈三娘的感受。

第二，就二人的丈夫说：武大郎与王矮虎，同样丑陋，同样矮小，同样猥琐。大家可能觉得王矮虎好歹是地煞星，还会武功，怎么和武大郎相同呢？可是我们要知道，他和扈三娘一丈青之间的落差，不亚于武大郎与潘金莲之间的落差。他固然会武功，但那样的三脚猫功夫，根本不是扈三娘的对手，两军阵前，扈三娘一丈青小试牛刀，就把他活捉过去。说一句笑话，如果潘金莲和武大郎夫妻俩打架，潘金莲未必是武大郎的对手吧？

第三，实际上，王矮虎在道德评价上，还不如武大郎。在人品、道德方面，武大郎和王矮虎相比，还有更多的优点：武大郎朴实、善良、厚道、本分；而王矮虎呢？则是狡诈、凶残、刁蛮、贪婪、好色、不专一、不仗义。所以，二者相比，武大还要胜出一筹。

但是，武大的老婆潘金莲对武大是一百个不满意，一千个看不起，一万个没情意，并且是越来越没情意，直至看出他是自己追求幸福道路上的绊脚石。

而王矮虎的老婆扈三娘，虽然当初也一定一百个不满意，一千个看不起，一万个没情意，但是最终，扈三娘对王矮虎，倒还真的产生了感情，证据有两个。

第一个证据：学者们发现，扈三娘在《水浒》中竟然没说一句话，这基本正确。但是，在袁无涯一百二十回本的第九十八回《张清缘配琼英　吴用计鸩邬梨》中，当王矮虎被琼英一戟刺中左腿，两脚蹬空，撞下马来时，扈三娘看见琼英伤了丈夫，大骂:“贼泼贱小淫妇儿，焉敢无礼!”

飞马抢出，来救王英。

整部大书，一丈青只说了一句话，这句话恰恰是为老公被刺伤焦急愤怒时说的。这足可以证明一丈青对王矮虎的感情。还要特别说明的是，王矮虎与琼英交战，也是他看到对方是个美貌女子，于是挺枪跃马，踊跃上前的。斗到十数余合，王矮虎拴不住意马心猿，枪法都乱了。琼英想道："这厮可恶！"才一枪把他刺下马来，这几乎就是当初王矮虎和一丈青交战的翻版。一丈青那样聪明的女子，不可能看不出自己的丈夫此时的那种可恶的表现。但即便如此，她没有骂丈夫，反而骂琼英是"小淫妇儿"。她难道不知道，真正的淫贱之人，恰恰是自己的老公？这时候这样骂琼英，有吃醋和嫉妒在。能为老公吃醋和嫉妒，就是有感情的表现。

第二个证据：宋江征方腊攻打睦州，王矮虎、一丈青夫妻二人，带领三千军马，正迎着方腊的大将郑彪，王矮虎出战，被郑彪一枪戳下马去。一丈青一见丈夫被杀，要报丈夫之仇，急赶将来，被郑彪一块镀金铜砖打在面门上，落马而死。看到丈夫被杀，单枪匹马，挑战强敌，最终被杀，与丈夫同死。《水浒》还专门赋诗："戈戟森严十里周，单枪独马雪夫仇。"

这两件事可以说明，一丈青对王矮虎是有感情的，这与潘金莲对武大郎毫无情意形成了鲜明的对照。

为什么会这样呢？

我们当然可以说，一丈青在梁山深受义气影响，这种夫妻情可能更多的是兄弟义。但是在夫妻这样绝对私人私密的空间，如果双方毫无感情，义也就无法存在。

我们刚才比较了王矮虎与武大郎的种种。事实上，他们还有一个非常大的不同，正是这个不同，最终决定了他们各自在自己妻子心目中的分量，决定了他们的妻子对他们的感情。这个巨大的不同是：武大郎"不会风流"，而王矮虎却恰恰是风流高手。

换句话说，武大郎不知道作为丈夫，必须满足妻子的情感和生理需要；或者他知道，但他不会风流，能力有限。而王矮虎则很懂这些，并且十分喜欢这些。

其实，梁山好汉中，宋江被阎婆惜背叛，杨雄和卢俊义的妻子红杏出墙，原因都与武大一样：忘记了为夫之道，或履行夫道不力。

需要说明的是，我们并不是要给潘金莲翻案。我这样说，只是要找出她犯罪的原因。**犯罪原因不能成为犯罪理由，犯罪不能因为有了原因就可以被豁免。这一点，当代那些为潘金莲翻案的人可能没有很好地加以区**

别。就潘金莲来说，有压抑，有焦虑，不能成为放纵自己、危害他人的理由，更不能成为减刑甚至免于起诉，以至于还要获得同情的理由。对于潘金莲这样有着命案的人，我们还是不翻案的好。

武大无主见，妇人无规矩

我们回到武大郎家的楼上，武大下去买酒买菜了，叔嫂二人在交谈。嫂子潘金莲一见到武二，就忘掉了武大，不，仅仅忘掉还好，她是怨恨武大。实际上，像潘金莲这样被束缚于不满意的婚姻之中的女人，每次见到她中意的男人，首先涌上心头的，就是对自己丈夫的怨恨。

现在，她突然觉得她的姻缘原来在武二身上，嫁给武大，原来是上天安排她见到武二并最终成就美满姻缘的桥梁。于是，她打定主意，亲近武二，满脸堆笑，嘘寒问暖，问他年龄，又问他是否婚娶，要他搬到家里来住。在对武二过度的关注与亲热里，包含着她一厢情愿的热情。

武大买了些酒肉果品归来，放在厨下，走上楼来，叫道："大嫂，你下来安排。"

那妇人应道："你看那不晓事的！叔叔在这里坐地，却教我撇了下来。"

武松道："嫂嫂请自便。"

那妇人道："何不去叫间壁王干娘安排便了？只是这般不见便！"

什么叫不见便呢？就是不给人方便。

她要武大给她什么方便呢？

想起来就很可笑的。

实际上，正如弗洛伊德心理学揭示的，口误往往正是内心的真实想法。

潘金莲此时多么想天遂人愿，天就其便，让她就这样面对着武二，直到天荒地老！

潘金莲，确实有值得人们同情的地方。

而武大，更有让人们可怜的地方。

武大自去央了间壁王婆，安排端正了，都搬上楼来，摆在桌子上。武大叫妇人坐了主位，武松对席，武大打横。

武大筛酒在各人面前。那妇人拿起酒来道："叔叔休怪，没甚管待，请酒一杯。"

武松道："感谢嫂嫂，休这般说。"

我们上面说过，武松是个很自我欣赏、以自我为中心的人，这样的人，往往会忽略对周边环境和周边人物及其相互关系的观察和判断。但是，即使他这样的人，从他到武大家到现在，他至少已经发现了这样三点：

第一，他的哥哥和嫂子之间的巨大差距。

一个如此平庸甚至在一般人之下的哥哥，偏偏娶了这样一个如此出色的嫂子——客观地说，潘金莲在外貌、才智、性格上，全面超过武大郎。武松面对这样的情景，已经有所警惕，并尽量用自己的温和言行来缓解兄嫂关系上的紧张。

第二，嫂子言语之间表现出来对哥哥的不满和蔑视。

潘金莲埋怨武大忒善了，被人欺负。武松马上为兄长辩解："家兄从来本分，不似武二撒泼。"潘金莲道："怎地这般颠倒说！常言道：'人无刚骨，安身不牢。'奴家平生快性，看不得这般'三答不回头，四答和身转'的人。"客观地说，潘金莲说的，还真有道理。武松能怎么说呢？

第三，他哥哥和嫂子在家庭中的角色与众不同。

按说，兄弟来了，当然是哥哥陪着，嫂子准备饭菜。可是，嫂子却看着武大道："我陪侍着叔叔坐地，你去安排些酒食来管待叔叔。"待武大上街买了回来，总该嫂子收拾了吧？可是，当武大喊老婆收拾时，却被老婆一顿奚落："你看那不晓事的！叔叔在这里坐地，却教我撇了下来。"金圣叹在这下面批了一句很幽默的话："你看那不晓事的嫂嫂，叔叔在这里坐地，却不肯撇了下来。"

最后，竟然是武大去邻居家叫来王婆帮忙收拾好，再端上来的。

而饭菜上来后，最有趣的是三人的座位：竟然是武大叫妇人坐了主位，武松对席，武大打横。

正如金圣叹所批，这一个坐法，就可以见出武大混沌，武二直性，妇人心邪。

至少，可以看出武大无主见，武二无奈何，妇人无规矩。

坐下之后，竟然不是兄长说话招呼兄弟，反而是嫂子端杯敬酒；武大呢，只顾上下筛酒烫酒，哪管别事，一个典型的肉头。

这样的男人，兄弟看着，觉得可怜；而潘金莲看着，一定觉得窝囊。

这样的男人，要让女人爱，确实为难女人。

这实在是非常奇怪又非常滑稽的家庭宴会，体现出的是一种非常滑稽而不正常的家庭关系。

那妇人笑容可掬，满口儿叫："叔叔，怎地鱼和肉也不吃一块儿？"拣好的递将过来。

武松是个直性的汉子，只把做亲嫂嫂相待。武大又是个善弱的人，哪里会管待人。那妇人吃了几杯酒，一双眼只看着武松的身上。武松吃她看不过，只低了头，不恁么理会。

当日吃了十数杯酒，武松便起身。

那妇人道："叔叔是必搬来家里住。若是叔叔不搬来时，教我两口儿也吃别人笑话。亲兄弟难比别人。大哥，你便打点一间房屋，请叔叔来家里过活，休教邻舍街坊道个不是。"

这话说得多么好啊。难怪李贽批曰："都是亲热好话，若非有他意，便是贤嫂。"

武大道："大嫂说得是。二哥，你便搬来，也教我争口气。"

这话说得又可怜。一年了，他在清河县，在阳谷县，受了多少气？

在家里面，在外面，受了多少气？

自己不能争气，要靠兄弟争气。

读到此处，我们读者会悲从中来，不知是武大可怜，还是武二可怜。

嫂子热情似火，小叔冷眼相对

武松见兄嫂都如此真诚，便回住处收拾行李铺盖，当晚就哥嫂家里歇卧。次日早起，那妇人慌忙起来，烧洗面汤，舀漱口水，叫武松洗漱了口面，裹了巾帻出门，去县里画卯。那妇人道："叔叔，画了卯，早些个归来吃饭。休去别处吃。"武松道："便来也。"径去县里画了卯，伺候了一早晨，回到家里。那妇人洗手剔甲，齐齐整整，安排下饭食，三口儿共桌儿食。

过了数日，武松取一匹彩色缎子与嫂嫂做衣裳。那妇人笑嘻嘻道："叔叔，如何使得！既然叔叔把与奴家，不敢推辞，只得接了。"武松自此只在哥哥家里宿歇。武大依前上街挑卖炊饼。武松每日自去县里画卯，承应差使。不论归迟归早，那妇人顿羹顿饭，欢天喜地，服侍武松。

我们说，直到此时，武松和兄嫂的关系还算正常，嫂子对他特别好，好得有点儿特别，但是，武松把她当作嫂嫂，采取"三不"政策：

一是不见怪。

二是不搭茬。

三是不上心。

这个阶段，可以说是武松和嫂嫂关系的“蜜月”阶段：嫂嫂偷偷摸摸爱武二，武二明明白白敬嫂嫂。

但是，偷偷摸摸地爱，单相思暗恋，不会让潘金莲满足。

明明白白地敬，敬而远之，哪里能让潘金莲称心？

潘金莲的暗恋会公开，武松敬而远之的绥靖政策便要破产。

“蜜月”就要结束了。

三 骨肉为仇

这个才貌双全的风流女，这个一等一的调情手，她把才情、心思都放在武松身上，她要以倾城美色向武二邀宠，逼他乖乖就范。

火盆常热，饮酒成双

上回讲到，武松住在兄嫂家，潘金莲对他无比用心，照顾得无微不至。可潘金莲要的，不是叔嫂之礼，而是男女之情。当潘金莲和武松相遇之时，二人不再是非常般配的男女，而是社会角色已经确定的叔嫂。吸引潘金莲的，是武松生物学上的优点；阻挡潘金莲的，是二人的社会学上的身份。内心的情爱欲念与社会的道德伦理发生严重冲突，一句话，情和理的冲突。

一个多月里，武松住在兄嫂家，潘金莲常把些言语来撩拨他，武松是个硬心直汉，却不见怪。金圣叹和李贽都对武松的不见怪很赞赏。金圣叹说:"不见好，是丈夫；不见怪，是圣贤矣。"李贽说:"不见喜难得，不见怪更难得。"

为什么这样说呢?

不见好，是对自己严格。

不见怪，是对别人宽容。

不见好，是对道德的坚持。

不见怪，是对人性的理解。

所以，不见怪，是更高的境界。

不过，武松实际上并不是做到了不见怪的圣贤境界。金圣叹和李贽都看错了也看高了武松。武松哪里能不见怪呢？如果武松能对潘金莲的撩拨不见怪，也就不会有下文了。此时武松的不见怪，实际上就是武松根本不知道如何应对，只好装傻装糊涂。他的政策是鸵鸟政策：把头藏起来，假装没看见没听见，糊弄一天是一天。

一个男人不能接受一个女人的爱情，又想和她保持比较好的关系，不愿意伤害她，最好的办法就是装糊涂，最坏的办法也是装糊涂。

武松已经装了一个月的糊涂，总有一天他糊弄不下去。

这一天到了。

十一月的一天，朔风紧起，彤云密布，纷纷扬扬飞下一天瑞雪。武松清早出县里画卯，潘金莲赶武大出去做买卖，又请间壁王婆帮忙买下些酒肉之类，然后在武松房里，烧了一盆炭火，等待武松归来。她心里想道："我今日着实撩他一撩，不信他不动情。"

潘金莲为情不顾理，武松为理不动情。二者要相安无事，必须有一方迁就另一方，而主动权在潘金莲那里。武松一直在装糊涂，既然装糊涂，就不能先挑明话题。因为这种办法无异于抱薪救火。武松已经装了一个月的糊涂，他还能装下去吗？

酒肉准备好了，一盆炭火烧得红红火火。潘金莲独自一个，冷冷清清立在帘儿下，看那大雪，直到看见武松踏着乱琼碎玉归来。

潘金莲推起帘子，满面笑容迎接道："叔叔寒冷。"武松道："感谢嫂嫂忧念。"入得门来，便把毡笠儿除将下来。潘金莲双手去接。武松道："不劳嫂嫂生受。"自把雪来拂了，挂在壁上。又解了腰里缠袋，脱了身上纻丝衲袄，入房里搭了。

我们来细看这个小细节。武松说了两句话：

感谢嫂嫂忧念——嫂嫂忧念牵挂兄弟，当然很好。即使忧念牵挂得有些出格，也无法禁止。

不劳嫂嫂生受——我们看，武松回来，摘帽子，嫂子接过来；脱衣服，嫂子接过来；要穿拖鞋，嫂嫂拿过来。这哪里还是叔嫂呢？这已经是夫妻了。

所以，这个小小的细节，我们可以看出：潘金莲想营造一种什么样的情境；而武松又是多么小心地坚持着，不让两人进入这种情境，不让两人的关系跨越雷池一步。

但是，今天的嫂嫂，一定要跨出这一步，捅破这层窗户纸，看你武松能不能守得住！

潘金莲是自信的，她不信武松不动情。

于是，对我们来说，就有了两个悬念：

第一，面对潘金莲的一腔深情与百般撩拨，武松到底动不动情？

第二，如果能坚守道德伦理不动情，在窗户纸被捅破无法再装糊涂的情况下，武松能否聪明应对？

在潘金莲一口一声的嘘寒问暖中，武松进了门，换了鞋袜，搬条小矮凳，坐到火盆边。潘金莲把前门上了闩，后门也关了，却搬些按酒果品菜蔬，入武松房里来，摆在桌子上，也搬条小矮凳，近火边坐了。

前门闭，后门关。

外面大雪飘飘满天寒，房间叔嫂相对烘火暖。

这是特别暧昧的场景。

这就是潘金莲刻意追求的场景。

武松感觉到了这种暧昧，他有些不安，有些不舒服，提出要等哥哥回来一起吃。潘金莲道："那里等得他来。等他不得！"

金圣叹在此句下批曰："心忙口乱。"心中有事，嘴上一乱，竟然说出这样露馅的话来。潘金莲马上拿盏酒，擎在手里，看着武松道："叔叔满饮此杯。"武松接过手去，一饮而尽。潘金莲又筛一杯酒来，说道："天色寒冷，叔叔饮个成双杯儿。"金圣叹在此句下又批曰："真好淫妇，辞令妙品。"这话真的说得好，信手拈来，却似千锤百炼；表情达意，却又如此含蓄蕴藉。如果说，刚才是场景暧昧，现在是语言暧昧了。

暧昧语言的特点是：进可攻，退可守。你若认了，我的目的就达到了；你若不认，我又好像什么都没说。

所以，武松几乎是无可奈何，只好继续装糊涂，以不变应万变，把潘金莲递过来的所谓成双的酒又接过来，一饮而尽。

实际上，正如我们前面提到的，潘金莲是一个才貌双全的女人，把她的才情用在调情上，那是一等高手。武松在景阳冈上打虎，我们已经很是紧张；岂料武松在哥哥家对付这个温柔的雌老虎，让我们更加紧张。

欲知双方胜负如何，鹿死谁手，我们接着往下看。

下面很怪的，武松竟然也斟一杯酒，递与潘金莲吃。潘金莲接过酒来吃了。

这就更加暧昧了。

这是一个颇令人费解的举动。叔嫂二人，大雪天，关上前后门，在家里一对一饮酒，还说着疯话。这边嫂子刚刚递过一杯酒暗示要"成双"，那边小叔子就斟一杯酒递给嫂嫂，如此推杯换盏，简直是欲拒还迎。

武松是不是已经像潘金莲预想的那样，动情了？

调情高手，欲望魔鬼

果然，武松的这个举动大大地鼓励了潘金莲。她再斟酒来，放在武松面前，而且将酥胸微露，脸上堆着笑容，幽幽地说道："我听得一个闲人说道，叔叔在县前东街上养着一个唱的。敢端的有这话么？"

这简直是无中生有！

要知道，能无中生有，凭空设色，然后请君入瓮，那是一等高手。

潘金莲就是这样的一等高手。

首先，我们说，武松绝无包养女人的行径。

其次，也绝无什么闲人对潘金莲说什么武松包养女人之事。

所以，此事完全是凭空捏造。

但是，有此捏造之事，就有了调情的话题。

有了调情的话题，就可以有根有据地调情。

总之，凭着这一神来之捏造，现在，潘金莲可以自然地把话题引入男女之情上了。

对于这样全无踪影之事，又影响到武松的名声，武松当然是断然否决："嫂嫂休听外人胡说。武二从来不是这等人！"

注意，这是两句话。

第一句话就事实言：否定。

第二句话就人品言：肯定。

这第二句话很有分量。既然武松连在外包养女人都觉得肮脏，都觉得是对他人格的玷污，那他又怎么可能和嫂子之间发生什么呢？

所以，这一句话实际上不仅是武松在为自己辩诬，也是在暗示、警告潘金莲：我武二不是那等人，你休要撩拨骚扰。

这是武松对付潘金莲的第二阶段：装糊涂不行了。

为什么装糊涂不行了？

因为潘金莲步步进逼，那层窗户纸就要捅破了。

一旦捅破，武松一定进退失据，他真的不知道如何处理。

于是他暗示潘金莲不要痴心妄想。

但是，**痴心人必然妄想。**

而妄想人必然偏执：他们只接受对他们有利的信息，而对他们不利的信息，往往熟视无睹，视而不见。

所以，对于执着的人而言，装糊涂不行。

对于痴情者而言，暗示不行。

潘金莲就是这样一个执着的痴情者。

果然，潘金莲只接收到了武松第一句话中的信息，对第二句话中包含的暗示与警告则毫无感觉。

潘金莲道："我不信！只怕叔叔口头不似心头。"

这句话令人绝倒。你不过是个嫂嫂，你信也好，不信也好，和你有什么关系呢？

更绝的是：叔叔是否在外面养着女人，何劳嫂嫂害怕呢？你又操的哪门子心，你又怕的什么呢？

但是如果我们只是读到这一层，觉得潘金莲愚蠢可笑，那我们就大错特错了。

其实，这里体现的恰恰是潘金莲的聪明伶俐。

她的这句看似可笑的话，实际上是在向武松表明：

一是我很在乎你。

二是我可以在乎你。

我很在乎你，是一种表白，是要让你明白我的心。

我可以在乎你，是一种撒娇，是要你明白我俩亲密的程度。你一直像鸵鸟一样不愿面对现实，现在我也暗示你：你我其实早已不是叔嫂那么简单，我们的关系里早已有了新的令人兴奋的内涵。

到了这个时候，武松已经束手无策，他只有拿出哥哥来，让他来抵挡一阵。

武松道："嫂嫂不信时，只问哥哥。"

这句话里什么嫂嫂信不信，正如我们上面所说，本来就不是问题。武松哪管你信不信？

所以，这句话里只有两个字有价值，那就是"哥哥"。武松突然提出哥哥来，是要以此吓阻潘金莲：我们之间，隔着一座不可逾越的高山——哥哥。

但是，武大郎这样"三寸丁"的"高山"，早已不在潘金莲的顾忌之中。她那双迷人的眼睛，投给武二的是柔情；投给武大的，却是轻蔑。

潘金莲道:“他晓得甚么!晓得这等事时，不卖炊饼了。”

武大不晓得这等事，妙。

为什么妙?

第一，这等事是什么事?

答案：男女情事。

第二，武大不晓得这等事，谁晓得这等事?

答案：你和我。

打虎易，拒嫂难

到此时，武松彻底明白了潘金莲的内心，他只好把头来低了。

潘金莲步步进逼，武松虽然步步为营、负隅顽抗，但是至此，武松已经丢盔卸甲，溃不成军，他已经毫无对付潘金莲的办法。

在景阳冈上，面对咆哮的大虫，他虽然心惊肉跳，但他没有失去章法。

在兄长家里，面对莺声燕语的嫂子，他心烦意乱，并且他已然没有了方寸。

现在，潘金莲就要长驱直入直捣龙城了。

潘金莲起身再温了一壶酒，来到房里，便去武松肩胛上只一捏，说道:“叔叔只穿这些衣裳，不冷?”

如果说前面的语言撩拨还是试探，这在武松肩上的温柔一捏，就是直接的火力侦察。随着武松渐渐丧失主动，丧失反抗力，潘金莲越发大胆。

武松已自有六七分不快意，也不应她，只低头用火箸在火盆里簇火。

为何不应?因为武松已经没有了应对之策，不知道怎么应。

潘金莲见他不应，劈手便来夺火箸，口里道:“叔叔，你不会簇火，我与你簇火。只要一似火盆常热便好。”

从酒要双杯，到火要常热，再加上劈手夺火箸这样发嗲的行为，潘金莲太有才啦!

武松有八九分焦躁，只不作声。

是的，武松只有无计可施的焦躁。从六七分的不快再到八九分的焦躁，武松感到自己在这个温柔的尤物面前，是那么无能。

为什么不作声?

因为说不过对方。

为什么焦躁？

既是因为对方的无礼，也是因为自己的无力。

潘金莲的进攻越发大胆，她再斟一盏酒，自呷了一口，剩下了大半盏，看着武松道:“你若有心，吃我这半盏儿残酒。”

这就不再是暧昧了，这是逼宫，是摊牌！

还要注意的是，此前潘金莲称呼武松，一口一声的“叔叔”，现在，突然变成了“你”。

这个变化表明，潘金莲在试图打破叔嫂伦理，试图改变两人既定的社会关系！

事实上，潘金莲也是被武松逼的：一个多月了，多少无微不至的关怀，多少殷勤备至的照料，多少小心，多少爱意，多少秋波，多少情话，你一直一边接受这些，一边却装糊涂，你到底是有心还是无意？你给我一句明白话！

现在，问题摆在武松面前，解决它，不难，却也难。

武松拒嫂，难过武松打虎。

为什么？打虎，打死即是。

拒嫂，却不能简单一拒了之。

难在既要坚持道德伦理，又能给潘金莲以安慰，不至于激化矛盾。原因有三：

第一，潘金莲毕竟是嫂子，是家庭内部成员。在传统中国家庭里，有“长嫂为母”的说法，尤其是像武大、武二这样父母双亡的兄弟，更是如此。下文里，潘金莲在责骂武松时，就明确提到了这句话。

第二，激怒了潘金莲，不仅会导致叔嫂关系破裂，重要的是，武大在老婆和兄弟之间将何以自处？

第三，更重要的是，潘金莲必然迁怒于武大，必然更加仇恨武大，夫妻关系也必然难以为继。

事实上，爱情可以升华，也可以转化。处理得好，爱情可以转化为一种持久恒定的互相之间的默契和关心，转化为近乎亲情的情感。而处理不好，则会因爱生恨，转化为刻骨的仇恨。

拒绝潘金莲的爱情，需要武松的道德。而如何让潘金莲对自己的爱情转化为亲情而不是转化为仇恨，则需要武松的智慧。

武松有没有这样的智慧呢?

至少到现在，不管出于什么目的，潘金莲对武松是很好的。不管武松是怎么理解的，武松也一直接受潘金莲对他的殷勤备至的照料。应该说，武松有处理好他和潘金莲关系的良好基础。但是，我们看到的，却是让我们非常尴尬、非常失望的情景。

武松劈手夺过潘金莲递来的酒杯，泼在地上，说道:“嫂嫂！休要恁地不识羞耻!”把手只一推，差点儿把潘金莲推一跤。

武松睁起眼来道:“武二是个顶天立地噙齿戴发男子汉，不是那等败坏风俗没人伦的猪狗！嫂嫂休要这般不识廉耻！倘有些风吹草动，武二眼里认得是嫂嫂，拳头却不认得是嫂嫂！再来休要恁地!”

明于知礼义，陋于知人心

武松把事弄砸了。

我们且不看这样一个大男人，竟然差点儿把潘金莲推倒，是多么的胜之不武。我们来看看他这段历来为人称道的所谓“义正词严”的话，都有些什么内涵。

武松打虎时，他用了两件东西：一根哨棒，一双拳头。

他这段话里，实际上，也有一根大棒，一双拳头。

这根大棒，就是道德。这段话里包含着对潘金莲道德上的严厉贬斥，而且还拿自己做对比，也就是说，武松俨然站在道德的制高点上，对潘金莲做道德的宣判。连骂两次潘金莲“不识羞耻（廉耻）”，还指斥她败坏风俗没人伦，甚至说她的行为等同猪狗。

这一番正大光明的道德宣判得到了历来《水浒》评论家的喝彩，像金圣叹就一而再，再而三地赞叹武松的所谓“神威”，两次说武松的这番言论“字字响”；李贽连声道:“武二真是个顶天立地汉子，不可及，不可及!”其实，这很无谓。**对他人进行道德批判，很容易声音洪亮，慷慨激昂，但未必使人心服口服。我们要知道，“明于知礼义，陋于知人心”是我们传统文化的毛病之一。本来，知礼义不难，难在知人心。**

一个很大的问题是，当武松拿出道德的大棒来棒杀潘金莲时，潘金莲的感受是怎样的呢?

其一，潘金莲一定非常清醒地意识到，道德不但不会保护她的幸福，反而是在剥夺她的幸福：道德当初陷她于不幸的境地，现在又阻止她摆脱不幸。她成了被道德抛弃的人，不受道德保护的人。

那么，她为什么还要恪守道德呢？所以，武松的这种做法，给潘金莲看到的是道德的狰狞、道德的残忍，道德对像她这样的弱女子的戏弄和压榨。潘金莲后来完全不顾道德，决绝而去，难道武松没有责任吗？

其二，武松不仅利用道德的大棒来棒杀潘金莲，而且他还真的亮出了他的打死老虎的拳头：武二眼里认得是嫂嫂，拳头却不认得是嫂嫂。用拳头来威胁吓唬一个弱女子，哪里算得上英雄好汉呢！

所以，在武松、潘金莲的这一番较量中，真正的失败者是武松。为什么这样说呢？理由有二：

其一，武松拒绝潘金莲，话说得义正词严，大快人心，但是正如我上面分析的，除了他竟然使用了拿男人的拳头来吓唬小女人这样令人不齿的战术外，武松并不是靠自己的智慧和力量，而是借用了道德、伦理等公共武器。试想一下，如果不用道德伦理这样的大道理，他还能说出什么让潘金莲哑口无言的话？他还能说些什么话让潘金莲心服口服？

其二，武松借用道德伦理这样的公共武器也不是不可以，因为潘金莲的行为确实在违背道德伦理。问题在于，即使手握道德伦理这样的战无不胜的公共武器，武松还是没有真正折服潘金莲，反而把她推向远方，至少是推离自己。推离自己没有问题，但把潘金莲推离武大就有了大问题。本来潘金莲与武大的夫妻关系就非常脆弱，全靠封建伦理维持，全靠封建道德赋予男人的特权维持。现在，武松这样的行为，只能让潘金莲更加绝望，并且在绝望中更加不顾一切。后来潘金莲投入西门庆的怀抱，不能不说，武松有责任。

如果我们在使用道德伦理这样的武器时，结果不是让人信服道德伦理，反而使之更加决绝地破坏道德，难道能说我们胜利了吗？

需要说明的是，武松的目的不是拒嫂、骂嫂，更不能是不可收拾时的杀嫂，武松的目的是要哥哥武大有一个幸福的家庭、平静的生活。

但是，当武松举起道德的大棒和自己的拳头时，他固然砸碎了小女人潘金莲，也砸碎了武大的家庭。

从这个角度看，武松不是失败了吗？

事已至此，武松当然不能再在兄嫂家待下去。他只好又搬回“县警察局”宿舍住去了。武大呢？有潘金莲管着，也不敢去寻武松。

《水浒》作者感叹道：“骨肉翻令作寇仇。”这样的结果，《水浒》作者当然归咎于潘金莲，但是武松实际上也负有很大的责任。

现在的问题是，这样的局面还能改变吗？骨肉亲情还能挽回吗？叔嫂之间的僵局还能打破吗？我们知道，像潘金莲这样曾经对武松一往情深的人，心中一定还余情尚存，如果有机会，她一定会原谅武松。那么武松会不会吸取这次的教训，用智慧解决难题呢？

四 谋杀亲夫

艳嫂有意，小叔无情，潘金莲冰心绝望，事有凑巧，终红杏出墙。愚拙忠厚的武大可能永远不明了，看住一个水性杨花的女人，难！难！难！

粗人好做，细活难理

上回讲到，武松和嫂子潘金莲彻底翻脸，武松由敬嫂到拒嫂，潘金莲对武松则由爱生恨，最坏的结果出现了。

实际上，当武松碰到潘金莲时，在武松绝无可能接受潘金莲爱情的前提下，有三个可能的结果：

最好的结果：潘金莲理解武松对她的拒绝，并且转移甚至升华她原先的不伦之爱，转变为叔嫂亲情，由男女之情，转变为欣赏、敬重、关心，并且在武松因素的影响下，使她和武大的夫妻关系得到巩固。

中等结果：潘金莲无可奈何地接受了武松对她的拒绝，带着幽怨，带着失望，回到原先的生活状态中去。武松如过眼云烟，又如天上飞过的鸟儿，鸟儿已经飞过，天空没有痕迹。

最坏的结果：潘金莲由爱生恨，不仅恨武松，兼带恨武大；不仅恨武大，还要恨自己的命运；不仅恨命运，还恨社会，恨道德，从此在绝望中决绝远去，再不回头。

现在，武松看起来很道德、很受人喝彩的行为，最终导致的恰恰是三种结果中的最坏结果。

好在，武松还有挽回的机会。

不觉过了十数日。因为知县要将他在阳谷县当官两年半来赚得的好些金银送上东京去，与亲眷处收贮，打点朝廷衙门，谋个升转，便差使武松上东京一趟。

上峰差遣，当然不能不去。临走之前，武松去街上买了一瓶酒，并鱼肉果品之类，直到武大家里。

武松到武大家里干什么呢？是否就是简单地告知一声？

到了武大家里，叔嫂相见，又是一番怎样的情景？

实际上，潘金莲既然此前对武松用情那样深，不会一次遭拒就彻底绝情。

果然，潘金莲见武松把将酒食来，便上楼去，重匀粉面，再整云鬟，换些艳色衣服穿了，来到门前迎接武松。

我们常常在评价古代那些所谓“祸水女人”时痛斥她们“以色邀宠”。其实，这些女人在男人面前，除了色还能有什么呢？潘金莲喜欢武松，除了她处处体现对武松的细心关照、伺候，她就只能以自己的美色来吸引武松了。

汉武帝宠信李夫人。李夫人染病在身，病入膏肓之时，武帝亲自去看她。但李夫人一见武帝到来，急忙以被覆面，坚决不让武帝看到她因病而憔悴的面容。武帝说：“夫人不妨见我，我将加赐千金，并封拜你兄弟为官。”李夫人说：“封不封在帝，不在一见。”武帝一定要看她，并用手揭被子，李夫人转面向内，任凭武帝再三呼唤，李夫人只是独自啜泣。武帝心里不悦，一怒之下拂袖而去。

这时，李夫人的姊妹也入宫问病，见此情形都很诧异。待武帝走后，她们责备李夫人：“你想托付兄弟，见一见陛下是很轻易的事，何苦违忤至此？”李夫人叹气说：“你们不知，我不见帝的原因，正是为了深托兄弟。他之所以眷恋我，只因我的美貌而已。大凡以色事人，色衰而爱弛，爱弛则恩绝。今天我病已将死，他若见我颜色与以前大不相同，必然心生嫌恶，唯恐弃置不及，怎么会在我死去后照顾我的兄弟？”

可见，**以色事人或以色邀宠，正是女人的不幸，而不是她们的不德。对此，我们要给予的，是同情的泪水，而不是责骂的口水。**

但是武松现在根本没有心思欣赏潘金莲漂亮的服饰和娇媚的容颜，他更没有心情思量潘金莲的心思。他有他沉重的心事，他沉重的心事就是他对武大的牵挂。

武大愚拙、懦弱、矮小、丑陋，可以说在那个凶险无处不在的社会里，毫无自我保护的能力。武松在柴进那里，一听到自己的命案已经没事，就急着赶回老家看望哥哥武大，除了兄弟情深，更重要的原因就是对这个哥哥不放心。他是自觉地挑起了保护兄长的责任，他就是他哥哥的护佑使者。

当他见到他的嫂子，发现嫂子如此出色，并且对武大毫无情意时，他的心思就更加沉重了。

当嫂子竟然不顾人伦，向身为小叔子的他发动情爱攻势时，他知道，这不仅是一个出色的嫂子，一个为众多男人觊觎的嫂子，一个对哥哥毫无情意的嫂子，而且是一个心思很活的嫂子，一个在情感上和生理上都极度饥渴的嫂子。

这是一个红杏出墙的高危女人。

而自己的兄长对这个女人却毫无吸引力、约束力、威慑力，对外来的威胁更是毫无反抗力。

当武松即将出差远离，他如何不心事重重？

三个人来到楼上，酒肉摆在桌子上。酒至五巡，武松端起一杯酒，对哥哥武大说：我出差的这段时间里，你少做生意甚至可以不做生意，家里盘缠我来解决，每天晚出早归，不要与人吃酒，不要与人争执，即使有人欺负你，你也忍着，等我回来和他算账。

武大接了酒道："我兄弟见得是。我都依你说。"吃过了一杯酒。

金圣叹在武松的这段话后，批了这样几句话："兄弟二人，武大爱武二如子，武二又爱武大如子，武大自视如父，武二又自视如父。二人一片天性，便生出此句话来，妙绝。"

武二、武大兄弟之间的话，都是平常话，但不知为什么，读之，使人几欲泪下。

看住一个水性杨花的女人，比看住一万个跳蚤还难

但是，接下来武松对潘金莲说的话，却让他们的关系彻底破裂，覆水难收。

武松再端起一杯酒，对潘金莲说道："嫂嫂是个精细的人，不必用武松多说。我哥哥为人质朴，全靠嫂嫂做主看觑他。"

这一开始，说得很诚恳，是实情，也是恳求。金圣叹批曰："竟是托孤语，读之慷慨泪下。"

但是，既然如此，就不该说出下面的话激怒潘金莲。

下面武松又说了什么话呢？

武松道："常言道：表壮不如里壮。嫂嫂把得家定，我哥哥烦恼做甚么？岂不闻古人言：'篱牢犬不入。'"

这样的话，无论是什么样的女人都不能接受的。更何况这话正戳在潘

金莲的痛处，尤其是两人十几天前发生过一次撩拨事件。这句话实际上是在揭潘金莲的伤疤。

潘金莲一听，一下子就紫涨了面皮，指着武大便骂道：“你这个腌臜混沌，有什么言语在外人处说来，欺负老娘！”

当初，潘金莲要武松搬来家住，说的是“自家的骨肉”，一口一声地“叔叔”喊，现在，这个“自家的骨肉”已经成了“外人”了。

接着的，是潘金莲对武松说的话：“自从嫁了武大，真个蝼蚁也不敢入屋里来，有甚么篱笆不牢，犬儿钻得入来！你胡言乱语，一句句都要下落。丢下砖头瓦儿，一个个也要着地！”

武松笑道：“若得嫂嫂这般做主，最好。只要心口相应，却不要心头不似口头。既然如此，武二都记得嫂嫂说的话了，请饮过此杯。”

武松的这句话，更是火上浇油，潘金莲推开酒盏，一直跑下楼来。走到半胡梯上，发话道：“你既是聪明伶俐，却不道‘长嫂为母’！我当初嫁武大时，曾不听得说有甚么阿叔，那里走得来，是亲不是亲，便要做乔家公。自是老娘晦气了，鸟撞着许多事！”哭下楼去了。

潘金莲对武松彻底绝望了。

这一点，武松要负很大的责任。不是说武松要接受潘金莲的爱情，而是说武松不该用这种绝情的方式拒绝潘金莲的爱情。他完全可以在拒绝爱情的同时，多给予潘金莲以理解，以同情，以安慰，包括给予她其他方面的出于情感的补偿。

在这个世界上，有一些爱情我们不能接受；但是，没有什么爱情我们不能理解。

有一些爱情我们不能报以爱情；但是，没有什么爱情我们不能报以温情。

有一些爱情我们必须拒绝；但是，没有任何爱情我们可以嘲弄。

而武松，却偏偏在不理解的前提下，对潘金莲冷酷无情，进行严厉的道德审判，并用轻薄的语气对她加以嘲笑和警告。

他警告潘金莲，他将用公共的道德和自己的拳头来管束她，她必须服服帖帖，规规矩矩。

武松这样警告潘金莲时，他自信有这样的权利。

但问题是，你武松有这样的能力吗？

也就是说，你能对潘金莲实行全面的监控吗？

要知道，看住一个水性杨花的女人，比看住一万个跳蚤还难。

接下来发生的事，就证明了这一点。

拉回一个倒向他人的女人，就像推开一面倒向自己的墙

武松走后，武大整整地吃那婆娘骂了三四日。武大忍气吞声，由她自骂，心里只依着兄弟的言语，每天只做一半炊饼出去卖，未晚便归。这样又被潘金莲痛骂。他呢，也还是以不变应万变：忍气吞声。他似乎以为只要自己一直这样，就会笼络老婆的心，老婆就会安心和他过日子。

实际上，可能连潘金莲自己都没有意识到，她在潜意识里，总是在寻找一个她中意的男人，一旦发现，她一定会毫不犹豫地倒向他。

这个人曾经是武松。

现在，又一个人出现了。他就是刁徒泼皮西门庆。

西门庆原来只是阳谷县一个破落户财主，在县前开着个生药铺。这是一个奸诈的人，使得些好拳棒；专在县里管些公事，与人放刁把滥，说事过钱，排陷官吏。因此，满县人都怕他让他。近来发迹有钱了，人都称他做西门大官人。

西门庆偶遇潘金莲，对潘金莲的美貌馋涎欲滴，便与王婆设局，勾引潘金莲。潘金莲竟然也非常主动，二人就每日在王婆家里寻欢作乐。武大和一个半大孩子郓哥一起去捉奸，反被西门庆踢中胸口，武大一病五日，卧床不起。而潘金莲对呻吟床头的丈夫毫不怜惜，对自己的行为毫不惭愧，每日约会西门庆毫不收敛，已经由一个值得同情的人蜕变为一个没有人性的人。

武大要汤不见，要水不见；每日眼看着潘金莲浓妆艳抹了出去，归来时便面颜红色。武大气得发昏，忘记了兄弟的吩咐，他叫潘金莲来吩咐道："你做的勾当，我亲手来捉着你奸，你倒挑拨奸夫踢我心头，至今求生不生，求死不死，你们却自去快活！我死自不妨，和你们争不得了！我的兄弟武二，你须得知他的性格，倘或早晚归来，他肯干休？你若肯可怜我，早早伏侍我好了，他归来时，我都不提。你若不看觑我时，待他归来，却和你们说话！"金圣叹批曰："数语妙绝。然武大死于此数语矣。"

武大给潘金莲出了一道选择题：

若能回头是岸，服侍得我好了，便不再计较，也不对武松说。

若要一意孤行，对我不管不问，自去快乐，待武松回来，有你好看。

可怜的武大，自认为搬出武松，潘金莲一定会幡然醒悟，重新做人，

他也一定会把潘金莲拉回自己身边。

但是，愚拙忠厚的武大不明白，**拉回一个倒向他人的女人，就像推开一面倒向自己的墙。**

二者都是天下极难之事。

果然，潘金莲对他的这道选择题看也不看，不屑一顾。为什么？

因为，这两种选择完全在她的选择之外。

她当然不会等着武松回来收拾她。但是，要她从此以后收回心来，再和武大过日子，也是万无可能。

所以，潘金莲听了这话也不回言，直接到王婆家和西门庆商量。在王婆的指点下，二人丧心病狂，竟然下定了杀人灭口长做夫妻的决心。

当天夜里，潘金莲就亲手用西门庆提供的砒霜毒死了武大。

有人中邪，有人中计

王婆的计策看起来天衣无缝：

第一步，把武大结果了，一把火烧得干干净净的，没了踪迹，便是武二回来，又能如何？

第二步，等待夫孝满日，大官人娶了家去，做个长远夫妻，偕老同欢。

在这两步里，关键是第一步。

因为，只有这一步不露痕迹，瞒住所有的人，才可以保证下一步顺理成章。

他们也确实可以瞒住所有的人，只除了一个人。

那就是阳谷县“殡葬协会会长”——团头何九叔。

王婆道：“只有一件事最要紧。地方上团头何九叔，他是个精细的人，只怕他看出破绽不肯殓。”

王婆是精细人，何九叔也是精细人。王婆怕的，就是这个和她一样精细的人。

但是，西门庆不怕。

西门庆道：“这个不妨。我自分付他便了。他不肯违我的言语。”

为什么西门庆认为何九叔不肯违背他的言语呢？

何九叔真的不肯违背西门庆的言语吗？

何九叔来殓武大尸首，到紫石街巷口，迎见西门庆。西门庆道：“借一步说话则个。”

何九叔跟着西门庆，来到转角一个小酒店里，西门庆叫取瓶好酒来。何九叔心中疑忌，想道："这人从来不曾和我吃酒，今日这杯酒必有蹊跷……"

两个吃了半个时辰，西门庆去袖子里摸出一锭十两银子放在桌上，说道："如今殓武大的尸首，凡百事周全，一床锦被遮盖则个，别无多言。"

何九叔心中疑忌，肚里寻思道："这件事却又作怪！我自去殓武大郎尸首，他却怎地与我许多银子？这件事必定有蹊跷。"

但是，何九叔疑忌归疑忌，银子还是收了。

何九叔为何收了西门庆的银子？

是贪财吗？不是。

那是什么呢？是怕。

一怕：西门庆是个刁徒。

二怕：西门庆把持官府。

因为在封建社会，普通百姓最怕的，就是这两样东西：流氓和贪官。

关汉卿《窦娥冤》中，窦娥碰到的，不就是流氓张驴儿和贪官桃杌吗？

读《水浒传》，常常让人联想到元杂剧。

二者产生于相同的时代，同一个社会。

事实上，一般的情景下，人们对利害的考虑总是压过对是非的判断，这是一般人性。像何九叔这样的普通小民，心中是有是非、有良知的，但是假如他们得不到保护，独自决断是非的成本太高，高到他们无法承受，他们只能选择沉默，并且在沉默中成为罪行和恶人的同谋。

何九叔来到武大门前，上上下下看了潘金莲的模样和假哭的情态，心里暗暗地想："原来武大却讨着这个老婆。西门庆这十两银子有些来历。"

从觉得"今日这杯酒必有蹊跷"到感到西门庆送给他银子"这件事必定有蹊跷"再到推论到"西门庆这十两银子有些来历"，何九叔果然是个精细人。

等到他揭开盖在武大脸上的千秋幡，见武大面皮紫黑，七窍内津津出血，唇口上微露齿痕，他的专业知识和多年的经验使他很快判断出：武大定是中毒身死。

王婆、潘金莲、西门庆瞒天瞒地，却被这个人识破了，看穿了。

那么，作为一个兼有法医职责的"殡葬协会会长"，何九叔会不会当场声张出来，揭发他们，为死去的人洗雪沉冤呢？

如果不会，那么他又如何鉴定武大尸首？难道帮助他们一起隐瞒真相吗？

在我们看来，何九叔只有这两个选择。

但是，接下来发生的事，完全出乎我们的意料。

“何九叔大叫一声，望后便倒，口里喷出血来。但见指甲青，唇口紫，面皮黄，眼无光。正是：身如五鼓衔山月，命似三更油尽灯。”众人赶紧扶住。

王婆便道：“这是中了恶，快将水来。”喷了两口，何九叔渐渐地动转，有些苏醒。王婆道：“且扶九叔回家去却理会。”

王婆算计来算计去，却被何九叔算计了。

何九叔真的是中了恶吗？

两个火家寻扇旧门，抬何九叔到家里。何九叔觑得火家都不在面前，悄悄告诉老婆，他只是假装中邪。因为他碰到了难题：“（武大）定是中毒身死。我本待声张起来，却怕他没人做主，恶了西门庆，却不是去撩蜂剔蝎？待要胡卢提入了棺殓了，武大有个兄弟，便是前日景阳冈上打虎的武都头，他是个杀人不眨眼的男子，倘或早晚归来，此事必然要发。”

所以，声张起来，不敢——怕西门庆；不声张，又不敢——怕武松。

急中生智，假装中邪，昏迷过去。

何九叔不光精细，他还很有智慧！

但是，他的老婆似乎更胜一筹。

他老婆便道：“如今这事有甚难处？只使火家自去殓了，就问他几时出丧……你到临时，只做去送丧，张人眼错，拿了两块骨头，和这十两银子收着，便是个老大证见。他若回来不问时便罢，却不留了西门庆面皮，做一碗饭却不好？”

武松回来，拿着这两个证见，何九叔便可以得到武松的原谅。

武松若是回来不问，也就不再声张，又不会得罪了西门庆。

可怜的武大，若是没有武松这个兄弟，他的性命也就做了何九叔夫妻的一碗饭了。

当人们主持正义却要砸了饭碗时，人们往往选择的是饭碗而丢弃正义。

这不但不被看作低下，反而被视为聪明。

所以，何九叔一听，马上称赞老婆：“家有贤妻，见得极明！”随即叫火家自去殓了。出丧那天，何九叔假装去给武大烧纸，偷得武大的两块骨头，“拿去澈骨池内只一浸，看那骨头酥黑。何九叔收藏了”。

我们知道，在非公民社会，大多数情况下，芸芸众生既不具备保护自己的能力，更不具备保护他人、维护正义的能力。在看到邪恶肆虐时，普通人就是鲁迅先生所沉痛揭示的两种人：遭到蹂践伤害的示众材料，沉默不语的旁观者、看客。

何九叔明明知道武大是被毒死的，但是他在权衡利弊之后，选择了沉默。

他之所以保存武大的骨殖以作证据，不是因为良知，而是因为他在考虑利弊时想到了武松。

岂止一个何九叔？武大的众邻舍明知道他死得不明，但谁都不愿意站出来揭开真相，还武大一个公道。

大家都成了同谋。

这样的沉默我们在林冲被迫害时，看到过。

在鲁智深故事中，在金翠莲父女被镇关西欺凌时，看到过。

在整个《水浒传》故事里，举凡弱者被欺凌的地方，必有沉默的大多数，站在一旁，沉默不语。

实际上，只要大多数不再沉默，我们本来无需英雄。我们可以自己救自己。

什么是英雄？英雄就是在他人都沉默时，他爆发出来。

什么是英雄？英雄就是在大家都不敢出头时，他站出来。

这话反过来说，就是：英雄爆发的时候，正是大多数人沉默的时候；英雄挺身而出的时候，正是大众不敢出头的时候。

因此，有梁山英雄的时代，一定不是一个好时代；孕育英雄侠客的世道，也一定不是一个好世道。因为，有一个英雄，必有一群懦夫。

但愿我们的生活中，永远无需英雄侠客。我们自己是自己的英雄。

我们自己建立一种制度，用制度保护我们自己。

好了，现在懦弱的武大死在潘金莲的砒霜里，更死在众人的沉默里。

但是，他有一个英雄的兄弟。

当这个兄弟归来时，不明不白的死者会得到昭雪。

冤仇，也会得到申讨！

五　太岁归来

官腔可畏！它句句在理，不容反驳。跟着官腔绕，会把你绕得一点儿道理没有，一点儿脾气没有，最后一点儿头脑都没有。

乐极生悲，否极泰来

上回讲到，武松出差离开阳谷县后，潘金莲与西门庆在王婆的撮合下勾搭成奸。两人为了长做夫妻并且逃避武松的惩罚，又在王婆的点拨下，用砒霜毒死了武大并火化成灰，企图把事情做得干干净净，不露痕迹，瞒天过海。

常言道："乐极生悲，否极泰来。"光阴飞逝，一眨眼两个月过去了，武松回来了。

两边众邻舍看见武松回了，都吃一惊。大家捏两把汗，暗暗地说道："这番萧墙祸起了！这个太岁归来，怎肯干休！必然弄出事来！"

武松一直放心不下哥哥。回到阳谷县，交代完公事，匆匆赶到哥哥家里。

可是，进了门，却不见哥哥，只见一个灵床子，上面牌位上写着："亡夫武大郎之位"七个字。

武松当下呆了！对于自己的这个忠厚愚拙的哥哥，他可能想过很多种结果，但绝想不到会是这样！

他当初离开柴进，离开宋江兄弟，一心一意赶回老家，就是为了这个哥哥，现在没了！

他当初多少牵挂，多少放不下，就是要保护这个哥哥。这世上唯一的一个亲人，现在没了！

他与嫂子潘金莲反目成仇，就是为了警告嫂子，不要做伤害哥哥的事，现在彻底失败了！

离家时，相别的有俩人：哥哥和嫂嫂。回来时，相见的已经没了哥哥，只有一个假哭的嫂嫂。武松一时懵懂，道："嫂嫂且住，休哭。我哥哥几时死了？得什么症候？吃谁的药？"

一口气问了三个问题。前两个问题一般必问，属于人之常情。

后一个问题问得有些特别。为什么特别？

因为，这个问题显示出武松的疑心。

吃谁的药？一下子就问到了关键问题上。武松有过人的直觉。

吃谁的药？吃西门庆的药！

那妇人一面哭，一头说道："你哥哥自从你转背一二十日，猛可的害急心疼起来，病了八九日，求神问卜，甚么药不吃过！医治不得，死了，撇得我好苦！"

什么药不吃过。回答得好！连砒霜都吃过！

而且，潘金莲的回答里都是模糊的答案。

一二十日，八九日，时间模糊。

急心疼，病症模糊。

什么药都吃过，吃药模糊。

武松听得满腹狐疑。回到县衙，换了一身素白衣服，买些香烛冥纸，当晚便为哥哥守灵。

值得我们注意的是，他的身边，多了一把尖刀。

《水浒》作者对这把尖刀做了特别描写：尖长柄短背厚刃薄。

因为，下文的主角，就是这把尖刀了。

现在，武松无须再顾忌什么，在这个世界上，他再也没有什么放不下的牵挂，一点儿爱被扼杀，一点儿情被割断。现在，只剩下一腔仇，一腔恨。护佑使者摇身一变，成了复仇天神。

武松在灵床子前点起灯烛，铺设酒肴，道："哥哥阴魂不远，你在世时软弱，今日死后，不见分明！你若是负屈衔冤，被人害了，托梦与我，兄弟替你做主报仇！"把酒浇奠了，烧化冥用纸钱，放声大哭。哭得那两边邻舍无不悽惶。

显然，武松并不相信潘金莲的话，对兄长之死，他有极大的怀疑。

第二天一早，武松又问潘金莲："嫂嫂，我哥哥端的甚么病死了？"那妇人道："叔叔却怎地忘了？夜来已对叔叔说了，害心疼病死了。"武松道："却赎谁的药吃?”那妇人道:“见有药帖在这里。”武松道:“却是谁买棺材?”那妇人道:“央及隔壁王干娘去买。”武松道:“谁来扛抬出去?”那妇人道:“是本处团头何九叔,尽是他维持出去。”

武松的“刑警队长”干的时间不长,除去帮县长办私事的两个月,也就五十来天,但是,他好像天生会查案。你看他问潘金莲的这几个问题,都很专业。更有意思的是,在潘金莲给他提供的诸多信息里,他很快甄别出哪些是有用信息,哪些是无用的虚假信息。他问的问题有这些:

一是得何病。

二是吃何药。

三是谁买棺材。

四是何人殓埋。

武松很快判断出前面三项是无用信息,于是一听即过。待听到第四个问题,听到团头何九叔时,武松当即打住。

武松道:“原来恁地。且去县里画卯却来。”

他哪里是去县里画卯,他这样说是为了稳住潘金莲。他带上那把尖刀,直接找到何九叔。

何九叔自从火化武大之后,一直就在等着这一天,等着武松。

胜在德,不在才

这一天来了。武松来了。

武松客客气气地把何九叔请到酒店。到了酒店,武松却又只顾吃酒,一句话也不说。

何九叔本来有心理准备,预备武松来问。现在见武松不作声,反而紧张,捏两把汗,反而是他主动把些话来撩武松。

武松还是不开言,只顾吃酒,什么话也不说。

这样的沉默让人心惊肉跳。

数杯酒后,武松突然揭起衣裳,“嗖”地掣出尖刀来插在桌子上。

量酒的惊得呆了。何九叔也惊呆了,面色青黄,不敢吐气。

何九叔知道武松会来找他,会来问他。他也做好了应对武松的准备,但是他万万没有想到,武松首先亮出的竟然是刀子。

武松很懂得讯问。

一开始不开口，是制造紧张气氛，给对方造成巨大的心理压力。

在对方心中七上八下的时候，又突然拔出刀子，给对方巨大的震慑。

武松捋起双袖，刀指何九叔，道："小子粗疏，还晓得'冤各有头，债各有主'！你休惊怕，只要实说，对我一一说知哥哥死的缘故，便不干涉你！我若伤了你，不是好汉！倘若有半句儿差，我这口刀，立定教你身上添三四百个透明的窟窿！闲言不道，你只直说我哥哥死的尸首是怎地模样？"

至此，何九叔终于安下心来。他也是有备而来。他从袖子里取出一个袋儿，放在桌子上，道："都头息怒。这个袋儿便是一个大证见。"

袋子里是什么，我们应该可以猜到。果然，在何九叔的袋子中，有两块酥黑的骨头，一锭十两银子，还有一张纸，写着火化日期、现场送丧人名字。

这包裹里的三样东西，显示出了何九叔的精细（纸）和不贪（银子）。

何九叔果然不贪。

唯其不贪，才保全了性命。

有一条优点，就有一条生路。

而王婆，正因为贪，才置自己于必死的境地。

有一条缺点，也就可能多一条死路。

王婆和何九，两人都是精细人。但最后何九胜出。

胜在德而不是胜在才。

官商勾结，不许告状

武松终于证实了自己的怀疑：武大是被害死的。

何九叔同时告诉武松，一个叫郓哥的半大孩子曾经和武大一起去捉奸，于是武松又和何九叔一同去找郓哥。

郓哥是个精灵小鬼，一看武松和何九叔来找他，马上明白了。

郓哥便说道："只是一件，我的老爹六十岁没人养赡，我却难相伴你们吃官司耍。"

吃官司却是玩耍，既是孩子口吻，也是老于世故的口吻。

因为这句话明明是向武松讲价钱。

在市井讨生活，大人个个精明，小孩儿个个早熟。

《水浒》写市井，异样地好。

武松道："好兄弟！" 便去身边取五两来银子。"郓哥，你把去与老爹做盘缠，跟我来说话。"

武松对这个半大孩子的态度，和刚才对何九叔完全不同了。他非常温和，给他银子，还称他为"好兄弟"。眼前这个贫苦弱小混迹社会底层的孩子，让他想起了自己的哥哥武大，甚至想起了自己。自己小时候，不也这样吗？

确实是兄弟。套用一句阶级分析的术语：他们是阶级兄弟。

五两银子，对武松可能不算什么，但可以让郓哥父子二人生活三五个月了。

三人出巷口往一个饭店楼上来。

武松叫了三份饭，对郓哥道："兄弟，你虽年纪幼小，倒有养家孝顺之心。却才与你这些银子，且做盘缠，我有用着你处。事务了毕时，我再与你十四五两银子做本钱。"

后来武松真的兑现了诺言，在自己被解送东平府前，给了郓哥老爹十二三两银子。

郓哥告知武松，奸夫乃是西门庆。至此，不到半天时间，除了具体的作案细节，案情基本清楚。

武松便把何九叔、郓哥一直带到县厅上。武松对知县说："小人亲兄武大，被西门庆与嫂通奸，下毒药谋杀性命。这两个便是证见，要相公做主则个。"

知县与县吏商议，可县吏是与西门庆有关系的，他说："这件事难以理问。" 其实知县也同样和西门庆有关系，于是对武松说道："武松，你也是个本县都头，不省得法度？自古道：'捉奸见双，捉贼见赃，杀人见伤。'你那哥哥的尸首又没了，你又不曾捉得他奸。如今只凭这两个言语便问他杀人公事，莫非忒偏向么？你不可造次……"

也就是说，立案依据不足，不能立案。

武松怀里去取出两块酥黑骨头，十两银子，一张纸，告道："覆告相公，这个须不是小人捏合出来的。"

这下总有依据了吧？

知县看了道："你且起来，待我从长商议。可行时便与你拿问。" 何九叔、郓哥都被武松留在房里。

有人证，有物证，剩下的，就是拘捕嫌疑人了。至少是立案调查。

但是没想到，第二天一早，知县却回出骨殖和银子来，说道："这件事不明白，难以对理。圣人云：'经目之事犹恐未真，背后之言岂能全信？'不可一时造次。"

狱吏马上帮腔道："都头，但凡人命之事，须要尸、伤、病、物、踪，五件事全，方可推问得。"

原来，当日西门庆得知武松告他，早已使心腹人来县里送官吏银两了！

按说，武松也不是一般平民百姓，他的身份还是很特殊的。

第一，他是县步兵都头，相当于今天的"县公安局刑警大队大队长"。

第二，他刚刚帮知县办过一件私密的家事，也算得上知县的心腹人了。

这样的人，尚且不能得到法律的保护，不能得到官府的公正对待，普通百姓在这样的社会得到的待遇，也就可想而知了。

官腔骗得进士，骗不得武二

我们看，知县和狱吏所说，完全是官腔。

官腔的可怕处，在于它句句在理，你无法反驳。

而且，这二人所说的话，恰恰成为两种最有代表性的官腔：政治官腔和专业官腔。这可以成为我们官腔研究的典型案例，我们不妨来看看。

官腔第一种：政治官腔。

使用者一般为有一定权力和地位的官僚。其用途在于确立自己的政治优势，显示自己的政治正确。知县甚至抬出圣人的话以证明自己的政治正确。虽然他所说的什么圣人之言完全是他的捏造，但是，圣人也就是孔子，却被他利用了。从某种意义上说，什么叫圣人？就是常常被人利用的人。

武松没有读过什么书，他不知道圣人是否说过这样的一句话。但他知道圣人很厉害，既然圣人都这样说，当然是正确的。

政治正确者便有了政治优势，你再纠缠就属于闹事了。

官腔第二种：专业官腔。

使用者一般为某些利益集团的御用学者和专家，其用途在于确立自己的专业优势。狱吏说出一大堆专业术语，令人摸不着头脑；既然你摸不着头脑，也就无法反驳他，他马上就占有了有利的专业优势。这是官腔的第二种。

他既然有了专业的优势，你再纠缠就属于不懂事了。

简单地说，官腔既是一种说话方式，更是一种话语权。

像我们上面分析的，县令掌握的，是政治话语权。

县吏掌握的，是技术话语权。

老百姓，没有话语权，只能忍气吞声。

但是，武松哪里会被官腔吓住呢？他倒不是不怕官腔，或者有什么办法对付官腔。他根本没有耐心听官腔。

第一，不管什么政治正确，不管什么圣贤之言，他只有良知。所以，金圣叹在知县的“圣人言”三字下批曰：“三字骗得进士，骗不得武二。”他没有读什么圣贤书，他也不管圣贤怎么说。他只知道杀人偿命，欠债还钱。

第二，他也不懂什么专业术语，他只要常识。他只知道，哥哥被人谋害了，弟弟必须为他讨还公道。

是的，对付官腔的最好武器，就是良知和常识。

不跟着官腔绕弯弯，跟着官腔绕，会把你绕得一点儿道理都没有，一点儿脾气都没有，一点儿头脑都没有。

所以，最好的办法是，随你说千道万，我就坚持两点：良知和常识。最简单的思路，有时恰恰是最正确的思路，最不易被别人的官腔愚弄和牵着鼻子走的思路。武松就是这样的个性、这样的思路。

当然，更重要的是，武松哪里是哀哀告诉的人呢？你不给他办，他就只剩下一把鼻涕一把眼泪了吗？不，他不是这样的人，他有他的解决办法。

说白了，他此时试图通过官府解决问题，是他对官府的尊重，是他在给官府面子，是他在给官府机会。知县抬举他做了都头，他要表示对知县的尊重。

他本来有力量有办法自己解决问题。

因为他有刀。

协商不能解决的，用法。

法度不能解决的，用刀。

可见，**官府不作为，会造成极大的社会问题：**

自己无力解决问题的，成了无依无靠的顺民。

自己有力解决问题的，成了无法无天的暴民。

暴民不是国家的力量，而是国家的祸害。

顺民呢？同样糟糕：顺民不是国家的财富，而是国家的累赘。

一个强大的国家和民族，既不要暴民，也不要顺民，要的是公民。

我们还是回来看看武松的选择。

面对知县的官腔，武松几乎一点儿也不要听，也不给知县找麻烦，马上就打了退堂鼓。

武松道："既然相公不准所告，且却又理会。"

毫不纠缠。

他把何九叔和郓哥带回自己房里，叫土兵安排饭食与何九叔同郓哥吃，"留在房里相等一等，我去便来也"。

去便来。好潇洒，好自在。

武二眼里，天下无难事。

那么，武松去哪里呢？何时再回来呢？

六 复仇之刀

尖刀划过一道寒光，结果了潘金莲，整个世界安静了。潘金莲的怨，潘金莲的恨，潘金莲的恶，潘金莲的罪，一切都了结了。

正义缺失，以暴制暴

上回讲到，知县不准武松告状。而武松也毫不纠缠。

把何九叔和郓哥带到自己房间，让他们等等他，他去便来。

走之前，他把知县回出来的银子和骨殖，再付与何九叔收下了。

这二者是证据，既然官府不要，他也不要。

他不再依靠法律，何必要什么证据。

但有一件东西他要，并且时时带在身边。

那就是刀。

潘金莲生活在社会的底层，社会强加给她一桩不幸的婚姻，无论是道德、风俗还是法律，都不会给她支持。她哀哀无告。要不，接受命运；要不，只能用非法手段改变自己命运。于是，她使用砒霜。

武松要为兄报仇，要为被害死的兄长讨还公道，无论是行政，还是法律，也都不会给他主持公道。要不，忍下这口气，让死者沉冤莫雪，让罪犯逍遥法外；要不，也只能用非法手段实现正义。于是，他使用刀子。

潘金莲的砒霜、武松的刀，是他们犯罪的罪证，更是社会不公、法律渎职的罪证。

培根认为，就对法律的破坏程度而言，对犯罪的报复，胜过犯罪本身，因为“犯罪是破坏法律，复仇是对法律取而代之”。

非常遗憾的是，这种清晰而理性的认识，在中国古代法律理论中很是缺乏。恰恰相反，我们的传统文化倾向于肯定复仇。复仇事件时时发生，总能赢得喝彩，到处传扬。复仇人物常常出现，总能得到同情，甚至歌颂。

也就是说，在古代中国，文化肯定复仇，文学歌颂复仇。《水浒》就是歌颂复仇之作。

实际上，在中国古代文学作品中，大量的对复仇事件津津乐道的描写，对复仇人物热烈的情感倾注，其中隐藏着一个极深刻的社会心理，那就是：全社会对封建法律的不信任，并通过文学作品表现出来。

文学违背法律，是中国古代文学的一个普遍现象。当法律不能主持正义时，代表着社会良心的文学必然表现出对法律的失望和鄙视。

武松的故事，就是一个典型。潘金莲谋杀亲夫，破坏法律。但是，当法律不能及时有效地制止或惩罚这种对法律的破坏时，结果只有两个：

第一，人们不再寄希望于法律，不再信任法律，从而也就不会遵守和自觉维护法律。

第二，个别的强梁会自行解决问题，用个人复仇来讨得被侵犯的公道。此时，正如培根所说，法律就已经被彻底取而代之，这是对法律的更大的破坏。而且，这样的破坏，还获得了道德的赞许。

礼数周到，冷酷宰人

我们就来看看，一柄小小的刀子，闪烁的刀光中，社会如何通过非法的方式，实现它的正义。

武松带了三两个土兵，离了县衙，将了砚瓦笔墨，还有那把尖长柄短背厚刃薄的刀子。叫两个土兵买了些鸡鸭鱼肉和果品之类，来到家中。

带着笔墨纸砚干什么呢?

武松对潘金莲道:“明日是亡兄断七。……我今日特地来把杯酒，替嫂嫂相谢众邻。”唤土兵先去灵床子前，明晃晃地点起两支蜡烛，焚起一炉香，列下一陌纸钱，把祭物去灵前摆了，堆盘满宴，铺下酒食果品之类。叫一个土兵后面烫酒，两个土兵门前安排桌凳，又有两个前后把门。

为什么还要把门的?

安排好，武松便叫:“嫂嫂来待客，我去请来。”武松请到四家邻舍并王婆。在请这些邻居时，武松非常谦恭有礼，言谈举止非常得体。这说明，武松虽然倾向于暴力解决问题，但他也是一个鞠躬如也的好邻居。武松动辄说自己粗鲁，其实在梁山好汉中，他的言谈举止算是很彬彬有礼的了。

更重要的是，胸中一团杀气，脸上却一团和气，满腹杀机却毫不露声色。武松做得出，鲁达、李逵做不出，林冲也做不出。

与鲁智深、李逵相比，武松是最有心数的，做事时心中是最有规划的。

像鲁智深、李逵，往往都是率性而动，事前并不谋划，临事全凭感觉，结果也往往没有预料。这样的人，可爱，但没有什么准头。

而武松，在不动声色中，心中早已盘算好了一切，每一个步骤，每一个目标，每一个方式方法，每一个结果，都了然于胸。

看他做事，当时不一定明白，但事后一看，环环相接，丝丝入扣，天衣无缝，一切都在计划之中。

这样的人，令人佩服，有时也让人害怕。

但此时偏偏有人不怕他：潘金莲和王婆。

她们已得到西门庆的通报：武松告状不准。

于是她们放下心不怕他，大着胆看他怎的。

她们哪里知道，武松根本就是一个不会告状的人。

对她们而言，如果武松告状准了，倒是一个比较好的结局。

邻居们坐好，武松搬条凳子，坐在横头，便叫土兵把前后门关了。

武大郎家的门，总是关来关去的。

只是开门关门的人变了。

那后面土兵自来筛酒。七杯酒过，武松喝叫土兵："且收拾过了杯盘，少间再吃。"

武松抹桌子。众邻舍就要起身告辞。武松把两只手一拦，道："正要说话。一干高邻在这里，中间那位高邻会写字？"

原来不是为了吃酒，吃酒是为了说话。说什么话呢？

还要写字。写什么字呢？

其中的姚二郎便推荐胡正卿："此位胡正卿极写得好。"

武松便唱个喏，道："相烦则个。"

武松卷起双袖，去衣裳底下"嗖"地只一掣，掣出那口尖刀来。

不光要说话，要写字，还有刀！

这把刀自从直指何九叔，逼他拿出证物后，再也没有出现过。

那么，此时武松又一次亮出尖刀，又指向谁？

首先，刀指王婆，震慑邻居。

武松左手拿住嫂嫂，右手握住尖刀，指定王婆。两只圆彪彪怪眼睁起，却看着众邻居。

你看他一心三用，何等从容！

武松道："诸位高邻在此，小人冤各有头，债各有主……'有冤报冤，有仇报仇'，并不伤犯众位，只烦高邻做个证见。若有一位先走的，武松翻过脸来休怪，教他先吃我五七刀了去，武松便偿他命也不妨！"众邻舍都目瞪口呆，再不敢动。

武松回过头来，看着王婆喝道："兀那老猪狗听着！我的哥哥这个性命，都在你的身上！慢慢地却问你！"

又回过脸来看着妇人骂道："你那淫妇听着！你把我的哥哥性命怎地谋害了？从实招了，我便饶你！"

那妇人道："叔叔，你好没道理！你哥哥自害心疼病死了，干我甚事！"

潘金莲的这句话，看似说得在理，其实已经暴露出她对武大情分之淡薄。

因为，"干我甚事"，是一个歧义句，它可以有两种理解：

第一，武大的死，不是我谋害的。

第二，武大的死，我漠不关心。

潘金莲的意思当然是第一种，但是无意之间却透露出她漠不关心的心态。丈夫死了，按说应该痛心疾首，怎么能说不干我事呢？

武松一听，更加愤怒，不等潘金莲说完，"把刀子胳察插在桌子上，用左手揪住那妇人头髻，右手劈胸提住，把桌子一脚踢倒了，隔桌子把这妇人轻轻地提将过来，一交放翻在灵床面前，两脚踏住。"然后，右手拔起刀来，指定王婆道："老猪狗！你从实说！"

那婆子要脱身脱不得，只得道："不消都头发怒，老身自说便了。"

武松叫土兵取过纸墨笔砚，把刀指着胡正卿道："相烦你与我听一句，写一句。"胡正卿胳膝膝抖着道："小、小人便写、写。"讨了些砚水，磨起墨来。

你看这一瞬间，几番眼光闪烁，几番刀光闪烁。这把刀子，从对着王婆，到插在桌子上，又拔起来，指着王婆，再指着胡正卿。所指之处，人人丧胆，寒光闪处，个个心惊。

胡正卿拿着笔，道：“王婆，你实说。”

那婆子道：“又不干我事，教说甚么？”

刚才吓傻了，答应说。现在稍一冷静，知道说出来的后果，又抵赖不说了。

王婆毕竟老练。

武松的刀子马上又对准了潘金莲。

武松道：“老猪狗，我都知了，你赖那个去！你不说时，我先剐了这个淫妇，后杀你这老狗！”

提起刀来，往那妇人脸上便搽了两搽。

这两下，彻底摧毁了潘金莲的心理防线。

她慌忙叫道：“叔叔，且饶我！你放我起来，我说便了！”

潘金莲惊得魂魄都没了，只得将如何勾搭上西门庆，如何踢伤武大，又如何下药毒死武大，从头至尾说了一遍。

王婆见无可抵赖，也只得招认了。胡正卿把二人的口供写了，叫他两个都点指画了字，四家邻舍书了名，也画了字。

一天之内，一桩数人串通的谋杀亲夫案便真相大白。阳谷县的这个都头，“刑警大队长”，真个了得！

那么，真相大白之后，武松会把潘金莲、王婆交给官府处置吗？

武松并没有按照法律来办事，他要私力维护正义。所以，真相大白口供在手，他并没押解潘金莲和王婆去县衙，让他们接受法律的惩罚。

他叫土兵绑了王婆，又叫土兵取碗酒来供养在灵床子前，拖过这妇人来跪在灵前，洒泪道：“哥哥灵魂不远，兄弟武二与你报仇雪恨！”叫土兵把纸钱点着。

潘金莲一看不好，正待要叫，武松的尖刀划过一道寒光，一切都了结了。

潘金莲的怨，潘金莲的恨，潘金莲的恶，潘金莲的罪……一切都结束了。

这一把刀子，彻底清算了潘金莲的一生，也清算了叔嫂之间的爱恨情仇。

杀了潘金莲，又割下头来，取一床被来把头包了，揩了刀，插在鞘里；洗了手……

我们看他杀人后的一连串举动：割头，包头，揩刀，插鞘，洗手！套用一句当代青年喜欢的一句话：他好酷啊！

是的，**武松是《水浒》好汉中最酷的，又是最喜欢耍酷的。**

这一连串的举动，一定看得众位邻居心惊肉跳。这里既有武松的从容镇定，又有他的冷酷无情。

酷，就是冷酷。

末了，他面对目瞪口呆的众位邻居，唱个喏，道："有劳高邻，甚是休怪！且请众位楼上少坐，待武二便来。"

一个大行杀戮的人，偏偏礼数周到。

最可怕的，就是这样的人。

而且，此前他安排何九叔和郓哥待在他的房间，关照他们不要着急，去去便来。

既是稍等便来，一定不是什么大事，不是棘手的事。

但是他这一去，半天之内，干了这样一件惊天动地的大事，处理了这样一件棘手的事。

现在，他把众邻居关在哥哥家里，也告诉他们，去去便来。

法律判他有罪，道德给他加冕

那么，他又要到哪里去呢？又要办什么事呢？

这次，他的刀又指向谁呢？

当然是西门庆。

我们差点把西门庆忘了，但武松的黑名单里，一直有他！

武松包了妇人那颗头，一直奔西门庆生药铺前来。

在西门庆的生药铺，武松见到主管，神色淡定，唱个喏。

今天武松一直在唱喏。随后武松问道："大官人在么？"

很客气，称呼也恭敬，好像是来找他喝酒的、闲聊的。

你看武松多么从容不迫。

有深仇大恨在胸，却如此气定神闲。一腔杀气，忽而爆发，忽而收敛。来如雷霆收震怒，罢如江海凝清光。

主管道："却才出去了。"

不在。看来，杀不成了。

武松道:“借一步闲说一句话。”

那主管也有些认得武松，不敢不出来。

武松把这个主管引到侧首僻静巷内，蓦然翻过脸来道:“你要死却是要活?”

主管慌道:“都头在上，小人又不曾伤犯了都……”

武松打断他，道:“你要死，休说西门庆去向；你若要活，实对我说西门庆在那里?”

主管道:“却才和、和一个相识，去、去狮子桥下大酒楼上吃……”

武松听了，转身便走。

实际上，武松根本没有“听了”，他只听半截话。在主管哆哆嗦嗦的长句子里，有价值的信息只有“狮子桥下大酒楼”几个字。武松听明白了这几个字就可以了，所以他转身就走，丢下莫名其妙又大受惊吓的主管在那里发呆。

狮子桥下酒楼上，西门庆正在和人吃酒。武松左手提了人头，右手拔出尖刀，挑开帘子，钻将进去，把那妇人头往西门庆脸上掼将来。

西门庆一看是武松，叫声“哎呀”便跳起在凳子上去，一只脚跨上窗槛，要寻走路。见下面是街，跳不下去，心里正慌。

不要急，也不要慌，等会儿你会下去的。

此时武松已跳在桌子上。西门庆见来得凶，便把手虚指一指，早飞起右脚来。

当初，也是他的这一脚，直接踢中武大的心口，间接要了武大的命。

现在，弟弟来了，也要面对西门庆的凌空一脚。

西门庆的腿脚功夫还真的不是浪得虚名，这一脚正踢中武松拿刀的右手，那口刀踢将起来，直落下街心里去了。

我们回忆一下。当初武松离开柴进庄上，带了一根哨棒，行止不离身。待到要用它打虎时，却打在树枝上，折断了，让我们出了一身冷汗。

现在，武松带了一把尖刀，也是动静不离身。待到要靠它杀西门庆时，却还没开打，就被西门庆踢飞了，落到窗外街上去了。

没有了尖刀的武松，能斗过西门庆吗?

果然，西门庆见踢去了刀，心里便不怕武松，右手虚照一照，左手一拳，照着武松心窝里打来。

丢了刀的武松和当初打折了棒一样，毫不惊慌。见西门庆左拳打来，稍微一躲，就势从胁下钻进来，左手带住头，连肩胛只一提，右手揪住西门庆左脚，叫声“下去！”西门庆头在下，脚在上，倒撞落在街心里去了。

武松也钻出窗子，纵身往下一跳，跳在当街上，先抢了那口刀在手里。

西门庆已跌得半死，直挺挺在地上，武松按住，又割下西门庆的头来！

刚才还在喝酒听歌的这颗人头，转眼，伶伶仃仃地被武松提在手里。

带着西门庆和潘金莲两颗人头，武松再奔回紫石街来，将两颗人头供养在灵前，把那碗冷酒浇奠了，洒泪道：“哥哥灵魂不远，早生天界！兄弟与你报仇，杀了奸夫和淫妇，今日就行烧化。”把哥哥的灵床烧化了。一阵轻烟过后，兄长永远没了，一场兄弟缘分，就此了结！

武松，从此成了孤儿。

这茫茫世界，再也没有了他的骨肉亲人。

接着武松叫土兵楼上请高邻下来，把王婆押着，把两颗人头提着，径投县里来。

为什么这时还要投县里来呢？杀了人，为什么不逃走呢？

当初，他与人争执，一拳把对方打得昏沉，以为打死了，马上远逃他乡。

此时，为什么不走了呢？

不走，肯定有他的道理。

第一，这事牵涉到他那含冤而死的大哥。哥哥死得不明不白，他要大张旗鼓地为他报仇，更要让官方给他大哥一个公道，一个说法。杀了西门庆，杀了潘金莲，就是不杀王婆，而是把她交给官府，也是这个意思：像王婆这样的教唆犯，又没有什么后台，一定会被官府判死刑。当王婆被官府正法之时，就是官府给他哥哥说法之日。

第二，这事固然是犯了法，要受惩罚甚至杀头，但是在他看来，他是维护了道德，维护了弱小者，光明正大，堂堂正正，他不必偷偷摸摸地像上次一样逃走。

第三，武松很自恋。他自己觉得这事干得漂亮，他需要接受群众的欢呼。他知道，当官府惩罚他时，群众会为他欢呼。当法律判他有罪时，道德会给他加冕。他需要这样的道德冠冕。

果然，这事此时已经轰动了整个阳谷县，街上看的人不计其数。当初武松打死了老虎，阳谷县大街上也是万人空巷，争睹英雄风采；现在武松杀了嫂子，阳谷县大街上又是万头攒动，阳谷县人民真有眼福啊！

知县听得人来报了，先自骇然，随即升厅。武松押那王婆在厅前跪下，行凶刀子和两颗人头放在阶下。

至此，这起杀人刑事案件已经演变成一场道德盛典，一场报仇雪恨、伸张正义、维护道德的盛事。而在不计其数的阳谷县百姓眼中的两颗人头和一把刀子，那就是武松光荣的见证，是武松伟大的证明。

县官曾经拒绝为武松立案，现在，武松自己查明了案情。更重要的是，武松自己伸张了正义，惩罚了罪行。那么，面对着武松明显的犯罪行为，知县将如何处置呢?

七 再得兄嫂

国人向来看重体制内的位置。即使武松这样的江湖好汉，也十分向往庙堂。

法不到处，有道德在

上回讲到，武松杀死西门庆和潘金莲以后，主动自首。

这时知县的态度已经完全改变了。当初他拒绝为武松立案，是因为他收受了西门庆的银子。现在，西门庆已死，他觉得对一个死人没有必要履行什么义务。相反，武松的行为，让他觉得武松是个义气烈汉，又想到武松还为他家的私事上京去了这一遭，寻思武松的好处，一心要周全武松了。

知县为什么要徇私枉法包庇武松?

第一，他和武松有私谊，武松帮他办过私事。

第二，他“念武松那厮是个有义的汉子”，于是，对武松的道德肯定代替、抹杀了对武松的法律判断。而这后一点，也正是从《水浒》作者到《水浒》读者共同的心理和选择。

他和手下的吏员商量，把人们招状重新做过，改作“武松因祭献亡兄武大，有嫂不容祭祀，因而相争；妇人将灵床推倒，救护亡兄神主，与嫂斗殴，一时杀死。次后西门庆因与本妇通奸，前来强护，因而斗殴，互相不伏，扭打至狮子桥边，以致斗杀身死。”

然后，读款状与武松听了，写一道申解公文，将这一干人犯解本管东平府，申请发落。

知县的这种行为是明显的违法行为。在武松杀嫂这件事上，他已经不止一次违法了。

我们来看看这个知县的作为，前后有两次犯罪：

首先，面对武松的报案，他收受贿赂，不予立案。

收受贿赂，是受贿罪。不予立案，对明知是有罪的人而故意包庇不使他受追诉，是渎职罪，是徇私枉法罪。

其次，在武松杀人之后，为减轻武松罪责，掩盖真相、篡改证词、制造虚伪的证人证言，是包庇罪，也是徇私枉法罪。

但有意思并值得我们反思的是一般读者的态度：对知县的第一次犯罪，我们都能予以正确的判断并予以否定。对知县的第二次犯罪，我们就往往不能正确判断，甚至予以肯定。

为什么？因为在我们的观念里，道德大于法律。

我们再来看看阳谷县普通百姓的态度。

作者接着写道："这阳谷县虽是个小县分，倒有仗义的人，有那上户之家，都资助武松银两，也有送酒食钱米与武松的。……武松管下的土兵，大半相送酒肉不迭。"

在他们眼里，武松不是违背法律的罪犯，而是维护道德的英雄。武松是义气烈汉，而他们也是仗义的人。

知县如此，县民如此。当案件上报到东平府后，府尹又如何，府民又如何呢？

当阳谷县县吏带着一干人犯和证人证物到府衙前时，看的人轰动了衙门口。

而府尹陈文昭听得报来，随即升厅。《水浒》作者首先就称赞陈府尹是个聪察的官，已知这件事了。那么，聪察的陈府尹是怎么做的呢？

第一，将武松的长枷换了一面轻罪枷，下在牢里。把王婆换一面重囚枷钉了，禁在死囚牢里。

第二，陈府尹也哀怜武松是个仗义的烈汉，时常差人看觑他，因此节级牢子都不要他一文钱，倒把酒食与他吃。

第三，陈府尹把阳谷县报来的案卷又改得轻了，申去省院议罪。这个做法和知县的做法完全一致。

第四，更难得的是，他竟然派心腹人带了一封紧要密书星夜投京师来替武松说情。结果是，武松终于获得轻判：脊杖四十，刺配二千里外。而王婆则被判凌迟处死。武松的脊杖四十，也打了折扣。上下公人都看觑他武松，只有五七下着肉。而王婆，凌迟处死，不知被剐了多少刀！

最后，武松竟然享受到了一种待遇：带上行枷，到东平府街心，和成千上万的百姓一起，看王婆被剐。**而百姓，一边看万恶不赦、千刀万剐的**

王婆，一边看义气烈汉武松，那是多么难得的令人叹为观止的场景啊！

至此，武松杀嫂，不再是一桩刑事案件、一种故意杀人的犯罪行为，不是一件让人叹息的悲剧，而是一场道德盛典，大家都躬逢其盛，兴高采烈。

到刑场看剐了王婆之后，武松由两个防送公人领了，解赴孟州交割。在去孟州的路上，还会发生什么事呢？

林冲被别人算计，武松算计别人

这两个公人知道武松是个好汉，一路只是小心服侍他，不敢轻慢他一点儿。武松见他俩小心，也不和他们计较。包裹里有的是金银，但过村坊铺店，便买酒买肉和他俩吃。

此时正是六月前后，炎炎火日，流金铄石，只得赶早凉而行。约莫走了二十余日，来到一个所在。远远的土坡下约有数间草房，傍着溪边柳树上挑出个酒帘儿。路边的樵夫告诉他们："这岭是孟州道岭。前面大树林边，便是有名的十字坡。"

十字坡为什么有名呢？有什么样的名呢？

原来，这个酒店非同一般。开酒店的是张青、孙二娘夫妻。正如武松调侃孙二娘所说："大树十字坡，客人谁敢那里过？肥的切做馒头馅，瘦的却把去填河！"

这段顺口溜只有一句不确实，那就是最后一句。张青、孙二娘哪里舍得把那些瘦人的肉拿去填河呢？胖子肉做黄牛肉卖，瘦子肉当水牛肉卖，剁巴剁巴还可做肉馅。当时张青不在，孙二娘长期做人肉馒头，已有严重的幻视。她眼中的人，早已不再是人，而是牛。此时，一看到武松三人，眼中幻化出的就是一头肥黄牛和两头瘦水牛。三牛相加，少说也是三四百斤牛肉，再加上武松三人包裹沉重，必有金银，于是便动了心。

不巧的是，与孙二娘幻视相应，武松是火眼金睛。他放眼一看，眼前这个满面笑容的妇人，原来是一个母夜叉。武松也不戳穿她，只是故意说些挑逗的风流话，和她调情。

孙二娘去里面托出一旋浑色酒来，两个公人哪知江湖险恶，只顾拿起来吃了。武松早就看出酒中有问题，看孙二娘转身入去，把这酒泼在僻暗处，只虚把舌头来咂，装成喝了的样子。两个公人被麻翻了，武松随即也假装仰翻在地。孙二娘高兴地叫道："着了！由你奸似鬼，吃了老娘洗脚水。”

这是孙二娘的名言。吃她洗脚水的人不知多少，但武松没吃。

等到孙二娘来搬他，他顺势翻身，反而把孙二娘压在身下。

武松的精细，不仅和鲁智深、李逵的莽撞形成鲜明的对比，而且比起小心谨慎、算计精密的林冲，他也更胜一筹：林冲老是被别人算计，武松却是一直算计别人。

你看他杀嫂的全过程，大家都糊里糊涂，只有他一开始就计划清楚，并且一步一步、按部就班、滴水不漏。最后，所有的人，从知县到何九叔到郓哥到手下的土兵到街坊邻居到潘金莲、王婆、西门庆，全部都是他的棋子，都在他的掌控之下。事态的发展全部按照他的谋划，丝毫不差。

孙二娘这个开黑店的老手，多少英雄豪杰到此授首，多少来往客商到此落马，多少平民百姓到此丧命，今天，却栽在武松手下。

武松杀虎，赢在膂力。

武松杀嫂，赢在智力。

武松制服孙二娘，赢在眼力。

现在，武松压在孙二娘身上，这是一个很难看的场景。于是，作者施耐庵安排孙二娘的丈夫张青出场，让他来了结这尴尬的一幕。

但是，这又是更加难看的一幕：丈夫眼看着一个大汉压在自己老婆身上。我们要注意，《水浒传》原先是话本小说，也就是民间说书人依据的本子。所以，有很多场景的设计，都是为了让听众听了，大家爆出笑声。武松压在孙二娘身上，是“难看”的场景，但是听众会觉得好看，会爆出笑声；丈夫看到一个大汉压在自己老婆身上，是“难看”的场景，但是听众会觉得更加好看，会爆出更大的笑声，满堂的笑声。

恰在此时，张青挑一担柴回来，望见武松按倒老婆在地上，大踏步跑将进来，叫道：“好汉息怒！且饶恕了，小人自有话说。”

老婆被人欺负，为什么张青不是愤怒，而是讨饶呢？

御用文化，扼杀英雄

张青明白，能够识破孙二娘蒙汗药迷局者，必是大精细人，必是常走江湖之人。

能够轻易地把他老婆这样的母夜叉压翻在地的，必是武功超强之人！这样的人，只能为友，不能为敌。

我们看，张青第一次出场，名姓都还没交代，但他的一句话，就显示出了他的性格：精细，明白，善断形势。

张青看着武松，叉手不离方寸，说道："愿闻好汉大名！"武松道："我行不更名，坐不改姓，都头武松的便是！"

值得注意的是，武松在介绍自己时，前面有一个帽子：都头。这就像是今天有些人的名片，总要印上那些由体制任命或颁发的各种大大小小的头衔。其实，此时武松哪里还是什么都头？不过是一个流配的囚徒。追根究底，他做都头也不过四个月时间，此前他也就是一个"古惑仔"，一个流浪江湖的逃犯。他二十六岁（他初见潘金莲时自称二十五岁，此时过了一年）的生命里，当都头也就四个月，可是都头的身份已经深深地烙印在他的生命里了，已经成为他二十六年生命历程中最值得骄傲的成就了。

这就是中国传统文化中不好的一面。人人都特别看重体制之内的位置，把这些看成是自我的最高价值。连武松这样的江湖好汉，都如此向往庙堂。一个小小的都头，可以说到处都是，庸才尽有。而能打虎，能轰轰烈烈为兄长报仇，能有几个呢？但是不行，还是一个小小的体制内的职衔才为人们承认。

这样的文化，就是御用文化，就是奴才文化。

这也是宋江后来处心积虑要招安，并且代表了大多数人的愿望，从而获得成功的重要原因。

当然，武松后来就不大再到处自称"都头"了，那是因为：

第一，时间长了，再说什么短短四个月的"都头"，自己都觉得陌生了。别人也未必当真。

第二，后来他在张都监家里，一口气杀了十五个人，铸成死罪，永远绝了跻身体制之内的希望，当然也就不会再提什么曾经的都头了。

第三，随着武松接触的人越来越多，他发现，都头一职实在摆不上桌面。梁山好汉里面，尽有身份地位远远在他之上的，岂止都头，都统都有。这就好像一个乡长，在乡下见到老乡，他颐指气使、大腹便便，待到进了城，见到满大街的处长、局长等，一下子他就再也不提他的乡长了。

武松在张青面前，神气活现地自我介绍自己是都头，为什么？因为张青也就是一个"个体经营户"，而且还涉嫌非法经营。在这样一个地位低下者面前说自己是都头，哪怕是"过去式"的都头，也可以拿来长长自己的志气，灭灭对方的威风。

但是，假如他面对的是柴进，是关胜，是秦明，是卢俊义，他还会眉飞色舞地说自己“都头武松的便是”吗？

张青道：“莫不是景阳冈打虎的武都头？”武松回道：“然也！”

注意这个“然也”，是何等得意，何等自豪！可见武松骨子里还是很为他的打虎经历自豪。

但是，虽然有这样的英雄事迹，武松还不足够自信，必须要有一个体制内的职位，方才觉得有面子。这种文化，拘束了多少英雄，又扼杀了多少英雄！

今天是领导，小心成牛肉

接下来，张青劝武松就此杀了两个公人，到二龙山投鲁智深、杨志落草去。

但是武松没有接受他的建议。他说：“最是兄长好心，顾盼小弟。只是一件，武松平生只要打天下硬汉。这两个公人，于我分上只是小心，一路上伏侍我来。我若害了他，天理也不容我。你若敬爱我时，便与我救起他两个来，不可害他。”

张青道：“都头既然如此仗义，小人便救醒了。”

张青便引武松到人肉作坊里；看时，见壁上绷着几张人皮，梁上吊着五七条人腿。见那两个公人，一颠一倒，挺着在剥人凳上。

这段描写，极其恐怖。张青、孙二娘夫妇可以说是罪大恶极。但是，武松对此竟然视而不见，见而不怪。不但不怪，他还认为张青夫妇是有原则的好人。

救醒两个公人后，武松便让两个公人上面坐了，张青、武松在下面坐下了，孙二娘坐在横头。**两个公人为什么坐在上头？因为是公人。就是公家人，是体制之内的人。**

要不把你当牛肉，要不把你当领导。

当领导，就把你供在主席椅上递烟敬酒。

当牛肉，就把你放到剥人凳上开膛破肚。

中国古代的受压迫、受剥削的民众，对公人，就给予这样的两种待遇，区别只在于场合。

武松、张青两个说些江湖上好汉的勾当，却是杀人放火的事。两个公人听了，惊得呆了，只是下拜。武松道：“……我们并不肯害为善的人。你只顾吃酒，明日到孟州时，自有相谢。”

事实上，武松这话是往张青脸上贴金。难道在张青的黑店里被麻翻、被开剥、被做成肉馅的那些来往客商等都是坏人？

或者说，张青夫妇在麻翻他们、开剥他们之前都先进行调查，确定他们是该死的恶人之后才下手的？

显然不是。连鲁智深都差一点儿被他们当黄牛肉开剥了。

需要说明的是，《水浒》好汉们的所谓义气，大多数只局限于所谓的“兄弟”之间。认你做兄弟了，咱们义气；不认你做兄弟了，只有晦气——该麻翻还是麻翻，该开剥还是开剥。

清风山上的燕顺、王英、郑天寿，不认得宋江之前，要挖出他的心肝做醒酒汤，杀气腾腾。及至知道是宋江，又抱上交椅，纳头便拜，义气冲天。

他从杀气到义气，就看你是晦气还是运气：他认不认你做兄弟。

韩伯龙前来投奔梁山，恰好遇到宋江有病，一时没空接见他，就在山下酒店等着。结果没等到宋江，倒等来了煞星李逵，一言不合，李逵从腰间拔出一把板斧，往面门上只一斧，砍死了。如果不死，上了梁山，坐了交椅，也就是兄弟，也就有义气了。可是他碰到了李逵，李逵性子急，他带来的是杀气，不是义气。怪谁呢？只怪你晦气，没运气。

再看张青本人，也这样：一个头陀，七八尺长的一条大汉，孙二娘也把来麻翻了。张青归来时，已把他卸下四足。这是张青的原话。我读到这“卸下四足”四个字，总觉得哪里不对劲，看了半天，恍然大悟。原来，四足应该说成四肢才对。但是，《水浒》的各种本子，都是“四足”，连对《水浒》做了很多文字润色的金圣叹，也没对这个字做改动。我一开始还得意，觉得在这一点上，我终于比金圣叹还火眼金睛，看出他没有看出的问题。但是再一琢磨，又一次恍然大悟：原来，在张青、孙二娘眼里，只要不是武松、鲁智深这样的兄弟，所有来他们酒店的人，岂不都是四足的牲口，任他们宰割？

相反地，鲁智深生得肥胖，经过十字坡，被孙二娘看成黄牛肉，酒里下了些蒙汗药麻翻，扛入人肉作坊里。正要动手开剥，卸下四足，恰好张青归来。见他那条禅杖非俗，慌忙把解药救起来，结拜为兄，把臂饮酒——是手臂了，不是蹄子了。

这是有运气的，所以，也就有义气了。如果不是张青归来及时，不是一把禅杖非俗，让张青觉得这个胖子是个好汉，鲁智深也就变成了一堆卤黄牛肉了。

如果张青归得早些，头陀就成了鲁智深；

如果张青归得晚些，鲁智深就成了头陀。

至于那芸芸众生，当然不是兄弟，也认不了那么多兄弟，那就别怪我不讲义气了。

李逵在江州劫法场时，两把板斧排头砍去，不知砍倒了多少百姓。这些百姓大概只好像潘金莲一样叹息："直恁地晦气。" 哪里还能感受到这些好汉们的义气？

次日，武松要行，张青哪里肯放，一连留住管待了三日。武松忽然感激张青夫妻两个。

武松为什么忽然感激张青夫妻两个？是因为突然想到了自己的兄嫂。刚刚失去一个哥哥，刚刚杀掉一个嫂子。现在，面对着对自己情深意长的兄嫂般的张青夫妻，他岂能不感怀万端，心中激起无限伤痛？

为什么自己的大哥就不能像眼前的张青一样生龙活虎，豪杰英雄？

为什么自己的嫂子就不能像眼前的孙二娘一样豪爽干练，夫唱妇随？

人海茫茫，红尘滚滚，怎么就没有自己的至亲，自己的骨肉，自己的归宿？

这一年武松二十六岁，张青三十五岁。张青夫妇显然感受到了武松内心中的伤痛，于是结拜武松为弟。失一兄嫂，得一兄嫂，算是对武松的一个安慰。

武松要行。张青置酒送路，取出行李、包裹、缠袋，来交还了，又送十来两银子与武松，把二三两碎银子赍发两个公人。武松就把这十两银子一发送了两个公人。

武松的豪爽，比鲁智深不同，比林冲也不同。他的豪爽，似乎更彻底，但也因此不够本色，似乎有些"作"的成分。像这里，就似乎没有必要当着张青夫妇的面这样做。

张青和孙二娘送出门前。武松又一次忽然感激，只得洒泪别了，取路投孟州来。

到了孟州，武松又会碰见什么呢？

八 施恩图报

一生不做亏心事，靠的不是性格，而是品格；一生得以善终，关键不在小心，而在大义。

狗嘴里吐不出象牙，差拨嘴里说不出人话

上回讲到，武松在十字坡结交张青、孙二娘夫妻，告别后，在两个公人的押解下，取路投孟州牢城营来。

我们在林冲的故事里就已经知道，牢城营里有很多规矩，有很多的潜规则和猫腻。比如一百杀威棒以及种种收拾犯人甚至置犯人于死地的手段。林冲因为对此早有准备，凭着银两，凭着柴进的书信，搞好了与管营和差拨的关系，所以没受什么罪。那么，武松又会怎样呢？

武松到了孟州牢城营的单身房里，早有十数个一般的囚徒来看武松，说道："好汉，你新到这里，包裹里若有人情的书信并使用的银两，取在手头，少刻差拨到来，便可送与他，若吃杀威棒时，也打得轻。若没人情送与他时，端的狼狈。我和你是一般犯罪的人……只怕你初来不省得，通你得知。"

武松道："感谢你们众位指教我。小人身边略有些东西。若是他好问我讨时，便送些与他；若是硬问我要时，一文也没。"

武松还是天真，一个人，一旦做了差拨，哪里还会说好听话呢？狗嘴里吐不出象牙，差拨嘴里说不出人话。再说，差拨收钱，哪里还要开口讨呢？

所以，众囚徒马上劝武松道："好汉，休说这话。古人道：'不怕官，只怕管。''在人矮檐下，怎敢不低头。'只是小心便好。"话犹未了，只见一个道："差拨官人来了。"众人都自散了。

武松解了包裹坐在单身房里。只见那个人走将入来问道："那个是新到囚徒？"武松道："小人便是。"

解了包裹，是准备拿银子；自称小人，态度也很谦卑。显然，一开始

武松还很配合。

但是，差拨哪里有耐心慢慢地等你拿银子？一见武松没有主动地及时奉上银子，便破口大骂道："你也是安眉带眼的人，直须要我开口说。你是景阳冈打虎的好汉，阳谷县做都头，只道你晓事，如何这等不达时务！你敢来我这里，猫儿也不吃你打了！"

你看这差拨的话，和当初林冲在沧州碰到的差拨，完全是一样的口吻。沧州也好，孟州也好，天下差拨，和天下的乌鸦一样，黑啊！

他骂武松"只道你晓事，如何这等不达时务！"也就是骂武松不懂事。

我们常常说人要懂事，但含义不一样。小时候，父母和老师让我们懂事，是让我们做一个好孩子，将来做一个好人。但是，待到我们长大了，常常被人告诫要懂事，那意思是什么呢？是让我们懂得一些潜规则，按潜规则办事。不懂潜规则，不按潜规则办事，那就叫不懂事。问题是，**真正的好人、正人君子、质朴厚道之人，往往是对潜规则缺少悟性并不会按照潜规则办事的人，这样的人，就被大家认为是不懂事了，就要处处碰壁了。**

最后，在这个世界上，春风得意的，一定是"懂事"——懂得并且奉行潜规则——的"机灵人"。

差拨很纳闷儿：你武松好歹也是个都头，也在咱大宋官场混迹过，头上也安着眉带着眼，你怎么不懂事呢？

武松还真是不懂事，并且，看来，今天他还要把不懂事进行到底。

武松道："你倒来发话，指望老爷送人情与你？"

注意，不是自称"小人"了，是自称"老爷"了。

你要银子？

"半文也没。我精拳头有一双相送！"

半文的银子当然没有，国库没铸造半文的银子。

银子少，没半文；拳头多，有一双。

曾经送给景阳冈上的老虎，现在也可以送给你。

这已经够气人了。还有更气人的。

下面话题一转，银子又有了："碎银有些，留了自买酒吃。"

怎么样？老爷银子有的是，就是不给你。

"看你怎地奈何我？没地里倒把我发回阳谷县去不成！"

看来，武松不仅拳头厉害，他的嘴巴也厉害。

他的拳头可以杀人，他的嘴巴也能杀人。

我们此前看过差拨骂林冲，刚刚又看过差拨骂武松。觉得天下的差拨，总是在骂人，而且骂得特别有水平，好像他们生来就是骂人的，我们生来就是挨骂的。我们很郁闷。

现在，武松横空出世，嘴皮子一张，骂尽天下差拨，骂得他们一佛出世，二佛升天。解恨啊！

读这样的文章，不亦快哉！

有一个小问题：武松对差拨的态度，一开始还很恭敬的，为什么突然一百八十度地转弯呢？

因为差拨骂他了。

但是，差拨哪有不骂人的呢？天下乌鸦一般黑，天下差拨都骂人。

林冲被骂得更难听。但是，林冲听着，并且恭恭敬敬地听，俯首帖耳地听，虚心地听，再加上耐心地听。听完了，还双手捧出银子孝敬。

但武松不行。

你不骂他，他不骂你。

你若骂他，他必骂你。

武松毕竟在官场上时间短，还有自尊，还不能容忍别人对他的人格侮辱。

表面上的傲慢，实乃高贵的精神气质

那差拨大怒。大怒了又怎样呢？

去了。

为什么去了？

不去又能怎么样呢？

他可不敢和武松动手，所以大怒之后只好去了。

但是，他有的是手段。

这是他的地盘。

众囚徒走拢来说道："好汉，你和他强了，少间苦也！他如今去和管营相公说了，必然害你性命。"

武松道："不怕！随他怎么奈何我，文来文对，武来武对！"

武松是否太自信，我们暂且不说，但是武松这里表现出来的决不向邪恶势力低头的精神，则正是梁山精神的重要组成部分，也是梁山精神中值得肯定的方面。

那么，对方如何来，武松又如何对呢？

正在那里说言未了，只见三四个人来单身房里叫唤新到囚人武松。

武松应道："老爷在这里，又不走了，大呼小喝做甚么！"

这时候武松表现出来的傲慢，实际上乃是一种高贵。令人惭愧的是，这种高贵的精神气质，竟然在武松这样一个出身下层的人身上体现出来。而在那些出身远远高过武松、文化水平远远高过武松的人身上，比如林冲，比如宋江，却很难看到这种高贵的傲慢，有的只是近乎谄媚的谦卑。

也许，他们的谦卑，非常适合他们身处的环境，并且可以使他们和环境的冲突尽量缓和，从而符合生存原则。但是，**我们仍然非常景仰武松式的自讨苦吃甚至自寻死路。因为这里面有一种我们的文化里、我们的现实里十分缺乏的东西：那就是高贵和决不屈服；或者说，决不因为求生或求稍好一点儿的境遇，就放弃自尊。**

武松一开始，是自称小人的，这与其说是谦卑，不如说是一种礼节、一种对对方的尊重。但是差拨这样的人根本不值得尊重。因为他们自己根本就不知道自重，像差拨这样几乎急不可待的贪婪者，他也没有自尊。

因为一个自尊自爱的人，绝不会允许自己堕落到这等贪鄙。一个有羞耻心的人，哪怕就是这样贪鄙，至少绝不这样赤裸裸，至少要掩盖一下自己的丑陋。

所以差拨这种人，就是孟子所说的"无耻之人"，是完全自暴自弃、不可救药的下贱之人。

当武松看穿了差拨这种人的成色和斤两之后，他完全鄙视这种人。所以我们看到，从此之后他再也不会在这些人面前自称小人，从此之后他是老爷。

直到他被施恩感动。

牢城营的杀威棒，竟成了英雄的扬威棒

五六个军汉押武松到点视厅前。管营喝叫除了行枷，下令开打一百杀威棒。一帮人便上来要按住武松。

武松道："都不要你众人闹动，要打便打，也不要兜拕，我若是躲闪一棒的，不是打虎好汉。从先打过的都不算，从新再打起，我若叫一声，便不是阳谷县为事的好男子。"

何等自豪！二十六岁的武松，已经做成了两件大事，两件足以让他名扬四海、名垂后世的大事：一是打虎，一是杀嫂。所以，他到处宣扬这两件事，哪怕是在这样的场合，并且口口声声称赞自己是"好汉""好男子"。

我们前面说过，武松是一个特别善于自我欣赏的人，甚至有些自恋。自恋的人往往偏执到忘记环境，忘记自己的真实处境。此刻的武松就忘记了，这一百杀威棒，认真打起来，那是要命的。

但是，他不要命了。

那他要什么呢？

他要自尊，要显示自己的威风。

于是，他把别人对他的"杀威棒"，变成了自己对别人的"扬威棒"。

两边看的人都笑道："这痴汉弄死！且看他如何熬！"

弄死，就是找死。就是不知天高地厚，不知牢城营是个何等黑暗、何等残酷之地，不知死活。

"要打便打毒些，不要人情棒儿，打我不快活！"

这简直有些人来疯了。他倒还知道有"人情棒"。事实上，打这样的棒，犯人的死活全在打棒的人的手轻手重。他如此张狂挑逗，如果挑出打棒人的火来，一棒一棒，往死里打，任你是什么打虎英雄，杀嫂好汉，立马让你成为烂肉一堆。但有意思的是，那些人不但不生气，反而"都笑起来"。

这笑，有几层意思：

一是笑你傻——没见过这么傻的。

二是笑你狂——没见过这么狂的。

三是笑你不知老爷手段——等着瞧。

四是笑你不知死期已到——有你好看。

五是轻蔑地笑——你以为能打得了老虎，就能扛得了我们的大棒？

六是也不排除他们觉得武松这样，实在很可爱。他此时此刻的言行举止，特别像另一个大家都特别熟悉又特别喜欢的人物：孙悟空。武松可是爹娘生养的血肉之躯啊，他能顶得住无情毒打夺命棒吗？

在军汉们拿起棍来，吆喝一声，就要开打的时候，只见管营相公身边一个二十四五年纪、白净面皮的人，白手帕包头、绷带缠着右手，去管营相公耳朵边略说了几句话，管营的态度马上转变了："新到囚徒武松，你路上途中曾害甚病来？"

我们在林冲的故事里早已知道：这就是潜规则，大凡花了银子或者有什么人情的，推说在押解来牢城营的路上患病未愈，就可以先免了这一百杀威棒，称之为"寄打"。管营此时的话，明显是提醒武松，利用这个规定，暂时免了这顿打。

但让我们甚感意外的是，武松并不领情。武松道："我于路不曾害，酒也吃得，肉也吃得，饭也吃得，路也走得。"

不但说自己没有害病，还一口气说出了四个证据，好像就怕不能证明自己不曾患病一样。

你看他说话时的声口，越来越像那个泼皮猴头了。

但奇怪的是，今天管营好像铁了心要周全他，道："这厮是途中得病到这里，我看他面皮才好，且寄下他这顿杀威棒。"

两边行杖的军汉也看出了管营的想法，便低低地对武松道："你快说病。这是相公将就你，你快只推曾害便了。"

按说，到此你武松总得别人给你脸，你得要脸吧？别人周全你，将就你，你也得给别人一个下来将就你的台阶吧？况且，这台阶别人也给你准备好了，只要你点头认可就行了。

但是，武松今天好像也是铁了心要自找打。武松道："不曾害，不曾害，打了倒干净！我不要留这一顿寄库棒，寄下倒是钩肠债，几时得了！"

两边看的人都笑。

这武松，本来今天是要给他一顿杀威棒，是要杀杀他的威风，让他以后老实点儿。他倒把这个场合变成了他自己的表演场，反而在这里给自己做宣传，扬自己的名，显自己的能，摆自己的谱，立自己的威。而且，演得激情四溢，旁人简直按捺不住。

管营也笑道："想是这汉子多管害热病了，不曾得汗，故出狂言。不要听他，且把去禁在单身房里。"

一般情况下，为了捞钱，也为了杀鸡给猴看，以儆效尤，牢城营的管营对于不孝敬银子的囚犯，这一百杀威棒，那是有条件要打，没有条件创造条件也要打。这样，才能使牢城营的犯人人人自危，个个惶惶不可终日，培育一心讨好差拨、管营的“良好狱风”。

而今天，情况完全颠倒过来了：是有条件不打，没有条件创造条件也不打。

还是这个管营有经验。武松完全不给他不打的理由，而他偏偏从这种完全违背人情之常的举动里找到了理由：哪有一心讨打的人呢？他一定是害热病热疯了。

既然如此，按规定，可以寄打。

武松莫名其妙地免了一顿看起来绝逃不过的毒打。这令人感到非常奇怪。管营为什么要如此关照他呢？武松痛骂差拨，差拨大怒而去，是否就此定下了什么杀害武松的阴谋？

三四个军人又引武松依前送在单身房里，众囚徒也觉得实在不可解，都来问道：“你莫不有甚好相识书信与管营么？”武松道：“并不曾有。”

众囚徒道：“若没时，寄下这顿棒，不是好意，晚间必然来结果你！”

原来如此！

武松道：“还是怎地来结果我？”

众囚徒道：“他到晚把两碗干黄仓米饭来与你吃了，趁饱带你去土牢里，把索子捆翻，着藁荐卷了你，塞了你七窍，头朝下竖在壁边，不消半个更次，便结果了你性命，这个唤做‘盆吊’。”

武松道：“再有怎地安排呢？”

众人道：“再有一样，也是把你来捆了，却把一个布袋，盛一袋黄沙，将来压在你身上，也不消一个更次，便是死的，这个唤‘土布袋’。”

众人说犹未了，只见一个军人托着一个盒子入来，问道：“那个是新配来的武都头？”

武松答道：“我便是。有甚么话说？”

那人答道：“管营叫送点心在这里。”

说来就来了！

武松看时，却不大像，不是什么难以下咽的干黄仓米饭，而是一大旋酒、一盘肉、一盘面，还有一大碗汤。武松寻思道：“敢是把这些点心与我吃了，却来对付我。我且落得吃了，却又理会。”

武松把那旋酒来一饮而尽，把肉和面都吃尽了……武松坐在房里寻思，自己冷笑道：“看他怎地来对付我？”

到了晚上，那个人又送晚饭来，更加丰盛。武松见了，暗暗自忖道：“吃了这顿饭食，必然来结果我。且由他，便死也做个饱鬼，落得吃了，却再计较！”那人等武松吃了，收拾碗碟回去了。

不多时，那个人又和一个汉子两个来，一个提着浴桶，一个提一大桶热水，来侍候武松洗浴。武松想道：“不要等我洗浴了来下手？我也不怕他，且落得洗一洗。”

武松跳进浴桶，两个人站在一旁，递衣递手巾，帮着擦水，穿了衣裳。然后一个倒了洗澡水，一个便把纱帐将来挂起，铺了藤簟（席子），放个凉枕，请武松安歇，也回去了。

武松把门关上，闩了，放倒头自睡了。

一夜无事。

一顿好酒肉，老爷变小人

天明起来，才开得房门，只见夜来那个人提着桶洗面水进来，侍候武松洗面，漱口；还带个篦头待诏（理发师）来替武松篦了头，绾个髻子，裹了巾帻；又是一个人将个盒子入来，取出菜蔬下饭，一大碗肉汤，一大碗饭。武松想道：“由你走道儿，我且落得吃了！”

武松吃罢饭便是一盏茶，却才茶罢，只见送饭的那个人来请道：“这里不好安歇，请都头去那壁房里安歇，搬茶搬饭却便当。”武松道：“这番来了！我且跟他去，看如何！”

去了一看，里面干干净净的床帐，两边都是新安排的桌凳什物。武松来到房里，看了，存想道：“我只道送我入土牢里去，却如何来到这般去处？比单身房好生齐整！”

这样的日子竟然一过好多天。武松自思道：“众囚徒也是这般说，我也是这般想，却怎地这般请我？”

是啊，这到底是怎么回事呢？

武松心里也委决不下。这酒食不明，他如何吃得安稳？

问送酒食的人，只说是小管营叫送的。小管营就是前日在厅上站在老管营身边，白手帕包头、络着右手的人。就是他对老管营说了什么话，救武松免了一百杀威棒。

送酒食的人还告诉武松，这小管营姓施，名恩，使得好拳棒。人都叫他作“金眼彪”施恩。

武松听了道："想他必是个好男子。你且去请他出来，和我相见了，这酒食便可吃你的。你若不请他出来和我厮见时，我半点儿也不吃。"

要绝食。

那人道："小管营分付小人道：'休要说知备细。'教小人待半年三个月方才说知相见。"

武松道："休要胡说！你只去请小管营出来和我相会了便罢。"

武松焦躁起来，那人只得去里面说知。

不多时，只见施恩从里面跑将出来，看着武松便拜。

武松慌忙答礼，说道："小人是个治下的囚徒，自来未曾拜识尊颜，前日又蒙救了一顿大棒，今又蒙每日好酒好食相待，甚是不当。又没半点儿差遣，正是无功受禄，寝食不安。"

一顿好酒好肉，老爷又变成小人了。而且很自觉地自认身份：治下的囚徒。

此前的傲慢，一扫而空。

武松吃软不吃硬，可以恩结。

以恩结，乃知恩图报之人。在这个恩将仇报的社会里，这是很难得的境界了。

然而，还不是最高境界。最高境界乃是以义结：度义而动，见得思义，一切唯义是从，不可屈服，不可收买，不可诱惑，不可恐吓。这样的人，才是富贵不淫、贫贱不移、威武不屈的真好汉。

实际上，梁山好汉大多数是以恩结，而非以义结的。正因为这样，宋江才可以嘴上说着兄弟之义，手上却拿着银子。银子乃是兄弟之义的体现。所谓"及时雨"，常常不过是"及时银子"而已。梁山有没有以义结的真好汉？有。谁呢？鲁智深。鲁智深一生，虽然莽撞率性，却大节不亏，终成善果。

我们由此可以明白：一生不做亏心事，靠的不是性格，而是品格；一生能得善终，关键不在小心，而在大义。

而武松在这个境界上，显然逊色于鲁智深。

一点儿小恩小惠，就可以让他热血沸腾，迷失方向。张青夫妇的黑店，他不管不问。因为张青夫妇对他好。

现在，施恩又来了。施恩这个名字很好。武松是个以恩结的人，所以他碰到的就是施恩。

问题是，施恩是要图报的。

知恩图报和施恩图报，一字之差，境界大不一样。

知恩图报是懂得人情冷暖，是以德报德，是对别人给予自己的帮助、照顾的回报，是人类的可贵品德。

而施恩图报则是一种投资行为，甚至是一种笼络和约束行为，是对人的利用。他施出的一点儿投资，是要加倍收回的。

但是，武松对这种行为不但不能看得明白，反而被感动。其中的深层原因可能是，武松是底层人，所以特别需要别人的承认，需要别人的恭维，需要别人的看重。一旦有人看重他，他就肝脑涂地以报，而不问什么是非。

那么，施恩图的是武松的什么报呢？

九 黑帮老大

鲁智深是仗义型正义派打法；林冲是技术型实力派打法；李逵是效益型无赖派打法；武松是炫耀型潇洒派打法。

快活林，黑社会

上回讲到，施恩不但帮忙免了武松的一百杀威棒，还好酒好菜侍候武松，弄得武松丈二和尚摸不着头脑。

原来，此间东门外有一座市井，地名唤作快活林。照施恩的说法，快活林还真是快活。

第一，快活林是个跨省区的贸易场所。商铺、客栈、酒店达百十处之多。山东、河北客商都慕名而来。

第二，赌场、兑坊有三二十处。所谓兑坊，乃是专为赌徒而设的钱庄。赌徒进赌场前，到此把大锭银子兑成小额，以便下注。赢了的，再把碎银子兑成大锭；输了的，这兑坊又是当铺，把身边值钱的东西当些钱再来翻本。

第三，妓院林立，妓女如云。

问题是，施恩是如何让快活林变成他的快活林的？

第一是“倚仗随身本事”。说白了，就是打砸抢。但他的本事有多大呢？用他自己的话说，“自幼从江湖上师父学得些小枪棒在身”。江湖上的师父，大概也就像史进在碰到王进之前所经的那“七八个有名的师父”，本领不值半分。但是这样的本事，唬唬普通老百姓，打打那些开店的小老板，绰绰有余了。当然，如果碰到有真功夫的，一定立马现出原形。

第二，根本原因在于，他老子是管营，也就是“监狱长”或者“劳教所所长”。他呢？人称小管营，他倚仗老子，在监狱中为非作歹，以致竟然能够动用八九十个“弃命囚徒”，当作打手，组成了一个相当规模的黑社会，而他呢，就是黑社会的老大。

施恩独霸快活林之后，他又如何快活呢？

第一，他去那里开着一个酒肉店，店中酒肉都分与众店家和赌钱兑坊里，也就是说，他垄断了此地的酒肉专卖。

第二，坐收保护费。百十处大客店，三二十处赌坊、兑坊，每朝每日都有闲钱。月底还固定有三二百两银子进账。

非常可恶的是，他连妓女都不放过。过路妓女，得先拜码头，交保护费，方可获得从业许可，允许她们“趁食”，即混一口饭吃。

这连张青夫妇的黑店都不如。张青开的黑店，还有一条原则，绝不危害“江湖上行院妓女之人”，原因是张青还能同情她们“冲州撞府，逢场作戏，陪了多少小心得来的钱物。若还结果了她，那厮们你我相传，去戏台上说得我等江湖上好汉不英雄”。

一个欺辱到妓女头上的人，当然不是英雄。施恩也没有想过做什么英雄，在做人境界上，他比张青还低一个档次。他骨子里就是一个黑社会的老大，其人生目标不过就是追求快活而已。

梁山好汉非常爱说“快活”这个词，我们举史进为例。

朱武劝史进留在少华山:“哥哥便在此间做个寨主，却不快活?”史进道:“虽是你们的好情分，只是我今去意难留。我若寻得师父，也要那里讨个出身，求半世快活。”

宋江要去攻打东平府，史进因为认识东平府一个妓女叫李睡兰，就先混进城去准备做细作。进城找到李睡兰，对她说:“我如今特地来做细作，有一包金银送给你，切不可走漏了消息。等明天事情一完，就带你一家上山快活。”

刘唐、三阮他们一心夺了生辰纲，也就是为了“快活”。李逵更是“快活”不离口。

这实际上说明了两个问题：

第一，当时有很多人活得不快活。所以，人们才近乎疯狂地追求快活，甚至为此不惜违背道德，触犯法律。一个社会如果让很多人都活得不快活，那这个社会也就快要活到头了。

第二，梁山一百零八人，大多数根本没有什么理想，多数不过就是追求“快活”而已。我们不必拔高他们。当然，也不必为此贬低他们，毕竟追求快乐是人的权利。

施恩在快活林里很快活。

只是你要快活，别人也要快活。快活林就是这样一个快活的地方，你在那里快活，总有人觊觎着。你施恩够狠，够黑，从妓女到客店、赌坊、兑坊老板都怕你，都不得不孝敬你。但是你能这样干，别人也能这样干，只要他比你更狠更黑。

这个人出现了，他就是蒋门神蒋忠。为什么施恩的快活林被他霸占了呢?

第一，蒋门神更狠。他的武功远在施恩之上。他有九尺来长身材，因此才有“蒋门神”这样的诨名。那厮不特长大，还有一身好本事，使得好枪棒；拽拳飞脚，相扑为最。据施恩说，他蒋门神自夸大言道:“三年上泰岳争交，不曾有对。普天之下，没我一般的了!”

他就凭着这身武艺，来夺施恩的财路。施恩不肯让他，吃那厮一顿拳脚打了，两个月起不得床。武松在点视厅上见到施恩时，兀自包着头，兜着手，直到如今，疮痕未消。

第二，蒋门神更黑。施恩不是还有他老子这个“监狱长”后台吗? 不是还有八九十个“弃命囚徒”的打手吗? 但是，蒋门神的后台比施恩的更硬。蒋门神此时的后台乃是本营内张团练。张团练不仅地位高过管营，而且手下有着经过训练的丁壮，且是合法武装。

蒋门神有了这样的两个绝对优势，把施恩取而代之，易如反掌。快活林还是那个快活林，但是快活的人变了，现在轮到蒋门神快活了。

蒋门神和施恩之间的斗争没有正义与非正义的区别，就是黑吃黑，大黑把小黑吃了。

星星还是那个星星，月亮还是那个月亮。怎么偏偏快活林不是自己的快活林了呢?

施恩仰天长叹，施恩不快活了。但是，他无可奈何。

谁让自己打不过蒋门神，自己老子的官职大不过张团练呢?

但是，他绝不甘心。用他自己的话说，是“这一点无穷之恨不能报得……出得这口无穷之怨气，死而瞑目”。

你看，这就是黑社会人的口吻、黑社会人的心态。

又黑，又狠，又歹，又毒。

现在武松来了，他突然意识到，自己的机会来了。

这个能把老虎打死的人，是世界上最好的打手，堪称蒋门神的克星。

于是，他才有了上述对武松殷勤周到的照顾。其目的，就是结以恩义，施以恩惠，感以恩情，笼络武松。

他担心武松远路辛苦，气未完，力未足，因此让他养息半年三月，等武松身体气完力足再商量。

给武松吃香喝辣，是要将息好武松的身体，好让他去帮自己打人。

我们可以看出施恩实在不是一个好人。但是，他有他老实的一面。他把自己的想法向武松和盘托出了。他本来可以假装仅仅是敬仰武松的为人，才如此照顾他，恭敬他，恭奉他。这样，他的行为应该更能感动武松。至于将来请他打蒋门神，有的是更好的开口机会。甚至，到时候武松会主动出来帮他摆平的。不是他不会这样做，而是小说不能这样写。这样写，施恩的形象就太差劲了。施恩的形象太差劲，武松的行为就失去了正义的基础，武松的形象也就不光彩了。

真相大白，当枪打黑

那么，现在武松终于明白了事情的真相：

第一，眼前的施恩，就是一个欺行霸市的黑社会头目。

第二，他对自己的关照，用意和目的很明确：就是想利用他武松，让他做打手。

第三，他和蒋门神之间的矛盾，根本无关乎是非正义，就是黑吃黑，狗咬狗。

那么，明白了这些之后，武松还会被感动，还会去蹚这趟浑水吗？

没想到，武松听罢，呵呵大笑，便问道："那蒋门神还是几颗头，几条臂膊？"

施恩道："也只是一颗头，两条臂膊，如何有多！"

武松笑道："我只道他三头六臂，有那吒的本事，我便怕他！原来只是一颗头，两条臂膊。既然没那吒的模样，却如何怕他？"

大家有没有注意到，武松实际上已经跳过了一个问题，或者说，他把一个最为关键的问题转换掉了。

这个关键的问题是：该不该出头？

而他把这个关键问题竟然一跃而过，或者说，他根本就没有意识到这是一个问题。他把这样事关决策的关键问题一跃而过，转变成一个非常意气用事的问题：敢不敢出头？

这常常是非常缺乏头脑的好冲动的小青年的思维方式。很多小青年闯祸，就是因为这种遗忘关键问题、越过关键问题的思维缺陷。

而武松，此时已经二十六岁，不能再算小青年了。此前他打过虎，杀过嫂，还当过都头，做过"国家干部"。江湖上也行走了至少一年有余，还结识了像柴进这样的社会名流，宋江、张青这样的年长他许多的兄长。他为什么还这样很傻很天真，以致很黑很暴力呢？

第一，这与施恩的故意挑拨有关系。事实上，施恩在向武松介绍蒋门神时，有意激起武松的好斗心。你看他说的："（蒋门神）自夸大言道：'三年上泰岳争交，不曾有对。普天之下，没我一般的了！'"

很可能蒋门神根本就没说这样的大话。从下文看，蒋门神早闻武松大名，并且一旦得知眼前的人物就是武松，马上心服口服。可见，他未必敢说什么"普天之下我为大"这样狂妄的话。但这还不是问题的关键，即使他说过这样的话，也未必很认真，更不是对着武松说的。施恩拿来跟武松说，明显是要激起武松对蒋门神的反感，尤其是要激起武松的斗志和好胜心、虚荣心，从而和蒋门神放对单挑。

第二，最为重要的是，武松的自恋情结。像他这样的人，不会容忍有人比他名声大，有人抢了他的风头。在孟州，在快活林，我武松没来，则罢；我武松既来了，就不该还有什么其他人再张狂。我没来，你做老大。我来了，只能我做老大。

所以，碰到蒋门神这样的人，他武松，第一，不容；第二，兴奋。

为什么兴奋呢？因为又有一个让他抖威风、显神威的机会了。他需要不断地有对手来证明自己。

曾经是老虎，是西门庆，现在是蒋门神。

从某种意义上说，蒋门神的出现，太及时了。他出现在武松生命的黯淡时刻，出现在武松自己最需要发出光彩的时刻，出现在武松最需要向别人展示自己的时刻。

一句话，到了新地方的武松，需要有一个扬名立万的机会。

蒋门神就给他提供了这样的机会。他如此长大，像个门神，更是最为适合的展示材料。

所以，接下来我们看到的，是一个非常好玩的情景：不是施恩急于报仇，夺回快活林；反而是武松急不可耐，他要在蒋门神身上再铸辉煌。

武松道："我却不是说嘴，凭着我胸中本事，平生只是打天下硬汉、不明道德的人！"

从心理学上讲，武松的"我却不是说嘴"的解释，正好说明他这样的话"正是说嘴"。心中有虚，怕人看出，便先行掩饰。正如和人说话时，眼睛不敢对视、常下意识遮住嘴巴，都是言不由衷的表现。

这种说嘴，是典型的武松式语言。他到处自诩说他善断是非，专打天下硬汉、不明道德的人。也就是说，他要打两种人。

第一，要打天下硬汉。为什么要专打硬汉？为什么眼里容不得硬汉？《墨子》一书中的这个故事或许很能说明这个问题。

> 子墨子谓骆滑厘曰："吾闻子好勇。"骆滑厘曰："然。我闻其乡有勇士焉，吾必从而杀之。"子墨子曰："天下莫不欲与其所好，度其所恶。今子闻其乡有勇士焉，必从而杀之，是非好勇也，是恶勇也。"

武松的表现，也有墨子所批评的"恶勇"的毛病，自己是勇士豪杰，希望天下的人都是懦夫软蛋，雌伏在自己脚下。这是非常糟糕的心态。秦始皇等专制君主，就是这样的心态。其实，有这种思想的武松一旦当权，也一定希望天下都是顺民，都是奴才。

第二，要打天下"不明道德"的人。这种人当然该打。但什么是不明道德？你武松就明道德吗？实际上，武松帮施恩打蒋门神，正如我上面分析的，是黑吃黑，根本谈不上什么道德是非。在这场黑吃黑中，他不过是被施恩当作一个超级打手而已。

但他却一副正义在胸的样子。武松自恋，武松还自负，武松更自信。你看他说的："既是恁地说了，如今却在这里做甚么？有酒时，拿了去路上吃。我如今便和你去。看我把这厮和大虫一般结果他！拳头重时打死了，我自偿命！"

你看这口气，好果断，好自信，好仗义！尤其是，好潇洒！

为什么说是潇洒？去打人，却一路吃着酒去。消消停停，晃晃悠悠，潇洒！

就打架而言，**鲁智深是仗义型正义派打法。**他总是在别人需要的时候出现，在仇恨难消的时候他来消，在冤屈难解的时候他来解。所以，他打架，必是痛快淋漓、场面血腥，因为不这样，就不足以解恨消冤。他的兵器，是禅杖。禅家的手杖，就是解脱的法门：超度那些作恶多端的，解救那些苦难深重的。

林冲是技术型实力派打法。除了在大军草料场山神庙前连杀陆虞候、富安和差拨那一役，由于积压太久太深，林冲杀人时显得凶残，其他时候，比如棒打洪教头、活捉一丈青，以及后来多次的沙场征战、两军对垒，他显示的都是武艺的高超和实力的深厚。他赢别人，是赢在技术上，他是一个职业军人，用自己的武艺，为梁山服务，后来又为朝廷服务。

李逵是效益型无赖派打法。他只要杀得快杀得多，贪多务得，细大不捐，杀得性起时，不管眼前是谁，是男是女，是老是少，是好人坏人，一并砍了，越多越好。所以他的兵器，都是板斧。板斧是所有兵器中造型上最缺乏艺术元素的，正如李逵自己是梁山好汉中最无艺术细胞的。而且，为了更有效率，是两把板斧。

武松呢？他又不同，**他是炫耀型潇洒派打法。无论打前，打中，打后，他都有极强的表演欲。他一定要有观众，至少他想象中有观众。观众能激发他的灵感，让他兴奋；面对观众，他往往激情四射，特别有想象力，从而打得特别有创意、有看头。所以，我们也可以称他是激情型的演技派。**

李逵杀的人数量远远超过武松，但是我们对李逵的杀人没有什么印象，而武松杀人，却让读者回味无穷。武松杀一虎，我们耳熟能详；李逵杀四虎，我们懵懵懂懂。为什么？因为武松打人也好，杀虎也好，好看。

正当武松催促施恩马上出发去打蒋门神时，施恩的父亲老管营在屏风后面转了出来。他请武松到后堂，摆上酒宴，亲自与武松把盏，口口声声称武松为“义士”，并提议武松和施恩结拜为兄弟。武松答道：“小人有何才学，如何敢受小管营之礼？枉自折了武松的草料！”

此前武松已经和两个人结拜为兄弟，一是宋江，一是张青。且结拜宋江，还是他自己主动提出来的。宋江是何等人物？和宋江比，施恩是什么东西？结拜宋江，武松倒敢；结拜施恩，武松反而不敢了。为什么？因为，施恩是所谓的小管营，他老子是老管营，就这一点儿芝麻粒大的小官，也足以让他自惭形秽。

当下饮过酒，施恩纳头便拜了四拜。武松连忙答礼，结为兄弟。当日武松欢喜饮酒，吃得大醉。

那么，第二天，武松会为这个新结交的兄弟出头吗？

⑩ 重霸江湖

武松要把戏做足，做到极致，做成经典，做成人们茶余饭后津津乐道的笑料与谈资，而他，则是这传扬不衰的故事里光芒万丈的主角。

酷而有型，“大师”即将出场

次日施恩来见武松，说道：“今日且未可去，小弟已使人探知这厮不在家里。明日饭后，却请兄长去。”武松道：“明日去时不打紧，今日又气我一日！”

当初鲁智深也是为了第二天才能打镇关西气了一日，连晚饭也不吃。虽两者很多相似，却又有不同。不同在哪里？

鲁智深是义愤，其愤怒是单纯出于道义；武松是气愤，其愤怒更多的是出于意气。

义愤和气愤，一字之差。

一是出于义，一是因为气。

义是大义，大义所在，君父可以不从。所以，大义可以灭亲。

气是小气，小气所使，是非往往不顾。所以，小气可以殒身。

但后来武松了解到，其实是因为老管营和小管营怕武松昨日伤酒，气力不完，才故意推到明天的。并且，为了让他明天有力气去打蒋门神，今天就严格控制他喝酒了。

武松觉得施恩父子严重低估了他的能力，自己被严重看扁了。这就严重伤害了他的自尊心。

当夜武松巴不得天明。这时候，他的焦急，不是因为急着要去打蒋门神了，而是急着证明自己，证明自己很棒很能干，喝很多酒并不影响他的实力。他是玩着玩着就可以把蒋门神打趴下的。

早起来吃了茶饭罢，施恩便道：“后槽有马，备来骑去。”武松道：“我又不脚小，骑那马怎地？只要依我一件事。”

什么事呢？

武松道：“我和你出得城去，只要还我‘无三不过望’。”

什么是“无三不过望”呢？

武松笑道：“我说与你，你要打蒋门神时，出得城去，但遇着一个酒店便请我吃三碗酒，若无三碗时便不过望子去，这个唤做‘无三不过望’。”

从“三碗不过冈”到“无三不过望”，武松也挺能模仿和改造。他之所以要这样别出心裁，说白了，也就是要证明自己给施恩父子看，同时也给江湖上的好汉们看：我不但能喝酒，我还能打人，而且我还能在喝大量酒后打人。

那就在家里，弄他一缸酒，闷头大喝一通再上路，如何？

那太不合武二哥的口味了。

他要一种形式，一种激情洋溢的形式，一种让别人觉得他帅呆了、酷毙了的形式，让他充分展示他的激情，展示他的魅力，展示他的个性。

是的，他特别重视形式，他特别喜欢耍酷。他上次打虎，在景阳冈上没有观众，他一定非常遗憾。后来杀嫂，他把众邻居都圈在现场，说是要让他们做个证见，其实也有强拉观众的意味，那次因为有了观众，他就演得特别有型。

但是那两次，一次有生死之虞，一次有杀兄之仇，所以还不能自由表演。**这一次，在他看来，既无生死之虞，又无切身之害，完全近乎演戏。所以，他一定要把戏做足，把每个细节都做完美。他要把这次行动做成经典，做成人们茶余饭后津津乐道、传扬不衰的永远的故事，而他，则是这故事里光芒万丈的主角。**

而后来的事实是，“三碗不过冈”和“无三不过望”，果真就成了武松的品牌和招牌。想起武松，就会想起这两个“三”，想起他的潇洒，想起他的风度。他的英雄风流真是几百年来流风余韵不息啊！

那么，施恩会答应他吗？大醉之后，他还能打架吗？面对门神一样的相扑高手，武松有必胜的把握吗？

潇洒之人，必有自私之处

武松要去打蒋门神，他提出的一个要求是“无三不过望”，也就是说，从孟州城出发到快活林，路途之中但凡碰到酒店，必须喝三碗酒。

施恩听了，道："这快活林离东门去，有十四五里田地，算来卖酒的人家，也有十二三家。若要每户吃三碗时，有三十五六碗酒，才到得那里。恐哥哥醉了，如何使得?"

可是武松不这样看，他说："你怕我醉了没本事，我却是没酒没本事。带一分酒，便有一分本事。五分酒，五分本事。我若吃了十分酒，这气力不知从何而来。"

他还举例说明当初打死老虎，就是靠着十八碗的酒劲。他总结道："我须烂醉了，好下手，又有力，又有势!"

施恩无法，只好教两个仆人自将了家里好酒、果品肴馔，去前路等候。施恩和武松两个出得孟州东门外来，行过得三五百步，只见官道旁边，早望见一座酒肆望子挑出在檐前，那两个挑食担的仆人已先在那里等候。施恩邀武松到里面坐下，仆人已先安下肴馔，将酒来筛。武松道："不要小盏儿吃。大碗筛来。只斟三碗。"仆人排下大碗，将酒便斟。武松也不谦让，连吃了三碗便起身。

又行不得一里多路，来到一处，不村不郭，却早又望见一个酒旗儿，高挑出在树林里。两个入来坐下，仆人排了酒碗果品，武松连又吃了三碗，便起身走。

仆人急急收了家伙什物，赶前去了。两个出得店门来，又行不到一二里，路上又见个酒店。武松入来，又吃了三碗便走。

你看他——

每个酒店，必吃三碗，一碗不得少，潇洒。

三碗连吃，毫不废话，一丝不啰唆，潇洒。

三碗既吃，起身便走，一刻不耽搁，潇洒。

只苦了两个仆人，既要等他吃完起身，才能赶紧收拾，又要赶紧赶到他前面，在前面酒店再摆好酒碗果品等他。武松摆谱，他们摆酒，那真叫狼狈!

世事大抵如此：有一潇洒人，必有众多不能潇洒的人。

一个单位，有一个潇洒的员工，必有至少一个以上不潇洒的勤勉忠厚的员工，为他承担，为他擦屁股。

一个家庭，有一个潇洒的老公，必有一个不潇洒的辛苦的老婆。反之亦然。有一个潇洒的儿子，必有一双俯首甘为孺子牛的父母，苦死苦活。

做兄弟也一样：

在刘邦家里，刘老三潇洒，刘老二就不潇洒。

在陈平家里，陈老二潇洒，陈老大就不潇洒。

这是《史记》中记到的秦汉之际的故事。

《水浒》中也有：

武松家里，武二潇洒，武大就不潇洒。

李逵家里，李二潇洒，李大就不潇洒。

岂止不潇洒啊，还要为他们吃官司。

武松此刻，没有这两个仆人狼狈万状、辛苦万分、一点儿也不潇洒地摆酒，他哪里能潇洒地摆谱呢？

所以，潇洒之人必有自私之处。

就这样，约莫也吃过十来处酒肆，施恩看武松时，不十分醉。快活林快到了。

武松道："既是到了，你且在别处等我，我自去寻他。"

施恩道："这话最好。小弟自有安身去处。望兄长在意，切不可轻敌！"

施恩说"这话最好"，一句话透露出施恩的怕，透露出蒋门神的可怕，还让我们揣摩出当初蒋门神对施恩的那一顿暴打，以及这顿暴打在施恩心理上留下的创伤。

施恩叫仆人仍旧送武松，自己去了。

溜之大吉！

这倒不是在写施恩的不仗义，而是在写施恩的怯懦。

还有，他对武松，还是不能有充分的信心。

蒋门神给他留下的印象太深了。实际上，不是蒋门神的武艺太高，而是他自己的武艺太低。可惜，这一点他不知道。同样，不是蒋门神的武艺太低，而是武松的武艺太高。可惜，这一点他也不知道。

他只知道，一场恶战就在前面，他还知道蒋门神不是纸老虎，是真能吃人的。

但问题是，武松不管你是纸老虎还是真老虎。你是真老虎，真老虎一样打，又不是没打过。

古人有一句名言：是真名士自风流。对于武松来说，是真英雄自威风。

武松又行不到三四里路，再吃过十来碗酒。酒却涌上来，武松把布衫摊开；虽然带着五七分酒，却装着十分醉，前颠后偃，东倒西歪，来到林子前，仆人用手指道："只前头丁字路口便是蒋门神酒店。"

武松道:“既是到了，你自去躲得远着。等我打倒了，你们却来。”

武松也算善解人意，刚才主动让施恩走，现在又让仆人走。

他知道，这不是打群架，这是一对一的单挑。

一场大战即将展开。

武松擅长迂回，找碴儿也有声有色

武松抢过林子背后，见一个金刚来大汉，披着一领白布衫，撒开一把交椅，拿着蝇拂子，坐在绿槐树下乘凉。武松假醉佯癫，斜着眼看了一看，心中自忖道:“这个大汉一定是蒋门神了。”

那就打吧!

不行。如果二话不说，上去就打，那就不是武松，是李逵了。

武松怎么样呢?武松却从蒋门神面前直接过去了。不打。

奇怪。那么急着要打，及至碰面了，却又不打了。

他看到了丁字路口上的大酒店，檐前立着望竿，上面挂着一个酒望子，写着四个大字，道:“河阳风月。”

放过蒋门神之后，却让我们看到一个特别有诗意的酒望子：河阳风月。河阳是孟州的古名，风月呢，既是清风明月，又是风花雪月，既有精神世界的高超，又有世俗生活的享乐。

这不是要写武松来打架吗?怎么一眨眼，你死我活何时变成了诗情画意了呢?《水浒》作者，真是高手啊!

还有一副对联，用金字写在两边销金旗上:“醉里乾坤大，壶中日月长。”

一丝超脱，一丝颓废，一双看穿世俗名利的冷眼，一副不屑一顾的面孔。

这样的诗意与境界，与施恩，与武松，与蒋门神，与他们之间的计较争斗，毫不相配，但却相反相成。大战之前，偏让我们如此放松一把。

《水浒》的作者，写《水浒》时，何等放松，何等自由，何等自在!

武松看那酒店，里面一字儿摆着三只大酒缸，半截埋在地里，缸里面各有大半缸酒；正中间是柜台；里面坐着一个年纪小的妇人，正是蒋门神初来孟州新娶的妾。

放过蒋门神，却出来蒋门神的小老婆，而且是蒋门神初来孟州时新娶的。这哪里是蒋门神好色娶妾啊，这分明是作者的神来之笔!

这不是蒋门神的“色”，是作者书中的“色”，是文章到此需要这一“色”。

所以，这不是写蒋门神“好色”，而是因为作者“好色”——情节发展需要有这一色人物。有了这一色人物，下文就格外活色生香，有声有色。

这是作者对文章的着色，对文章的润色。而经过这样的着色、润色，作品果然大大增色。

武松看了，瞅着醉眼，径奔入酒店里来，便去柜身相对一副座头上坐了；把双手按着桌子上，不转眼看那妇人。

在十字坡戏弄孙二娘时，我们就发现，武松特别善于调戏妇女。

现在，你看他调戏蒋门神的女人，何等皮厚而老到。

实际上，他的这种功夫乃是家传：教会他的，就是他的嫂子潘金莲。

潘金莲的好处是她教会了武松如何调情，潘金莲的不好处是她让武松从那以后不尊重女人。

武松皮厚，反而弄得那妇人不好意思，瞧见武松不怀好意、色眯眯的眼神，一直看着她，她只好回转头看别处。

古代有一个词，叫“目成”。什么意思呢？就是男女之间，本来没有什么关系，就这么眉来眼去，秋波频传，成了。但是，如果你的眉来，他的眼不去，那就不成。

武松一直不转眼看那妇人，可是那妇人不看他。不成。

武松一计不成，再生一计，敲着桌子，叫道：“卖酒的主人家在那里？”

一个当值酒保赶紧跑来：“客人，要打多少酒？”

武松道：“打两角酒。先把些来尝看。”

没见过这样小气难缠的顾客。

实际上，这是武松色上找碴儿不成，就在酒上找碴儿。

那酒保去柜上叫那妇人舀两角酒下来。武松拿起来闻一闻，摇着头道：“不好，不好，换将来！”

酒保见他醉了，将来柜上，道：“娘子，胡乱换些与他。”

那妇人接来，倾了那酒，又舀些上等酒下来。

武松提起来咂一咂，道：“这酒也不好，快换来，便饶你！”

酒保忍气吞声，拿了酒去柜边道：“娘子，胡乱再换些好的与他，休和他一般见识。这客人醉了，只要寻闹相似，便换些上好的与他罢。”

那妇人又舀了一等上色的好酒与酒保。酒保又烫一碗过来。

看来，蒋门神聘用的酒保，还真是好酒保。

蒋门神娶来的小老婆，也还真是一个好女人。

开酒店，就得找这样的服务员。

找老婆，更要找这样的“不野蛮女友”。

他们都有足够大的耐心，足够好的脾气。

好到武松都不好意思再胡闹下去。

武松吃了道：“这酒略有些意思。”

色上寻闹不成，酒上来。

酒上又不成，如何来？

不用担心，武松有的是办法。

他问道：“过卖，你那主人家姓甚么？”

酒保答道：“姓蒋。”

武松道：“却如何不姓李？”

武松真是天才！

几曾见过这样出奇制胜的闹法？

这是中国历史上最早的无厘头！

武松是喜剧大师！实际上，武松今天能有如此超水平的发挥，原因在于他今天彻底放松了，他今天太自信了，他今天太兴奋了，于是，他的才华，艺术才华，喜剧才华，一齐爆发出来。

从作品的文学性上说，他打蒋门神之前，已经打过一个西门庆，管他是蒋门还是西门，总之也就是一个“打架门”。如果再把重点放到武松和蒋门神的直接对抗中，就不免重复，至少不能让武松展示更多的内在魅力。

现在，我们终于明白，作者让武松见了蒋门神却又暂时把他放在一边，让武松直接去酒店寻闹找碴儿，是要我们看看，武松还有更多的天赋。我们以前知道，武松会打架，武松会骂人，武松会调戏妇女，现在，我们又看到了，他还会寻衅滋事，而调戏妇女的水平更是一流。

要闹事有时也不易，做流氓也要有专长

武松这样几次三番寻人家的不是，甚至怪人家姓错了姓，人家还是忍了。

武松步步紧逼，人家步步退让。武松处处找碴儿，但人家偏不接你的茬儿。

我们看，要闹事有时也不容易，做流氓也要有专长。

武松有这样的专长吗？

有，绝对有。他还有一个绝招，一旦使出来，不愁你不接茬儿。

武松又道："过卖，叫你柜上那妇人下来，相伴我吃酒。"

武松今天是铁了心要摆出一副"我是流氓我怕谁"的架势了。

这种语言，鲁智深说不出，林冲说不出，李逵也说不出。

鲁智深说不出，是天性中的高贵使他无法这样贬低自己。

林冲说不出，是家庭的教养使他不能这样糟践自己。

李逵说不出，是他根本不懂男女风情。

武松生长市井，早失双亲，在贫民窟长大。虽然他自己本性淳朴，但是耳濡目染，市井流氓的言行举止，他都耳熟能详。所以，说起市井流氓的腔调来，声口毕肖；装起市井流氓来，也是有模有样，惟妙惟肖。更何况，他还经过他嫂子的"培训"。之前他的嫂子潘金莲就陪他吃过酒。

他在这方面的专长，此前在孙二娘店里调戏孙二娘时，我们已经见识过了。

今天，他再一次让我们开了眼界。

酒保喝道："休胡说！这是主人家娘子。"

武松道："便是主人家娘子，待怎地？相伴我吃酒也不打紧！"

那妇人大怒，便骂道："杀才！该死的贼！"

酒保一直忍到现在，现在却不能不喝止他。

不喝，他何以自处？

妇人一直忍到现在，这时却不能不骂了。

不骂，她成了啥了？

但一骂，她就上了武松的当了。

为什么流氓在市井几乎百战百胜？

因为，流氓没有底线。

当他把自己降到底线以下，无所不用其极，你只能有两种选择：

第一，你置之不理，那你将被他糟践得体无完肤，毫无尊严。

第二，你与他理论，那你将与他纠缠在底线之下，毫无体面。

现在，武松就装成流氓的样子，逼得蒋门神的小老婆破口大骂。

鲁智深总是救女人，武松总是打女人

武松早就等着这一声，便把那桶酒只一泼，泼在地上，抢入柜身子里，一手接住那妇人腰胯，一手揪住云髻，隔柜身子提将出来往浑酒缸里只一丢。“扑通”一声响，可怜这妇人被直丢在大酒缸里。

鲁智深次次救的，都是女人，或和女人有关的人，从金翠莲到刘小姐。

武松次次打的，都有女人，从嫂子潘金莲到孙二娘到蒋门神小老婆。下面，还有更多的女人即将被他辣手摧花。

我看《水浒》，和金圣叹正相反。金圣叹觉得武松是天人，一百零八人中排第一。我呢，是横竖觉得武松不及鲁智深。一直不知道二人到底差在哪里。现在明白了：鲁智深总是搭救女人，武松总是欺负女人。

几个酒保，都抢来奔武松。武松手到，轻轻地提一个过来，也往大酒缸里只一丢，桩在里面。又一个酒保奔来，提着头只一掠，也丢在酒缸里。

三个酒缸，丢进三个人，一个萝卜一个坑。

再有两个奔来的酒保，没缸了，只好一拳，一脚，打倒在地上。

三个在酒缸里挣扎不起；两个在地上滚爬不动。

乖的走了一个。

他不是跑了，是去通报蒋门神了。

真正的主角将要出场了。

武松道：“那厮必然去报蒋门神来，我就接将去，大路上打倒他，好看，教众人笑一笑。”

你看，到现在，他还在想着观众，想着好看。

武松赶将出来。蒋门神钻将过来。却好迎着，正在大阔路上撞见。

武松一招“玉环步，鸳鸯脚”，打得蒋门神在地上叫饶。

武松很傻很天真，武松很黑很暴力。但是，不得不承认，他也确实很棒很能干。

这时，武松的自我感觉好到了极点，他逼着蒋门神答应了三件事，才把他从地上提起来。这三件事是：

第一件，离了快活林，将一应家伙什物随即交还原主金眼彪施恩。

第二件，去央请快活林为头为脑的英雄豪杰都来与施恩赔话。

第三件，连夜回乡去，不许在孟州住。

正说之间，只见施恩带领着三二十个悍勇军健，要来相帮。蒋门神请他们一同去店里坐地。镇上十数个为头的豪杰，都来店里替蒋门神与施恩赔话。尽把好酒开了，有的是按酒（下酒的肉菜），都摆列了，请众人坐地。各人面前放只大碗，叫把酒只顾筛来。

武松叫施恩在蒋门神上首坐定。

这句话很有意思。

一则写出了施恩怕蒋门神；

二则又写出了蒋门神怕武松；

三则还写出了武松此时颐指气使的傲慢和自大。

事实上，叫来镇上十数个头面人物，固然算是为蒋门神、施恩公开交接快活林办个仪式；更重要的，是武松为自己搭建了一个表演的舞台。

这是他在孟州，在快活林的隆重出场。

今天，他是绝对的、唯一的主角。

下面，他会如何表演呢?

十一 英雄大意

武松是个两面人，既是大人、英雄、豪杰、好汉，也时常会露出他的“小样”：有些谄媚，有些讨好，有些巴结，有些奴颜。

我来了，我要了，我拥有

上次讲到，武松脚踢蒋门神，然后，逼他请来快活林里有头有脸的人物都来向施恩赔话，并办理交接事务。蒋门神无奈，只得照办，请来众位豪杰，一同到酒店里坐地，酒肉侍候。

酒至数碗，武松开话道：“众位高邻都在这里，我武松自从阳谷县杀了人，配在这里，便听得人说道：‘快活林这座酒店，原是小施管营造的屋宇等项买卖，被这蒋门神倚势豪强，公然夺了，白白地占了他的衣饭。’你众人休猜道是我的主人，我和他并无干涉。我从来只要打天下这等不明道德的人！我若路见不平，真乃拔刀相助，我便死也不怕！今日我本待把蒋家这厮一顿拳脚打死，就除了一害。我看你众高邻面上，权寄下这厮一条性命。我今晚便要他投外府去。若不离了此间，我再撞见时，景阳冈上大虫便是模样！”

这一段话，听起来总觉得有特别的味道，细细揣摩，大概有以下几点有意思的东西。

第一，武松开口就说他在阳谷县杀人的事，闭口又说景阳冈打虎一事。这一段话，以杀嫂开场，以杀虎收场，都是要亮出自己的身份，显示自己的光荣履历。

第二，他向众人表明，他打蒋门神，并不是因为他与施恩有什么关系，而是路见不平，拔刀相助，是出于大义而不是出于私情。

但是，他这样的说法就有点不打自招，又是欲盖弥彰了。实际上，武松一定是自己也觉得这次出手有点儿师出无名，很怕别人说他党同伐异，为人当打手，影响他的形象，黯淡他的光彩。所以，他必须为自己辩解。

这种辩解，既是向众人辩解，也是向施恩说明，更是对自己交代。一句话，有点儿欺人，兼带自欺。欺人，是为了堵他人之口；自欺，是为了安慰自己的良心。

第三，我们要注意，这段话几乎每句话的主语都是“我”字。我怎样，我怎样，我要怎样，我是怎样。简直是平治天下，舍我其谁；芸芸众生，我为主宰；整段话充满一种支配他人的快感。

暴力是权力的极端形式。武松通过暴力，实现了自己的权力，对蒋门神、对整个快活林的权力。这番话，实际上就是宣布他武松对快活林的统治。

延伸一点儿说，梁山就是一种体制外的权力，或者说是一些人权力欲在体制外的实现。梁山的建立，就是在体制外再建权力体系，实现一些人的权力欲。

武松有着睥睨天下英雄的气度，这种骨子里的自信自尊自负自大，他是要时时表现出来的。这番句句开头都带“我”字的话，可以简单地表述为：

我来了，我要了，我拥有。

对这样一位拥有绝对暴力的新的统治者，众豪杰点头称是，纷纷为蒋门神向施恩赔不是。蒋门神呢？更是羞惭万分，满面通红，连夜准备车子，带上那个脾气好的小老婆，投外府去了。

自此以后，施恩重整店面，开张酒肆。施恩要把前面失去的这些财富补回来，买卖比往常加增三五分利息，也就是说，各店家所受到的盘剥更厉害了，而且“各店家并各赌坊、兑坊，加利倍送闲钱来与施恩”。

从这些店家的角度看，武松到底做了一件怎样的事呢？

只有一点是确定的，那就是施恩是最大的赢家。而施恩得武松争了这口气，也把武松似爷娘一般敬重。

施恩重霸快活林，虽然各店家不快活，但是施恩和武松是快活的。

但是啊，快活快活，就是很快就要过去的生活。

他们的快活，能多久呢？

英雄也有小样，好汉难免势利

一个月之后的一天，施恩和武松在店里闲坐说话。孟州守御兵马都监张蒙方差人来请武松。张都监对武松道:“我闻知你是个大丈夫，男子汉，英雄无敌，敢与人同死同生。我帐前见缺恁地一个人，不知你肯与我做亲随梯己人么?”

武松跪下，称谢道:“小人是个牢城营内囚徒，若蒙恩相抬举，小人当以执鞭随镫，伏侍恩相。”

我们又一次看到了武松的大人“小样”。

是的，武松是个大人，是个英雄，是个豪杰，是个好汉。但是，他经常会露出他的“小样”：有些谄媚，有些讨好，有些巴结，有些奴颜，有些媚骨……

说得好听一些，他吃软不吃硬，知道感恩戴德。说得难听一些，一遇到权势，一遇到权势给他一点儿颜色，他马上感激涕零，恨不能肝脑涂地以报。

阳谷县知县的一点儿赏识，抬举他做个都头，他就对知县感激涕零，为知县送贪贿之物上东京打点，尽心尽职。

施恩父子几顿酒饭，几句抬举的话，更让他马上百炼钢化为绕指柔，甘心做人家的打手。

现在，张都监让他到帐下做一个亲随，说白了，就是一个保镖，他竟然感激地一口一声自称小人，一口一声自认囚徒，马上表白赤胆忠心，要为他执鞭随镫，鞍前马后地侍候。

无论你是多么大的英雄，只要你无有官职，不论你碰到多么小的芝麻粒大的官，你马上就泄气了，马上就吃瘪了，英雄马上就成了狗熊。

武松能打虎，能赤手空拳打虎的人，是人中之俊杰了吧?

可是，一碰到体制里的小小的知县，一个小小的“监狱长”，一个都监，他几乎立地矮了三尺，武二矮成了武大，成了精神上的武大郎，人格上的“三寸丁谷树皮”。

这是另一种形式的“苛政猛于虎”。

从此，武松就在张都监家宿歇。早晚都监相公不住地唤武松进后堂与酒与食，放他穿房入户，把做亲人一般看待；又叫裁缝与武松彻里彻外做秋衣。衣食住，都关心到了。

因为张都监见爱，也开始有人走他的门路。张都监还真给武松面子，凡是武松对都监相公请求之事，无有不依。武松成了大家公认的张都监的红人。于是，外人开始巴结他，俱送些金银、财帛、缎匹等件。武松买个柳藤箱子，把这送的东西都锁在里面。他又可以在体制里面分一杯羹了。

这个柳藤箱子，是武松平生第一件家具，他开始慢慢积聚自己的家产，就差一个娘子了。

小人常常得志，小人少有福气

时光迅速，却早又是八月中秋。张都监竟然让武松如家人一般，参加他的中秋节家宴。喝到兴起处，张都监叫道:“大丈夫饮酒，何用小杯!”便叫取大盅斟酒，连珠箭劝了武松几盅。武松吃得半醉，忘了礼数，只顾痛饮。

张都监叫唤一个心爱的养娘，叫作玉兰，出来唱曲。张都监对玉兰道:“这里别无外人，只有我心腹之人武都头在此。你可唱个中秋对月时景的曲儿，教我们听则个。”玉兰唱一支东坡学士中秋《水调歌头》:“明月几时有，把酒问青天。不知天上宫阙，今夕是何年?”武松此刻真的是不知今夕何夕，更不知今夕所面对者是何人了。

实际上，作者安排玉兰在这样的特定场合下唱一曲东坡的《水调歌头·中秋词》，并非应景之作。这首词，乃是苏东坡在中秋夜想念他的弟弟苏辙之作。最后两句，就是希望他和弟弟苏辙二人，虽不能常相聚而是长相离，“但愿人长久，千里共婵娟”，这是写中秋的名作，也是写兄弟之情的名作。可惜的是，武松和他的兄长武大，已经阴阳相隔了。

作者不露声色地写出了人物内心的深哀剧痛，点出一派欢乐繁华背后的忧伤感怀，更激起了读者对武松身世的无限同情。

唱罢，张都监又让玉兰敬了武松一杯酒。

张都监指着玉兰对武松道:“此女颇有些聪明，不惟善知音律，亦且极能针指。如你不嫌低微，数日之间，择了良时，将来与你做个妻室。”

娘子也要有了!

武松感激涕零，起身再拜，道:“量小人何者之人，怎敢望恩相宅眷为妻?枉自折武松的草料!”

这话我们怎么这么耳熟?

是了，当初施恩的父亲要施恩结拜武松为兄，武松也诚惶诚恐，说“枉自折武松的草料”，现在，张都监要把自家的养娘嫁给武松，武松又说“枉自折武松的草料”。

什么英雄，在这些官宦面前，不过是草料。

但平心而论，张都监一直到现在，表现确实非常值得尊敬。他对武松也确实很好，不仅关心他的生活，而且非常尊重武松，这非常难得。张都监还操心到武松的婚事，这对于早失双亲，不久前又失去唯一亲人大哥的武松来说，确实非常令人感动。而且，看张都监在今晚的表现，他是一个非常豪爽而有性情的人。

人生得一知己足矣。从武松这一面看，张都监如果真的如此尊重和关心他，他为张都监肝脑涂地，也无可厚非。良禽择木而栖，贤才择主而事。人家真心对我，我亦赤诚相报。不亦宜乎！

另一方面，从张都监这一面看，他这样对待武松，得到武松的赤胆忠心，也是一个上佳的结果。像武松这样一流的人才，岂是随便可以招聘得到的？只能是靠运气。现在，几乎是天赐，把一个放在全国范围内都是一流的高手送到他的身边，从他的公职而言，他几乎不费吹灰之力，就得到了一个一流的战将；从他的私人角度而言，这样的人做他的私人保镖，对武松而言，当然是屈才，对国家而言，当然是浪费，对他而言，岂不是大大的奢侈！

司马迁曾经感慨万端地说，“士方其危苦之时，易德耳！”意思是说，当一个人落难的时候，很容易就可以结交到他。因为这样的时候，他最需要关心，最需要尊重，并且要求的不多不高，一点点的关照和恩惠，就可以获得他的感激，从而获得他的友谊，获得他的忠诚。

如果张都监在这样的时候，通过关心和尊重，获得武松这样一流高手的忠心，岂不是他最成功的买卖！可惜的是，他没有这样的福气。因为，他没有这样的境界。

我们说，小人确实常常得志，但是小人永远不会得到福气。

陷入计中计，又成阶下囚

当夜三更时分，武松正要脱衣去睡，只听得后堂里一片声叫起有贼来。武松提了一条哨棒，径抢入后堂里来。只见那个唱曲的玉兰慌慌张张走出来指道：“一个贼奔入后花园里去了！”

武松直赶入花园里去寻时，一周遭不见；复反身却奔出来，不提防黑影里撇出一条板凳，把武松一下绊翻，走出七八个军汉，叫一声“捉贼”，就地下把武松一条麻索绑了。武松急叫道：“是我！”军汉哪里容他分说。

他又哪里知道，捆的就是你，拿的就是你。

这时，只见堂里灯烛荧煌，张都监坐在厅上，一片声叫道："拿将来！"众军汉把武松一步一棍打到厅前，武松叫道："我不是贼，是武松！"

还在梦中。张都监已经等在那儿，并且，等的就是你。

张都监看了大怒，变了面皮，喝骂道："你这个贼配军，本是贼眉贼眼贼心贼肝的人！我倒抬举你一力成人，不曾亏负了你半点儿！却才教你一处吃酒，同席坐地，我指望要抬举与你个官，你如何却做这等的勾当！"

前面说到武松，张都监一口一声"大丈夫，男子汉，英雄"，现在，却是一连串的"贼眉贼眼贼心贼肝贼配军"。小人的脸啊，就是六月的天，说变就变。

不过，直到此时，武松还不知道这是对方蓄意的阴谋陷害，还以为这仅仅是一场误会。小人常常用小人之心度君子之腹，而武松这样的直性直心的君子，哪里能想到，世上还有这等下流人，还有这等下流手段?

武松大叫道："相公，非干我事！我来捉贼，如何倒把我捉了做贼？武松是个顶天立地的好汉，不做这般的事！"张都监喝道："你这厮休赖！且把他押去他房里，搜看有无赃物！"

众军汉把武松押着，径到他房里，打开他那柳藤箱子看时，上面都是些衣服，下面赫然就是些银酒器皿，约有一二百两赃物。武松见了，目瞪口呆，只叫得屈。

众军汉把箱子抬出厅前，张都监看了，大骂道："贼配军，如此无礼！赃物正在你箱子里搜出来，如何赖得过！常言道：'众生好度人难度。'原来你这厮外貌像人，倒有这等禽心兽肝！"

妙！妙在这番骂武松的话，正是张都监自己的活写真。用张都监自己的口骂自己，这是《水浒》作者的高明之处。

武松大叫冤屈，哪里肯容他分说。众军汉扛了赃物，将武松送到机密房里收管了。张都监连夜使人去对知府说了，押司孔目，上下都使了钱。

次日天明，知府坐厅，左右缉捕观察把武松押至当厅，赃物都扛在厅上。知府喝令左右把武松一索捆翻。牢子节级将一束问事狱具放在面前。武松却待开口分说，知府喝道："这厮原是远流配军，如何不做贼？一定是一时见财起意。既是赃证明白，休听这厮胡说，只顾与我加力打！"那牢子狱卒拿起批头竹片，雨点般打下来。

军汉抓武松时，军汉不容武松分说。
张都监骂武松时，张都监不容武松分说。
知府审案时，知府不容武松分说。
军汉不容武松分说，给武松的是一步一棒的毒打。
张都监不容武松分说，给武松的是一口一声的咒骂。
知府不容武松分说，给武松的是雨点一般的批头竹片。

为什么不容分说？因为，无须分说。
因为你要说的，大家都知道。
大家都知道的事实，还要你说吗？
大家要你说的是：大家要你说的。
为什么对你又是打又是骂？
就是教导你明白这个道理。
就是让你说出大家要你说的。
那么，武松会明白这一点吗？

武松情知不是话头，只得屈招，说："本月十五日一时见本官衙内许多银酒器皿，因而起意，至夜乘势窃取入己。"
这就对了。这才是大家要你说的。
这样说，大家才爱听。
什么叫情知不是话头呢？就是武松终于明白了。
当初一百杀威棒兀自不怕，今天却一打即招。不是今日武松不是往日武松，而是往日武松不知自己只是个武松，不是铜浇铁铸之身也。
并且，一百杀威棒，目的不过是杀威，而不是要命。
而且，规定得明明白白：就一百棒。
而今天，是没有定数的，一直打到你明白为止。
你不明白也可以，那就一直打到你死为止。
你是选择明白，还是选择死？
武松还算聪明，武松选择了明白。

知府道："这厮正是见财起意，不必说了。且取枷来钉了监下！"
还是不必说。从头至尾，这件案子，都不必说。
牢子将过长枷，把武松枷了，押下死囚牢里监禁了。

杀了两个人，倒不会死，也不必关进死囚牢。

被诬陷偷了一二百两银子的赃物，反倒被关进了死囚牢。

这世界，太幽默。

金圣叹在这句下批道:“何至死囚牢里，糊涂可笑，今古一辙。”

这倒是金圣叹自己糊涂了。牢子实际上一点儿也不糊涂，他看得很明白：知府就是要让武松死。

牢子狱卒把武松押在大牢里，将他一双脚一双手都昼夜锁着，哪里容他些松宽。

张都监和知府都是识才的，他们知道武松是个大虫，是个力拔山兮气盖世的英雄。

只是，他们爱才的方式有些特别：他们将武松的一双脚一双手都昼夜锁着。

他们给武松的待遇就是：长枷木杻，日夜不解。

他们就用这样的方式，表达对武松这样的人才的重视。

他们不会给武松一线生机。

但是，一线生机还是有的。

施恩，现在该是他知恩图报的时候了。

十二 逃出生天

心中对人一有恶念，自己即成恶人。什么叫恶人？有恶念，即是恶人。

心中对人一有仇恨，自己即成仇人。什么是仇人？有仇恨，即成仇人。

大宋的天空，就是这样黑下来的

施恩得报此事，慌忙入城来和父亲商议。老管营道：“眼见得是张团练替蒋门神报仇，买嘱张都监，却设出这条计策陷害武松。……必然要害他性命。我如今寻思起来，他须不该死罪。只是买求两院押牢节级便好，可以存他性命。在外却又别作商议。”

老管营毕竟是老生姜，眼光毒辣。

第一，他一下子就看出了这件案子的真相：陷害武松。

第二，他一下子就明白了张都监的目的：定要武松死。

第三，他一下子就看出了张都监的软肋：罪名不过是盗窃，罪不至死。

第四，他一下子就看出了张都监置死武松之道：在判决之前，死囚牢里折磨致死。

第五，他一下子就针对性地指出了救人之道：两路并进。一、买通牢房看守狱卒，存他性命；二、买通办案人员，争取早日判决，走出是非之地。

在老管营的分析里，我们也看出，这个张都监，用心狠毒，却智力有限。既然想置武松于死地，哪能只是栽赃武松偷窃呢？

老管营的这段话里，还有两个词很新颖：一个是“买嘱”，一个是“买求”。两个词都有一个“买”字，那就是，要办事，拿钱来。

施恩马上将了一二百两银子，径投他的一个要好康节级。康节级告诉施恩，此一件事皆是张都监和张团练两个同姓结义做兄弟，蒋门神躲在张团练家里，却央张团练买嘱这张都监，商量设出这条计来。一应上下之人都是蒋门神贿赂，包括康节级在内，都接了他钱。厅上知府一力与他做主，定要结果武松性命。

你看，上上下下，谁都知道真相，谁都参与阴谋。

就为了蒋门神的一点贿赂，就为了上官的一点儿意志，奸商的一点儿钱，贪官的一点儿权，大家一起心安理得、伤天害理做同谋。

大宋的天空，就是这样黑下来的。

当然，好人还是有的。康节级告诉施恩，有一个叶孔目忠直仗义，不肯要害平人，以此，武松还不吃亏。

康节级答应施恩，牢中之事有他维持，如今便去宽他，今后不教他吃半点儿苦。并告诉施恩快央人去，只嘱叶孔目，要求他早断出去，便可救得他性命。

施恩取一百两银子与康节级，康节级哪里肯受，再三推辞，方才收了。施恩相别出门来，径回营里，又寻一个和叶孔目知契的人，送一百两银子与他，只求早早紧急决断。

那叶孔目已知武松是个好汉，亦自有心周全武松，已把那文案做得活着；只被这知府受了张都监贿赂，嘱他不要从轻；勘来武松窃取人财，又不得死罪，因此互相延挨，只要牢里谋武松性命；今来又得了这一百两银子，亦知是屈陷武松，却把这文案都改得轻了，尽出豁了武松，只待限满决断。

我们知道，林冲被高太尉陷害时，也有一个当案的孙孔目，不肯害林冲，林冲因此获救。这说明，在专制时代，好人是黑暗王国的一线光明，是被侮辱、被伤害人们的一线生机。多一个好人，这世界就多一条生路。

当然，也许孙孔目、叶孔目这两个人，根本就是作者为了情节的需要而假定的。这样的好人，仗义忠直之人，无论在东京开封府，还是在孟州知府，都不大可能存活。但是，如果没有这样的人，林冲就死了，武松就死了，小说就写不下去了。所以，作者不得不在开封府和孟州知府里，安排这样两个好人，以保两人性命，使故事得以延续。

经过一番努力，终于挨到六十日限满，牢中取出武松，当厅开了枷。当案叶孔目读了招状，定拟下罪名，脊杖二十，刺配恩州牢城；当厅把武松断了二十脊杖，刺了“金印”，取一面七斤半铁叶盘头枷钉了，押一纸公文，差两个健壮公人防送武松，限了时日要起身。

武松吃断棒之时，却得老管营使钱通了，叶孔目又看觑他，不十分来打重，因此断得棒轻。武松忍着那口气，带上行枷，出得城来，两个公人监在后面。一路又往恩州来。

这一路，武松又会有什么样的故事？

武松英雄，施恩狗熊

约行得一里多路，只见官道旁边酒店里钻出施恩来。

武松看施恩时，又包着头，络着手。和武松第一次见到施恩时一模一样。

武松问道："我好几时不见你，如何又做恁地模样？"

武松也是又好气又好笑，又觉得施恩可怜。

本来武松被陷害，遭大狱，被毒打，被流放，应该是施恩同情武松才是。孰料二人相见，倒是武松先问候施恩，同情施恩。一句话写出了什么？

武松英雄，虎死不倒架；

施恩狗熊，阿斗扶不起。

施恩可怜兮兮地告诉武松，他又被蒋门神打了。

但难道蒋门神偏偏专打这两个地方吗？

这家伙有这么强的幽默感吗？

金圣叹批曰："不是蒋门神偏打二处，只图文情绝倒耳。"

原来是施耐庵幽默。

但是，蒋门神还真有一些幽默感。

我们看施恩说的："半月之前，小弟正在快活林中店里，只见蒋门神那厮又领着一伙军汉到来厮打。小弟被他又痛打一顿，也要小弟央浼人陪话，却被他仍复夺了店面，依旧交还了许多家火什物。"

怎么样？这蒋门神还真幽默吧，当初武松怎么对待他的，他完全照搬了来收拾施恩。模仿是幽默的最常见方式。

施恩想请两位公人进酒店吃酒，顺便多和武松说说话，被拒绝；又要送一些银子给公人，也被拒绝，两个公人的态度极其恶劣。施恩本来就无能，我们无法希望他像鲁智深那样，制伏两个公人，切实保护林冲。他所能做的，就是给武松送来两件棉衣，两双麻鞋，两只熟鹅，还有一帕碎银子。又附耳低言道:“只是要路上仔细堤防，这两个贼男女不怀好意!”

武松点头道:“且请放心，我自有措置。”

武松总是自有措置，他是一个很会照料自己的精细之人。

施恩“哭着去了”。

这四个字有意思。

首先，“哭着”。

为什么哭?

第一，不快活。第二，除了哭，他没别的法子。

先看第一，他哭，是因为让他哭的事多着呢!

自己又被打了，快活林又被夺了，兄弟还被陷害了。

一句话，不快活了。

这个快活林，哪里是快活林?简直就是不快活林。

施恩为此不快活，两次被打。

武松为此被人陷害，差点儿丢命。

蒋门神为此不快活，一次被打，直至惹上杀身之祸。

这世界，多少人为了快活，最后闹得不快活。

不快活往往因为太想快活，想过分快活。

再看第二，除了哭，他没有别的办法。

这个黑社会的老大，终于彻底认识到，他面对的大宋王朝，是一个更大的黑社会。

他是快活林的黑社会老大。而朝廷及其各级代理人，是大宋天下的黑社会老大。

全天下都是他们的快活林。

大宋王朝，比黑社会还黑。

黑社会的运行法则是暴力。大宋王朝的运行法则是权力。权力是暴力的最基本形式；暴力是权力的最极端形式。

一个社会，只要是权力控制一切，那它和黑社会就没有本质区别。

这个欺行霸市、欺男霸女的黑社会老大，和政府体制老大一比，显得又可怜，又无能。

小人惯不得，躲不起

值得注意的是，他不仅哭着，还去了。

既然他已经看出了这两个公人对武松不怀好意，为什么还“去了”？

鲁智深看出两个公人对林冲不怀好意后，是马上“来了”。一路暗中尾随，暗中保护，直至在野猪林救了林冲，然后又长途护送，救人救彻。

而施恩，竟然去了！你自己当心吧，你自己保重吧，我管不了了，我不管了！

其实，他是完全有条件像鲁智深尾随林冲一样，尾随保护武松的。至少，他可以派他手下的人这样做，但他没有这么做。

他缺少勇气，缺少承担，缺少把自己豁出去的精神。

这就置武松于极大的危险之中。

好在，武松有足够的自我保护能力。

武松和两个公人上路，行不到数里之上，两个公人悄悄地商议道：“不见那两个来？”原来还有两个。

武松眼明，耳聪，看到了，也听到了，然后冷笑。

这是轻蔑的笑。

这两个公人，连做鬼都做不好，何况做人？

武松右手被钉住在行枷上，左手却散着。两只鹅就挂在武松项上的枷上晃荡，武松就枷上取下那熟鹅来只顾自吃，也不睬那两个公人。行不过五里路，把这两只熟鹅都吃尽了。

只五里路的光景啊！吃得快，吃得多，吃嘛嘛香，身体倍儿棒。

但这不是作者的意思，作者是要以此显示武松对这两个公人的蔑视。

武松是一个快意恩仇的人。你如何对他，他便如何对你，你是好人还是坏人，他倒不大计较。

武松前后两次刺配，上一次遣送他的两个公人把武松看作好汉，一心关照他。因对武松好，武松也对他们好，每到一处，必出银子买酒买肉大家吃。张青要害他们时，武松还仗义救了他们。

这次的两个公人，把武松看作贼。其实，他们心里也明白武松是被冤屈的，但是他们领命于张都监，一心与武松为仇，处心积虑要害死武松。武松也就下定决心，对他们不住了。

看武松吃鹅，就已经知道这两个公人小命不保了。

心中对人一有恶念，自己即成恶人。什么叫恶人？有恶念，即是恶人。

心中对人一有仇恨，自己即成仇人。什么是仇人？有仇恨，即成仇人。

白刀子还没进去，红刀子已经出来了。

一旦存心你死我活，你未死，我却已然不活。

而这两个公人，选择与武松为敌，完全没有理由。

第一，武松完全没有伤害过他们。

第二，他们完全不是武松的对手。

但是，**世界上就是常常有这样的人，论其秉性，不配做朋友；论其能力，不配做对手。可是这种人偏偏常常选择与人为仇。**

生活中碰到这类人，就如同一只癞蛤蟆跳到脚背上：它伤害不了你，但是它恶心你。

此刻押送武松的这两个公人，就是扮演这样的恶心人的癞蛤蟆的角色。其实他们根本伤害不了武松。在武松的眼里，他们虽然还在活蹦乱跳，挤眉弄眼，其实早已是死人。

我们再看看林冲如何对待押送他的两个公人。

董超、薛霸一路上处心积虑折磨林冲，在准备下手害死他之前，已经把一个旷世大英雄折磨得奄奄一息。

但林冲是如何对待他们的呢？

每到一处，林冲必赶紧拿出银子，买酒买肉请他们吃，还请他们在上座吃，恭敬他们，奉承他们，讨好他们。换来的结果，是这两个小人对他变本加厉地迫害和凌辱，直到要用水火棍取他的性命。

这一点，林冲就不及武松。

中国有一句俗语，宁得罪君子，不得罪小人。

为什么呢？因为，大家一致认为小人得罪不得。

但是，我们不要忘了：小人也惯不得。小人惹不起，小人也躲不起。

约算离城也有八九里多路，果然看见前面路边有两个人提着朴刀，挎着腰刀，在那里等候，见了公人监押武松到来，便帮着做一路走。武松又见这两个公人与那两个提朴刀的挤眉弄眼，打些暗号。武松早瞧见了，只安在肚里，却只做不见。

四个人算计武松。但是，他们不知道，武松何等精细。

我们此前说过，一旦武松与你为敌，那就不是你算计他，而是他算计你了。

白刀子还没进去，红刀子已经出来

又走不数里多路，只见前面来到一处济济荡荡鱼浦，四面都是野港阔河。五个人行至浦边一条阔板桥，一座牌楼上，上有牌额，写着“飞云浦”三字。

武松见了，假意问道：“这里地名唤做甚么去处？”

两个公人应道：“你又不眼瞎，须见桥边牌额上写道‘飞云浦’！”

武松是不眼瞎，他看得很清楚，地方到了，时候到了，有些人的大限到了。

当然，这四个人也看得清楚，地方到了，时候到了。只是，有一点他们的观点和武松不一致：他们满心以为是武松的大限到了。

观点不一致，没关系，等会儿就知道谁对谁错了。

武松站住道：“我要净手则个。”

那两个提朴刀的走近一步，却被武松叫声：“下去！”一飞脚早踢中，翻筋斗踢下水去了。这一个急待转身，武松右脚早起，扑通地也踢下水里去。

那两个公人慌了，往桥下便走。武松喝一声“那里去！”把枷只一扭，折做两半个，赶将下桥来。那两个先自惊倒了一个。武松奔上前去，往那一个走的后心上只一拳打翻，就水边捞起朴刀来，赶上去搠上几朴刀，死在地下。却转身回来，把那个惊倒的也搠几刀。

我不禁叹息：就这样的胆量和能力，还和武松为敌啊？

金圣叹也有几句叹息：“本拟武松死于此刀，谁料自家之刀，仍杀自家之身耶？”

继续往下看。

这两个踢下水去的才挣得起，正待要走，武松追着，又砍倒一个。赶入一步，劈头揪住一个，喝道：“你这厮实说，我便饶你性命！”那人道：“小人两个是蒋门神徒弟。今被师父和张团练定计，使小人两个来相助防送公人，一处来害好汉。”

一切都真相大白了。

他们的计谋确实周密而歹毒，必欲置武松于死地，但是百密一疏，武松已然逃出生天。

此时，云山苍苍，大道朝天，武松如冲出鸟笼的鸟，尽可以展翅高飞。

但是，武松却又问了蒋门神徒弟一个问题。什么问题呢？

武松道："你师父蒋门神今在何处？"那人道："小人临来时，和张团练都在张都监家里后堂鸳鸯楼上吃酒，专等小人回报。"

这小子武功胆量都不行，说话倒挺利索，一句话就交代清楚了人物、地点和事件。我们看，这一句话，可以拆分为三个语法层次：

都在——都在张都监家鸳鸯楼——都在张都监家鸳鸯楼吃酒。

第一，张都监、张团练、蒋门神"都在"。好，待会武松杀三人时，都凑齐了，省去武松很多手脚。

第二，"都在鸳鸯楼上"，更妙。一则映照两月之前，张都监八月十五中秋节也曾在此楼招待武松饮酒，当晚便设计捉了武松。一则写出这楼正是武松熟悉之处，待会儿武松上楼杀人，熟门熟路。

当初张都监为了哄骗武松，假装亲热，让武松在家中后院随便出入，本意是要赚武松，自以为得计。岂料人事难料，时运偏转，变卦一出，正为武松杀他做了准备。

人谋阴险，岂料天公在上，天意更为难测！正所谓："人心惟危，道心惟微。"那微妙的天意，随时会让他们的如意算盘落空。

第三，"都在鸳鸯楼上吃酒"，写出他们的合谋，更写出他们的得意。这边杀人，那边吃酒，"专等回报"，何等惬意！一旦杀人成功，消息传来，举杯相庆，岂不快哉！何等歹毒！

所以，武松听了，不由得怒火中烧，道："原来恁地！却饶你不得！"手起刀落，也把这人杀了。解下他腰刀来，拣好的带了一把。将两个尸首都撺在浦里。又怕那两个公人不死，每人身上搠了几朴刀。踌躇了半晌，一个念头，提着朴刀奔回孟州城里来。

一把朴刀，一把腰刀，武松回城了！

谁的头将应声而落？

十三 虎头狗尾

武松是一个霸道人，崇拜武力，老子天下唯一。他自我崇拜，还要别人崇拜他。如若不然，就大伤自尊，甚至丧失理智而出手伤人。

宁愿错杀一千，决不错放一个

武松在飞云浦连杀四人：两个押解他的公人，两个蒋门神的徒弟。

可是，武松知道，这四个人不过是受人指使。他的真正仇人，乃是张都监、张团练和蒋门神。于是，他带上一把朴刀、一把腰刀，一横心，竟回城里来。

武松原在衙里出入的人，已都认得路数，从马厩进入张都监家后，先杀掉一个马夫，直接往鸳鸯楼摸来，在楼下厨房里，杀掉两个侍候的丫鬟，径踅到鸳鸯楼扶梯边来，蹑手蹑脚摸上楼来。只听得那张都监、张团练、蒋门神三个说话。

说什么呢？当然是说陷害武松、谋杀武松的事。

只听得蒋门神口里称赞不了，只说："亏了相公与小人报了冤仇，再当重重的报答恩相。"

张都监道："不是看我兄弟张团练面上，谁肯干这等的事！你虽费用了些钱财，却也安排得那厮好。这早晚多是在那里下手，那厮敢是死了。只教在飞云浦结果他。待那四人明早回来，便见分晓。"

张团练道："这四个对付他一个，有甚么不了？再有几个性命也没了。"

蒋门神道："小人也分付徒弟来，只教就那里下手，结果了快来回报。"

武松听了，心头那把无名业火高三千丈，冲破了青天；右手持刀，左手叉开五指，抢入楼中。只见三五枝灯烛荧煌，一两处月光射入，楼上甚是明朗；三人猛抬头，见是武松，都惊出一身汗，心肝五脏都提在九霄云外。

说时迟，那时快，武松迎面一刀，先砍翻了蒋门神，转身回过刀来，又一刀，把张都监齐耳根连脖子砍着，两个人都倒在地上。张团练料到走不迭，便提起一把交椅抡将来。武松早接个住，就势只一推，扑地往后便倒了，武松赶入去，又是一刀……

转瞬之间，三个歹徒化为南柯一梦！

金圣叹于此一番叹息：

张都监、张团练、蒋门神三人之遇害，可不为之痛悔哉！方其授意公人，而复遣两徒弟往帮之也，岂不尝殷勤致问："尔有刀否？"两人应言："有刀。"即又殷勤致问："尔刀好否？"两人应言："好刀。"则又殷勤致问："是新磨刀否？"两人应言："是新磨刀。"复又殷勤致问："尔刀杀得武松一个否？"两人应言："再加十四五个亦杀得，岂止武松一个供得此刀。"

当斯时，莫不自谓此刀挎而往，掣而出，飞而起，劈而落，武松之头断，武松之血洒，武松之命绝，武松之冤拔，于是拭之，视之，插之，悬之，归更传观之，叹美之，摩挲之，沥酒祭之，盖天下之大，万家之众，其快心快事，当更未有过于鸳鸯楼上张都监、张团练、蒋门神之三人者也。

而殊不知云浦净手，马院吹灯，刀之去，自前门而去者；刀之归，已自后门而归。刀出前门之际，刀尚姓张；刀入后门之时，刀已姓武。于是向之霍霍自磨，惟恐不铦快者，此夜一十九人遂亲以头颈试之。呜呼！岂忍言哉！

金圣叹为三人叹息，我则为张都监惋惜。武松本来是他手上的牌，他却用武松来杀自己。

宋江在柴进处一见武松，见他一表人才，眉宇间英气勃发，马上心中爱惜不已，当即刻意套近乎，终至于二人结为兄弟。

岂止宋江这样的眼光敏锐之人，就是开黑店的张青都知道武松这样的人，只能为友，不能为敌，所以化干戈为玉帛，与武松成了兄弟。

再往下，施恩的境界与胸襟比张青更低，但他也知道武松的宝贵，所以他结以恩义，感以恩情，施以恩惠，终于使武松这样的人为他所用，两人也结为兄弟。

张都监呢？**一边是武松这样的大英雄，一边是为人龌龊的张团练，选择和张团练为友而与武松为仇。正所谓，物以类聚，人以群分。这不仅仅是眼光问题，更是自身境界问题。**

张都监被杀，不是不幸，而是必然，像他这样所作所为，都是取死之道。不仅他被杀了，还有他的一家老小，包括他的夫人、养娘玉兰，以及亲随、丫鬟。盛怒之下的武松一口气夺了十五条人命！如果加上在“飞云浦”杀掉的四人，被激怒的武松，一天之内就杀掉了十九个人！这是一桩骇人听闻的血案！

武松确实嗜杀，在被武松杀掉的人里面，有很多是无辜的局外人。但是，殃及无辜的罪名，也不能由武松一人承担。张都监难辞其咎：是他，为了设计陷害武松，为了布下骗局，调动了他府上众多人员，包括玉兰这样的无知少女。正是这样，让武松觉得张都监阖府都是坏人，全家从上到下都欺骗他，陷害他。于是，他一怒之下，玉石俱焚，好人坏人，有罪无辜，全都杀掉！

在武松的思想里，大概也是宁可错杀一千，决不放过一个。更何况在那样的形势下，他也无法先甄别善恶、有罪无罪，再行下手。

杀了张都监、张团练、蒋门神以后，武松见桌子上有酒有肉，拿起酒盅子一饮而尽；连吃了三四盅，便去死尸身上割下一片衣襟来，蘸着血，去白粉壁上大写下八字道:“杀人者打虎武松也。”

武松为什么这样做?

第一，敢做敢当。

第二，更重要的是，在他看来，这又是一件可以让他在江湖上扬名立万的事情。

在我们看来，这是桩骇人听闻的血案，但他要的就是：

第一，骇人；

第二，听闻。

就是要骇人惊人吓人，就是要别人听闻他的大名。

然后，他又把桌子上的金银酒器踏扁了，揣几件在怀里。

当初赖他偷，这些金银酒器曾经被当作栽赃之物，放入他的柳藤箱子。栽赃成功以后，又从孟州知府的大堂上取回。

岂料今天真的归他所有了。而且不用偷了，直接杀人越货。

武松道:“我方才心满意足，走了罢休!”提了朴刀，跳过土城墙，蹚过壕沟，投东小路便走。

他能走到哪里去呢?

逃命的武松，在极度疲惫之中，竟然被张青手下的四个火家（伙计）活捉，送给张青，要开剥了当黄牛肉卖。幸亏张青亲自来开剥，认出是武松。

那四个伙计因为误抓了武松而惶恐，只顾磕头，并解释说乃是因为近日赌钱输了，才决定出去抓几个行货。武松唤起他们来道："既然没钱去赌，我赏你些。"便把包裹打开，取十两碎银，把与四人将去分。那四个捣子拜谢武松。张青看了，也取三二两银子赏与他们，四个自去分了。

武松有义气，却没有是非。这也是梁山好汉共同的特征。武松常常自诩说，他专打天下不明道德的人，那么，这四个捣子，难道是明道德的人吗？

武松在张青家里将息了三五日，打听得到处都在缉捕他。张青提议武松去青州二龙山。鲁智深和杨志在那里霸着一方落草。

于是，张青、孙二娘利用他们以前杀掉的一个头陀留下的衣饰等物，把武松打扮成头陀，做个行者（未剃发的弟子，也指行脚僧）。武松拜辞了张青夫妻二人，腰里挎了头陀留下的两把闪闪发光的戒刀，摇摆着便行。张青夫妻看了，喝彩道："果然好个行者！"

从此，武松的行者角色就此定型。也从此，他有了这个"行者"的绰号。

思想越是单纯，道德意识越强

当天夜里，武松经过蜈蚣岭，看见一座坟庵中有个道士搂着个妇女在调笑赏月。武松自从他嫂子潘金莲之后，只要见到男女亲热，就"怒从心上起，恶向胆边生"。此时见到道士搂着个女人，他不管三七二十一，便去腰里掣出刀来，在月光下看了，道："刀却是好，到我手里不曾发市，且把这个鸟先生试刀！"竟来到庵前敲门。那先生听得，便把后窗关上。武行者拿起块石头，便去打门。只见"呀"地侧首门开，走出一个道童来，喝道："你是甚人！如何敢半夜三更，大惊小怪，敲门打户做甚么！"武行者睁圆怪眼，大喝一声："先把这鸟道童祭刀！"

说犹未了，手起处，"铮"的一声响，道童的头落在一边，倒在地上。只见庵里那个先生大叫道："谁敢杀我道童！"托地跳将出来。那先生手抡着两口宝剑，径奔武行者。两个就月明之下，一来一往，一去一回，斗到十数合，武松只一戒刀，那先生的头滚落在一边，尸首倒在石上。

武行者大叫："庵里婆娘出来！我不杀你，只问你个缘故。"

杀完了人，再问缘故，不是太草菅人命了吗？

那个妇人告诉他，这岭唤作蜈蚣岭。这个道士自号飞天蜈蚣王道人，谋害了她的全家，却把她强骗在此坟庵里住。这个道童也是别处掳掠来的。

万幸，他杀这个飞天蜈蚣王道人还是杀对了，但那个道童确确实实杀错了。

梁山好汉，特别讲究男女之大防。但凡看见男女之事，便陡生道德之心，一定要清洁世道。事实上，思想越单纯的人，道德意识往往越强，越倾向于从道德角度给人贴标签，对人下判断。

梁山好汉，有知识有文化的极少，整体的思维水平相当低。他们的为人处世，往往只是凭借他们淳朴的道德直觉；对事情的判断，也只是依赖他们简陋的知识体系提供的简陋方法和标准。

他们对人对事的判断，好像就是简单的“好”与“坏”。更糟糕的是，这“好”与“坏”，又并非有一个贯穿始终的原则性的东西，而是情随事迁，以我为主。比如，即便是男女关系，王英好色，就不但不会受惩罚，反而受奖励,《水浒》中的第一美女就是因为他的好色而奖励给了他。还有那个一部《水浒》中最为卑鄙下流的双枪将董平，为了强占同事程太守女儿，残忍地杀害程太守全家，只留下这个女儿供其发泄兽欲，反而在《水浒》中列天罡星第十五位。

武松在蜈蚣岭杀飞天蜈蚣王道士，遥遥映照鲁智深在瓦官寺杀飞天药叉丘小乙和生铁佛崔道成。但是我们看，鲁智深在杀丘小乙和崔道成之前，是经过了来来回回、反反复复的求证，证明这二人确实是坏蛋，而且最终还是对方先出手他才应战的。

武松有穷兵黩武、草菅人命的坏毛病。难怪他在石碣上，乃是天伤星！他是一个很霸道的人，崇拜武力，并且老子天下第一，甚至，老子天下唯一。他自己崇拜自己，他也要别人崇拜自己，他要别人永远把他摆在第一的位置上，如若不然，他就会觉得伤了自尊，他就会动武。

自视甚高，欺人忒狠

杀了飞天蜈蚣王道人，武松继续赶路。时遇十一月间，天色好生严寒。武松走进一个村落小酒肆。

在酒店里坐下，便叫道:“店主人家，先打两角酒来，肉便买些来吃。”店主人应道:“实不瞒师父说，酒却有些茅柴白酒，肉却多卖没了。”武松道:“且把酒来挡寒。”

几碗酒下肚，又被朔风一吹，酒却涌上。武松几次三番要店家卖肉给他吃，店家几次三番告诉他店里没肉了。

正在这时，只见外面走入一条大汉，引着三四个人进入店里。店主人捧出一樽青花瓮酒来，又去厨下把盘子托出一对熟鸡、一大盘精肉来放在那汉面前。

武松一看，恨不得一拳打碎了那桌子，大叫道："主人家，你来！你这厮好欺负客人！"店主人连忙来解释道："青花瓮酒和鸡肉都是那二郎家里自将来的，只借我店里坐地吃酒。"

武松心中要吃，那里听他分说，一片声喝道："放屁！放屁！"

店主人道："也不曾见你这个出家人恁地蛮法！"

武行者喝道："怎地是老爷蛮法？我白吃你的？"

那店主人道："我倒不曾见出家人自称老爷！"

武行者听了，跳起身来，叉开五指，往店主人脸上只一掌，把那店主人打个踉跄，直撞过那边去。

那对席的大汉见了，大怒，看那店主人时，打得半边脸都肿了，半日挣扎不起。那大汉指定武松道："你这个鸟头陀，好不依本分！却怎地便动手动脚？却不道是'出家人勿起嗔心'！"

武松道："我自打他，干你甚事！"

你看武松这样的话，哪像行侠仗义的人说的呢？这句话直接否定了他自己标榜过的"路见不平，拔刀相助"。

路上见到的不平，不就是不关自己的事？

如果照这样的理论，镇关西欺负金翠莲，关鲁达何事？

到此，我们确实可以说，武松一生，杀人很多，但是完全不关他事，只是路见不平、拔刀相助的行侠仗义之事，还真是找不到。

杀嫂杀西门庆，是因为自己的大哥。

打蒋门神，是因为结义兄弟施恩。

杀张都监等人，更是因为自己。

唯有前面刚刚杀掉的道士和道童，倒是不关他的什么事，但他也杀得太莽撞了，而且还杀错了一个。

听了武松这样蛮不讲理的话，那大汉怒道："我好意劝你，你这鸟头陀敢把言语伤我！"

你看，直到现在，无论是店主人，还是那个大汉，都非常克制，武松却是蛮不讲理，无理取闹，动手打人，且下手极狠。下面还要直接挑衅劝架的大汉。

武松听得大怒，便把桌子推开，走出来，喝道："你那厮说谁？"

那大汉笑道："你这鸟头陀，要和我厮打，正是来太岁头上动土！"

武松喝道："你道我怕你，不敢打你？"一抢抢到门边，接住那汉子的手，恰似放翻小孩子一般。武松踏住那大汉，提起拳头来只打实落处，打了二三十拳，就地上提起来，往门外溪里只一丢。

武松太过分了！

那三四个村汉叫声苦，不知高低，都下水去，把那大汉救上溪来，自搀扶着投南去了。这店主人吃了这一掌，打得麻了，动弹不得，自入屋后躲避去了。武松道："好呀！你们都去了，老爷吃酒了！"把个碗去白盆内舀那酒来只顾吃。桌子上那对鸡，一盘子肉，没半个时辰，都吃个八分。

武松醉饱了，便出店门，沿溪而走。

也不见他还钱给人家。

一个大英雄，拔刀向黄狗

下面，武松就碰到了他一生最大的对手，要栽一生中最大的跟头了。

还有武松的对手？有。

武松捉脚不住，一路上抢将来，离那酒店走不得四五里路，旁边土墙里走出一只黄狗，看着武松叫。

武松走，黄狗跟着叫。

武松停，黄狗站着叫。

武松追，黄狗跑着叫。

武松大醉，本来就要寻事，更恨那狗赶着他只管吠，便将左手鞘里掣一口戒刀来，大踏步赶。

一个大英雄，拔刀向黄狗，武松开始失态，失去风度了。

那黄狗绕着溪岸叫。

这条狗，简直是如同天降，铁了心要与武松纠缠，它好像是冥冥之中被什么东西安排，要来出武松的丑。

当然，这是施耐庵的狗。施耐庵大概也是写武松，写着写着，不大喜欢他了，就放出一条狗来，与他作对。

武松沿着溪岸撵。撵得近了，武松看得真切，一刀砍将去。

十分用力，十分发狠。却砍个空，使得力猛，头重脚轻，翻筋斗倒撞下溪里去，却起不来。

刚才他把别人丢下溪去，没想到，这么快自己就跟着下去了。

冬月天道，虽只有一二尺深浅的水，却寒冷得当不得。武松爬将起来，淋淋的一身水，却见那口戒刀浸在溪里，亮得耀人。便再蹲下去捞那刀时，扑地又落下去，再起不来，只在那溪水里滚。

黄狗呢？立定了，在岸上叫。

一个英雄大汉，却和黄狗为敌！

一个打虎英雄，却被一只黄狗羞辱！

这是不是作者故意在奚落武松？

你太强了，你太要强了，最后，你连狗都嫌，连狗都嫌你。

连狗都嫌你，你会死得很惨。

应该说，武松的故事，到此就要结束了。

他的一生，以打虎始，以打狗终。以打虎取胜始，以打狗落败终。

他的一生，真是虎头狗尾，令读者废书而叹。

接下来，武松上了二龙山，投鲁智深、杨志入伙了，后来又一起上了梁山。

武松的最后结局，与鲁智深、林冲一样，在杭州六和寺。不同的是，那时，他已经在战场上丢掉了一条左臂。

作者为什么要砍掉武松的一只胳膊？

我们看，鲁智深在六和寺圆寂之时，身体上毫无伤损。他一生多少征战，多少凶险，但是他身如完璧，完璧归寂。

为什么偏偏是武松在最后一战中，丢掉了胳膊？

他是天伤星，一生伤人无数，于是，天也要伤他。

人伤人，乃是出于恨，是为了伤害；天伤人，乃是出于爱，是为了拯救。

人伤人，是为了杀，是为了毁灭人；天伤人，是为了生，是为了成就人。

丢掉一条胳膊之后，武松一下子心如死灰。他那一颗过分暴虐的杀心成了死灰。他从此大彻大悟，少了那一颗争强好胜之心，从此心安理得，心如止水，最终活到八十多岁，无疾而终。

武松最终的形象，定格在断臂上。这很容易让人联想到断臂维纳斯，想到“缺憾就是圆满”。

或许，人生就是这样：只有丢掉了，才能圆满。恰如武松，丢掉了一条胳膊，最终也才获得了生命的小圆满。

李逵篇

黑旋风李逵

一　初见宋江

没钱便做不得好汉，可天下有钱人大多不曾做好汉。

口无遮拦，天真烂漫

在《水浒》一百零八人中，性格鲜明的不多。金圣叹说："《水浒》所叙，叙一百八人，人有其性情，人有其气质，人有其形状，人有其声口。"那是吹牛，**《水浒》中真有性情、气质、形状和声口的，大概也就十来个人。这已经很不简单，足以使《水浒传》成为伟大的小说。**

而在这十来个人中，李逵是其中一个，而且非常独特。

他是这个成人世界里的孩子。举凡孩子的天真、单纯以及胡闹闯祸、没准头、欠缺是非判断力，他都有。

金圣叹评论李逵，说他是"一片天真烂漫到底"。不错，李逵心中，有天赋的质朴的是非观，但是，他欠缺鲁智深那样的悲悯情怀，那是成人才有的，李逵实际上一直没有长大。

我在讲鲁智深时曾经说，梁山好汉就其与事的关系而言，有几种类型。

有些人是"人遇事"。如鲁智深。

有些人是"事找人"。如林冲。

有些人是"人找事"。典型代表是李逵。

他好像总要找点事，生点事，他是梁山第一盏不省油的灯，梁山好汉，谁都怕和李逵一起出差。盖他随时可以无事生非，防不胜防，与他在一起，提心吊胆，有擦不完的屁股。

李逵一出场就是闹事。而且，半天的工夫，就闹了五场，简直闹得我们应接不暇，眼花缭乱，又心烦意乱。并且，是当着宋江的面闹的。

先看第一闹。

宋江刺配江州，与戴宗相见，二人在江州临街的一家酒肆吃酒。才饮得两三杯酒，只听楼下喧闹起来，过卖（旧称饭馆、茶馆、酒店中的店员）连忙走入阁子来，对戴宗说道："这个人只除非是院长说得他下，没奈何，烦院长去解拆则个。"

戴宗问道："在楼下作闹的是谁？"

过卖道："便是时常同院长走的那个唤做'铁牛'李大哥，在底下寻主人家借钱。"

戴宗笑道："又是这厮在下面无礼，我只道是甚么人。兄长少坐，我去叫了这厮上来。"

戴宗便起身下去，不多时，引着一个黑凛凛大汉上楼来，就是李逵了。宋江看见，吃了一惊。宋江也是行走江湖，阅人无数，为什么见了李逵吃了一惊呢？李逵长相太吓人了：

不搽煤墨浑身黑，似着朱砂两眼红。

我们知道，宋江自己本来就是很黑的，刚刚被戴宗骂为"黑矮杀才"，自己都这样了，看李逵还吃了一惊，可见李逵的外貌确实有非同凡人的吓人的地方。

宋江看李逵黑，是心中暗吃一惊，嘴上可没说，这就叫修养。

李逵看宋江黑，可就说出来了。

李逵看着宋江，问戴宗道："哥哥，这黑汉子是谁？"

当着人家的面，就称呼对方为"黑汉子"。

什么叫口无遮拦？就是心口如一；口无遮拦，实际上是心无遮拦。

李逵的可爱，主要就得益于这种个性。我们见到的人，绝大多数是说话经过斟酌的，猛然见到李逵这样的说话不经过大脑的，有一种清新的感觉，还有一种轻松的感觉，在他面前，我们无须设防。

戴宗对宋江笑道："你看这厮恁么粗卤，全不识些体面！"

戴宗自己刚刚也才骂过宋江"黑矮杀才"，现在反而笑李逵粗鲁。"黑汉子"总比"黑矮杀才"好听。

李逵便道："我问大哥，怎地是粗卤？"

人家说他粗鲁，他竟不知何为粗鲁。这真是鱼在水中不知水，人在道中不知道。李逵可能不明白：我说出我心中所想，怎么就是粗鲁了呢？

胸无城府，一眼看穿

戴宗教他：如果你是说"请问这位官人是谁"，这样便不粗鲁。

可是你说的是"这黑汉子是谁？"这便是粗鲁。

原来，按社会世俗观念，说话时，称呼对方时，赋予对方社会性的身份或头衔，就叫说话文明。

不管是什么人，哪怕是宋江这样的脸上刺字的囚犯，都要称他一声官人。官人就是领导。相反，按照生理特征，直接说出对方的个体性特点，就叫粗鲁，不尊重人。比如，称呼一个女人，直接说某某女人，她一定不高兴。要是称她某某女士，她就高兴了。因为，这个“士”，就是一种社会性身份。

知道不知道在语言上尊重人，这中间有很大的差别，既是修养的表现，也体现一个人的世界观。

但是从另一个方面看，这种文明的说话方式，实际上包含着客观上的虚假和主观上的虚伪。而所谓粗鲁的说话方式，不过是直指真相而已。

所以，李逵这样的人，在表现出粗鲁和缺乏教养之外，也显示出质朴和真实的一面。而这一点，又是非常可贵的品格。

所以，我相信，不管你戴宗怎么教，李逵肯定永远不明白为什么要那样假惺惺地说话。

李逵是教不好的。从另一角度看，他是教不坏的。

接着，戴宗告诉李逵：“这位仁兄，便是闲常你要去投奔他的义士哥哥。”

你看，又是“仁兄”，又是“义士”，戴宗平时也不是这样斯文的人，今天却刻意文绉绉的，以示和李逵的区别。

李逵冲口而出：“莫不是山东及时雨黑宋江？”

一句话，就道出了平日里李逵对宋江的向慕之情。但是，即便如此，还是直呼宋江，而且还不忘加上一个“黑”字。

我们知道，古代人们相称，平辈之间，一般称字不称姓名，这是礼貌。直呼姓名，要不就是长辈，要不就是老师。比如《论语》之中，同学相称，都是称字；而孔子称呼他们，又一般是直呼其名（只有一个例外）。

不是师长辈而直呼其名，就是故意冒犯。

所以，戴宗喝道：“咄！你这厮敢如此犯上，直言叫唤，全不识些高低！兀自不快下拜，等几时？”

李逵道：“若真个是宋公明，我便下拜；若是闲人，我却拜甚鸟！”

李逵改称宋江为宋公明了，看起来很文明了。可是，下面却赫然出来一个“鸟”字。这个人，若是宋江，便是哥哥；若不是宋江，便是鸟。大丈夫不能随便下拜，是哥哥，当然拜；是鸟，却拜甚鸟！

完全正确。但是，当着对方的面，说这样的话，对方如果是宋江，当然问题不大。如果对方不是宋江，那该是何等的唐突，何等的尴尬。

从逻辑上说，李逵这样想，他就必不能断定对方是宋江。那么，就必存在这样一种可能性：他当着人家的面，说人家是不值得他拜的鸟。

李逵确实不知道，对他人应该有起码的尊重。

至此，宋江自己站出来，说明自己是宋江，不是鸟。宋江便道："我正是山东黑宋江。"也顺便在自己的姓名前加一"黑"字。这可能是宋江唯一的一次幽默。是李逵天性中的自然和天真，焕发出了宋江的幽默。

幽默需要三个条件：

一是智慧。能在瞬间化严肃为轻松，逆来顺受，并将对方的锋芒化解于无形，必要智慧。

二是自信。能自嘲者必有自信。

三是心态。自由放松。

宋江当然不乏智慧，他也有足够的自信，但他一直缺少这样的放松。是李逵给了他。李逵为什么能让人放松？因为他自己完全敞开，毫无城府，令人有安全感。

演对手戏，只要有李逵在，其他人必黯然失色，让李逵一人独占风光。连宋江、燕青这样出色的人也不例外。就因为他是纯本色的，而且是毫无心机的，偶有一点小算盘，也愚拙得可笑，让人一眼看穿。

李逵拍手叫道："我那爷！你何不早说些个，也教铁牛欢喜！"扑翻身躯便拜。

你看这动作、语言、心态，是不是一个孩子？

李逵自己毫无艺术细胞，毫无艺术欣赏的意识和能力，但是，出人意料的是，他自己的一举一动，则是极好的艺术。

为什么呢？因为他完全出于自然，美丑妍媸，全在天性，全无意识。他全凭那最初一念之本心，完全符合李贽对艺术的最高定义：童心。所以，李贽也特别喜欢他。

无钱难倒英雄，有钱方做得好汉

李逵拜，宋江连忙答礼，大家坐下吃酒。

宋江问道："却才大哥为何在楼下发怒？"

听到李逵说是为了向别人借十两银子，宋江马上便去身边取出十两银子，把与李逵。

拿银子买人心，是宋江的专长。宋江专用银子笼络人，李逵偏偏在缺银子时碰见宋江。这不是李逵运气好，而是宋江运气好，总是碰到缺衣少食的好汉，然后很便宜就买到好汉的忠心了。金圣叹批曰："以十两银买一铁牛，宋江一生得意之笔。"

李逵接得银子，道："我去了便来。"推开帘子，下楼去了。

这个行为，大出我们意料。

金圣叹在这里有一段精彩的分析：

我读至此处，不觉掩卷而叹。嗟乎，世安得有此人哉！下之，则骤然与我十两银子；上之，则斯人固我闲常无日不念诵，无日不愿见之人也。乃今突然而来，突然而去，不惟今日之恩惠不能留之少坐，即平日之爱慕亦不必赘以盘桓，要拜便拜，要去便去，要吃酒便吃酒，要说谎便说谎。嗟乎！世岂真有此人哉！

此人的本质是什么：真。

刚才宋江给李逵银子时，戴宗有一个没有完全做出的小动作：阻挡。为什么呢？戴宗对宋江说了三点：

第一，李逵虽是耿直，只是贪酒好赌。

第二，他慌忙出门，必是去赌。

第三，若是输了，没法还宋江的钱。那时，戴宗面上须不好看。

不出戴宗所料，李逵得了这个银子，马上去赌钱了。

不过，他还是有他质朴忠厚之处，他寻思道："宋大哥如今来到这里，我没一文做好汉请他。如能赢得几贯钱来，做主请宋大哥一顿，也好看。"

金圣叹就此发挥道："没一文便做不得'好汉'，此宋江一路来所以独做成好汉也。"

意思是，有钱才能做好汉，宋江有钱，所以做得好汉。宋江做得好汉，全仗有钱。

李贽的批注也好："没钱做不得好汉，真真真！然有钱的又不肯做好汉，嗟哉！"

我们简单分析一下，这句让李贽和金圣叹都发感慨的话，有三层意思，并且层层让我们感慨。

第一，写出李逵可怜。

李逵岂不是好汉？李逵岂不是慷慨之人？只是闲常没银子，就只好做做赖汉了。我们刚才看到的李逵，有些赖，有些蛮，放刁行骗，都是没钱逼的。

第二，写出宋江成名秘诀：不过是有钱撒而已。

但是，有钱而愿意撒，也是不错的。说宋江有钱，所以做得好汉，对。但是要说宋江做得好汉，全仗有钱，就不对了。

因为，有钱，还要愿意撒钱。因为——

第三，有钱之人，还真是很少有舍得撒钱的好汉。

宋江毕竟比这些人高出很多。

李逵当然想做好汉，但是没有钱。如果有了钱，他一定会做好汉。所以，他太想有钱了。可是，他今天的手气实在是差，在小张乙赌房里，只两把，就把这十两银子输掉了。

傻眼了。

输掉自己的，也算了；输掉别人的，算不了。因为，这里有别人的信任，和对别人的情谊。

而且，原先还想着赢钱请人吃酒做好汉呢。所以，输掉的，就不仅仅是十两银子，而是做不成好汉了。这个后果太严重。

输不起了。怎么办呢？李逵马上告饶："我这银子是别人的。"这是真话，也是软话，腔调很可怜。

小张乙道："遮莫是谁的，也不济事了。你既输了，却说甚么？"愿赌服输，这是赌场规矩。小张乙说得完全对。

可是，李逵今天情况太特别了，用他自己的话说是——没奈何了。李逵道："没奈何，且借我一借，明日便送来还你。"

更是可怜腔调可怜相。

小张乙啊，你知道吗？你赢的是十两银子，可是，随着这十两银子一同被你剥夺的，还有李大哥做好汉的机会啊！

但是，小张乙哪里知道这么多呢？他又哪里要管这么多呢？

小张乙道："说甚么闲话？自古赌场无父子。"

他说得对，这是赌场，可怜相不能打动人。

看来软的不行，那就来硬的。

李逵把布衫拽起在前面，口里喝道："你们还我也不还？"

这个动作很搞笑。拽起布衫，做成一个兜子，先把盛放银子的地方做好，然后，让别人把钱往里放。

小张乙道："李大哥，你闲常最赌得直，今日如何恁么没出豁？"

看来李逵平时在赌场上的赌风，还是很好的，大家承认的。那今天为什么这样没风度没名堂呢？

李逵也不答应他，他没法回答。因为他也知道对方有理，自己没理。

他就地下掳了银子，又抢了别人赌的十来两银子，都搂在布衫兜里，睁起双眼，道："老爷闲常赌直，今日权且不直一遍。"

硬的还不行，他就来了横的。

银子被抢，谁不急啊！小张乙向前夺，被李逵一指一交。十二三个赌博的一齐上，被李逵指东打西，指南打北，打得这些人没地躲处。一脚踢开了门，便走。

那伙人随后赶将出来，都只在门前叫喊，没一个敢近前来讨。他们都怕李逵啊！

正在这时，李逵却突然满脸惶恐，非常害怕。他的面前出现了两个人。

二 银子奴隶

笼络小人，很容易，给点好处就行；笼络英雄，光靠银子，不行。

忍受苦难易，拒绝诱惑难

李逵在赌场抢了小张乙赌场的银子，跑出门外，却突然看见两个人，李逵一下子满脸惶恐。

在江湖人士看来，宁犯朝廷之法，不犯江湖之义。李逵在宋江面前犯了江湖之义，他不能不惶恐。

原来，他碰见了从酒楼出来的戴宗、宋江。李逵惶恐满面，便道："哥哥休怪。铁牛闲常只是赌直，今日不想输了哥哥的银子，又没得些钱来相请哥哥，喉急了，时下做出这些不直来。"

对李逵如此糟糕的表现，连介绍他给宋江的戴宗都非常自责，宋江怎样呢？

宋江听了，大笑道："贤弟但要银子使用，只顾来问我讨。"

笑声大，口气大。笑声大，让周围的人听，显示自己。口气大，是要把自己说得很有身份。那就显得李逵很没有身份。

这句话，明显地已经显示出宋江在李逵面前的心理优势。这个优势建立在什么基础上？银子。

宋江又说："今日既是明明地输与他了，快把来还他。"

你看这口气，是命令，又是哄他。

双方的身份关系出来了：我是头儿，我是老大。

李逵一下子特别乖，从布衫兜里取出银子来，都递在宋江手里。

这是一个特别有意思的细节。

李逵应该把钱还给小张乙，为什么反而是交给宋江，再由宋江交给小张乙？

在心理上，李逵已经完全臣服宋江，把他看作自己的主人了。李逵一下子就变成奴隶了。铁牛，变成小猫了。

宋江凭十两银子，就买到了自己的主导地位，买到了自己的心理优势。同样，李逵也因为这十两银子，就丢掉了自己的身份。

烫手的山芋，还可以吃。

烫手的银子，万万接不得。

多少英雄，贫贱不能移，威武不能屈。

但是，富贵可以淫。

人，忍受苦难易，拒绝诱惑难。

宋江便叫过小张乙前来，把银子给他。小张乙只拿了自己的，把原先李逵的十两银子不要了，他怕李逵报复。

宋江坚持给了小张乙，道："兄弟自不敢来了，我自着他去。"

这实际是当众宣布，他宋江可以支配李逵。

他说李逵不敢来了，意思是，有我在，他不敢。

如果一个人有自尊心，有平等意识，如此被人在人前埋汰挤对，一定很不高兴，但李逵却毫不知觉。他可能甚至还觉得很温暖：有人罩着他了。

人是多么容易成为奴隶啊。

接下来，宋江道："我们和李大哥吃三杯去。"

三人去靠江的琵琶亭酒馆坐定，李逵便道："酒把大碗来筛，不耐烦小盏价吃。"

戴宗喝道："兄弟好村！你不要做声，只顾吃酒便了。"

戴宗今天被李逵弄得头大了。现在一看他就烦，一听他也烦。

但宋江却还是一如既往。他吩咐酒保道："我两个面前放两只盏子，这位大哥面前放个大碗。"

于是，三人中，宋江、戴宗用盏子喝，李逵用大碗。

宋江确实善于笼络人。李逵更加佩服宋江了。

笼络小人易，折服英雄难

宋江忽然心里想要鱼辣汤吃。三份鱼汤上来了，宋江却嫌不新鲜，略喝点汤，不吃了。戴宗也不吃。李逵却连筷子也不用，便把手去碗里捞起鱼来，和骨头都嚼吃了，又伸手去宋江和戴宗碗里捞将过来吃了，滴滴点点淋一桌子汁水。

宋江看见这样，便叫酒保来吩咐道："我这大哥想是肚饥，你可去大块肉切二斤来与他吃，少刻一发算钱还你。"

金圣叹说宋江专用银子笼络人，这是委屈了宋江。我们看看宋江今天对待李逵：

第一，李逵缺钱，他把出银子。

第二，李逵赌场闹事，他出面平定。

第三，不仅出面平定，而且不论是当时，还是事后，一句责怪批评的话都没有。

第四，不仅没有一句责怪批评，还马上请他喝酒。

第五，在酒店，李逵提出大碗喝，被戴宗斥责为乡巴佬。但是宋江却依之顺之，就让他用大碗。

第六，李逵吃相太丢人，宋江不但不恼不怒，还一直用欣赏的眼光看着。

第七，不光不恼不怒，还觉察出李逵肚子饿，马上要酒保切二斤大块肉来给他吃。

做到这样，不容易啊。

我们知道，**笼络小人，很容易，给点好处就行。**

笼络英雄，光靠银子，不行。

你至少还得做到三点：

第一，你得欣赏他，至少你得让他感觉你欣赏他；

第二，你得尊重他，至少你得让他感觉你尊重他；

第三，你得宽容他，英雄有个性，对这种个性，哪怕你不喜欢，但你得容忍，而且还要让他不觉得。

一句话，英雄需要尊重。而这几点，宋江都做到了。

那么，既然宋江如此关照看顾他，李逵总该有所收敛吧？不，他又要闹事了。

酒保道："小人这里只卖羊肉，却没牛肉。要肥羊尽有。"

李逵听了，便把鱼汁劈脸泼将去，淋那酒保一身。

戴宗喝道："你又做甚么！"

李逵道："叵耐这厮无礼，欺负我只吃牛肉，不卖羊肉与我吃！"

人家酒保有这个意思吗？

如果说，前两次闹事，还有一些因果，李逵也还有一些可爱，这一次完全莫名其妙，非常可恨。

一个人，道德高不高，看大事。气质好不好，看小事。

李逵的气质不够好。

但宋江仍然泰然处之，毫不在意，对酒保道：“你去只顾切来，我自还钱。”

酒保忍气吞声去切了二斤羊肉，李逵大把价捏来只顾吃，拈指间把这二斤羊肉都吃了。

宋江看了道：“壮哉，真好汉也！”

一会儿工夫，闹了三场，说谎、耍赖、行蛮、放刁，都有了，宋江没有一句批评，最后，倒给了这样一句赞扬。

架也打过了，赖也耍过了，酒也喝够了，肉也吃饱了，该安分了吧？

不，更大的闹还在后头呢！

对铁牛弹琴，后果很糟糕

宋江想吃新鲜鱼汤，李逵要逞能，跳起来道：“我自去讨两尾活鱼来与哥哥吃。”

戴宗生怕他再惹事，不让他去。李逵道：“船上打鱼的，不敢不与我，直得甚么！”

你听他讲这话，就是强拿硬要，定会惹事。

戴宗拦挡不住，李逵径自去了。

戴宗对宋江说道：“兄长休怪：小弟引这等人来相会，全没些个体面，羞辱杀人！”

宋江道：“他生性是恁的，如何教他改得？我倒敬他真实不假。”

事实上，能够赏识李逵，看出此人的价值，认识到此人粗鲁背后的可贵与可爱，确实需要眼光。这个眼光戴宗没有，宋江才有。作者把这三个人放到一起写，让李逵尽情表演，让宋江和戴宗两个观众观看，然后，通过他们的不同反应，鉴定他们的境界高低。

李逵就像是一个秤砣，称出了宋江和戴宗的不同斤两。

果然，李逵走到江边，不但没有弄到鱼，反而和别人打起来了。

和谁打起来了呢？鱼牙（鱼行）主人张顺。张顺绰号“浪里白条”，水上功夫一流，在岸上打不过李逵，吃了亏，便引诱李逵上了船，撑到江心，两只脚把船一晃，船底朝天，两个好汉“扑通”地都翻筋斗撞下江里去。张顺把李逵提将起来，又淹将下去，又提起来，又捺下去，何止淹了数十遭。

眼看李逵性命难保，宋江在岸上急得跳脚，后来得知此人叫张顺，突然想到自己正带着张顺哥哥张横给张顺的家书。凭着这个交情，戴宗央求张顺放了李逵。张顺也认识戴宗，又听说有家书，便放了李逵，并把已经淹得两眼翻白、晕头转向的李逵托上岸来。

这是李逵一天中的第四次闹事，并且终于闹出了高潮，差点闹掉了自己的小命。

但是，李逵还是没有闹够。他还有第五闹。

张顺得知这个带来哥哥家信的人就是江湖上大名鼎鼎的宋江，纳头便拜，和李逵也是不打不相识，大家都是兄弟了，四人又去饮酒。

正饮酒说话之间，只见一个女娘，年方二八，来到跟前，深深地道了四个万福，顿开喉音便唱。

李逵正说到兴头上，被她唱起来一搅，三个且都听唱，打断了他的话头。李逵怒从心起，跳起身来，把两个指头去那女娘额上一点，那女子大叫一声，当场昏倒在地。

我们上面说过，**李逵是一个毫无艺术细胞、毫无艺术欣赏兴趣的莽汉。这样的人，天生会憎恨艺术。女娘对他唱歌，是典型的“对牛弹琴”——他的小名就叫“铁牛”。他不但不懂音乐，他更不知道什么叫怜香惜玉。**

不仅如此，当其他三人都兴致勃勃地听这个女子唱歌时，几乎把他一个人摒弃在外，他马上感受到了自己和他人的差距。他有一种被冷落、被抛弃的愤怒。甚至，我们说，这是一种嫉妒，一种吃醋。

妒火中烧的李逵，出手伤人了。

我们看到这个情节，总是情不自禁地联想到鲁达鲁智深在渭州酒楼上见到金翠莲父女时的情景。

同样面对楚楚可怜的女子，李逵出手相伤，鲁达出手相救，这就是李逵和鲁达的差别。

鲁达的内心，有极高贵的东西。李逵的个性，有极自然的东西。

好在，在大家的紧张抢救下，女孩子慢慢苏醒过来。女孩的爹娘听说打人的是黑旋风，先是惊得呆了半晌，哪里敢说一言？

宋江对女子爹娘道："你着甚人跟我到营里，我与你二十两银子，将息女儿，日后嫁个良人，免在这里卖唱。"那夫妻二人拜谢道："深感官人救济。"

戴宗埋怨李逵道："你这厮要便与人合口，又教哥哥坏了许多银子！"

酒席结束，张顺、戴宗、李逵带了那个歌女的父亲，都随宋江来到牢城营里宋江住处。宋江先取两锭小银二十两，与了那个歌女的父亲，那老儿拜谢了去。又取出五十两一锭大银对李逵道："兄弟，你将去使用。"

一天下来，宋江花了至少八十两银子，端的是挥金如土。但是李逵从此就是他的铁杆心腹了。如果这些银子是投资，他马上就可以有所收获，我们马上就可以看到，他的这些银子花得多么值。

万千谋反的，倒做了大官

不久，宋江一人到浔阳楼吃酒，酒后感慨平生，写下反诗。他被黄文炳告发，吃拷打不过，只得认罪。带着二十五斤死囚枷，推放大牢里收监。戴宗被差遣上东京太师府送信，请示如何判决此案。

戴宗不敢不依，临行只得吩咐李逵照看宋江。戴宗叫过李逵，吩咐道："你哥哥误题了反诗，在这里吃官司，未知如何。我如今又吃差往东京去，早晚便回。哥哥饭食，朝暮全靠着你看觑他则个。"

开口是你哥哥，闭口是哥哥。开口提醒你哥哥者，是提醒李逵，这个可是你的哥哥，你不照顾，谁照顾？你不上心，谁上心？

闭口是哥哥者，这也是我的哥哥，你不照看好，我也要你好看。

一句话，戴宗不放心李逵。

事实上，我们也不放心李逵。

但没想到，李逵这次还真让我们刮目相看。

李逵应道："吟了反诗，打甚么鸟紧。万千谋反的，倒做了大官。你自放心东京去，牢里谁敢奈何他！好便好，不好我使老大斧头砍他娘！"

这番话，说得有胆量，有见识，有情谊。

"吟了反诗，打甚么鸟紧。"这是何等举重若轻的气概！这就是胆量。

自从黄文炳深文周纳，危言耸听，构陷宋江谋反大罪到现在，从蔡九知府到戴宗到宋江本人，甚至到我们读者，都觉得这是一件天大的祸事，我们都被吓坏了。到李逵大哥这里，我们才松了一口气，"吟了反诗，打甚么鸟紧”，鸟事一桩！当一般人面对着神圣皇权诚惶诚恐的时候，李逵却根本蔑视它的威严。有什么反不得的！

在大家都十分恐惧慌张的时候，有一个人不怕，就可以给我们壮胆，就可以缓解紧张空气，让我们松弛。

为什么又说他有见识呢？

“万千谋反的，倒做了大官。”这又是何等透彻的见识！

我常常感慨，无论是对历史，还是对现实，那些真正的有见识之言，一针见血之语，直揭真相之论，往往不是出自饱学的学究，出自拿着项目经费做项目的学者，而是出自乡野草民，出自那些没有什么文化、斗大字不识一箩的粗野之人。

李逵，就是一个例证。

哪一句又有情谊呢？

“牢里谁敢奈何他！好便好，不好我使老大斧头砍他娘！”

黄文炳要奈何他，蔡九知府要奈何他，以致宋江被奈何地滚了屎尿，还被打得皮开肉绽。这时，谁护着他？李逵。

但是，李逵会照顾人吗？

我们固然相信，谁要为难宋江，李逵一定会用板斧砍他。但是，我们实在不能相信，像他这样的没头神，没有家，连一个固定住处都没有的人，会照顾好宋江的生活，会按时给宋江送饭食。不仅我们不信，戴宗也不信。

所以，戴宗临行又嘱咐道：“兄弟小心，不要贪酒，失误了哥哥饭食。休得出去噇醉了，饿着哥哥！”

李逵道：“哥哥，你自放心去。若是这等疑忌时，兄弟从今日就断了酒，待你回来却开，早晚只在牢里伏侍宋江哥哥，有何不可？”

我们可能谁都不会相信李逵真会做到，但是，他还真的做到了。从此李逵真个不吃酒，早晚只在牢里服侍宋江，寸步不离。

这李逵，竟然有这样的毅力，对人，竟然有这样的深厚情分！

毛泽东曾经说李逵这个人“有大忠大义大勇”（于俊道、李捷《毛泽东交往录》）。

李逵此处表现的，就是“大忠大义”。

他当然还有大勇。

一副板斧，挑战江州

戴宗串通梁山谋救宋江，被黄文炳看出破绽，与宋江一同被判斩首。

行刑的日子到了。宋江、戴宗被押赴江州城十字路口。

午时三刻到了。行刑之人，执定法刀在手，眼看戴宗、宋江就要人头落地。

只见十字路口茶坊楼上一个虎形黑大汉，脱得赤条条的，两只手握两把板斧，大吼一声，却似半天起个霹雳，从半空中跳将下来。手起斧落，早砍翻了两个行刑的刽子手，接着便望监斩官马前砍将来。众土兵哪里拦挡得住？众人簇拥蔡九知府逃命去了。

刚才是宋江、戴宗要丢命，转瞬之间，竟然变成蔡九知府要丢命了。

这个突然从天而降的虎形黑大汉是谁？我们一定猜得着：他就是李逵。

我们想想这几日，宋江、戴宗被关进死囚牢，他李逵一人在仓促之间，突然面临这样大的变故，面对这样严峻的局面，这个头脑简单的人，一定是六神无主手足无措——

怎么办？断无可以商量之人；

劫法场，断无可以相助之人；

救人后，断无可以接应之人。

我们可以想见，他是多么寂寞，多么无助，多么恐惧，多么绝望！

但是他没有逃走，没有旁观，没有犹豫。他就凭着他的一腔血性，一腔忠诚，杀出来了。

一个人，一副板斧，他要挑战江州五七千军马！

他一定知道他断断不会成功。但是此时他求的，不是成功，是成仁。

这是知其不可为而为之的精神。

孟子曾经描写一个叫孟施舍的勇敢的人。

孟施舍之所以养勇也，曰："视不胜犹胜也；量敌而后进，虑胜而后会，是畏三军者也。舍岂能为必胜哉？能无惧而已矣。"（《孟子·公孙丑上》）

孟施舍培养勇气的方法是："看待不能战胜的敌人如同能战胜的敌人一

样（无所畏惧）;（如果）先估量敌军的力量然后才进军，考虑能打胜仗然后才交战，那是害怕敌军强大的人。（其实）我哪能做到每战必胜呢，只不过是能够无畏罢了。”

孟子认为，孟施舍抓住了勇的本质要领。什么是勇的本质？就是不顾后果，不量敌之众寡。一句话，不能有算计之心。

真正的勇敢，不能考虑胜败。

因为，有必胜的把握，懦夫也敢出手。

而真的勇士，没有必胜的把握，也敢出手。

勇分两种：

一是血性之勇；

二是义理之勇。

血性之勇往往出于性格。

义理之勇只能出于品格。

明知必败，只要大义所在，也毫不犹豫地出手，这就是义理上的勇敢。这种义理上的勇敢，就是一种高贵的精神。

李逵，此时体现的，就不仅仅是勇敢，而是一种精神。

孟子还转述过孔子对勇敢的定义：

自反而缩，虽千万人，吾往矣！

面对江州五七千军马，李逵往矣！

他不会算计，他不知道什么叫无谓的牺牲，他只知道，此时，只有牺牲，才是好汉的勾当。

李逵万万没有想到的是，梁山好汉们在晁盖率领下，早已到了江州，埋伏在法场周围。这时一起发作，把官兵杀了个七零八落，救出了宋江。

接下来，宋江报仇心切，在他的要求下，梁山好汉们又打破无为军，杀了黄文炳及其一家。

宋江报了仇，大家都来与宋江贺喜。

这时，突然只见宋江对大家跪下去了。

这又是为什么呢？

真造反，假革命

突然见宋江跪下，众头领慌忙都跪下，齐道：“哥哥有甚事，但说不妨，兄弟们敢不听。”

宋江便道：“感谢众位豪杰相救，还帮我报了冤仇。如此犯下大罪，闹了两座州城，不由宋江不上梁山泊投托哥哥去。未知众位意下若何？如是相从者，只今收拾便行；如不愿去的，一听尊命。只恐事发，反遭负累，烦可寻思。”

实际上，此时除了晁盖带来的梁山十七个好汉，其他的宋江、李逵、戴宗、张横、张顺带来的九人，后来加入的侯健共十三位除了上梁山，已经没有别的退路。杀死了许多官军人马，闹了两处州郡，朝廷必然起军马来擒获。梁山是他们唯一的容身之地，这是众位好汉都心知肚明的。

但李逵却有独特的表现，宋江说言未绝，他早跳将起来，便叫道：“都去，都去！但有不去的，吃我一鸟斧，砍做两截便罢！”

我们常说，逼上梁山。对林冲而言，是别人逼他上山。对李逵而言，是他逼别人上山。

从此，李逵就上了梁山。可以说，**他是在上梁山前最为顺利的一个，也是最心甘情愿的一个。**

别人上山，都经过了一番磨难，都有一番曲折，一番思想上的斗争。在万不得已时，才走上这条路。

一句话，都要抛弃很多东西，损失很多东西，包括抛弃此前的做人准则。

而李逵，在这两点上，他都没有顾虑。

他是一个流氓无产者，没有物质的东西可以损失。

上梁山，对他而言，丢掉的只是锁链，得到的却是无法无天快活的生活。

更重要的是，他也没有什么造反有罪、落草丢人的观念，所以也不会有思想上的障碍。

那么，李逵是否像有些学者所说，是最为坚决最为彻底的革命者呢？

显然不是。

革命者与一般反叛者的一个大区别在于：

一般的反叛者，其反叛，可能出于自然的欲望，出于某种现实中的不得已。

革命者的革命，其要革命，则是出于社会的理想，出于一种理想上的追求。

而李逵，显然，自然的生理上的追求享乐的欲望，才是他行为的动力。

上梁山后，宋江说起江州蔡九知府捏造谣言诬陷他造反一事，李逵跳将起来道："好哥哥，放着我们有许多军马，便造反，怕怎地？晁盖哥哥便做了大皇帝，宋江哥哥便做了小皇帝，吴先生做个丞相，公孙道士便做个国师，我们都做个将军，杀去东京，夺了鸟位，在那里快活，却不好？不强似这个鸟水泊里？"

我们看他这地方说的"杀去东京，夺了鸟位"，以为他反皇帝，其实他的思想里，不过是换个皇帝罢了。皇帝轮流做，明天到我家。"夺了鸟位"句后还有最关键的一句："在那里快活，却不好？"

比起东京的繁华，梁山在他眼里已经成为"鸟水泊"了。

李逵的行事，主要遵循的就是快活原则，黑旋风最常挂在嘴边的词，就是"快活"。他生割了黄文炳后称"吃我割得快活"，他后来屠了扈三娘一家后道"吃我杀得快活"。杀人不是为了复仇，不是出于战阵厮杀的需要，而竟仅仅是为了快活！

真造反，假革命。

宋江上梁山不久，宋江的父亲宋太公被接上山来，一同快活了。公孙胜心思一动，也要回乡看望老母，晁盖欣然放行，并安排了筵席，与公孙胜饯行。

席刚散，李逵突然放声大哭起来。

这是怎么回事呢？

㊂ 真假李逵

屎壳郎过马路，不滑稽，但是，它要冒充吉普车，就滑稽了。

人生在世，“不怕”是个宝

宋江连忙问道：“兄弟，你如何烦恼？”

李逵哭道：“干鸟气么！这个也去取爷，那个也去望娘，偏铁牛是土掘坑里钻出来的！”

我统计了一下，李逵一生，哭过三次：这是第一次，还有一次就是他的老母被老虎吃了时，第三次是他吃了宋江的药酒，自知必死之时。如果说还有一次，那就是一百二十回本的九十三回，李逵梦见老娘，在梦中哭过一次。我们看，后面的那三次哭，无论是醒着还是梦中，都出于真情，情不自禁，不得不哭。而这次在酒席上放声大哭，就有些做作，要回家接老娘来，至于哭吗？我们说，这是撒娇的哭，装憨的哭。必须指出的是，李逵是很会撒娇的人，他常常很乖巧地撒娇。他一撒娇，不仅晁盖、宋江和众兄弟们都随顺了他，就是李贽、金圣叹这样的大家也很受用，他们都很欣赏他。我们读者也一样，都很喜欢他。可以说，李逵的撒娇，与他的板斧一样有威力。板斧与撒娇，是李逵的两大法宝：板斧对付敌人，撒娇征服朋友。

晁盖便问道：“你如今待要怎地？”

你看这口气，就是家长对孩子的口吻。

李逵道：“我只有一个老娘在家里。我的哥哥又在别人家做长工，如何养得我娘快乐？我要去取他来这里，快乐几时也好。”

晁盖觉得李逵说得在理，便要放行，宋江却不同意。

为什么呢？

因为李逵莽撞，又被官府缉捕，此去凶多吉少。

李逵焦躁，叫道：“哥哥，你也是个不平心的人！你的爷便要取上山来快活，我的娘由他在村里受苦。兀的不是气破了铁牛的肚子！”

你看这样的话，如果换一个人说，比如林冲，比如武松，就非常不合适，就会引发矛盾。但是李逵说，就非常自然，不但宋江不会计较，其他人听了，也不觉得刺耳。为什么？因为他是撒着娇说的。**人们为什么对撒娇不计较，反而很受用呢？因为，撒娇不光是一种对对方说话表达的方法，更是一种说话表达的态度：撒娇者总是主动地把自己放在依附的位置上，通过一种人格上的屈尊来换取对方的恩宠。达到的是自己的目的，却满足了对方的心理需求。**

这番话说得宋江无话可说。取宋江的老子来，梁山是下了大功夫的，而且也是险象环生。现在就因为不安全，不让李逵回去取老娘，确实有些厚此薄彼。

宋江无奈，只好同意，但是对李逵提出了三点要求：

第一，不吃酒。为什么？李逵酒品不好，吃酒会闹事。

第二，没有伴。为什么？李逵脾气不好，没人会跟他。

第三，不带斧。为什么？板斧是李逵的标志性物件，一看到板斧，就认出李逵。看来，不光李逵出名了，连他的板斧都出名了。

李逵道：“这三件事，有甚么依不得！哥哥放心，我只今日便行，我也不住了。”

果然性急。

当下李逵拽扎得爽利，只挎一口腰刀，提条朴刀，带了一锭大银、三五个小银子，吃了几杯酒，唱个大喏，别了众人，便下山来，过金沙滩去了。

宋江毕竟谨慎，回到大寨，总是放心不下，便在第二天差李逵的同乡朱贵随后赶去，暗中保护。

李逵独自一个离了梁山泊，取路来到沂水县界。行至沂水县西门外，见一簇人围着榜看。李逵不识字，立在人丛中，听得有人读道：“榜上第一名正贼宋江，系郓城县人；第二名从贼戴宗，系江州押狱；第三名从贼李逵，系沂州沂水县人。”李逵在背后听了，正待指手画脚，没做奈何处，只见一个人抢向前来，拦腰抱住，叫道：“张大哥！你在这里做甚么？”

李逵扭过身看时，却是旱地忽律朱贵。朱贵带着李逵来到西门外近村一个酒店内，直入到后面一间僻静房中坐了。原来，这是朱贵兄弟朱富的酒店。朱贵指着李逵道：“你好大胆！那榜上明明写着赏一万贯钱捉宋江，五千贯捉戴宗，三千贯捉李逵，你却如何立在那里看榜？倘或被眼疾手快的拿了送官，如之奈何！”

得知自己不如宋江、戴宗值钱，不知李逵是否愤愤不平。

但朱贵有一件事很糊涂：

“我迟下山来一日，又先到你一日，你如何今日才到这里？”

李逵道：“便是哥哥分付，教我不要吃酒，以此路上走得慢了。”

原来是这样！竟然还有不吃酒走不动路的。

我们知道，陶渊明晚上不吃酒，睡不着；早上不吃酒，起不来。

李白呢？不吃酒，写不出诗。

现在，李逵是不吃酒，走不动路。三者同是极高境界，都算是酒中圣人。

既然好几日没有吃酒，以至于精神萎靡，现在到了朱富的店里，又有朱贵款待，不用自己买单，那就放开吧。李逵道：“哥哥分付，教我不要吃酒；今日我已到乡里了，便吃两碗儿，打甚么鸟紧！”

已到乡里，就成了他开戒的理由了。但是，一旦开戒，可就不是两碗儿了。

朱贵不敢阻挡他，由他吃。

当夜直吃到四更时分，安排些饭食，李逵吃了，趁五更晓星残月、霞光明朗，便投村里去。

不吃酒，走不动路；吃了酒，连觉也不用睡，吃到四更，五更便行。

这样的精力，简直令人咋舌。

朱贵吩咐道：“休从小路去。小路走，多大虫，又有乘势夺包裹的剪径贼人。”李逵应道：“我却怕甚鸟！”

一个“我”字，特别有精神。

这句话我们听着特别熟悉。原来当初武松听说景阳冈上有大虫时，也是这句话。

李逵和武松，都是特别自信有精神的人。

人生在世，“不怕”是个宝。

不怕，是实力的体现，也是精神的体现。

有了“不怕”的精神，才能有“不悔”的人生。

那么，李逵走在偏僻小路上，真会遇到什么吗？

黑旋风碰上山寨版，大清早李逵遇李鬼

约行了数十里，天色渐渐微明，去那露草之中，赶出一只白兔儿来，望前路去了。

大虫没碰到，碰到一只兔子，却也好笑。

但接着，李逵还真就碰上了强人。

正走之间，突然大树背后转过一条大汉，喝道："是会的留下买路钱，免得夺了包裹。"

你听这个强人，口气都不像，一点也不吓人。

为什么？因为他给人出的这道选择题有问题。

他给人的两个选项是：A. 留下买路钱；B. 夺了包裹。

这两者有什么不同吗？即使不留下买路钱，不过也是夺了包裹。那我们肯定选择对抗，而不是合作。

他至少要学会这样说："是会的留下买路钱，免得丢了性命。"

这样的选择题，轻重悬殊，人家做起来才不会出错。

显然，这是个刚刚做此项生意的菜鸟。他还要别人"是会的"，自己就是一个不会的。

李逵看那人时，手里拿着两把板斧，把黑墨搽在脸上。

《水浒》笔下的李鬼，就是一个搞笑的角色。为了提高自己的威慑力，让自己显得凶悍有力一些，故意把自己的脸涂黑，这已经很可笑，可是还搽得不专业，让人看出来了。

看来，小白脸连剪径打劫都不行。

当然，我们马上就会知道，他把脸上搽黑，是要假冒李逵。因为李逵黑。

手拿两把板斧，也是学李逵。

李逵见了，大喝一声："你这厮是甚么鸟人，敢在这里剪径！"

那汉是喝，李逵是大喝。这被劫的竟然比打劫的还要有气势。

狭路相逢，勇者胜。

那汉道："若问我名字，吓碎你心胆。老爷叫做黑旋风！你留下买路钱并包裹，便饶了你性命，容你过去！"

还真是见了鬼了。黑旋风碰上黑旋风。李逵大笑道："没你娘鸟兴！你这厮是甚么人？那里来的？也学老爷名目，在这里胡行！"

大喝又变成了大笑了。

为什么？因为这个自称黑旋风的打劫者，当他面对着真的黑旋风发飙的时候，就是在搞笑。

什么叫滑稽？什么样的行为让我们感到滑稽？

形式和内容不相称。

愿望和能力不相称。

行为和目的不相称。

屎壳郎过马路，不滑稽。但是，它如果冒充吉普车，就滑稽了。

所以，李鬼本来也不滑稽，但是，当他冒充李逵时，尤其是在李逵面前冒充李逵时，就滑稽了。

《水浒传》作者，是很有幽默感的。

李逵，虽然是个粗人，也是有幽默感的。

所以，我们读者，也要有幽默感。到这个地方，要停下来，会心一笑，不要匆匆就过去了。

李逵笑归笑，损害自己名誉权，不能不追究。

于是他挺起手中朴刀，来奔那汉。

你有没有感觉到这个毫不幽默、杀气腾腾的举动也充满了幽默感？

不是打劫的人冲过来，反而是被劫的人冲过去。

李逵先动手了，而那汉在抵挡。

可是那汉哪里抵挡得住，却待要走，早被李逵腿股上一朴刀，搠翻在地，一脚踏住胸脯。

是真是假，练练就知道了。

李逵喝道："认得老爷么？"那汉在地下叫道："爷爷，饶你孩儿性命！"

刚才自称老爷，现在喊人爷爷。真是令人又好笑，又好气。

这世界上，总有一些人，要不做大老爷，要不做龟孙子。在比他弱的人面前，他做大老爷；碰到比他狠的、强的，他马上甘愿做龟孙子。

假如一个社会，还是权力以及所谓的实力等决定一切，这种人就不会改良，人类的这种丑陋人性就会继续存在下去。

李逵道："我正是江湖上的好汉黑旋风李逵便是，你这厮辱没老爷名字！"

那汉道："为是爷爷江湖上有名目，提起好汉大名，神鬼也怕，因此孩儿盗学爷爷名目，胡乱在此剪径。但有孤单客人经过，听得说了'黑旋风'

三个字，便撇了行李逃奔了去，以此得这些利息，实不敢害人。小人自己的贱名，叫做李鬼，只在这前村住。”

还果真是见了鬼。

李逵道：“叵耐这厮无礼，却在这里夺人的包裹行李，坏我的名目，学我使两把板斧，且教他先吃我一斧。”

为什么要杀他？理由有三：

一是剪径打劫；二是坏我名目；三是学我使两把板斧。

但是这三项都不是死罪，而李逵更没有资格以此杀他。因为——

第一，剪径打劫固然为法律所不容，但是梁山好汉中，剪径打劫出身的不在少数。更何况还有比剪径打劫更严重的。李逵自己在江州大开杀戒，杀死军民五百余人，带伤中箭者不计其数。这是多么大的罪行！李鬼只是图财，尚未害命。

第二，你李逵犯下滔天大罪，还有什么名目？你的名目在通缉榜上呢。哪里还算清白？哪里还有值得维护的清白？

当然，李逵会认为，我干的那是惊天动地的英雄事业，你干的却是鬼鬼祟祟的小人勾当。但是，这种观点是经不起推敲的。

第三，使两把板斧，别人应该也有这样的权利。但是李逵认为这是他的标志性行头，不允许别人再用。你使两把板斧，就是学我模仿我，就是让人联想到我，你是故意混淆商标误导消费者。这也是强盗逻辑。

当然，我上面的三条道理不可能和李逵说，因为我们要和他讲道理，小心他一斧头把我们也劈了。我们一定要记住他的名言：“前打后商量。”

我刚才讲到了一个词，叫“强盗逻辑”，事实上，梁山好汉很多人都奉行强盗逻辑。宋江主政以后的梁山，也常常是强盗逻辑。这逻辑的基本原则就是，一切以是否有利于我为中心。有利于我的，是朋友；不利于我的，是敌人。

当然，我不是说李鬼不该受惩罚，我只是说，李逵没有资格惩罚他。

但是李逵却不管这么多，他劈手夺过一把斧来便砍。

李鬼眼看就要真的成鬼了。

胡说屁谎，歪打正着

李鬼慌忙叫道：“爷爷杀我一个，便是杀我两个。”

这小子倒有急智，说出这样让人感到蹊跷的话来。李逵本来就脑子一根筋，不好使，听这样的话根本听不懂，偏偏好奇心还重，就住了手问道："怎的杀你一个，便是杀你两个？"

李鬼道："孩儿本不敢剪径，家中因有个九十岁的老母，无人养赡，因此小人单题爷爷大名唬吓人，夺些单身的包裹，养赡老母，其实并不曾害了一个人。如今爷爷杀了孩儿，家中老母必是饿杀！"

为什么不能杀他？理由也有三个：

一是剪径只为养老母，动机可悯；

二是只图财没害命，罪不至死；

三是杀了我，老母必饿死，所以，杀一个就是杀两个。就算我该死，我老母却不该死。

别说，这几条还都在理，尤其是最后一条，特别能打动李逵。李逵虽是个杀人不眨眼的魔君，但却是孝子。听了这话，自肚里寻思道："我特地归家来取娘，却倒杀了一个养娘的人，天地也不容我。罢，罢，我饶了你这厮性命。"

《诗经·大雅·既醉》："孝子不匮，永锡尔类。"意思是说，孝子的孝，不仅到自己为止，还要把这种孝心推广到自己的同类那里去。这李逵，还真做到了。

李逵把李鬼放将起来，李鬼纳头便拜。李逵道："只我便是真黑旋风，你从今已后休要坏了俺的名目！"

李鬼道："孩儿今番得了性命，自回家改业，再不敢倚着爷爷名目在这里剪径。"

李逵今天还要把好人做到底，他说："你有孝顺之心，我与你十两银子做本钱便去改业。"李逵便取出一锭银子，把与李鬼，李鬼拜谢去了。

这小子今天运气不好，碰到了真李逵。

这小子今天运气又很好，他碰到的不是满腹杀心的李逵，而是正要回家搬取老母满腔孝心的李逵。而他一番胡说屁谎正打动李逵的孝心，几乎是歪打正着。

李逵自笑道："这厮却撞在我手里。既然他是个孝顺的人，必去改业，我若杀了他，天地必不容我。我也自去休。"拿了朴刀，一步步投山僻小路而来。

这李逵，哪里是什么坏人？他不但不是坏人，他还劝坏人向善。

但你要说李逵是一个在道德上非常自觉的善人，那又不一定。为什么呢？

因为他有时候好得很，有时候又坏得很。

怎么会有这样的人呢？

实际上，道德的境界有三层：自在的境界、自为的境界、自觉的境界。

自在的境界，就是无善恶观，没有道德意识。

自为的境界，有着出于本性的自然的善。

自觉的境界，有着出于理性的自觉的善。这是道德的最高境界。

那么，李逵在哪一个境界呢？在第二个境界，即他是“自然的善”，还不是“自觉的善”。正因为他是自然的善，所以，那种淳朴、本然，出自内心的真诚，非常能够感动人。

但又正因为他还不是自觉的善，所以，当他的本心被其他念头遮蔽了时，也就不免于恶。比如，赌输了时，他不免抢人的钱，还打人。在江州大开杀戒，两把板斧排头砍去，砍杀的都是平民，后面我们还要专门讲到李逵本性中的大恶。

山寨美人，蛇蝎心肠

到巳牌时分（上午九点到十一点），李逵肚里又饥又渴，只见远远在山坳里露出两间草屋。李逵见了，奔到那人家里来，只见后面走出一个妇人来，髩鬓边插一簇野花，搽一脸胭脂铅粉。

不想在此却碰上一个山寨版美人。

李逵放下朴刀道：“嫂子，我是过路客人，肚中饥饿。寻不着酒食店。我与你几钱银子，央你回些酒饭吃。”

你看这话，说得多么客气文明，并且说时还不忘先放下朴刀，免得吓坏了人家小女子。李逵何时也会怜香惜玉了？

那妇人见了李逵这般模样，不敢说没，只是答道：“酒便没买处，饭便做些与客人吃了去。”

李逵道：“也罢，只多做些个，正肚中饥出鸟来。”

没想到第二句话就露馅了。说得如此粗鲁难听。

这李逵的肚中饥出鸟，与鲁智深的口中淡出鸟，都是名言。

但是，鲁智深是自言自语，而李逵却是在荒山野岭对一个女人家说出这样的话来。

不过，这并不说明李逵心存淫邪，恰恰相反，他是完全没有把对方看作女人。在他的心目中，他几乎没有异性的概念。

梁山好汉，张口闭口都是鸟的人很多，但以李逵为最，他几乎到了句句不离鸟的境界，好像他就长了一张鸟嘴，张口闭口，全是鸟字。假如我们和李逵做个试验，叫他说话不带鸟字，我相信，他一定不会说话了，鸟已经成为他的万能词，以至于他只能讲鸟话。

那妇人做饭。李逵却转过屋后山边来净手，只见一个汉子攧手攧脚从山后归来，谁呢？李逵没看清楚，但他听清楚了。

他听见那个汉子对这个女人说：

“大嫂，我险些儿和你不厮见了！你道我晦鸟气么，指望出去等个单身的过，整整的等了半个月，不曾发市。甫能今日抹着一个，你道是谁？原来正是那真黑旋风！却恨撞着那驴鸟，我如何敌得他过？倒吃他一朴刀，搠翻在地，定要杀我。吃我假意叫道：‘你杀我一个，却害了我两个！’他便问我缘故，我便假道家中有个九十岁的老娘，无人养赡，定是饿死。那驴鸟真个信我，饶了我性命，又与我一个银子做本钱，教我改了业养娘。我恐怕他省悟了赶将来，且离了那林子里，僻静处睡了一回，从山后走回家来。”

这个李鬼，说到李逵，一口一声称“驴鸟”，听得我们心花怒放。好！好！好！李大哥，你也有今天！

为什么李鬼不骂李逵鸟，或者“撮鸟”等等，而是骂他驴鸟呢？

第一，符合李逵的外貌特征，李逵长得粗蠢。

第二，驴子是愚蠢傻帽的象征啊，李鬼以此形容李逵愚蠢。

李鬼的骂，全让李逵听着了。在暗处，听人家一口一声称呼自己是驴鸟，是什么感觉？

并且，刚才李逵不但放了李鬼，原谅了他对自己品牌的冒用，而且还信了李鬼的鬼话，被他鬼话中的孝心感动，送了他银子。

此时，恍然大悟明白受骗的他，可不就觉得自己就是一头大笨驴！人家骂自己是驴鸟，对着呢。

而且，**李鬼的这番话，不仅告诉了李逵他此前所说的什么家有老母的话全是骗人的，而且他还根本没有悔改的意思，他不但没有被李逵感动，反而觉得李逵愚蠢，自己聪明。**

小人不就是这样吗？小人总是把高尚当愚蠢，把奸诈当聪明。

李逵正要发作，却又听见那个妇人的话。

那妇人道："休要高声，却才一个黑大汉来家中，教我做饭，莫不正是他？如今在门前坐地，你去张一张看。若是他时，你去寻些麻药来，放在菜内，教那厮吃了，麻翻在地，我和你却对付了他，谋得他些金银，搬往县里住去，做些买卖，却不强似在这里剪径！"

原来这李鬼的老婆，比李鬼还要可恶。

这一对鬼夫妻，还真是王八看绿豆，对上眼了。

这个山寨美人，竟然如此蛇蝎心肠！

俗话说，妻贤夫祸少。如果李鬼的老婆听到李鬼的叙说，感动于李逵的饶恕和勉励，劝劝自己的丈夫，夫妻二人善待李逵，真心洗心革面，是会得到李逵的原谅的，甚至还能得到李逵的帮助。

剪径打劫，撒谎骗人，可能还不是取死之道，还可能被宽恕。但是李鬼老婆的这几句话，一定是取死之道，一定不会被宽恕。

更何况他们碰到的是李逵。

此时的李逵，就是满腹杀心了。

㊃ 天降杀星

他拔出腰刀，便去李鬼腿上割下两块肉来，一面烧，一面吃。人的尸首在他眼里，竟然是好肉！

专制社会，带气生存

李逵想："巨耐这厮！我倒与了他一个银子，又饶了性命，他倒又要害我。这个正是天地不容！"一转踅到后门边。这李鬼恰待出门，被李逵劈头揪住，按翻在地，身边掣出腰刀，早割下头来。

一句话也没有就杀了。

不用说了。已经听明白了。

不能说了。一说又是鬼话。

杀完李鬼，拿着刀，却奔前门寻那妇人时，那妇人早自望前门走了。

却去锅里看时，三升米饭早熟了，只没菜蔬下饭。李逵盛饭来吃了一回，看看自笑道："好痴汉，放着好肉在面前，却不会吃。"

李逵拔出腰刀，便去李鬼腿上割下两块肉来，把些水洗净了，灶里抓些炭火来便烧。一面烧，一面吃。

人的尸首在他眼里，竟然是好肉！

真正的恐怖！

《水浒传》里，一再写到吃人肉的情节，并且还故意写得非常轻松、非常自然，好像极其常见，从而毫无芥蒂。

这是为什么呢？作者为什么要这样写呢？

第一，这有一定的事实依据。在中国历史上，每次遇到大的社会动乱和饥荒，"人相食"的记载在历代正史和野史笔记中比比皆是。这是中国封建社会黑暗的铁证。而且，就我的观察，吃人最严重的时期，就是《水浒传》产生的年代——元明易代之时。元人陶宗仪所著的《南村辍耕录》，就记录了朱元璋的"淮右之军"吃人的事实："天下兵甲方殷，而淮右之军嗜食人……"惨毒之状，不堪言表。

第二，在长期的封建专制统治下，在长期的政治压迫、经济压迫、文化压迫下，或者用毛泽东的话说，在“君权、神权、族权、夫权”这样“套在农民头上的四大枷锁”的束缚下，古代中国的民间，实际上处于长期的压抑状态，人人内心都积压着太多的怨气。我把这种生存状态称之为“带气生存”。**在大多数人的生存状态都是“带气生存”的情况下，全社会都充斥着一股可怕的暴戾之气。所以，《水浒》中一再出现的吃人肉情节，是作者内心压抑的表现，更是全社会压抑心理的非理性释放。专制使人变态，《水浒》的这种描写，是《水浒》作者以及更为广泛的读者集体变态心理的表现。**

马克思说：“君主政体的原则总的来说就是轻视人，蔑视人，使人不成其为人。”“专制制度必然具有兽性，并且和人性是不相容的。兽的关系只能靠兽性来维持。”（《马克思恩格斯全集》第一卷，第411、414页）

那么，专制政体及其对人性的兽性化改造，是《水浒传》中人的兽性大发作的根本原因。

第三，约翰·密尔说：“专制使人冷嘲。”他的意思是，在专制制度下，要表达真实的思想，尤其是要表达对社会的批判殊为不便，为了保护自己，只能以冷嘲的方式表达观点和立场。所以，《水浒传》作者的这种描写，也是带了冷峻的神态，有些恶作剧的心理。

第四，作者要建立一种独特的美学风格，我们可以把它称为“野蛮美学”。其基本特征就是，事实本身极其恐怖，但读者却并不觉得恐怖。因为作者在描写这样的场景时，总是渲染着热烈阳光的氛围，从而冲淡读者在阅读时的恐惧，在不知不觉中，让读者接受这样血淋淋的描写，欣赏这样血淋淋的描写，直至接受这样血淋淋的世界。这样，读者对这类杀戮吃人事件的道德判断消失了，而代之以审美判断。

这是它和一般恐怖文学的最大区别。

《水浒》“野蛮美学”的代表人物，就是李逵。

李逵一家一直生活在社会的最底层，而且，除了感受到贫困、压迫、凌辱和歧视，从来没有得到过社会的温暖。他的大哥倒是良民，甚至配合官府捉拿兄弟，但是官府对他大哥的报答却是叫他“披枷戴锁，受了万千的苦”。

我以前在讲武松的时候说到，在封建社会只有两种人：良民（顺民）和暴民。

在武松家里，武大是良民，武松是暴民。

在李逵家里，李逵是暴民，李逵母亲和大哥李达是良民。

问题在于，良民在这个社会里，得到了什么？

武大被害了。李逵母亲穷困潦倒，眼睛哭瞎了，最后还被老虎吃了。

李达呢？帮人打长工，受尽欺压。

暴民乃是良民变的，是什么力量让良民变成了暴民？这是我们今天读《水浒传》需要思考的。

斩尽杀绝，嗜血如命

我说李逵是《水浒传》“野蛮美学”的代表人物，大家可能不愿意接受，因为《水浒传》读者很少有不喜欢李逵的。我要说明一下的是，我也很喜欢李逵，李逵也确实有特别的魅力，让我们不得不喜欢。但是，这一点，我将在下一讲再讲，现在，我就要专门讲讲他的野蛮残忍。

作者曾经借罗真人的口，说李逵是上界天杀星。因为下土众生作业太重，故罚他下来杀戮。可是，我们知道，李逵杀掉的人中，无辜的远远超过罪有应得的。

李逵杀人，有六大特点：

第一，杀得快；

第二，杀得多；

第三，谁挡我路我杀谁；

第四，多杀无辜；

第五，毫不歉疚；

第六，手段残忍。

先看第一点，杀得快。

我们刚才讲到他杀李鬼，一把揪住，按倒，割头，其疾如风。

在三打祝家庄中，祝龙斗林冲不住，望北而走。猛然撞着黑旋风，踊身便到，抡动双斧，早砍翻马脚。祝龙措手不及，倒撞下来，被李逵只一斧，把头劈翻在地。

祝彪投奔扈家庄，被扈成叫庄客捉了，绑缚下，正解将来见宋江。恰好遇着李逵，只一斧，砍翻祝彪头来。

李逵再抡起双斧，便看着扈成砍来。扈成见局面不好，投马落荒而走，弃家逃命去了。

到此，他已经杀红了眼，住不了手，直接又抢入扈家庄里，把扈太公一门老幼，尽数杀了，不留一个。

你看这一会儿，李逵杀人，简直令人目不暇接。**他的绰号“黑旋风”，我们到此也算真正领教了。他杀起人来，确实如同一阵旋风，不但我们看得糊里糊涂，可能被杀的人，也还没明白是什么事，没看清眼前来的是什么人，头就掉到地上了。阎王爷问起来，怎么死的？一定懵懵懂懂：不知道。谁杀的？一定回答“没看清”，就见一阵黑旋风着地卷来，就到了阴曹地府了。**

第二个特点：杀得多。

江州劫法场一役，被杀死的军民达五百多人，这里有不少就是李逵板斧下的冤魂。这些士兵也好，百姓也好，都是无辜的。

在沂水县，李逵被李鬼的老婆告发，被缉拿，好在朱贵的兄弟朱富是本县沂水县都头“青眼虎”李云的徒弟，他设计用蒙汗药麻翻了前来羁押李逵的李云一干人等，救了李逵。李逵已然脱险，但他却“夺过一条朴刀，……手起一朴刀，先搠死曹太公并李鬼的老婆，续后里正也杀了。性起来，把猎户排头儿一味价搠将去，那三十来个土兵都被搠死了”。

这一次，他杀掉的人，李鬼老婆、里正、曹太公三人，三十多个土兵，外加一批猎户，李逵在曹太公家接受乡民的招待的时候，来的猎户数量在三十到五十之间，此次相随而来的数量不清，以七八个算，几项相加，人数至少四十个之多。

三打祝家庄，杀祝龙、祝彪，扈太公一门男女老少，有多少人口？我们可以做一个类推。宋江打破无为军时，杀了黄文炳一家老小四五十口。扈太公家里应该与此不相上下。

这还是举些例子而已。

第三个特点：谁挡我路我杀谁。

这是典型的强盗逻辑。

为了对付高唐州会妖法的高廉，李逵和戴宗去蓟州寻找公孙胜来帮忙，没想到公孙胜的师父罗真人不允许公孙胜下山。

当夜睡到五更，李逵悄悄地爬将起来，摸了两把板斧，乘着星月明朗，一步步摸上山来。见罗真人独自一个坐在云床上朗朗诵经，李逵推开房门，抢将入去，提起斧头，望罗真人脑门上就劈将下来，当时就砍倒在云床上，流出白血来。李逵再仔细看时，连那道冠儿劈做两半，一颗头直砍到项下。

转身奔将出来，一个青衣童子拦住李逵，李逵道："你这个小贼道，也吃我一斧！"手起斧落，把头早砍下台基边去。二人都被李逵砍了，李逵笑道："只好撒开。"

李逵杀了人，总是眉开眼笑，一身轻松。

为了自己的目的不惜杀人，谁挡自己的路就杀掉谁，李逵的这种个性，真是非常糟糕。问题是，这也是宋江主政以后梁山的政策和策略。

金圣叹说施耐庵故意把李逵和宋江对照着写，以李逵的质朴自然反衬出宋江的奸诈做作。这也对。但是，金圣叹似乎没有看出，宋江和李逵在本质上的相同相通之处。

第四个特点：不分青红皂白，多杀无辜。

在沂水县，除了李鬼的老婆该杀，里正、曹太公虽不能算好人，但也罪不至死，他们捉拿李逵，也是职责所在。而李云带去的三十来个土兵，以及那些猎人可以说都是完全无辜的人。

三打祝家庄，除了杀祝龙，还算战场上杀敌，其他都是不该杀的。杀祝彪是杀俘，不仅没有必要，也违背基本的战争规则。至于他直抢入扈家庄，杀了扈太公一门老幼，简直是形同禽兽。

实际上，他根本不知道为什么要打仗，他根本不知道打仗的目的是什么。在他看来，打仗就是杀人，就是杀人的狂欢：可以肆无忌惮地杀人，可以合法合理地杀人，不受约束地杀人，不受惩罚地杀人。不仅杀对立的一方，甚至，只要是在现场的人，一律都是杀人狂欢的材料。

在江州劫法场，他抡起板斧，一路砍过去，一直砍到江堤上，那儿全是百姓。晁盖大叫制止："不干百姓的事，休只管伤人！"但是他哪里能听得见？

在沂水县杀掉曹太公等三四十人后，李逵又要追杀旁边看的人，又是朱贵大叫制止："不干看的人事，休只管伤人！"慌忙拦住，李逵方才住了手。

杀不相干的人，是他的一贯行为。

有一个很沉重的问题，那就是《水浒传》的批注者李贽、金圣叹对梁山好汉的滥杀无辜往往缺乏判断力，尤其是金圣叹。比如，金圣叹在李逵

杀曹太公、李鬼老婆、里正、众位猎户、三十来个土兵下面，连续批了五个“杀得好！”

这可以证明我前面说的话：《水浒传》的作者和很多读者，包括金圣叹，都是有严重的心理变态的。

第五个特点：杀得毫不愧疚，毫不心软。

李逵对于死在他板斧下的冤魂，毫无歉疚。他在杀完扈家庄男女老幼之后，叫小喽啰牵了马匹，把庄里一应有的财物，捎搭有四五十驮，将庄院门一把火烧了，大咧咧来宋江处请功领赏。他大概以为，立功就是杀人，杀人就是立功。

他一身血污，腰里插着两把板斧，直到宋江面前，唱个大喏，说道：“祝龙是兄弟杀了，祝彪也是兄弟砍了。扈成那厮走了。扈太公一家都杀得干干净净。兄弟特来请功。”

何等潇洒，何等冷血！

说他冷血，可能有些误解。因为他一旦抡起板斧开始杀人，马上热血沸腾，斗志昂扬，不斩尽杀绝，绝住不了手。

宋江喝道：“你这厮，谁叫你去来！你也须知扈成前日牵牛担酒，前来投降了。如何不听得我的言语，擅自去杀他一家，故违了我的将令？你这黑厮拿得活的有几个？”

李逵答道：“谁鸟奈烦！见着活的便砍了。”

这是典型的李逵式语言，更是典型的李逵式风格。

这是他的性格，更是他的品格。

仅仅因为不耐烦，怕麻烦，就把别人的性命当草芥。

如果说这还不是恶，那还有什么比这更恶的吗？

如果这种人不可恶，还有比这更可恶的人吗？

宋江道：“你这厮违了我的军令，本合斩首。且把杀祝龙、祝彪的功劳折过了。下次违令，定行不饶。”

黑旋风笑道：“虽然没了功劳，也吃我杀得快活。”

连功劳都不要，更不在乎，杀人本身就是快活，让我杀人就是奖赏。

李逵，是一个嗜血的人。

只会服从，甘当杀人工具

还有第六点，他杀人极其残忍。

如果说，上面的事已经足够显示出李逵的残忍，那么，下面的这件事，就更加令人发指。而且，这件事最好不过地揭示了李逵和宋江为人处世的相同之处。

雷横打死了郓城县知县的相好白秀英，知县怀恨，一心要雷横死，派朱仝押解雷横去州里判决。朱仝在路上私自放了雷横，自己去顶罪，被断了二十脊杖，刺配沧州牢城。沧州牢城曾经是林冲待过的地方，我们领教了那里的黑暗和无道，但是我们不必为朱仝担心，因为朱仝碰到了一个好人，这个好人就是沧州知府。

沧州知府见朱仝仪表非俗，貌如重枣，美髯过腹，并且知道他是因为私放雷横而得罪，内心对朱仝便有了一份敬重，于是不让他去服刑受苦役，而是留在本府听候使唤。知府的亲生儿子小衙内方年四岁，生得端严美貌，也很亲近朱仝，知府便吩咐朱仝早晚抱小衙内玩耍。

此时的朱仝，一心想的就是挣扎回乡，和家里妻儿团聚，重新回归正常生活。有了这样一个内心中敬重他并实际上关照他的知府，他的这个愿望应该能实现并且不会等太久。

朱仝碰到沧州知府是运气，但沧州知府碰到朱仝却是天大的晦气。

刚刚半月，宋江、吴用要逼朱仝上山。顺便说一下，自从宋江上山之后，常常会逼迫一些人上山。虽然他们打着有福同享的旗号，实际上不过是拉更多的人下水，壮大自己。

在大街上，吴用、雷横稳住朱仝，和朱仝说话，而李逵则趁机抱走了小衙内。李逵在小衙内的嘴上抹上了蒙汗药，然后一直抱到城外树林里，在僻静无人之处，一板斧把孩子的头劈作两半个！

如果要在《水浒传》中选最下流的人，我选董平。

要选最残忍最无人性的人，我一定选李逵。

朱仝在树林里找到小衙内，李逵在一边拍着腰里的板斧扬扬得意。朱仝大怒，要和李逵拼命。李逵前面走，朱仝后面追，一直追到柴进庄上。柴进告诉朱仝：原来是宋江故意教李逵杀害了小衙内，先绝了朱仝归路。

朱仝对众人说道："若要我上山时，你只杀了黑旋风，与我出了这口气，我便罢。"

李逵听了大怒道:"教你咬我鸟！晁、宋二位哥哥将令，干我屁事！"

杀一个四岁的孩子，也就是一件屁事，而且还是与自己不相干的屁事！

李逵这样的人，只要有一个团，就可以征服世界。

因为他们毫无是非观，只会服从。

李逵这里用他只是服从命令来为自己推脱，这只能说明他毫无主见，毫无是非观，却不能减轻他的罪责。因为：

第一，即使是宋江、吴用的将令，对于这样一个完全灭绝人伦的命令，完全不加拒绝，而是不折不扣地实施，这就是李逵的不可饶恕的罪责。

第二，这样残忍缺德的事，宋江、吴用为什么不叫他人去做，偏偏叫李逵去做？就是因为，这样非人道的命令，如果命令他人去做，会遭到拒绝，或者会被打折扣。而只有李逵才会毫无感觉，并不折不扣地去完成。这本身就说明了李逵在别人的心目中是什么样的人。

我们可以说，李逵是一个缺少良知的人。**他是一个自然人，所以，他有时候很可爱，因为他自然，毫无做作，毫无心机，简直是赤子之心。这样的时候，他的魅力几乎不可抗拒，我们对他的喜欢简直无以复加，这是金圣叹、李贽这样的大家也极力称赞他，成为他的铁杆粉丝的原因。**

但是，我们千万不要忘了，有时候他又非常可恨，非常可怖。

无路可走，逼上梁山

朱仝怒发，又要和李逵厮并，三个又劝住了。朱仝道:"若有黑旋风时，我死也不上山去！"

如果要我在梁山好汉中选一个最为正派、正气而为人厚道的人，我一定选朱仝。

他救过晁盖、吴用等打劫生辰纲的七人；救过宋江；刚刚不久，更是以自己的前途为牺牲，救了雷横。

《水浒》中救人最多的，是朱仝；明明白白地用毁掉自己的方式去救人的，也是朱仝。

《水浒》是歌颂义气的，而论讲义气，首屈一指之人，非朱仝莫属。

但是，他救过的宋江、吴用，还有雷横，是怎么报答他的呢？

就是逼得他无法做人，逼得他无法按照自己的意愿生活，无法按照自己的为人处世的原则生活。

他们这样逼着朱仝上山，还美其名曰是报答对方，他们这样做，对朱仝公正吗？

更糟糕的是，他们这样做，对一个活泼可爱的孩子公平吗？对孩子的父亲，一个对朱仝颇为关照、心地颇为正派善良的地方官员——沧州知府公正吗？

后来沧州知府亲自到城外树林中来看儿子的尸首，痛哭不已，备办棺木烧化。

这是何等的人间惨剧！

这出惨剧的导演，是宋江；副导演，是吴用。

而主演，则是李逵。

朱仝说，若有李逵在山上，他死也不上山去。

但是，确实如宋江、吴用设计的，此时的朱仝，还真是无路可走了，除了死。

可是，大丈夫哪里能如此自经于沟渎呢？

朱仝屈服了。

这是一个令人难以释怀的事件。

它照出了梁山阴暗的一面、残忍的一面，也显示了朱仝这样被逼上梁山的好汉们内心的巨大创伤，以及他们在走投无路之时的无奈与隐忍。

马幼垣先生说，朱仝上梁山后，把这一切都宽恕了。说他是“唯大智慧能饶恕，独仁厚能刚大”。(《水浒人物之最》)

但是，我则认为，朱仝未必有这么高的精神境界，他只是有着无法言说的忧伤与无奈。

大概作者也觉得朱仝实在委屈，所以，特别安排了他一个光明的结果：在宋江、吴用、雷横、李逵俱不得善终以后，独独朱仝在保定府管军有功，后随刘光世破了大金，直做到太平军节度使。

这个人生结局，迥异于梁山大多数人的凄凉结局。

这是施耐庵对朱仝的补偿，也是对我们读者的一个安慰。

说李逵说到这里，大家一定觉得很难受。这个历来颇令读者喜欢的人物，怎么被你说成这个样子呢？

不是我把他说成这个样子，他本来就是这个样子。

那么，为什么历来的读者还喜欢他呢？

因为正如李贽说的，在这个世界上，“如何少得李大哥?!”

是的，在中国古代，人们还真需要他。

这就是古代读者的两难。

那么，这个世界到底怎么了，为什么还需要李逵呢？

需要李逵的世界，会是个什么样的世界呢？

五 人心李逵

我们为什么喜爱李逵？因为这个世界上常有殷天锡。

生气的人多了，社会就有救了

李逵是个杀星，非常残忍。但这个世界有时候还需要这样的杀星。为什么呢？

因为，这是一个恶的世界，是一个凶徒横行、弱者受欺、权力主宰、小民易虐的时代。

我在上一讲提到的一个概念：带气生存。

什么叫“带气生存”呢？

我们知道医学上有一个词叫“带瘤生存”，就是一个人，在体内出现癌细胞后，无法彻底清除癌细胞，只好退而求其次，带着癌细胞生存下去。

同样，假如一个社会，总是处于一种无序的状态，总是有人压迫人、人剥削人，总是强者暴弱、众者欺寡，总是强者制定规则，弱者被动接受，强者通吃，弱者无告，那么，弱者在无法反抗的情况下，也就只能压抑着怒火，带着满腔的怨气，很压抑地生存。这就是我说的“带气生存”。

问题是，一个社会，“带气生存”的人多了，“带气生存”的时间长了，这个社会就危险了。因为，这么多压抑的气，总有爆发的一天。

《水浒传》所反映的，就是这样的社会。

我们看看：在家里，武大也好，杨雄也好，受老婆的气；

出门为官为吏，如花荣，如雷横，受上司的气；

在朝廷，有高俅，于是王进不得不逃，林冲九死一生；

在市井，有镇关西，有泼皮牛二，于是金翠莲暗无天日，杨志再入囚牢；

在国内，受皇帝和朝廷的气；

在国外，还要受大金、大辽的气。

开门七件事，柴米油盐酱醋茶，生而为人类，衣食住行老病死，处处得求人，时时在受气。

堂堂大宋，皇皇华夏，皇帝欺压我们，贪官污吏欺压我们，流氓地痞欺压我们。

甚至，身边的人，枕边人，也欺压我们！

而我们，却叫天天不应，叫地地不灵。我们又不能气得一头撞死，只能百般忍耐，带着满腔的怨、满腔的恨、满腔的气、满腔的愤、满腔的不平、满腔的无奈，隐忍生存，带气生存。

有了这么多的气积压在心头，年长日久，越积越多，我们的心理健康也就自然受到严重影响。以至于全社会都充满火气，充满一股可怕的暴戾之气。而这样的暴戾之气，是需要释放、需要发泄的。

有镇关西，我们就盼着有鲁提辖；有镇关西的欺男霸女，我们就会盼着鲁提辖的三拳头。

有西门庆与潘金莲之杀武大郎，我们就会快意于武二郎杀嫂杀西门庆。

有毛太公父子的陷害，我们就会盼望着顾大嫂夫妻的搭救。

有牛二的欺人太甚，我们就心里急吼吼地盼着杨志抽刀宰了他。

在不知不觉中，我们全都赞成以暴制暴，全都倾向于暴力解决问题。《水浒传》作者，如此成功地使我们全都成了暴力崇尚者。

再看下面这样的一件事。

这件事很好地说明了我们为什么需要李逵。

柴进要告，李逵要打

杀死小衙内，逼得朱仝上梁山后，李逵在柴进庄上住了一个来月。

忽一日，见一个人赍一封书火急奔庄上来，原来，柴进有个叔叔柴皇城，无儿无女，现在高唐州居住。

高唐州的知府是高廉，高廉是东京高太尉的叔伯兄弟，倚仗他哥哥的权势，在这里无所不为。

而且，还不是他一个坏，是一窝坏。他带将一个妻舅殷天锡来，年纪虽小，却倚仗他姐夫高廉的权势，在此间横行害人。

太尉作恶于朝廷。知府作恶于州府。衙内作恶于市井。

听说柴皇城家宅后有个花园水亭，盖造得好，那厮带将许多奸诈不及的三二十人，径入家里来宅子后看了，便要赶柴皇城一家老小出去，他要来住。

这真是岂有此理。但是却竟有此事，偏有此事，常有此事！

皇城对他说道："我家是金枝玉叶，有先朝丹书铁券在门，诸人不许欺侮。你如何敢夺占我的住宅，赶我老小那里去？"

殷天锡不容所言，把柴皇城推抢殴打。柴皇城受这口气，一卧不起，早晚性命不保，特来叫柴进去，有些遗嘱吩咐。

我们看看，这柴皇城也是有依仗的，他的依仗就是所谓先朝的丹书铁券。

但是，年纪小小的新生代、新新人类殷天锡也是有依仗的，他的依仗就是他的姐夫，高唐州的知府高廉。

而高廉又是有依仗的，他的依仗就是东京的高太尉。

所以，**你别看殷天锡只是一个小流氓，但他可是一个手眼通天的小流氓。因为他的上面，有着中流氓高廉，大流氓高太尉。**

这个事件很有典型意义：连拥有丹书铁券的柴皇城都保护不了自己，一般小民在这样的社会里，是什么样的状况，也就不言而喻了。

叔叔被人殴打要死，柴进当然要去，李逵要求同去，柴进同意了。次日五更起来，柴进、李逵并从人，都上了马，离了庄院，往高唐州来。

来到高唐州，入城直至柴皇城宅前下马，柴进径入卧房里来看视，叔叔已经是悠悠无七魄三魂，细细只一丝两气了，柴进放声恸哭。柴皇城的继室来劝，柴进答道："尊婶放心，只顾请好医士调治叔叔，小侄自使人回沧州家里，去取丹书铁券来，和他理会。便告到官府今上御前，也不怕他！"

柴进有丹书铁券，他不怕。

柴进出来和李逵一说，李逵跳将起来说道："这厮好无道理！我有大斧在这里，教他吃我几斧，却再商量。"

李逵有大斧，也不怕。

柴进不怕，要告。李逵不怕，要打。

柴进道："李大哥，你且息怒，没来由，和他粗卤做甚么？他虽是倚势欺人，我家放着有护持圣旨，这里和他理论不得，须是京师也有大似他的，放着明明的条例，和他打官司。"

殷天锡倚势欺人，柴进也要找一个权力更大的来给自己撑腰。虽然这不能说是在法律框架内解决问题，但他还是倾向于在体制之内解决问题。

李逵要让殷天锡吃板斧，柴进要和他理论。

简言之，一个要动手，一个要动口。

到底谁才管用呢？

柴进很自信，因为他有“护持圣旨”。

什么是丹书铁券，护持圣旨呢？

根据叶梦得的《避暑录话》中记载：建隆三年（962）宋太祖密镌一碑，立于太庙寝殿之夹室，谓之誓碑。平时门钥封闭甚严，唯太庙四季祭祀和新天子即位时方可启封，届时只有一名不识字的小黄门跟随皇帝，其余皆远立庭中，不敢仰视。皇帝行至碑前拜，跪瞻默诵，然后再拜而出，群臣及近侍皆不知所誓何事。

北宋的各代皇帝“皆踵故事，岁时伏谒，恭读如仪，不敢泄漏”。

直到靖康之变，金兵攻占开封，将太庙和宫廷的祭祀礼器席卷而去，太庙之门洞开，人们方得看到此碑。

誓碑上刻誓词三行：

一为“柴氏子孙有罪不得加刑，纵犯谋逆，止于狱中赐尽，不得市曹行戮，亦不得连坐支属”；

一为“不得杀士大夫，及上书言事人”；

一为“子孙有渝此誓者，天必殛之”。

誓约的第一条即是对柴氏子孙特殊优待，除了谋大逆外，其他任何罪行均赦免，即使谋大逆，也只能在狱中赐死，且不能连累亲属。

为什么宋太祖要后来的继任者不杀柴氏子孙呢？

所谓柴氏子孙，就是后周皇帝周世宗柴荣的子孙，赵匡胤曾是其手下大将，在其死后第二年发动陈桥兵变，夺了皇位，建立宋朝。他一方面感念周世宗对他的信任恩宠，一方面又心怀愧疚，所以，才立下这样的誓碑。

只不过需要说明的是，赵匡胤的誓碑是极其秘密的，除了皇帝之外没有人知道。为什么要这样呢？

很简单，不能公开。如果公开，简直就是纵容柴氏子孙和士大夫去犯法。

既然如此，就不可能有什么“誓书铁券”赐给柴世宗的子孙。

所以，所谓的“誓书铁券”，只是《水浒传》作者的“小说家言”而已。

专制权力，祸乱天下

有了这样的所谓“护持圣旨”，柴进有信心在法律框架内解决问题。

但是，李逵这样的人，从来目无王法，更不信王法。

目无王法，是个人的问题。不信王法，一定是社会的问题。

一听柴进说什么“明明的条例”，李逵说了两句话。

第一句话是:“条例，条例，若还依得，天下不乱了！”

我们前面曾经说过，**李逵有时能说出特别针砭时弊的话，而且一针见血，特别深刻，而专家学者则往往欠缺这种深刻明晰的认识。**

不是李逵聪明，而是专家学者太迂腐：他们往往在所谓的“学术”的圈子里绕来绕去，最后把自己绕糊涂了，绕成了上海话说的“戇大”。

其实，很多判断不需要太多的学问，而仅仅需要一些尽人皆知的常识。

李逵不是有什么过人之处，他只不过是做到了两点：

第一，不回避现实；第二，有真实感受，并敢于说出真话。

而这两点，恰恰是很多人，尤其是学者专家往往欠缺的。

条例为什么依不得了？因为条例之上有权力。

只要权力大于条例，条例等就永远是一纸空文。

当然，柴进的条例是铁券，但是，一铁空文也不行。

而条例依不得了，社会也就失序了，天下也就乱了。

所以，是什么乱了天下？是权力。权力是一切动乱的根源。

既然条例已经不能约束，那就只好上板斧了。

所以，紧接着的李逵的第二句话是：

“我只是前打后商量。那厮若还去告，和那鸟官一发都砍了！”

李逵是崇尚暴力的。这从他自己导演的一出闹剧可以看得很清楚。

李逵陪燕青泰安州相扑，打死了自号擎天柱的任原，大闹泰安州。后来竟然手持双斧，跑到寿张县去了。寿张县知县看到李逵杀来，早不知跑到哪里去了。李逵便把县令的官服穿上，走出厅前，大叫道:“吏典人等都来参见！”一定要过把县令瘾。众人没奈何，只得上去答应。

李逵呵呵大笑，又道:“你众人内也着两个来告状。”吏人道:“头领坐在此地，谁敢来告状？”李逵道:“可知人不来告状，你这里自着两个装做告状的来告。我又不伤他，只是取一回笑耍。”

公吏人等商量了一会，只得着两个牢子装做厮打的来告状，县门外百姓都放来看。两个跪在厅前，这个告道:“相公可怜见，他打了小人。”那个告:“他骂了小人，我才打他。”

李逵道:“那个是吃打的?”

原告道:“小人是吃打的。”

又问道:“那个是打了他的?”

被告道:“他先骂了，小人是打他来。”

李逵道:“这个打了人的是好汉，先放了他去。这个不长进的，怎地吃人打了，与我枷号在衙门前示众。”

一个打人，一个骂人。

打人的人是好汉。被打的人不长进，活该。而且，黑旋风爷爷还要加以责罚。

李逵的这种思想，和传统文化完全对立。

不僧不道不儒。因为佛家讲忍，道家讲柔，儒家讲让。

儒释道当然有道理。但是，李大哥就完全没有道理吗?

显然不是。李大哥有他的道理。

在《水浒传》中，讲到林冲，我们要思考的问题是:

一个人，为什么如此懦弱?是什么让人如此惧怕以至于交出尊严?

而讲李逵，我们要思考的问题是:

一个人，为什么如此暴力?是什么让人如此残暴以至于兽性发作?

实际上，这些问题的答案，就在《水浒传》中。需要我们做的，就是把它找出来。

比如，李逵为什么如此崇尚暴力?李逵自己就告诉了我们:那就是因为对条例的失望。

作为一个底层的民众，他从来没有感受到国家法律、条例对他的保护，他看到的就是谁有权力，谁就可以胡作非为。而没有权力的人，只能任人宰割。

所以，像李逵这样的人，是不道德的;但是他的出现却偏偏有着十分道德的起因。因为他是对国家暴力的反抗。

于是，对李逵的评价就非常矛盾:

有人说他好，有人说他坏。我说，李逵确实坏。

从道德角度看，他是一个草菅人命的恶人。

从法律角度看，他是一个践踏法律的罪人。

从个人品行上说，他毫无怜悯心，是个极端残忍的人物。

从社会秩序上说，他目无法纪，是个极端危险的人物。

但是这种人是在什么样的土壤中生长出来的？为什么他又让几百年来的读者喜欢？

因为他是一种恶，但他是作为另外一种更大的恶的对立面出现在我们面前的。

这种更大的恶，就是封建专制制度及其塑造的权力社会。简单地说，就是权力。

我们看，**此时，李逵就是作为殷天锡这个恶的对立面而出现的。而殷天锡的实质，就是权力。这样一个小混混般的人物，背后依仗的，就是权力。**

有了权力，他就是吃人的老虎。

没有权力，这样的人连纸老虎都算不上，就是一张纸，一张卫生纸。

但是，当他依仗权力为非作歹时，连柴进这样的金枝玉叶都无法抗衡，何况普通小民？

人民因为更恨殷天锡，所以他们就喜欢李逵了。

因为人民更恨这种专制权力，所以人民选择暴力。

这是一个怪圈，因为这两种东西都不好。

有殷天锡，就一定有李逵

李逵和柴进正在为依条例还是靠拳头争论，里面侍妾慌忙来请大官人看视皇城。

柴进走到里面卧榻前，柴皇城含泪让柴进亲赍书往京师拦驾告状，为他报仇。言罢，便咽了气。柴进痛哭了一场，便做主操办丧事。

李逵在外面听得堂里哭泣，自己摩拳擦掌价气，问从人都不肯说。

为什么大家都不肯对他说？因为怕他闹事。

但是，他不闹事，就太平了吗？这事从头至今，又不是他闹出来的。

那个真正的闹事人，又来了。

至第三日，只见这殷天锡骑着一匹撺行的马，将引闲汉三二十人，带五七分酒，佯醉假癫，径来到柴皇城宅前，勒住马，叫里面管家的人出来说话。柴进听得说，挂着一身孝服，慌忙出来答应。

那殷天锡在马上问道："你是他家甚么人？"柴进答道："小可是柴皇城亲侄柴进。"殷天锡道："前日我分付道，教他家搬出屋去，如何不依我言语？"

柴进道："便是叔叔卧病，不敢移动，夜来已自身故，待断七了搬出去。"

柴进只想息事宁人。

你说人都死了，是的，死人也要安宁。

所以，有些人总是步步退却。

可是，另外一些人，总是步步紧逼，死了也不让你安宁。

殷天锡道："放屁！我只限你三日便要出屋，三日外不搬，先把你这厮枷号起，先吃我一百讯棍！"

柴进道："休恁相欺！我家也是龙子龙孙，放着先朝丹书铁券，谁敢不敬？"

至此，柴进的脾气也有了。我们知道，柴进也不是一个任人捏的软柿子。

殷天锡喝道："你将出来我看！"柴进道："现在沧州家里，已使人去取来。"

殷天锡大怒道："这厮正是胡说！便有誓书铁券，我也不怕，左右与我打这厮！"

前面柴进说他有誓书铁券，所以不怕。

现在，殷天锡说你纵有誓书铁券，我也不怕。

谁才是真的不怕呢？

就在殷天锡的手下七手八脚要动手打柴进的时候，李逵在门缝里都看见，听得喝打柴进，便拽开房门，大吼一声，直抢到马边，早把殷天锡揪下马来，一拳打翻。那二三十人却待抢他，被李逵手起，早打倒五六个，一哄都走了。

李逵拿殷天锡提起来，拳头脚尖一发上，柴进哪里劝得住。看那殷天锡时，呜呼哀哉，伏惟尚飨。

这殷天锡，我们前面说到，他背后有知府，又有太尉，何其强大。

但是，碰到了李逵的拳头——注意，李逵还没有出板斧——他一声未吭就呜呼哀哉，何等渺小。

平时仗势欺人，语言蛮横，和柴进说话何等张狂，似乎天地都比他小。而在李逵的拳脚面前，竟然死得连一声呻吟都没有。

甚至，我怀疑，他至死都没有看清是谁在打他。

这世界上，确实有一些人，只认得拳头。

这世界上，确实有一些人，只要李逵这样一个粗人的拳头，就可以称出他的斤两。

就这样一副经不起三拳两脚的臭皮囊，一旦背靠权力，竟然可以不可一世，欺压天下人。

反过来，就这样不可一世的癫狂小儿，要打出他的原形，让我们看出他不过就是一堆烂肉，需要的，不过就是李逵的三拳两脚！

不受约束的权力，最后招来的，一定是暴力。

为什么我们喜欢李逵？就是因为这世界上太多殷天锡这样的人，太多完全不可理喻、只可拳打脚踢的人。

他们自己在这个世界上横行霸道，靠的是强权，是暴力，所以，他们也只认识强权和暴力，只服从强权和暴力。

李贽在此处批曰："如何少得李大哥！"

这句话的意思是：这样的世界，如何少得李大哥！

我们说，世上的事物，往往是成对出现的：

有殷天锡，就一定有李逵。

有殷天锡，就必须有李逵。

我们为什么喜爱李逵？因为这个世界常有殷天锡。

我们心中，都有一个李逵

李逵将殷天锡打死在地，柴进只叫得苦，道："我自有誓书铁券护身，你便快走，事不宜迟。"李逵取了双斧，带了盘缠，出后门，自投梁山泊去了。

到了梁山，李逵把情况一说，宋江失惊道："你自走了，须连累柴大官人吃官司。"晁盖道："这个黑厮又做出来了，但到处便惹口面。"

李逵道："柴皇城被他打伤，怄气死了，又来占他房屋，又喝教打柴大官人，便是活佛也忍不得！"

李逵这话，说得好。

好在哪里呢？

好在他说明了，无论是佛家的忍、道家的柔，还是儒家的让，碰到殷天锡，碰到有权力的殷天锡，全都干瞪眼！全都抓了瞎！

这个时候需要的，是侠！

所以，我们看，中国古代的老百姓，有信佛的，有崇道的，有尊儒的，但是大家又都向往侠！喜爱侠！在被压迫得喘不过气来的时候，盼望侠！

正如李逵说的，活佛也有忍不得的时候，活佛忍不得的时候，就成了侠。大家熟悉的，中国老百姓特别喜欢的一个活佛，就是济公，济公就是佛侠。

老子说:“民不畏死，奈何以死惧之?!”老子不畏死的时候，老子也就是侠，老子是道侠。

儒家的圣人孔子也有忍不得的时候，孔子说:“是可忍，孰不可忍?”当孔子不忍的时候，他也就是侠，孔子是儒侠。

孟子说:“予不得已也!”孟子不得已的时候，他也就是一个侠，儒侠。

老子、孔子、孟子不仅是侠，而且是侠之大者，他们为人民向为非作歹的统治者讨还公道。

如此看来，济公也好，老子也好，孔子也好，孟子也好，他们的心中，不都有一个李逵?

我们喜欢《水浒传》，是因为我们心中都有侠。

我们喜欢李逵，是因为我们心中都有一个李逵。

李逵走了，柴进却走不了。高廉根本不把柴进说的什么“誓书铁券”放在眼里，喝令手下把柴进毒打一顿，打得皮开肉绽，鲜血迸流，下在牢里。柴皇城一家人口家私，尽都抄扎了。房屋园子，当然被高廉的殷夫人占了。

梁山为了救出身陷缧绁的柴进，发兵攻打高唐州。但是没想到这个高唐州知府高廉却是一个会行妖法的人，手下有三百飞天神兵，打得梁山军队溃不成军。为了打破高唐州，必须借重公孙胜。于是李逵和戴宗一起前往蓟州找寻公孙胜。

那么，李逵还会闹出什么事呢?

六　人间正气

李逵一听刘太公的话，就得出结论：宋江不是好人。敢于怀疑山寨最高领导不是好人，这种精神和勇气，梁山没有第二个。

赤胆忠心，肝脑涂地

李逵为了救柴进，要和戴宗去蓟州寻找公孙胜。在路上，因为忍不住嘴馋偷吃酒和牛肉，被戴宗用神行法折腾得七荤八素，从此他对戴宗言听计从，服服帖帖。

到了蓟州，找到了公孙胜，公孙胜的本师罗真人却不放公孙胜下山。李逵杀心又起，连夜砍杀罗真人。

当然，李逵不知道的是，他砍杀的罗真人和道童，乃是罗真人用法术将两个葫芦变的。第二天一早，公孙胜带着戴宗、李逵再来山上，李逵见到罗真人好好的，自然是大为吃惊，而真人要教训李逵了。

真人把一条白手帕铺在石上，唤李逵踏上。然后，把手一招，喝声："去！"一阵恶风，把李逵吹到蓟州府厅屋上，又骨碌碌滚将下来。

李逵跌得头破额裂，半晌说不出话来。蓟州知府正在升堂，见半空中滚下一个如此丑陋的人来，道："必然是个妖人。"牢子节级将李逵捆翻，驱下厅前草地里，一个虞候，掇一盆狗血，没头一淋；又一个提一桶尿粪来，往李逵头上直浇到脚底下。李逵口里、耳朵里，都是屎尿。

府尹又命令牢子加力打李逵，众人拿翻李逵，打得一佛出世，二佛涅槃。马知府喝道："你那厮快招了妖人，便不打你。"李逵只得招做"妖人李二"。知府命人取一面大枷把李逵钉了，押下大牢里去。

李逵上蓟州，先是戴宗用神行法教训他，后是罗真人用法术教训他。这个历来无法无天草菅人命的家伙，是该有人教训教训他了。

这实际上是作者施耐庵在教训他。

有一个细节值得我们注意：梁山好汉中，受人生磨难的不少。但是，被屎尿污秽的，则只有两个人：宋江和李逵。也许，作者想借此表现一点什么。

实际上，宋江和李逵，这两个看起来差异十万八千里的人，其实骨子里有很多相同处。我们往下看。

李逵在蓟州大牢羁押，这边戴宗一连五日，每日磕头礼拜，求告真人，乞救李逵。罗真人道："这等人只可驱除了罢，休带回去。"

戴宗告道："真人不知。李逵虽是愚蠢，不省理法，也有些小好处：第一，耿直，分毫不肯苟取于人；第二，不会阿谄于人，虽死，其忠不改；第三，并无淫欲邪心，贪财背义，敢勇当先。因此宋公明甚是爱他。不争没了这个人回去，教小可难见兄长宋公明之面。"

于是，罗真人又把李逵弄回来了。并且，也允许了公孙胜下山去救柴进。

我们要注意的是，戴宗对罗真人说的话里，透露出了一个秘密：

那就是宋江很爱李逵。

宋江爱李逵的理由，我们前面有过一些说明。戴宗这里也说了三点。但戴宗这里说的李逵的三点，乃是李逵的公德，而宋江之爱李逵，还有李逵和他的私人关系。

我们前面说到，当宋江在江州第一次见到李逵时，就刻意加以笼络。

江州劫法场一役，李逵表现出来的对宋江肝脑涂地的赤胆忠心，给宋江留下了难忘的印象。

更何况此前，宋江在狱中时，李逵还能克制自己的散漫与嗜酒恶习，对他悉心关照，送茶送饭。

劫法场后，打破无为军，活捉黄文炳，是李逵亲自主刀，割了黄文炳，为宋江报仇雪恨。

当时宋江很想笼络众位好汉上山，壮大梁山的力量，也增加自己的资本，是李逵不失时机地跳出来，挥动他那双令人生畏的板斧，大叫："都去都去！但有不去的，我一斧头砍做两截便罢！"一个唱红脸，一个唱白脸，配合得天衣无缝。

所以，宋江私下里，是把李逵看作心腹人的。

我在讲林冲时曾经讲到"心腹人"这个词，讲到这种角色的重要。

王伦在被林冲火并时，大叫："我的心腹在那里？"他没有心腹，因此，下场很惨。卢俊义称呼燕青是"我的那个人"，因为有了燕青这个心腹，卢俊义虽九死而终于一生。

那么，宋江有没有心腹人？当然有。宋江的心腹人，就是李逵。这从宋江自己的话也可以证明。

元宵佳节，宋江同柴进、燕青、戴宗、李逵到李师师家。李逵看见宋江、柴进与李师师对坐饮酒，自肚里有五分没好气，圆睁怪眼，直瞅他三个。

李师师便问道："这汉是谁？恰像土地庙里对判官立地的小鬼。"众人都笑，好在李逵听不懂东京口音，宋江答道："这个是家生的孩儿小李。"

什么叫家生的孩儿？就是家中奴仆的孩儿。

这一句话透露出李逵在宋江心目中的地位：宋江不会敬重他，但是却亲近他。宋江知道他忠心而无头脑心计，更无自己的野心。这样的人，是最好的手下。

李师师笑道："我倒不打紧，辱没了太白学士。"

李师师错了，宋江要的不是能够对等交谈的朋友，他要的，是赤胆忠心随时可以肝脑涂地的保镖。

宋江道："这厮却有武艺，挑得三二百斤担子，打得三五十人。"宋江称呼李逵，不过就是"这厮""黑厮"等。宋江在骨子里，对李逵是缺少敬重的。

心直口快，敢于跟领导叫板

李逵的可爱可敬之处，恰恰在于他自己并不妄自菲薄，他并不把自己摆在奴仆的位置上。戴宗说他"不会阿谄于人"，这确实是他的大优点。

有一个现象我们需要指出，《水浒传》中的众多英雄，在没上梁山之前，都是活色生香、生龙活虎、个性鲜明、栩栩如生。但是一上梁山，加入梁山大集体，马上就淹没在集体之中，不再有突出的个性和个人表现。这个现象非常值得我们思考：

这些极具反抗性的人物，为什么在新的组织里就不再反抗，恰恰相反，表现出的是极端的服从？

这些在原来的生活里不受一点欺压和委屈的人，为什么在梁山个个都委曲求全、唯命是从？

事实上，当一个集体声称是道德的化身，是我们自己的集体，代表我们的利益，保护我们的利益，尤其是声称保护我们最终的和长远的利益时，我们就会对这样的集体失去警惕。我们在得到集体给我们安全与保护的同时，也放弃了我们的权利，取消了我们的个性，用服从换来接纳。

但是在梁山我们还是惊讶地发现了一个特殊的现象，一个特殊的人物，那就是李逵。

李逵是在集体之中，却又不被集体同化，顽强地保持自我个性的人物。

他是一个很难被体制化的人物。

这并不是因为李逵比其他的人更富有自我意识，而是因为李逵是一个社会化不完全的人，就是我们前面说到的，他还是一个很大程度上的自然人。

在一个组织严密、纪律严明的集体里，有一个完全不理解社会规则的自然人是很有趣的，一定会发生很多有趣的事。**实际上，《水浒传》后半部，一大半的可读性来自李逵。**

在《水浒传》后半部沉闷的集体宏大叙事里，李逵的出场，是我们读者的节日。只要李大哥出来了，他一举手，一投足，一说话，马上就会让我们开心一笑。

完全不懂社会规则的李逵常常会给宋江一些难堪。比如，此时宋江在李师师这样的美女面前有些失态，李逵就“肚里有五分没好气，圆睁怪眼，直瞅他三个”，弄得大家都不自在。

我发现，头脑简单的人，往往在男女之事上特别敏感，并且特别反感。

李逵就特别关注宋江的男女之事。

实际上，如果李逵懂事一些，领导的这点爱好，不但不会见怪，反而要帮忙才对。在某些人眼里，为领导拉皮条，是“懂事”下属的基本素质。

李逵偏偏完全不理解，最后还大闹东京城，吓得宋江赶紧逃出东京。

这种事以前就发生过，宋江批评他追杀扈三娘的哥哥扈成，擅杀扈太公一家，李逵怎么说？

李逵道：“你又不曾和他妹子成亲，便又思量阿舅丈人！”

李逵，这个看起来没有什么头脑的人，竟然想到这种地方去了！

实际上，当宋江把一丈青送上山，交给自己的父亲宋太公，我相信绝大多数人都认为宋江自己想要，但是只有李逵说破他。

在《水浒传》一百零八人中，最有心机者大概非宋江莫属，而最无头脑者大概非李逵莫属。但是，有意思的是，《水浒传》偏偏老是写李逵打量宋江，猜测宋江，怀疑宋江。一个最戆头戆脑的人，偏偏老是用他那愚笨的头脑，把一个城府极深、机谋极多的人往坏里想，往歪里想，这够有意思的了。

但是，谁知道他是真的常常想歪了，还是常常歪打正着，正戳着宋江的痛处？

上面都是无关大体的小事，下面的可就是一件闹大了的事，李逵差点把自己的脑袋闹丢了。

李逵大闹东京城后，和燕青回梁山途中，在刘太公庄上投宿。刘太公告诉他们："两日前梁山泊宋江和一个年纪小的后生，把女儿夺了去。"

李逵一听，便叫燕青："小乙哥，你来听这老儿说的话，俺哥哥原来口是心非，不是好人了也。"

李逵一听刘太公的话，就得出结论：宋江不是好人了。

敢于怀疑山寨最高领导不是好人，这种精神和勇气，梁山没有第二个。

不但敢于怀疑，还敢于说出来。不但敢于说出来，他还敢于做出来。

他对太公说道："我便是梁山泊黑旋风李逵，这个便是浪子燕青。既是宋江夺了你的女儿，我去讨来还你。"

他敢讨吗？他如何讨？

能生气的人，是有生气的人

李逵、燕青径往梁山泊来，直到忠义堂上。

宋江见了李逵、燕青回来，还在殷勤问候，李逵哪里答应，睁圆怪眼，拔出大斧，先砍倒了杏黄旗，把"替天行道"四个字扯得粉碎，众人都吃一惊。

一句话不说，先砍杏黄旗，扯碎"替天行道"四个字，为什么？

因为要先砸了你的招牌。

淳朴的李逵，心中最为珍重的，就是这"替天行道"四个字。他容不得别人玷污了这四个字，哪怕你是宋江。

宋江莫名其妙，喝道："黑厮又做甚么？"

李逵拿了双斧，抢上堂来，径奔宋江。

幸好宋江身边有关胜、林冲、秦明、呼延灼、董平五虎将，慌忙拦住，夺了大斧，揪下堂来。

这下宋江真是生气了，大怒，喝道："这厮又来作怪！你且说我的过失。"

李逵气作一团，哪里说得出！

一个人有无道德感，如何检验？

我提出一个方法：就是看他会不会生气。

面对黑暗、邪恶，一句话，面对社会上的一切不平和不公，你还生不生气？

生气，并且很生气，道德感就强。不很生气，甚至不生气，那就后果很严重，因为，几乎可以断定：你的道德感已经麻木了，甚至同流合污了。

一个民族有无生气，如何判断？

我也提出一个方法：就看这个民族还有多少人在生气。

对邪恶不公还有很多生气的人，这个民族就还有生气。生气的人少了，民族的生气也就少了。

所以，能生气的人，是有生气的人。能生气的民族，是有生气的民族。

反过来，要戕害一个民族的生气，最阴险也最有效的办法，就是去迫害那些还能生气的人。

此时，气作一团，连话也说不出来的李逵，显得多么可爱、可敬。

有人生气，就会有人得救。

镇关西欺压金翠莲，鲁达生气了，金翠莲就得救了。

毛太公陷害二解兄弟，顾大嫂生气了，二解兄弟就得救了。

殷天锡要打柴进，李逵生气了，柴进就得救了。

此时，李逵又生气了，刘太公的女儿又有救了。

生气的人多了，社会就有救了。

李逵气得说不出，燕青上前说明了前因后果。

宋江听罢，便道："这般屈事，怎地得知？如何不说？"

李逵道："我闲常把你做好汉，你原来却是畜生！你做得这等好事！"

宋江喝道："你且听我说！我和三二千军马回来，两匹马落路时，须瞒不得众人。若还抢得一个妇人，必然只在寨里！你却去我房里搜看。"

宋江在这儿的表现，也很可爱。因为他此时一点也不像有着好几万人马，一百零七位好汉下属的山寨之主，一点架子也没有，完全是一个被人委屈，万分冤枉的倒霉蛋。

李逵道："哥哥，你说甚么鸟闲话！山寨里都是你手下的人，护你的多，那里不藏过了？我当初敬你是个不贪色欲的好汉，你原来是酒色之徒：杀了阎婆惜，便是小样；去东京养李师师，便是大样。你不要赖，早早把女儿送还老刘，倒有个商量。你若不把女儿还他时，我早做早杀了你，晚做晚杀了你！"

宋江道："你且不要闹嚷，那刘太公不死，庄客都在，俺们同去面对。若还对翻了，就那里舒着脖子，受你板斧；如若对不翻，你这厮没上下，当得何罪？"

这宋江是被李逵逼得毫无分寸了，这样的话，哪里像一寨之主的话？他被李逵弄得失去方寸了。

李逵道："我若还拿你不着，便输这颗头与你！"

宋江道："最好，你众兄弟都是证见。"

宋江便叫铁面孔目裴宣写了赌赛军令状二纸，两个各书了字，宋江的把与李逵收了，李逵的把与宋江收了。

李逵又道："这后生不是别人，只是柴进。"

又牵连进去一个人。

柴进道："我便同去。"柴进也很利索。

李逵道："不怕你不来。若到那里对翻了之时，不怕你柴大官人，是米大官人，也吃我几斧。"

一个都不饶恕，对谁都没有情面可讲。

李逵曾经在殷天锡要打柴进时，怒不可遏，冲上去三拳两脚打死了殷天锡。后来为了救柴进，他去找公孙龙，吃了万千的苦，打下高唐州后，又是李逵下到井里，救出柴进。李逵对柴进不是不爱，不是不敬，不是不亲。

但是，一旦你为非作歹，那李逵可就翻脸不认人了。

金圣叹先生特别赞赏说："李逵是上上人物，写得真是一片天真烂漫到底。……《孟子》'富贵不能淫，贫贱不能移，威武不能屈'，正是他好批语。"（《读第五才子书法》）

金圣叹确实发现了李逵身上非常可贵的一面，那就是，他只讲道理，不讲情面。如果你不是好人了，哪怕你是宋江，我也要拿板斧砍你。

吾爱吾兄，但我更爱正义。

爱到此处，方为大爱。

所以，《水浒传》在此，有诗曰：

梁山泊里无奸佞，忠义堂前有诤臣。留得李逵双斧在，世间直气尚能伸。

李逵、燕青先到刘太公庄上，告诉刘太公："宋江来时，你仔细认他。若还是时，只管实说，不要怕他，我自替你做主。"

宋江、柴进来了，李逵屯住了人马，只教宋江、柴进入来。李逵提着板斧立在侧边，只等老儿叫声"是"，李逵便要下手。

那刘太公近前来拜了宋江。李逵问老儿道："这个是夺你女儿的不是？"

那老儿定睛看了道："不是。"

宋江对李逵道："你却如何？"

李逵道："你两个先着眼瞅他，这老儿惧怕你，便不敢说是。"

宋江道："你叫满庄人都来认我。"

李逵随即叫到众庄客人等认时，齐声叫道："不是。"

宋江丢下一句狠话："这里不和你说话，你回来寨里，自有辩理。"和柴进回大寨里去了。

燕青道："李大哥，怎地好？"

李逵道："只是我性紧上，错做了事。既然输了这颗头，我自一刀割将下来，你把去献与哥哥便了。"

很简单，很爽直。

燕青道："你没来由寻死做甚么？我教你一个法则，唤做负荆请罪。"

李逵道："好却好，只是有些惶恐，不如割了头去干净。"

后来，李逵将功补过，帮刘太公找到了女儿，杀死了掳掠刘太公女儿的两个贼徒。

李逵不负宋江，宋江不负朝廷，朝廷……

这是在私生活上，李逵对宋江不给情面。

在政治路线上，他也敢和宋江唱对台戏。

我们知道，宋江是一力主张招安的，而从骨子里讲，李逵是不愿意招安的。这可能是李逵和宋江之间的最大矛盾。他可能本能地意识到，在梁山宋大哥手下比较自由散漫，一旦招安，做了皇帝的手下，他的这个脾气，未必能够适应，一旦不适应，那就不快活了。

所以，当宋江在重阳节上乘着酒兴作《满江红》一词，令乐和演唱，唱到"望天王降诏早招安，心方足"时，李逵便睁圆怪眼，大叫道："招安，招安，招甚鸟安!”只一脚，把桌子踢起，颠做粉碎。

朝廷派陈太尉招安梁山，萧让刚读罢诏书，只见黑旋风李逵从梁上跳将下来，就萧让手里夺过诏书，扯得粉碎，揪住陈太尉，拽拳便打，幸好宋江、卢俊义横身抱住。

恰才解拆得开，高太尉府上派来的李虞候喝道:“这厮是甚么人，敢如此大胆!”

李逵正没寻人打处，劈头揪住李虞候便打，喝道:“写来的诏书，是谁说的话?”

蔡京府上派来的张干办道:“这是皇帝圣旨。”

李逵道:“你那皇帝，正不知我这里众好汉，来招安老爷们，倒要做大!你的皇帝姓宋，我的哥哥也姓宋，你做得皇帝，偏我哥哥做不得皇帝?你莫要来恼犯着黑爹爹，好歹把你那写诏的官员，尽都杀了!”

在李逵的带动下，梁山一帮好汉，人人愤怒，个个不平，直接导致了这次招安的流产。

当然，李逵还是有他狡狯的地方。

他知道如何和宋江保持关系。他一面冲撞宋江，一面却很善于表现他对宋江的服从。正是这一点，让宋江一直把他当作心腹。

你看这次，他一边骂大宋皇帝，一边却抬举宋江。

一面表示对皇帝的不忠，一面又表示对宋江的忠义。

当他在重阳节大叫:“招安，招安，招甚鸟安!”一脚把桌子踢做粉碎，宋江大怒，要监押他时，李逵道:“你怕我敢挣扎。哥哥杀我也不怨，剐我也不恨，除了他，天也不怕。”说了，便随着小校去监房里睡。

我们注意这最后一句:“除了他，天也不怕。”这是当众表忠心，也是当众做榜样，还是当众立威风。谁不服宋江，我李逵就放不过谁。

一句话，不但消了宋江的气，反而让宋江念起他的好。

次日清晨，众人来看李逵时，故意吓唬他:“你昨日大醉，骂了哥哥，今日要杀你。”

李逵道:“我梦里也不敢骂他，他要杀我时，便由他杀了罢。”

这样的人，宋江舍得杀吗?

大家一定会说：舍不得。

但是，宋江还真的舍得，他还真的杀了李逵。

这是怎么回事呢?

招安之后，宋江率领梁山好汉征大辽，讨王庆，最后灭了方腊。他对大宋王朝忠心耿耿，立下赫赫战功。

宋江授楚州安抚使，李逵授镇江润州都统制。

而蔡京、童贯、高俅、杨戬四个贼臣，却并不放过他们。他们先设计毒死了卢俊义，又奏请徽宗皇帝降御酒二樽，赐予宋江，他们在酒中下了毒。

宋江自饮御酒之后，觉道肚腹疼痛，已知中了奸计，连夜使人往润州唤取李逵星夜到楚州，别有商议。

李逵到来，宋江请进后厅，吃了半晌酒食。

原来那接风酒内，已下了慢药。

次日，具舟相送。

宋江道："兄弟，你休怪我！前日朝廷差天使，赐药酒与我服了，死在旦夕。我为人一世，只主张'忠义'二字，不肯半点欺心。今日朝廷赐死无辜，宁可朝廷负我，我忠心不负朝廷。我死之后，恐怕你造反，坏了我梁山泊替天行道忠义之名。因此，请将你来，相见一面。昨日酒中，已与了你慢药服了，回至润州必死。你死之后，可来此处楚州南门外，有个蓼儿洼，风景尽与梁山泊无异，和你阴魂相聚。我死之后，尸首定葬于此处，我已看定了也！"言讫，堕泪如雨。

李逵见说，亦垂泪道："罢，罢，罢！生时伏侍哥哥，死了也只是哥哥部下一个小鬼！"言讫泪下。

这是李逵的第三次流泪。

回到润州，果然药发身死。

谁能管教李逵？

李贽说：张顺的水，戴宗的腿，罗真人的云里鬼。

我还要加两项：燕青的跌，宋江的药。

唯宋江的药，一了百了，彻底解决。

李逵临死之时，嘱咐从人要把他的灵柩与宋江一处埋葬。

李逵不负宋江，宋江不负朝廷，可是，朝廷却负尽天下人。

鲁智深篇

○搭救金翠莲
○拳打镇关西
○英雄做和尚
○另类和尚
○露出本相
○醉打山门
○命犯桃花
○大闹桃花村
○火烧瓦官寺
○相国寺菜头
○菜头与教头
○独闯虎穴
○大圆满

花和尚魯智深

一 搭救金翠莲

鲁达是有法眼的，能一眼识出英雄。而且他骨子里有大慈悲，能体察英雄的缓急。

大英雄能本色，真名士自风流

鲁达，我们大多数人叫他鲁智深。鲁达是他的姓和名，他原来是在渭州小种经略相公手下做提辖官，所以又称鲁提辖。“鲁智深”是他后来到了五台山当和尚，五台山住持智真长老赐他法名叫“智深”，从此，就叫鲁智深。

鲁达的第一回出场在贯华堂本第二回。那一天，他先是碰上了两个人，然后就遇到了一件事。

人是何人，事是何事呢?

史进在大闹史家村后，辞别少华山朱武等，去关西经略府寻找他的师父王进。他对少华山的三位头领说，“也要那里讨个出身，求半世快乐”。于是他饥餐渴饮，夜住晓行，独自一人行了半月之上，来到渭州（今甘肃平凉，或说今宁夏回族自治区隆德县东南）。

说到此处，顺便说一个问题。少华山在今陕西华阴市西面，史进要去的地方延安府（今延安）几乎在少华山的正北，而渭州，无论是平凉还是隆德，都在少华山的西面，而且相距千里之遥。史进要去延安府，却在半月之后来到渭州，他几乎错走了一千多里地。这当然不是史进错了，而是《水浒传》的作者错了。但问题是,《水浒传》的作者实际上并不在意这样的错误，此类错误后面还有很多。有人说，这是《水浒传》作者不懂地理，但问题是，如果《水浒传》作者在地理上认真，很多事情就无法发生了。所以，我们的态度是，既然《水浒传》的作者不认真，我们又何苦那么认真。它就是一部小说，只要其中的人物、事件符合艺术真实，不影响我们欣赏，就可以了。事实上,《水浒传》流传至今，深得普通百姓喜爱，老百姓从来不在这些问题上较真。

当史进在渭州的茶坊里打听师父王进时，一个大汉大踏步走进店里来。这人就是鲁达。

为了向鲁达打听王进的下落，史进赶紧起来向他施礼，而鲁达见史进长大魁伟，像条好汉，也就走过来与他施礼，两人坐下。

在鲁达眼里，史进是“长大魁伟”；在史进眼里，鲁达是什么样的长相呢？

面阔耳大，鼻直口方，腮边一部络腮胡须，身长八尺，腰阔十围。

金圣叹说鲁达是上上人物，《水浒传》把他写得“心地厚实，体格宽大”。

于是二位英雄相惜，互通姓名。史进初出道，此前一直在家，江湖上的事情知道得少，对鲁达，他并未听闻过。但两人一通姓名，鲁达却竟然知道“史家村甚么九纹龙史大郎”，令这个彷徨无措、初闯天下的小青年心中陡增一丝温暖。这个所谓的史大郎年龄、资历以及江湖上的功业与名望，不过是一个“史小郎”罢了，而三十五六岁、颇有人生阅历与傲人资本的鲁达，竟有些夸张地说史进这个小兄弟“闻名不如见面，见面胜似闻名”！这让年少的英雄陡增自信。这是他初涉江湖感受到的第一缕赏识的阳光。

鲁达是有法眼的，能一眼识出英雄。

而且他骨子里有大慈悲，能体察英雄的缓急。他知道，此时的史进，找不见师父，心里一定是惶恐的，是慌张的，是没有着落的。所以，虽然是偶遇，且是初次见面，鲁达表现出了十足的亲热：他挽了史进的手，“多闻你的好名字，你且和我上街去吃杯酒”。

他为什么对这个无论在年龄、资历、地位上都与他有较大差距的史进表现出如此的敬意与关怀？因为在鲁达心中，上述一切并不重要，重要的是，他觉得史进“像条好汉”。**鲁达有很多优秀品质，对人做判断和评价时，不看外在的东西，不势利，不看体制中的地位，注重内在的品质和才华，这是鲁达众多优秀品质中的一种。要知道，大多数人做不到这一点啊！**

当然，鲁达欣赏史进，还因为在性格上，鲁达、史进是属于一个大类：遇事敢做，做后敢当；遇好人敢救，遇坏蛋敢杀；粗糙爽利，勇直英雄。

试想一想，一个十七八岁的懵懂青年，为了救人，一把火烧掉自家的庄园，烧掉自己安身立命的家，土地田宅全都不要了，烧掉自己本来富足而安逸的生活，然后背上行囊独闯天下，不是英雄，安能如此舍得？

古人说，唯大英雄能本色，是真名士自风流。我也模仿一句：小人计较庸人贪，是大英雄真舍得。

因此，鲁达对史进有“后生可畏”之感。这样浩浩落落的后生，当然值得敬畏。

人可以穷困，但不可以潦倒

于是，鲁达挽着史进的手，亲亲热热要去酒楼喝一杯。在街上，却看见一群人围着看。史进少年好奇，对鲁达说：“兄长，我们看一看。”分开众人看时，竟然是史进的开手师父打虎将李忠在那里要枪弄棒卖膏药！

史进就人丛中叫道：“师父，多时不见！”

李忠也吃惊：“贤弟，如何在这里？”

鲁达大手一挥，道：“既是史大郎的师父，也和俺去吃三杯。”

很有派头，很有风度，很自负。简直是普度众生。这就是鲁达。

但我们要明白，鲁达也邀请李忠，并不是看上了李忠，而是因为他是史大郎的师父，是看在史进的面子上，给李忠一个面子。

人生在世，江湖也好，官场也好，人家给面子，就一定要这个面子，不能给你脸你不要脸。

但这李忠偏就不识抬举不要这个面子，一心只在卖膏药上，他要让鲁达、史进等他卖了膏药，讨了回钱，再去吃酒。

鲁达道：“谁奈烦等你？去便同去！”

鲁达不耐烦的，不是等一会儿讨钱的时间，而是这种讨钱的营生与举动他看不上眼。鲁达哪里看得上这种蝇营狗苟的生活状态？——这哪里是好汉的勾当呢？更何况还要让他在一边等，简直就是让他也参与其中！

刚才我们讲到他对史进，是觉得“后生可畏”，这话是孔子说的。但是，孔子在这句话的下面，紧接着又说了一句话：“四十、五十而无闻焉，斯亦不足畏也已。”李忠此时的年龄，与鲁达不相上下，在三十四五之间，还在街上要枪棒，卖狗皮膏药，实在是没有什么出息。

当然，英雄也可以失落，好汉也可以落魄。但是，**人可以穷困，却不可以潦倒。穷困，可能有各种客观原因，比如命运不济；潦倒，就是主观上的败落了。一个人潦倒了，就是精神溃散了，就是气质猥琐了。**

此时的李忠就有这么一点。当然，他有他的理由：“小人的衣饭，无计奈何。”

唉，多少英雄，被衣饭所困！被衣饭逼成了庸庸碌碌的凡夫俗子！读这样的文字，真让人下泪！多少英雄齐下泪，一生困死衣饭中！

毛泽东说，不打破坛坛罐罐，就不能干革命。不冲破衣饭的牢笼，我们就终身是个衣饭囚徒，就是一个移动的饭桶！

李忠本来要让鲁达、史进等他。现在一看肯定不行，一个不耐烦的人在旁边呢，便退一步："提辖先行，小人便寻将来。"又关照史进："贤弟，你和提辖先行一步。"

总之，他是舍不得那些看客的赏钱的。史进的舍得和李忠的舍不得比较出来了。

鲁达又哪里看得上这种猥猥琐琐的人？他一生最不在意的，就是谋生，就是衣饭，最看不上的，也是为衣饭经营的人生。于是，他越加焦躁，把周围看的人一推一跤，众人见是鲁提辖，一哄都走了，把李忠的场子给搅了，没了顾客了。

你看他的语气行为，是何等自信自负，取舍只在自己，决定权尽在自己。邀人吃酒，不是征求别人的意见，而是我给你面子，你哪有不要之理？

因为鲁达心地光明，所以，他有心理优势。

鲁达的这种气势、派头，当然压了李忠一头。李忠见鲁达凶猛，敢怒而不敢言，只得赔笑道："好急性的人。"

如果说，此时的史进是一个讨出身的人，那么，李忠就是一个讨生活的人。

李忠的这种谋生手段，当然无可厚非，但不潇洒，而且还显得委琐。一个好汉，哪里能长期这样生活呢！事实上，一种生活态度，往往决定了一种生活状态；一种生活状态，也就塑造出一种性格。整天锱铢必较，分毫必争，一丝难舍，像李忠这样到江湖上耍一通花拳绣腿的假功夫，讨一些赏钱；卖一些狗皮膏药，骗一些药钱，这种营生实足以坏掉一个人的境界，坏掉一个人的气质。

所以，孟子说，"术不可不慎"（《孟子·公孙丑章句上》）。选择生活方式非常重要。

李忠的武艺不高，他教的史进，让王进一棒就搠翻了。不但王进评他的棒法是"有破绽，赢不得真好汉"，就是他的徒弟史进，也说"我枉自经了许多师家，原来不值半分"，把他和另外一些师家加在一起，还不值半分。

这问题还不大，本事可以有大小，大问题在于境界的高低。**如果我们让一种生活状态限定了我们的境界，那就很糟糕了。李忠因为这种生活状态，因为他是这样一种挣钱的方式，严重地影响了他的境界与性情。他变得委琐、小气、悭吝、算计，整天盘算着自己的营生，想着自己的衣饭。试想，一个整天操心自己衣饭的人，怎么可能有境界呢？怎么可能是英雄，是好汉呢？**

史进如果整天想着自己的衣饭，他怎么会为了救少华山的朱武等人，一把火烧了自家的庄园，流落江湖？所以鲁达喜欢史进。

如果说心地厚实、体格宽大的鲁达，从里到外都体现一个“大”字，他李忠就是从言语到行为，从思想到气质，典型的一个“小”字。

所以，李忠是作者有意安排的一个对比。一个史进，一个李忠，正面的烘托有了，反面的对比也有了。英雄的鲁达和鲁达的英雄将淋漓尽致地展现在我们面前。

苦命父女，流落异乡

到了潘家酒楼，一开始，结识新朋友，大家喝得高兴，谈兴也浓。但是，喝着喝着，就出事了。

原来，这边他们正喝到高兴处，却听见隔壁有人“哽哽咽咽啼哭”。

真是“几家欢乐几家愁”。这是谁呢？为什么哭呢？

鲁达急于了解情况，很焦躁，便把碟儿盏儿都丢在楼板上。

乒乒乓乓的响声惊动了楼下的酒保，他赶紧上来。看时，只见提辖气愤愤地。

酒保很紧张，抄手道：“官人，要甚东西，分付卖来。”

鲁达道：“洒家要甚么？你也须认得洒家，却恁地教甚么人在间壁吱吱的哭，搅俺弟兄们吃酒？洒家须不少你酒钱！”

余象斗在此节下点评道：“智深闻哭便问店主，则心有怜宥之意，非因焦躁，实恐中有冤屈。”

非常好！你看，如果鲁达只是焦躁，怪人搅了他们的兴，他只要说赶走他们便了，或者更干脆：对着隔壁大喝一声，让他们安静即可。但他却是招来酒保，并说了这样一番话。为什么呢？

仔细琢磨，从这几句责怪酒保的话里，可以发现三点：

第一，此节写隔壁有人哭，是“哽哽咽咽啼哭”，鲁达说是“吱吱的哭”。这种哭，在哭者来看，必有伤心冤屈的事，而且是胆小怕事的人；就听者鲁达来说，必是有一番细心聆听，因为只有这样方能隔墙听见那边并不大声的哭，听得出那哭声中的哽哽咽咽。所以，鲁达在焦躁叫酒保前，必有这一番细心的私听和疑心的估猜。

第二，鲁达责怪酒保很是无理。有人在隔壁哭，怎见得就是酒保“教”的？无端责怪酒保，让酒保觉得冤屈，就是要让酒保为求自己解脱，做详细解释。可见鲁达正是担心有什么冤屈，要让酒保来说个端详。

第三，退一步说，就算鲁达要责怪酒保，最简单的方法是不问什么三七二十一，叫酒保去赶走那哭的人即是。刚才，他要拉李忠一起吃酒，李忠却要等卖完了药。他一焦躁，不仅骂李忠，还把那些围住李忠看的人一推一跤，骂道：“这厮们夹着屁眼撒开！不去的洒家便打！”但这次鲁达偏曲曲折折委屈一番酒保，再耐心地听酒保一番解释。我们看这一句话，“却恁地教甚么人在间壁吱吱的哭”。如果鲁达没有对哭者的同情心，他只需说，“却恁地教人在间壁吱吱的哭”。加上一个“甚么”，就是关心那个哭的是“甚么人”，就是要酒保告诉隔壁哭的是“甚么人”。他一定是在那哽哽咽咽的啼哭中，听出了里面无处申诉的冤屈。

果然，当酒保说出这是卖唱的父女两人“一时间自苦了啼哭”时，鲁达便道：“可是作怪！你与我唤得他来！”

对搅了他兴致的啼哭者，他说的话不是：“你与我赶得他去！”而是：“唤得他来！”为什么呢？他将怎样对待这对哭泣的父女呢？

鲁达唤来了金翠莲父女，刚才那么焦躁的鲁达，此时不但不焦不躁，反而十分耐心。他几乎是温存地询问了两个问题：

你两个是那里人家？为甚啼哭？

是啊，这也是我们读者想明白的。这对躲在酒楼的一角偷偷哭泣的父女，到底有什么不幸或冤屈呢？鲁达又会怎样对待他们呢？

我们先看看对金老问的两个问题。在这两个问题中，如果说与他鲁达有关，也只是后一个问题。而金老父女是哪里人家，真是与他无关。但就是他的这一问里，显示了鲁达对他们的关心，他几乎是十分的温柔。

原来，这个金老是东京人，携妻女来渭州投奔亲眷，没想到这亲眷搬到南京（北宋都开封，则以应天府即今河南商丘为南京，河南府即今洛阳为西京，大名府为北京，与东京开封府合称四京）去了。妻子在客店染病病故，剩下父女二人在此间磨难。此间的一个财主，叫作什么郑大官人，绰号“镇关西”的，一日见了金翠莲，贪恋金翠莲美色，便强媒硬保，要金翠莲做妾。金老父女，流落异乡，势单力薄，无力反抗，而镇关西虚写了一张买妾契约，写了三千贯，却并不付钱，即抢走了金翠莲。三个月后，金翠莲被郑屠的大老婆打出家门——实际上很可能是镇关西的指使，玩弄够了，厌倦了，就赶出家门。而且，更为可恶的是，他竟然向金老父女追要那并没交付的所谓三千贯典身钱，并着落金老父女投宿的客店主人，要他代为监管、禁锢二人，逼二人每天上街在酒店茶坊里卖唱，用卖唱所得来一点点还他的所谓三千贯典身钱。金翠莲因此从这个流氓恶霸的泄欲工具变成了赚钱工具，成了这个郑大官人的奴隶，包括三个月的性奴。

这两天酒客稀少，点唱的客人少，没有挣上钱，违了郑大官人的还钱期限，担心又要受他羞辱。父女二人又怕又伤心，又无处诉苦，忍不住了啼哭。

放不过坏人，放不下好人

鲁达，遇到事了。他遇到了不平事。

鲁达，遇到人了。他遇到了这样的人：受尽屈辱与压迫的可怜人和不明道德欺压良善的可恨人。

他将如何对待呢？

当然，这是别人的事。他完全可以袖手旁观。——实际上，观都不必，他可以闭上眼，做他的提辖，每日到茶馆品他的茶，到酒楼喝他的酒，和他的新朋老友较量枪法，谈天说地，说些大快人心的事。

大多数人不都是这样做的吗？

他完全可以挥挥手，让这对父女走开，转过身来，继续和朋友喝酒。

但是，他接下来问了金翠莲父女四个问题：

你姓甚么？在那个客店里歇？那个镇关西郑大官人？在那里住？

前两个问题关心眼前的这两个可怜人，他放不下。

问金老父女在哪个客店里歇，已经在盘算着搭救他们。

后两个问题打听所说的那个可恨人，他放不过。

问那个郑大官人在哪里住，已经在算计着收拾他！

果然，当他得知了这个所谓的郑大官人就是那个“投托着俺小种经略相公门下做个肉铺户”的郑屠，肉铺就在状元桥下时，他对史进、李忠说：“你两个且在这里，等洒家去打死了那厮便来！”

在鲁达眼里，这种人，一刻也不该活在世上；这种事，一刻也不该存在！

正派正直的人，绝不能和这样的人、这样的事和平共处！

事出突然，史进、李忠根本没有思想准备，赶紧抱住他：“哥哥息怒！明日却理会。”两个三五回劝得他住。

像鲁达这样的人，岂是能劝得住的？但他终于按捺下来，这是为什么呢？

因为，他要先救人！先救出眼前这可怜人，再去收拾那状元桥边的可恨人，这是正确的次序。这样的次序，可以让两个目的都达到。

如果先收拾人，就不能再救人，没有时间救人。不仅不能救人，反而可能连累这两个苦命人。

于是，他决定先救这对可怜的父女出苦海。

而要让他们出苦海，必须让他们离开渭州，离开这片给他们太多苦难和屈辱的土地，送他们回乡。

为什么呢？首先，这是这父女二人的愿望。无依无靠，又无生计的他们，只有回乡，才有可能重新开始生活。其次，渭州对他们来说，已经无法待下去。他们无法摆脱郑屠的纠缠与欺压，鲁达无法时时保护他们。

所以，要救金老父女，只有让他们逃出渭州。

而要让他们逃出渭州，首先必须为他们筹款，准备盘缠。

鲁达掏出身上仅有的五两银子，显然不够，他便向史进“借”。史进从包裹中一下子拿出了十两银子，比鲁达的多一倍。为什么？因为鲁达偶尔出门，身上没带银子，而史进则是盘缠尽在身边，鲁达出五两，他出十两，这是他英雄本色的表现。要知道，小青年史进现在浪迹天涯，就是一个漂人，连工作都没有，一下子拿出十两银子，从鲁达眼中看来，就入了他的青眼。鲁达一下子就看好了史进，终身认他为兄弟。

旁边一个人到现在还没有动静，太没眼色啦，他将讨来鲁达的白眼。

李忠见鲁达拿钱，可以不动，见史进拿钱，就该动了，但他仍不动，等到鲁达点名：“你也借些出来与洒家。”

李忠这才不得已动手在包裹里摸钱，可是，摸索了半天，却只摸出二两来银子。注意这个“摸”字，注意这个摸的动作，这是割他的肉啊。本来以为可以白吃一顿，没想到折本折大了。但是，鲁达还不高兴。

鲁达一眼望去，那眼仁里面就变了白眼，嘴上也不留情："也是个不爽利的人！"

白眼和讥嘲已经很让人难堪，但鲁达做得更绝：他还有手中的"丢"。

他只把他自己的五两和史进的十两共十五两给了金老，却把李忠的二两多银子丢还了李忠。

金圣叹在此下批了四个"胜"字："胜骂，胜打，胜杀，胜剐。"

再加四个字："真好鲁达。"

鲁达是舒张的，所以他看不惯缩手缩脚不爽利的人；鲁达是慷慨的，所以他看不惯悭吝小气的人；鲁达甚至也是善解人意的人，李忠挣钱不容易啊，要卖多少狗皮膏药，才能积攒二两多银子啊。这二两来银子，割他的肉啊。算了，还给他吧，丢给他了。

《水浒传》中潘家酒楼这一段，就写出了三个人，尤其是既写出了李忠，更衬出了鲁达。同是初次见面，鲁达后来认史进为生死兄弟，而李忠一直入不了他的法眼。

就是一件小事，不同的人，被分别出来。史进十两，李忠二两，这个区别，就是境界的斤两。

鲁达收下了史进的银子，就是接受了史进；鲁达丢还了李忠的二两银子，也就拒绝了他的人。

他的二两银子没有与鲁达的五两、史进的十两凑数，他本人也就被鲁达排斥在他的兄弟之外。

所以，我们不能老是要别人理解自己，假如像李忠那样悭吝小气，却希望别人理解，当别人理解你时，也就看扁你了，至少是看轻了你，又哪里值得呢？所以，做人应该是这样：给予别人的，尽量多理解；从别人那里获得的，应该是敬重。

但是，光有了盘缠，金老父女还是走不了。为什么？因为走不脱。金老说："店主人家如何肯放？郑大官人须着落他要钱。"

这个郑屠，还真有势力啊，连店主人都成了他的帮凶。所以，要救金老父女，还要鲁达亲自去一趟金老借住的东门里鲁家客店，吩咐他们离开。

于是，鲁达把银子递给金老时还告诉他："你父子两个将去做盘缠，一面收拾行李，俺明日清早来发付你两个起身。看那个店主人敢留你！"

二　拳打镇关西

人人不生气，一个民族就没有生气，就是被人宰割的奴隶之邦。鲁达一生气，后果很严重。

助纣为虐，为虎作伥

第二天一早，金老寻好了车子，算还了房钱，五更天就起来，收拾好了行李，甚至吃好了饭。

我们可以想象这对受尽欺压的父女，那一颗充满渴望而又忐忑不安的心。

他们在天光熹微中等待，等待一个人来救他们脱离苦海。

这个人会来吗?

在他们翘望的眼神里，鲁达大踏步走入店里来。

我们要记得，鲁达第一次出场，史进还没认识他这个人时，就先看到他标志性的动作：大踏步。那时，史进在茶坊里打听师父王进，就看到一个人大踏步走进来。

此时，在金老父女眼中，他又是大踏步走进店里来!

大踏步，地动山摇；大踏步，堂堂正正；大踏步，体格宽大；大踏步，心地厚实！大踏步，自大自信!

大踏步走来的这个人，让恶人心惊！大踏步走来的这个人，让好人心安!

一进门，鲁达就高声叫道："店小二，那里是金老歇处?"

他知道店主人和小二会阻拦金老离开，但他偏光明正大、大摇大摆地来发付金老离开。这是对弱小者的同情，对邪恶的蔑视。而且，他这样的英雄，不屑于偷偷摸摸，他做事的方式就是这样堂堂正正。

店小二也认识鲁提辖。但是，他不知道鲁提辖一大早就来寻金老干什么。待看到鲁达催促金老走路，金老引了女儿，挑了担儿，作谢提辖，便待出门。小二紧张了，赶紧拦住。

店小二拦住道："金公，那里去？"

不待金老作答，鲁达问道："他少你房钱？"

小二道："小人房钱，昨夜都算还了；须欠郑大官人典身钱，着落在小人身上看管他哩。"

鲁提辖道："郑屠的钱，洒家自还他，你放这老儿还乡去！"

金圣叹说，看这"还乡去"三个字，令人泪下。是啊，一声还乡去，双泪落君前。多少人还不得乡，只为没遇鲁提辖！

那店小二怕郑屠，不敢放行，可见郑屠平日里鱼肉百姓作威作福。

鲁达大怒，揸开五指，去那店小二脸上只一掌，打得那店小二口中吐血；再复一拳，打下当门两个牙齿。店小二爬将起来，一道烟跑向店里去躲了。店主人哪里敢出来拦他。

这个小二着实该打！助纣为虐，为虎作伥，不打你打谁？哪怕你此前是屈于强势，也该有同情心。到此时鲁提辖发落金老走，郑大官人问起来，完全可以推给鲁达，自己也正好做个顺水人情。到此时还要强拦金老，该打！

金老父女两个忙忙离了店中，出城自去寻昨日觅下的车儿去了。

鲁达救人，到此时，按说已经完成。但是，更加让人感动的是下面的一个小动作：

鲁达寻思，恐怕店小二赶去拦截他，就向店里掇条凳子坐了两个时辰。

约莫金公去得远了，方才起身。

这个粗鲁人，此时比我们还要细心。此时我们才想到，一旦鲁达离开，这店主人一定会一边给郑屠报信，一边去追金老父女。

这个不耐烦人，此时偏偏特别有耐心。两个时辰，就是四个小时啊！四个小时的冷板凳，他这个性急焦躁的人，硬是坐下来了！

鲁达为人时，何等用心啊，因为用心了，所以才有此细心和耐心。

为他筹款，帮他离开，等他走远，这是鲁达救人的三部曲——救人救彻！

我们回过头来看看，昨天，他和史进、李忠在潘家酒楼分手后，《水浒传》接着写道："鲁提辖回到经略府前下处，到房里，晚饭也不吃。气愤愤地睡了。"

不但酒不喝了，并连饭也不吃了！

按说，谁也没惹他。他在渭州，有身份，有地位，有名望，酒店茶坊，到处都可以赊账，他为谁气愤？甚至气愤得不吃饭？

但是他生气了，很生气。我们知道，鲁达一生气，后果很严重。

一个人不会生气怎么行啊。不生气就没有生气啊。人人都不生气，一个民族就没有生气，就是任人宰割的奴隶之邦。这种愤怒，就是我们常常说的道德愤怒。具有道德愤怒的人，是高贵的人，具有高贵的品格。有了这种愤怒，邪恶就不会高枕无忧，就不会在肆虐过后毫无顾忌！

好了，现在鲁达要救的人已经安全脱身了。他从那条凳子上站起身来。我们心惊肉跳地看着他的神情，看着他的去向。果然，他站起来——

径到状元桥来！

鲁达一生气，后果很严重

金圣叹在此句下注道："陡然接此一句，如奇鬼肆搏，如怒龙肆攫，令我耳目震骇。"

此时的鲁达，不动声色，脸色冷峻，如凶神恶煞，挟裹着一团煞气，径到状元桥来。

鲁达要如何惩罚这个恶人？

他一夜愤怒，一夜辗转，他到底拿定了什么主意？

郑屠，这个恶人，将要面临什么下场？

这个人他以前也认识，在他眼里，也就是一个肉铺户，叫郑屠，连名字也不知道。

他哪里想到，就这么一个腌臜人，竟然在外面自称郑大官人，还号称"镇关西"？一个杀猪的屠户，大概有了一些钱，又投靠小种经略相公，就自称"镇关西"，鲁达一定觉得好笑又好气。

到了状元桥郑屠的肉铺前，鲁达看到了什么呢？

郑屠开着两间门面，两副肉案，悬挂着三五片猪肉。——注意这些数字。这就是大官人的排场。写得可笑。

但是，他的派头却实在很大：

郑屠正在门前柜身内坐定，看那十来个刀手卖肉。

你看他自己给自己的大官人的身份啊。写得可笑。人世间这种人还少吗？弄一个门面，雇两三个员工，也都自称老板啦！

他们最好都能碰到鲁达，因为鲁达偏不喊他老板，喊什么呢？也实在是扫人浓兴，泼人凉水：

鲁达走到门前，叫声："郑屠！"

金圣叹批曰："人人称大官人，彼亦居然大官人矣。偏要叫他一声郑屠。"

这是还他屠夫本色。是啊，不就是一个屠夫吗？什么大官人啊，镇关西啊？除了平时欺压百姓，也就镇镇几头肥猪啊。

这一段写得很幽默。

这个幽默的构成包含这样两个元素：

其一，是郑屠的没有现实感。他忘记了自己真实的社会身份与地位，以虚假的面具面世，而且已经习惯。可笑的是，周围的环境对他的虚假面具给予了足够的认可，这同时是可悲的。

其二，偏偏鲁达不给郑屠这个面子，偏要撕破他的这个虚假面具。

什么叫喜剧？喜剧就是把丑陋的东西撕破给人们看。

这有些像安徒生的童话《皇帝的新装》。当所有人都对事实视而不见，并对并不存在的所谓皇帝的新装大加赞赏时，只有一个内心无所畏惧无所惭愧的孩子，说出了真相："可是他什么衣服也没有穿呀！"

当真相被大家一起掩盖时，这个世界是可悲的，因为，这个世界一定是被暴力统治着。这种暴力或者来自皇帝，或者来自郑屠这样的市井恶霸。

而当假象被撕破时，这个世界就会爆发出大笑：就像一首诗写的"魔鬼的宫殿在笑声中动摇"。

是的，有时候，笑声就是最好的武器。

鲁达就是要制造笑声，让郑屠这个恶霸在大家忍俊不禁的笑声中原形毕露。

郑屠一见是鲁提辖，慌忙出柜身来唱喏道："提辖恕罪！"

在渭州，谁人不识鲁提辖？这是借郑屠之口，写鲁提辖的威风。也一笔写出了郑屠的两面性：一边是奴隶，一边是奴隶主。

这种双重人格，是这类人的基本特征。在金翠莲面前，他是恶霸；在鲁达面前，在比他更有力量或权势的人面前，他一定是奴才。

但马上这个大官人就又显示了自己的派头，显示了自己支配别人的强烈爱好：

他叫副手："掇条凳子来！"——这是对手下人，颐指气使。

"提辖请坐！"——这是对鲁达，毕恭毕敬。

整个一条变色龙。

鲁达也不计较，大咧咧地一坐，说：

"奉着经略相公钧旨：要十斤精肉，切做臊子，不要见半点肥的在上面。"

郑屠是相公肉铺户，鲁达便处处以相公钧旨压他，让他非常难受却又无法表现。十斤精肉臊子，倒不稀奇，稀奇在于不要见半点肥的在上面。这是增加难度啊。既是消遣他，当然要为难他，也看看你小子的专业水平呢。

郑屠道："使头！——你们快选好的切十斤去。"

好大的大官人派头啊。鲁达吩咐他一句，他就吩咐下面一句，他的意思就是，这事有孩儿们做去。鲁提辖，我们哥两个喝喝茶，叙叙话。他有身份啊。

还要特别注意，他称呼手下人什么？使头。什么叫使头啊？你不知道，我不知道，给《水浒传》做批注的李卓吾也不知道，所以他调侃地注了四个字"使头名新"。是的，这个官名真是新名字，此前历代中国从朝廷到地方，都没有这个官守，是空前的。同时，又是绝后的。为什么呢？这是郑屠的大官人肉食品公司创新的官名，后来总经理郑大官人不幸被鲁达打死，大官人肉食品公司解散，这个官名也就没有传下来。

你看这个郑屠，一个屠夫啊，他也要对手下封官加爵哩。他有身份了，他要自立一套体制，然后自居最高端。这样的人，有机会的话，一定会做一件龙袍自己穿上的。权力欲几乎可以说是人性中最丑陋的部分，也是给人类带来最多伤害和悲剧的东西。

而且，往往越是邪恶的人，越有权力欲。

郑屠就是一个例子。他欺男霸女，欺行霸市，控制店主人，迫使别人成为他的泄欲工具和赚钱工具，都是他邪恶的人性和膨胀的权欲相结合的结果。

但鲁达偏要煞他的风景，打击他过分膨胀的虚荣心和权力欲。

鲁提辖道："不要那等腌臜厮们动手，你自与我切。"

刚才喊他一声郑屠，是让他记住自己的名字。现在让他自己动手，是要他不要忘了自己的专业。该干什么干什么去吧！别丢人现眼了。

只是，郑屠不腌臜吗？鲁达也好笑。

郑屠道："说得是，小人自切便了。"

郑屠怕鲁达，被吓住了。鲁达脸色一定难看，语气一定可怕。郑屠一定看出了什么苗头，看出了鲁达这次来者不善，但他不知道到底有多严重。

郑屠自去肉案上拣了十斤精肉，细细切做臊子。

郑屠很乖啊，我们简直要同情他了。是的，在鲁达面前，他语言得体，谦恭有礼，很让人同情。

火药味越来越浓，好戏即将上演

这郑屠整整地自切了半个时辰。

切好了，郑屠还用荷叶包好，小心翼翼地说：

“提辖，教人送去？”

话说得得体，工作也很到位，又讨好又奉承，却不知道他根本开口不得。

鲁达道：“送甚么！且住，再要十斤都是肥的，不要见些精的在上面，也要切做臊子。”

郑屠道：“却才精的，怕府里要裹馄饨，肥的臊子何用？”

被弄得一头雾水的郑屠一定有这一问，再说，他也被戏弄得有些不耐烦了。

金圣叹批曰：“实不可解。”哪里可解？不独郑屠不解，我们也想不到，鲁提辖竟然想出这样有创意的消遣。

肥的臊子何用？——消遣你小样用。

鲁达太有才了。

鲁达睁着眼道：“相公钧旨分付洒家，谁敢问他！”

这话说白了，就是，谁敢问我！

郑屠道：“是合用的东西，小人切便了。”

一触即发之时，郑屠又及时避让了。

合什么用呢？谁也不知道。但郑屠很肯定地说，合用。

这一场消遣大戏，如果说鲁达是最佳导演，有绝妙的创意；郑屠就是最佳演员，他完全听从导演，充分体现导演意图，演出了绝佳的效果。

郑屠又选了十斤实膘的肥肉，也细细地切做臊子，用荷叶来包了。

整弄了一早晨，却得饭罢时候。

这种时候，我们要知道，当郑屠在肉案上老老实实地很专业地切肉馅时，不光是鲁达高坐在一边看，还有郑屠手下的那十来个刀手，还有街坊邻居，还有来买肉而又不敢近前的。为了提醒我们这一点，作者写了一个小插曲，也很搞笑。什么事呢？

那店小二把手帕包了头，正来郑屠家报说金老之事，却见鲁提辖坐在肉案门边，不敢拢来，只得远远地立住在房檐下望。

很合情合理啊。郑屠着落他监管金老，现在金老走了，他能不来报信吗？只可惜被打破了头，只好用手帕包着。虽然街坊邻居那里不好看，但是正好可以对郑屠说明，他已经尽力了。

只是，他没想到还有鲁达也在此，而且他也一定从鲁达的神情和郑屠的切肉中，看出了一些危险。他一定闻出了火药味，稍不小心便要爆炸。所以，他远远地站着，与在场的所有人一起分享这一美妙时刻。

鲁达知道，我们知道，那店小二也知道，金公离渭州越来越远了。只是，店小二不知道的是，郑屠离鲁达的拳头越来越近了。

那店小二哪里敢过来？连那正要买肉的主顾也不敢拢来。

——火药味越来越浓了，令人喘不过气来。

终于切完了，这个平时不可一世的家伙在众人的围观中回到了自己的原形。

郑屠道："着人与提辖拿了，送将府里去？"

还是乖巧的，得体的。其实，郑屠哪里看不出鲁达是在消遣他呢？哪里看不出鲁达在找他的碴儿呢？

但是正因为知道了鲁达在找他碴儿，他越是要装着不知道，越是要低三下四，讨好奉承。他惹不起这尊神啊。

鲁达道："再要十斤寸金软骨，也要细细地剁做臊子，不要见些肉在上面。"

两番寻衅找碴儿不成，又来三番，而且越来越露骨了。如果说刚才在十斤精肉臊子后，又要十斤肥肉臊子，是绝妙的创意的话；这次则一点创新也没有，简直就是不动脑筋，照搬照抄。但唯其如此，才足够气人，气得郑屠吐血！

鲁达太有才了。

郑屠笑道："却不是特地来消遣我？"

郑屠非常气闷，却又不敢发作；不敢发作，却又非常气闷。他脸上古怪地变幻各种表情，最后憋出这样的怪模怪样的话来。金圣叹批曰："又吓又恼，翻出笑来。"对。可是，鲁达就等你这一句啊。恭喜你，答对了！

此前鲁达的所作所为，就是消遣你！鲁达收拾郑屠，是有步骤的。第一步，就是戏弄他。或者用郑屠自己的话说，就是消遣他。说得再简单一点，玩他。在这个过程中，大灭了郑屠的威风，大长了被欺压的百姓的志气。郑屠多年横行霸道苦心经营出来的江湖声价，扫地以尽，他又回到了他的原形：一个低贱的操刀卖肉的屠夫。

其实，操刀卖肉当屠夫，并不下贱，梁山好汉里操刀卖肉的尽有，比操刀卖肉更低贱的营生也有，但大家仍然是兄弟，仍然不是天罡就是地煞。关键是你是否有好的德行。这个德行就是“忠义”。像郑屠这样，不忠不义，还自高自大，就要把他打回原形。

现在，玩够了，也玩出他的火来了，玩出了预想的结果：激怒他，然后有借口收拾他。

鲁达听得，跳起身来，拿着那两包臊子在手里，睁着眼，看着郑屠道：“洒家特地要消遣你！”把两包臊子劈面打将去，却似下了一阵的“肉雨”。

用刚才郑屠花了一早晨细细地切成的两包臊子打他，太不尊重人家的劳动成果啦。而且是劈面打去，打出一阵肉雨。借用李逵的话说，活佛也忍不住啊。果然——

郑屠大怒，两条忿气从脚底下直冲到顶门；心头那一把无明业火，焰腾腾地按捺不住；从肉案上抢了一把剔骨尖刀，托地跳将下来。

一早晨忍气吞声，一早晨小心伺候，一早晨装孙子，还是躲不过。当众出丑，当众轻贱，当众让自己多年辛苦建立的威风扫地，只求能平安渡过这一关，消除这一无妄之灾，但仍然得不到宽宥，那就拼了吧！这郑屠，本不是善类，本来就是一直欺压他人的，忍到现在，很不容易啦！

鲁提辖早拔步在当街上。

后来武松打蒋门神，武松特地走到门外，要在大路上打倒他，因为这样好看，要让众人笑一笑。鲁达拔步在当街上，也是这个意思。梁山好汉，不光打人，还要充分利用这被打的材料，以娱乐人民。他们哪里是打人啊？他们是在表演行为艺术。他们还是行为艺术家呢。而郑屠、蒋门神之流，就是他们的艺术材料。

㊂ 英雄做和尚

什么是真正的英雄好汉？就是把别人的不幸当作自己的不幸的人，就是把别人的仇人当作自己的仇人的人，就是把这个世道上的不平当作自己的不平的人！

报应会晚到，但报应终会到

现在，消遣阶段结束了，进入第二阶段。

郑屠右手拿刀，左手便来要揪鲁达；被这鲁提辖就势按住左手，赶将入去，望小腹上只一脚，腾地踢倒在当街上。鲁达再入一步，踏住胸脯。

先踢倒他，再踏住胸脯，为什么不直接踹他，而是踏住他？因为鲁达还要教训他：没打死，让他以后做个老实人；一不小心打死了，也让他做个明白鬼。阎王见了，问，怎么死的？也能回答：做了恶，被一个叫鲁达的人打死的。

这就是第二阶段，教训他。

鲁达提起那醋钵儿大小拳头，却也并不马上下手——脚也上了，拳头也上了，但是，脚没踹他踢他，拳没揍他捶他，这叫引而不发。因为这还是第二阶段：教训阶段。还没到第三阶段呢。

鲁达提着拳头，看着这郑屠道："洒家始投老种经略相公，做到关西五路廉访使，也不枉了叫做'镇关西'！你是个卖肉的操刀屠户，狗一般的人，也叫做'镇关西'！"

说自己的光辉历史和体面身份，并非要自我夸耀，而是要郑屠自惭形秽，知道自己的货色、成色以及在这个社会中的真实位置。对这类不知天高地厚、轻狂骄纵的小人，必须这样还他本来面目。这是鲁达在打他肉体之前，打击他的精神——狗一般的人，是对他真实社会地位的贬低，更是对他人格的贬低。

说到此处，猛然一句："你如何强骗了金翠莲！"

这是让他死个明白，做个明白鬼，让他知道，他在哪里触犯了鲁提辖，在哪里犯了死罪。

是的，轻狂骄纵，不知天高地厚，不知自己几斤几两，不是死罪。

强骗金翠莲，你就该死了。

“强骗”两个字，好。既以势强逼，又以奸诈骗。这是郑屠这样的人欺压良善的两种基本手段。

这里有三段推理在：

你如此欺负弱小女子，你就是恶人；

你是恶人，你就触犯了我鲁提辖；

你触犯了我鲁提辖，你就惨了；

或者，这三段推理是这样的：

你强骗了金翠莲；

所以你是恶人；

你是恶人，所以你该打。

你可以躲过天，躲过地，躲过官，但你躲不过鲁提辖。

天不管，地不管，官不管，我鲁达管！

现在，这个世界上最恨那个郑屠的，甚至不是金翠莲父女了，而是他鲁达！

汪涌豪和陈广宏两位先生的著作《侠的人格与世界》（复旦大学出版社，2005年版）讲到侠客的正义感时说：“他人之蒙受不公正待遇，在他们而言，每每感同身受。”“侠将人所蒙受的不公正，视为如自己身受一样，必要求为洗刷。”此外，还引述田毓英《西班牙骑士与中国侠》中的话说：“中国的侠则是为了一种不属于自我的，指向他人的义而行侠。”

什么是真正的英雄好汉？就是把别人的不幸当作自己的不幸的人，就是把别人的仇人当作自己的仇人的人，就是把这个世道的不平当作自己的不平的人！

正义会迟到，但正义最终会赶到。

报应会晚到，但报应终会到。

鲁达的拳头，就是正义，就是报应，到了。

——第三阶段开始了：打杀他。

扑的只一拳，正打在鼻子上，打得鲜血迸流，鼻子歪在半边，却便似开了个油酱铺：咸的、酸的、辣的，一发都滚出来。

郑屠挣不起来，那把尖刀也丢在一边，口里只叫：“打得好！”

鲁达骂道:“直娘贼，还敢应口!”提起拳头来，就眼眶际眉梢只一拳，打得眼棱缝裂，乌珠迸出，也似开了个彩帛铺的：红的、黑的、紫的，都绽将出来。

两边看的人，惧怕鲁提辖，谁敢向前来劝?

郑屠当不过，讨饶。

鲁达喝道:“咄！你是个破落户！若是和俺硬到底，洒家倒饶了你。你如今对俺讨饶，洒家偏不饶你!”只一拳，太阳上正着，却似做了一个全堂水陆的道场：磬儿、钹儿、铙儿，一齐响。

我们来看看作者的描写。第一拳，打在鼻子上。写完“打得鲜血迸流，鼻子歪在半边”，本来已经写足，偏要再写出“却便似开了个油酱铺：咸的、酸的、辣的，一发都滚出来”。

第二拳，打在眼眶际眉梢，写完“打得眼棱缝裂，乌珠迸出”，也已经写足，偏要再写出“也似开了个彩帛铺的：红的、黑的、紫的，都绽将出来”。

第三拳，打在太阳穴上，又是一段精彩譬喻:“却似做了一个全堂水陆的道场：磬儿、钹儿、铙儿，一齐响。”

水陆道场，也叫水陆法会、水陆大会、水陆斋，是中国佛教最隆重的一种经忏法事，全名是“法界圣凡水陆普度大斋胜会”，简称水陆会，又称水陆斋、水陆道场、悲济会等，是设斋供奉以超度水陆众鬼的法会。

世上有魔鬼，便会有魔鬼终结者

作者为什么这样写？首先，这样写是合理的想象，是站在郑屠一边，体会他的感觉，鼻根是味觉，眼睛是视觉，太阳穴管听觉。因为作者要欣赏，要把这快意恩仇延长了，展开了，慢慢消受！那时代的人民被压迫得太久，忍耐得太久，需要一个延长了的复仇过程，供人们充分发泄。我们需要恶人的鲜血，给我们快感；需要恶人的痛，来强化我们的快感！

实际上,《水浒传》的创作，从社会心理学上讲，就是一种压抑的发泄，是社会被长期压抑后的一种文学发泄，是人民苦闷的象征。这种发泄在元杂剧尤其是关汉卿的杂剧里，同样有明显的表现。从这一角度，我们可以理解，为什么《水浒传》的某些场景写得那么血腥，那么残忍，这是人民对封建统治的仇恨造成的。

《水浒》到此，才有第一次高潮。我们到此，也才有第一次扬眉吐气，第一次手舞足蹈。

我们回头看看，此前，我们都经历了些什么。

从洪太尉仗势骄狂误走妖魔，到高太尉公报私仇逼走王进；从王进流落江湖不知下落，到史进毁家纾难无处安身，总是恶人得志，好人倒霉，我们真是压抑得太久了。

鲁达的拳头，让我们大呼："不亦快哉！"

鲁达的拳头，让我们看出了水浒英雄的真面目，真性情，真道德。

鲁达的拳头，不仅打杀了仇人，而且几乎是我们心灵的按摩！他的拳头，打出了我们的快意，打出了我们心中的恨、心中的怨、心中的冤、心中的仇，打出了正义的力量、道德的力量，让我们相信，这个世界还不全是黑暗，恶人也不是全无报应，好人也能得到公正。

这个世界，只要有郑屠，就必须有鲁达的拳头！

实际上，镇关西这样的人，是对我们生存环境的毒害，是对我们良心的蔑视，是对正义的亵渎，是对道德的嘲弄，还是对法律的调戏。生活中有没有这种人，不可怕，可怕的是，我们的容忍与沉默。我们若是容忍了他，就是降低了我们的人格，我们若是和这样的人和平共处，就是我们自身的耻辱。所以，鲁达是一刻也不能忍受地等了一个晚上，第二天，也许稍微冷静的他理智上并不要置郑屠于死地，但是他的拳头，带着他的愤怒感情，却把郑屠打出了我们的世界，送他下了地狱。这个时候，他的一拳比一拳更狠的拳头，不仅表达了他内心中不可压抑的正义之怒，而且，在《水浒》作者的生花妙笔感召下，我们读者也在鲁达的拳头中，加上了我们的一分力量。我们在读这段文字时，内心里就不停在喊：打死他！这个时候，如果有人问，这个世界上最可爱的人是谁？我们一定会说，是鲁达。如果有人问，这个世界上最可爱的东西是什么？我们一定会说，鲁达的拳头！

这就是世道人心！这就是一切良善终获公正，一切邪恶终受报应的最终原因和保障！

而文学，就是唤起我们的良知。

在鲁达打郑屠这段文字的后面，李贽简直不知道如何表达他的感受，只是连下了这样一连串的评语："仁人、智人、勇人、圣人、神人、菩萨、罗汉、佛！"

李贽太激动了。仁人、智人、勇人、圣人，是儒家的理想人格；神人，是道家的理想人格；菩萨、罗汉、佛，是佛家的理想人格。儒释道向称中国传统的三大教派，三大教派的最高人格境界，全部让李贽送给鲁达了，鲁达一下子得到了三顶高帽子。实际上，李贽就是一个在现实中深感压抑的思想家，他敏锐地感受到了那个时代、那个社会、那个制度、那个文化传统对人的全面压抑，他几乎不能喘气。所以，他读《水浒传》，读鲁达，他也一定十分畅快。

当然，鲁达还不能说就是什么圣人、神人、菩萨等等，但是，他此时的行为，却是代表了一个社会不可或缺的正义。在满怀积怨之后，看到鲁达这样申冤报仇的拳头，读者确实非常快意。李贽在激动之际写下的这一连串评语，就是这种社会心理的表现。

三拳过后，只见郑屠挺在地上，口里只有出的气，没了入的气，动弹不得。死了。鲁达，成了郑屠的终结者。他就是魔鬼终结者，邪恶终结者。

只问是非而不问利害，这个世界少不得莽撞人

鲁达寻思道："俺只指望打这厮一顿，不想三拳真个打死了他。洒家须吃官司，又没人送饭，不如及早撒开。"

这个时候，他突然想到了吃饭问题。没饭吃委实是个大问题。但是，他在救人时，没想自己的吃饭问题；在杀人时，也没想自己的吃饭问题。他哪里是能周密地考虑一件事的方方面面的人呢？他只是率性而动，说白了，他也就是一个莽撞人。但这个世界上，少不得莽撞人。都是算得准把得牢的精细人精明人，这世界上的好多事就没人做了。是莽撞人，做了很多人想做又不敢做不愿做的事。

现在，他意识到，他一个早晨，不是做了两件事，而是做了三件事：第一件，救了两个人；第二件，杀了一个人；第三件，砸了自己的饭碗。

墨子曾经解释过什么是侠义行为，他说这种行为往往是"士损己而益所为""为身之所恶，以成人之所急"。损害自己，成全所做的正义之事；做自己不愿意的事，救济他人的急难。这就是侠义之士的侠义行为。鲁达，就是这样的侠义之士。

为什么说他损害了自己呢？先看他昨天碰到的两个人：史进和李忠。很有意思，这两个人有特色。什么特色？

史进正要讨出身，李忠正在讨生活。

什么叫讨出身？就是在体制内找一份有发展前途的工作。相当于在计划经济时代，找一份全民所有制的事业单位的工作，当干部。

什么叫讨生活？相当于在计划经济时代，丢掉了工作，不用说当干部了，就连大集体合同制工人的身份都没有了，自己谋生去。

一个是待业青年，一个是无业游民。

现在，一出场的鲁达，就碰到了这两个不同类型的人。这两个人却又恰恰代表了人生中的一些无奈，一些尴尬，一些艰辛，一些窘迫。

史进和李忠，是为生活所苦，为生计所累的两个人。他自己此时是什么样的生活状态呢？

鲁达此时在小种经略相公处做着提辖。老种是种师道，小种是他弟弟种师中。传见《宋史》卷三百三十五《列传》第九十四，主要侧重于管理一路（相当于现在的省）的军队。全称为“经略安抚使”。一般以文臣为之。为边防军事长官，与都督并置。如范仲淹曾任陕西经略副使。提辖是不大不小的官，大概相当于现在的正营级少校。梁山好汉里，孙立也是提辖，他出门办私事，后面还跟着十数个军汉，可见其派头。这个职务虽不算很高，但是——

一、比起在街上卖膏药的李忠，还有正在找工作的史进，他已经是一个颇有身份的人了；

二、只要干得好，像他这样的武功和专业水平，在军队中混，再往上走，获得升迁，非常正常，机会很多。

所以，鲁达此时：

一、有了一个非常好的出身和资历（从老种经略相公处转到小种经略相公处，照他自己的说法，还做过关西五路廉访使），不用像史进那样讨出身；

二、有很好的生活保障，不用像李忠那样讨生活；

三、只要不出大的问题，前途无量。

但是，打死郑屠，让他一下子丢掉了出身，丢掉了职位，彻底改变了他的生活。

结果是，史进这边要讨出身未得，倒弄得那边已有出身的鲁达丢了出身。于是，史进要出身，鲁达丢出身；史进要前程，鲁达抛前程；史进要求个半世快乐，鲁达倒先丢了半世快乐，落了个半世颠沛。

鲁达从来没有考虑过自己的生计，他自己的事，由命运定，他只定别人的命运。他关心别人的生活，却不想自己的生活。他为了别人的生活，往往毁了自己的生活。

鲁达的可贵就在这里。这世界，人人要讨生活，如李忠；人人想讨出身，如史进。他呢？有了不错的生活，有了体面的出身，但他并不因此而沾沾自喜，并不因此而志骄意满，甚至并不因此而小心翼翼，只求保住这样的舒适体面的生活，甚至不惜委曲求全、同流合污。孔子曾经说过一种鄙夫：

子曰："鄙夫可与事君也与哉？其未得之也，患得之。既得之，患失之。苟患失之，无所不至矣。"（《论语·阳货》）

意思是什么呢？就是说，有一种人，他没得到职位时，生怕得不到，就孜孜以求，甚至不择手段；已经得到后，又生怕失掉，就小心翼翼，人格委琐。假如一个人老怕失掉职位，那就无论什么事都干得出来。事实上，人生往往就处于这样的两个阶段：患得阶段与患失阶段。

岂止鄙夫啊，就是英雄好汉也往往不免。

杨志作为遇赦的罪犯，为了谋求复职，收购了一担的金银珠宝，买上告下，巴结行贿，这哪里像正派人啊？这是患于得。

林冲身为八十万禁军教头，竟然对高衙内调戏自己的妻子忍气吞声，这哪里像英雄好汉啊？这是患于失。

他们如何才能保住自己的清白？这世界处处逼得他们做不得好人，随时泼他们一身污泥浊水。

梁山好汉有几个干净人？

只有一个人，那是真正的干干净净、清清白白，他就是鲁达。

首先他从来没有龌龊地生活过，没有忍气吞声过，没有唯唯诺诺过。他不是愿意委屈自己，但为了伸张正义，往往把自己弄得十分委屈。他只是不愿意看到正义被委屈，他认为这个世界应该有正道，应该有直道，他要做一个正人，做一个直人，以保护正道，保护直道。

现在，救的人，救走了；杀的人，杀死了。放不下的人，已经安顿了；放不过的人，已经结果了。

他能脱身吗？我们不能不为他担心。

街坊邻舍并郑屠的伙计，谁敢向前来拦他？鲁提辖回到下处，急急卷了些衣服盘缠、细软银两，但是旧衣粗重，都弃了，提了一条齐眉短棒，奔出南门，一道烟走了。

因为他一开始也不是定要杀郑屠，所以，他根本没有做好相应的准备，以至于逃跑时显得很是狼狈。大英雄的狼狈，也自有他的风度和洒脱，甚至，还狼狈得很有气质。

做提辖也好，做和尚也好，快活就好

鲁达打死了郑屠，成了我们心中的英雄，但却也成了官府的逃犯。他东逃西奔，急急忙忙，《水浒传》写道："饥不择食，寒不择衣，慌不择路，贫不择妻。"煞是好笑，用另外的三个"不择"来衬托鲁达的"慌不择路"。他也无路可择，他根本就不知道他的路在哪里，不知道要往哪里去。半月之后（此处《水浒传》有一矛盾，在此回写着半月之上，到下回，却又写着"到处撞了四五十日"，四五十日比较合理），走到代州雁门县（今山西代县），不期然在此遇到了被他解救的金老父女。原来这对父女因为担心回到东京后被郑屠赶来，便也逃到此处。在此处金翠莲嫁给此间的一个财主赵员外，养做外宅，也就是古代的二奶吧。不过，在那时这却是合法的，甚至也是一些贫寒人家、生计艰难人家女孩子的一个较好归宿。既然法律允许社会认可，也就算是一个合法而正常的社会角色，有一个大家认可的身份。虽不能说是幸福，并且仍然地位低贱，但也算是"做稳了奴隶"了。比起在渭州，要做郑屠妾而不得，想做奴隶而不得，现在衣食丰足，并且显然颇得赵员外宠爱，金老父女几乎有翻身得解放的幸福感。所以，他们也就"吃水不忘挖井人"，对鲁达感恩戴德，以至于在家中写个红纸牌儿，旦夕一炷香，父女两人朝夕而拜。并且，金翠莲常常在赵员外面前说鲁达的大恩，连赵员外也对鲁达心向往之。现在鲁达撞到了雁门县，正好碰见金老，金老自然拉他到家招待，赵员外也很热情，鲁达便在赵员外的庄上住了五七日。

但鲁达来到此间的风声已经传出，几个做公的来街坊邻舍打听得紧，鲁达显然不宜在此久留。鲁达一听此情况，便说，既然这样，"洒家自去便了"，但去哪里，他心中一定完全没有主张。实际上，换作一般人，在赵员外庄上将及一周，一定会盘算着自己下一步该怎么办，但鲁达就是鲁达，他根本就没有想到这一层。这也不是他就此住下去不走了，到了他该走的那一天，他一定会背上包裹，拿了哨棒，道一声"相搅"，飘然而去。至于去何方，他一定还是没有主张，他不是那种会计划自己人生的人。更何况他此时实在没有办法计划，他没有家庭，没有产业，唯一的一个职业——军人及职务——提辖，已经成为明日黄花。在石碣天文上，他是“天孤星”，孤零零一人。他一切皆无，用禅宗的话头说，是一丝不挂，赤条条来到世上，赤条条闯荡世界，他岂不“孤单”？但他是孤胆英雄，他在这世界上行走时，是一意孤行，是孤军奋战，是独行大侠。

赵员外一听鲁达要走，就说：“若是留提辖在此，诚恐有些山高水低，教提辖怨怅；若不留提辖来，许多面皮都不好看。赵某却有个道理，教提辖万无一失，足可安身避难，只怕提辖不肯。”

这段话有几个很有意思处值得注意。其一，很显然，赵员外的这一个什么“道理”，并不是他这一时想出来的，这几天来，他早已琢磨在心里了，这就与鲁达形成了极鲜明的对比。当鲁达对自己的去留不曾萦怀、毫无盘算计划时，赵员外却有了筹划。这就是“做家的人”——也就是普通“过日子的人”与鲁达这样的人的区别。过日子需要的就是这种精细的、实用的、一丝不苟的周到与计划，而鲁达则往往不耐烦于这些琐碎的考量与算计，往往率意而行。

其二，他一口一声“提辖”，固然是乡间员外的客套与尊敬，但却好似一声声调侃，在提醒我们鲁达已经不是什么提辖了，如果还是提辖，哪里用得着一个乡间小地主留与不留，哪里要一个乡间小地主帮忙出主意教他什么万无一失。“提辖”前接许多“留”与“不留”，“提辖”后又接什么“安身避难”，让人哭笑不得：既觉得好笑，又令人一哭；既令人一哭，又觉得有些好笑。这是什么提辖啊？世界上有这样走投无路的提辖吗？有这样走到哪睡到哪、走一步是一步、不忧不愁、没心没肝的提辖吗？

其三，赵员外此话说一半留一半。既说有一计可以叫鲁达万无一失，足可安身避难，却又提醒鲁达，“只怕提辖不肯”，令人心疑这也不是什么好主意。但鲁达并不在意，说：“洒家是个该死的人，但得一处安身便了，做甚么不肯！”**屡次说自己是个该死的人，并不觉得自己的行为多么高尚，应该获得社会的赞扬与他人的报答，即使因此成了逃犯，也无怨无悔，独力承担，这真是一尘不染的佛的境界**。所以，当赵员外说出要让鲁达去做和尚时，鲁达说：“洒家情愿做和尚。”当时就说定了。金圣叹在这句下面批曰：“‘说定’者，难之辞也。‘当时说定’者，易之辞也。极力写鲁达爽直。”

在中国，常常有一些人因为走投无路而做和尚，或一败涂地，无可收拾，万念俱灰而做和尚。所以，我们对鲁达由提辖而做了和尚，总有一种心有戚戚的感受。但鲁达倒未必有这样的想法，当时做提辖，现在做和尚，不都是在做人吗？变的是外在的身份，不变的是为人的赤子之心。做提辖时，鲁达未必有自豪感，尤其是一定无沾沾自喜感，所以，他绝无患得患失的心态；现在做和尚，他何尝有今不如昔之感？在他看来，做提辖也好，做和尚也好，快活就好。

问题是，他能做好和尚吗？

他做和尚做得快活吗？

四 另类和尚

无聊的生活需要有趣的人物，清净枯淡的禅修之地，需要鲁智深这样的热闹绚烂之人。

有一种性格，即是智慧

鲁智深自己寻思无路可走，偌大的世界还真的没了他的立足之地，所以，他对员外说："洒家情愿做和尚。"当时就说定了，颇出赵员外的意外，人生这么大的跌宕，他竟然如此坦然淡定。这个没有什么文化的粗鲁人，偏偏体现出一种难得的洒脱气质。也是，说白了，若说坎坷，人生何处不坎坷？哪一条道儿不艰难？若说顺畅，那也是条条大路通罗马，行行都能出状元。和尚也是人做的，并且往往是好人做的。玄奘不就是好人吗？和尚还往往是一些猛人做的，朱元璋不就做过和尚吗？可见，做和尚，不仅可以成佛成祖，还可以成王成帝。明白了这个道理，也就是智慧。鲁达鲁达，粗鲁通达，虽是粗鲁，然而通达。什么叫达？达就是大路朝天，就是四通八达，没有阻碍。明白这个道理的，往往不是精细人、算计人，恰恰是鲁莽人，是粗心大意人。所以，"鲁达"这个名字好，暗含着深刻的道理和智慧。送这么一个好名字给他，施耐庵是真的喜欢他笔下的这个人物，或者说，就是用这个人物来表现他对生活的认识和领悟吧。庄子曾说"嗜欲深者天机浅"，鲁达对自己的人生，无那么多孜孜以求，无那么多的欲望，所以人有智慧，且天机深厚，可不就是智深吗？因此，后来智真长老给他取法名叫"智深"，这个法名又好。鲁达就是智深，愚鲁通达就是智慧深厚。鲁达的人生告诉我们一个道理，有一种智慧来自性格，有一种性格即是智慧。所以，养性即是养智，养智就要养性。

好了，现在鲁达情愿做和尚了，但接下来的问题是，人家要他做和尚吗？五台山这样的佛界至尊，千百年清净去处，能收下他这样一位冒冒失失、莽莽撞撞、杀人放火的主儿吗？再说，像他这样性如烈火、杀伐心重的人，能像那一般和尚一样念经参禅，在木鱼声中冥想来生吗？今生的多少热闹，他能丢得开吗？至少，他这样贪酒好肉之人，能丢得下大碗的美酒、大块的肥肉吗？

果然，他随赵员外一到五台山，赵员外刚说完要长老慈悲，收鲁达为徒，首座与其他众僧就暗中阻拦。因为鲁达给他们的第一印象太差啦。首座是寺庙中掌管教务的一把手，又叫上座，表仪众僧，他的意见对鲁达能否如愿成为五台山的和尚很重要。但偏是这个首座，对鲁达是第一眼就不顺眼。我们知道，在史进眼里鲁达是面阔耳大，鼻直口方，一副正气相加福气相，而在五台山首座及众僧眼里，鲁达是什么样子呢？

这个人不似出家的模样，一双眼却恁凶险！

出家人的模样是什么样子我们暂且不说，但这个世界上，干什么事，即要有一个什么样子却是一般俗人的见解，这种见解害了多少真英雄、真才子？多少人就是因为缺了一个模样而被弃掷在一边，被排挤在圈子之外？这模样，有些时候就是长相，有些时候就是规矩、风格；有些时候，则体现为诸如文凭、职位、头衔，等等。

首座与众僧商量后，就让知客带赵员外、鲁达到别处暂坐（知客即是寺院中负责接待客人的），他们去劝阻长老。在他们对长老说的话里，有更具体的对鲁达形貌的评述：

却才这个要出家的人，形容丑恶，相貌凶顽，不可剃度他，恐日后累及山门。

赵员外也好，鲁达也好，可能想到了各种不收鲁达做和尚的可能，但一定没想到，长得不好也不能做和尚。而且，这长得好不好，标准还不是普遍的，而是五台山自己制定的。好在鲁智深不知道他的面试结果，不然，他不是气死，就是心灵受到创伤而死。你看，同一个人，在不同的眼光中，长相的差距有多大啊。可见，面试时，外在形象多么重要啊。

看来，鲁达的长相确实让人不敢恭维，长老似乎也认可他们对鲁达长相的客观评价。但长老毕竟是长老，尚能不以貌取人，他入定回来之后，告诉众僧："此人上应天星，心地刚直，虽然时下凶顽，命中驳杂，之后却得清净。证果非凡，汝等皆不及他。"这才驳回众人，收录鲁达为徒。

于是赵员外出银子，为鲁达做僧鞋、僧衣、僧帽、袈裟、拜具，鲁达很配合，到处去量尺寸、个头、腰身、脚板、头围、胸围、臀围，被裁缝拨弄得团团转，而且很乖顺，一点也不违拗。从此，这个军汉鲁达，要换一副行头，换一副面孔，做和尚了。但是，他能换一副心肠吗？

别人失意可怜，鲁达失意可笑

只是一个小小的细节，显示出鲁达对过去生活及社会身份的留恋。在五六百僧人参加的剃度大会上，净发人先把鲁达脑袋上的一周遭都剃净了，等到剃髭须时，鲁达突然说："留下这些儿还洒家也好。"啥都不要了，地位、身份、曾经的好日子、美好的未来，都不要了，就要这一圈络腮胡子。想想，是又可笑，又有些可怜。

我们可曾见过满脸络腮胡子的和尚？金圣叹说："从来名士多爱须髯，是一习气，鲁达亦然，见他名士风流也。"这话差了。从来英雄亦爱须髯，鲁达爱髭须，是英雄心性，与名士何干？名士的特点是通脱，鲁达的特点是刚直。想留一点髭须，是鲁达想为自己留一点过去的影子，留一点过去的念想，这本来够可怜的，但一放到鲁达身上，表现出来的却是可笑，所以，弄得满堂僧众满堂笑。**《水浒传》中写众多英雄失路，失路则一，感觉不同：鲁达显得可笑，林冲、杨志可怜，武松可叹，宋江可气。盖因各人性格不同，在同一失路命运面前，他们的表现不同。鲁达表现的是一切随缘，而又有一丝不服，有一丝不服却又并不自怜自怨。**所以，他不仅在张扬自我时，给我们带来快乐，即使在失意之时，他天性中的满不在乎走哪算哪无可无不可的脾性，仍然给我们带来快乐。

当我们看到下面长老大喝一声："咄！尽皆剃去！"净发人只一刀，尽皆剃了时，我们可以想见鲁达的一丝无奈，而我们的内心也会涌起一丝莫名的感动。一丝不挂，却想保有一撮胡须。天下无为难事，却保不住这腮前一撮。眼睁睁地看着它们在净发人的刀下，纷纷飘落！

好了，我们现在要记住，从此鲁达就是光光的脑袋了，以后他就要顶着这光光的脑袋风风火火闯九州了，用这光光的脑袋撞这个世道的墙了。当然，他还要用这光光的脑袋给我们带来种种快乐和欢笑，我们记住了。

还有一点我们要略提一下。我们知道，五台山的住持长老法名叫智真，而他给鲁达赐的法名竟然叫"智深"，都是"智"字辈。如果不是施耐庵（《水浒传》作者到底是不是施耐庵，我们暂且不论）糊涂，也不是长老糊涂，把弟子辈当作兄弟行，就很可能是长老看出鲁达将来证果非凡，不敢把他当弟子了。

现在，鲁达就正式受戒做了和尚。但他真的能记得他承诺的"洒家记得"的"五戒"吗？

这五戒是：一不要杀生，二不要偷盗，三不要邪淫，四不要贪酒，五不要妄语。

金圣叹分别在这下面有批注，说到不要杀生，批曰:“不能。”当然不能，这世道邪恶这么多，没有杀伐，正气如何张扬？鲁达正是那正义的刀剑，要他不杀伐，不能。他也就是一介武夫，面对邪恶，他的思想里只有一个念头：杀。

说到不要偷盗，按鲁智深的品行，当然不会，所以，金圣叹也批两字曰:“能，能。”但我要先放一个话头在这里：未必。大家一定很奇怪，难道鲁智深还会偷盗？我要说，除了缺德事，鲁智深什么事不敢做？什么事做不出来？我们后面便知。

说到不要邪淫，金圣叹当然又是连下二字:“能，能。”我也要应答，是，是。鲁智深绝不会邪淫。梁山好汉绝大多数是不亲女色的，鲁达当然更加如此。但是，后面却也有一些蹊跷的地方，施耐庵偏偏在这一点上拿他开过玩笑。我们等着往下看。

说到不要贪酒，大家一定都会会心一笑，然后随着金圣叹连下两个断语:“不能，不能。”果然不能，没有酒，还有鲁达吗？

说到不要妄语，金圣叹也批曰:“能。”可是我要说，不能。肯定是我对，马上就证明给你们看。

赵员外倒也真的不错，他知道鲁达的脾性，大约很难和这些念经坐禅的和尚和睦相处，所以要预先打个招呼，于是额外请众僧到云堂坐下，焚香设斋供献，大小职事僧人，都送了礼物，花费还真的不小，只求大家多担待些。第二天，辞别下山，走前，难免又叮嘱鲁智深一番，大意总是要谨慎小心，不可托大。智深知道赵员外是好意，又有些厌烦他啰唆，便打断他：不用再说了，洒家都依你。

他能依吗？

命运磨难英雄，英雄调侃命运

送走赵员外，到了僧堂，看到众僧都在坐禅。鲁智深这时候大概才从这两天的热热闹闹昏头昏脑中清醒过来，突然意识到一种全新的、完全陌生的、完全不符合他意愿的生活，就这样开始了。他一定是迷茫而又惶惑，于是一声不吭走到禅床边，扑倒头便睡。上下看两个禅和子（参禅人的通称）赶紧推他起来:“使不得，既要出家，如何不学坐禅？”鲁智深说：“洒家自睡，干你甚事？”智深眼中哪里有什么清规戒律？金圣叹因为喜欢鲁智深，所以对他的一举一动都带着欣赏的眼光来看。比如这里，本来是鲁智深的胡搅蛮缠，但金圣叹却批道："八字说得有情有理，虽百辩才，不容更辩。"鲁智深的个性里，确实有一种魅力，使人几乎无条件地喜欢他、欣赏他。大思想家李贽、大批评家金圣叹，都被他迷倒了，成为他的骨灰级粉丝。但是鲁智深确实在胡搅蛮缠。洒家自睡觉，洒家自吃酒，这都是洒家私事，他想不到的是，这世界上总有一些规矩管到我们。洒家要当和尚，这当然是自己的事，但既然当了和尚，就不该洒家自己决定如何当和尚，因为"和尚"不是你的私事了，"和尚"是一个社会角色了。"和尚"是什么样的生活方式，就不该由你这个洒家来定了。睡觉当然是你自己的事，但在禅床上睡觉，在参禅的时候睡觉，就不是你自己的事了。说白了，当和尚，就要有个和尚的样子。但鲁智深哪管这些？他哪里又能意识到这些？就算意识到这些，他哪里又能容忍这些？

当然，当这个轰轰烈烈、风风火火、生龙活虎般的人，不得不做和尚，不得不"扑倒头便睡"时，我们先就把同情给了他。**当和尚不能在禅床上睡觉，当然；但鲁达这样的人而不能不来做和尚，这就是命运的玩笑。命运开了鲁达一个大玩笑，鲁达就用在禅床上睡觉这样的小玩笑来做一个小小的回敬，有何不当？事实上，当我们看到有人这样调侃命运时，我们也颇快意呢。**金圣叹在鲁达"扑倒头便睡"这句下面批曰："闲杀英雄，作者胸中，血泪十斗。"是的，鲁达的这一举动，使我们感慨下泪，也使我们会心而笑——下泪在于感慨命运之磨难英雄，微笑在于英雄调侃命运。

再者，"饥来吃饭，困来即眠"本来也是禅宗修行之道。

（有源律师）问："和尚修道，还用功否？"

（大珠慧海禅师）曰："用功。"

曰："如何用功？'

曰："饥来吃饭，困来即眠。"

曰："一切人总如是，同师用功否？"

师曰："不同。"

曰："何故不同？"

师曰："他吃饭时不肯吃饭，百种须索；睡时不肯睡，千般计较。所以不同也。"(见宋代释道原《景德传灯录》卷六)

像鲁智深这样，心无挂碍，也是修行正道。

不过，回归质朴的生活与平常心，乃是一个否定之否定的过程。如果没有这个过程，就只是饥来吃饭，困来即眠，那肥猪倒最得禅宗境界了。

禅宗大典《五灯会元》卷十七里有一公案：

吉州青原惟信禅师，上堂："老僧三十年前未参禅时，见山是山，见水是水。及至后来，亲见知识，有个人处。见山不是山，见水不是水。而今得个休歇处，依前见山只是山，见水只是水。大众，这三般见解，是同是别？有人缁素得出，许汝亲见老僧。"

显然，鲁智深还不是最后的经过否定之后的境界，他是第一层。

在此前，**鲁智深给我们的印象是正直、慷慨、见义勇为、疾恶如仇，却并不见他有什么幽默感。但当他做了和尚，自知自己的生活将如禅修一样枯燥无聊之时，他却突然在这种极无聊的境遇中迸发出极有趣的幽默感。无聊的生活需要有趣的人物，清净枯淡的禅修之地需要鲁智深这样的热闹绚烂之人。**上下肩的两个禅和子觉得这个不听劝告、还振振有词的家伙不可理喻，就脱口而出一个佛家的口头禅："善哉！"智深一听，干脆将幽默进行到底，将蛮不讲理、胡说八道进行到底："团鱼洒家也吃，甚么鳝哉？"宇宙之间自有了"善哉"这个口头禅，大约就在等待着这个智深和尚，等待着他把这个口头禅解释为鳝鱼之鳝，那可真是让口舌流涎的口头之馋物了。禅变成了馋，口头禅变成了口头馋。智深口头真个馋了。

禅和子们一听，更不像话，便又是一句文绉绉的话："却是苦也！"意思是，我们身边怎么来了这么一个口无遮拦、胡说八道、心无一点敬畏的主儿啊！真是苦了我们了。鲁智深接口又是一句："团鱼大腹，又肥甜了好吃，那得苦也？"

智深和尚的幽默感真是一流了。

这几天来，一会儿量身材做衣服，量头型做帽子，量脚板做鞋子，三围都要量。一会儿又拜师，在长老面前，其他人包括赵员外都可以坐着，只有他必须毕恭毕敬地站着，不能大大咧咧地坐着；一会儿剃头，连那么漂亮的络腮胡子也不让留；一会儿穿袈裟，碍手碍脚；一会儿摩顶受训，还要跪着，不能直挺挺地站着；一会儿拜见师兄师弟，低眉顺眼，像龟孙子似的；一会儿又巴结又讨好地送礼给各位职事僧人。鲁达生平哪受过此等拘束与苦楚？哪里这样夹着尾巴做过人？他一直是托大的，从来没有这样装小过。所以，这两天来，他心中一定是淤积了不少怨气，他心中一定想，洒家受够了，洒家这几天让你们玩了个够，现在我也玩玩你们！你们不是规矩多吗？我偏偏要拿你们的规矩开开玩笑！从此之后，他便成了五台山的另类和尚。他每到晚间，便放翻身体，横罗十字，倒在禅床上睡；

夜间鼻如雷响，要起来净手，大惊小怪，只在佛殿后面撒尿拉屎，遍地都是。德山开悟后上堂示众云：“这里无祖无佛。达摩是老臊胡，释迦老子是干屎橛（寺庙中用来拭粪的以竹木削成的薄片），文殊普贤是担屎汉，等觉妙觉（指佛）是破执凡夫，菩提涅槃是系驴橛，十二分教（指全部佛经）是鬼神薄、试疮疣纸！”（《五灯会元》卷七）这鲁智深是真的把释迦老子当干屎橛了！

这个另类和尚，还会做出什么另类的事吗？他在五台山，能够被一直容忍吗？

五 露出本相

寂寞有时候不在于我们没有同伴，而在于我们失去了本色；不在于我们不被人群接纳，而在于我们在人群中不敢以本相示人；不在于我们和别人不一样，而在于我们和别人太一样了。

这边要睡觉，那边就有人送枕头

不知不觉，智深已经在五台山搅了四五个月，你想这四五个月对他这样的人来说，是何等的折磨。初冬天气，他久静思动。

一个天气晴和的日子，他大踏步走出山门来，信步走到半山亭子上，坐在那鹅项懒凳上，寻思道："干鸟么！俺往常好酒好肉不离口，如今教洒家做了和尚，饿得干瘪了！赵员外这几日又不使人送些东西与洒家吃，口中淡出鸟来！这早晚，怎地得些酒来吃也好？"《水浒传》好汉说话粗口，动辄一个"鸟"字，而鲁智深这个地方连出的两"鸟"字，乃是整本《水浒传》中第一次、第二次出现。一声干鸟么，双泪落君前！四五个月如一梦，幡然醒来自不识！我到底是鲁达，还是鲁智深？鲁达成了鲁智深，还是鲁智深仍然是鲁达？**口中淡出鸟来，简直是神来之语。历代文人，多少高手，写嘴馋，写美食，谁也没有写出这样好的句子，却让一个不识字的军汉、和尚，妙口偶得了。**（关于鲁智深是否识字，《水浒传》前后有矛盾）问题还在于，口中都能淡出鸟来，生活又是何等寡淡？过着这样寡淡的生活，可不是干鸟么！

中国有一句俗话，叫这边要睡觉，那边就有人送枕头。正在鲁智深思量要寻酒喝时，只见远远地一个汉子挑着一副担桶，唱着歌上山来。桶上面盖着桶盖，一时不知是何物，但越费猜想，越是想，而那汉子手上却拿着一个酒旋子，却又定然是酒。这汉子一边上山，一边却又唱着一首歌：

九里山前作战场，牧童拾得旧刀枪。顺风吹动乌江水，好似虞姬别霸王。

这首歌，前两句特好，后两句又特别接不上，意思不连贯，也欠缺逻辑。但唯其如此，又有另一层的好，果然是一个粗汉的山歌。“九里山前作战场”，简直风起云涌，却突然之间，这一切已然成为过去，“牧童拾得旧刀枪”，时空已转过千年，雨敛云收，简直就是青山依旧在，几度夕阳红。虽然是折戟沉沙铁未销，但已是大江淘尽英雄去，雨打风吹风流尽。感怀至此，安能不酒怀如涌？

第三句“顺风吹动乌江水”，与上句不连贯，并且与下句“好似虞姬别霸王”，也无逻辑联系，所以，这后面两句真是无理至极。但虞姬别霸王之时，霸王作彻夜之饮。这句也是在挑动听者的酒兴。

问题是，鲁智深的酒兴哪里还要人挑逗呢？他早已按捺不住了，这个挑酒的汉子不知深浅，竟然也把担桶挑上半山亭子来，放下歇歇。鲁智深问：“兀那汉子，你那桶里是什么东西？”这是明知故问，馋涎欲滴之际，只要挑起话头，早早喝上酒。那汉子真个是不知高低好歹，竟然接口道：“好酒！”这汉子今天真的要惹事了。挑上山来，已经错了；挑上亭子来，歇在鲁智深身边，更是大错。鲁智深问你是什么东西，你说是酒，已经麻烦；你竟然还说是好酒，你有大麻烦了。鲁智深哪里见得酒？四五个月没见酒的鲁智深哪里见得酒？你挑着好酒，到他身边，你哪有好？你是以其所欲，乱其心志哩！

说是好酒，却又不卖给鲁智深吃，鲁智深三番五次要买，汉子三番五次不卖。软的不行，逼得鲁智深放出狠话：“你真个不卖？”这个汉子也还真是个汉子，毫不畏惧，“杀了我也不卖！”鲁智深一看来硬的还不行，只好再来赖的：“洒家也不杀你，只要问你买酒吃。”那汉子这才发现今天碰上了难缠的不讲理的了，挑了桶就走。眼看着好酒被挑走了，活佛也要跳墙了，鲁智深这下真的急了。一急，风度也没了，道理也不讲了，于是又来横的：上去按住扁担，一脚就踢了过去，正踢在裆上。那汉子双手掩着，做一堆蹲在地下。鲁智深把两桶酒都提到亭子上，地上拾起旋子，开了桶盖，只顾舀冷酒吃。

这就太过分了，这也是鲁智深的不可爱处了。那汉子不卖酒给鲁智深吃，是因为他们都是用寺庙的本钱做生意，租住着寺庙的屋宇安身，如果卖酒与和尚，长老会追了本钱，并赶出屋去。鲁智深明明知道这一点，却还要强人所难，这小子有时候，还是很蛮横的。不过，这一脚踢得正是好地方，让那汉子蹲在地上半天起不来，正好喝酒。这是分寸拿捏得好，既不伤他，又让他不来干扰喝酒。一会儿，智深喝了一桶酒，汉子疼痛恰止住。同步进行。

所以，当鲁智深喝了他一桶酒，告诉他说“明日来寺里讨钱”时，他怕长老得知，坏了衣饭，哪里还敢来要钱？只是忍气吞声，飞也似的下山去了。智深在渭州，喝酒打白条子习惯了。他哪里知道，这次他真是白喝人家一桶酒了。平心而论，鲁智深这件事干得不漂亮。

想想也可怜，这个汉子一开始唱得那么欢，接着被踢得那么痛，现在跑得那么快。这个老实人，既不能反抗鲁智深，也不能得罪智真长老，为了衣饭不得不忍气吞声。为了衣饭，忍气吞声的，岂止他一个？茫茫人世，芸芸众生，哪个不要这样？

醉酒的人无数，醉酒的原因也多种多样，其中有这样两种醉酒：借酒浇愁与借酒释放。匹夫匹妇，凡夫俗子，往往借酒浇愁。英雄豪杰，侠客义士，往往借酒释放。鲁智深不会有什么萦怀于心的东西，有了，当下就做了，做了当下就放了。他不会隐忍，所以也无需什么酒来浇愁，他只需要酒来助兴，帮助他释放心胸，解放自我。这四五个月来，他虽然不像一般僧人那样念经坐禅，但除此之外，也没什么特别的不对，尤其是没发过什么脾气。对他来说，算是自我约束得很好的了。辛弃疾说，闲愁最苦。四五个月闲下来，鲁智深心中定也有那一份苦、那一份闷，需要酒来消解，更何况他还有那一种浩荡的意气也需要酒来点燃！

小人藏心，豪杰藏相

喝完酒，他就露出本相了。小人往往在酒后露出本心，豪杰往往在酒后露出本相。盖世道艰辛，大英雄身处人众之中，往往也不得不和光同尘，泯然众人。有一首诗写寂寞：

林子中的所有的鸟，
都是灰色的。
其中有一只，
也是灰色的。

寂寞有时候不在于我们没有同伴，而在于我们失去了本色；不在于我们不被人群接纳，而在于我们在人群中不敢以本相示人；不在于我们和别人不一样，而在于我们和别人太一样了。鲁智深在五台山，算是我行我素了，算是特立独行了，但他仍然隐藏了大部分的本相。现在，一桶酒下肚子去，酒意却上头上来，且看他先露出自己的身体：把两个袖子褪下来，缠在腰里，露出脊背上的花绣——花和尚鲁智深的绰号原来是这样来的！我们此前谁也不知道他身上竟然也刺着花绣，我们对他喜欢史进有了新的认识，史进也是身上刺着九条龙而被人称为九纹龙的。

露出身体，露出身上的花绣，是一个下意识的动作，是一个具有象征意义的动作。被袈裟、直裰（即僧衣）遮盖的身体及身上的花绣，与被“和尚”这个名头和身份遮盖的豪杰本性、豪杰之心，都要借酒出之。

现在鲁智深就这样肩着两个光膀子上山来了，那横行霸道的样子，那晃晃悠悠的样子，那一意孤行的样子，那老子天下第一的样子，先就吓坏了两个看山门的门子。他们还不知道鲁智深的厉害，拿着竹篦拦住他，还拿佛家弟子的规矩教训他。这两个门子也是在履行职责，按照本寺规矩，但凡和尚破戒吃酒，决打四十竹篦，赶出寺去，如门子纵容醉的僧人入寺，也吃十下。就算仅仅为了自己不至于连带吃十下冤枉竹篦，他们也不会让鲁智深进山门啊。这两个门子似乎对鲁智深还很关照：“你快下山去，饶你几下竹篦！”但鲁智深此时醉得不轻，哪里听得进这两个门子啰啰唆唆的寺规教育课。在他耳里，就听得打呀，赶呀，四十下呀，十下呀这些刺耳的词。他张口便骂：“直娘贼！你两个打洒家，俺便和你厮打！”张口即骂人，犯了“妄语”之戒。两个门子一看势头不好，一个拿竹篦拦他，被鲁智深一掌、一拳，打倒在山门下。这鲁智深酒后，也忒欺负人了。另一个飞也似的来报告监寺。监寺就是寺庙里维持秩序、惩戒各种违规行为的主管。监寺马上叫起老郎、火工、直厅轿夫二三十人，各执棍棒，从西廊里抢出来，正好迎着鲁智深。鲁智深本来未必要打架，但他刚才醉耳中听的，是两个门子的打呀，赶呀；现在醉眼中看见的，是二三十个手执棍棒的械斗群体，冲他而来。他一个军人，很长时间没有上战场了，手上正痒痒，一见这样的刺激场面，耳畔似乎听到了战鼓声声。他马上热血沸腾，斗志昂扬，甩开膀子，要大战一场。众人一见鲁智深来得凶，都退入藏殿，关上门。鲁智深一拳一脚，打开门，二三十人又退出来，鲁智深夺条棒，从藏殿里又打出来。

监寺一看形势不好，慌忙报知长老，长老赶到，喝住智深。智深虽醉，倒还认识长老，慌忙撇下棒子，指着廊下众人，对长老说：“智深吃了两碗酒，又不曾撩拨他们，他众人又引人来打洒家。”这话说得真够老实的，可算是不妄语，但他是真的不知道自己错在哪里，还是装傻啊？看来，对他来说，寺规教育迫在眉睫。他的逻辑是，我自喝酒，与他们何干？门子为什么不让我进门？他们为何引众人打俺？长老你须为我做主。长老知道跟他没有什么道理讲，因为他有他的道理和思路，况且他还在醉中，跟醉人讲道理，比对牛弹琴还要傻。牛不懂琴声，但牛至少不会胡搅蛮缠。醉人的胡搅蛮缠谁受得了啊！所以，长老便道："你看我面，快去睡了，明日却说。"这长老也是一个糊涂长老，明明是智深违反了自己定的寺规，错在智深，怎么倒叫智深看他的面子？好像倒是那一帮僧人错了，长老代表他们说情道歉似的。果然，鲁智深一听，越发认为自己有理，对那一帮人道："俺不看长老面，洒家直打死你那几个秃驴！"这话太不像话了，太可笑了，可笑不仅在他不认识到自己错了，反而认为自己可以给长老面子。我们可见过弟子给师父面子的事？不仅给了长老面子，还对他们特别宽容，而且，他竟然用"秃驴"来骂那些和尚。金圣叹批曰："公有发耶？长老有发耶？骂得妙。"真是妙，就算你一时忘了自己也是秃头，总看见长老的脑袋，你骂谁秃驴呢？骂他们？还是骂长老？还是骂自己？这还真是忘我的境界呢！是无知无识的佛家境界，还是物我两忘的道家境界啊！

长老真是个好长老，他也不恼，也不气，还叫侍者扶智深到禅床上去睡。智深到了禅床上，扑地便倒了，齁齁地睡了。如果说，以前他在禅床不坐禅，却横罗十字睡觉，是他违规，并受到其他和尚的反对，从今天开始，他在禅床上睡，就算合法了。因为是长老叫侍者扶着来睡的。这长老真是个糊涂长老，聪明长老，好长老！难怪众僧对他冷笑："好个没分晓的长老！"什么是没分晓？就是没标准，没是非，没对错。**长老真是没有是非吗？他只是更加宽容而已。正如金圣叹所云："没分晓是大德定评。"在大德那里，何所不容呢？藏污纳垢，本是一切大德的基本功与标志啊！至清的水不养鱼，至清的人不养人。不养人的人，哪里是真道德哩？**

但长老毕竟留下了话头："明日却说。"明日，待酒醒之后，长老又要如何对待智深呢？对智深如此严重且造成如此恶劣影响的违犯清规的行为，长老如何惩戒他呢？

直指人心，见性成佛

我们知道，按照长老定的寺规，但凡和尚破戒吃酒，决打四十竹篦，赶出寺去。这规定白纸黑字贴在墙上。现在，鲁智深不仅喝了酒，而且醉了酒；不但醉了酒，而且打了人，闹了僧堂。如果严格按照规定，鲁智深这和尚是做不成了。那么，长老将如何处置他呢？

第二天一早，早斋罢，长老便叫侍者来僧堂坐禅处，唤鲁智深，看来长老要认真敲打敲打他了。但大家都已吃完了早斋，智深却兀自未起。侍者摇醒他，耐心等他起来，穿了直裰，他却光着脚，一道烟走出僧堂来。侍者吃了一惊，赶出来寻时，却见他直走到佛殿后拉屎去了。侍者忍笑不住，等他办完事，再带他来到长老处。长老重申了佛法“五戒”，语重心长教训他一顿，智深惭愧不已，跪下道：“今番不敢了。”长老说：“既然出家，如何先破了酒戒？又乱了清规？我不看你施主赵员外面，定赶你出寺。再后休犯！”智深连道：“不敢，不敢。”说起来好笑，昨天智深看长老面子，没有再打那几个火工道人，今天长老看赵员外面子，没有赶走鲁智深，看来大家都是有面子的人。岂止是不赶他出寺哩，他不是睡懒觉没吃早饭吗？长老把他留在方丈里，安排早饭与他吃，又用好言语劝他。这也罢了，长老竟然还取一例细布直裰、一双僧鞋，送给他。这到底是罚他还是赏他啊！这长老，也不怪其他僧人埋怨他。

但这一切都是表面现象，长老真糊涂吗？长老真无原则吗？金圣叹批曰：“不受上罚，反加上赏。畏之乎？爱之耳。我做长老，亦必尔矣。”对，长老实际上是慧眼识人，他从鲁智深的行为中看出了他心性的淳朴与刚直。谁能从他的凶猛中看出他的刚直？谁能从他的莽撞中看出他的爽快？谁能从他的粗野中看出他的高贵？长老。鲁智深一生知己，就是这个长老。所以，他也一生服膺长老，不论多醉，一看长老，必然醒来；不论多凶，一看长老，必然服软；不论多狂，一看长老，必然谦恭。以后离开五台山，不论何时何处，总说自己的师父是智真长老，言语间有无限尊敬与爱戴，还有自豪。能够羁縻鲁智深这样的咆哮大虫，能够收拾鲁智深这样的狂放豪杰，这个智真长老，是真有佛法的啊！

这次闹了这一场之后，鲁智深一连三四个月不敢出寺门去。可见鲁智深是真的服膺智真长老，是真的惭愧了，是真心想做一个好和尚的。但好和尚就是天天念经参禅吗？这实在是一个大问题，禅宗宗派内部对此也有不少不同意见。

慧能“见人结跏[①]曾自将杖打起”（《禅源诸诠集都序》卷上之一）。神

---

①跏，即跏趺。一是佛教中修禅者的坐法：两足交叉置于左右股上，称“全跏坐”；或单以左足压在右股上，或单以右足压在左股上，叫“半跏坐”。据佛经说，跏趺可以减少妄念，集中思想。二是泛指静坐，端坐。

会批评神秀门下“若教人凝心入定，住心看净，起心外照，摄心内证者，此是障菩提”；至于南禅，则不必提了，药山惟俨（745—828）回答著名文人李翱（772—841）时所说“贫道遮里无此闲家具”。

开元中有沙门道一，在衡岳山常习坐禅。师（南岳怀让）知是法器，往问曰：“大德坐禅图什么？”一曰：“图作佛。”师乃取一砖，于彼庵前石上磨。一曰：“磨作什么？”师曰：“磨作镜”。一曰：“磨砖岂得成镜邪？”师曰：“如牛驾车，车若不行，打车即是，打牛即是？”一无对。师又曰：“汝学坐禅，为学坐佛？若学坐禅，禅非坐卧。若学坐佛，佛非定相。于无住法，不应取舍。汝若坐佛，即是杀佛。若执坐相，非达其理。”一闻示诲，如饮醍醐。（《五灯会元》卷三《南岳怀让禅师》）

当然，鲁智深不会想这么多，但不会想这么多，可能才是真正接近佛性。长老说他将来必成正果，就是看到了他本性中的这种淳厚和天真。本性中的淳厚和天真，应该就是佛性的前提吧。

对鲁智深而言，首先是，他根本搞不清什么是和尚应有的样子，他搞不清也不想知道和尚是干什么的、和尚要承担什么，他只是觉得自己做和尚不过是被逼无奈，寻一个安身立命之处。**他觉得做人做事没有那么多的复杂，没有那么多的问题，对他而言，他的人生，只是一切率性而动，一切顺意而为，一切随缘而来，一切见机而行。这几乎歪打正着地符合了达摩大师的“直指人心，见性成佛”的思路。**不是智深懂佛法，而是佛法就是要让我们都有一颗自然而然的心，而修行的目标，也就是回归最初一念的本心，童心，赤子之心。

好了，三四个月的好和尚，一直做到来年的二月。一天天气暴暖，鲁智深也如同冬眠动物一般，惊蛰而起了。他终于走出山门，看着初春的五台山，人道是“春山如妆，夏山如怒，秋山如肃，冬山如睡”。又说“春山如笑”。鲁智深对着如妆如笑的五台山，他也笑了。这么长的时间里，相看两不厌，唯有五台山啊。顺便说一下，鲁智深这个粗莽人，偏能识鉴山水，偏有爱好山水的心胸。此处他喝彩五台山，后来他离开五台山，往东京大相国寺去，也是一路上贪看山明水秀，以致误了走路。在桃花山上，他也要李忠、周通引着“山前山后观看景致”。而且他还特有性情，对生活常有感慨，看五台山，他是“喝采一回”。四五个月没出山门，出山门便叹息：“干鸟么！”再三四个月不出山门，一出山门，走到山下市井，又是一声叹息：“干呆么！”看到桃花山凶怪，对人赞叹：“果然好险隘去处。”

见瓦官寺破落，他叹息:“如何败落得恁地?”看到赤松林，又自言自语道:“好座猛恶林子!”连在大相国寺菜园里碰上三月天热，也会自说一句:“天色热!”鲁智深的心胸，是开放的，他的内心世界与外部世界是息息相关的、互动的。哪里是一般俗肠蠢货，于人于事，毫无触动，心如木石，如死水古井。金圣叹说他是上上人物，这样刚直爽快的性情，偏又配上这样敏感的心灵，不成上上人物，也难!

在鲁智深为五台山喝彩的时候，他听到山下传来叮叮当当的响声。他便再回僧堂取了些银两揣在怀里，一步一步走下山来。到山下市井一看，也有卖肉的，也有卖酒的，他心想:“干呆么!俺早知有这个去处，不夺他那桶酒吃了。”他为那次抢夺挑酒汉子的酒吃而惭愧了，也算他的良心发现吧。但他此时倒不先急着吃酒，他当时听到叮叮当当的响声，然后回去取钱，倒并不是想来买酒吃，因为他并不知道下面有酒卖。金圣叹在这句下批曰“其心不良”，还真是委屈了他。他是想找一个铁匠铺打两件兵器。一个和尚要打兵器，而且一打就是两件，这才是真正的居心不良呢。看来大半年的不杀生教育，并没有去除他的杀心。但是在五台山做着和尚，他要杀谁呢?

六 醉打山门

拳打镇关西的鲁达，是可敬；醉闹五台山的鲁智深，是可爱！

在古老的山道上，和酒的精灵跳舞

鲁智深在一家父子客店旁边的铁匠铺中谈好了打一件六十二斤的水磨禅杖和一把戒刀。但接下去，面对着满市井的酒香，他哪里忍得住啊？更何况已经三四个月未沾荤腥。于是，他又一次破了酒戒，并且喝醉了，比上一次喝得更多，醉得更彻底。

如果上次喝酒用的方法是“抢”，那么这次喝酒他用的方法便是“骗”。在一连走了三五家酒店，都不卖给他这个五台山和尚时，他开始撒谎，谎称自己是过往僧人，并且在店家不放心的盘问中，坚持说自己是行脚僧人，游方到此经过。你看，他又一次犯了五戒中的“妄语”戒。在骗过店家后，他终于可以放开怀来，一口气吃了二十多碗，此时，店家已经呆了。及至又吃了一桶，直吓得店家目瞪口呆。当然，店家目瞪口呆不单是因为他竟然一人喝了这么多酒，而且，他还怀揣着吃剩的一只狗腿。在店家不知所措的眼神中，大摇大摆地上五台山去了！——这是过往僧人吗？一个大骗子！

这回他闹大了。

他又走到半山亭子上了。这个亭子是他的一个表演场，在亭子上他坐了一会，酒又涌上来了。他跳起来，自己对自己说——喜欢自言自语是鲁智深的一个特点——“俺好些时不曾拽拳使脚，觉道身体都困倦了，洒家且使几路看！”

英雄酒后见本相，
名士酒后见本色，
小人酒后见本心，
庸人酒后见本性。

英雄在人群中，需藏起本相，免得吓着人，所以常常不见本相；名士在人群中，需要装扮风度，故也常常不见本色；小人心机阴险黑暗，只能藏起，所以往往在酒后一失控，本心乍现；庸人为生活所迫，不得不夹着尾巴做人，戴着面具做事，所以往往藏起本性，也是在酒后才能解脱他的种种束缚。

鲁智深在五台山，前后七八个月了，四五个月时，酒后露过一回本相，被智真长老一顿软硬兼施，胡萝卜加大棒，又老实了这三四个月。他足不出山门，如同大家闺秀之足不出户；言语恭敬，如同小家碧玉之笑不露齿；头儿光光，袈裟飘飘，果然一个好和尚。但这也真是憋杀他了！这番又是酒后，猛想起已经好些时不拽拳使脚了，直把一个耍大刀阔斧的英雄弄成了一个动静有矩的君子。今天，借着酒劲，且使几路看！

于是，他把那宽大的袖子抓在手里，上下左右地使了一回，使得兴起，使得力发，一膀子扇在亭子柱上，只听得刮剌剌一声响亮，把亭子柱打折了，塌了亭子半边。

我们想一想，在那寂静的山坳间，这刮剌剌的一声响亮，是多么清脆而又传播久远！果然,这一声响惊动了山上的寺庙，门子听得，赶紧爬到高处，往下一看，看见塌了一半的亭子，更看见了鲁智深一步一跌抢上山来。一步一跌，妙！抢，更妙！“一步一跌”是酒力，“抢”是人力，一步一跌而又抢，是人力与酒力较劲，也是人借酒力。莎士比亚说，跳舞是和音乐做爱，鲁智深在五台山山道上一步一跌，是和酒精跳舞，和酒的精灵跳舞！

五台山千百年寂静山道上，有过鸟语，有过花香，有过清风，有过细雨，有过香客谦恭来，有过僧徒虔诚拜，但可曾有过这番景象？这真是令人叹为观止，千百年难得一见的场景啊！在山高处看着这一场景的门子有眼福了！可是，门子毕竟无此等法眼，有大美在眼前却不知欣赏，反而大叫:“苦也！这畜生今番又醉得不小可！”他何时见过这么可爱的畜生？他又何时见过这种可爱的醉态？

酒是奇怪的东西，它使一些人醉后可厌，也使一些人醉后可爱。本性差的，它出他的丑，使其可厌；本性好的，它扬他的美，使其可爱。所以，可爱人喝酒，越醉越可爱；可厌人喝酒，越醉越可厌。酒是有精神的、有生命的、有好恶的精灵。现在这个精灵附着在光头鲁智深身上，一跌一撞在五台山道上，是鲁智深在山道上跌跌撞撞，还是酒这个可爱的精灵在山道上借鲁智深的肢体舞蹈？这是千百年难得一见的景观啊。但可惜那个门子了，对他而言，我们真用得着罗丹的一句话："这世界不是缺少美，而是缺少发现美的眼睛。"我还要引申一下：这世界不是缺少美好的人性，而是缺少对人性由衷的欣赏和爱——可爱的智深和尚此时如此可爱，门子应该叫来所有的和尚，在山上排成队，用掌声来欢迎他，鼓励他给这千年清净之地如此的热闹。

我们真要好好感谢施耐庵，他写出了如此可敬的鲁达，又写出了如此可爱的鲁智深。**在中国文学史上，把醉酒写得如此有诗意的，如此令人神往的，不多；把醉人写得如此可爱，如此令人欣赏的，也不多。五台山山道上一跌一撞的鲁智深，是中国文学史上写酒醉的最为值得我们记取的经典场景。**

可是面对如此美好的场景，如此美好可爱的人，门子却赶紧把山门关了，还把门闩闩了，只在门缝里张望。他是把鲁智深关在门外，还是把自己禁锢在门内？生活中常常是这样：当我们只会挑剔而不会欣赏别人的时候，我们也就故步自封，自己也就差不多完了。

好在，这时候看着山道上一跌一撞地抢上山来的鲁智深的，不光是门子在门缝中恐慌的眼神，还有另外两双眼睛：作者的眼睛和读者的眼睛。这两双眼睛中流露出的，是由衷的欣赏，是对自然地、自由地展露的人性的欣赏，是对人性中最可爱的一面，也即最自然的一面的欣赏。我们这些读者，谁不喜欢鲁智深？谁不喜欢在五台山山道上一跌一撞地前行的鲁智深？如果说，搭救金翠莲、拳打镇关西的鲁达，是可敬；那么，此时醉闹五台山的鲁智深，就是可爱！

逢佛杀佛，逢罗汉杀罗汉

鲁智深抢到山门下，见关了门，就把拳头擂鼓也似的敲门。两个门子哪里敢开？智深敲了一回，猛一回头，却看见左边的金刚，喝一声道："你这个鸟大汉，不替俺敲门，却拿着拳头吓洒家！俺须不怕你！"这话骂得好啊，何曾见那些金刚帮过人？何曾见那些泥塑金身帮过我们敲开人生成功之门幸福之门？只见他拿着拳头吓唬我们。大多数人怕吓，一吓就乖了，就跪下磕头了，但鲁智深却大喝道：俺须不怕你！这醉中的话，是无法无天的话，是彻底戳穿真相的话，是何等英雄豪杰才能说得出的话啊。

岂止是说，是骂，他跳上那塑像的台基，把那金刚塑像周围的栅栏一扳，就像撅葱一般，都扳开了，拿起一根折断的木头，照着金刚的腿上便打。簌簌地，泥和颜色都脱下来。智深今天不但自己现了本相，他还要这泥塑的金刚也现出本相，你我彼此真相相对，赤诚相见了，你看见了我，我也看见了你。我就是一个粗鲁人，贪酒好斗。你装模作样威风凛凛，原来也不过是泥巴和颜料啊。有人问越州宝严叔芝禅师，如何是佛？“师曰：土身木骨。曰意旨如何。师曰：五彩金装。”（《续传灯录》卷二《大鉴下第十世》）今天鲁智深是打出它的真相来了！

打完了这面金刚，他也不放过右面的，佛法讲究一视同仁普度众生嘛。他对着右面的金刚，也是一声大喝：“你这厮张开大口，也来笑洒家！”智深直接跳过右边台基上，又把右边金刚脚上打了两下，这两下下手更重，只听得一声震天价响，那尊金刚从台基上倒撞下来。

智深提着折木头大笑！

临济义玄禅师曾经说：“向里向外，逢着便杀，逢佛杀佛，逢祖杀祖，逢罗汉杀罗汉！”（《临济录》）

> 世尊初生下，一手指天，一手指地，周行七步，目顾四方，云：“天上天下，唯我独尊。”师（云门文偃）曰：“我当时若见，一棒打杀与狗子吃却，贵图天下太平。”（《五灯会元》卷十五）

实际上，临济禅师说的杀佛，以及云门禅师说的一棒子打杀世尊，恰恰是对佛法的深刻理解。佛教的最大特色，就是破除我们心中的“执”，我们有“执”，就会执迷不悟。对佛祖的崇拜，也是一种“执”，也要破除。打杀佛祖，就是要破除我们心中最后的“执”，天下从此太平，我们的心灵从此解放。

两个金刚，一个金碧辉煌，被打出原形；一个高高在上，被打落地下。大概鲁智深平时就看他们不顺眼，对这些在高处给人压迫的东西，他骨子里就反感。今天使酒装疯，乘机解决了他们。门子、首座、监寺，一应职事高僧人，纷纷来长老处告急兼告状。长老果然是长老，对这样的一个酒疯子，他总比别人有办法，这个办法是：由他去，避开他，“不要惹他”，由他撒酒疯，让他疯个够，过足瘾。他还有一个说法：“自古天子尚且避醉汉，何况老僧乎？”我们不知道自古以来，像秦始皇、隋炀帝这样的天子，是否在大街上一看到醉汉就吓得掉头跑，反正长老这样说。既然灭六国的秦始皇、杀父亲的隋炀帝都避醉汉，怕他们，何况五台山上的一个老和尚？这算是给他的缩头理论找到了一个最好的依据。他对那些僧人说："休说坏了金刚，便是打坏了殿上三世佛也没奈何，只得回避他。你们见前日的行凶么？"这又是一个由他去的理由：这家伙太凶了。于是，我们可以帮长老总结一下，我们为什么要避让鲁智深，由着他在这千百年香火清净之地撒欢撒野。其一，他是醉汉；其二，他是前日展现过自己行凶能力的历史醉汉；其三，他是正在行凶的现行醉汉。

这些理由太有说服力了，这般僧人从长老那里出来，埋怨道："好个囫囵粥（即和稀泥捣江湖之意）的长老！"又吩咐门子："你且休开，只在里面听。"这一听却又吓坏了他们，鲁智深在外面大叫："直娘的秃驴们！不放洒家入寺时，山门外讨把火来烧了这个鸟寺！"不仅骂和尚们是直娘的秃驴，而且还顺带给这五台山文殊院送了一个名字："鸟寺"。五台山也不知何时种下此种恶因缘，香火相传，传到鲁智深之时，竟意外地获得这么一个称号。既是"鸟寺"，那里面的和尚当然都是鸟和尚，住持智真长老就更是鸟住持鸟长老。里面供奉的三世佛是否都是鸟佛？呵佛骂祖，到鲁智深，又翻出新花样了。

没成佛，先成了畜生

不过山门里面的那帮鸟和尚们倒没工夫分析鲁智深的这个鸟理论，他们的耳朵抓住了更吓人的关键词：火，烧。这两个字吓住了他们，于是又赶紧叫门子："拽了大拴，由那畜生入来！若不开时，真个做出来！"你骂我们秃驴，我们骂你畜生，都不是人类了。大家来五台山学佛参禅，没有立地成佛，倒一个个先成了畜生，也是一大笑话。

那门子偷偷摸摸，轻手轻脚拽了门闩，飞也似闪入房里躲了，众僧也赶紧都各自找藏身处回避，这不光是怕鲁智深，也是听长老的教诲。

鲁智深在外面却不知道门闩已拽开，双手把山门尽力一推，"扑通"一声将进来，摔了一跤，扒将起来把头摸一摸，这一摸，他大概也后悔刚才骂人秃驴了吧。自己做着和尚，却张口闭口骂人秃驴，真是既可恨又可笑。我们由此也能看出，他内心里可能一直没有意识到自己就是和尚了。他在五台山，其实一直没有像一个真正的和尚那样生活和思考人生，后来到东京大相国寺，做执事僧，也就是一个看菜园的，哪里真正修行过一天，念过一句经。

鲁智深爬起来，直奔僧堂来。到了僧堂，大家都在那里打坐，一个个低了头，不去惹他。他到了禅床边，先是一阵呕吐，吐出他刚才喝进去的酒，吃进去的狗肉和大蒜。众僧哪里受得了这个臭！**酒是这样一种东西，从瓶口闻，香；从人口闻，臭。装在瓶子里，香，以至于透瓶十里香，驼酒千家醉；装在人肚子里，臭。可见佛教说人是臭皮囊，是屎溺桶，一点也不假。**

所以，人喝酒，不是酒糟践人，而是人糟践酒。美酒千钟，入于人这个臭皮囊，立刻臭闻一室，人要积德，少喝酒。

当时鲁智深吐得狼藉一地，是什么啊，酒也，狗也，蒜也。和尚们一齐都掩了鼻，鲁智深倒也不管他们，趴上禅床，准备睡觉。但他哪有慢慢地宽衣解带的耐心，只一味地扯撕，把那直裰、带子都咇咇剥剥地扯断了，却颇意外地掉下一只狗腿来。我说意外，是对他而言。他从山下酒店出来时，把这条狗腿揣在怀中的，此时掉出来，有什么意外？但鲁智深却觉得这简直是从天而降，连呼："好！好！正肚饥哩。"扯来便吃，五台山罪孽深重啊！禅堂里竟然有和尚大吃狗肉，大快朵颐。众僧见了都把袖子遮了脸，鲁智深邻座上下首的两个禅和子还赶紧躲开。鲁智深本来是自得其乐，一见有人躲他，偏把一块狗肉，给上首的这个和尚伸过去："你也到口！"这简直是智深师傅在度人，在教他解放思想，拽开锁链，直指人心啊，可惜这个上首的和尚拿袖子死掩了脸。智深憨厚，"你不吃？"又把这肉往下首的禅和子嘴边塞将去，那和尚赶紧逃，鲁智深一把抓回，劈耳揪住，将肉往他嘴里塞，这更是典型的耳提面命，恨铁不成钢，恨人不成佛啊。苏轼有一首《禅戏颂》，很好玩：

> 已熟之肉，无复活理。投在东坡无碍羹釜中，有何不可。问天下禅和子，且道是肉是素，吃得是，吃不得是？大奇大奇，一碗羹，勘破天下禅和子。(《苏轼文集》卷二十)

这简直就是鲁智深大闹五台山的写照，施耐庵或许正是读了这首诗，才写出这样的天下奇文。

茫茫世界，何处安身

对床四五个禅和子赶紧来劝，智深撇了狗肉，提起拳头，去那光脑袋上又是噼噼啪啪地只顾凿。这一凿，满堂僧众大喊起来，都逃出僧堂，弄得“卷堂大散”，如火如荼，如花似锦，煞是热闹，煞是好看。鲁智深见众人逃散，本来是要睡觉的，却越发人来疯，也随着人群打将出来。监寺、都寺不与长老说知（他们知道长老偏袒智深），点起一二百人，都执杖叉棍棒，而且还人人都用手巾盘着头，一齐打入僧堂来，好像临时组成的敢死队似的。我们历史上有黄巾军、红巾军，五台山上这次临时组建的，我们暂且就把他们称之为头巾军吧。记住，鲁智深第一次醉酒时，监寺是点起二三十人，后来发现，不济事。现在干脆点起一二百人，孰知更加不济事，反而像是给鲁智深捧场助兴。一个人人来疯，闹一闹，不热闹，须是这样一二百人有组织无纪律有准备没章法的大闹，才煞是好看。前面说鲁智深已打出僧堂，这帮一二百人的队伍却又打入僧堂去了，连敌人在哪里都没搞清楚，这帮头巾军也忒头昏眼黑糊涂到家。这一二百人打入僧堂，却扑了一个空，倒是背后一声霹雳，一回头，见鲁智深从后面抢进来。原来鲁智深打出僧堂，却不见人，听身后闹哄哄的，回头一看，见一二百头缠手巾的奇怪队伍打进僧堂。他大喊一声，手中却无器械，也抢入僧堂来，在一二百人中寻找家伙。这些人一看智深杀来，慌张无措，没想到鲁智深却也不打他们，而是径走到大佛像前，推翻供桌，撅断两桌腿，这一二百人才醒悟过来，一哄又赶紧退到外面。鲁智深又从堂里打将出来，那一二百头巾军见鲁智深来得凶，都拖了棒退到廊下。鲁智深指东打西，指南打北，只饶了两头的。正打得欢，只见长老喝道：“智深不得无礼！众僧也休动手！”两边众人已被打伤了数十人。见长老来，各自退去，智深见众人退散，撇了桌脚，叫道：“长老，与洒家做主！”这时，酒已七八分醒了。

长老说：“智深，你连累杀老僧了！前番醉了一次，搅扰了一场，我教你兄赵员外得知，他写书来与众僧陪话。今番你又如此大醉无礼，乱了清规，打坍了亭子，又打坏了金刚。这个且由他，你搅得众僧卷堂而走，这个罪业非小。我这里五台山文殊菩萨道场，千百年清净香火去处，如何容得你这等秽污！你且随我来方丈里过几日，我安排你一个去处。”

长老的话是很有意思的，鲁智深大闹五台山，竟然是“连累杀老僧”，明明表白了他是一直在包庇他。乱了清规，打塌了亭子，打坏了金刚，如此大罪过，竟然是“这个且由他”，显然是在为他减轻罪责，而把搅得众僧卷堂而走当作最大问题提出来，他何尝不知道双方斗殴，一个巴掌拍不响，即便主要责任在鲁智深，最后也往往会各打五十大板。所以，这番话看起来十分严厉，其实只有一分的火力，几乎伤不着智深。说五台山容不下智深这等污秽，却又直接安排他住在自己的方丈里，这当然可以说智真长老真的是藏污纳垢，大人大量，智量宽容，但也未尝不可以理解为，在他眼里，鲁智深其实乃是一个真性情的赤子，哪里是什么污秽？骂他是污秽，不过是掩人耳目，而带他住到方丈，显然是既保护了众僧，也保护智深，使他们不再冲突。长老到底爱惜智深，到底是修行高深的高僧！

我前面说过，**鲁智深英雄失路之时，没有可怜相。我们不但不觉得他可怜，反而觉得他一举一动都给我们带来快乐。所以我们几乎是兴高采烈地看着他，而不是像对林冲、杨志那样愁眉苦脸地看着他们。**但是，当他被长老带到方丈里去歇了一夜时，我们突然觉得他可怜了。他固然可以力敌千军，在与一二百僧人的对决中指东打西，指南打北，打伤对方数十个，自己却毫发无损。但是，他却不再能回到那里睡觉了，只有到长老方丈里委委屈屈地蜷伏一夜。方丈方丈，也就一丈见方的大小，在这样局促的空间里，睡上这样的大虫，智真长老一定委屈不少，至少那如雷的鼾声，就够他受的。但另一方面，就鲁智深而言，在长老的禅床前，他还敢横罗十字，鼾声如雷吗？他会不会意识到，这偌大的五台山，可以容纳七八百庸凡僧人，却已无他的立足之地？茫茫世界，何处可以安身立命？

七 命犯桃花

那新妇的床上一个莽和尚赤条条地坐在里面，等待着新郎。床头是戒刀，床边是禅杖。

桃之夭夭，灼灼其华

第二次大闹五台山之后的第二天，长老让侍者领取一件皂布直裰、一双僧鞋、十两白银，唤鲁智深过来。长老告诉他，五台山已经安他不得了，便给他写一封信，叫他投一个去处安身。智深道："师父教弟子那里去安身立命？"猛听大英雄这样无路可走的可怜话，真令人怆然而涕下！

我们来看看此前出场的好汉们的命运：王进被高俅所逼，母子二人抱头而哭，最后决定去延安府寻老种经略相公，认为那里可以安身立命，但是一别史进之后，永远销声匿迹，不知所终；史进大闹史家村后无处安身，又要找师父王进，希望在那里找一安身立命之处，却遍寻不着，至今流落江湖，不知下落；李忠一条杆棒，几副膏药，漂泊江湖，又何等恓惶？这荡荡乾坤，纷纷市井，茫茫大地，滚滚红尘，怎么就总是没有他们的安身立命之处？

客观地说，鲁智深在五台山的所作所为，智真长老确实不能再加以偏袒了。一行有一行的规矩，一处有一处的秩序。五台山的规矩是一切寺庙的共同规矩，这些规矩对维持这一千百年清净香火之地是极其必要的，是一般和尚参禅悟道的必经之道。如若不然，任由和尚喝酒吃肉，撒泼打人，推倒佛像，这五台山还是清修之地吗？所以，送走鲁智深，是智真长老的无奈选择，也是必然选择。

慈悲的智真长老，此时立足五台，放眼中土，茫茫大宋，滚滚红尘，他将在哪里为他的这位桀骜不驯的弟子寻觅一块容身之所？

原来，东京大相国寺的现任住持智清是他的师弟。为了给鲁智深一个安身之处，也让他多一些磨炼，他给鲁智深写了一封推荐信，让他找东京大相国寺的住持智清禅师。

鲁智深于是作别师父，来到山下，取了前日打造的禅杖、戒刀，取路往东京来。

从五台山到东京大相国寺，这一路，他又会碰到什么呢?

《水浒传》的作者施耐庵是个幽默人。他写鲁智深在五台山这一六根清净四大皆空之处盘桓之后，下得山来，不让他直接再去另一清净场所大相国寺，偏要他去一个地方：桃花村和桃花山。

作者为什么要他去这个地方，这个“桃花”的名字有什么寓意呢?

事实上，“桃花”在中国的文化传统中，还真是大有寓意。

《诗经》中有《桃夭》一诗，写一女子艳若桃花，嫁与人妻，必将生子累累，如同桃花过后，硕果累累。

桃之夭夭，灼灼其华。之子于归，宜其室家。

桃之夭夭，有蕡其实。之子于归，宜其家室。

桃之夭夭，其叶蓁蓁。之子于归，宜其家人。

桃花开得红艳艳，如同花儿在燃烧，这个姑娘嫁过来，对这家庭实在好。

这是婚礼上的祝福歌。它用比兴、用桃花之艳来形容新娘的面容艳丽，还用桃实丰硕圆润来形容新娘的丰腴健康与性感，且还暗示着她将来的生育多多，这也是“宜其室家”的真正含义。从这以后，桃花，就是一个有寓意的词汇了，它和婚姻、性、男女之情纠结到了一起。发展到后来，桃花，在中国的文化中，竟然变成了一个颇为色情的名字，诸如桃花运、命犯桃花、桃色新闻，等等。

桃花的颜色——“桃色”变成了不当男女关系的代名词。

有关男女关系的传闻，叫“绯闻”，什么是“绯”?“绯”就是红色，就是桃花的颜色，桃花在古代，就叫绯桃。

男女之情，叫“艳情”。有关男女爱情的电影，叫艳情片。为什么用“艳”字?就是暗示桃花的那个“艳”。

在这些地方，桃花的颜色被赋予了特殊的贬义或奇怪的色彩。一个典型的例子是，杜甫有诗“颠狂柳絮随风去，轻薄桃花逐水流”(《绝句漫兴》其五)。“轻薄”，而且“逐水”，这是对“桃花”的道德上的鉴定。

所以，**鲁智深下得五台山，直入桃花村，又从桃花村，上得桃花山。五台山直通桃花村，桃花山下连相国寺，一个和尚，也命犯桃花一回。真是空不异色，色不异空，空即是色，色即是空(《般若波罗蜜多心经》)。**

看来，施耐庵要好好调侃一下他心目中的英雄，就让这个不近女色的人，命犯桃花一回。我们又有好戏看了。

果然，在桃花村，鲁智深还真碰到了一起桃色事件，赶上了一场很特别的婚礼，而他，又搅黄了这桩婚事，大闹了人家的婚宴。这是怎么回事呢？

这个庄上今天有些蹊跷，天色傍晚了，却见数十个庄客，也就是村民，忙忙急急，搬东搬西，对来投宿的鲁智深也很不客气，告诉智深，庄上今晚有事，赶紧走开，休在这里讨死。鲁智深一听，说："也是怪哉，歇一夜打甚么要紧？怎地便是讨死？"庄客道："去便去！不去时便捉来缚在这里！"这真是奇怪，这庄上今晚到底有什么事呢？村民的脾气为什么都这么古怪、这么牛气呢？

鲁智深正要发作，刘太公走出来，喝退了庄客，问明鲁智深的身份，才平息了事态。他自我介绍说是桃花村地主、村长刘太公，被人唤作"桃花庄刘太公"。刘太公就刘太公了，偏还要加上"桃花庄"三字，难怪金圣叹要取笑他"阿父桃花著名，令爱那不桃花坐命"。当然，这都是"作者凭空设色处"。庄名既然桃花著名，庄主也是冠名桃花，那也就应该有些桃色的事发生。于是刘太公留鲁智深吃饭，问他是否戒荤腥，鲁说："洒家不忌荤酒，遮莫甚么浑清白酒，都不拣选。牛肉、狗肉，但有便吃。"人家问他"荤"，他不但要，还自己加上了"酒"。于是，庄客端来一壶酒，一只盏子，一盘牛肉，三四样菜蔬。不多时，一盘肉，一壶酒，都没有了，光了。太公对席看着，呆了半晌。庄客又搬饭来，又吃了。吃了饭，智深见太公面有愁容，便问："太公缘何模样不甚喜欢，莫不怪洒家来搅扰你么？明日洒家算还你房钱便了。"太公方才告诉智深，此间有座山，唤作桃花山，桃花山上近来有两个大王，聚集了五七百人，打家劫舍，官军捕盗，禁他不得。这山上的二大王，见了刘太公的女儿，贪恋美色，撇下二十两金子、一匹红锦为定礼，选定今夜好日子，晚上要来桃花庄入赘为婿。桃花庄碰到了桃花山，桃花太公有一桃花女儿，桃花女儿又碰上了一桃花大王，这一连串的因果看来还真是一条挣不脱的红丝线，摆不脱的好姻缘。但是刘太公一个奉公守法的老地主老村长，哪里愿意把女儿嫁给强盗为妻哩！但是，这个强盗连青州官府都禁他不得，桃花村一个村长哪里能反抗呢？所以，鲁智深来时，刘太公正在满腹烦恼地操办着嫁女儿大事，大喜日子也是大烦恼日子。不过那桃花山二大王打家劫舍劫财兼劫色可以，但是摆八卦算吉日良辰大概不大内行。他算定今天是个好日子，却算不出今天实在是个大禁忌的日子——不然，怎么五台山上的莽和尚偏偏今天下了山，冲撞了来，搅了他的桃花运呢？

和尚上了新娘床，花样翻新说因缘

听完刘太公诉说心中的烦恼和眼前的尴尬，鲁智深觉得，他又碰到了事了，又碰到他不得不管的事了。管天下不平事，是他的最大爱好，自从上了五台山，七八个月没事干，几乎闲出毛病，哪里想到，一下山，就碰到这样刺激的事啊。他当即对刘太公说："原来如此！洒家有个道理教他回心转意，不要娶你女儿，如何？"

显然这次他没有像上次听完金翠莲叙述后那样暴怒如雷，要和人家动拳头，而是要和人家讲道理。为什么呢？一则是因为他毕竟做了和尚，要有一个和尚的样子；再则，这山上的大王虽好色，但是好像也还讲道理，没有像郑屠那样无赖流氓，所以还没有让他太生气。更重要的是，他若暴躁如雷，可能还没有收拾到山上的大王，就先吓坏了庄上的太公。谁能相信一个和尚能摆平一座强盗山呢？

太公很不放心地问他："他是个杀人不眨眼魔君，你如何能够得他回心转意？"不但刘太公，我们也不放心，鲁智深何时给别人讲过道理？他是讲道理的人吗？何况，对杀人不眨眼的魔君，道理管用吗？你讲的道理真好，太感人了，但这个桃花山上的二大王，他要的是刘太公如花似玉的女儿，要的是一个压寨夫人，他能要一个鲁智深吗？在刘太公的女儿和鲁智深的道理之间，他能选择后者吗？倒是鲁智深很自信。智深道："洒家在五台山真长老处学得说因缘，便是铁石人，也劝得他转。"

原来他的道理，乃是佛家的因缘，但是，这鲁智深何时在真长老处学过这一手？他这样粗鲁的人，解决问题，除了拳头武力，居然还会谈判？他能用佛家的因缘说得桃花山的强盗回心转意吗？

他对刘太公说："今晚可教你女儿别处藏了，俺就你女儿房内说因缘劝他，便回心转意。"到底是什么因缘，有这么大的力量，能让二大王放着美娇娘不娶，回心转意，放下屠刀，立地成佛？而且既是说因缘，哪里不可以啊？为什么偏偏要到人家女儿的房内？五台山和尚，一下山，就要钻桃花村姑娘的闺房，成何体统？

太公道："好却甚好，只是不要捋虎须。"

刚才说他是杀人不眨眼的魔君，现在又说他是老虎，都是吃人的。太公太怕了，但是他只知道这山大王是山上下来的老虎，他哪知道身边这个莽和尚的专业就是捋虎须呢！鲁智深安慰太公说："洒家的不是性命？你只依着俺行。"这话实在，没有两下子，谁能拿自己的性命开玩笑？太公放心了，他几乎是喜从天降，"却是好也！我家有福，得遇这个活佛下降！"魔君也好，老虎也好，只要有活佛，便都没有什么不可以摆平。刘太公还真是一心向佛的老地主，他对佛还真有信仰，谁说鲁智深突然在此时出现，救他一家子，不是他一直信佛的结果呢？一激动，刘太公又要请智深吃饭。刚才已让智深吃了一盘牛肉，吃了一壶酒，还吃了饭，只是三四样蔬菜，智深没动，现在他又问智深是否再吃饭，智深说，饭不要再吃了，有酒的话，再喝些。刚才人家给他上一壶酒、一个盏子，不但他眼中看着好笑，我们也觉得太少，他什么时候用壶装过酒，用盏子喝过酒，一个小壶、一个盏子捏在鲁智深的手里，也不和谐啊。而他竟然没嫌少，也就喝了，喝过了，也不再要。一般情况下，鲁智深还是比较乖的，不惹事的，这是他和李逵的大区别。我前面讲过，鲁智深不是一个酗酒闹事的人，他是有分寸的人。在五台山上那样，实在是憋闷太久了。

要提醒大家的是，我们看了鲁智深两番酒后大闹五台山，不要以为鲁智深惯常酗酒闹事。其实不然。如果是这样，他就不可爱而可厌了。事实上，鲁智深固然爱酒，以至于遇酒便吃，但是他并不闹事。**在上五台山前，他吃酒而不闹事，在五台山后，他也吃酒而不闹事。独在五台山闹事者，主要是英雄寂寞，被命运捉弄，而英雄以酒使气，与命运作一玩笑。从文学角度说，是以热闹写寂寞，以撒野写苦闷。**

庄客搬出酒来，他就着一只熟鹅，一口气吃了三二十碗。这时是"搬"了，是"碗"了，这才是智深喝酒法。吃完，鲁智深叫庄客收了包裹，先安放在自己借宿的房里，却不怀好意地提了禅杖，带了戒刀在身边，既然包裹都先要放别处了，为何禅杖、戒刀带在身边？要知道，包裹里都是重要东西啊。然后他问太公："你的女儿躲过了不曾？"太公告诉他，女儿已躲了。智深道："引小僧新妇房里去。"注意，这是一句很古怪的话。古怪在哪里呢，又为什么要这样古怪呢？古怪在于，这地方的两个称呼都特别有意思，一是自称，他一直自称"洒家"，现在却突然称"小僧"了。一是称呼对方女儿，一直称"你女儿"，却突然称"新妇"。洒家何时承认过自己是“小僧”呢？“女儿”更不曾是新妇啊。但是这样一改，“引洒家到你女儿房里去”这样普通的话，便变成了“引和尚到新媳妇房里去”，这简直有令人喷饭的效果，和尚跑到新媳妇房里去了！

这是鲁智深的语言吗？不是，这是施耐庵的语言。

所以，施耐庵是一个特别有幽默感的人，他时不时地要调侃一下，甚至不惜让人物说出不符合自己习惯和身份的话来。这是《水浒传》语言中的一个很有意思的特色。

太公引智深到了房边，鲁智深道：“你们自去躲了。”既是说因缘，如何又要带着戒刀、禅杖在身边？既是说因缘，为何又要人都躲了？

到了房里，智深把戒刀放在床头，禅杖把来倚在床边。把帐子放下，脱得赤条条的，跳上床去坐了。

在五台山，他何曾坐过？在新娘的床上，他倒跳上去坐了，坐了也就坐了，偏要脱得赤条条的。为什么要赤条条的呢？这本来真是毫无必要，只是施耐庵施大爷觉得这样好看，于是就让鲁智深脱了。这又是作者施耐庵主观故意干扰情节的一个例子。一般而言，这样的干扰是不应该的，因为它使小说情节不够真实，但在《水浒传》中，这种故意的干扰则不但获得了读者或听众的原谅，甚至获得了他们的喝彩，因为这样一写，还真的就更好看。如果在今天，施大爷一定是一个一流的导演。他知道怎样才有最佳的效果。

好了，现在那新妇的床上一个莽和尚赤条条地坐在里面，等待着新郎。床头是戒刀，床边是禅杖。

等待着那个桃花山上下来的新郎的，会是什么？

八 大闹桃花村

强盗和暴发户历来都是一路货色。强盗是暴发户的一种，而且暴发户往往也是强盗的一种。他们还有一点特别相同，那就是他们多的是钱财，少的是文化。

帽儿光光，今夜做个新郎

天黑了，桃花村的打麦场上灯火通明，盘中盛着肥肉，壶里温着美酒；新娘的房里，却一片漆黑，黑暗里床上坐着胖和尚。无论盘中的肥肉、壶里的美酒，还是床上的和尚，都等着那山大王来享用。今晚看来是够他喝一壶的。这刘太公怀着一个鬼胎，庄家们捏着两把冷汗。嘿，女儿还没出嫁，丈人先怀上了鬼胎。如果说，鲁智深没来时，他们是烦恼；现在鲁智深来了，他们的心情就是害怕，就是忐忑不安。烦恼，是因为有了一个既定的不好的结果。害怕，是不知道会是什么结果，或者好一些，或者更糟。约莫初更时分，只听得山那边锣鼓响起，他们出庄门看时，远远的四五十个火把，照耀如同白日。一簇人马飞奔庄上来，那大王前遮后拥，明晃晃的都是器械旗枪，尽都用花花绿绿的绢帛包着。小喽啰们头上乱插着野花，又蹦又跳，又喊又叫，这哪里是桃花山上下来的？分明是花果山上下来的。前面四五对红纱灯笼引路，照着那个马上的大王。他骑的是大白马，他还真把自己当成了刘小姐的梦中情人，白马王子。

这个新郎，今天的穿戴如何？

那大王穿戴一新，却有些奇装异服，耳边也插着一朵野花，头戴撮尖干红凹面巾，上穿一领围虎体挽羢金绣绿罗袍，腰系一条称狼身销金包肚红搭膊（用较宽的绸、布做成的束扎衣服的腰巾，有的中间有小口袋，可以裹系钱物）。脚穿一双对掩云跟牛皮靴，又是虎，又是狼，又是牛，简直把自己弄成了牛鬼蛇神。而且，大红配大绿，实在是土气。看来，这个山大王及其手下严重缺乏审美眼光。他得配上一个形象设计师才行。

实际上，强盗和暴发户历来都是一路货色。强盗是暴发户的一种，而

且暴发户往往也是强盗的一种。他们还有一点特别相同，那就是他们多的是钱财，少的是文化。多的是钱财，所以就不惜工本往自己身上堆金砌银；少的是文化，堆来砌去，堆砌成一个大笑柄、大活宝，一个假冒伪劣工程，冒充体面人。我们看这个大王的这一身新郎妆，实在是让我们开心一笑，不知刘小姐如果见了这样的新郎，她是否也会破涕一笑？

这大王在庄前下了马，小喽啰们一齐唱贺：

帽儿光光，今夜做个新郎。衣衫窄窄，今夜做个娇客。

这帮小土匪，今儿个真高兴！

面对着这样一个牛鬼蛇神的女婿和他手下的那一帮牛鬼蛇神，刘太公怎么样呢？

新女婿是个活宝，老丈人也很知趣。刘太公赶紧亲捧台盏，斟下一杯好酒，跪在地下。那大王把手来扶道："你是我的丈人，如何倒跪我？"这女婿虽是强盗，倒也知礼。太公说："休说这话，老汉只是大王治下管的人户。"这太公虽是丈人，却也识相，用上海话说，很拎得清，但这话里，还是可以听得出一些无奈，一丝怨恨。若不是你大王管下的人户，谁愿意把女儿嫁给你啊！那大王已有七八分醉了，但也还是能听出这话中的味道，便呵呵大笑："我与你家做个女婿，也不亏负了你，你的女儿匹配我，也好。"这强盗的自我感觉相当好。只是，这个女婿未必做得成，未必配对成功。那新娘床上还坐着一个赤条条的和尚呢，老丈人答应了，胖和尚答不答应呢？胖和尚的道理答不答应呢？

大王来到打麦场，在那里又饮了三杯，来到厅上，教小喽啰把马去系在绿杨树上，小喽啰们把鼓乐就在厅前擂将起来。看来，这桃花山强盗堆里，还有一些艺术人才呢。

懂礼貌的大王，在厅上给丈人敬了三杯酒。

那大王更是很有爱心的大王，他此时一心惦记着的是他的新娘子刘小姐。他说："我且和夫人厮见了，却来吃酒未迟。"

怎么便打老公，教你认得老婆

刘老汉也正急于让那个五台山上下来的活佛用因缘劝说大王回心转意，所以，大王一说要见夫人，他便说："老汉自引大王去。"拿了烛台引着大王，转入屏风背后，直到新人房前，太公指与道："此间便是，请大王自入去。”太公拿了烛台一直去了。未知凶吉如何，自己先开溜了。

那大王此时哪有闲心管老丈人的行踪，他一心只在刘小姐身上。他推开门，只见里面黑洞洞的，大王便埋怨老丈人：“你看我那丈人是个做家的人，房里也不点碗灯，由我那夫人黑地里坐地。”他这个强盗，当然知道做家的人不比做强盗的人，什么东西没有了，就可以冲州撞府，打家劫舍地抢。做家的，只能靠自己生产与节省了。所以，这个做强盗的人，对做家的人颇有几分不屑，几分看不起，几分嘲笑。很有笑贫不笑娼、笑贫不笑盗的味道。这个大王颇有同情心，而且还十分慷慨，马上说：“明日叫小喽啰山寨里扛一桶好油来与他点。”不仅摆阔，而且大方。——当然是对黑暗中那个刘小姐说的，可惜刘小姐早躲到邻村去了，没有听到大王的真情表白，倒叫一个胖和尚听到了这番丑话，听得不亦乐乎。鲁智深在帐中忍住笑，不作声。

那大王摸进房中，一头亲亲热热叫娘子，一头摸来摸去摸娘子，一摸摸着了床帐子，便揭起来，探一只手进去摸，一摸摸着了鲁智深的大肚皮。我们知道，鲁智深是腰阔十围之人，肚皮之大，可想而知，但是还没来得及让这大王对手触之物做出判断，鲁智深却早劈头巾带角儿揪住了，一把按下来。那大王正要挣扎，鲁智深骂一声：“直娘贼！”连耳根带脖子就是一拳。原来这就是他的讲道理啊。那大王叫一声道：“甚么便打老公！”鲁智深应一声道：“教你认得老婆！”拳头脚尖一齐上，打得大王叫“救人”。他这一叫，倒把刘太公吓呆了：他以为此时那五台山和尚正在那里动嘴说因缘呢，忽然听到里面叫救人，还以为是和尚被大王打了。他慌忙把着灯烛，引了小喽啰一齐抢将入来，众人在灯下看到了什么呢？

只见一个胖大和尚，赤条条一丝不挂，骑翻大王在床面前打。这情景又多么令人叹为观止啊！一个大王，一个穿金戴银的大王，一个耳边插花的大王，背上偏驮着一个一丝不挂的光头和尚，上面动手在打人，下面张口叫救命。这情景，一定会为桃花村代代相传，成为经典笑话。

小喽啰一看，自己大王，今晚的娇客，被人骑在身上打，他们一齐上前，来救大王。鲁智深见他们蜂拥前来，便撇下那个大王，到床边提了禅杖，打将出来。乘乱中，那大王爬出房门——刚才是摸进房中，现在是爬出房门。你看《水浒传》写的大王摸、大王叫、大王爬，天下的大王我们也见得多了，从来没有看见过这样狼狈的大王，这样跌份子的大王。大王奔到门前，摸着马，树上折枝柳条，托地跳在马背上，把柳条打那马，马却不跑。那大王叫道："苦也！这马也来欺负我！"这话的潜台词是：秃驴欺负我，白马也欺负我。再细看时，却是心慌，不曾解开缰绳，连忙扯断了，出得庄门，还不忘大骂刘太公："老驴休慌！不怕你飞了去！"此时方明白刘太公不再是老丈人，而是老驴；他也不是白马王子，马倒还是白马，他却不再是王子。那马拨喇喇地驮了大王往山上跑了。

张灯结彩，刀光剑影

大王被智深三拳两脚打跑了，但是这能算解决问题吗？俗话说，跑了和尚跑不了庙，但鲁智深是一个没有庙的和尚。他当然不怕。现在是，跑了和尚跑不了村，跑了和尚跑不了桃花村刘太公，那大王走前已放出狠话：不怕你飞了去。你智深和尚可以一拍屁股走人，这刘太公一家老小性命怎么办啊？

刘太公一把扯住智深："师父，你苦了老汉一家儿了！"这时他才知道，鲁智深的道理，就是骂，鲁智深的因缘，就是打。鲁智深此时还一丝不挂哩，赶紧先穿了衣服再说话。等鲁智深穿好衣服，刘太公说："我当初只指望你说因缘，劝他回心转意，谁想你便下拳打他这一顿。定是去报山寨里大队强人来杀我家！"智深安慰太公说，自己是军官出身，武艺高强："休道这两个鸟人，便是一二千军马来，洒家也不怕他。"刘太公道："师父休要走了去，却要救护我们一家儿使得！"智深道："恁么闲话！俺死也不走！"太公又一次请他吃酒，且将此酒来与师父吃，休要抵死罪了！鲁智深道："洒家一分酒，只有一分本事；十分酒，便有十分的气力！"太公道："恁地时最好。我这里有的是酒肉，只顾教师父吃。"现在，刘太公知道鲁智深这里既无道理，也无因缘，只有十分气力一根禅杖，而他有的是酒。

果然，那大王跑上山向山上的大头领诉说被打，大头领勃然大怒，尽数领了山上的小喽啰，一齐呐喊杀下桃花山来。今天晚上这桃花山和桃花庄，也真是热闹到家了，一会儿锣鼓喧天，一会儿又杀声震天；一会儿觥筹交错，亲如一家，一会儿刀枪并举，势同水火；一会儿锣声喤喤娶亲来，张灯结彩，一会儿战鼓震震杀人来，刀光剑影。

满山的土匪强盗都下山了，他们要血洗桃花村了。鲁智深一个人，能对抗整座强盗山，救护满村老百姓吗？

桃花庄上鲁智深正在吃酒，庄客报道："山上大头领尽数都来了！"真让我们提心吊胆，胆战心惊。但鲁智深却不怕，说："你等休慌。洒家但打翻的，你们只顾缚了，解去官司请赏。"提了禅杖就迎了上去。**一副光头，一条禅杖，独对五七百人，他真是威风凛凛。这种勇敢，不仅仅是血性之勇，不仅仅是他对自己武功的自信。更多的，更值得我们敬仰的，是道义之勇。**孟子曾经提到曾子对子襄说的话："子好勇乎？吾尝闻大勇于夫子矣：自反而不缩，虽褐宽博，吾不惴焉；自反而缩[①]，虽千万人，吾往矣。"（《孟子·公孙丑上》）这就是道义之勇，**鲁智深的骨子里，有着血性，有着我们民族内在的道德勇气，这是他最为可贵的地方**！

不过，接下来发生的事，却完全出乎我们意料。大家不但没有拼个你死我活，反而化干戈为玉帛了。为什么呢？

桃花山的大头领骑在马上，麾兵而来，鲁智深手提禅杖，迎面而去。夜色中一见面，还没有看清对方面目，先就互相破口大骂。对方骂智深是秃驴，"那秃驴在那里？早早出来决个胜负！"智深骂对方是腌臜打脊[②]泼才（蛮横不讲理的家伙），"腌臜打脊泼才，叫你认得洒家！"骂完了，算是打过招呼了，智深正要抡起禅杖，那大头领却听得鲁智深声音耳熟，大叫："和尚，且休要动手。你声音好厮熟，你且通个姓名。"待鲁智深一报姓名，那大头领哈哈大笑，滚下马，撇了枪，扑翻身便拜，口叫哥哥。原来，黑夜里来的桃花山大头领，原来就是打虎将李忠，与鲁智深在渭州一别之后，流落此地，在桃花山落草坐了第一把交椅！而刚才被打的那位是二头领小霸王周通！

这仗是打不起来了，但这亲事怎么了结呢？

李忠拜过了智深，忙问："哥哥，你怎么做了和尚？"鲁智深说："进屋子说话。"这两个人进了厅堂，互叙自身的经历。他们两人一团杀气换成一团和气了，这边却吓坏了刘老汉，原来五台山上下来的和尚和桃花山上下来的强盗竟然是一路。他暗地里叫苦不迭，这下大祸临头了。就在他心里七上八下、惶恐不安时，鲁智深叫刘太公上前一起坐，说："太公休怕他。他是俺的兄弟。"然后，还真的动口说起了因缘，说起了道理，这叫先兵后礼，这也叫先打后商量。他对李忠说："既然兄弟在此，刘太公这头亲事再也休题！他止有这个女儿，要养终身，不争被你把了去，教他老人家

①缩，直。连起来就是反躬自问而觉得理亏，即使是卑贱的平民百姓，我能不害怕吗？反躬自问而觉得正义在我这一边，即使面对千万人，我也勇往直前。

②打脊，徐渭《南词叙录》中说："古人鞭背，故詈人曰打脊，唐之遗言也。"打脊，意指该杀的。

失所！”

这段话，说得威严。鲁智深在李忠面前，总有一种居高临下的自信。但是，这句话里，还真有因缘，这因缘就是对人情的体谅，对人的苦衷的感受。只是，这因缘，不是佛家的因果报应之说，而是儒家的恻隐之心、不忍之心、是非之心。鲁智深的心里，还真的藏着为人处世的道理！是啊，没有这样的道理，没有这样的是非，没有这样的恻隐之心，他当初怎么会搭救金翠莲，打死镇关西呢！

刘太公一听大喜，赶紧安排酒食，款待二位，连小喽啰也每人两个馒头、两块肉、一大碗酒，个个吃得肚皮溜圆，喝得脸红脖子粗，太公还乘机拿出周通当初撇下的二十两金子和一匹红锦。鲁智深大包大揽："李家兄弟，你与他收了去，这件事都在你身上。"

自从在渭州酒楼二人相见，鲁达心中就没看上这个李忠，现在却叫得如此亲切，就是要他承诺说服周通。李忠说："这个不妨事。且请哥哥去小寨住几时。刘太公也走一遭。"让刘太公也到山上走一趟，为的就是和小霸王周通当面决绝亲事。但是，小霸王娶亲不成，还挨了一顿痛打，打得身上伤痕累累，他一定把刘太公和打他的和尚恨之入骨，他能痛快答应解除婚事吗？

有实力，才有话语权

李忠、鲁智深并刘太公一同到山上，在聚义厅上坐定，李忠叫小喽啰请二大王周通出来。果然，周通一见鲁智深，即怒气冲天，指责李忠不为他报仇，反而请他上坐。李忠笑道："兄弟你认得这和尚么？"周通道："我若认得他时，须不吃他打了。"李忠说："这和尚便是我日常和你说的，三拳打死镇关西的便是他！"周通一听，把头摸一摸，叫声"啊呀"，扑翻身便拜。摸摸头，庆幸自己没有成为第二个镇关西；扑翻身便拜，是因为鲁达大名早已如雷贯耳，还感谢刚才鲁智深手下留情。鲁智深对周通说：

> 周家兄弟，你来听俺说。刘太公这头亲事，你却不知。他只有这个女儿，养老送终，承祀香火，都在他身上。你若娶了，教他老人家失所，他心里怕不情愿。你依着洒家，把来弃了，别选一个好的。原定的金子缎匹将在这里。你心下如何？

今天晚上鲁智深有没有"道理"啊？还真是好道理，但是，这道理必须是鲁智深说才有分量，才是道理，要让刘太公说，就不是道理。有实力的人才有资格跟人讲道理。

周通感于鲁智深的道理，也深切体会到了他拳头的分量，答应不再登门。鲁智深却再落实一句："大丈夫做事却要休翻悔！"鲁智深知道自己会走，所以要盯紧这一句，于是周通折箭为誓。刘太公拜谢了，归还金子缎匹，下山回家去了。

周通为什么这样痛快？按说，周通的大喜日子被鲁智深冲撞了，媳妇没娶上，反挨了一顿打，满心欢喜看上了一个美娇娘，硬生生地给鲁达拆散了，他一定很恼火。但是，他竟然认了，而且很痛快，绝不拖泥带水，可见他也是周行通达之人。

我们说，一方面是感于鲁达的实力，一方面也与他的性格有关。

看看他的名字就知道，周通，周通，一说就通嘛。这周通的名字也与鲁达一样的好。通即是达，达即是通。不通何能达，能达必然通。周字也是周行不殆的意思。所以，鲁达一说因缘，周通这边就通。他好歹也是一条好汉。周通对鲁达，一对好名字。

平心而论，周通要娶刘小姐做老婆，虽然有以势压人之嫌，但还是礼数周到的，先丢下聘礼，再选定吉日，大吹大擂，明媒正娶，八抬大轿，他还真不是什么特别坏的人。只是他的身份是强盗，让普通老百姓不敢接受。如果他真是特别坏的人，可以当时即掳抢而去，先把生米做成熟饭，等鲁和尚从五台山上下来，桃花山上孩子怕都生下来了。这样的事不是太多吗！即使在梁山一百零八将里，也有这样特别坏的人。一百零八将中排名十五的什么双枪将董平，那才是十恶不赦、万劫不复的下流坯。他看上了同僚程太守的女儿，屡屡利用梁山来攻的危机，要挟对方把女儿嫁给他，对方无奈，答应等打退梁山后，再议亲。而他竟然在投降梁山后，赚开城门，直冲程太守家，杀光人家一家老小，抢了这个女孩子。两相比照，高下立判。

看不惯只苦别人，和尚顺手牵羊

好了，现在刘太公下山去了，鲁智深留在山上。

接下来，李忠、周通杀牛宰马，安排筵席，管待了鲁智深数日，还引着爱好山水的鲁智深山前山后观看景致。并且劝说他，不要去大相国寺当什么和尚了，就在此处，当一个山大王，多快活！

按说，这样的生活还真符合鲁智深的性情。那么，他会留下来吗？

可惜，桃花山风景好，桃花山这两个人却不大合乎鲁智深的胃口：这两个人小家子气，做事悭吝，不是慷慨之人。李忠的性格我们前面已经领教过了，周通虽然在其他方面还算通达，但是在对钱财的态度上，也和李忠差不多，半斤八两，一对难兄难弟。所以，鲁达住了几日，只要下山，推托道："俺如今既出了家，如何肯落草。"这两人还真是小气不长进，竟说出这样的话来："哥哥既然不肯落草，要去时，我等明日下山，但得多少，尽送与哥哥做路费。"

真是没出息的话，你山上现放着金银财宝，没说拿出来作路费送与鲁智深，却说明日下山，但得多少再送，若明日下山一无所获呢？或明日下山所获甚少呢？更重要的是，打着为鲁智深抢盘缠的旗号去抢劫，这份礼鲁智深会收吗？

第二天，山寨里杀羊宰猪，准备送路筵席，安排整顿许多金银酒器，摆放在桌上。正待入席饮酒，小喽啰来报，山下有两辆车十数个人经过。李忠、周通对鲁智深说："哥哥，你自己随便吃几杯。我两个下山去取得财来，就与哥哥送行。"当即点起小喽啰，只留一两个服侍鲁智深饮酒，下山去了。

鲁智深越想越气闷："现放着这么多金银，却不送与俺，偏要去打劫别人的送与洒家。这不是把官路当人情，只苦别人？"

但是鲁智深哪里是生闷气的主？他生了气，一定做出来。他两拳打翻小喽啰，捆绑起来，用核桃塞住小喽啰的嘴。然后把桌上的金银酒器用他那大脚都踏扁了，装在包裹里，挎了戒刀，提了禅杖，走到后山乱草坡上，把戒刀、禅杖、包裹都丢下山去，自己把身子往下一滚，骨碌碌直滚到山脚边。跳起来，拿了包裹、戒刀、禅杖，拽开脚步，取路便走。

这回，鲁智深可是犯了“偷盗”之戒了。

金圣叹回前总批曰："要盘缠便偷酒器，要私走便滚下山去。人曰：堂堂丈夫，奈何偷了酒器滚下山去？公曰：堂堂丈夫，做甚么便偷不得酒器，滚不得下山耶？益见鲁达浩浩落落。"

鲁智深的善，是自为的善，是自然的善，还不是自觉的善。所以，他有时很善，善行出自天性，出自本真，毫无其他念头，是绝假纯真最初一念的本心中的善，是未经世俗污染的赤子之心，所以，特别感人。

但是，正因为他还不是自觉的善，所以，当他的本心被其他念头遮蔽了时，也就不免于恶。比如，想喝酒时，他不免抢人的酒，还打人。酒后，还要闹事，还要打人。在寺庙中，随地大小便，对他人的感受毫不关心等。因为他还没有自觉的道德意识。

体现在禅修上，他也是这样的境界。而在明代，李贽特别提倡在道德领域里的“童心”以及在宗教中的“狂禅”。在他看来，在道德和禅修上的最高境界，都不是经过自觉修炼而达到的自觉境界，而是人类未经世俗文化和社会污染的原初本心。鲁智深恰恰完全符合他的理论，所以，他特别推崇鲁智深。

鲁智深不从前山正道走，而要从后山无路之处滚下山去，是怕从前山走碰见李忠、周通二人。但是，他这样从后山逃走，不但不大光彩，而且，李忠、周通回来发现，不会去追他吗？如果他们追他，追上了，又会怎样？会不会刚刚相识的兄弟又反目成仇，演变为一场血战？

九 火烧瓦官寺

对真说谎的人，他信以为真；对说真话的人，他偏以为是说谎。

同是落草，境界有高低

鲁智深捆了小喽啰，把桌上的金银酒器都踏扁了，装在包裹里，走出寨子，想道：洒家从前山走，一定碰见那厮们，不如在这后山乱草间滚将下去。于是把戒刀、禅杖、包裹都先丢下山去，把身子一蜷，往山下一滚，骨碌碌地滚到山脚边，爬起来自己检查一番，竟然毫发无损。像他这样天性浑厚之人，往往亦有天佑神助。他寻了包裹并戒刀、禅杖，拽开脚步，取路便走。他能走得了吗？

李忠、周通下山，抢了那十几个过路人，劫得车子财物，唱着凯歌，慢慢地上山来，好生快活！可到了寨子里一看，只见两个陪鲁智深吃酒的小喽啰被捆在亭子边，鲁智深不见了，桌子上的金银酒器也不见了。周通解开小喽啰，把小喽啰嘴中塞满的核桃抠出来，小喽啰才告诉他们刚才发生的一切。周通道："这贼秃不是好人！我们倒着了他的手脚了！却从那里去了？"大家搜了一圈，到后山，见一带荒草平平地都滚倒了。周通又道："这秃驴倒是个老贼！这般险峻山冈，从这里滚了下去。"李忠道："我们赶上去问他讨，也羞那厮一场！"

李忠是小气人，一下子丢了那么多金银酒器，他心疼又气愤。周通道："罢，罢！贼去了关门，那里去赶！即便赶得着时，也问他取不成。倘有些不然起来，我和你又敌他不过，后来倒难厮见了。不如罢手，后来倒好相见。"还是周通圆通，且还有些霸气，不枉了叫作小霸王。本来，桃花山是他的天下，此山是他开，只是因为李忠在武功上比他略胜一筹，就让李忠坐了第一把交椅。但是在见识上，李忠显然比不上他。他这段话里，说了四层意思。哪四层意思呢？

一是鲁智深已走，我们往哪里赶？我们知道他走了什么道？古人说，大道以多歧亡羊，一只羊走丢了，都不好找，何况一个偷了东西的老贼？

二是即便赶上他了，就能讨回来那些金银酒器吗？他会乖乖地还我们吗？这样的老贼，叫他吐出已经到口的肉，是不可能的。你说要羞他一场，鲁智深是怕羞的人吗？

三是他不还我们怎么办？动起手来，我们又不是他的对手，说不定又要挨一顿打。

第四层，也是最重要的，这一赶去，双方就彻底撕破脸皮了，以后就不能再相见了。

你看，这四层意思，句句在理。既了解对方又明白自己，还颇通人情世故。不然怎么叫周通呢。李贽在句下评曰："照顾到后来好见面，做人处世千古名言。"这实际上就是中国人常说的做事不要做绝了，不要做到不能转回的境地，兵法上还说"穷寇勿追"呢，逼急了，没有退路了，只好回过头来与你拼命。留下一些空间，留下一些分寸，天地便会宽广。我前面讲到周通的名字，我说这名字好，便是因为他周行通达。什么叫周行？就是没有断头路，顺着圆圈行，哪有断头路？因此，汉语有一个词，叫"周行不殆"，顺着圆圈行，就不会跌倒，就不会废殆，就会永远通达。

这一番话，说得李忠点头称是。在桃花山，虽然大头领是李忠，但做决断的，往往是周通，就是周通比李忠有头脑。他接着对李忠说："我们且自把车子上包裹打开，将金银段匹分作三分，我和你各提一分，一分赏了众小喽啰。"李忠道："是我不合引他上山，折了你许多东西，我的这一分都与了你。"这一段对话真是丑，一口一声你的我的，你我分得这么清，哪里像兄弟呢？看起来是你推我让，其实正是因为分得太清了，反而看出这两人的悭吝小气，反而暴露了他们内心的计较和精明算计。

我们看看桃花山上的大头领比起晁盖、宋江、吴用等人，虽然也是占山为王，但是档次上就差一个境界了，正如桃花山比起梁山还差一个境界一样。梁山能做大，能海纳百川，能藏污纳垢，能让天下的江湖豪杰翘首仰望并归之如细流入海，而桃花山做不大，最终只能归顺梁山大寨。**一个人能不能成大器、成大业，关键还不在于本领大小、专业技能大小，而在于胸襟的大小、眼界的大小、气度的大小；一个集团的前途大小，也在于这个集团有无大目标、大理想、大境界。**李忠的武功平平，他是史进的开手师父，后来史进和王进交手，只一棒就被王进打翻了，史进惭愧地说："我枉自经了许多师家，原来不值半分。"但他这样不值半分的功夫，竟然还能赢周通，可见周通的本领又是何等差劲，也就只能欺负欺负刘太公这样的老村长。在鲁智深那里，不要说还手对打，连防御能力都没有，只有叫救命的份。这还不是他们最大的不足，他们最大的不足是境界。就境界而言，李忠最大的毛病是委琐。他眼下的桃花山，不过是一个分赃之地，一个糊口之所，但他还是一个忠厚人，所以他叫李忠。你看他说的话:“是我不合引他上山，折了你许多东西，我的一分都与了你。”这几句话，既可见他的小气与委琐，也可见他的忠厚。两者相比，还是周通大度一些：“哥哥，我和你同死同生，休恁地计较。”都已“同死同生”了，却还没有同财共产，打劫一点赃物，还要分成两份，各自拿回自己的房里去。他们的这个“桃花山买路财公司”，还是一个股份公司，两位头领、小喽啰，各占三分之一股份。分利润的时候，清清楚楚，分毫不爽。

实际上,《水浒传》的作者施耐庵在这两个人的名字上，以及后来的地煞星星宿称号上，已经暗含了有关他们两人个性、命运的秘密。那么，是什么样的秘密呢？

如果说，半生沦落、生计艰难造成了李忠性格的小气、精明和委琐，这是他的不足；那么，一直生计艰难却仍能保有一份忠厚，保有一颗善良的心，则是他的优点，是他的可取之处。这也是他最终能位列地煞星的原因。他的星宿名称是“地僻星”，为何是“僻”？“僻”字有什么含义呢？

其一，僻者，偏也，偏居一隅，不识宇宙之大叫作僻；

其二，僻者，片也，眼界狭小，不知万物之富叫作僻；

其三，僻者，癖也，性情偏执，兴趣爱好单一叫作僻。

一般而言，一直待在一个地方，或者一直处于一种环境，或者长期生活于一种状态，一直沉湎于一种爱好，常有此僻。像李忠，就属于长期处于一种衣食不保的生活状态中，在那种状态中欠缺的东西——钱财，就会成为一种伤痕记忆、焦虑记忆，深入心灵深处，从而成为一种癖好。

但这种人正因为守旧、固执，不知变通，不愿变通，所以又显得靠得住、忠诚、厚道。

小霸王周通的名字的含义，我前面已经多次说到。那么，他的星宿名称有什么含义呢？

他的星宿名称是“地空星”。何为“空”呢？空空如也，空无一物，本领全无，叫作空。这样的人为什么还能位列星宿？因为空了也就通了，既然通了，当然可以位列星宿。

倒的倒了，走的走了

我们还是回头说鲁智深。鲁智深离了桃花山，从早晨直走到午后。鲁智深早晨在桃花山匆匆忙忙，没有吃东西，到此时已是饥肠辘辘。正踌躇之间，猛听得一阵铃铎响。既有铃铎响，不是寺庙，就是道观，总之是有得饭吃了。他便来投斋，吃饱肚皮继续赶路。走近了一看，却发现这是一座极其败落的寺庙，山门上写着“瓦罐之寺”四个大字的朱红牌匾，已十分陈旧，字迹发昏。不过，这“瓦罐寺”却是一个有来头的名字。有什么来头呢？

这“瓦罐寺”，不同的本子里写法不同，金圣叹的贯华堂本写作“官”字，其实，这“瓦官寺”，还叫“瓦棺寺”。本来是东晋都城建康（今南京）的名寺，在秦淮河南岸原来陶冶之所，故名“瓦官寺”。寺的北面还有一阁，可登临以览江山胜迹。李白有诗：“人道横江好，侬道横江恶。一风三日吹倒山，白浪高于瓦官阁。”（《横江词六首》其一）不过，这个寺庙在五代南唐时，已经移建，并改名升元寺。施耐庵把鲁智深碰到的寺庙取名为“瓦罐寺”，就是要借重这个古老寺庙的大名头，而他又把瓦官寺改为“瓦罐寺”，大概是觉得这样更像民间的口语，而且，可能还揶揄这一寺庙像瓦罐一样被人打碎了。至于金圣叹写成“瓦官寺”，这大概是他要恢复这个寺庙的原称。

这瓦罐寺如此破败，鲁智深心里带着疑问，走过一座石桥，到庙里面找寻半天，要投斋吃饭。他先投知客寮，哪里还有知客接待他？连知客寮的大门都没了。他心里寻思：“这个大寺，如何败落得恁地？”再寻方丈，大门倒还在，只是一把锁锁着，锁上尽是蜘蛛网，满地都是燕子粪。他把禅杖在地下捣着，大声喊叫：“过往僧人来投斋！”叫了半天，没有一个答应。肚里饿，直接找到厨房，哪里还是厨房？不但没有吃的，锅也没了；不但锅没了，灶头都塌了。他干脆把行李包裹放下，提着禅杖，到处寻去，寻到厨房后面一间小屋，发现那里面坐着几个神秘兮兮的老和尚，一个个面黄肌瘦。鲁智深大声责怪他们不答应他的叫唤，那些和尚赶紧摇手：“不要高声！”

这几个老和尚到底是什么人？他们为什么如此紧张而又神秘？

鲁智深不解，却也不管，他说：“俺是过往僧人，讨顿饭吃，有甚利害？”老和尚道：“我们三日不曾有饭落肚，那里讨饭与你吃？”智深道：“俺是五台山来的僧人，粥也胡乱请洒家吃半碗。”老和尚道：“你是活佛去处来的，我们合当斋你。争奈我寺中僧众走散，并无一粒斋粮。老僧等端的饿了三日！”智深道：“胡说！这等一个大去处，不信没斋粮！”老和尚道：“我这里是个非细去处。只因是十方常住，被一个云游和尚引着一个道人来此住持，把常住有的没的都毁坏了。他两个无所不为，把众僧赶出去了。我几个老的走不动，只得在这里过，因此没饭吃。”智深道：“胡说！量他一个和尚，一个道人，做得甚事，却不去官府告他？”老和尚道：“师父，你不知，这里衙门又远，便是官军也禁不得他。这和尚、道人好生了得，都是杀人放火的人。如今向方丈后面一个去处安身。”智深道：“这两个唤做甚么？”老和尚道：“那和尚姓崔，法号道成，绰号‘生铁佛’；道人姓丘，排行小乙，绰号‘飞天药叉’。这两个那里似个出家人，只是绿林中强贼一般，把这出家影占（遮掩之意）身体。”

可是，正在这时，智深猛闻得一阵香来。智深提了禅杖，转踅过后面一看时，见一个土灶，盖着一个草盖，气腾腾透将出来。智深揭起一看，原来煮着锅粟米粥。智深骂道：“你这几个老和尚没道理！只说三日没饭吃，如今见煮一锅粥。出家人何故说谎？”

鲁智深这几句话倒真是没有什么道理，现煮一锅粥，并不能证明这帮老和尚三日吃过饭。更何况，你说出家人何故说谎，更是可笑，说谎对师兄您，不也是家常饭吗？还是金圣叹批得好，他在这句下面批了这样几句：“出家人何故饮酒？出家人何故吃狗吃蒜？出家人何故毁像坏寺？出家人何故打人？出家人何故入妇女房中，坐妇女床上？出家人何故破人婚姻？出家人何故偷人酒器？出家人何故后山逃走？”

那几个老和尚被智深寻出粥来，只得叫苦，把碗、碟、钵头、勺子、水桶都抢过了。这几个老和尚是又可怜又可笑，连水桶都抢过去了，哪里见过用水桶吃饭的啊。这帮老和尚真是饿极了，这一锅粥真是他们的老命。这个小细节，写得让人下泪。

但是此时鲁智深也是极饥饿，顾不得同情他们：见了粥要吃，没做道理处，只见灶边破漆春台，只有些灰尘在上面。智深见了，“人急智生”，便把禅杖倚了，就灶边拾把草，把春台揩抹了灰尘；双手把锅掇起来，把粥望春台只一倾。那几个老和尚都来抢粥吃，才吃几口，被智深一推一交，倒的倒了，走的走了。智深却把手来捧那粥吃。才吃几口，那老和尚道：“我等端的三日没饭吃！却才去那里抄化得这些粟米，胡乱熬些粥吃，你又吃我们的！”

智深吃了五七口，听得了这话，心中悲酸，便撇了不吃。

正在这时，只听到得外面有人在唱歌。这是谁呢？

公说公有理，婆说婆有理

智深拿着禅杖出来一看，只见一个道人，挑着一个担儿，一头是个竹篮，里面露些鱼尾，荷叶上还托着些肉，一头担着一瓶酒，在那里唱歌：

你在东时我在西，你无男子我无妻。我无妻时犹闲可，你无夫时好孤凄！

一边是老和尚的粟米粥，一边是酒肉鱼鸭；一边是哀哀怜怜，欲哭无泪。一边是高高兴兴，放声唱歌，而且这歌还特下流，不仅下流，还无赖。他掳掠妇女，却反说是为了妇女无夫，替她着想，分明是作恶流氓，却说得自己一腔深情。金圣叹在下面批注了一个笑话：一个无赖子在路上见一少妇，上前抱住亲吻，少妇发怒，无赖子说，我又何必一定要如此？只是怕你想要我这样，我才这样的。

那几个老和尚悄悄指着这个道士，对鲁智深说："这个便是飞天药叉丘小乙！"

鲁智深提了禅杖，随后跟去，这飞天药叉丘小乙正仰头唱歌，好不得意快活，不知道后面跟着一个人。鲁智深跟到里面，只见绿槐树下放着一张桌子，铺着些盘馔、三个盏子、三双箸子，当中坐着一个胖和尚，生得眉如漆刷，脸似墨装，一身横肉，胸脯下露出黑肚皮来。边上坐着一个年少的妇人。丘小乙把竹篮放下来，也坐下。

他们三人谁也没有发现鲁智深。鲁智深突如其来走到面前，那和尚吃了一惊，跳起来道："请师兄坐！同吃一盏。"

饥饿难忍的鲁智深，刚才还在抢稀粥吃，现在，面对着一桌好酒好肉，他能忍得住吗？

他还真的忍住了。智深提着禅杖道："你这两个如何把寺来废了！"

这两个大概自从到此瓦罐寺，胡作非为，还是第一次碰到有人如此斥责他们吧？但这句话让我们听来总觉得有些滑稽，为什么？因为我们随同他一起走来，知道他此前的作为。他在五台山，不也打折亭子，打坏山门，推倒佛像，在佛殿后面撒尿拉屎，在佛堂里面吃狗肉呕吐狼藉？而且，还放出狂言，要一把火烧了五台山文殊院这个"鸟寺"。

事实上，鲁智深虽然也不愿意接受寺院清规戒律的约束，以至于行为乖张，做出了两次酒后大闹僧堂的事，但是，他和崔道成这样的佛门败类是有本质区别的。

不过，你一个五台山的和尚，要去大相国寺，此地你只是偶尔经过而已。瓦罐寺再破败，与你何干？这崔道成和丘小乙，是瓦罐寺的住持，你有权力如此质问他们吗？

那崔道成十分乖巧，赶紧道："师兄请坐，听小僧……说。"便编了一番谎言，把寺庙破败的责任推给那几个老和尚，说他们"吃酒撒泼，将钱养女"，赶走住持长老，卖了田地。而他们两个是刚刚新来住持，正准备整理山门殿宇，重振昔日的辉煌。鲁智深听这崔道成一说，而且又见他如此小心真诚，竟然信以为真，便说道："叵耐几个老僧戏弄洒家！"便又折转回来找那几个老和尚。

那崔道成显然不是一个善角，但是他为什么面对鲁智深如此乖巧？

我们回头来看一个细节：原来，鲁智深在责问他们"为什么把寺来废了"时，是"提着禅杖"的！这才是关键！崔道成此时毫无防备，手里至多也就一双筷子，而鲁智深手提禅杖，威风凛凛，他不能不怕。

但是，崔道成情急之中编排的谎言，编得非常可笑。他们面前三个盘子，三双筷子，一个女子，偏说那几个老和尚"吃酒撒泼，将钱养女"，此一层可笑也。而鲁智深眼见这一切，却又能听之信之，也真是糊涂到家，直性到家，此二层可笑也。"吃酒撒泼"这四个字，正是鲁智深自己在五台山上七八个月和尚生涯的准确概括，好像在骂鲁智深，此三层可笑也。

鲁智深回到厨房后面，找到那几个老和尚。鲁智深指着他们道："原来是你几个坏了常住，犹自在俺面前说谎！"对真说谎的人，他信以为真；对说真话的人，他偏以为是说谎。**如果说，他到了瓦罐寺，饿着肚子，就主动当起了法官，要明辨是非，把真相弄个水落石出，把瓦罐寺兴亡的责任挑到自己身上，是可敬；那么，糊里糊涂，公说公有理，婆说婆有理，几乎成了葫芦僧乱判葫芦案，则是他的可笑**。好在，这个官司并不难判。为了让鲁智深明白谁是谁非，那几个老和尚对鲁智深说了四个要点：

其一，他们现今正养着一个妇女在那里，这铁证如山，你如何不信？

其二，他们吃酒吃肉，我们粥也没得吃，谁拿强作势，谁被人欺负，不是一目了然吗？

其三，崔道成如此小心，是因为你有戒刀、禅杖，而他并无准备，手边没有器械，不敢与你争。不是他们老实。

其四，不信，你再去一趟，看看如何。

鲁智深一听，又觉得有道理，再回头找崔道成、丘小乙，这一来，才发现那边门早关了。这下他才明白上了这二人的当了，勃然大怒，一脚踢开大门。那生铁佛崔道成一改刚才的小心与恭敬，手执一柄朴刀，来抢智深，两人斗了十四五合，崔道成斗智深不过，只能架隔遮拦，躲闪避让。那丘道人一见，却从鲁智深背后拿了条朴刀，大踏步赶来偷袭。智深正斗之间，忽听背后脚步响，又不敢回头看，只用眼角余光，见一条人影蹿来，知道有暗算的人，叫一声“着!”那崔道成心慌，以为要挨他的禅杖，一下子跳出老远，智深才能回身应对这丘小乙。三个人又斗了十合以上，智深一来肚中饥饿，二来已走了许多路程，疲惫不堪，三来以一对二，渐渐不占上风，只得卖个破绽，提了禅杖便跑。那两个赶到寺前石桥上，坐在石桥栏杆上也再不来赶。

鲁智深跑得远了，喘息未定，想，肚子问题没解决，反而丢了包裹。那包裹里有刚从桃花山上偷来的金银酒器及一应盘缠，现在这一切都没有了。回去取，又斗不过他两个人，枉送了性命。

正这样想，前面一座猛恶的大林子边，他又碰见了一个正要剪径打劫的人!

真是祸不单行!从滚下桃花山到大战瓦罐寺，现在如此疲惫、饥饿，眼前又出现了一个强人，他能对付这个剪径的强盗吗?

十 相国寺菜头

英雄不怕有形的敌人，英雄最怕无形的敌人。你备受打击，却不知道谁在打击你。你备受压制，却不知道谁在压制你。打压英雄的最好手段，就是“规矩”。

为人不可太算计，算来算去算自己

鲁智深这一天真是运交华盖，桃花山上不合群，偷了金银酒器，从后山上滚下来；饥肠辘辘到了瓦罐寺，吃了几口稀粥，和两个强徒恶战一场，不仅没打赢，还丢了包裹，失去了所有的盘缠。好不容易脱身了，跑到这座猛恶林子边，却又碰见剪径打劫的。但他万万没有想到，这个人竟然是他一直牵挂的兄弟史进！

史进缘何在这里呢？

原来自那天在渭州酒楼分手，史进第二天听说鲁达打死了郑屠，逃走了。为防被牵连，他也赶紧离开渭州，去延州寻访师父王进。在延安府又没有找到王进，便回到北京去住了几日，盘缠使尽了，就到此来打劫，不想却在此碰见了已做了和尚的鲁达，现在叫鲁智深了！

对鲁智深而言，此时碰见史进，真是太高兴了。史进身边还有干肉烧饼，鲁智深吃饱了，兄弟二人再回瓦罐寺来。刚才一对二，还饿着肚子，现在二打二，还吃饱了，兄弟二人，一人包一个。崔道成被鲁智深一禅杖打下桥去，又赶下去背后一禅杖。丘小乙被史进朴刀砍倒在一边，又赶过去一阵猛戳。可怜两个强徒，化作南柯一梦！

鲁智深与史进杀了崔道成和丘小乙，一把火烧了瓦罐寺。史进要去少华山，投奔朱武等人入伙，以前坚决不愿意落草，今天不得不如此。这世道不给他一个正当的出路，他转了一圈，没有一个正当的地方收留他，所以，他是被逼上少华山。鲁智深心中也很伤感，但也没有别的办法，只说道：“兄弟，也是。”便打开包裹，取些在李忠那里偷来的金银酒器，送给史进。

在渭州酒楼，鲁智深结识史进、李忠，为救金老父女，史进拿出十两银子，而李忠摸索半天，才拿出二两来银子，鲁智深很看不起，丢还给了他。现在，鲁智深把从李忠处偷来的酒器，又来分给史进。这个小细节很有意思，见出三个人的性格和境界来。

先看李忠。他的经历告诉我们，为人不可太算计，算来算去算自己。因为算到最后，人缘全没了。不但鲁智深看不上他，连他的徒弟史进都心中没有他。史进此刻无路可走，要回少华山投朱武等人，而对近在眼前的桃花山上的李忠师父，却根本没有想到去投奔。史进两个师傅：李忠和王进。对王师父，史进是冲州撞府地追寻着他；对李师父，近在眼前却要避开。李师父之不得人心，于此可见。

世上有两种贫穷：一是一文不名；一是一毛不拔。

一文不名的贫穷让人同情。一毛不拔的贫穷让人鄙视。

世上最可怜的穷人是这样的人：他曾经一文不名，发达后又一毛不拔。

李忠就是这样可怜的穷人。

再看鲁智深。在李忠处不偷，不足以惩戒贪吝；在史进处不分，不足以发扬义气。所以，金圣叹说：“以桃花山上赃，与少华山上贼，绝倒。”“桃花山上何必不偷？瓦官寺前何必不分？”偷，不是因为贪财，恰恰是为了惩罚贪财；分，当然是为了义气，也是因为史进此时需要。

再看史进。在渭州酒楼，他一下子拿出十两银子送给金老，不心疼；在村中酒店，一下子接受鲁达许多金银酒器，不心虚。

钱财来到世上，谁最需要，就应该在谁那里。大丈夫奴役钱财，而不被钱财奴役。

两全其美，各得其所

史进拜辞了智深，去了。鲁智深一人孤行了八九日，到了东京，找到大相国寺，径投知客寮来。知客（负责接待来往的客官、僧众）出来，见智深生得凶猛，提着禅杖，挎着戒刀，背着个大包裹，先有五分惧他。这来的不像个和尚，倒像个杀手。

当初鲁智深初到五台山，要剃度为僧，因为他的长相凶猛，颇费了一番周折，差点没能当成和尚。好在他有赵员外的面子，再加上智真长老慧眼识人，才留了下来。

现在他到了大相国寺，他的长相又吓住了知客。好在，这时他有了更大的面子：智真长老的亲笔推荐信。大相国寺住持智清长老乃是智真长老的师弟，师兄的面子他是一定要给的。智深在知客引领下一同到方丈来见智清长老，将书信呈上。智清长老看了智真长老的信，打发智深去僧堂中暂歇，吃些斋饭，然后便唤集众职事僧人尽到方丈，埋怨道："你看我那师兄智真禅师好没分晓！这个来的僧人，原来是经略府军官，为因打死了人，落发为僧，二次在彼闹了僧堂，因此难着他。你那里安他不得，却推来与我。待要不收留他，师兄如此千万嘱付，不可推故。待要着他在这里，倘或乱了清规，如何使得！"

金圣叹在此句下批语骂智清长老，说他算计太多，德行不高，这很对。但是智清长老的这番话也有他的道理：鲁智深确实是一个问题，他是一个"问题和尚"。智真长老曾想尽办法在五台山解决这个问题，改造这个"问题和尚"，但失败了，不得已把他推到智清长老这儿，希望他在这新的地方重新做人，重新做和尚，有个新开始、新面貌。但智清长老既然德行不及智真长老，驯服鲁智深的手段也不会比智真长老多，所以，他为难，埋怨。

知客道："便是弟子们看那僧人，全不似出家人模样。本寺如何安着得他！"还是上五台山时的老问题：长相不善，不似出家人模样。而且还加上了新问题：鲁智深是有污点的人。

这时候，都寺站了出来，他想出了一个两全其美的办法：大相国寺有一片菜园，在酸枣门外，时常被军营里的军健们以及附近二十来个破落户侵害，纵放羊马，偷菜偷瓜，一个老和尚在那里住持，根本管不住。"何不教此人去那里住持，倒敢管得下。"

这果然是一个两全其美的法子，大相国寺至少有三点好处。

第一，收留了智深，并且管菜园，好歹也是个职事僧，满足了真长老的要求，在真长老那里，有了一个交代。

第二，留下智深最大的担心是他像五台山一样不服清规，大闹僧堂。现在把他外派到酸枣门外，远离本寺，远离一般僧人，也算是把一个危险品隔离放置。他在那边再闹腾，大不了打烂几个葫芦几个瓢，踏碎几个南瓜几叶菜，对相国寺，不会有什么大的影响。

第三，酸枣门外的菜园，常受到附近军营军健们的骚扰以及周围二十多个泼皮的侵害，他们都常来偷瓜摘菜，纵放羊马。我们知道，宋代的军队，打仗皮松得很，但是欺负一个手无缚鸡之力的老和尚，他们便威风八面了。所以，大相国寺也很头疼，一直没有什么好办法。现在凭空来了一个鲁智深，一个杀过人、放过火的主儿，一把戒刀，一条禅杖，十围的腰身，往那一站，吓也吓退他们。所以，让他去管菜园，倒可能管得下。

如果说上面两条还是消极地把鲁智深作为问题来处理的话，那么这第三条，可就是积极地把鲁智深作为引进人才来使用了。

这个都寺也不愧是个都寺，既知道寺里的问题，又知道解决问题需要什么样的人才。

对鲁智深而言，这也是最为理想的去处。为什么呢？

第一，可以不念经。远离本寺，远离僧堂，也是鲁智深的愿望。让他住在寺里，与那些禅和子们一起坐禅念经，太郁闷了。

第二，可以睡懒觉。在菜园里，想什么时候睡就什么时候睡，想什么时候起就什么时候起。不仅可以春眠不觉晓，还可以处处闻啼鸟，夜来呼噜声，菜花落多少。不小心听到了乌鸦叫，拔了那棵树即是。

第三，可以喝酒吃肉。喝醉了，还可以使枪弄棒，活动拳脚。

所以，都寺的这个主意，是两全其美，各得其所，从用人的角度说，是用人所长，避人所短。金圣叹对大相国寺里智清长老门下总体评价不高，但这都寺，倒是一个人才。

和尚有官瘾，杀也要做都寺监寺

但是没想到，这个两全其美的主意，我们都说好，智清长老也说好，偏偏是鲁智深说不好，他不愿意。为什么呢？

他对智清长老说："本师真长老着洒家投大刹，讨个职事僧做，却不教俺做个都寺、监寺，如何教洒家去管菜园？"

鲁智深竟然也有官瘾，还计较官大官小，这很好笑。

人家都寺帮他说话，留下了他，他反倒看上了人家的位子。这更好笑。

这都寺、监寺，那是寺庙里的高级干部，是全面负责寺庙一应事务及纪检监察的。原来，鲁智深下了五台山，一路上从桃花村到桃花山到瓦罐寺，心里就想着到这儿来做高官的，全然忘了自己在五台山从留用察看到扫地出门的经历，忘了自己实际上是犯了严重错误，只是由于智真长老奉行"给出路"的政策才让他到大相国寺来混碗饭吃。他倒好，易地做官来了，还要做大官！

这是施耐庵借鲁智深来嘲笑世道呢。

虽然鲁智深是个“菜鸟”和尚，但是让他当个级别很低的“菜头”和尚，他还是不干的。

对这样一个不知天高地厚不知自己几斤几两的人，智清长老他们怎么对付呢？

第一招：欺骗。

首座告诉他说：“师兄，你不省得，你新来挂搭，又不曾有功劳，如何便做得都寺？这管菜园也是个大职事人员了。”

首座前几句话有道理，后面说管菜园也是个大职事人员，就是信口雌黄了。他大概看出来鲁智深对寺院的情况知之甚少，想骗骗他，有点像《西游记》中玉皇大帝骗孙悟空，封他一个未入品的弼马温。精明的猴子竟然被骗了，还以为是多大的官，欣欣然上任去了。

可是相国寺首座的这个谎话却是骗不了鲁智深。他忘记了一个基本事实：鲁智深在五台山寺庙中待了七八个月了，谁大谁小这点小常识还是知道的。

对这样的一招，鲁智深的对策是什么呢？——是耍赖。

鲁智深一听首座胡说，也不和他辩，你对我欺骗，我就和你耍赖：“洒家不管菜园，杀也要做都寺、监寺！”

一个小小的都寺、监寺，不惜杀身以求，简直把这都寺、监寺的职位看得比命还重要，他真是这样想的吗？显然不是，这就是耍赖而已。而且，还特别有调侃世道人心的意味。有多少人为了一个芝麻大的官，丢了良心，丢了朋友，甚至丢了性命？

一问出身，便无英雄

智清长老他们一招不成，再来一招。

第二招：规矩。

知客看这个人实在蛮横，并且也不好欺骗，便耐着性子给他讲规矩：除了维那、侍者、书记、首座这样的清职，寺庙中职事人员分成三类：

上等职事：如都寺、监寺、提点、院主，掌管常住财物，这是有实权的，有支配财物权的。

中等职事：管藏的叫藏主，管殿的叫殿主，管阁的叫阁主，管化缘的叫化主，管浴堂的叫浴主。这叫主事人员，所以都叫“主”。

末等职事：管塔的叫塔头，管饭的叫饭头，管茶的叫茶头，管厕所的叫净头，最后是管菜园的叫菜头。这叫头事人员，所以都叫“头”。

好了，知客把职事人员的级别说得很清楚了，这实际上也打了首座一记耳光。首座刚才竟当面撒谎，说管菜园是大职事，而通过知客一分类，竟然是末等之末。这五戒中的不妄语，首座就没能做到，可见大相国寺虽在东京，天子脚下，水平却实在一般，远不及五台山。

知客光把话讲到这儿，还不行，因为他恰恰证明了这菜头是太小了，这正是鲁智深不要做的原因。所以他还要跟他讲道理，讲提升晋升的可能及渠道。一个菜头，末等之末，如何升迁呢？

且看知客描绘的菜头们的美好未来：

假如师兄你管了一年菜园，管得好，便升你做个塔头（末等之首）；

又管了一年，管得好，便升你做个浴主（中等之末）；

又一年，管得好，才可以做监寺（上等）。

这一招，狠。可以说，古往今来，多少英雄在各种各样的规矩制度面前，无可奈何花落去。辛弃疾说，风流总被雨打风吹去。哪里是被雨打风吹去的？就是被规矩制度吹打去的，不管你是多有分量的英雄，多有斤两的风流，规矩制度轻轻一吹，你便随风而去。

英雄不怕有形的敌人，英雄最怕无形的敌人。英雄不怕千军万马，英雄最怕无物之阵。

你备受打击，却不知道谁在打击你。你备受压制，却不知道谁在压制你。

你看看身边所有人，都没动手打你，你却已伤痕累累。

你身边的人全都没有出手，你却已被打死。

打压英雄的最好手段，就是规矩。

所以，这一招，就把鲁智深打冰了。智深一听，马上气馁，冲天豪气变成一道泄气，瘪了。只好认输，道：“既然如此，也有出身时，洒家明日便去。”

我们经常说，英雄不问出身。这话有两层意思，一是英雄是无所谓出身的，英雄往往没有出身。出身是人为的，英雄却是天生的，是时势造就的，是苦难玉成的；二是对英雄不能问出身，一问出身，英雄便没了。

一打一拉，化干戈为玉帛

好了，现在鲁智深要就任大相国寺的菜头了。以前的鲁提辖，摇身一变，变成了鲁菜头。好好的，前途无量的提辖，因为要救一个女人，弄丢了。现在，好不容易又弄了一个菜头当当。虽然很不体面，远远比不上提辖，但是正如知客说的，只要好好干，干出成绩，还是有希望升迁的。

于是，大相国寺先派人去菜园贴出告示，然后让人带着鲁智深去菜园上任菜头一职。

那道大相国寺张贴的告示是这样写的：

> 大相国寺仰委管菜园僧人鲁智深前来住持，自明日为始掌管，并不许闲杂人等入园搅扰。

这个告示写得像是挑战书，是对泼皮们的挑战，而且，这挑战者好像不是大相国寺，而是鲁智深。鲁智深一下子就被推上了风口浪尖。

泼皮们一看，啊哈，一个叫什么鲁智深的人要来了，而且口气还不小哦，不许闲杂人等入园搅扰，他有这两把刷子吗？

泼皮们当然不愿放弃他们以往的幸福生活，这片菜园就是他们的饭碗。而且，也忍不下这口气啊。

还没等鲁智深去解决那三二十个泼皮的问题，那三二十个泼皮，倒把他看成他们要解决的问题了。他们在告示榜文旁召开临时泼皮大会，紧急商量应对之策。

最后，他们一致通过了一个方案：

等到鲁智深来时，假装参贺他，诱他到粪窖边，两个人双手各抓住他的一只脚，把他掀翻到粪窖里去，让他到粪窖里洗洗澡。其目的，就是戏弄鲁智深一下，给他一点颜色看看，让他以后拎得清一些，不要充大头，对他们偷瓜摸菜睁一只眼闭一只眼就是。于是他们在头领张三、李四的授意下，买来了一些果盒礼酒以作诱饵，假装为新来的菜头庆贺，拜倒在粪池边。鲁智深也大摇大摆地走了过去。

眼看鲁智深就要在阴沟里翻船了，但结果却大大出乎这些泼皮们的意料。

待张三、李四抢来抱鲁智深的腿时，他不等对方近身，飞起脚，早把这两个不三不四的人踢下了粪窖。那二三十个泼皮一看不好，拔腿要跑，鲁智深大喝一声："一个走的，一个下去！两个走的，两个下去！"

众泼皮都不敢动弹。张三、李四在粪窖里求饶。智深喝道："你那众泼皮，快扶那鸟上来，我便饶你众人！”大家把张三、李四拉上来，鲁智深哈哈大笑：“兀那蠢物！你且去菜园池子里洗了来，和你众人说话。”

待那两人洗过了，众人脱件衣服与他两个穿了，鲁智深又叫道：“都来凉棚里坐地说话。”

鲁智深对付泼皮，有以下四个步骤：

一是踢下去；二是拉上来；三是留下来；四是坐下来。

在此之前，鲁智深打过镇关西、五台山和尚、小霸王周通、崔道成和丘小乙。三个打死了（其中丘小乙是史进帮忙打死的），数十个打伤了，一个打跑了，就是没有坐下来说话的。他是一个动手不动口的人。这倒不是因为他不是君子，他是觉得和这些人没什么可说的。但是，到了东京，对这一帮泼皮，鲁智深不仅要大家拉被他踢下去的张三、李四上来，而且要他们过来坐地说话。为什么呢？

我们前面说过，强龙不压地头蛇。鲁智深固然可以在这样的场合把那些泼皮打得落花流水，但若真是和他们结下冤仇，哪怕鲁智深不一定会吃亏，菜园一定管不好。

第一，这帮人如果来阴的、来暗的，由明抢变为暗偷，你总不能白天黑夜守着菜园吧？

第二，更有甚者，明枪易躲，暗箭难防，这三二十人如果要成心与你作对，他们明火执仗斗不过你，但打黑枪、放暗箭，躲在墙角拍砖头，鲁智深那一副光头也够受的。

第三，更何况，这些泼皮也不过就是偷菜摸瓜，并非真正的恶徒，没有该死的罪，又何必双方剑拔弩张、你死我活呢？大相国寺也不缺这点菜，给别人一条生路，不也是慈悲为怀普度众生吗？

鲁智深主动叫人把张三、李四拉上来，两人颇受感动，一打一拉，干戈化为玉帛了。不但把他们拉上来，而且还要留下来和他们坐下来好好谈谈，明摆着是不但不愿结仇，而且还要结盟！

他一下子从鹰派转变为鸽派，由迷信动武转变到坚持用谈判手段了。

这鲁智深虽是粗鲁，却颇有心数。大相国寺还真用对人了。

一坐下来，大家就互相自我介绍，泼皮们表示，从此情愿服侍鲁智深。

本来，泼皮们寻一场闹，目的是要让鲁智深服他们。没想到，一场闹下来，倒是他们服了这个鲁智深。

对应着鲁智深对付泼皮的四步骤，泼皮们服鲁智深，也是四步：

一是要。你来管我们，我们就要你。

二是怕。打不过，所以怕。

三是敬。怕，容易变成恨。鲁智深在把张三、李四踢下粪坑后，不但没有采取进一步的伤害或羞辱行为，反而很快把他们拉上来，这就避免了对方的怨恨，反而让对方生出敬意。

四是服。拉我上来，还留我谈话，所以服。

第二天，众泼皮凑些钱物，买了十瓶酒，杀了一头猪，来请智深。鲁智深和泼皮们喝得痛快。吃到半酣里，也有唱的，也有说的，也有拍手的，也有笑的。正在喧哄热闹，却听到树上乌鸦叫，泼皮们以为不吉利，有说要搬梯子上去捣了乌鸦巢的，有说不用梯子，直接爬上去的。

鲁智深一言不发，看了看，走到树前，把直裰脱了，用右手向下，左手在上，把腰一趁，把那株绿杨树连根拔起。泼皮们扑通通一齐拜倒在地，一片声地叫："师父非是凡人，正是真罗汉！身体无千万斤气力，如何拔得起！"

此后，泼皮对鲁智深的感情又进了一步：由敬服到崇拜。

从此以后，泼皮们每日将酒肉来请智深，看他演武使拳。来而不往非礼也，智深也杀羊宰猪地回请他们。**大概大相国寺的领导们怎么也不会想到，这个新来的鲁智深和这帮泼皮竟然弄得鱼水情深。**

看来，鲁智深的好日子，在意想不到的地方，在意想不到的时候，在意想不到的人那里，竟然意想不到地来到了。

但是不久，他就遇到了一个人，而这个人的出现，又一次改变了他的生活，使他再一次流浪江湖。这个人是谁呢？

十一 菜头与教头

坏人作恶时，它装聋作哑，甚至助纣为虐；好人惩恶时，它出现了，打着法度的名义，惩罚好人。可见，大宋的官府，就是恶人的保护伞！

《三国》中男人互为敌人，《水浒》中男人互为兄弟

有一天，鲁智深正和一般泼皮们吃喝得快活，泼皮们提出要看鲁智深演练一把兵器。有人要看，有人喝彩，鲁智深当然来劲。人都有一点人来疯，鲁智深也不能免俗。于是，他取出那重六十二斤的水磨禅杖，在空地上飕飕地使动，浑身上下没半点儿参差，自然又引得那一帮泼皮们真实的又颇有夸张意味的喝彩叫好。

泼皮们是外行，看的是热闹。但越是外行，越是喝彩叫好，这倒是一般规律。所以，对内行讲话难，尤其难以讨好；对外行讲话易，尤在易于招来喝彩。这倒不是在批评外行，恰恰相反，所有的人，都是外行。你是某一方面某一技艺的内行，你必然是其他一切行当的外行，所以外行并不可耻。而且，因为是外行，所以没有利益之争，喝彩之时，可能会喝错彩，但是绝不会掺杂私念；而内行之内，往往是冤家，往往互相拆台，很难公正地肯定别人，所以，也就很难为他人喝彩。

正当他在喝彩声中越加兴头充足，禅杖越使越活泛时，墙外走过一个官人。这官人看了一会，喝彩一声："端的使得好！"

见大家都看着他，他又赞叹道："这个师父端的非凡，使得好器械！"众泼皮道："这位教师喝采，必然是好。"

这个官人是谁？他是什么教师呢？为什么他喝彩，必然是好？

原来他是东京八十万禁军教头林冲！一个出身于武林世家的人物！

鲁智深见有这样一位行家给他这么高的评价，自然也非常高兴，就请过来相见。林冲大喜，两人当即结为兄弟，坐下一同饮酒。

有一个问题需要说明一下。

鲁智深在渭州一见史进便认作兄弟，在这儿一见林冲，林冲也马上结义鲁智深为兄。《水浒传》一百零八人，人人在江湖中行走，都好结交异姓兄弟。这和《三国演义》相比，太有趣了。《三国》中的男人，个个都斗得像乌眼鸡似的，见面就互相掐，掐死拉倒。一时不能明掐的，也是暗自算计着对方，肚子里想着何时用什么方法弄死对方。

《三国》中的男人，哪怕原先是朋友，是兄弟，玩着玩着就成了敌人，成了你死我活的仇人；

《水浒》中的男人，哪怕原先是对头，是仇人，打着打着就成了兄弟，成了肝胆相照的哥们儿。

《三国》中的男人与男人，互为敌人。只要是英雄，双方就是竞争的对手。

《水浒》中的男人与男人，互为兄弟。只要是好汉，大家就是合作的朋友。

《三国》与《水浒》，体现了男人与男人之间最典型的两种关系。

值得指出的是，鲁智深结交史进时，他是提辖，史进只是一个十七八岁的待业青年；现在林冲提出与鲁智深结交兄弟时，他是八十万禁军教头，鲁智深是一个十来亩菜园的菜头。显然，他们在结交兄弟时，根本不考虑对方的身份、地位。

可见，这样的兄弟，主要是建立在道德基础上的。从这个意义上说，《三国》是讲利害的，《水浒》是讲义气的。《三国》讲权谋，《水浒》讲道德。

但是，有一个问题是：为什么他们那么热衷于结交异姓兄弟呢？

中国封建社会是一个人民的基本安全得不到切实保障的时代，官方可以迫害你，流氓可以欺压你，豪强恶霸可以鱼肉你。

我们现在常说我们是受法律保护的，但是我们看看在《水浒传》所写的那个时代，当林冲受迫害的时候，开封府的法律保护他了吗？金翠莲父女受镇关西欺压的时候，渭州的法律保护他们了吗？桃花庄刘太公刘小姐被强盗逼婚的时候，青州的法律保护他们了吗？瓦罐寺的老和尚们被两个恶棍欺压的时候，法律保护他们了吗？在那个时代，法在哪里？官府在哪里？

为什么有那么多英雄眼中无法，只相信他们自己的拳头和手中的刀剑？因为当人民受欺压的时候，那时代的官府就完全不见踪影，只好自己解决问题，私力维权。

反而是好人挺身反抗、抗暴除奸之后，官府却随之而来要惩罚好人。当镇关西作恶时，我们看不见法律，但当鲁达杀了他之后，我们看到官府来了，要缉捕鲁达；当西门庆、潘金莲杀死武大郎时，我们看不见官府，但武松杀了西门庆、潘金莲后，官府来了，要流放武松。

这样的官府，坏人作恶时，它装聋作哑不作为，甚至助纣为虐，所以坏人不怕；好人惩恶时，它倒出现了，打着法度的名义，惩罚好人，所以好人担心。

可见，大宋的官府，很多时候，就是恶人的保护伞！

所以，那时代的人喜欢结交兄弟，乃是出于自我保护的需要。

延伸一点说，为什么在中国封建时代有那么多帮会组织？帮会组织后来确实大多数演变为危害社会、欺压人民的黑恶势力，但究其产生之初，何尝不是出自一盘散沙的无助的人自我结义以寻求互保的动机！

那还会有人问，这样的人民基本权利无保障的状况，三国时代不也一样吗？是的，但是《三国》和《水浒》所写的人不一样。

《三国》所写的人都是社会上层人物，他们操纵别人的命运；《水浒》所写的都是社会中下层人物，他们的命运被别人操纵。所以他们要结义，从而使自己更有力量，在遭到迫害时，能有人出手相救。

事实上，《三国》中也有结交的例子，典型的就是“桃园三结义”。但是，我们注意到，当刘、关、张结义时，他们恰恰是身处下层。后来诸葛亮加入刘备集团，刘备与他情好日密，感觉得到孔明有如鱼得到了水，但他们却没有结交，他们不可能再是兄弟，而只能是君臣。可见，结交兄弟，一般是下层人民的习惯，而这个习惯乃是由于他们缺乏安全感造成的。

开口一声“兄弟”，谁的眼泪在飞

结交是为了自保，这是一个基本事实。马上就有一个活生生的例子——林冲本人的经历。

当林冲在野猪林里被董超、薛霸绑在树上要加以杀害的时候，只听得松树背后雷鸣一声，一条铁禅杖飞将来，把薛霸的水火棍一隔，飞出九霄云外。松树后面跳出一个胖大和尚来，林冲睁眼一看，正是他的兄弟鲁智深！

鲁智深拔出戒刀，把绑林冲的绳子割断了，扶起林冲，开口第一句便是:“兄弟!”

这段时间里，谁把他当人？只有陷害、蹂躏、折磨、侮辱。此时一声兄弟，怎不令人热泪横飞？

鲁智深接着告诉他:“俺自从和你买刀那日相别之后，洒家忧得你苦。自从你受官司，俺又无处去救你。打听得你断配沧州，洒家在开封府前又寻不见。却听得人说监在使臣房内，又见酒保来请两个公人，说道:‘店里一位官人寻说话。’以此洒家疑心，放你不下，恐这厮们路上害你，俺特地跟将来。见这两个撮鸟带你入店里去，洒家也在那店里歇。夜间听得那厮两个做神做鬼，把滚汤赚了你脚。那时俺便要杀这两个撮鸟，却被客店里人多，恐防救了。洒家见这厮们不怀好心，越放你不下。你五更里出门时，洒家先投奔这林子里来，等杀这厮两个撮鸟。他倒来这里害你，正好杀这厮两个。”

一口“你”，一声“洒家”，有一张杀人的大网罩住你，使你一步步走向死亡，但同时，也有一双热切关注的双眼，来自你的兄弟，在你不知不觉之中，他已成了你的保护神。——你我分别，我忧得你苦；你受官司，我无处救你；你断配沧州，我去开封府寻你；见有人请公人说话，我疑心，放你不下；恐这厮在路上害你，我特地跟着你；见这厮不怀好心，我越放你不下！见他们害你，我正好赶上救你！

是什么人在天地一片黑暗之时为林冲点燃一支蜡烛？

是谁在天罗地网之中为林冲杀一条生路？

是什么人在林冲叫天天不应、叫地地不灵的时候，忧得你苦、放你不下、越放你不下？

是谁不惜千里尾随、暗中保护，使林冲逃脱这无所逃乎天地之间的陷害大网？

是谁一口一声“你”，又一口一声“洒家”，让你知道，你一直被他关注，被他牵挂？纵使全世界都放弃了你，他仍然紧紧拉住你，不肯让你陷落？

是智深兄弟！

鲁智深要杀两个公人，林冲劝阻了他。

至此，公人、林冲、鲁智深，三者之间构成了四种关系：

公人要杀林冲，智深要救林冲，智深要杀公人，林冲要救公人。

如果鲁智深不出现，就只有一种关系：公人杀林冲。——世道黑暗，看不到希望。

鲁智深出现了，就出现了两种关系：智深救林冲。——这世道固然黑暗，但尚有生机，有仁慈。智深杀公人。——这世道尚有正义，作恶者尚不会全无顾忌，而正义也将最终出现。

被救下的林冲又阻止了鲁智深杀公人：林冲救公人。——世间也有慈悲，也有宽恕。

可见，假如如公人的愿，林冲被杀，则没有人救公人，公人也将被杀。公人杀林冲，等同自杀。

而鲁智深救了林冲，林冲才可以救公人。

可见，是鲁智深堵住了死门，并打开了生门。

没有鲁智深，这世道只有黑暗。

鲁智深这样的人出现了，这世道于是有了生机、正义、仁慈、宽恕。

这就是鲁智深这个文学形象的价值。

杀人须见血，救人须救彻

接下来，两个公人背上行李包裹，搀上林冲，在鲁智深的押送下来到一个村酒店里。四人歇下来，两个公人小心翼翼问鲁智深：“不敢拜问师父在那个寺里住持？”鲁智深笑道：“你两个撮鸟问俺住处做甚么？莫不去教高俅做甚么奈何洒家？别人怕他，俺不怕他。洒家若撞着那厮，教他吃三百禅杖！”

面对这两个撮鸟的诡诈，他不是气，而是笑。为什么？因为，他轻蔑他们，轻蔑他们背后的势力。

我们以前说过，林冲一生，只是一个怕字，而鲁智深一生，只是不怕。

怕便局促，怕便委屈，怕便小心，怕便萎缩，甚至怕便屈辱，怕便委琐。怕到最后若不能爆发，便是万劫不复的奴才；怕到最后若爆发出来，又特别狠毒。总之，让人怕的社会，整个地造成了全社会的心理变态。

而鲁智深不怕，不怕便舒展，不怕便痛快，不怕便无奴颜媚骨，不怕便堂堂正正、体体面面、铁骨铮铮。

《水浒传》把鲁智深写得体格宽大，心地厚实，这种气质就来自他的不怕，来自他的这种正大阳刚的气质。不怕是鲁智深的最大性格特点，也是最能代表梁山好汉整体特点的地方。在封建专制社会那样专门让人怕的

社会里，不怕，是最可贵的精神。

《水浒传》下面接着叙述：他们吃了些酒肉，收拾了行李，还了酒钱，出离了村口——为什么要这样细细地叙来？因为这四个“了”字，暗示着一双可怜巴巴的眼睛，这一切是从这双可怜巴巴的眼睛中看到的，所以，这些句子不是在叙事，而是在写这双眼睛。读书要读明白这一点，才不辜负了作者，也才能读出味道、读出感觉、读出感情。这双可怜巴巴的眼睛就是林冲的眼睛，因为，被折磨得气息奄奄的他，现在离不开鲁智深的保护，他不要鲁智深走。鲁智深下一步要怎样，他心里没底，他又是一个内向、自尊、羞涩的人，不好开口求人。

从酒店出来，到了村口，林冲嗫嚅道：“师兄，今投那里去？”他担心鲁智深又撇下他，一个武功盖世的大英雄，此时像一个婴儿，眼神中全是对这个世界的恐惧，对鲁智深的依赖。大英雄的这种无助、无奈、无力，令人坠泪。

鲁智深道：“‘杀人须见血，救人须救彻。’洒家放你不下，直送兄弟到沧州。”

人有这样的兄弟，人便有了活路，天地有这样的人，天地便能生人。

署名李卓吾评点的袁本在此句下眉批曰：“放不下父母便成孝子，放不下兄长便成悌弟，放不下朋友便成信人义士。凡不好的人只是放得下三字，遂无所不薄。”

是的，“放不下”三字，可作鲁智深一生之评。等到他放下时，他已经在杭州六和寺了。

不过，说鲁智深的“放不下”三字，还要说到他的另外三个字。哪三个字呢？

这三个字是：“放不过”。

他放不下什么，又放不过什么呢？

原来，这个世界上，总有两种人，两种他不得不管的人。

一种是被恶人欺负而又忍气吞声无力反抗的可怜人。

一种是欺压良善而又无人制止的不明道德的可恨人。

可怜人与可恨人，是他命运中纠缠不清的两种人。他几乎就是为这两种人而生来世上。所以，他与生俱来的，又有两颗心：慈悲心与杀伐心。

他特别有慈悲心，对这些可怜人，他放不下，他要出来救助，施以

援手。

他特别有杀伐心，对那些可恨人，他放不过，他要出来制止，饱以老拳。

一方面放不下，一方面放不过，耿耿于怀，如蝇在食，如鲠在喉，吐之为快；如眼中钉，如肉中刺，拔之为急。所以，鲁达碰上这样的事，这样的人，他只能丢下一切，先做了这事这人再说。

就做事而言，鲁智深有两个特点：

一是做前三不：不惹事，不生事，不怕事。

二是做后三不：不悔，不怨，不惜。不悔已做的，不怨受惠的，不惜失去的。

他有一句格言：杀人须见血，救人须救彻。所以，他做事坚决、干净、彻底，不瞻前顾后，不犹豫不决，不三思而行。没有那么多的算计，更没有对自身利益的考虑。所以，他常常因此把自己的生活毁了。即使这样，他也不思量，不后悔，对自己被毁掉的生活毫不留恋，并且，以后如何，也毫不在意。他只是一条禅杖，一领直裰，一顶光头，赤条条来去无牵挂，飘飘然潇洒走天下，难怪他是三十六天罡中的天孤星！

就这样行了十七八日，鲁智深一直把林冲送到安全之地，才回到东京。

回到相国寺菜园后，被董超、薛霸这两个歹徒告发，高俅这个《水浒传》中头号歹徒马上派人来缉捕鲁智深。幸得那一帮泼皮及时报信，鲁智深仓皇出逃，再次成为“国家敌人”，上演“末路狂奔”。菜头幸福平静的生活，又失去了。

后来，漂泊江湖的他和杨志一起上了二龙山。三山聚义打青州后，又上了梁山，成了梁山步军十头领之首。

鲁智深上梁山时，此前他所结交的朋友兄弟中，杨志、武松、李忠、周通一同入伙，而林冲早已在梁山落草。如果说,《水浒传》十七回以后，宋江为主，那么，前十七回，说是以鲁智深为主，不为太过。前十七回中出现的人物，或多或少都与鲁智深有关。这些或多或少与鲁智深有牵连的兄弟，在五十八回《三山聚义打青州　众虎同心归水泊》之后，几乎都汇聚在梁山大寨。只有一个人尚未到来，这个人是谁呢？

他就是远在华州华阴县少华山落草的史进。自从与鲁智深在瓦罐寺一别之后，我们再也没有听说过他的消息。他的境况如何呢？

遇弱便扶，遇硬便打

鲁智深是个粗莽人，但此人偏一往情深，内心中特别深情。他不光有“义”，还有“情”。梁山英雄中，大多数是“忠义”，而鲁智深的突出特点则是“情义”。为人尽力叫作“忠”，感同身受叫作“情”。为人尽力，梁山好汉大多能做到；感同身受地去体会别人的感受，设身处地地为别人着想，这种曲折委婉的“情”，正是梁山众多英雄中比较缺乏的，而鲁智深这样一个粗鲁的人，偏偏有这样的情怀。他上了梁山，见到了林冲，第一句话便是动问林冲夫人的情况：“洒家自与教头别后，无日不念阿嫂。近来有信息否？”对林冲他“忧得你苦”“放你不下”，对林冲老婆，他只匆匆见过一面的阿嫂，竟然也是“无日不念”。对着一个男人说无日不念你的老婆，这样的话也只有鲁智深才能说得出来，而且说得一腔深情，却又冰清玉洁。

对远在少华山的落草的史进，他也如此。他对宋江道：“智深有个相识，唤作九纹龙史进，见在华州华阴县少华山上，自从瓦官寺与他别了，无一日不在心上。”

又是一个“无一日不在心上”的人！有多少人在他心上？有多少人无一日不在他的心上？他这颗粗莽的心，竟然时时刻刻牵挂着这么多人和事！

宋江便派武松随鲁智深去少华山礼请史进入伙。到了少华山，却不见史进。这是怎么回事呢？

原来，华州现任太守姓贺，原是宋代六大奸臣之一蔡京的门人，为官贪滥，非理害民。他强抢了王义的女儿玉娇枝，并把王义刺配远恶军州。史进救下王义，听完诉说，义愤填膺，去太守府刺杀贺太守，刺杀不成，反被捉拿，监在牢里。

鲁智深一听，怒曰：“这撮鸟敢如此无礼！倒恁么厉害！洒家便去结果了那厮！”

当初他听到郑屠欺负金翠莲父女时，大怒的他说的是：“洒家去打死了那厮便来！”现在，“打死”换成了“结果”了，为什么？因为他是和尚了，“结果”就是佛教中的词汇，用种花植树比喻人的行事，用结果比喻结局和最终归宿。这个贺太守种下了那么多恶因，总要给他一个恶果，既已种因，终当结果嘛。

这人世间，多少恶贯满盈仍不住手的这厮那厮，只欠一个结果？而若我们不给他一个结果，他的作恶便也永不会停止！只有结果的那一天，才是他住手的那一天。所以，“结果”就相当于“超度”。真正的佛法，就是对恶人恶行的超度。恶人在恶行中而不自觉，深陷恶行中而不能自拔，就是业障，就需要超度！

实际上，这个事情很像是他打死郑屠那件事。说来也怪，鲁智深总是为女子弄出事，从渭州金翠莲到桃花庄刘小姐，再到东京城林冲的老婆张氏。而且，还总是一对父女，一个老弱无能的父亲和一个年轻貌美的女儿：金翠莲父女，刘小姐父女，林冲的老婆也有个父亲张教头，而此时史进碰到的这件事，竟然也是一个懦弱无告的父亲和一个貌美如花的女儿。

可是，天色已晚，要结果那厮，也只有等到明天。

这一晚，在少华山山寨，面对朱武等人的盛情款待，鲁智深说：“史家兄弟不在这里，酒是一滴不吃！要便睡一夜，明日却去州里打死那厮罢！”

金圣叹曾用四个遇字说鲁智深：“遇酒便吃，遇事便做，遇弱便扶，遇硬便打。”这后面三句，我都没有意见，只“遇酒便吃”四字，委实冤枉了我们的智深兄弟。他固然是好酒，但不贪酒，不酗酒。事实上，他常常是遇酒不吃——在桃花山，因为不喜欢李忠、周通的为人，满桌的酒他便没吃；在瓦罐寺，在极度饥饿中，面对着一桌酒菜和崔道成的邀请，他也没吃；在暗中尾随保护林冲的途中，他也一路不吃酒；此时面对着朱武等人杀牛宰马和美酒，他仍是“一滴不吃”。他是率性而为的人，又是内心极有分寸的人。

率性和分寸是一对矛盾，要处理好，很难。

率性可爱，有分寸可敬。

李逵比鲁智深更率性，所以有时候比他更可爱。但李逵往往没分寸，让人害怕，所以没有鲁智深可敬。

武松分寸感极强，所以很可敬。但不够率性，所以不如鲁智深可爱。

既可敬又可爱，这正是鲁智深高于李逵、武松等人的地方。

见鲁智深如此焦躁、莽撞，做事稳妥精细的武松和朱武等人都力劝他不可造次。鲁智深对着朱武破口大骂：“都是你这般性慢直娘贼，送了俺史家兄弟！只今性命在他人手里，还要饮酒细商！”

智深兄弟这下可真骂对了，这世界有时候还真不缺少精细人，遇事也还真不缺少细商的人，不缺少哈姆雷特式的犹犹豫豫的人，就缺少莽撞人。面对事情，那些细商的人最后往往不了了之，即便后来做了也往往效果大打折扣。

这个世界上的很多大事要事偏偏是莽撞人做的。

莽撞人往往干成了大事，干了大家都希望有人干而自己又不敢干的事，干了大家希望有人干而自己算计得失后不愿干的事。而且干得不折不扣，斩绝痛快。

他们往往是真君子，真汉子。

历史上多少大事是莽撞人干的啊，历史上有多少伟大的莽撞人啊。

陈胜、吴广是不是莽撞人？折木为兵，揭竿为旗，没有一点莽撞精神，干不出来。

项羽是不是莽撞人？破釜沉舟，决战巨鹿，非莽撞人干不出来。

刘邦是不是莽撞人？释放囚徒，挺身自任其罪，非莽撞人干不出来。

正是这四个莽撞人，推翻了暴秦。

《水浒》中最让我们快意的人，往往也是莽撞人，最让我们快意的事，也是莽撞人干的莽撞事。

鲁达拳打镇关西、李逵脚踢殷天锡、杨志刀劈没毛大虫、燕青摔翻高太尉，哪一件不是莽撞事，又哪一件不是让我们痛饮一杯、大呼快哉的事？

当晚，面对着满桌酒肉，以及众人苦口婆心的劝说，哪里能劝得住鲁智深呷一杯半盏。不仅不呷一杯半盏，睡觉时连衣服也不脱，和衣而睡。第二天，四更天即起，提了禅杖，带了戒刀，不知哪里去了。

他能到哪里去呢？只能去救史进了！

一个人，一副光头，一把戒刀，一条禅杖，独闯龙潭虎穴，他要去结果那作恶多端的贺太守，他要去救他的兄弟史大郎。他会成功吗？

十二 独闯虎穴

武松不打无把握之仗，鲁智深相反，只要是该打的仗，无把握也要打。抛头颅洒热血，心甘情愿；上刀山下火海，在所不辞！

不求成功，但求成仁

鲁智深到了华州城里，要刺杀贺太守，同时还要救出史进，这是一个几乎不可能完成的任务。实际上，鲁智深未必不知道这一点，但他在没有更好的办法的情况下，只能如此。但在我们看来，能够如此，便见出兄弟情分，便见出鲁智深的疾恶如仇，便见出鲁智深的勇气，见出他的英雄气概。英雄会在挺身而出时遭遇失败，但不会因为怕遭遇失败而畏首畏尾。实际上，综观鲁智深一生，他是一个不求成功，但求成仁的人，这与武松做事务求成功形成鲜明对比。

武松让人觉得英雄让人放心，只要他出手，就能搞定一切。

但鲁智深让人觉得英雄让人动心，只要有需要，他一定会出手。

武松不打无把握之仗。

鲁智深却相反，只要是该打的仗，无把握也要打。抛头颅洒热血，心甘情愿；上刀山下火海，在所不辞。

这是什么？这是一种精神，是一种高贵，是一种令人心仪的气质。这是《水浒传》这部小说给我们树立的一种人格精神坐标。

我们常常说，文学是塑造人物形象的，但文学更是塑造精神气质的。文学为什么要刻画人物形象？实际上，文学要建立一种人格坐标，使我们相信人类自己，相信我们自身的高贵，从而使我们虽然身处不完美的现在，但相信未来。

可以这样说，**在《水浒传》中，不同的人物故事体现出不同的文学意义。鲁智深这个人物形象的文学意义，就是让我们知道，在这个不完美甚至丑陋的世界上，还有高贵。在小人麇集的世界上，还有这样高贵的人。**

我们还可以拥有一种尊贵的人生。

那么，鲁智深到华州城刺杀太守，结果会是怎样的呢?《水浒传》把这一过程写得三起三跌。

第一起跌：鲁智深刚到州衙前，正在衙前的桥上张望，贺太守的轿子正从外面回来。鲁智深心想，俺正要寻他，却正好撞在洒家手里，那厮多敢是当死!

到此时，我们一定以为下面必有惊天动地的行动，鲁智深的禅杖一定会跃然而出，直劈贺太守脑袋，但接下来却是一跌。

原来，贺太守轿前，是一对对兵马开道，轿子两边各有十个虞候簇拥着，人人手执鞭枪铁链。显然，前日史进行刺之所以失败，就是因为贺太守防范如此之严，而史进行刺之后，防范之严肯定比先前有过之而无不及。鲁智深下不了手，他寻思:“不好打那撮鸟，若打不着，倒吃他笑。”他不怕被擒被杀，他只怕被笑。英雄好面子胜过爱性命，好死胜过赖活着，宁愿站着死，不愿跪着生。

什么是英雄？这个问题可能有无数个答案。但是，我们至少可以这样说：英雄是这样的人，在他们看来，总有一些东西比生命重要。从某种意义上说，一个人的价值观里，比生命重要的东西越多，他的品性越是高贵，这些东西增加了他品性中高贵的东西的比重。反之亦然。

第二起跌：眼见着行刺将无果而终，我们也有些失望。贺太守过去了，鲁智深没能出手。

但那贺太守是个狡猾之徒，他从轿子的窗眼里早看见了鲁智深。鲁智深欲进不进、欲动又止的行为早引起了他的猜疑。待他到府中下了轿，便叫了两个虞候吩咐道:“你与我去请桥上那个胖大和尚到府里赴斋。”虞候便来请智深，说:“太守相公请你赴斋。”读到此处，我们不禁心中一悬，贺太守到底要怎样？鲁智深的命运又如何？

鲁智深倒没想这么多，他一直是个乐观的人，他只想到对他有利的一面。他想，这厮合当死在洒家手里，俺却才要打他，只怕打不着，让他过去了。俺要寻他，他却来请洒家，我正好得便杀他。

我们又看到了鲁智深打杀贺太守的希望。

但马上又是一跌：太守已自吩咐下了，鲁智深进到厅前，便叫放了禅杖，去了戒刀，请后堂赴斋。太守那边有了防备，鲁智深这边没了兵器，看来鲁智深行刺活动又要失败。

第三起跌：但鲁智深并不觉得这样有什么妨碍，杀鸡焉用牛刀，杀贺太守这样的撮鸟，也不必戒刀禅杖。鲁智深想:“只俺两只拳头，也打碎了那厮脑袋!”当初鲁智深不就凭两只拳头，三拳就打死了镇关西吗？我们对鲁智深的拳头是有信心的。有了这两只拳头，我们又有了打杀贺太守的盼头，形势又是一起。

但接下来的事情发生得非常突然。鲁智深在廊下放了禅杖、戒刀，跟虞候入来，贺太守正在后堂坐定，把手一招，喝声:“捉下这秃贼!”两边壁衣内，冲出三四十个做公的来，横拖倒拽，捉了鲁智深。鲁智深根本没有走近贺太守的机会！贺太守是《水浒传》里贪官污吏中比较狡猾而有心计的一个。

一场未遂的刺杀，一场甚至没有发起攻击的刺杀,《水浒传》写得三起三落，悬念迭起，扣人心弦。

众官做官却做贼，郑广做贼却做官

现在，鲁智深刺杀贺太守，不但没有成功，而且自己还被活捉，这是鲁智深自出场以来第一次如此狼狈、如此尴尬、如此出丑，用他自己的话说，被人笑话了。但是，正是在这种身陷缧绁的绝境中，鲁智深爆发出特别耀眼的光彩。作为一个俘囚，他竟然反客为主，上演了一出极其精彩的绝地反击，并最终反败为胜，成就了异样的精彩。这是怎么回事呢？

贺太守之所以要设计抓鲁智深，只是对他的可疑举动有所怀疑，却并没有什么真凭实据，因为鲁智深毕竟没有实施刺杀行为就已被抓，并且被抓之时，身边没有凶器。所以，鲁智深是可以有脱身的机会的。他只要不承认自己是刺客，随便编一个谎，对方就无法证明他是刺客。至少可以蒙骗、拖延对方一段时间，从而可以为梁山救他争取宝贵的时间。

《水浒传》的百回本、百二十回本也正是这样写的。

但金圣叹的七十回本却给了我们一个大出意料的结果。

七十回本是怎么写的呢？

贺太守一看已拿住鲁智深，喝令推到厅前阶下，准备亲自勘问。这时，他一定是这样的心态：一方面沾沾自喜于自己的聪明，一方面又乐于看到这个刺客在被识破活捉时的狼狈。但他等来的，是完全没想到的情景，这个胖和尚一点狼狈相也没有，反而把他弄得非常狼狈。这是怎么回事呢？

原来，当太守带着胜利者的姿态和得意，要审问对方时，还没来得及开口，鲁智深反客为主勃然大怒，对他没头没脸就是一顿痛骂。

鲁智深是怎么骂的呢？

鲁智深先是对贺太守作道德鉴定：

你这害民贪色的直娘贼！你便敢拿倒洒家！

贺太守一定完全被台阶下面的这个胖和尚弄糊涂了。这到底是谁审谁啊？这个胖和尚，到底是谁啊？

别急，鲁智深马上就会说到自己：

俺死亦与史进兄弟一处死，倒不烦恼。

这是典型的不打自招嘛。是这个和尚怕打吗？是这个和尚愚蠢没脑子吗？贺太守自己很明白：不是。贺太守很痛苦很愤怒地发现，这个胖和尚是彻底地鄙视自己，根本不把自己放在眼里，所以根本犯不着对他用心眼。我就是来救史进的，又怎样？你大不了杀了我，但洒家哪里是怕死的呢？何况能和自己的兄弟死在一起，有什么遗憾呢！

但你不要以为你可以为所欲为，不要以为我们任人宰割，杀我和史进容易，要救你自己的这条小命，难！

只是洒家死了，宋公明阿哥须不与你干休！

我不光是来刺杀你救史进的，洒家还是梁山泊的，怎么样？你敢杀我吗？你承担得起这后果吗？

你看，没等贺太守开口，鲁智深已堂堂地亮出自己的身份。不仅主动承认了自己是刺客，还承认了与史进的关系。承认了与史进的关系，就等于承认了与少华山的关系；承认了与少华山的关系，性质就变了，罪行就大了——他不再是针对个别官员的刑事犯罪，而是直接威胁朝廷的造反强盗了。也就是说，他由一个刑事犯，变成了造反的强盗。这两者，在中国古代的法律上，性质是截然不同的，后者要严重得多，处罚也严厉得多。因为前者只危害特定的个别的对象，而后者则是危害整个社会，危害整个统治阶级及其统治，是对整个社会秩序的破坏。

不仅如此。鲁智深不仅承认了自己是少华山的强盗，而且还几乎是自豪地宣布了自己是梁山泊的强盗。梁山是什么概念？那是被宋徽宗御笔书写在宫中的著名的四大寇之首。在第七十二回，写到柴进混进宫中时，亲眼看到徽宗在睿思殿的素白屏风上写着：山东宋江，淮西王庆，河北田虎，江南方腊！那是让皇帝头疼不已、耿耿于怀、念念不忘、日夜想着剿灭的对象！

虽然自己是阶下囚，对方是阶上主；自己是强盗，对方是体面的朝廷命官，但鲁智深竟毫不泄气，反而盛气凌人，反客为主，指着对方鼻子，骂得对方还口不得。他作为一个强盗，作为一个被正统道德观念彻底否定的强盗，却一丝自卑都没有，一点惭愧都没有，为什么？因为，**他知道，对方虽然表面上是身披官服的体面官员，实际上却是一个害民贪色的贼！这才是真正的贼！而鲁智深自己，虽然有一个强盗的身份，却一直是行侠仗义、打抱不平、除暴安良的义士！**

岳珂《桯史》①记载了这样一则故事：

郑广本是个海寇，朝廷下诏招安，委他当福州延祥寨统领。

一日，郑广到福州府衙参加聚会，满座官员，济济一堂，大家在一起谈笑风生，吟诗作赋。大家知道郑广的出身，没有一个愿意理会他。郑广忍耐不住，愤然起立说："我是个粗人，有一首诗献给大家，好吗？"等众人安静下来，郑广大声吟道：

> 郑广有诗上众官，文武看来总一般。众官做官却做贼，郑广做贼却做官。

满座等看郑广笑话的官员一时惭愧得鸦雀无声。

有意思的是，郑广在绍兴六年（1136）被招安时，朝廷册封他做的官就是"保义郎"，而宋江的绰号就是"呼保义"。这个绰号的意思，可能就与这个"保义郎"的官名有关。

鲁智深面对着当时的"众官做官却做贼"的事实，在这样的"官贼"面前，他这样的行侠仗义的所谓强盗，他们之间，不是官和盗的关系，而是"官贼"和侠盗、义盗的关系。那他有什么好自卑惭愧的呢？正如《桯史》所记，真正需要惭愧的，是这些披着官服的"官贼"啊！

义者，刈也

那么，这场由侠盗主持的对官贼的审判，最后是如何判决的呢？

有意思而又十分精彩的是，身处绝境的鲁智深还给对方指出三条生路，好像身处绝境的不是他，而是对方：

---

①岳珂《桯史》十五卷，是关于南宋后期的朝野见闻杂记，具有较高的史料价值。

俺如今说与你：天下无解不得的冤仇。

这还真是佛家果报之说，给出路，宽大为怀，放下屠刀立地成佛。那么，这冤仇怎么解呢？

他给了贺太守三条最后通牒：

第一，你只把史进兄弟还了洒家。

对智深来说，救出史进，是头等大事。对贺太守而言，这是一大难事，史进是刺杀他的刺客，他怎能轻易放还？但这还不是贺太守的头等难事，还有比这更难的呢——

第二，玉娇枝也还了洒家，等洒家自带去交还王义。

这当然更是万万做不到。但这还不是贺太守的头等难事，还有更难的。是不是在把史进、玉娇枝交出来后，你就仍然可以做你的官，做你的贼，做你的恶了呢？做你的梦去吧——

第三，你却连夜也把华州太守交还朝廷。

量你这等贼头鼠眼，专一欢喜妇人，也做不得民之父母！

让他交出权势，这是灭他的权欲。

从情欲到权欲，都要帮他淘汰一空，鲁智深看穿了贺太守是个一文不值的东西，可是他偏偏占有了这么多东西，今天非要把他扒得精光，让他一丝不挂，四大皆空。鲁智深还真是法师哦！

如果说讨还史进，乃是出于私情；解救玉娇枝，就是出于公愤；而让贺太守交还太守职位，就是公义，就是天地正道，就是替天行道！

最后是总结：若依得此三事，便是佛眼相看；若道半个不字，不要懊悔不迭！如今你且先交俺去看看史家兄弟，却回俺话。

如果不看上面，仅看这几句话，这哪像是被人绑缚的阶下囚说的？倒好像他把禅杖架在贺太守的脖子上在训话。只有他把禅杖架在贺太守的脖子上，或者他是大法官，而贺太守站在被告席上，他才能用这种口吻和他说话，教训他。那么，他既然没有这样的凭借，既无禅杖，又无法案，他凭什么和贺太守这样说话？

凭正义！这是道德的优势、人格的优势，这就是孟子所说的浩然之气！

“义”这个字，非常有意思。义者，宜也。义者，刈也。义就是适宜的、合理的，不合理不适宜的怎么办？刈！杀！

所以，**在中国传统道德概念中——仁是爱，是维护，是怜惜，是同**

情；义是恨，是杀伐，是修剪，是斫削。问题是，义，竟然不在朝廷，而在江湖；不在朝廷命官，而在山林强盗。

本来贺太守大模大样、高高在上地来审问智深，没想到智深兄弟没等他开口，先就劈头盖脸一顿臭骂，又是直娘贼，又是贼头鼠眼，甚至要他辞官滚蛋，骂得他狗血淋头，骂得他不辨东南西北，骂得他上天无路入地无门。他气得说不出一句完整的话：我心疑是个行刺的贼，原来果然是史进一路！那厮，你看那厮，且监下这厮，慢慢处置！这秃驴原来果然是史进一路！

气急败坏，语言断续不接，又重复啰唆。虽然鲁智深的禅杖没有在他身上戳几个窟窿，但是鲁智深这一番堂堂正正的严词斥责，则把他的精神打得千疮百孔、落花流水！

这一次，被缴了械、被绑了手脚的鲁智深，照样取得了绝对的胜利。只不过，此次，他凭借的不是武力，不是双拳、禅杖、戒刀，而是他的言辞，因为义正，所以辞严。一句话，此处杀人的，不是刀锋，而是词锋。

我刚才说，鲁智深要让这个贺太守四大皆空一丝不挂，是法师口吻，实际上，这倒是货真价实的儒家思想。在儒家圣人那里，如果说孔子更侧重于讲仁，孟子就更强调义。孔曰成仁，孟曰取义，仁是偏重柔性的力量，义是偏重刚性的力量。所以，孟子是阳刚的，是中华民族浩然正气和阳刚气质的主要精神资源。《水浒传》中普遍存在的阳刚之气，整体上像《孟子》的风格，而鲁智深骨子里有和孟子气质很相近的地方。我们看他严词斥责贺太守“做不得民之父母”“连夜也把华州太守交还朝廷”，就实际上正是孟子的思想！

为什么这样说呢？有根据吗？

铮铮铁骨，货真价实

我们看看孟子的说法。

《孟子·公孙丑章句下》讲了这么一件事：

孟子到了平陆，对那里的地方官孔距心说：“如果你的士兵，一天三次开小差，那你是否开除他呢？”孔距心回答说：“不等三次我就会开除他。”孟子说：“可是你自己失职的地方也很多啊。灾荒年月，你的百姓老弱抛尸于山沟荒野、青壮年四处逃散的，将近千人。”孔距心说，“这些问题不是我一个地方官所能解决得了的。”孟子说：“如果现在有一个人接受了人家的牛羊答应替人家放牧，那他就一定要替人家寻找牧场和饲料。如果找不到牧场和饲料，他是把牛羊还给原主，还是站在那儿看着它们饿死呢？”孔距心回答说：“这就是我的罪过了。”过了几天，孟子被齐王召见时说：“王手下的地方官员，我认识五个人。其中认识到自己罪过的，只有孔距心一个人。”于是把自己和孔距心的谈话给齐王复述了一遍。齐王听完说：“这就是我的罪过了。”

孟子不但要不称职的地方官员主动辞职，还职国君，他还要不称职的国君也辞职——这在中国封建社会的历史上几乎是空前绝后的：

《孟子·梁惠王章句下》记下孟子和齐宣王的一段很有意思的对话。孟子对齐宣王说：“如果王的臣子中有人把妻子儿女托付给自己的朋友，自己到楚国去游历，等他回到家里，他的妻子儿女却在受冻挨饿，那该怎么办呢？”齐宣王说：“和这样的朋友绝交。”孟子说：“假若司法长官，不能管理他的下级，那又该怎么办呢？”齐宣王说：“撤他的职。”孟子说：“假若国家得不到治理，那又该怎么办呢？”齐宣王扭头看左右的人，把话题岔开了。

当然，需要说明一下的是，智深兄弟这段掷地有声的话，很可能是金圣叹先生的话。因为《水浒传》其他的版本上都没有这样的话，那些本子上都是写鲁智深辩解自己并非刺客，文字奄奄欲死。这些本子上的写法，符合一般情理，却有违鲁智深的性格。只有在金圣叹先生的七十回本子上才改成现在生气勃勃的样子。

事实上，《水浒传》这部小说，本来就不是由某一个作者一次完成定型的，它是在流传过程中得到不同人的加工而成为现在这个样子的。所以，我们完全可以，也应该接受金圣叹对《水浒传》所做的文字上甚至个别情节上的加工。总体来说，金圣叹的改写和加工确实胜过原来的样子。

可以说，这是鲁智深一生仗义行侠的巅峰之作。为什么这样说呢？因为：

第一，此前他反对的，往往不过是一两个恶棍、流氓、强盗，而此时他痛斥的，乃是华州太守，一个地级市的市长。他反对的，是一个颇有级别的贪官。

第二，他以前骂的，比如郑屠，都是一些孤立的不道德的人和不道德的事。而这次他骂的，就不仅仅是一个贺太守，而是对整个封建官僚体系及其道德现状，在基于一个更高的理念和传统的价值观的立场上，对之进行严厉的道德批判。这体现了广大人民对封建官僚制度的整体性不满和反抗，以及社会精英阶层对这种制度的反思。

当然，我们需要特别指出的是，他在拳打镇关西之前的痛骂，是他脚踏对方胸脯，对于被自己制服的人的斥责。而此时的情形正相反：他自己成了阶下囚，毫无还手之力，自己的生命全在别人的掌握之中，只要对方愿意，马上可以置他于死地。在此种情形下，一般人哪怕不去乞求对方饶恕，至少也不会再去激怒对方，但鲁智深毫不畏惧，以道义为勇气，直斥太守贪残害民，喝令太守改恶从善。在死亡的考验面前，我们终于可以给鲁智深打一个满分，这真的是一个铮铮铁骨的好汉！货真价实的纯种英雄！在任何情况下都没有可怜相，都能保有自己尊严的豪杰之士！

那么，贺太守知道了鲁智深是个刺客，专为取他性命而来，被捕后又如此嚣张，不但不求饶，反而破口大骂。一个已置生死于度外，视死如归，一个被对方骂得一文不值，恼羞成怒。被激怒的贺太守会不会一怒之下，下令杀了鲁智深呢？

十三 大圆满

鲁智深的结局极其圆满。可以说，是所有一百零八人中最为圆满的。这还不仅仅是指他生前事业的圆满。一个人，真正的圆满，是拥有一个圆满的死。

义在江湖，不在朝廷

贺太守大概是真的被鲁智深骂糊涂了，不仅没有马上杀他，甚至连拷打都免了，而是直接把他钉上大枷，押入死牢，待后处置。这就给梁山营救留下了时间。

鲁智深和史进终于见面了，却在一个特别的场所：死牢。这一对兄弟多年不见，这一见，一定是百感交集。

我们来看《水浒传》中的兄弟，往往以“义”而合。我在前面讲到史进救王义，刺杀贺太守的行为很像鲁智深。鲁智深为救金翠莲父女，杀了镇关西，从此流落江湖，丢了大好前程；史进为救玉娇枝，刺杀太守未遂，被囚禁在死牢。

大家可能注意到了，鲁智深救的姓金，史进救的本来姓王，却偏要叫作“玉娇枝”，一金一玉，正是为了成为一对。金玉金玉，乃宝贵之物，宝贵之物正遭受玷污、蹂躏，需要有大英雄不惜犯大难、冒大险而救之。鲁智深到了少华山，得悉情况后，不顾危险，重陷险地，要救史进、要救玉娇枝、要杀太守。这二位兄弟可以说是为了救护这世间的宝贵之物，前赴后继、慷慨赴义。

说到赴义，《水浒传》这部小说，其核心就是一个“义”字，但不仅是大家都常说的兄弟情分，哥们义气，而是有更深厚的内容。我要指出一个有意思的人名：王义。这个人是被贺太守抢了女儿之后又发配充军流放蛮荒的，最终被史进救上山。这个人的名字非常有意思，很可能隐藏着作者的一个大秘密。什么秘密呢?

“王”在中国文化中，有特别的意义，不仅仅是一个姓，也不仅仅是指现实中的国王等，它还指一种政治理想，就是所谓的王道。它来自所谓的先王，也就是指古代的圣王，像商汤、周文王、周武王等。这些圣王在位时，天下太平、公道，人民安居乐业，所以那时的天下，是王道是乐土。等到后来，天下不太平了，暴君出来了，贪官出来了，污吏出来了，王道就消失了。从这个意义上看，《水浒传》作者把这个被贺太守发配又被史进救出的人，叫作“王义”，是有象征意味的。**王义就是王之义、先王之义、圣王之义，现在，王之义已经被贪官们发配流放，被他们彻底抛弃了，我们在朝廷在官场已经找不到义了。义哪里去了？被强盗们救到山林中去了。这里面实际上就是一个很深刻、很悲痛的政治寓言：义已被官家流放，义已不在朝廷，不在官家，而在江湖；不在朝廷命官，而在江湖强盗。**这是多么深刻的政治寓言！这又是多么沉痛的文学艺术！

到了这时，我们甚至可以明白，为什么这部小说的名字叫《水浒传》了。“水浒”本来就是指江湖，指王化之外的地方，那么，义既已不在朝廷，而在水浒，作者只好去作“水浒传”，而不去作朝廷传了。以前人们写史，都是去传帝王将相、明君贤臣，而施耐庵写史，却是去传江湖侠盗、市井义士。这些本来被正统文化排斥的人物进了史了，所以，《水浒传》一百零八人中第一个出场的是谁呢？是“史进”。为什么叫“史进”？就是因为这些人也进入史了，可以名垂青史了。

而“史进”是怎么出场的呢？乃是因为“王进”，又是一个“王”。王进被高俅排挤、报复，只得携老娘离开东京，沦落江湖，而且一别史进，就没了下落。这里的寓言仍然是：王道去了，霸道来了；王道沦落江湖了，江湖也就进入正史了。这样，我们来看看《水浒传》的寓意：高俅来了，王进去了；王进去了，史进来了，一百零八人来了。高俅占据了朝廷，义只能流落江湖；义既流落江湖，强盗也就是侠盗、义盗。作为史家著史，既不能传高俅这样的贼臣，便只能去传江湖的好汉。

地狱太复杂，天堂是由简简单单的人组成的

说到这里，我们实际上还说出了《水浒传》与《三国演义》的一个大区别，那就是，《水浒传》是写普通人物、下层人物的，《三国演义》是写帝王将相、上层人物的。这一点，实际上我此前也已讲到，所以不再多说。这里我想再说两者的另外一个大区别：《三国》津津乐道的是权谋、是

机巧、是奸诈，而《水浒》虽然不能说没有智谋，却不大喜欢说这些，《水浒》喜欢说的是正义、是是非、是对错。所以我个人喜欢《水浒》胜过喜欢《三国》，就是因为，我认为，一个健康的社会、一个幸福的人生，更多的需要的是明正义、辨是非，而不是权谋与机巧。

所以，《水浒传》中的英雄，大多数是无谋的，不，正确的说法是“不谋”。他们做事，只是出于一种看起来比较简单的价值判断，如同李贽说的，最初一念之本心，也就是童心，也是善心。对的，就去做，错的，就不做；善的，就去扶持，恶的，就去消灭。他们是见义勇为，而不是反反复复地算计。我想，天堂一定是由这些简简单单的人物组成的，《三国》中的人只能组成地狱。

鲁智深就是一个不谋的典型。

他的不谋，由于两个原因。**一是他不怕。**所以，别人还在琢磨、犹豫，他已挺身而出了。**二是他不躲。**有些事，你碰上了，就是你的命，你就要迎上去。金圣叹说他“遇弱便扶，遇强便打”。你看，遇到弱，你还谋什么？扶就是了。遇到强，你还谋什么？打就是了。鲁智深就是这样一个简单的人，他的魅力，就来自他的这种简单，我们就爱他的这份简单、单纯。他几乎是随遇而安，坦然接受命运。他人生最重要的一次挫折和转折，是打死镇关西之后，不得不做了和尚。他这样在军界特别有前程并且已有相当基础与人缘（老种经略相公与小种经略相公都很欣赏他）的人，一下子变成了他极不适应的和尚。按我们的想法，他一定非常痛苦，但是，他竟然坦然接受了。而且，接受之后，他竟然就认了，以后他实际上有很好的还俗再做军官的机会，他都终身不改。令我们非常吃惊的是，他还就真的成了正果。谁知道我们的正果在哪里等着我们呢？这世界上的事，谁能说得清呢？我们自己算来算去，机关算尽，谁知道上帝会怎么拨弄我们呢？这样看来，难道我们不可以说，像鲁智深这样，才是真正的智慧？

在梁山接受了朝廷招安以后，鲁智深拒绝了一切来自朝廷的富贵。他在所有朝廷主持的重要场合，都坚持穿着他的直裰——僧衣，而不是官服或武将的戎装，表明他皈依的是佛门而不是朝廷。他这样的人，也只有宗教可以接纳他。

那么，离开五台山多年，他心中还记得他的师父吗？

真正的圆满，是拥有一个圆满的死

招安后，鲁智深随宋江征大辽，在打败大辽正要班师回京的时候，鲁智深忽到帐前，对宋江道：小弟离开五台山，已经数载。思念本师，一向不曾参礼。洒家常想师父说，俺虽是杀人放火的性，久后却得正果真身。今日太平无事，兄弟权时告假数日，欲往五台山参礼本师。就将平昔所得金帛之资，都做布施，再求问师父前程如何。哥哥军马，只顾前行，小弟随后便赶来也。一番话，说得情深意长，原来，对他的师父智真长老，鲁智深一直念念不忘，在心中充满感念之情！宋江听罢，带一千来人，随从众弟兄，跟着鲁智深，同去参礼智真长老。

智真长老见了鲁智深，说了一句非常有意味的话："徒弟一去经年，杀人放火不易。"杀人放火而曰不易，说明长老已认同鲁智深的杀人放火为修行善果了。鲁智深不知是惭愧，还是心中感慨，一时默然无言。宋江大概没有听明白，以为智真长老在批评鲁智深，就向前道：智深兄弟，虽是杀人放火，忠心不害良善。智真长老道：常有高僧到此，亦曾间论世事。久闻将军替天行道，忠义根心。吾弟子智深跟着将军，岂有差错？宋江这才明白。

鲁智深将出一包金银彩缎来，供献本师。智真长老道："吾弟子，此物何处得来？无义钱财，决不敢受。"智深禀道："弟子累经功赏积聚之物，弟子无用，特地将来献纳本师，以充公用。"当日就五台山寺中宿歇一宵，次日智真长老会集众僧于法堂上，讲法参禅。至晚闲话间，长老唤过智深，告诉他："吾弟子，此去与汝前程永别，正果将临。也与汝四句偈去，收取终身受用。"

偈曰：

逢夏而擒，遇腊而执。

听潮而圆，见信而寂。

鲁智深拜受偈语，读了数遍，藏在身边，拜谢本师。次日，宋江、鲁智深并吴用等众头领辞别长老下山，智真长老并众僧都送出山门外作别。

这四句偈语，鲁智深虽然读了数遍，却不解其意。但智真长老明确告诉智深，他的正果将临，而且，偈语中提到了圆寂。看来，鲁智深的人生之路，即将走到终点。那么，一生轰轰烈烈的鲁智深，即将迎来什么样的人生结局呢？

接下来，在南征方腊的最后时刻，鲁智深杀了方腊手下大将夏侯成，活捉了方腊，应了师父的逢夏而擒、遇腊而执的预言。

活捉方腊以后，非常高兴的宋江告诉他："今吾师成此大功，回京奏闻朝廷，可以还俗为官。在京师图个荫子封妻，光耀祖宗，报答父母劬劳之恩。"鲁智深答曰："洒家心已成灰，不愿为官，只图寻个净了去处，安身立命足矣。"

擒获方腊，这是南征方腊的最大功劳，如果论功行赏，鲁智深的功劳虽要排在先锋宋江、副先锋卢俊义的后面，但应位列众将之首。可是，正如我前面说到的，鲁智深对来自朝廷的一切，不会接受。他只要安身立命。而"安身立命"，此时已有了新一层的意境，实际上已成了"安心立性"。鲁智深本来通达而智深，再加上人生经历多了，他的心智已豁然开朗。比起宋江的局局促促，境界自有高下阔狭之别。

宋江尚不明白，仍在唠叨："吾师既不肯还俗，便到京师去住持一个名山大刹，为一僧首，也光显宗风，亦报答得父母。"

智深听了，摇首道："都不要，要多也无用。只得个囫囵尸首，便是强了。"宋江听罢，默上心来，各不喜欢。

为什么他和宋江各不喜欢呢？

因为这里面包含着对兄弟们悲惨结局的感伤。

南征方腊，是梁山英雄的一场噩梦。此前的一百零八将，经历多少战阵，个个出生入死，却都能全身而还，但在南征方腊之役中，却十损其八，阵亡人数达到五十九人之多，加上路上病故的十一人，一百零八人中，七十人不得其死。这里面，多少兄弟尸骨不全！鲁智深不仅毫发无损，而且立下头功。这个率性的人，这个一往真情的人，这个从来不小心而大意的人，这个从来不算计的人，却偏偏一生不委屈而舒展，不局促而张扬，痛痛快快，随性适意地过了一生。一部《水浒传》多少人物，多少能算计的人，能小心的人，能把握的人，但又有几人有善终？又有几人有结果？偏偏是这个从来做事不计后果、一任性情的人，终成正果，终得善终。

这对我们而言，岂不也是一个深刻的人生启迪？

如果说，《水浒传》就是写各路英雄好汉的刀光剑影，打打杀杀，那么，**《水浒传》开卷第一打，是鲁智深拳打镇关西，三拳打死了。《水浒传》最后一打，是鲁智深生擒方腊，一禅杖打翻了。可以说，是鲁智深三拳打**

开了《水浒传》，一禅杖又合上了《水浒传》。《水浒传》作者施耐庵，特爱鲁智深，一本大书，开头是他，收尾也是他，可谓善始善终。从此以后，轰轰烈烈的《水浒传》结束了，《水浒传》剩下的部分，是凄凄惨惨的收场。

但是，鲁智深的结局却极其圆满。可以说，是所有一百零八人中最为圆满的。

我这儿说的圆满，还不仅仅是指他生前事业的圆满。

一个人，真正的圆满，是拥有一个圆满的死。

蒙田说："哲学就是学会死。"

学会了死，才是真圆满。

上面我说过，梁山一百零八人中，善终的不多。那么，鲁智深会有一个什么样的死呢？

圆即是寂，寂即是圆

生擒方腊以后，大军到杭州驻扎，鲁智深与武松在六和寺安歇。城外江山秀丽，景物非常，鲁智深这个一生粗鲁、偏好赏鉴山水的人，心中欢喜非常。恰逢中秋佳节，夜里月白风清，水天同碧，他的人生也可谓是天心月圆，华枝春满。

是的，他的一生大事做完了，大圆满就要到了。

睡至半夜，忽听得江上潮声雷响。鲁智深是关西汉子，不曾省得浙江潮信，只道是战鼓响，贼人生发，跳将起来，摸了禅杖，大喝着便抢出来。众僧吃了一惊，都来问道："师父何为如此？赶出何处去？"鲁智深道："洒家听得战鼓响，待要出去厮杀。"众僧都笑将起来道："师父错听了！不是战鼓响，乃是钱塘江潮信响。"鲁智深见说，吃了一惊，问道："师父，怎地唤做潮信响？"寺内众僧推开窗，指着那潮头叫鲁智深看，说道："这潮信日夜两番来，并不违时刻。今朝是八月十五日，合当三更子时潮来。因不失信，谓之潮信。"鲁智深看了，从此心中忽然大悟，拍掌笑道："俺师父智真长老曾嘱付与洒家四句偈言，道是'逢夏而擒'，俺在万松林里厮杀，活捉了个夏侯成；'遇腊而执'，俺生擒方腊；今日正应了'听潮而圆，见信而寂'，俺想既逢潮信，合当圆寂。众和尚，俺家问你，如何唤做圆寂？"寺内众僧答道："你是出家人，还不省得佛门中圆寂便是死？"鲁智深笑道："既然死乃唤做圆寂，洒家今已必当圆寂。烦与俺烧桶汤来，洒家沐浴。”寺内众僧，都只道他说耍，又见他这般性格，不敢不依他。只得唤道人烧汤来与鲁智深洗浴。换了一身御赐的僧衣，便叫部下军校：“去报宋公明先锋哥哥，来看洒家。”又问寺内众僧处讨纸笔，写了一篇颂子，去法堂上捉把禅椅，当中坐了。焚起一炉好香，放了那张纸在禅床上，自迭起两只脚，左脚搭在右脚，自然天性腾空。比及宋公明见报，急引众头领来看时，鲁智深已自坐在禅椅上不动了。颂曰：

平生不修善果，只爱杀人放火。忽地顿开金绳，这里扯断玉锁。咦！钱塘江上潮信来，今日方知我是我。

岂不知在那个善恶并存的世界上，在那个恶徒横行的时代，杀人放火就是修行善果？**仁义仁义，仁者必有义，义者必有仁。有爱者，岂能无恨？有恨者，岂能无杀伐？这个世界上，有多少人已经恶贯满盈，只欠一杀?! 鲁智深的杀伐之心、杀伐之气、杀伐之行，正是这个世道的希望，也是一个人一生必修的善行！**

顿开了金绳，扯断了玉锁，人生的种种牵绊，心灵的种种牵挂，扯断了，顿开了，解放了。鲁智深圆寂了，圆即是寂，寂即是圆，抛开了这世间的一切善恶、一切牵挂、一切爱恨，固然可以窥见自我。其实，像鲁智深那样，一任自己内心的爱恨情仇，一任自己内心本真的善，活得真切，活得舒展，活出自我，活出性情，岂不就是一生都在活我的这个我？一生都在活自己，就是一生都在塑造自己，完成自己，最终，当然会成了正果，当然会是大圆满而归于心无遗憾的大寂静！

鲁智深死后，可以说是哀荣备至。

首先，鲁智深圆寂以后，宋江率领众头领来参拜，包括当时朝廷的高官，童贯、张叔夜等，也都来参拜。

这是世俗政权给他的高规格的礼遇，也是世俗政权对他一生的高度肯定。

而来自宗教界的待遇，更是最高规格。

首先，六和寺的许多和尚给他念经、超度，五山十刹（五山即径山、灵隐、净慈、天童、阿育王五大丛林）的禅师们都来为他念经。这个一生没念过经的和尚，最后却有这么多人为他念经。这么多念经的人为一个杀人放火的人念经。

更重要的是，宋江请来径山住持大惠禅师，来与鲁智深下火。径山是佛教名山，径山寺初建于唐，宋时香火鼎盛，是江南五大禅院之首，被誉为“东南第一禅寺”。大惠法师，是当时全国最著名的高僧，请他出来主持鲁智深的遗体火化可以说在佛教界是最高的礼遇。

那么，大惠禅师对鲁智深是怎么评价的呢?

大惠禅师手执火把，直来龛子前，指着鲁智深，道出几句法语：

> 鲁智深，鲁智深！起身自绿林。两只放火眼，一片杀人心。忽地随潮归去，果然无处跟寻。咄！解使满空飞白玉，能令大地作黄金。

咄！谁的一生，能像他那样，完全活出自我，又完全奉献自我? 谁的一生，能像他那样，用自己的生命，使满空飞白玉，令大地作黄金?

这是佛啊!

所以，鲁智深的死，是圆寂，是大圆满，是成佛了。

鲁智深是一个有不少缺点的人，但需要指出的是，他总是绝不接受奴役，亦绝不允许有人奴役别人。这个形象，体现的是中华民族的血性精神和阔大的胸怀，是中华民族骨子中的正义、良知与高贵。这是我们民族历经几千年封建专制统治，仍然保持着反抗精神与人格尊严，仍然能够生机勃勃地自立于世界民族之林的珍贵遗传基因。

宋江篇

呼保義宋江

一 侠义江湖

林冲总是被别人牵着走，武松是被自己骄傲的内心牵着走，李逵是被自己躁动的本能牵着走。宋江呢？他牵着别人走。

百密一疏，大祸临头

说到《水浒传》，最难评价的是宋江。因为，**他是一个非常矛盾的人：**

你说他真心待人，他却又时时显示虚伪做作；

你说他义薄云天，他却又心机重重城府极深；

你说他处心积虑谋反，他却又对朝廷肝脑涂地；

你说他为人仁厚，他却又时时做下凶残之事……

宋江一生，可以分为三个阶段：**上梁山前；上梁山后；下山后。**

上梁山前又分为三个阶段：**郓城小吏阶段；逃亡阶段；流放阶段。**

上梁山后干了两件大事：**架空晁盖夺权；带领兄弟接受招安。**

下山后，各种版本就不一样了。最多的一百二十回本说他为朝廷干了四件大事：征大辽；征田虎；征王庆；征方腊。然后，朝廷对他这条“功狗”干了一件事：用一壶毒酒送他上路。而他竟然抢在死前，又为朝廷干了一件事：毒死最有造反之心的李逵，梁山事业最后归于覆灭。

宋江出场，在第十八回（金圣叹本第十七回）。那时他是郓城县的押司，就是办理文书、狱讼的地方胥吏，所以，他以后经常自称小吏，是对自己出身低贱的一种谦卑的认同。

在他人生的这个阶段，他干了两件大事：

第一件，是“私放晁天王”。第二件，是“怒杀阎婆惜”。

晁盖等七人劫了梁中书送给丈人蔡太师的十万生辰纲，蔡太师大怒，梁中书大惊。因为被劫地点在济州，济州府尹也跟着大惊，因为蔡太师也饶不了他。果然，蔡太师直接派人住进了他的官府，限期十日内破获，否则，要请他去沙门岛走一遭。

这可不是让他去公费旅游。什么叫沙门岛？沙门岛在今天山东蓬莱北约五十里的海中，是北宋时最著名、最恐怖的流放地。该岛地盘小，犯人在岛户人家佣作，缺衣少食，或饥寒而死，或投海而死，或被虐待而死，总之是死路一条。

府尹自忖他拼命读书，考中进士；接着又拼命巴结，做到知府，哪里能就此玩完呢？蔡太师逼他，他又转过身来，逼迫手下缉捕人员，他做得更绝，对手下缉捕使臣何涛说：我若去沙门岛，必先把你这厮迭配远恶军州，雁飞不到去处！说完，就唤过文笔匠来，在何涛脸上刺下“迭配……州”字样，空着州名，以便将来填空。

这哪像是一个堂堂知府呢？简直就是无赖、流氓。

被逼走投无路的何涛终于得到消息，先抓了白胜。白胜吃打不过，供出晁盖。济州府尹随即押一纸公文，何涛亲自带领二十个眼明手快的公人，径去郓城县捉晁盖。

这是大案，所以何涛非常机警，为了保密，抓白胜时，三更进去，把白胜包头包脸带出来，连夜赶回济州城里来。接着去郓城县抓晁盖，也是偷偷摸摸，只恐怕走漏了消息。星夜来到郓城县，先把一行公人都藏在客店里，只带一两个跟着，径奔郓城县衙门前来下公文。

此时，三阮兄弟已自回石碣村，而晁盖和吴用、刘唐、公孙胜还在晁盖庄上，几个在后园葡萄树下吃酒，何等逍遥，却不知已经大祸临头，白胜已经被捕并供出他们。何涛行事如此机密，完全可以把他们迅雷不及掩耳收在网里。

但是，百密总有一疏，最后关头，还是走漏了风声。

这个走漏风声的人，就是宋江。

也是天意，何涛来到县衙门前，已是巳牌时分（上午十点左右），正好知县退了早衙休息。何涛走去县对门一个茶坊里坐下，吃茶相等。这一等，却等来了当日值班的押司宋江。

当时宋江带着一个伴当，走将出县前来。何观察当街迎住，两个人到一个茶坊里坐定，为了保密，伴当都被叫去在门前等候，茶室内只剩下何涛、宋江二人。互通姓名后，何涛道：“押司是当案的人，便说也无妨。”便把要抓晁盖的实情相告了。

他哪里知道，正是眼前这个人，最是有大妨碍，最不能跟他说的。

宋江一听，心里大吃一惊：晁盖是我的心腹弟兄，捕获将去，性命便休了！

此时的宋江，面临着这样的矛盾：

作为县吏，而且是专办有关狱讼文书的吏员，他的职责是奉公守法。本县出了这么大的案子，又有上司的责罚，他有责任积极协助、参与抓捕罪犯，为抓捕罪犯出谋划策。

但是，这个犯案的人偏偏是自己的朋友，而且是心腹弟兄！

宋江将做出什么样的选择呢？

权术老大，群贼之魁

几乎是毫不犹豫地，宋江在第一时间里就做出了他的选择：

置国家法度于度外，站在兄弟一边！

兄弟现在处于极度危险之中，宋江心内自慌，脸上却十分镇定，不但镇定，还马上说出和心中所想完全相反的话来："晁盖这厮，奸顽役户，本县内上下人没一个不怪他。今番做出来了，好教他受！"

晁盖是这样一个在郓城县人人讨厌的人吗？显然不是。

下面知县时文彬听说晁盖劫了生辰纲，还不相信，他说："这东溪村晁保正，闻名是个好汉，他如何肯做这等勾当？"

可见晁盖在郓城县上下，有的是好名声。

但是宋江为什么要说他是"没一个不怪"的人呢？

这里有两层意思。第一层是表明他怨恨晁盖，与晁盖不和；第二层是说他对晁盖有今天幸灾乐祸。

显然都是假话。人为什么要说假话呢？因为说假话有用。

宋江的这句假话的用处在于：一下子就让何涛对他深信不疑。

但问题是，何涛怀疑他了吗？没有。如果怀疑他，就不和他说了。

宋江这是典型的做贼心虚。

接下来，宋江又如何救晁盖呢？

三步走：

第一步，拖延时间。

事实上，何涛此次来，志在必得，从头至尾，每一个环节都行事周密，没有走漏一点风声，要把晁盖等人一举收入网中，而且眼看就要成功。宋江此时，几乎没有什么机会。

但是，精明的宋江还是在一瞬间想好了对策。

宋江对何涛说："这事容易，'瓮中捉鳖，手到拿来。'"——先说容易，宽何涛的心，缓何涛的意。心宽了，就容易放松警惕。意缓了，就会懈怠。你一懈怠，我就有机会。

下面接着说："只是一件，这实封公文，须是观察自己当厅投下，本官看了，便好施行发落，差人去捉，小吏如何敢私下擅开？这件公事非是小可，不当轻泄于人。"

这话说得合情合理，不仅给人处世稳重的印象，而且还显得很为对方考虑。何涛当然对宋江更加相信。

何涛道："押司高见极明，相烦引进。"

何涛还是急。事实上，此事如此十万火急，宋江就该二话不说，带上何涛就去见知县。但是宋江巧妙地利用了知县小憩的机会，拖延了时间，稳住了何涛。

他对何涛说："本官发放一早晨事务，倦怠了少歇。观察略待一时，少刻坐厅时，小吏来请。"

"小吏来请"有意思。为什么？因为他俩在一起，应该是"小吏带你去"。

第一，"来"字里暗含着"去"。没有去，哪有来？这是宋江对何涛的暗示，我要离开一会儿。

第二，拴住何涛，我不来请，你不要走。不要自己去县里找知县，或再转找他人。

不知不觉，宋江已经开始控制何涛，把何涛捏在自己手心里。

第二步，控制何涛。

何涛道："望押司千万作成。"

宋江道："理之当然，休这等说话。小吏略到寒舍，分拨了些家务便到，观察少坐一坐。"

你看，不但稳住了何涛，自己还巧妙地脱身出来，实施报信。

何涛道："押司尊便，小弟只在此专等。"

"专等"，好。自己已经被控制了，还以为找到了第一责任人。

宋江还是怕何涛自己去县治，他又做了两件事：

一是吩咐茶博士道："那官人要再用茶，一发我还茶钱。"让他安心喝茶吧，有人买单。

二是离了茶坊，飞也似跑到下处，吩咐人到茶坊门前伺候。若知县坐衙时，便安抚那公人道："押司便来，叫他略待一待。"

还是控制他。

何涛实在是很可怜。他被上司无端责罚，只能忍气吞声。现在又被宋江玩弄于股掌之间，他已经被宋江控制了，但他还一无所知。

宋江已经脱身报信去了，他还在这里傻乎乎地专等。

第三步，脱身报信。

宋江在下处牵了马，牵出后门外去，拿了鞭子，慌忙地跳上马，慢慢地离了县治。出得东门，打上两鞭，那马拨喇喇地往东溪村蹿将去。

你看宋江此时的动作，慌忙跳上马，慢慢地离了县治。出了城门，又猛抽马鞭。

金圣叹说："只一上马，写得宋江有老大权术。其为群贼之魁，不亦宜乎！"

慌忙上马，快马加鞭，我们都好理解，十万火急嘛。可是为什么中间却又不急，慢慢地离了县治？

县里熟人多，急急地走，让人起疑心，慢慢地走，将来即使追究起来，也不像是报信的。

这就是宋江的心机了。这样的心机，鲁智深、李逵、武松没有，连林冲也不会。

鲁智深、李逵、武松没有，是因为他们心太直。林冲不会，是因为心太正。

心太直就没有了算计。心太正就有了顾忌，就会有所不为。

草莽式的率直和贵族式的正直，都做不出这样的举动。

所以，**在中国历史上，草莽英雄成不了大事，贵族做派的人也成不了事。**

成得了事的，往往就是刘邦、朱元璋这样的无所顾忌、无所不为而有心机的人。

宋江离他们不远了。

没半个时辰，早到晁盖庄上。晁盖慌忙出来迎接。宋江告知晁盖：黄泥冈事发了。并且建议晁盖："三十六计，走为上计。"只顾安排走路，不要缠障。

报完信，宋江又快马加鞭，回县里来。拴好马，又赶紧到茶坊里来。

何涛在干什么？

何涛在门前望。何涛可笑，何涛可怜。

如此心急如焚，为什么不直接去县里？

因为他已经被宋江施了魔法，被控制了。

他只能在这里巴望宋江。他对宋江何等信任啊。

宋江这样对待一个如此信任他的人，算不算过分？

一个如此心机重重的人，玩弄一个如此老实的人，我们读者读到这里，有没有为何涛抱一回不平呢？

宋江轻描淡写地告诉何涛，家中事务耽误了一会，然后拿着实封公文，引着何观察到县里大堂上，直至书案边，还装模作样地叫左右挂上回避牌，然后才向知县时文彬低声禀报。

知县拆开公文，就当厅看了，大惊，对宋江道："这是太师府差干办来，立等要回话的勾当。这一干贼，便可差人去捉。"

宋江道："日间去，只怕走了消息，只可差人就夜去捉。拿得晁保正来，那六人便有下落。"

再一次用看似非常在理的借口，拖延时间，让晁盖等人从容脱逃！

我们来做一个比较。

林冲总是被别人牵着走，一步一步走向深渊。

武松是被自己骄傲的内心牵着走，直至走到景阳冈上，差点被老虎吃了。

李逵是被自己躁动的本能牵着走，一举一动，看似全由自己做主，实际上，用弗洛伊德心理学的观点来看，他是毫不自觉，完全被潜意识里的欲望带着走，糊里糊涂走了一辈子。

宋江呢？他牵着别人走。

本来，他只是郓城县的一个小吏，他要接受县令的支配。

何涛是上级衙门来的，他也要接受何涛的支派。

但是，我们看到的，却是完全相反的情形：他暗中控制了局面，把这两个人掌控在自己的手心里，牵着他们，按照他指定的路径走。

不问是非，只问兄弟

这宋江一出场，就干了这么一件大事，而且干得如此周密，如此成功，在极度惊险之中，完成了一项几乎不可能完成的任务。

从救晁盖这一点来说，宋江确实非常义气。

用他自己的话说，是“舍着条性命”来救晁盖；用晁盖的话说，是“担着血海也似的干系”来报信，“我们不是他来时，性命只在咫尺休了”。用吴用的话说：“若非此人来报，都打在网里。”所以，晁盖感慨地说：“四海之内，名不虚传。结义得这个兄弟，也不枉了。”

我们读《水浒传》至此，也感叹宋江的冲天义气。

但是，“义气”是这样的一种东西：永远不可能对义气作单纯的评价。

当甲对乙讲义气时，往往会牵涉到他人，比如牵涉到了丙，甚至损害了丙，我们如何评价这样的义气？

当我们不问是非，为朋友两肋插刀、大打出手时，我们如何面对来自对方的评价？

我之所以这样说，是因为，当我们赞赏宋江对于晁盖等人的大义之时，不要忘了，他同时是在损害别人。

首先就是何涛。

首先，何涛此人并无劣迹，不过也就是一个“济州公安局刑侦科科长”，他的弟弟何清喜欢赌博，他就生气；被上司责罚，回到家，和老婆一起发愁，可见也是一个不失正派的普通居家过日子的人。

他摊上这样一件倒霉的事，被上级无端责罚，脸上刺了字，已经很是值得同情。他侦破此案，并来到郓城县抓人，是他的职责。即使我们站在晁盖的立场上，也不必要把他看作仇人坏蛋，因为他的作为，乃是职务行为，与他个人品行无关，他和晁盖等人也素不相识，无冤无仇。

你是贼，我是警察，警察抓贼，是职责所在。你既选择做贼，你可以怕警察，但你不能恨警察，不能视警察为仇人。

因此，我们不能因为何涛是缉捕人员，要缉捕晁盖等人，就说他是坏人。

何涛碰到宋江，互通姓名，何涛一听是宋江，倒地便拜，说道：“久闻大名，无缘不曾拜识。”宋江请何涛上坐，何涛道：“小人安敢占上？”表现出对宋江的极大尊敬。要知道，何涛是上司衙门的人，如果不是敬重宋江，完全没有必要在下级小吏面前如此谦恭。

何涛对宋江不仅非常尊重，而且还非常信任，马上就把真实情况对宋江和盘托出。要知道，对这件案子，何涛自始至终都非常谨慎，非常注意保密，务求把正贼一举抓获。那么，他为什么对宋江如此信任呢？

第一，出于对宋江本人的敬重。宋江在江湖上的名声太大、太好，所以，他相信这样的人绝不会坑害自己。

第二，出于对宋江身份的信任。宋江是郓城县押司，这样的案子，正是他主办的范围。也就是说，在何涛看来，帮我办好这件案子，是宋江的职责所在。

所以，在何涛看来，无论从个人私德上，还是从职业公德上，他都很相信宋江。

如果此时我们还要批评何涛，那就只能说，他太大意，太相信人，没有考虑到宋江有可能认识晁盖，并且徇私枉法。

但是，我们这样责怪何涛，实际上就是怪何涛没有小人之心了，没有以小人之心度宋江之腹了。

是的，何涛是以君子之心来度宋江，他是把宋江看成君子的。

以小人之心度君子之腹，委屈的是别人。

以君子之心度小人之腹，伤害的是自己。

但是，宋江对得起何涛的尊敬和信任吗？

从何涛的角度来看，宋江真是一个君子吗？

正是出于对宋江的信任，他才最终办砸了事。要知道，他办砸了事的结果，是要被那昏聩而混账的济州知府流放的。所以，当他得知晁盖跑了，一连声叫苦道："如何回得济州去见府尹！"

而万一走漏消息导致晁盖逃脱的事实被揭穿，宋江当然要倒霉，但是他何涛能脱得了干系吗？他泄露机密给宋江，宋江报信给晁盖，追到最后，他是最大的罪人，等待他的，是何等的惩罚？他可也是有家有口的人啊。

后来，在石碣村，他被阮小七割了两只耳朵，成了残废，获得了济州知府的宽恕，没有被流放，这是他的最好结局了。

仔细想想，他又何辜？是谁导致他如此悲惨的下场？

答案是：宋江。

所以，在宋江对晁盖的"义"的另一面，是对何涛的"不义"。

江湖义气的致命问题，即在于不问是非，只问兄弟。

所以，这样的江湖义气与孔子、孟子所说的人生大义，是有极大区别的。

孔孟的"义"，乃是"正义"，关键在于一个"正"字。

而江湖义气，顾名思义，致命处在于一个“气”字。气，就有正气和邪气的区别了。

只问兄弟，不问是非，结果往往就是沆瀣一气。沆瀣一气了，当然是“邪气”。

于是，江湖侠义，往往变为江湖“狭义”——很狭隘的、对局外人极其不公的“义气”。

有私情，无公德

宋江岂止对何涛不义，他还对县令不忠。

我们常说一个词，叫忠肝义胆。宋江在这件事上，即使我们承认他表现出了义胆，却没有忠肝。

郓城县令时文彬，对宋江颇为关照。后来宋江杀了阎婆惜，因为“知县却和宋江最好”，时文彬还千方百计为宋江开脱。

但是，当知县拆开公文，要马上差人去捉晁盖时，宋江怎么说的？他说：“日间去，只怕走了消息，只可差人就夜去捉拿得晁保正来，那六人便有下落。”

这看起来理由很充分，和抓白胜一样，怕走漏了消息，半夜去捉，然后再连夜审讯，接着捉下一个。

但是，宋江实际上知道，除了阮氏三兄弟外，其他吴用、公孙胜、刘唐都在晁盖庄上。从县城到晁盖的东溪村，不过半个时辰的路程，马上去捉，即使脱逃，大白天也易于抓捕。

宋江这是明摆着愚弄知县。但问题是，这样明摆的事，为什么县令不明白呢？

不是县令糊涂，而是县令太相信宋江。

于是他真的就听从了宋江的建议，一直等到夜里，才派人去抓捕，结果是晁盖等人全部逃脱。

我们知道，济州知府由于没有捕获晁盖等人，而被撤职，回东京听从处罚，政治前程被葬送了。实际上，如果照此处理，晁盖等正贼七人从郓城县脱逃，而且是郓城县延误时机，县令时文彬能逃脱处罚吗？如果他的官场前程被毁，难道不是拜和他平时“最好”的宋江所赐吗？

大家注意这一回的回目，是“宋公明私放晁天王”。什么是“私放”？也就是徇私舞弊，也就是“大私无公”，也就是出于私心，不是出于公心；

出于个人私情，不是出于社会公德。

所以，宋江办的这件事，从不同的角度，我们会得到不同的评价。

从晁盖的立场上看，那真是义薄云天。但是，换一个角度，情况就大不相同。

私放晁盖，藐视国法，蒙蔽上官，不忠；欺骗何涛，致人残废，不义。

因此，出场第一案，我们就发现，宋江是一个胆大包天的人物。只要他想做，什么朝廷之法，什么为吏之责，他都完全可以置之不理。

后来他终于逸出了正常生活轨道，落草为盗，是合乎逻辑的。

晁盖等人逃出东溪村以后，在石碣村全歼何涛带来的五百多官兵，五百多做公的，合计一千多人命丧黄泉，何涛也被阮小七割了双耳，成了残废。这场造成一千多人死伤的惨案发生后，宋江是怎么想的，我们不得而知。

晁盖等人上了梁山后，火并了王伦，晁盖成为新的山寨之主，接着又大败团练使黄安，歼灭近两千人，生擒黄安，梁山声名大振。

济州府太守因此被撤职，回东京听罪，新上任府尹招兵买马，集草屯粮，招募悍勇民夫，智谋贤士，准备收捕梁山泊好汉；一面申呈中书省，一面又下文所属州县，着令守御本境。

文书到达郓城县时，宋江看到了。他又是怎么想的呢？

他心内寻思道："晁盖等众人不想做下这般大事，劫了生辰纲，杀了做公的，伤了何观察，又损害了许多官军人马，又把黄安活捉上山。如此之罪，是灭九族的勾当。虽是被人逼迫，事非得已，于法度上却饶不得。倘有疏失，如之奈何？"自家一个心中纳闷。

对晁盖，他担心他们将来的命运。

但是，对三千无辜丧命的人，宋江有无负罪感呢？

对下场如此悲惨的何涛，他有无歉疚呢？

他的郁闷并不长久，因为，他马上就交了桃花运了。

二 人为财死

生活中，多少人在蝇头小利上用心思，一分一毫，务求为我所有。为此一分一毫，输掉一生一世。

专好女色的，一定是小男人

当晁盖等人犯下弥天大罪，在梁山无法无天时，宋江这一段时间也没闲着。他讨了一个外宅，一个年方十八的小姑娘阎婆惜。

现在有一些学者（如马幼垣）就此事痛批宋江，说他淫邪，三十多岁了，尚未娶妻，为了解决生理问题，施恩图报，占小姑娘的便宜。是这样吗？

我觉得我们不能这样委屈宋江。

我认为，宋江在这件事情上确实并不高尚，但也并不像有些学者说的那样，就是一个“淫虫”（马幼垣语），而且心理阴暗。在这件事上，宋江的表现，不比一般人高，也不比一般人低。他所表现的，是一般人的正常人性。

就算他无法抗拒一个年轻美丽的姑娘的诱惑，对于他这样三十多岁正值人生壮年，却又没有妻室的人来说，也是可以理解的，不必斥之为“淫虫”。

我们来看看宋江和阎婆惜之间到底发生了什么事。

事实上，这事的起因是宋江做好事，帮着流落此间的阎婆惜和她的母亲阎婆安葬父亲。不但帮她们做成一具棺材，安葬死人，还送给她们十两银子，做使用钱。

本来，也就过后不思量了，没有理由说宋江看到了阎婆惜以后就蓄意要占有她。

后来，那阎婆见宋江没娘子，就央间壁王婆说媒，情愿把女儿婆惜与他。宋江初时不肯，经不住媒婆的花言巧语，就依允了，于是就在县西巷内，讨了一所楼房，置办些家伙什物，安顿了阎婆惜娘儿两个，在那里居住。

没半月之间，阎婆惜打扮得满头珠翠，遍体绫罗。连那婆子，也有若干头面衣服，端的养的婆惜丰衣足食。

这时的宋江，很像是那个娶了金翠莲的赵员外。

但是，宋江毕竟不是赵员外，而阎婆惜也不是金翠莲。

赵员外、金翠莲的模式不合宋江、婆惜的具体情况。

赵员外是个小财主，专注于享那俗人之福。

而宋江骨子里是个不安分的人，这点艳福哪里能消磨得了他。

初时宋江夜夜与婆惜一处歇卧，向后渐渐来得慢了。却是为何？

原来宋江是个好汉，只爱学使枪棒，于女色上不十分要紧。

这阎婆惜水也似的后生，况且十八九岁，正在妙龄之际，因此宋江不中那婆娘意。

你不好女色，女色当然也就不好你。

老实说，如果宋江真是“淫虫”，婆惜倒未必不喜欢他。

客观地说，直到这时，阎婆惜还没有什么错。

你宋江确实帮了人家的大忙，有恩于她，但是，爱情不随恩情走，爱情有它自己的路数。

宋江不中这婆娘意，宋江的同事张文远，这个唤作“小张三”的倒十分中这婆娘意。这小张三是个典型的小白脸，生得眉清目秀，齿白唇红；平昔只爱去三瓦两舍，飘蓬浮荡，学得一身风流俊俏；更兼品竹调丝，无有不会。宋江偶然带小张三来家，这婆惜一见小张三，心里便喜。这小张三是风月场的老手，婆惜的眼神他一看就明白了，以后就假装来找宋江，一来二往，言来语去，二人成了好事。

阎婆惜自从和那小张三搭上，并无半点儿情分在这宋江身上。

宋江不会讨女人喜欢，当然不能说明他道德好。

但是，像小张三这样专讨女人好的小白脸，却定是男人的败类、女人的灾星。

男人有两种：大男人和小男人。大男人盯着五光十色的世界，小男人盯着花花绿绿的女人。不好女色的未必是大男人，但专爱在女人堆里混的，专好女色的，一定是小男人。

小张三和这婆惜夜去明来，街坊上人都知道了。宋江也听到些风声，半信不信，自个肚里寻思道：“又不是我父母匹配的妻室，他若无心恋我，我没来由惹气做甚么？我只不上门便了。”

这宋江，若不是活乌龟，就是真豪杰。

能忍人所不能忍，不是扶不起的懦夫，就是打不败的英雄。

但有一个问题是，宋江既然已经知道婆惜对自己没有了情分并且已经红杏出墙，而且还很宽宏大量，并不计较，为什么不干脆解除与婆惜的关系，给别人一个自由，让自己得一份清静呢？

这确实是一个问题。但是，这个问题也许是施耐庵的问题，而不是宋江的问题。

因为如果宋江解除了与婆惜的关系，下面的情节就不是这样了。

所以，**读小说，要善于分清哪些是作者的问题，哪些是人物的问题。**

作者的问题越少，人物的问题越多，小说越好。

客观地说，在明代的四大奇书《水浒传》《三国演义》《西游记》《金瓶梅》中，如果照这个标准，《金瓶梅》最好。

一个要爱情，一个要钱包

好了，到此时，宋江、晁盖这一对兄弟，各自在自己的生活轨迹上前行。

晁盖做强盗，做得越来越有滋味了。宋江做小吏，做得越来越没滋味了。

晁盖的人生，越来越有声有色了。而宋江的人生，如同阎婆惜，声色倒是有，却是别人的了。

二者好像两条铁轨，似乎不可能再相交了。

但是，有一天，晁盖派人来了。

派谁来了呢？刘唐。干啥呢？送感谢信来了，送金子来了。

而这封感谢信，这一百两金子，却让宋江犯下人命大案，彻底终结了他在郓城县的小吏生涯。

两人偷偷摸摸地在一家偏僻的小酒馆见了面。

刘唐带来的感谢信，宋江装到招文袋里了。

刘唐带来的一百两金子，宋江只拿了一条，也装在招文袋里。其余的，推来推去，又让刘唐带回去了。

这当然是宋江的优点，不贪。

但是，今天的宋江，却将要为拒绝刘唐的金子而付出代价。

这是为什么呢？我们往下看。

送走刘唐后，宋江正要回到下处，却被阎婆撞上了。

哪里这么巧呢？不是巧，不是撞上的，而是找来的。

宋江不去阎婆惜那里，阎婆惜不在乎，但是阎婆在乎。

阎婆惜喜欢的是色，所以，她要小白脸张文远小张三；但是阎婆喜欢的是财，所以，她明白不能离了宋江。

这一对母女，一个要爱情，一个要钱包；一个浪漫，一个实在。

可惜的是，张文远可以哄得婆惜火一般的热，却不能给她们钱包。

宋江能给她们钱包，却不能给婆惜激情。

有一个笑话：有一女，两户人家一同去她家求婚。东家的儿子长得丑，家里却富有；西家的儿子长得好，家里却贫困。

女子的父母让女儿袒露一条胳膊来示意：她露出哪边胳膊，便示意在哪一方。没想到，女儿却一下子把两条胳膊都袒露出来了。母亲问她这是什么意思，她答道："我想在东边那家吃饭，西边那家睡觉。"

这阎婆惜就是这个女子。她要和张文远睡觉，却又要宋江掏饭票，而且还是长期饭票。

这怎么可能呢？阎婆知道这样不可能。

对宋江而言，掏一时饭票不难，难的是一辈子掏饭票。这样毫不利己、专门利人的活，宋江肯定不会干，至少不会一直干。

所以，这一对母女，女儿和小张三如胶似漆，妈妈却忧心忡忡。她要修补和宋江的关系，她知道小白脸靠不住。

生姜还是老的辣，眼光也是老的辣。

于是，她就满大街找宋江，终于找到了。好说歹说，生拉硬拽，把宋江拽到家里去了。

其实，阎妈妈也是一个可怜人。一家三口流落郓城，丈夫死了，女儿完全是个新新人类，只知道眼前享受，毫不关心生活的艰辛。一个老婆子，真是操碎了心，帮女儿找到宋江这样的人，借用张爱玲的话，也就是帮她找到了一个长期饭票。没想到女儿对宋江怎么也爱不起来。而宋江偏偏又是一个不大上心女色的所谓好汉。现在这位可怜的老婆子要捏合这样的一对，可见其难。

果然，宋江去了，阎婆惜对宋江却还是没有一点的情分。

宋江很窝囊，还委委屈屈地在阎婆惜的脚后跟边睡了一夜，但什么事也没发生。

好不容易挨到五更，宋江起来，忍那口气没出处，出了门从县前过，见卖汤药的王公正在县前赶早市。

宋江蓦然想起道："时常吃他的汤药，不曾要我还钱。我旧时曾许他一具棺材，不曾与得他。想起昨日有那晁盖送来的金子，受了他一条，在招文袋里，何不就与那老儿做棺材钱，教他欢喜？"

我非常喜欢这里的"教他欢喜"四个字。为什么？因为这四个字说出了钱的最好去处：叫人欢喜。

什么叫"用处"？就是所用之处。**钱只有去了所用之处，才有用处。懂得用钱来叫人欢喜了，就懂得用钱了。善于用钱来让人欢喜的，就是善于用钱了。常常拿钱来让人欢喜，就到了用钱的最高境界了。但是，世界上的很多人，却总是在钱上叫人不欢喜。能否挣钱，显示的是能力。会否花钱，体现的是境界。**

宋江就是天下善使银子者。我以前曾经说过，他的绰号，所谓的"及时雨"，就是"及时银子"。——我的话里，有讽刺，却也有肯定。

善使银子，必能使人。

我们看看宋江对银子的态度：

第一，不贪。所以在刘唐拿来一百两金子时，他受一而退九。

第二，不吝。所以在王公处，他欲将这一条金子也把出去。

把得出银子，方做得出大事。

生活中，多少人在蝇头小利上用心思，一分一毫，务求为我所有。

为此一分一毫，输掉一生一世。

要知道，这个卖二陈汤的王公，不是什么英雄好汉，没有什么利用价值，所以，宋江关照王公，没有什么算计之心，这才是境界。

有智慧者谋长远，要小聪明者成不了大事

宋江去身上找那装金子的招文袋时，吃了一惊：忘在阎婆惜床头栏杆子上了。

宋江吃惊不是因为那几两金子，而是晁盖寄来的那一封书。阎婆惜颇识得几字，若是被她拿了，倒是利害。

慌慌急急，奔回阎婆惜家里来，果然阎婆惜已经看了书信，知道了宋

江私放晁盖之事，在那里冷笑。

阎婆惜恩将仇报，全不念及宋江对她以及她家人的好，反而要拿这书信讹诈宋江，对宋江提出了三个条件。前面两个条件是：

第一，人身问题——给一纸休书，任从改嫁。

第二，财产问题——婆惜身上穿的，家里使用的，都是宋江办的，也委一纸文书，全部归阎婆惜所有。

这两件宋江都依了。

应该说，这个小女人还是挺有头脑的，挺聪明的，知道自己要什么。

而且，她还知道自己怎么要。

知道自己要什么，是聪明。

但是，知道自己什么不该要，才是智慧。

知道自己怎么要，是聪明。

但是，知道自己不该怎么要，才是智慧。

智慧与聪明的最大区别在于：智慧是一种境界，包含着德行。

阎婆惜足够聪明，却没有智慧，因为她欠缺德行。

这样的缺少境界和德行的聪明，在给人局部和暂时的成功的同时，却也给人最终的失败：聪明反被聪明误。

我们见过笨人、愚拙的人成大事。

我们没见过耍小聪明的人成大事。

实际上，这两项要求，能让我们同情和理解，宋江也应该早就放她自由，并赠出所有实际已经送给阎婆惜的财产。

也就是因为宋江的延宕，才产生今天这样的危局。

但是，婆惜很快就要她不该要的东西了，而且还使用了不应该有的方式来要。

阎婆惜又道："只怕你第三件依不得。"

第三件是什么呢？为什么阎婆惜就认定宋江依不得呢？

婆惜道："有那梁山泊晁盖送与你的一百两金子，快把来与我，我便饶你这一场天字第一号官司，还你这招文袋里的款状。"

但是，这第三项条件，就是不折不扣的讹诈了。

我们不要求阎婆惜恩将情报，但你也不能恩将仇报啊！

这第三件宋江还真是依不得，因为宋江根本就没收那一百两金子。

宋江道："若端的有时，双手便送与你。"

官场浑浊不堪，宋江有灰色收入

这我们相信，但是阎婆惜不相信。

婆惜道："可知哩！常言道：'公人见钱，如蝇子见血。'他使人送金子与你，你岂有推了转去的，这话却似放屁！做公人的'那个猫儿不吃腥'，……你待瞒谁！"

我们相信宋江，是因为我们知道事情真相。

婆惜不相信，是因为她知道官场真相。

宋江被委屈了。但是，宋江冤，也不冤。

因为，宋江身处的官场，确实如同婆惜所说，没有什么干净的公人。

宋江平时是否也贪婪？这是个说不清的问题。

有人就说宋江一定贪婪，不然，凭着他那一点收入，以及他家中的几口人的薄田，他哪有那么多的银子去资助江湖上、市井中的各色人等呢？

即使宋江不会主动索贿，但是，官场潜规则、惯例等，也会给他带来滚滚财源。

但是，也正是这些，在给官场上的公人带来滚滚财源的同时，也带来了负面的社会形象和社会评价。

所以，我们说，阎婆惜这样挤兑宋江，宋江冤，也不冤。

谁让你持身不谨，混迹于肮脏的官场呢？

宋江没办法，提出三日之内，将家私变卖一百两金子给阎婆惜。

我们还是相信宋江，以宋江的境界，绝不会吝惜那百来两金子。

但是阎婆惜还是不相信宋江。

婆惜冷笑道："你这黑三倒乖，把我一似小孩儿般捉弄。我便先还了你招文袋这封书，歇三日却问你讨金子，正是'棺材出了讨挽歌郎钱'！我这里一手交钱，一手交货。你快把来两相交割。"

他们已经在一起几个月了，一开始还颇为亲密，每日一处歇卧，但是阎婆惜根本不了解宋江，不相信他的为人，这是宋江的失败。

也是阎婆惜心理阴暗。

我们相信宋江，是我们相信不管世道如何浑浊，人心如何堕落，总有人保持一份清廉，一份清白。

但阎婆惜不相信。以小人之心度一两个君子之腹，还不算太糟糕。糟糕的是，以小人之心度天下人之腹。

这样的人不是不再相信人，而是根本就不再相信道德。哀莫大于心死，这样的人，心死了。

这样的人多了，社会就死了。

小人总是无法理解君子。

君子如果做小人，做小人之事，小人能理解；

君子做君子，行君子之事，小人反而不能理解。

非但不能理解，反而要妄加曲解，曲解得君子比小人还小人。

更糟糕的是，君子的优点，常常被小人当成弱点，甚至当成欺负君子的切入点。

说一句过分的话，如果阎婆惜碰到的是镇关西，她敢这么对镇关西说话吗？

宋江还在那里苦苦辩解："果然不曾有这金子。"

婆惜道："明朝到公厅上，你也说不曾有这金子？"

这就是威胁了。

威胁威胁，就是用威势来胁迫，逼对方就范。

它带给人双重的伤害和侮辱：

其一，它胁迫人就范，违背了人的意志；其二，它还严重伤害了人的自尊心，带给人深深的耻辱感、屈辱感。

所以，威胁别人，是下流人使用的下流手段。

一般有自尊心的人，绝忍受不了别人的威胁。

所以，宋江听了，怒气直起，哪里按捺得住，睁着眼道："你还也不还？"

那妇人道："不还！再饶你一百个不还！若要还时，在郓城县还你！"

又是公厅，又是郓城县，说白了，不给钱，就告发你！

问题是，这样的人，即便给了钱，也难保以后不再讹诈你，不再告发你。

眼中只有金子，红粉不幸亡身

宋江便来扯那婆惜盖的被，两手便来夺。宋江舍命地夺，婆惜死也不放。宋江狠命只一拽，倒拽出一把压衣刀子在席上，便抢在手里。

那婆娘见宋江抢刀在手，叫道："黑三郎杀人也！"只这一声，提起宋江这个念头来。那一肚皮气，正没出处。婆惜却叫第二声时，宋江左手早按住那婆娘，右手却早刀落……

手到处青春丧命，刀落时红粉亡身。

杀了阎婆惜，宋江被阎婆揪住不放，在县前大叫杀人了。正在那里没个解救，恰好一个半大孩子唐牛儿过来。宋江一直颇为关照唐牛儿，唐牛儿见那婆子揪住宋江不放，把婆子手一拆，拆开了，不问事由，叉开五指，去阎婆脸上只一掌，打个满天星。那婆子手一松，宋江得脱，往闹里一直走了。

宋江跑了，众做公的把这唐牛儿簇拥在厅前。知县听了阎婆的告状，呵斥唐牛儿道："你这厮怎敢打夺了凶身？"

唐牛儿告道："今早小人自出来卖糟姜，遇见阎婆结扭宋押司在县前。小人见了不合去劝他，他便走了。却不知他杀死他女儿的缘由。"

知县喝道："胡说！宋江是个君子诚实的人，如何肯造次杀人？这人命之事，必然在你身上！"

注意这个知县对唐牛儿说的话，第一句是斥责"你这厮怎敢打夺了凶身"，说得还对，知道凶身是宋江，唐牛儿只是帮助宋江逃脱。

可是，第二句就不对了，说宋江不会杀人，杀人的一定是唐牛儿。这就完全是睁着眼睛说瞎话，因为阎婆把事情的前因后果说得明明白白。是知县糊涂吗？不是，他要为宋江开脱。

等到验完了尸，一切都已毫无疑问，知县仍然要出脱宋江，只把唐牛儿来再三推问。唐牛儿如实招供，遭到知县的一番酷刑，打到三五十板时，前后语言一般。知县明知他不知情，一心要救宋江，只把他来勘问，不惜屈打成招。

这时张文远不干了。他知道知县的用意，于是他上厅来禀道："刀子是宋江的压衣刀，必须去拿宋江来对问，便有下落。"

可是这大半天，宋江早已逃走。

张文远又禀告要依法勾追宋江父亲宋太公并兄弟宋清。可是，公人来到宋家村宋太公庄上。太公却告诉公人："不孝之子宋江，自小忤逆，不肯本分生理，要去做吏，百般说他不从。因此老汉数年前，本县官长处告了他忤逆，出了他籍……执凭文帖，在此存照。老汉取来，教上下看。"

众人抄了执凭公文，回县里去回知县的话，知县又是要出脱宋江的，便道:“既有执凭公文，他又别无亲族，只可出一千贯赏钱，行移诸处，海捕捉拿便了。”

眼见得这个案子就要这样不了了之，那小张三又挑唆阎婆去厅上披头散发来告道:“相公，谁不知道他叫做孝义黑三郎，这执凭是个假的。只是相公做主则个!”知县道:“胡说！前官手里押的印信公文，如何是假的?”

阎婆在厅下叫屈叫苦，哽哽咽咽地假哭，告相公道:“人命大如天，若不肯与老身做主时，只得去州里告状。”

那小张三又上厅来替她禀道:“这阎婆上司去告状，倒是利害。倘或来提问时，小吏难去回话。”

知县不得已，只得押了一纸公文，便差朱仝、雷横二都头，去宋家村宋大户庄上，搜捉犯人宋江来。

朱、雷二都头领了公文，便来点起土兵四十余人，径奔宋家庄上来。到了宋家庄，朱仝自己带兵把住前门，让雷横去搜捕。雷横搜完一遍，不见踪影，朱仝道:“我只是放心不下，雷都头，你和众弟兄把了门，我亲自细细地搜一遍。”

没想到，宋江还真让朱仝给搜出来了!

为什么雷横没有搜出来呢?

这里面又有什么蹊跷呢?

㊂ 谁识法度

古代中国，权力决定百姓的生死，决定官员的升迁，决定官司的输赢。而不是规则，不是法律。于是，大家一致崇拜权力，服从权力，依照潜规则办事！

一桩人命大案，就这样摆平了

上一讲我们讲到，朱仝和雷横奉县令之命来宋家庄捉拿宋江。

县令也应该知道，朱仝也好，雷横也好，都和宋江好。他们会不徇私情，尽职尽责去抓捕宋江吗？

到了宋江家里，朱仝先把住前门，要雷横先进去搜。雷横搜了一遍，没有。朱仝又要雷横把住门，他一个人进去再搜一遍才放心。

如此煞有介事，严肃认真，一丝不苟，骗住了在场的所有人。

宋太公道："老汉是识法度的人，如何敢藏在庄里？"

朱仝道："这个是人命的公事，你却嗔怪我们不得。"

太公道："都头尊便，自细细地去搜。"

朱仝道："雷都头，你监着太公在这里，休教他走动。"

宋太公需要看着吗？朱仝是利用宋太公拴住雷横，然后他来房里会宋江。

他心里早就有数，知道宋江一定藏在家里，而且，他还知道宋江藏在哪里。

宋江曾经对朱仝说过："我家佛堂底下有个地窖子，上面供的三世佛，佛座下有片地板盖着，上面压着供床。你有些紧急之事，可来这里躲避。"

朱仝走进佛堂，熟练地揭开地板，下面有个绳头，一拉，铜铃声一响，宋江从地窖子里钻将出来。一见是朱仝，吃了一惊。

但是，朱仝不是来抓捕他的，是专为会他、帮他出主意的。他劝宋江赶紧逃走。朱仝道："兄长可以作急寻思，当行即行。今晚便可动身，切勿迟延自误。"

宋江道："上下官司之事，全望兄长维持，金帛使用，只顾来取。"朱仝道："这事放心，都在我身上。兄长只顾安排去路。"

宋江谢了朱仝，再入地窖子去。

朱仝、雷横两人又回来，告诉县令没搜着宋江。县令顺水推舟，一面申呈本府，一面动了一纸海捕文书。县里有那一等和宋江好的相交之人，都替宋江去张三处说开。朱仝自凑些钱物，把与阎婆，教不要去州里告状。这婆子也得了些钱物，没奈何，只得依允了。朱仝又将若干银两，教人上州里去使用，文书不要驳将下来。

一桩人命大案，就这样摆平了。

是什么东西帮宋江摆平的呢？

两个东西：

第一，银子；

第二，人情。

一个反证是，唐牛儿一没银子，二没人情，本来没什么事的他，反而被问成个"故纵凶身在逃"，脊杖二十，刺配五百里外。

这件案子从头至尾，我们来看看，有没有一个遵纪守法的？

不甘心碌碌无为，心中早有一个梁山

先看宋江。

我们前面讲到，宋江对何涛不义，对县令不忠。其实，宋江岂止是对上司不忠，他还不忠于自己的职守。

他不但忘记自己的职守，给晁盖送信，甚至对自己不认识的强盗，他也没有哪怕是出于职业上的拒绝。

宋江报信到晁盖庄上，晁盖道："七个人，三个是阮小二、阮小五、阮小七，已得了财自回石碣村去了；后面有三个在这里，贤弟且见他一面。"

你看晁盖对宋江，毫不见外，毫不防备，毫不隐瞒。

那么，对于晁盖让他见见这些犯了弥天大案的江湖大盗的邀请，作为押司的宋江是什么态度呢？

他还是毫不犹豫，马上来到后园与他们相见！如此紧急的情形之下，宋江还要见见这些江湖豪杰，可见他平时对这些人物，确实可以做到不失礼。

但是，从另一个角度看，在他的心目中，有法度观念吗？

要知道，此时，见不见这些江湖大盗，性质是不一样的。

不见，表示道不同不相为谋。

见了，表示大家是一伙儿了。

这是一个态度问题，也是一个观念问题。

宋江这一见，我们就知道，在他心目中，在强盗和良民之间，是没有是非之分的。

不但宋江私放晁盖，私见众强盗，他自己心中，也有一个做贼、做盗的潜意识。

从哪里能看出呢？

从他家的地窖子，从他与父亲断绝关系的执凭文书。

我们可以这样想：一个奉公守法的人，一个循规蹈矩的人，谁会在自己家里预先挖一个地窖子，以备将来藏身呢？

一个被称为“孝义黑三郎”的人，怎么会预先和父亲断绝关系呢？

我们知道，刘唐传书之后，宋江心中就有一个梁山了。

但是，我们不知道的是，在梁山之前，他早已有了一个地窖。

会在家里挖地窖的人，一定会在国里营造梁山。

置王法于度外，站在兄弟一边

再看朱仝。

抓捕晁盖时，时知县派朱仝、雷横点起马步弓手，并土兵一百余人，就同何观察并两个虞候，作眼拿人。时知县哪里知道，这朱仝、雷横竟然又是晁盖的兄弟！而且，这两个人，在面临人情与王法的选择时，与宋江一样，几乎是一点犹豫都没有——

置国家法度于度外，站在兄弟一边！

到了晁盖庄外，朱仝有心要放晁盖，故意让雷横去打前门，他在后门网开一面。这雷横亦有心要救晁盖，于是又故意大惊小怪，呼喊叫嚣，雷声大雨点小，要催逼晁盖快走。你看这雷横，是抓贼还是纵贼？

朱仝更是出格。晁盖、公孙胜听得雷横在前门大呼小叫，舍命只顾杀出后门。朱仝当面拦住，却虚晃一闪，放开条路，让晁盖走了。

晁盖叫公孙胜引了庄客先走，他独自押着后。朱仝也支转雷横和土兵，独自一人跟在晁盖后面。晁盖一面走，口里说道："朱都头，你只管追我做甚么？我须没歹处！"

你看这个盗匪对警察说的话，晁盖不理解为什么朱仝要如此追他，说明在他的意识里，根本就没有意识到，抓他是朱仝义不容辞的职责！

再看警察对盗匪说的话。

见后面没人，朱仝对晁盖说道："保正，你兀自不见我好处。我怕雷横执迷，不会做人情，被我赚他打你前门，我在后面等你出来放你……你不可投别处去，只除梁山泊可以安身。"

作为警察的朱仝，不但不抓晁盖，反而形同护送。

不但护送逃走，还出谋划策，告知晁盖去梁山泊安身。

他的这番话里有一个关键词：人情。不会做人情是不好的。

会做人情才是做人的基本准则，而不是恪尽职守。

朱仝四个月前放了晁盖，四个月后，又放了宋江。

四个月前，他劝晁盖逃跑，并给他指明上梁山的路；四个月后，他又帮着宋江出主意，选择要去投奔的地方。

谁还在信任法律，遵纪守法呢？

一个有意思的细节是，当朱仝声称要进房子搜捕宋江时，把宋江藏在家里的宋太公信誓旦旦地说："老汉是识法度的人，如何敢藏在庄里？"但是他真的是懂法度吗？

从晁盖等人智劫生辰纲，到宋江怒杀阎婆惜，一件惊天大劫案，一件人命案，在所有的涉案人员里面，从盗匪、凶身到缉捕人员，有一个识法度的吗？有一个奉公守法的吗？有一个在内心里还维护法律、尊重法律的吗？

晁盖是保正，却交通强盗，成了强盗头子；

吴用是私塾先生，教圣贤书，育人子弟，却毫不犹豫甚至主动加入大盗集团并成为核心成员；

甚至，连公孙胜这样讲究修行的人，都为了劫生辰纲而千里来投；

普通百姓阮氏三兄弟，对梁山强人不但不恨不怪，反而非常羡慕。吴用来拉他们入伙一起打劫生辰纲，他们不但不怕、不犹豫，反而感激涕零……

一百二十回本《水浒传》在宋江报信下面，假托一个学究，赋诗一首，讽刺晁盖和宋江：

保正缘何养贼曹，押司纵贼罪难逃。须知守法清名重，莫谓通情义气高。

爵固畏鹯能害爵，猫如伴鼠岂成猫。空持刀笔称文吏，羞说当年汉相萧。

晁盖是乡里保正，保正乃一保之长，负责一乡的治安等，可是这个晁保正却在家里养起了贼曹；宋江是押司，押司是办理有关狱讼文书的吏员，可是这个宋押司却纵贼逃脱法网。猫与老鼠做朋友了，猫还能叫猫吗？所以，作者感叹：守法清名要看重，江湖义气要不得啊！

又有一诗讽刺朱仝：

捕盗如何与盗通，只因仁义动其衷。都头已自开生路，观察焉能建大功。

我们当然可以批评这两首小诗太站在统治阶级的立场上说话了，但它确实指出了一个事实：从晁保正，到宋押司，到朱都头，这些地方上到县级的治安人员，都玩忽职守，官匪勾结。更糟糕的是，他们这样做，并不觉得自己是错的，反而觉得自己够哥们儿，够义气，是好汉。

如果从梁山事业上来看，没有宋江，没有朱仝，就没有晁盖等人上梁山；没有晁盖等人上梁山，就不会有后来梁山的事业。所以，站在梁山的立场上，我们也可以说，宋江确实是梁山的始作俑者，是梁山事业的开创者。

梁山事业从此蒸蒸日上，红红火火，这是谁之功？

答案是：宋江、朱仝。

换一个角度，梁山从此成为国家的心腹大患，这是谁之罪？答案也是：宋江、朱仝。

这些都是下级胥吏、江湖游人、普通百姓。朝廷命官又怎样呢？

县令时文彬，是被《水浒传》作者特别称赞的好官，说他是“为官清正，作事廉明，每怀恻隐之心，常有仁慈之念”，乃是一个爱民如子的父母官。就是这样的好官，为了他要好的宋江，一再拖延抓捕，甚至蓄意移花接木，嫁祸于唐牛儿。在他眼里，国法的尊严又何在？

我们在读《水浒传》的时候，因为我们站在宋江一边，希望宋江逃脱法律的惩罚，所以，我们觉得这个县令真好。但是，从阎婆的立场上，从无辜的唐牛儿的立场上来看，这个县令又怎样呢？

试问，堂堂大宋，谁还在信任法律，谁还在遵守法律，谁还在依法办事？

受害者冤沉大海，加害者逍遥法外

这个国家怎么了？这个朝廷怎么了？为什么总是轻易地就让人放弃了对它的忠诚？

事实上，当朝廷被蔡京、高俅一伙把持的时候，朝廷就在天下人面前失去了道德的高度。一个没有了道德高度的朝廷，无法维持人们对它的基本忠诚。

而当人们因为蔡京、高俅而迁怒于朝廷的时候，国家的权威就承受了巨大的损害。而国家权威的丧失，人们对法律权威的漠视，又反过来损害了所有国民的利益。

这是一个怪圈。

这很糟，但还有更糟的。这种情况不仅仅出现在宋朝，整个封建社会都是如此。

《水浒传》反映的，是古代中国的普遍情形。

但这还不是最糟的，还有更糟的，不守法度的不仅仅是我们上面列举到的小说中的种种人。《水浒传》作者也是这样的观念。他对这些不守法度的人和不守法度的现象，不是批判，而是赞赏！

也就是说，**我们的文学，也失去了基本的判断力！**

但这还不是最糟的，还有更糟的。不仅《水浒传》作者是这样，《水浒传》读者也是这样！

从古至今的广大的《水浒传》读者，对这些不守法度的人和不守法度的现象，不是否定，而是赞赏！

在这个问题上，几乎是没有最糟，只有更糟！

中国是世界上最早的具有比较完备的刑法和民法的国家。

但是，我们从《水浒传》及其衍生的种种文化现象中悲哀地发现，如此漫长的法制历史，却没有培养出国民对于法律的基本信仰。为什么？

因为权力。在中国古代，权力才是中国封建社会真正的操控者。

是权力决定百姓的生死，决定官员的升迁，决定官司的输赢。

而不是规则，不是法律。

于是，大家一致崇拜权力，服从权力，依照潜规则办事！

我们要注意的是，在这两场大案里面，真正的罪犯，一个也没有受到法律的惩罚。他们全部逃脱了。晁盖等人跑了，连已经被捕归案的白日鼠白胜也被吴用使银子救了出来。宋江也跑了。

这充分说明，法律是可以规避的，就看你是否付得起逃避法律的各类成本。比如用来打点和行贿的钱财，人际关系成本，等等。

晁盖付得起这个成本，他有宋江、朱仝、雷横等人情资本。所以，他逃脱了法律的惩罚。

宋江付得起这个成本，除了他平时用银子积累起来的人际关系成本外，他对朱仝说："上下官司之事，全望兄长维持。金帛使用，只顾来取。"所以，他也逃脱了法律的惩罚。

唐牛儿付不起这个成本，他既无现时的银子，又无过去积累的人脉。所以，他就成了替罪羊，几乎是代替宋江，受到了法律的惩罚。

在这样的情形之下，就会出现两个问题：

一是你付得起这个代价，你就无须在乎法律。

这就是为什么在这样的社会里，总有人无法无天，因为他们有权、有势、有关系、有钱。

二是法律成为法门。

什么法门？相关人员敛财的方便法门。既有人拿钱买法，相关人员就可以卖法。

这就是为什么在这样的社会里，总有人以权谋私，权力寻租。

结果是，一件案子涉及的三方——受害者、加害者、执法者，变成了这样的三方——受害者、付钱者、收钱者。

我们发现，法律没有了。法律哪里去了？

帮收钱的执法者数钱去了。

受害者冤沉大海。加害者付了钱逍遥法外。执法者收了钱中饱私囊。

刘唐传书，其中有计

回到宋江的命运上来。

宋江逃走了。

随着宋江离郓城县越来越远，他离梁山越来越近了。

这也许是命运的安排，却也是宋江自身性格的必然结果。

他曾经是八面玲珑的县级小吏，但是骨子里，他却是包藏雄心、头角峥嵘的豪杰之士。

无法想象他这样的人，会一辈子做一个押司，每日处理无聊而烦琐的来往公文，直至英雄老去。

尤其是刘唐传书以后。

刘唐传书，是改变宋江人生轨迹的一个大关节。

这绝不仅仅因为刘唐带来的那一封书信，给宋江带来了杀人之祸，把他推离了原先的生活轨道，这里面还有更大的更深层次的心理上的推动。

实际上就有人认为，刘唐传书，乃是吴用的一个阴谋，其目的就是逼宋江上山。这个说法太令人震惊了，有这回事吗？

提出这个惊人见解的学者是我非常尊敬的《水浒传》研究者马幼垣先生。

马幼垣先生曾为此专门写过一篇文章《刘唐传书的背后》。他认为，吴用派刘唐给宋江送感谢信，送金子，其目的绝不是简单地表达感谢，而是另有更大的目的。那就是故意拖宋江下水，逼他上梁山。

马幼垣先生是这样分析的：

首先，刘唐的外形易于被人认出——他头上有一撮红毛，人称“赤发鬼”，并且还曾经被雷横及其手下土兵捕捉过，而他却并不很认识宋江。

为什么？因为他和宋江见面，就是在晁盖庄上，宋江来送信，匆匆忙忙给大家拱了拱手，转身就走，谁也没看清他，更不要说事后的印象了。

郓城县很多人认识刘唐，他又不认识宋江，派他来送信送金子，危险可想而知。刘唐来到郓城县，还在县衙前探头探脑，东张西望，很容易被刚刚发生过大案因而高度警惕的郓城县捕捉。

吴用就是想——

第一，不惜牺牲刘唐，让宋江暴露，逼宋江下水。

第二，即使刘唐不暴露，宋江也一定会留下书信，而这封详细表达感谢的书信或许会落入他人之手，给宋江带来麻烦，让他暴露。

我觉得，马幼垣先生的这个推论不能说没有道理，但是在情理上却有些过分了。

我觉得他的推论对了一半：吴用确实想拉宋江上山，但不是用什么计策让他暴露，逼他上山，而是无论在信中，还是让刘唐传话，都极力描述梁山的兴旺，晁盖等众兄弟的得志，以此吸引宋江上山。至少给宋江一个深刻的印象，在他的心里埋下一个大大的伏笔。

这个目的，吴用还真的达到了。

我们来看看刘唐对宋江说的话。

刘唐道："晁头领哥哥，再三拜上大恩人。得蒙救了性命，见今做了梁山泊主都头领。吴学究做了军师，公孙胜同掌兵权。林冲一力维持，火并了王伦。山寨里原有杜迁、宋万、朱贵，和俺弟兄七个，共是十一个头领。见今山寨里聚集得七八百人，粮食不计其数。只想兄长大恩，无可报答，特使刘唐赍一封书，并黄金一百两，相谢押司，再去谢那朱都头。"

你看，刘唐说的，全是山寨的兴旺发达。

信里又写了什么呢？

后来阎婆惜看了，发现"上面写着晁盖并许多事务"。你表示感谢，何必写着梁山的许多事务？

可以想见，这许多事务，不外乎就是描述山寨的兴旺气象，让宋江感觉到，那是一个可以大干一场的地方！

马幼垣先生非常正确地指出，如果仅仅为了表示感谢，为安全计，叫刘唐口头表达即可。即使吴用觉得有封书信才够礼貌，也尽可以十分含蓄，简函一纸，"日前承助，功同再造，铭感不在言宣，详情容来者面陈不赘"即可。何必来一封总报告式的长信？

马幼垣先生的答案是：吴用寄望于这封信落入他人之手，让宋江暗通梁山之事暴露，逼宋江上山。

是这样吗？

我觉得马幼垣先生的这个推想太大胆了。

第一，这封信落入他人之手的可能性微乎其微，因为宋江是个极其谨慎的人。宋江看完之后，当时就想烧掉，只是碍于刘唐的面子没有付诸实施。送走刘唐，宋江正要回到下处烧信，却又被阎婆撞见，后来信件落入阎婆惜之手，非常偶然。吴用总不至于把希望寄托在偶然事故上。

第二，宋江即使暴露，也未必有机会上梁山，也未必就会上梁山。

后来宋江杀了阎婆惜，亡命江湖，柴进庄园、白虎山、清风山，一一去过，就是没有去梁山。

我的答案是：吴用的真正目的，是让宋江读完此信后，对梁山产生向往之情，诱宋江上山。

我的答案马上就应验了。

宋江收了信，金子却推来推去，只收了一条，一起插在招文袋内。然后慌慌张张地送走了刘唐，自慢慢行回下处来，一边走，一边肚里寻思道："早是没做公的看见，争些儿惹出一场大事来！"

这是惊吓的。但是，与此同时，他又在想：

那晁盖倒去落了草，直如此大弄。

这里面有多少暗中的羡慕啊！面对着以前兄弟的"大弄"，自命不凡的宋江，胸中顿起波澜。

流亡之路，直通梁山

宋江是一个有着强烈的自我价值实现欲望的人。

根据马斯诺的五个需求理论，人有五个层次的需求：生理需求、安全需求、归属需求、尊重需求和自我实现需求。

应该说，家属地主，又在郓城县做个押司这样的小吏，他的生理需求、安全需求、归属需求都没有问题，以宋江的智慧和能力，他也获得了广泛的尊重和爱戴。

但是，押司这样的一个身份，无法满足他的自我实现的需求。

押司，宋时办理文书、狱讼的地方胥吏，在官员指挥下，负责处理具体政务，特别是经办各类官府文书的低级办事人员。他们主要是具有一定文化水平和经济水平的平民，在身份上与一般经科举入仕的官员截然不同，政治、社会地位都相当卑下。而且，在唐以后，逐渐严格区分官、吏，一个人一旦做吏，一般情况下就不能再做官，所以，宋江实际上已经自断前程。

但是，他这样的人，让他一辈子屈沉吏员，他是不能容忍的。

所以，晁盖现在呼风唤雨、统御众多头领和七八百喽啰的风光，触动了他心中隐藏很深的那根弦。

吴用为什么派刘唐给宋江送信送金子？

那就是告诉宋江：我们现在位尊而多金。比下级小吏如何？

宋江果然心中波澜顿起。

现在，他已经在流亡的路上。

而这条路，却通向梁山。

我们暂时还看不出，宋江自己也未必知道，但是，事实会证明这一切。

四 行走江湖

宋江对江湖英雄，有一种天然笼络的欲望。这是领袖人物最重要的素质。这世界上，有人爱人，有人爱财。爱财的人，常常卖人以求财；爱人的人，常常散财以爱人。

投奔柴进，吃了一颗定心丸

宋江在家中地窖子里被朱仝找到，朱仝劝他赶紧逃走。朱仝走后，宋江从地窖子出来，和弟弟拜辞了父亲宋太公，连夜出逃。逃哪里去呢？

兄弟二人商量后，直奔沧州，去投奔此前有过书信来往却不曾见面的柴进。

宋江和柴进通过信，互相表达过向往之情，却没有见过面。此次宋江来投，柴进非常高兴。

宋江道："今日宋江不才，做出一件没出豁的事来。弟兄二人寻思，无处安身，想起大官人仗义疏财，特来投奔。"

柴进听罢，笑道："兄长放心！遮莫做下十恶大罪，既到敝庄，但不用忧心。不是柴进夸口，任他捕盗官军，不敢正眼儿觑着小庄。"——这是第一次笑。

宋江便把杀了阎婆惜的事，一一告诉了一遍。柴进笑将起来，说道："兄长放心。便杀了朝廷的命官，劫了府库的财物，柴进也敢藏在庄里。"——这是第二次笑。

柴进两次笑，笑什么？

笑王法！笑朝廷！

按说人家杀了人，人命在身，逃在江湖，总该有些沉重。但柴进没事似的，十分轻松。

我们在上一讲里讲到了那么多的目无王法之人，这儿又出来一个！而且如果说前面那些人都是无法，这一个简直就是无天！他如此胆大包天，简直不把朝廷放在眼里！

柴进的这番话，赤裸裸地表达了他对朝廷的蔑视，对王法的嘲弄。

柴进的这一番话，就给了宋江一颗定心丸，比起自家的阴暗狭小、不见天日、令人提心吊胆的地窖子，柴进宽敞阳光的大庄园，简直就是天堂。

接着便是酒宴招待，席间互道仰慕之情，并说些江湖上的勾当。直吃到初更，宋江有些醉了，起身去净手。却不小心冲撞了一条大汉，这大汉在廊前用一锨火在那里向火。宋江仰着脸，不小心一脚正踏在火锨柄上，把那火锨里炭火，都掀在那汉脸上。那汉吃了一惊，惊出一身汗来。

那汉气将起来，把宋江劈胸揪住就要打，这个一肚皮怒气的大汉是谁呢？就是武松。

一顿饭是恩人，十顿饭是仇人

随行的庄客慌忙叫道："不得无礼！这位是大官人最相待的客官。"

那汉道："'客官'，'客官'，我初来时也是客官，也曾'最相待'过，如今却听庄客搬口，便疏慢了我，正是'人无千日好，花无百日红'！"

看来，武松不仅是一肚皮怒气，还有一肚皮怨气。

正劝不开，柴大官人赶到。柴进笑道："大汉，你不认得这位奢遮（了不起）的押司？"

那汉道："奢遮杀，问他敢比不得郓城宋押司？"

柴进大笑道："大汉，你认得宋押司不？"

那汉道："我虽不曾认得，江湖上久闻他是个及时雨宋公明，是个天下闻名的好汉。"

大家注意了，这是宋江行走江湖以后，第一次碰到这样的场景：当着他的面，一个不认识他的人，说出对他无限景仰的话来。这种带有很强戏剧性的场景，从此以后多次出现，几乎成了一个套路。

但是，这里却有一个问题。那就是，宋江真的有这么大的江湖名声吗？

《水浒传》作者在宋江第一次出场时，有一段文字，单表宋江的好处，其中讲到他的江湖名声时，这样说：

平生只好结识江湖上好汉，但有人来投奔他的，若高若低，无有不纳，便留在庄上馆谷，终日追陪，并无厌倦；若要起身，尽力资助，端的是挥金似土。……济人贫苦，赒人之急，扶人之困，以此山东、河北闻名，都称他做“及时雨”，却把他比做天上下的及时雨一般，能救万物。

但是，除了这样的预设结论，试图强行给读者灌输有关宋江声名远播的印象外，《水浒传》中却缺少相应的例证。相反的例证倒不少，比如，“生辰纲一案”七人里，只有晁盖认识宋江。远方来的刘唐、公孙胜，不仅不认识宋江，也没想到要投奔他；不远处的石碣村的阮氏三兄弟不认识他，就连近在眼前的吴用，也不认识他，只是听说过他的大名。

后来梁山的一百零八人里面，他此前认识的人，除了他自己，也就自己的兄弟宋清，同事朱仝、雷横，朋友小李广花荣，徒弟毛头星孔明、独火星孔亮，柴进只是通过信。而且，这些人全部没有受过他接济的迹象。此前受过他恩惠的，只有阎婆母女和唐牛儿，后来阎婆母女与他还成了杀身仇人，唐牛儿还为他无辜充军。

这，可以说是《水浒传》的一个粗疏之处吧。

而更难的，是“终日追陪，并无厌倦”。武松接着说：

他便是真大丈夫，有头有尾，有始有终。我如今只等病好时，便去投奔他。

武松为什么说这样的话？这是发泄对柴进的不满。

柴进做的确实有问题。比如今晚，宋江兄弟来投，他很高兴设宴招待，却把武松忘得一干二净，由他一个人病着，独自在廊檐下烤火取暖。这哪里是对待英雄的方式呢？这哪里有兄弟的情分呢？

但是，话又说回来，武松也有不是。

武松初来投奔柴进时，柴进也一般接纳管待；次后在庄上，但吃醉了酒，性气刚，庄客有些顾管不到处，他便要下拳打他们，因此满庄里庄客，没一个道他好。众人只是嫌他，都去柴进面前，告诉他许多不是处。柴进虽然不赶他，只是相待得慢了。

怠慢了武松，武松心中就有怨气。有怨气，就要指桑骂槐。而且还把柴进和宋江做一个暗中的比较，贬低柴进。

那么，宋江真是《水浒传》作者所说的那样，对来投奔的人，终日追陪，并无厌倦？像武松所说的那样，对待江湖好汉，有头有尾，有始有终？

我觉得无论从事实上，还是从情理上讲，这里仍然有问题。

其实，接济接济他人，不难，难就难在“终日追陪，并无厌倦”这八个字。俗语说，一顿饭是朋友，十顿饭是仇人。为什么？因为，吃到十顿饭了，朋友还赖着，你就没有耐心了；你没有耐心了，哪怕你不赶他走，他也能感觉到你的态度“很不够朋友”了。于是，他会带着对你的失望而离开。从此以后，你们的友谊也终结了。

柴进之于武松，就是典型的例子。

实际上，当你对别人足够好，而对方心安理得地长时间地接受你的好时，你只有一种结果：不是天使，就是魔鬼。

你是天使还是魔鬼，就看你有没有足够的耐心：他一直待下去，你一直终日追陪，并无厌倦，你就是天使；

你厌倦的那一天，你就成了魔鬼。

可是，你也只是个人，要做天使，要一直做天使，何等难！

但是，你已经没有了做一般人的机会，哪怕你比一般人做的好得多，但是，只要你一日厌倦，你便是人们眼中的魔鬼！

柴进就是这样，一年的接济，换来的是武松的怨恨。

柴进实在是冤枉。

宋江就真的能做到一直是天使吗？

不知道。为什么我这样说呢？

因为没有事实证明宋江能做到这样。

第一，如前所说，《水浒传》也不过这样说说而已，却没有举出任何一个例证。

相反，那个在武松眼里一开始是天使，后来成为魔鬼的柴进，倒是真的至少做过很长时间的天使，梁山不少好汉都得到过他的接济。而宋江，他是否做过一天天使，都没有实证。

第二，如果说我们没有发现宋江什么时候失去过耐心，对来客生过厌倦之心，那可能不是宋江的耐心好，而是宋江运气好，碰到的江湖上的朋友都是明白人，用上海话说，叫拎得清，不到主人厌烦，就自动打起包裹走人。

像武松这样，我们可以问问他：你有什么资格和理由赖在朋友家里，不断地考验他的耐心，不断地挑战他忍耐的极限呢？

柴进的运气不够好，虽然他事实上做得比宋江好，但他碰到的是少不更事的武松。武松在他那里，一住就是一年，还乱发脾气，拳头对人，然后骂人：“人无千日好，花无百日红。”其实“人无千日好，花无百日红”是正常的。千日好的人，是木乃伊；百日红的花，是塑料花。

一个人能走多远，要看他能摆脱多少诱惑

听说武松要去投奔宋江，柴进指着宋江，便道："此位便是及时雨宋公明。"

那汉道："真个也不是？"

宋江道："小可便是宋江。"

那汉定睛看了看，纳头便拜，说道："我不是梦里么？与兄长相见！"

宋江大喜，携住武松的手，一同到后堂席上，便唤宋清与武松相见。

柴进叫再整杯盘来，劝三人痛饮。宋江在灯下看那武松时，果然是一条好汉。身躯凛凛，相貌堂堂。话语轩昂，心雄胆大。

宋江看了武松这表人物，心中甚喜。

有意思的是，宋江的外貌是面黑身矮。《水浒传》中有三个著名的矮子：武大郎、王矮虎和宋江。前二者外形和内质差不多，矮短身材和人格的委顿、委琐相互统一。而宋江却不然，在他的矮短身形之中，却蕴藏着极大的能量、盖世的胸襟和领袖的气质。《水浒传》中，凡作者刻意加以褒扬的人物，作者都极写他们身形的庞大。如鲁智深是写得体格宽大，面阔口方；武松是身长八尺，相貌堂堂，让宋江在灯下一看便喜；李逵是一条黑凛凛的大汉，让宋江在楼上一见便惊。

其他人以体格与武功行侠仗义，宋江以文化、气质、魅力来领袖群雄。所以，作者故意把他写成又黑又矮，这与写其他人形成强烈反差，甚至，故意和宋江本人识鉴人物的眼光相反：宋江在灯下看武松一表人才，便倾心结交。如果武松也是用这种眼光，武松凭什么和又黑又矮的他结交呢？就是他自己，如果用这种眼光看自己，又会是什么感受呢？

据说曹操有这样一个故事：

> 魏武将见匈奴使，自以形陋，不足雄远国，使崔季圭代，帝自捉刀立床头。既毕，令间谍问曰："魏王何如？"匈奴使答曰："魏王雅望非常（气质高雅，不同寻常），然床头捉刀人，此乃英雄也。"魏武闻之，追杀此使。（见南朝宋刘义庆《世说新语·容止》）

曹操也是一个领袖群伦的人物，可是对自己的长相也不大自信。

但是，这并不减少他的英雄气质。《魏氏春秋》说曹操是："武王姿貌短小，而神明英发。"

而且，俗眼只能看相貌，慧眼才能穿越相貌看到那种隐含的英雄气象。

慧眼、慧眼，慧不在眼，在心胸。

曹操为何要杀那个匈奴使者？因为这个使者能看穿他。

能看穿他的人，必是英雄。

不能为我所用的英雄，不如早点杀掉。

其貌不扬的宋江，自有其过人之处。

他的过人之处首先就体现在他能知人。他能一眼就把一个真正的英雄从芸芸众生中鉴别出来。比如他对武松，对李逵，都能一眼就看出他们的不凡，看出他们的价值。

魏刘邵在《人物志·自序》中写道："夫圣贤之所美，莫美乎聪明，聪明之所贵，莫贵乎知人，知人诚智，则众材得其序而庶绩之业兴矣。"

宋江就有这样的知人之贵。

既然能够识别出英雄来，那么接下来又怎样呢？

就加以笼络。

宋江对江湖英雄，有一种天然的笼络的欲望。这是领袖人物最重要的素质。

这世界上，有人爱人，有人爱财。

爱财的人，常常卖人以求财。

爱人的人，常常散财以笼人。

有人见钱眼开，俗话说，黑眼珠见不得白银子。宋江却是见人眼开，一见到真正的英雄好汉，他马上青眼有加。而对于银子，他是不放在眼里的。

当初刘唐给宋江送来一百两黄金、不是小数目，而宋江当初担着血海也似的干系，舍着性命救了晁盖等人，接受这一百两金子也是受之无愧，何况晁盖等人现在有的是金子。

但是，如果宋江这样想，就不是宋江了，就是一个普通人了。

凭宋江的能力，他要做一个富家翁、一个小财主，那是很容易的事。

但是，宋江这样的人，他怎么可能对这些感兴趣呢！

潜意识里，他一定有着一个更大的目标，虽然这个目标是什么，他此时未必清楚。

但是，他知道他要走得更远。

一个人能走多远，要看他能摆脱多少诱惑。

要看看还有多少东西能够诱惑他。

成大事者有大量，对大英雄需小心

酒罢，宋江就留武松在西轩下做一处安歇。

过了数日，宋江将出些银两来与武松做衣裳。

我们看看，宋江自从见到武松，几乎是迫不及待，接连表示亲热：

先是一手携着武松，就请他一起上坐——坐一条板凳。

接着是酒席上的青眼相看，酒罢，又留武松一处安歇——睡一张床。

再接下来，就是出钱为武松做衣服——恨不得穿一条裤子。

你看宋江，面对初次见面的武松，是如何赔着小心来结交他。

一个人，无论是要做大人，还是要做大事，都先要有一颗小心。

这个小心，就是谦卑心、恭敬心、敬畏心、责任心、细心、爱心、诚心。

按说，宋江较之武松，岁数比他大，江湖名声比他大，完全可以在武松面前充大。但他不，他是伏小。

出钱帮武松做衣服，明显地让柴进难看，柴进很可能心中不快。但宋江顾不得了，在宋江眼里，武松更重要。

果然，宋江此举，挤兑得柴进难看。柴进赶紧取出一箱缎匹绸绢，教做三人的称体衣裳。

宋江赚大发了。

不仅兄弟二人的新衣服有了，更重要的是，他几乎是用柴进的钱，买了武松的心。

柴进在这里，慢了一步。

为什么慢了一步？

还是不够用心。

宋江对人，一个最大优点，就是用心。

你说他工于心计也好，你说他有心机有城府也好，你怎么评价是一回事，事实上他确实是用心了。

有了这个用心，他才能买到武松的心。

不仅买了武松的心，武松原先的那些坏脾气，坏毛病，都好了。

《水浒传》这样写：“宋江每日带挈他一处，饮酒相陪，武松的前病都不发了。”

这说明什么？

第一，宋江有足够的感召力，可以让人在他面前自动收敛。

第二，武松有足够的自制力，可以让他在需要的时候控制自己。这是他与李逵的不同。

十多天后，武松要回清河县看望哥哥。柴进取出些金银，送与武松，武松谢道："实是多多相扰了大官人。"

在宋江的教育下，武松对柴进的态度也改变了，对柴进的评价也客观了，牢骚少了，理解多了，武松懂事了。

武松缚了包裹，拴了哨棒，要行。柴进又治酒食送路，宋江和兄弟宋清两个也来送武松，待他辞了柴大官人，宋江又道："大官人，暂别了便来。"

这也是不平常的，因为，不管怎么说，武松是柴进的客人，怎么送，应该由柴进决定。

主人都不再远送了，宋江却还要再送一送。

柴进可能会不高兴，但宋江不管。

大家都知道宋江架空晁盖的事，实际上，在此之前，他已经架空了柴进。作为客人，他架空了主人。

他此前拿钱给武松买衣服，此时又要再送武松一程，都是在架空柴进。

这样做，就显示出宋江对武松特别青睐，特别地高看一眼，特别地依依不舍，宋江对武松比柴进更加亲密。

就和武松的关系而言，宋江与武松相处的十几天，胜过柴进的一年。

宋江让柴进留步，自己带着兄弟宋清再送武松，一直送到十里开外。在一个小酒店，三人饮了几杯，看看红日平西，武松便道："天色将晚，哥哥不弃武二时，就此受武二四拜，拜为义兄。"

宋江大喜。武松纳头拜了四拜，宋江叫宋清身边取出一锭十两银子，送与武松。武松哪里肯受，说道："哥哥客中自用盘费。"宋江道："贤弟不必多虑。你若推却，我便不认你做兄弟。"

你看这句话，分明主导权已经在自己了。

也怪，人和人在一起，往往不用多长时间，马上就自然形成了主导与被主导、支配与被支配的关系。

决定这种主导者身份的，有时是原先的社会地位，有时是名望，有时是教养，有时是年龄，有时是一种气质。

我们在李逵一篇里曾经讲到，宋江是如何在极短的时间里便确立了对李逵的控制权，包括戴宗。宋江那时的社会地位只是一个囚犯，而戴宗、李逵还是管教干部，但是，大家一见面，马上就形成了宋江主导的局势。囚犯领导管教干部了。

此时，宋江给我们展示了，他在极短的时间里如何让武松心悦诚服、甘心受命的。我们知道，武松可以说是梁山一百零八人中最为傲慢、最自我欣赏、最唯我独尊的人物，但是在宋江面前，他毕恭毕敬。

宋江凭什么做到这些的呢？

宋江有名望。

宋江有教养，有文化。

宋江有年龄优势。

宋江能宽容。

宋江能小心。

更重要的是，宋江有一种领袖的气质，一种领袖的心态。

我们现在说智商、情商、财商等等，还有一种人，天生具有领袖商。

宋江就是具有领袖商的人。

宋江自从出走江湖，一路上都在笼络英雄。武松是第一个。

一个问题是，一个安分守己的人，为何要结交这么多的江湖好汉？

一个总是把这些无法无天的江湖好汉笼络在自己身边的人，他到底要干什么呢？

五　枭雄本色

鲁达可以成仁，可以成圣，可以成佛，可以成仙；宋江则可以成功，可以成名，可以成霸业。一句话，鲁达可以成人，宋江可以成事。

惊魂一场，穿针引线

武松走后，宋江在柴进庄上一住就是半年。恐父亲烦恼，先发付兄弟宋清归去。随后他又应孔太公之邀，到了白虎山孔太公庄上住了半年。在那里再次碰到武松，此时的武松已经在孟州血溅鸳鸯楼，只好去二龙山落草。而宋江，又要去清风寨找花荣。二人分别以后，宋江一人往清风山走来，在夜晚的清风山山道上，被一条绊脚索绊倒，随后走出十四五个伏路小喽啰来，把宋江捉翻，一条麻索缚了，将宋江解上山来。

押到山寨里，小喽啰把宋江捆做粽子状，绑在将军柱上。小喽啰说道："等大王酒醒时，却请起来，剖这牛子心肝做醒酒汤，我们大家吃块新鲜肉。"

到二三更天气，大王起来了。这个大王是谁呢？就是锦毛虎燕顺。

燕顺一看绑着个人，道："正好！快去与我请得二位大王来同吃。"

这里的描写，很像《西游记》中类似的场景。

《西游记》写的是妖怪，《水浒传》写的是人类。

其实，《西游记》中的妖怪，就是人类；《水浒传》中的人类，往往也就是妖怪。

小喽啰去不多时，只见厅侧两边走上两个好汉来：矮脚虎王英和白面郎君郑天寿。

当下三个头领坐下，王矮虎便道："孩儿们快动手，取下这牛子心肝来，造三分醒酒酸辣汤来！"

一个小喽啰掇一大铜盆水来，放在宋江面前；又一个小喽啰卷起袖子，手中拿着一把明晃晃剜心尖刀。那个掇水的小喽啰，便把双手泼起水来，浇那宋江心窝里。宋江叹口气道："可惜宋江死在这里！"

燕顺一听"宋江"两字，便起身来问道："兀那汉子，你认得宋江？"

宋江道："只我便是宋江。"

燕顺吃了一惊，等到确定他就是郓城县的及时雨宋江，便夺过小喽啰手内尖刀，把麻索都割断了，又把自己身上披的枣红纻丝衲袄脱下来，裹在宋江身上，抱在中间虎皮交椅上，唤起王矮虎、郑天寿，三人纳头便拜。

宋江经历生死两重天，惊魂未定，道："量宋江有何德能，教足下如此挂心错爱！"

燕顺道："仁兄礼贤下士，结纳豪杰，名闻寰海，谁不钦敬！梁山泊近来如此兴旺，四海皆闻，曾有人说道，尽出仁兄之赐。"

燕顺的这句话，有两层含义。第一层，不过说宋江在江湖上名声如何如何。宋江一出场，《水浒》就交代过，武松也说过，无甚新意。

但后面一层，直接说破宋江与梁山的关系。这就有味道了。要知道，这句话在郓城县说，会吓死宋江，阎婆惜就是要说破这层关系，被宋江杀掉的。但是，这句话在江湖上说，却会得意死宋江。

这件事，对朝廷而言，是大罪；对江湖而言，是大功。

宋江突然意识到，在一个世界对他关了门的时候，另一扇大门，已经对他大开。

他在朝廷那边犯下大罪，恰恰是在江湖这边立下大功。

而且，官场那边，即使不出这件事，他也没有什么更大的发展空间。

江湖这边，则蕴含着无限的可能，这才是他大展雄才的场所！

他突然感觉到，此前他的所作所为，他对江湖好汉的特别的感情，原来早就预示着他的今天！

于是，宋江把救晁盖一节，杀阎婆惜一节，以及此后江湖飘蓬，从投柴进到孔太公，以及今次要往清风寨寻小李广花荣这几件事，一一备细说了。

一个值得我们注意的细节是：宋江在柴进那里，是只说了杀阎婆惜这件事的，对他救晁盖一事，他是讳莫如深的！

在清风山，他却对此津津乐道了。

宋江的脚，不知不觉地伸到江湖上来了。

在刚刚认识的强盗面前，你看他是多么融洽，多么兴奋，一口气把他这近两年的行踪、事迹都说了。

这还不算，第二天，兴奋中的他一起床，又诉说路上许多事务，又说武松如何英雄了得。弄得三个头领跌脚懊恨道："我们无缘，若有他来这里十分是好，却恨他投那里去了！"

宋江已经开始帮江湖上的人穿针引线了。

救了一个女人，又害了一个女人

就在宋江做客清风山时，山上出了一件事：王矮虎在山下抢来清风寨知寨刘高的妻子，要她做压寨夫人。

原来，清风寨现在有了两个知寨：文知寨刘高，武知寨花荣。刘高为正，花荣为副。

宋江寻思道："他丈夫既是和花荣同僚，我不救时，明日到那里，须不好看！"

宋江便劝王矮虎放还这个女人。王矮虎不肯，宋江便道："贤弟若要押寨夫人时，日后宋江拣一个停当好的，在下纳财进礼，娶一个伏侍贤弟。只是这个娘子是小人友人同僚正官之妻，怎地做个人情，放了他则个。"

燕顺见宋江坚意要救这妇人，因此不顾王矮虎肯与不肯，喝令轿夫抬了去。那妇人听了这话，插烛也似拜谢宋江，一口一声叫道："谢大王！"

宋江道："恭人，你休谢我，我不是山寨里大王，我自是郓城县客人。"

清风山王矮虎的这件事，令人想起桃花山周通强娶民女被鲁智深制止一事。

但是，一比较，我们发现，不仅王矮虎王英不及周通圆通，宋江也不及鲁达豁达。为什么？

因为，王矮虎不够痛快。

而宋江答应帮王英拣一个好的，日后一定是拿别人的身体青春做人情，显然也不够正直。

他后来果然把《水浒》中第一美女扈三娘一丈青配与了王矮虎，让扈三娘为他的义气作牺牲，救了一个女人，又害了一个女人。

相比而下，鲁达绝不肯做这样的承诺。为什么？因为在鲁达看来，这事是你不对，我只是纠正你的错误，不是耽误你的好事，我不欠你的。我不必承诺你任何条件，为什么？因为这事是你做得不直，我不能奖励你。

更何况，谁也没有权力决定一个女人的命运，鲁达也绝不愿意控制一个女人的意愿，以一个女人的牺牲来兑现自己的义气。无论是用什么借口，包括什么江湖义气。

所以，鲁达豁达，因为他毫无私心。

宋江为什么不能如此豁达？因为他有私心。

私心在哪里？

他要笼络王矮虎。鲁智深对周通，毫无所求，可以相忘于江湖。而宋江心中，王矮虎这类江湖人物，则是他的资本，必须笼络得住。

鲁智深只要讲一个“理”字，所以，正大光明。

宋江则还要讲一个“情”字，所以，人情练达。

鲁达可以成仁，可以成圣，可以成佛，可以成仙。

宋江则可以成功，可以成名，可以成霸业。

一句话，鲁达可以成人，宋江可以成事。

没想到，那个被宋江救下的女人，竟然恩将仇报，反而诬陷宋江是清风山的强盗头子，在宋江投奔花知寨后，唆使自己的丈夫刘高，抓了宋江。

而她的丈夫刘高有更阴险的想法。为了排陷花荣，独占清风寨，暗中给青州知府报告，说花荣暗中勾结清风山强贼，以图把宋江花荣一并害了。

青州府知府慕容彦达看了刘高的文书，便派本州兵马都监黄信连夜下清风寨来。刘知寨和黄信设计，抓了花荣。

黄信要押解宋江、花荣上州里分辩，便叫刘知寨点起一百寨兵防送。刘高也一同随往。在路上却被燕顺、王矮虎、郑天寿打了劫，宋江、花荣被救，黄信逃归清风镇，刘高被清风山众好汉活捉。

当晚都到聚义厅上相会，请宋江、花荣当中坐定，三个好汉对席相陪，宋江道：“且与我拿过刘高那厮来。”

燕顺便道：“把他绑在将军柱上，割腹取心，与哥哥庆喜。”

花荣道：“我亲自下手割这厮！”

把刀去刘高心窝里只一剜，那颗心献在宋江面前，小喽啰自把尸首拖在一边。

宋江道：“今日虽杀了这厮滥污匹夫，只有那个淫妇不曾杀得，出那口怨气。”

王矮虎便道："哥哥放心，我明日自下山去，拿那妇人，今番还我受用。"

我们注意，不知不觉，宋江好像真的成了清风山的贼首了。原先燕顺三人，再加上花荣，都不知不觉服从了他的调度。

玩弄权术，伤天害理

慕容知府得知清风山劫了囚车，杀了刘高，大惊，便差人去请青州指挥司总管本州兵马统制霹雳火秦明（青州军分区司令）。秦明是个急性子，听说反了花荣，愤怒地上马，点起一百马军、四百步军，大刀阔斧，径奔清风寨来。

清风山寨里有了宋江这样的统帅和花荣这样的战将，根本不怕秦明。秦明来势汹汹，却在一夜之间土崩瓦解。在宋江、花荣的指挥下，秦明带出的五百人马，一大半淹死在水中；生擒活捉得一百五七十人，夺了七八十匹好马，不曾逃得一个回去。又用陷马坑活捉了秦明，剥去了他的战袄、衣甲、头盔、军器，拿条绳索绑了，解到聚义厅上来。

下面有一个很值得我们注意的细节。当花荣亲自解了秦明的绳索，取衣服与秦明穿时，秦明问花荣道："这位为头的好汉，却是甚人？"

花荣告诉他，这是郓城县宋押司宋江。

你看，这五位好汉坐在聚义厅上，秦明一眼就看出了谁是为头之人。

宋江在上梁山之前，已经在清风山做了强盗头子了！

秦明道："这宋押司莫不是唤做山东及时雨宋公明么？"

宋江答道："小人便是。"

秦明连忙下拜道："闻名久矣，不想今日得会义士！"

宋江慌忙答礼不迭。

接下来，便是宋江等人劝秦明归顺，秦明道"生是大宋人，死是大宋鬼"，宁死不肯背叛，态度很坚决。于是宋江等人不让秦明下山，不还秦明衣甲，五位好汉轮番把盏，赔话劝酒。秦明一则折腾了半夜，实在困倦；二则吃众好汉劝不过，吃得醉了，扶入帐房睡了。

《水浒》下面有句话："这里众人自去行事，不在话下。"

当秦明在清风山上被殷勤劝酒时，当秦明大醉睡着时，宋江安排这些人在干什么呢？

他们派人穿上秦明的衣甲，冒充秦明，引着人马去佯攻青州城，把城外一个数百人家的村落一把火烧个精光，杀死村民男女老幼不计其数！

他们为什么要这样做呢？

就是要拉秦明入伙，绝了他的归路！

这些暴行施行之时，秦明一无所知，暴行的策划人宋江，还和其他几位一起，假充敬重秦明，殷勤劝酒！

第二天，秦明一觉直睡到次日辰牌（上午八点左右）方醒，跳将起来，洗漱罢，便要下山。众好汉还都来假惺惺相留，道："总管，且吃早饭动身，送下山去。"秦明是性急的人，便要下山。众人慌忙安排些酒食管待了，取出头盔、衣甲，与秦明披挂了，牵过那匹马来，并狼牙棒，五位好汉都送秦明下山来，相别了。

秦明上了马，拿着狼牙棒，趁天色大明，离了清风山，取路飞奔青州来。远远地望见烟尘乱起，并无一个人来往。秦明见了，心中自有八分疑忌，到得城外看时，原来旧有数百人家，却都被火烧做白地，一片瓦砾场上，横七竖八，杀死的男子妇人，不计其数。

秦明看了大惊，跑到城边，大叫开门时，只见门边吊桥高拽起了，都摆列着军士旌旗，檑木炮石。

秦明勒着马大叫："城上放下吊桥，度我入城。"城上看见是秦明，便擂起鼓来，呐着喊。

秦明叫道："我是秦总管，如何不放我入城？"

只见慕容知府立在城墙边大喝道："反贼，你如何不识羞耻！昨夜引人马来打城子，把许多好百姓杀了，又把许多房屋烧了，今日兀自又来赚哄城门。朝廷须不曾亏负了你，你这厮倒如何行此不仁！已自差人奏闻朝廷去了，早晚拿住你时，把你这厮碎尸万段！"

秦明大叫冤枉，知府喝道："我如何不认得你这厮的马匹、衣甲、军器、头盔！城上众人明明地见你指拨红头子杀人放火，你如何赖得过？……你如今指望赚开城门取老小，你的妻子今早已都杀了！你若不信，与你头看！"

军士把枪将秦明妻子首级挑起在枪上，叫秦明看。秦明是个性急的人，看了浑家首级，气破胸脯，分说不得，只叫得苦屈。城上弩箭如雨点般射将下来，秦明只得回避。

秦明回马在瓦砾场上，恨不得寻个死处，肚里寻思了半晌，纵马再回旧路。行不得十来里，只见林子里转出一伙人马来，当先五匹马上五个好汉，不是别人，宋江、花荣、燕顺、王英、郑天寿，随从一二百小喽啰。宋江在马上欠身道："总管何不回青州，独自一骑投何处去？"

你看宋江的口气，何等可恨！

秦明见问，怒气道："不知是那个天不盖、地不载、该剐的贼，装做我去打了城子，坏了百姓人家房屋，杀害良民，倒结果了我一家老小，闪得我如今上天无路，入地无门！我若寻见那人时，直打碎这条狼牙棒便罢！"

这段话骂得好啊！这是秦明骂宋江的，也是作者施耐庵骂宋江的，更是我们读者骂宋江的！

宋江一生，玩弄权术，干过不少伤天害理的缺德事，这是头一件，也是最大的一件。

数百的无辜百姓，秦明的一家老小，都被他玩死了！

他还得意扬扬、毫不歉疚！

视妻小如敝屣，一帮人全无心肝

宋江便道："总管息怒。既然没了夫人，不妨，小人自当与总管做媒。我有个好见识，请总管回去，这里难说，且请到山寨里告禀。一同便往。"

对别人的灭门惨祸，你看宋江是如何轻描淡写！

夫人被杀，悬头城门，竟然是"不妨"！

为何不妨？

对秦明而言，再娶一个就是！

对我宋江而言，再做一次媒而已！

不独秦明夫妻之情不在考虑之中，就是秦明的妻子，也不过就是毫无自我生命价值的符号。她的生死，唯一的意义就是秦明有无老婆，只要秦明再找到一个老婆，抹去她，不就是涂改一下婚书上的名称吗！

宋江这句话里包含的种种观念，实在野蛮之极！

被蒙在鼓里的秦明只得随顺，再回清风山来。到了聚义厅上，宋江开话道："总管休怪。昨日因留总管在山，坚意不肯，却是宋江定出这条计来，叫小卒似总管模样的，却穿了足下的衣甲、头盔，骑着那马，横着狼牙棒，直奔青州城下，点拨红头子杀人。燕顺、王矮虎带领五十余人助战，只做总管去家中取老小。因此杀人放火，先绝了总管归路的念头。今日众人特地请罪！"

宋江是一个为达目的不择手段的人。

干了这样伤天害理的事，宋江敢于这样坦然告知，不怕秦明这样的霹雳火，他是有自信的。

果然，秦明见说了，虽然怒气在心，欲待要和宋江等斯拼，但是终于还是按捺了下来。为什么呢？

《水浒》给出的解释是：

一则是上界星辰契合；二乃被他们软困，以礼待之；三则又怕斗他们不过。

这个以脾气暴躁著称的人，只能叹一口气，道："你们弟兄虽是好意要留秦明，只是害得我忒毒些个，断送了我妻小一家人口。"

秦明是个没脑子的人，他们这样做，怎么倒是好意了？从个人命运上讲，秦明造反，比以前好吗？更何况还有一个做人的原则，他自己曾经说自己："生是大宋人，死是大宋鬼。"现在被弄得不人不鬼，还是什么好意？

宋江答道："不恁地时，兄长如何肯死心塌地？若是没了嫂嫂夫人，花知寨有一妹，甚是贤慧，他情愿赔出，立办装奁，与总管为室如何？"

又牺牲一个！

宋江凭什么就这样随便决定别人的命运？！

你与花荣，不过是朋友，且多时没有见面。你刚刚得知花荣有一个妹妹，还没有见过这个女孩，甚至都没有征求花荣的意见，就拿来做了你的筹码，做了你的资本，让这个小妹妹的青春和终身幸福去为你的缺德买单！

《水浒》接着写道："秦明见众人如此相敬相爱，方才放心归顺。"

这是相敬相爱吗？

这种相敬相爱，何等可怕！

接下来，众人都让宋江在居中坐了，秦明上首，花荣肩下，三位好汉依次而坐。

你看，在梁山排座次之前，清风山上，已经排了一次。并且，就是宋江为首！

接下来，大吹大擂饮酒，这一帮全无心肝的家伙，还要商议打清风寨。

秦明道："这事容易，不须众弟兄费心。黄信那人亦是治下，二者是秦明教他的武艺，三乃和我过的最好。明日我便先去叫开栅门，一席话说他入伙投降，就取了花知寨宝眷，拿了刘高的泼妇，与仁兄报仇雪恨，作进见之礼，如何？”

这秦明，实在是混蛋。

自己刚刚不得已，被别人绝了归路，马上就又要拉别人下水。

所谓的江湖义气，追寻到最后，往往恰恰是极端自我中心，极端自私！

杀了三个女人，又卖了两个女人

说白了，打清风寨，就是为了两个女人：

一是花荣的妹妹，为了给秦明做填房；

二是刘高的老婆，为了给宋江报仇。

第二天，秦明单枪匹马去清风寨劝降黄信。黄信听说有宋江在清风山，马上就归顺了。这又是一个为了所谓的江湖义气而完全不知道自己身为朝廷命官、守土有责的人。

黄信归顺的直接成果，就是三个女人的命运：

一个女人被杀，一个女人被卖，一个女人死不瞑目。

被杀的是刘高的老婆。宋江恨她入骨，当然是死路一条，好色成性的王英还想收用，却被燕顺一刀挥为两截。

被卖的是花荣的妹妹。打下清风寨的次日，宋江和黄信主婚，燕顺、王矮虎、郑天寿做媒说合，这个妹子就嫁与秦明了！

也就是说，这个小姑娘，从告知她到出阁成新娘，只有一天的时间，而且是在经历了如此大的变故惊魂未定之时！

更糟糕的是，她嫁的人，不仅脾气暴躁，以“霹雳火”的绰号闻名，而且是一个全无心肝的家伙！

从秦明的原配夫人被杀，到秦明吹吹打打再入洞房，中间不到三天！

此时，秦明原配夫人的头颅还挂在青州城门上！

她，实际上也是被宋江杀死的，而且，还死不瞑目。

秦明在洞房中搂着新媳妇的时候，晚上会不会做噩梦！

前面我们说过，秦明没头脑，现在我们看，秦明更没心肝！

一个人，没头脑，还可以原谅；没心肝，简直是畜生。与这等没心肝的男人为妻，秦明的原配是可怜的；秦明的继室，花荣的妹妹是委屈的。并且，更加可怜！

宋江甫出江湖，真是出手不凡，接连做了几件大事，几件缺德的大事。

宋江，因为杀了一个女人而流落江湖。可是，到了江湖以后，初次出手，不算青州城外那个被宋江烧做瓦砾场的村庄里被杀的男男女女，他竟然又让两个女人丧命，一个女人被出卖了幸福，而且，我们要记得，他还预卖了一个给王矮虎！

检点一下宋江一年来的成绩：

杀了三个女人。

卖了一个女人。

预卖了一个女人。

这宋江，真是大英雄！

一个对女人冷酷无情的大英雄！

现在，他杀了很多人，也笼络了一些人，还拉了三个人下水。这个郓城县来的客人，一下子反客为主，把青州闹得狼烟四起，直接震动了朝廷。

当初，宋江得知晁盖等人在梁山“大弄”时，他禁不住羡慕。现在，他自己终于也在清风山“大弄”了一把，他的内心，定会为自己得意。

那么，接下来，宋江将何以自处，又如何安顿手下的弟兄呢？

六 江湖串联

宋江就像一个雪球，在他滚过的地方，都会有更多的雪黏附到他身上，以至于他越滚越大，大成了气候，大成了真正的江湖老大。

忠孝来了，侠义去了

宋江这个原先的郓城县来的客人，凭着他在江湖上的名声接连折服了清风山上的三位江湖强盗，接着是花荣、秦明和黄信三位朝廷将官。从江湖到朝廷，这些人都入了他的彀中，成了他手下俯首帖耳、服从指挥调度的战将。打下了清风寨，反了花荣、秦明、黄信，直接震动了朝廷。

果然，五七日后，消息传来，朝廷要起大军来征剿，扫荡清风山。清风山这么个小地方，能够抵御朝廷大军的征剿吗?

其实，宋江早已有了后手，那就是去梁山。

我在前面讲过，刘唐传书的真正目的，是要在宋江的心中，刻下梁山的深刻印记，让他时时想着梁山。宋江在活捉秦明、打青州、打清风寨的时候，早就想好了这一步棋。没有这样的后手，没有梁山作后盾，他前面敢如此大张旗鼓地与朝廷作对吗?

一句话，心中有梁山，才敢大闹清风山。

当秦明怀疑梁山不肯接纳时，宋江大笑，扬扬得意地把自己和梁山的渊源和盘托出。

接下来，三二百匹好马，三五百人，浩浩荡荡，分作三起，上梁山去。路过对影山，宋江又拉拢了吕方、郭盛，一起上梁山泊去。一下子就给梁山送去八个好汉。

而宋江自己，却中途变卦了，没有上梁山。这是为什么呢?

原来，为了不出意外，宋江和燕顺二人带领随行十数人，先投梁山泊来接洽。在路上酒店歇脚吃酒时，碰到石将军石勇。石勇给宋江带来了宋清的家书。家书上说，宋太公因病身故，现今停丧在家，专等宋江回家迁葬。宋江读罢，叫声苦，不知高低，自把胸脯捶将起来，自骂道："不孝逆子，做下非为！老父身亡，不能尽人子之道，畜生何异！"自把头去壁上磕撞，哭得昏迷，半晌方才苏醒。

接着，他吩咐燕顺道："不是我寡情薄意，其实只有这个老父记挂，今已没了，只得星夜赶归去，教兄弟们自上山则个。"

刚刚还雄心万丈，义气冲天。雄心万丈是要展现自己，要大干一场；义气冲天是要照拂兄弟，要甘苦与共。怎么一下子他就完全变了，既不要上山实现自己了，也不要兄弟了呢？

这就要讲到宋江自己的内心矛盾问题。

从中国的传统文化观念上讲，"孝""义"有不同的价值取向，有时甚至是互相冲突的。

孝直接延伸到忠。

孔子的学生有子就说过，一个在家庭里懂得孝悌的人，不可能犯上作乱。

《战国策·赵策二》上说："父之孝子，君之忠臣也。"

《吕氏春秋·孝行览》上说："事君不忠，非孝也。"

王通《文中子·周公》里说："孝立则忠遂。"

所以，我们古话常常说"求忠臣必于孝子之门"。

一般人，只要想到孝，必然想到忠。孝心萌动之时，忠心也就占了上风。

那么，义呢？义往往延伸到侠。

而侠却往往会导致对国家法度的触犯。韩非子早就发现了这一点，他说"侠以武犯禁"，就是这个意思。

忠也好，孝也好，是垂直上下的关系。

是天命，是无可逃于天地之间，是不容怀疑与推脱的，甚至极端到不管是什么样的父母，你都得孝；不管是什么样的君主，你都得忠。所以，忠、孝需要的是无条件服从，而无须思考和判断。

但是，义却不然，义很多时候是横向的平等关系。

义者，宜也。是否适宜，就要判断，判断以后，才能决定是否施行。

所以，义的核心，恰恰是判断。孔子说，见得思义，义是要思考的。

忠、孝和侠、义往往使人成为气质不同的人。

忠、孝可以让人变成温顺的良民。

而侠、义却常常使人成为豪杰。

因为忠、孝是服从他者，而侠、义却是显示自我。

“见义勇为”这个词，就说明，“义”可以让人勇于作为。所以，胸中有义气在的人，往往有着强烈的自我肯定、自我欣赏，往往有着强烈的自我实现的欲望。

宋江，就是胸中既有忠孝顺从的一面，又有强烈的自我实现的愿望的人。

宋江救晁盖，实行的是江湖之“义”，违背的却是朝廷之“忠”。他在晁盖命悬一线之时，“义”占了上风，毫不犹豫地放弃了“忠”。

但是，当晁盖上了梁山，接连干了两件惊天动地的大事，犯下弥天大罪的时候，宋江“忠”的一面又开始抬头，又觉得晁盖太过分了，很是担忧晁盖的下场。

再后来，他接到刘唐带来的梁山书信，看到晁盖等人在江湖上弄得有头有脸、有声有色，他又不免暗中羡慕，他的心中，从此有了梁山情结，江湖情结。

不过，他此时还没有落草为寇的想法，所以，流亡途中，他去柴进庄上，去孔太公庄上，去清风寨花荣处，但就是不去梁山泊。

但是，流亡途中，他接触了柴进、武松以及清风山上的众位好汉之后，从这些人对他无比尊崇的态度中，突然发现自己很有江湖资本，完全可以据此有所作为。恰好又被刘高陷害，几种因素结合起来，他的江湖情结一瞬间爆发出来，心中潜伏很深的枭雄欲望爆发出来，以至于大闹清风山，纠集众多强盗豪杰，一起浩浩荡荡投奔梁山。

但是，一封报告父亲死讯的家书，让他发热的头脑一下子冷了下来，他突然如梦初醒，几乎在一瞬间，他的思想完全变了。

忠、孝来了，侠、义去了。

宋江的前半生，可以用两封信来概括：刘唐传书和石勇传书。一封来自江湖，一封来自家庭。一封来自江湖朋友，一封来自家中老父。两封信都在拉他：一封拉他入伙，一封拉他回头。江湖朋友热心，家中老父苦心。刘唐传书，让他心向江湖，野心勃勃；石勇传书，让他归心家国，忠心耿耿。

落草而去还是做个顺民？这是个问题

于是，我们看到，就在这一瞬间，宋江完全变了一个人，让燕顺等人摸不着头脑。

宋江问酒保借笔砚，讨了一幅纸，一头哭着，一面给梁山晁盖写信推荐众位弟兄上山。为了让燕顺等人放心，连封皮也不粘，交与燕顺收了。秦明、花荣等人也不等，飞也似的独自一个去了。

大家是他撺掇来的，到了半途，却抛开大家，自己走了，何等不义！

但是，假如他此时仍然继续上山，置老父遗体于不顾，那又是何等不孝！

人生，常常就是这样让我们左右为难，左右不是，左支右绌，捉襟见肘，留下人生和道德的破绽。

被宋江半路抛下的秦明、花荣等人，一时之间进退两难，只好带着宋江的书信，硬着头皮自己上了梁山。好在晁盖接纳了他们。

而宋江，慌慌忙忙赶回家去。

可是，宋江回到家，却发现他的父亲好好的。原来，宋太公想念宋江，又怕他一时被人撺掇，落草去了，做个不忠不孝的人，为此急急寄书去，唤他归家。

知子莫如父，宋太公对宋江还是很了解的，知道他会落草而去。

但是，他也有对宋江不了解的地方：不是宋江被别人撺掇去落草，而是宋江撺掇别人落草。清风山一行，他就把三个朝廷命官拉下了水。

宋太公没事了，宋江却有事了。郓城县朱仝、雷横二位和他关系好的都头，恰好都出差去了，新添两个赵姓兄弟做都头，一个叫赵能，一个叫赵得，他们听说宋江回来，马上来捉拿。宋江此时也不跑了，挺身而出，随他们去县里自首了。为什么呢？

第一，无处可去了。总不能再去柴进那里、毛太公那里吧？梁山又不能去，不能落草为寇。

第二，他也跑不了。用宋江的话说，这赵能、赵得是刁徒，不知义理，又和宋江没人情，不像朱仝、雷横可以暗中放他逃走。

第三，更重要的是，不必跑了。朝廷正好册立皇太子，已降下一道赦书，应有民间犯了大罪的，尽减一等科断。宋江即使到官，也只该个徒流之罪，不会是死罪。

果然，最后济州府尹对宋江的最后判决是：脊杖二十，刺配江州牢城。当厅带上行枷，押了一道牒文，差两个防送公人，一个张千、一个李万，押解宋江去江州。

从此，宋江开始了他人生的又一个新阶段：流放阶段。

值得一提的是，行前，宋太公唤宋江到僻静处叮嘱道："如今此去，正从梁山泊过，倘或他们下山来劫夺你入伙，切不可依随他，教人骂做不忠不孝。此一节，牢记于心。孩儿，路上慢慢地去。天可怜见，早得回来，父子团圆，兄弟完聚！"

当初宋太公用一封谎报死讯的家信骗宋江回家，是怕他被白虎山的强人撺掇去落草；现在，他又怕宋江被梁山泊的强盗劫夺入伙。**宋太公如此不放心宋江，警告宋江，恰恰说明了，在老父亲的眼中，宋江是一个犯上作乱的高危人物。一定是宋江平时的言行、气质、性格流露出了让宋太公害怕的东西。**

人们一再强调的，往往就是人们最为担心的；

人们最为担心的，往往就是最有可能出现的。

宋江倒也听话，经过梁山泊地面时，为了躲避山上的弟兄，他特地要求两个公人早起，准备拣小路偷偷过去。

但是，他哪里逃得了吴用的算计？走着走着，前面山坡背后转出一伙人来。为头的好汉，正是赤发鬼刘唐，将领着三五十人，便来杀那两个公人。这张千、李万唬做一堆儿，跪在地下。

宋江叫道："兄弟！你要杀谁？"

刘唐道："哥哥，不杀了这两个男女，等甚么！"

宋江道："不要你污了手，把刀来我杀便了。"

刘唐把刀递与宋江，宋江接过。

宋江道："这个不是你们弟兄抬举宋江，倒要陷我于不忠不孝之地。若是如此来挟我，只是逼宋江性命，我自不如死了。"

宋江把刀往喉下自刎。刘唐慌忙夺了刀。正在纠缠，吴用、花荣来到。

花荣一见，道："如何不与兄长开了枷？"

刘唐一见，要杀人；花荣一见，要开枷。

他们心目中，这是自然而然：宋江哥哥早就是山上的人了，早就心在山上了。

但是，宋江今天的表现还真的让他们始料未及。

宋江道："贤弟，是甚么话！此是国家法度，如何敢擅动！"

吴学究一听，明白了，笑道："我知兄长的意了。……略请到山寨少叙片时，便送登程。"

扶起两个公人来，宋江道："要他两个放心，宁可我死，不可害他。"两个公人道："全靠押司救命！"

宋江自杀，虚晃一刀

我们看，自从宋江见了刘唐，宋江接连做出两件事：

第一，自杀。

第二，不准开枷。

这两件事都做得极端。

先看第一件，刘唐奉命路上拦截宋江，要礼请他上山，你当然可以不去，但总不至于自杀。

再看第二件，脖子上的枷，固然不可擅动，但是特殊情况下，也是可以解开的。林冲在柴进庄上，就解开过。而宋江自己，后来也解开过。在揭阳镇，投宿穆太公庄上时，两个公人道："押司，这里又无外人，一发除了行枷，快活睡一夜，明日早行。"宋江道："说得是。"当时去了行枷，一点犹豫也没有，既不说什么国家法度，也不批评公人"是甚么话"。

有很多人说，宋江的这些行为，可以见出他的虚伪。是的，宋江确实虚伪。但问题是，"虚伪"一词，本来没有什么贬义，它指做出某种姿态。

宋江自杀，就是虚晃一刀，就是要做出姿态。做出什么姿态呢？做出宁死不上梁山的姿态。

不准开枷，更具有象征的意义：那就是他将服从国法，接受惩罚，绝不造反。

所以，吴用一看，就说知兄长的意了。

客观地说，宋江此时是不得不如此。

他不用这样极端的形式，对方会当一回事吗？对方会明白他的真心吗？

要知道，此前，他曾经大张旗鼓地要上山，并且是带了八个兄弟的，而且，他在清风山，已经大张旗鼓地干过一场了。

现在他摆出一副不愿落草的样子，谁会信呢？

为了让人信，他就不得不做得极端一些。

一行人上山到聚义厅上，晁盖说道：“自从郓城救了性命，兄弟们到此，无日不想大恩。前者又蒙引荐诸位豪杰上山，光辉草寨，恩报无门！”

晁盖是个忠厚人，但是，他的这番话里，也许是他无意提到的“引荐诸位豪杰上山，光辉草寨”的话，还是提醒宋江：你可不是什么忠于朝廷的良民啊。这确实让宋江尴尬。

宋江怎么解释呢？

宋江答道：“……本欲上山相探兄长一面，偶然村店里遇得石勇，捎寄家书，只说父亲弃世，不想却是父亲恐怕宋江随众好汉入伙去了，因此写书来唤我回家。……今配江州，亦是好处。适蒙呼唤，不敢不至。今来既见了尊颜，奈我限期相逼，不敢久住，只此告辞。”

把他上次大张旗鼓要上山，轻描淡写成只是要上山探兄长一面了！

即使如此，这番话也是矛盾重重。

既然当初想上山探兄长一面，为何此次却是“适蒙呼唤，不敢不至”？不敢不至，就是不想来，被逼而来。

既然已经来了，却又为何如此生分，甫一见面，就要告辞？

还是那个用意：和梁山划清界限，越疏远越好。

晁盖道：“直如此忙？且请少坐。”两个中间坐了。宋江便叫两个公人只在交椅后坐，与他寸步不离。且酒至数巡，宋江起身又要告辞。

晁盖是直性子的人，见宋江如此，有些不满，道：“仁兄，直如此见怪！虽然仁兄不肯要坏两个公人，多与他些金银，发付他回去，只说我梁山泊抢掳了去，不到得治罪于他。”

宋江道：“兄这话休题！这等不是抬举宋江，明明的是苦我。……前者一时乘兴，与众位来相投，天幸使令石勇在村店里撞见在下，指引回家。父亲……临行之时，又千叮万嘱，教我休为快乐，苦害家中，免累老父怆皇惊恐。因此，父亲明明训教宋江，小可不争随顺了，便是上逆天理，下违父教，做了不忠不孝的人在世，虽生何益？如不肯放宋江下山，情愿只就众位手里乞死。”

我们看他这番话，竟然用“一时乘兴”来解释自己上次率众人来投梁山，大概没有人会相信。

而更不堪的是，他把上山称之为“上逆天理，下违父教，不忠不孝，虽生何益”，这置山上众位好汉于何地？这不是骂他们都是不忠不孝、虽生犹死吗？

说罢，还泪如雨下，拜倒在地。晁盖、吴用、公孙胜一齐扶起。众人道:“既是哥哥坚意欲往江州，今日且请宽心住一日，明日早送下山。”三回五次留得宋江在山寨里吃了一日酒。

教去了枷，也不肯除，只和两个公人同起同坐，寸步不离。

宋江对这两个公人确实保护得好，这是宋江忠厚的地方。同时，他知道，一旦这两个公人离开他的视野，就有可能被害；而两个公人一旦被害，他也就没有了退路。

为什么他能想到这些？

因为，假如换成他，他一定会这么干。

他为了拉人下水，是不择手段的。前面他如何拉秦明下水，我们已经领教了。

我们在讲李逵时，还讲到了宋江为了拉朱仝下水，不惜杀害一个四岁的小男孩的行径。

有一些糊涂大意，是因为善良，总把别人想得和自己一样真诚。

有一些精明小心，是因为阴暗，总把别人想得和自己一样险恶。

次日早起，宋江坚心要行。吴学究给宋江写了一封信，让他带给江州两院押牢节级戴宗，并说此人是他的至爱相交，十分仗义疏财，宋江到江州，也可有个照应。众头领安排筵宴送行，取出一盘金银，送与宋江；又将二十两银子送与两个公人。一个个都作别了，宋江再次踏上流放之途。

来也认不得爹，去也认不得娘

在上一次的逃亡途中，宋江结识了柴进、武松以及清风山清风寨的一帮好汉。那么，这一流放之途中，宋江还会结识更多的江湖豪杰，而且他凭借着自己江湖上的威望和个人的领袖魅力，令这些无法无天的人物一个一个拜倒在他的脚下。

我们知道，**梁山好汉不少人都经历过流放。林冲的流放之途是受难，武松的流放之途像旅游。宋江呢？宋江的流放之途是大串联。宋江就像一个雪球，在他滚过的地方，都会有更多的雪黏附到他身上。以至于他越滚越大，大成了气候，大成了真正的江湖老大。**

首先，在揭阳岭上，他差点被催命判官李立当作黄牛肉开剥了。后来，混江龙李俊带着出洞蛟童威、翻江蜃童猛赶来救了他。李立一听此人是宋江，纳头便拜。李俊置备酒食，殷勤相待，结拜宋江为兄。

这一次，宋江就结交了李俊、李立、童威、童猛四个兄弟。

下了揭阳岭，到了揭阳镇，看到病大虫薛永使枪棒卖膏药，因为给他赏钱，二人又成了兄弟。

可是却因此惹恼了揭阳镇上一霸穆弘、穆春兄弟，被追杀。逃到江边，又被张横骗到船上，又被逼投江。正在万分危急之时，混江龙李俊和童威、童猛恰好赶到，又救了性命。而张横一听是宋江，扑翻身便拜。

李俊又叫来正在追捕宋江的穆弘、穆春兄弟二人，告知他们，他们要追捉的是山东及时雨宋公明，弟兄两个撇了朴刀，又是扑翻身便拜！

揭阳镇上，宋江一夜之间，又结识了四个江湖好汉：薛永、穆弘、穆春、张横。张横的弟弟张顺在江州，张横又写了一封信让宋江带去，等于说，又结识了张顺。

但问题是，这些人真的是好汉吗？

病大虫薛永可以说是。

但其他几人就算不得了。李俊在介绍这一帮江湖豪杰时，说："我这里有三霸，……揭阳岭上岭下，便是小弟和李立一霸；揭阳镇上，是他弟兄两个（穆弘、穆春）一霸；浔阳江边做私商的，却是张横、张顺两个一霸。以此谓之三霸。"

怎么个霸法呢？

李立是开人肉店的。见到宋江三人包裹沉重，就下麻药麻翻了他们，放在剥人凳上，只等火家回来就开剥。李俊和他是一伙，也不会是善类。

穆弘、穆春兄弟呢？

因为薛永到镇上卖艺没有交保护费，两兄弟就吩咐镇上人不准给赏钱，而一镇的人果然就都不敢给赏钱，甚至，一镇的酒店都不敢卖酒饭给他吃。然后两兄弟叫了赌房里一伙人，赶将去客店里，拿得薛永，尽气力打了一顿，把他吊在都头家里。县里的都头家里，竟然成了他们的私人牢房。并且还要明日将薛永送去江边，捆做一块，抛在江里。

而远道而来的宋江在不知情的情况下，给了薛永赏钱，两兄弟就一定要赶尽杀绝，捉拿宋江三人,也要打死。

何等猖狂，何等草菅人命，何等无法无天！

张横、张顺如何呢？

宋江三人被穆弘、穆春兄弟追到江边，上了张横的船。宋江还感激张横救了性命，哪知道这边穆弘、穆春一走，他就变了脸，说道："你这个撮鸟，两个公人，……你三个却是要吃‘板刀面’，却是要吃‘馄饨’？”

宋江道：“家长休要取笑！怎地唤做‘板刀面’？怎地是‘馄饨’？”

张横睁着眼道：“老爷和你耍甚鸟！若还要吃板刀面时，俺有一把泼风也似快刀，在这艎板底下。我不消三刀五刀，我只一刀一个，都剁你三个人下水去。你若要吃‘馄饨’时，你三个快脱了衣裳，都赤条条地跳下江里自死！”

这混蛋，杀人越货还挺幽默，而且，杀死人前，连衣服都要留下。

宋江讨饶，张横喝道：“你说甚么闲话！饶你三个？我半个也不饶你！老爷唤作有名的‘狗脸张爷爷’，来也不认得爹，去也不认得娘！你便都闭了鸟嘴，快下水里去！”

宋江又求告道：“我们都把包裹内金银、财帛、衣服等项，尽数与你，只饶了我三人性命！”

按说这总该可以了，图财不害命啊。但是，这个可恨的张横根本不听，摸出那把明晃晃板刀来，大喝道：“你三个好好快脱了衣裳，跳下江去！跳便跳，不跳时，老爷便剁下水里去！”

就是这样一个“来也不认得爹，去也不认得娘”，毫无人性的家伙，宋江还向李俊问道：“这位好汉是谁？”竟然还说他是好汉！

这就是《水浒》中的好汉！这就是宋江眼里的好汉！这就是被宋江笼络，在宋江手下，帮他打天下的好汉！

那么，宋江到了江州，见到戴宗，见到张顺，他们又是什么样的好汉呢？

七 潜伏爪牙

历史上，揭竿而起，哗众叛乱的，多的是自我生活失败之人。宋江也是这样的人。在官场混，谁不是受贿和行贿的专业户？

在官场混，谁不是受贿和行贿的专业户？

上一讲我们讲到，宋江的流放之途，实际上是大串联。在揭阳镇上，这一拨刚刚串联上的江湖豪杰汇聚一堂，李俊、张横、穆弘、穆春、童威、童猛，刚才大家还一团杀气，现在突然之间一团和气，不，一团义气。他们的行为，简直是太幽默。

宋江还记得薛永，赶紧为他求情："既然都是自家弟兄情分，望乞放还了薛永。"穆弘笑道："便是使枪棒的那厮？哥哥放心，随即便教兄弟穆春去取来还哥哥。"不一会儿，已取到"病大虫"薛永进来，一处相会了。刚刚身上被打得遍体鳞伤，要把他捆住扔到江里喂鱼，现在请到席上，置酒相待，薛永肯定觉得如同做梦。这些江湖人物的变脸艺术，确实让我们糊里糊涂，如同做梦。他们哪有什么是非，只看你是否兄弟。

住了三日，宋江坚意要行，临行吩咐薛永，且在穆弘处住几时，却来江州，再得相会。穆弘道："哥哥但请放心，我这里自看顾他。"不会往江里扔了。然后取出一盘金银，送与宋江，又赍发两个公人些银两。

宋江和两个公人下船投江州来。到江州上岸，直至江州府前来，正值府尹升厅。江州知府，姓蔡，双名得章，是当朝蔡太师蔡京的第九个儿子，因此江州人叫他蔡九知府。

说明一下，历史上的蔡京只有八个儿子，这个所谓的九子蔡得章是《水浒》作者杜撰的。

《水浒》这样介绍他："为官贪滥，作事骄奢。"其实，他还不仅有这些道德上的毛病，他还才智欠缺，从下文看，简直近乎弱智。

有人缺德，有人缺心眼。他呢，又缺德又缺心眼，却又能到江州做知府。这也很正常，官场上这类人最多,《水浒》中出现的各级官员，几个不是这样的？何况他还是蔡京的儿子。江州是个钱粮浩大的去处，人广物盈，是个肥缺。肥水不流外人田，这样的好地方，当然是给自家的儿子。

可是，就苦了当地的百姓了。宋江到此，也不会有好日子过。

我们在此之前，已经看过林冲到牢城营，武松到牢城营。牢城营里，是有潜规则的，这个潜规则的核心，就是银子。林冲到牢城营，经人指点，马上准备送银子；武松到牢城营，经人指点，马上表示不送银子。宋江呢？

宋江根本不需要他人指点。他是吏员出身，什么潜规则他不懂？这种事不知别人对他干过多少，他对别人也不知干过多少。实际上，在官场混，谁不是受贿和行贿的专业户？

所以，宋江做得自然而然：差拨来，他马上送了十两银子与他；管营处又自加倍送十两再加其他礼物；营里管事的人，并使唤的军健人等，都送些银两与他们买茶吃，因此无一个不欢喜宋江。

武松是经人指点仍不开窍，林冲是一经指点就开窍，宋江是不用指点窍早就开了。

武松是英雄汉，林冲是老实人，宋江是心机深。

三人的境界由此可知，三人的生活经历也在此中。

既然宋江如此懂事，一百杀威棒自然就免打了。这是我们能够想象得到的。但还有我们没想到的：着他在本营抄事房做个抄事。

别的囚犯风里来雨里去，毒日头下晒，宋江可以在抄事房里抄抄写写。说白了，除了没有工资，干的活几乎和他以前一样。

众囚徒见宋江有面目，都买酒来与他庆贺。次日，宋江置备酒食，与众人回礼。不时间，又请差拨牌头递杯，管营处常常送礼物与他。宋江身边有的是金银财帛，自落的结识他们。住了半月之间，满营里没一个不欢喜他。

不同的场合，不同的面孔

但是，偏偏有一个关键人物，宋江就是不送钱给他。

谁呢？节级戴宗，那位吴用的至爱相交、仗义疏财的朋友。

为什么宋江不主动送钱给他呢？

因为宋江要等他自来。等了十来天，来了。

来了，怒不可遏，在点视厅上大发作，对着宋江骂道："你这黑矮杀才！倚仗谁的势要，不送常例钱来与我？"

黑矮杀才，骂得好！特形象。不愧后来成了宋江的兄弟，骂宋江最形象，最到位。

宋江道："'人情人情，在人情愿。'你如何逼取人财？好小哉相！"

戴宗大怒，喝叫打，可是周围的人都走光了，只剩他们两个。戴宗越加愤怒，拿起讯棍，便奔来打宋江。

宋江说道："节级，你要打我，我得何罪？"

戴宗大喝道："你这贼配军，是我手里行货，轻咳嗽便是罪过！"

宋江道："你便寻我过失，也不到得该死。"

戴宗怒道："你说不该死，我要结果你也不难，只似打杀一个苍蝇。"

我们很多人都读过方苞的《狱中杂记》，那写的是康熙年间监狱的黑暗。

《水浒》中的这一段戴宗和宋江的对话，可以让我们想象出宋代、明代监狱的黑暗。

现在，总有人动不动就羡慕鼓吹什么康乾盛世，他们为什么就不看看小民在那个时代如何被人蹂躏？

我根本就不相信在中国封建社会，还有什么时代是小民的盛世。

说是康乾盛世也对，是康熙皇帝、乾隆皇帝的盛世，不是小民的盛世。

小民在那样的时代，只不过是权势者手里的"行货"罢了。

不过，宋江今天不怕，他手里捏着戴宗的死结。

宋江冷笑道："我因不送得常例钱便该死时，结识梁山泊吴学究的，却该怎地？"

戴宗听了这话，慌忙丢了手中讯棍，便问道："你说甚么？"

宋江又答道："我自说那结识军师吴学究的，你问我怎地？"

戴宗慌了手脚，拖住宋江问道："你正是谁？那里得这话来？"

宋江笑道："小可便是山东郓城县宋江。"

戴宗大惊，连忙作揖说道："原来兄长正是及时雨宋公明！"然后，又说："兄长，此间不是说话处，未敢下拜。同往城里叙怀，请兄长便行。"

不是行货，是兄长了。

这一段描写，极其生动。吴用对宋江介绍戴宗时，说他"十分仗义疏财”，但我们看他这一段的丑陋表演，哪里是一个好汉？

实际上，有两个戴宗：兄弟戴宗和节级戴宗。

兄弟戴宗确实仗义疏财，而节级戴宗确实丑陋无耻。

所以，一个人是好人还是坏人，往往看他在什么环境里，处于什么关系中。

二人来到一个临街酒肆中，戴宗望着宋江便拜——又成了宋江的兄弟了。

接下来，宋江又结识了李逵和张顺。宋江笼络李逵，充分显示了他的高超手段，也显示出他的人格魅力。这一点，我们已经在“李逵篇”里讲过了。

宋江的流放之途，到此可以算是有了一个了结。在这个过程里，他笼络在自己身边的人，李俊、李立、童威、童猛、薛永、张横、穆弘、穆春、戴宗、李逵、张顺，共计十一人，这些都成了他的江湖资本。加上他在清风山上笼络的燕顺、郑天寿、王英、秦明、花荣、黄信，对影山的吕方、郭盛，路上碰上的石将军石勇，共九人，宋江的资本越来越雄厚了。

不光是这些有形资本，还有无形资产。宋江在江湖上行走时，当他看到那么多无法无天的江湖豪杰，只要一听到他的大名，马上就佩服得五体投地，毕恭毕敬，他一定意识到了自己的能量。

有形资本是有数的，而名声、威望等无形资产是无限的。既然这些人心甘情愿拜倒在宋江的脚下，那么，江湖上一定有更多的好汉愿意拜倒在他的脚下，甚至是时刻等待着拜倒在他的脚下。

那么，有如此巨大的号召力，拥有如此难以估量的社会资源和力量，怎么可能不催生他的野心呢？

接下来，浔阳楼宋江吟反诗也就顺理成章了。

穷则思变，要干，要革命

不久，宋江独自一人信步来到江边“浔阳楼”前。门边朱红华表，柱上两面白粉牌，各有五个大字：“世间无比酒，天下有名楼。”宋江便上楼来，去靠江一座阁子里坐了，凭栏举目，喝彩不已。

少时，时新果品、菜蔬、酒肉上来，非常齐整精致。良辰美景，美酒佳肴，宋江独自一人，一杯两盏，倚阑畅饮，不觉沉醉，乐极生悲，猛然想道：“我生在山东，长在郓城，学吏出身，结识了多少江湖好汉，虽留得一个虚名，目今三旬之上，名又不成，功又不就，倒被文了双颊，配来在这里！我家乡中老父和兄弟，如何得相见？”不觉酒涌上来，潸然泪下，临风触目，感恨伤怀。

我们来看看宋江为什么感恨，又为什么伤怀？

第一，**他结识了那么多江湖好汉，却只得一个虚名。何为“虚名”呢？也就是，枉有如此巨大的资本，却只是闲置着，没有使用。本来，这些人招之即来，来之能战，战之能胜。可是自己枉有那么巨大的江湖名望，却也虚存着，没有用来呼风唤雨，没有振臂一呼应者云集。**

第二，已经三十出头，却名又不成，功又不就，反而成了囚犯，脸上留下永远的耻辱印记。

可见，独自一人站在浔阳楼上的宋江，心中充满的是失败感、耻辱感！

当然，他知道，自己并未一败涂地。因为他知道自己还是有资本的。

这一趟流放之途，加上上一次的逃亡之途，从柴进到武松，从清风山到梁山，从揭阳岭揭阳镇到江州，一次又一次，他真切地感受到了自己在江湖上的号召力。

并且，他突然带点自嘲地发现：导致他如此失败，恰恰是因为疏忽了自己在江湖上的能量，闲置了这些江湖上的资本。

所以，独自一人站在浔阳楼上的宋江，突然之间，明白了什么。

突然之间，他对自己未来的人生，有了新的期待。

《水浒》写道：宋江“忽然做了一首《西江月》词”。

什么叫“忽然”写了一首词呢？就是忽然明白了，忽然想通了，觉今是而昨非了——如果不解放思想，还听老爹的话，做忠臣孝子，会永世不得出头。

那就下决心做叛臣逆子！

腹稿打好了，便唤酒保索借笔砚来，乘着酒兴，磨得墨浓，蘸得笔饱，去那白粉壁上挥毫便写道：

> 自幼曾攻经史，长成亦有权谋。恰如猛虎卧荒丘，潜伏爪牙忍受。
>
> 不幸刺文双颊，那堪配在江州！他年若得报冤仇，血染浔阳江口！

宋江写罢，自看了，大喜大笑，一面又饮了数杯酒，不觉欢喜，自狂荡起来，手舞足蹈。

刚才是“乐极生悲”，由良辰美景佳肴想到自己的失败人生；现在又“悲极生乐”，为什么？因为他“穷则思变，要干，要革命”了！

并且，他从革命中，看到了自己辉煌的未来！

于是，又拿起笔来，去那《西江月》后再写下四句诗：

心在山东身在吴，飘蓬江海谩嗟吁。他时若遂凌云志，敢笑黄巢不丈夫！

宋江写罢，又去后面大书五字道："郓城宋江作。"简直有武松留名鸳鸯楼的豪气。然后，掷笔在桌，又自歌了一回。再饮过数杯酒，不觉沉醉，算还了银子，踉踉跄跄，取路回营里来。开了房门，倒在床上，一觉直睡到五更。

酒醒时，全然不记得在浔阳江楼上题诗一节。

中国有一句古话，叫"白纸黑字"，这就是做文人的不好。如果不会写字，像李逵，哪怕整天想着造反，也不会留下证据。

心里想的，没人知道；嘴上说的，一风吹了。

可是，假如你会写字，一不小心写下来了，那就是铁证如山。

当然，文人倒霉，往往恰是文人造成的。白纸黑字，文人写；白纸黑字，也得要文人读。而且，还要读得懂，会解释。

宋江写在白墙上的黑字，就被一个读书人看到了。这个人就是黄文炳。

黄文炳批注宋江诗，福兮祸兮？

宋江的革命还没有开始，黄文炳就来要他的命了。

这个黄文炳，是个住在江州对岸无为军的赋闲的通判。既然赋闲在家，就想着东山再起，于是他就时常过江来巴结蔡九知府。这倒还可以理解，但是此人却是阿谀谄佞之徒，心地褊窄，嫉贤妒能，胜如己者害之，不如己者弄之，专在乡里害人。

这浔阳楼，宋江走了，黄文炳来了。

恰好让他看到宋江写在墙上的《西江月》词和四句诗，大惊道："这个不是反诗?"

为什么黄文炳一口咬定是反诗呢?

我们还是来看看黄文炳的解读。

黄文炳读道："自幼曾攻经史，长成亦有权谋。"冷笑道："这人自负不浅。"

金圣叹在黄文炳的这句话下，批了一个字："确。"

确实，这开头两句，写出宋江的自负：有文化，有权谋。有人有文化，却无权谋。有人满腹权谋，却无文化。宋江二者都有。

宋江的文化知识有多少，难说。但是，够用了。他又不是想去做博士，当教授，够用就行。

我们接着看黄文炳老师往下分析。

“恰如猛虎卧荒丘，潜伏爪牙忍受。”黄文炳道：“那厮也是个不依本分的人。”

自比猛虎，当然不依本分。岂止不依本分，简直是狼子野心，虎视眈眈，并且已经吃过人了——在清风山吃了很多人。后来，被父亲一番家教，又潜伏爪牙忍受了。

不过，既然是忍受，就显然不是心甘情愿，更不会一直忍受。总有一天，要张牙舞爪，虎荡羊群。

“不幸刺文双颊，那堪配在江州。”黄文炳道：“也不是个高尚其志的人，看来只是个配军。”

这就是黄文炳的不对了，毕竟是个没有什么见识的读书人。是个配军，就不是高尚其志的人？在那个时代，多少真英雄，真汉子，都成了配军？林冲、武松、杨志都是。所以，就这一点而言，黄文炳的见识比不上张青，比不上柴进。他们都认为，在来往的配军里，多的是好汉。

连孔子都说过，牢中的未必是坏人。我们还可以补充一句：牢外的未必是好人。这两句，是宋江写自己的失败。

历史上，揭竿而起，哗众叛乱的，多的是自我生活失败之人。

因为不甘心失败，所以孤注一掷，铤而走险。黄巢、李自成、张献忠、洪秀全都是这样的人。

宋江也是这样的人。

再看最后两句：“他年若得报冤仇，血染浔阳江口。”黄文炳道：“这厮报仇兀谁？却要在此生事！量你是个配军，做得甚用！”

金圣叹在黄文炳的话下面，摇头表示不同意黄文炳的看法：“是又殊不然。”是的，配军就无用？李贽批曰：“通判见识。”也是嘲笑黄文炳见识太少。历史上，好多干出惊天动地大事的，干出祸国殃民大事的，不少也就是配军啊。秦末汉初的英布就是，明末的张献忠也是，陈胜也不过是个戍卒。

再看那首诗：“心在山东身在吴，飘蓬江海谩嗟吁。”黄文炳道：“这两句兀自可恕。”

又读道：“他时若遂凌云志，敢笑黄巢不丈夫！”

黄文炳摇着头道："这厮无礼，他却要赛过黄巢，不谋反待怎地?"

这个结论应该没有问题。宋江确实要谋反了。

在这里跌倒，到那里爬起来

那么，一个问题是：宋江为什么要谋反?

其实，答案就在那首《西江月》的最后两句：他有冤仇，他要报仇!

那么，他有什么冤仇呢?

不仅对他不了解的黄文炳不知道，就是我们这些对他的经历很清楚的人也不知道。

不是不知道谁伤害了他，而是我们知道没有谁伤害过他。

没有谁伤害过他，他心中哪来的如此大的仇恨？对谁的仇恨?

这才是最为关键的问题。

实际上，宋江的仇人不是具体的人，而是社会。不是具体的事件，而是制度。

宋江不是要向一两个人报复，他是要报复一种压抑人的社会及其制度。

一个社会，如果在制度上压抑了人，那么，它可能就会成为很多人的仇人。

它直接造就了很多仇视社会的人。

宋江仇视的是什么制度呢？他为什么仇视这种制度呢?

这要从宋江的身份谈起。

宋江有一句口头禅："小吏宋江"，为什么他老是要说自己是小吏?

就是这个身份带给他太多的自卑，太多的压抑！他对这个词太敏感!

所以，他还常常在小吏前面，加上一个词，叫"鄙猥小吏"。

说明什么？说明在他的意识里，小吏的地位是低贱的，人格是委琐的，是被人轻视的，更重要的，是被他自己轻视的!

我们前面说过，押司这样的低级办事人员，在身份上与一般经科举入仕的官员截然不同，政治、社会地位相当卑下。而且，在唐以后，逐渐严格区分官、吏，一个人一旦做吏，一般情况下就不能再做官，所以，宋江实际上已经被这种制度剥夺了前程。

对此，自命不凡的宋江，会甘心吗?

当他在江湖上发现自己的巨大能量的时候，他能不动心吗?

我们当然可以批评宋江不安本分，有野心，但是，让宋江这样的人中豪杰一直去做一个小吏，终身整日处理来往文书和日常烦琐事务，对着一个七品县令唯命是从，对何涛这样的上级机关下来的人点头哈腰，难道是合理的吗？一介文人陶渊明，无任何政治野心和权力欲望，尚且不愿意折腰向乡里小儿，何况宋江这样的枭雄？

再说，这不也是人才的浪费吗？

我们注意一下，宋江的反诗里特别提到了黄巢。

历代造反的人那么多，宋江为什么专门要拿自己和黄巢比呢？

答案可能很简单：宋江也就是随便这么一说。在历代造反者里，黄巢离他近。

但是，假如答案不这么简单，那就一定有别的原因，一定是黄巢身上的某些东西让宋江起了共鸣。

黄巢和宋江的共同点至少有以下几点：

第一，都是失败者。黄巢参加过科考，没考上。宋江连考试资格都没有。

第二，都自负甚高，也确实天赋杰出。

第三，都桀骜不驯，绝不甘心就此碌碌一生。

第四，都很想做官。给他们官做，他们也就不造反了。他们造反就是为了做官。

黄巢起兵，从公元875年起兵到880年，五年间曾五次向唐王朝乞降求官，一直到881年自立皇帝。

黄巢曾经也写下了一首《不第后赋菊》：

待到秋来九月八，我花开后百花杀。冲天香阵透长安，满城尽带黄金甲。

显然，自命不凡的黄巢看着那些平庸之辈都科举及第，幸福得像花儿一样，他恨得牙痒痒的。他暗示，他将用他的方式，实现目标：文的不行，就来武的。笔墨纸砚不行，就用刀枪剑戟！

可见，宋江和黄巢的共同点还有：

第五，他们不是在哪里跌倒，就在哪里爬起来，恰恰相反，他们是在这里跌倒，到那里爬起来。

既然社会的游戏规则对我不利，我就不再玩这个游戏，我玩别的。

宋江要革命了。但是，没等到他革别人的命，别人先要革他的命了。

八 反上梁山

生活中，我们要提防那些特别细致的人，特别是要小心那些非常关注细节的人。

腿好使，脑子却不好使

宋江在浔阳楼上写下一词、一诗，被黄文炳看到，黄文炳鉴定的结果是：反诗。

正要找机会立功做官的黄文炳如获至宝，向酒保借笔砚取幅纸来抄了，藏在身边，还吩咐酒保休要刮去了。

你看，他是多么细致的人。生活中，我们就要特别提防那些特别细致的人，特别要小心那些非常关注细节的人。

次日，黄文柄拜见蔡九知府，恰好蔡九知府的老子蔡京刚刚给蔡九知府来信，说近日太史院司天监上奏，夜观天象，发现罡星照临吴、楚，敢有作耗之人。

更兼街市小儿谣言四句道："耗国因家木，刀兵点水工。纵横三十六，播乱在山东。"

蔡京嘱咐蔡九知府，紧守地方。

黄文炳听了，寻思半晌，恍然大悟，笑道："恩相，事非偶然也！"于是从袖中取出所抄之诗，呈与知府道："不想却在此处。"

黄文炳分析道："'耗国因家木'，耗散国家钱粮的人，必是'家'头着个'木'字，明明是个'宋'字；第二句'刀兵点水工'，兴起刀兵之人，水边着个'工'字，明是个'江'字。这个人姓宋，名江。"

知府又问道："何为'纵横三十六，播乱在山东'？"

黄文炳答道："或是六六之年，或是六六之数。'播乱在山东'，今郓城县正是山东地方。这四句谣言，已都应了。……可急差人捕获。"

知府随即升厅，叫唤两院押牢节级戴宗："你与我带了做公的人，快下牢城营里，捉拿浔阳楼吟反诗的犯人郓城县宋江，不可时刻违误！"

戴宗听罢，吃了一惊，心里只叫得苦。作起神行法，先来到牢城营报知宋江。宋江听罢，搔头不知痒处，只叫得苦："我今番必是死也！"

戴宗道："我教仁兄一着解手，未知如何？如今小弟不敢耽搁，回去便和人来捉你。你可披乱了头发，把尿屎泼在地上，就倒在里面，诈作风魔。我和众人来时，你便口里胡言乱语，只做失心风，我便好自去替你回复知府。"

金圣叹说："戴宗是中下人物，除却神行，一件不足取。"看他给宋江出的这个主意，真是万分"高明"。为什么"高明"呢？

第一，完全骗不了别人。

第二，彻底糟蹋了宋江。

有人急中生智，有人急中生愚。戴宗就属于这后一种。

我们看宋江被糟蹋的惨状。

惨状一：尿屎加身。

众人来捉拿宋江时，只见宋江披头散发，倒在尿屎坑里滚，尿屎秽污全不顾，口里胡言乱语，浑身臭粪不可当。

这宋江也是一时糊涂了，竟然不知道这一招完全骗不得人，白白作践自己一回。

我几乎要怀疑，这是戴宗故意要作践宋江。

惨状二：酷刑加身。

当宋江浑身屎尿被逮到在大堂时，装疯卖傻，满口胡说，而蔡九知府只干一件事，就制止了他：打。

知府唤过牢子狱卒，把宋江捆翻，一连打上五十下，打得宋江一佛出世，二佛涅槃，皮开肉绽，鲜血淋漓。

一顿棍棒下去，宋江的疯病就治好了，态度也老实了，招道："自不合一时酒后，误写反诗，别无主意。"

先是满身屎尿，后是满身伤痕。这都是戴宗妙计的结果。真是"戴宗妙计救宋江，滚了屎尿又挨揍"。

可见，戴宗的腿好使，脑子却不好使。

我以为，**戴宗要救宋江，不该用自己的头，而要用自己的腿：用神行法，带上宋江，一溜烟就去了，谁能追得上他们？**

有一双好腿不用，却要用笨脑瓜。结果，就是宋江不但没有获救，还被糟蹋成这个样子。

好好的，为什么就装疯了

戴宗的这个“妙计”，对蔡九知府和黄文炳而言，本来应该还有一个意想不到的收获：如果蔡九知府和黄文炳再往深里追查，还能把戴宗也拎出来。他们只要脑筋随便转转会就发现问题：宋江为什么好好的，突然就装疯了？

必是有人报信。

谁人报信？

只是戴宗。因为，

第一，戴宗会神行法，他完全有这个时间。

第二，戴宗不会隐身法。戴宗到抄事房见宋江，难保不被别人看到。

第三，还可以把宋江再打下去，就算宋江义气，宁死不招，戴宗在旁，也不能看着宋江被活活打死，也会自己站出来。

可惜的是，蔡九知府和黄文炳被破获如此重大的谋反大案兴奋得晕了头，糊里糊涂放过了戴宗。

戴宗运气还算好。

但是，不要急，该拎出来还是要拎出来的。

这次，不是他的错，而是另一个人的错了。

犯这个错误的人，偏偏是最不该犯错误，也最不能犯错误的人。

这个人，就是吴用。

蔡九知府破获了这等大案，自然要请功领赏，于是急急修一封书，差戴宗星夜上京师，报与蔡京知道，也让皇上知道，以显示自己能干。当然，蔡九知府也没有忘了黄文炳，在书信上还推荐了黄通判之功，让父亲蔡京面奏天子，早早升授富贵城池，去享荣华。

宋江的血，可以染红两个人的顶戴了。

可是，戴宗去往东京途中，经过朱贵的酒店，被朱贵麻翻，那封请示如何处决宋江的信件被拆开。在吴用的筹划下，梁山专门派人下山，把圣手书生萧让赚上山来，让他模仿蔡京笔迹；又把玉臂匠金大坚赚上山来，让他篆刻蔡京图章，伪造了一封蔡京的回信，让戴宗带回。

书上说，教把犯人宋江解赴东京。梁山一伙准备等他解来此间经过时，下山打劫宋江上山。

正是这一封书信，让戴宗被拎出来了。

因为这封信的后面，加盖的是金大坚篆刻的图章“翰林蔡京”。哪有父亲给儿子写信，却直说自己姓名的呢？再说，此时蔡京已经是太师丞相了，怎么还会使用早年做翰林时的图章呢？

蔡九知府还真是弱智，这么明显的错误，他竟然没看出来。但是黄文炳一看，就摇着头道：“这封书不是真的。”蔡九知府听了，叫来戴宗，没问到三句话，戴宗就露馅了。

于是又是一顿暴打，又是皮开肉绽，鲜血迸流，又是如实招供了。

两次低级错误的结果，就是宋江、戴宗被绑缚刑场，准备斩首。

好在还有李逵，好在吴用及时醒悟过来，好在晁盖是真仗义，不惜血本，带来花荣、黄信、吕方、郭盛、燕顺、刘唐、杜迁、宋万、朱贵、王矮虎、郑天寿、石勇、阮小二、阮小五、阮小七、白胜众多头领和一百多小喽啰，又好在张横、张顺、穆弘、穆春、薛永、李俊、李立、童威、童猛等人也赶来助战，大家联手，大闹江州，救了宋江、戴宗，一起聚集在穆太公庄上。

宋江一开口，晁盖不说话

在穆太公庄，穆弘排下筵席，管待众头领。

宋江起身与众人道：“小人宋江，若无众好汉相救时，和戴院长皆死于非命。今日之恩，深于沧海，如何报答得众位！只恨黄文炳那厮搜根剔齿，几番唆毒，要害我们。这冤仇如何不报？怎地启请众位好汉，再做个天大人情，去打了无为军，杀得黄文炳那厮，也与宋江消了这口无穷之恨。那时回去如何？”

晁盖道：“我们众人偷营劫寨，只可使一遍，如何再行得？似此奸贼已有提备，不若且回山寨去，聚起大队人马，一发和学究、公孙二先生，并林冲、秦明，都来报仇，也未为晚。”

宋江道：“若是回山去了，再不能够得来。一者山遥路远，二乃江州必然申开明文，各处谨守。不要痴想，只是趁这个机会，便好下手，不要等他做了准备。”

花荣道：“哥哥见得是。……只是……先得个人去那里城中探听虚实，……然后方好下手。”

薛永便起身说道：“小弟多在江湖上行，此处无为军最熟。我去探听一遭如何？”

这一段对话，讲打无为军，四个人，讨论了两个问题：

第一，打不打。

第二，怎么打。

第一个问题是首要问题。

首先看宋江。**大家刚刚把他从鬼门关边救回来，惊魂初定，他就提出要大家再做个天大的人情，帮他杀了黄文炳报仇。这不仅是有仇必报，而且是有仇急报，一刻也不愿耽误。**

但问题是，从梁山到江州，其间多少路程？梁山此时还不够强大，晁盖此次为救宋江，已经冒了极大的风险，家中只留了四人，带来了十七人，几乎是倾巢出动，必须速战速决，快速撤回，不然被官军堵截包围，后果不堪设想。所以，宋江的这个建议，无疑把兄弟们置于极大的危险之中。

晁盖，作为首领，当然要从全体的安全出发，从大局出发，所以提出反对。为了安慰宋江，他甚至提出再找机会，一定帮宋江报仇。

但是，下面发生的事，就很耐人寻味了。

首先是宋江明确反驳晁盖，说晁盖将来报仇是"痴想"。这个语气已经很不像话。

但主要问题还不是语气问题，而是由谁来拿主意，由谁来决策的问题。这是一个原则问题。晁盖是头领，这次千里潜伏而来，任务已经完成，按照预定计划，必须尽快返回。这符合大家的集体利益。但是，宋江竟然为了一己私仇，要让大伙冒此巨大风险，晁盖不同意，宋江不但不听命，还哓哓善辩，已经很没有体统。

更加令晁盖难堪的是，花荣竟然公开站出来支持宋江。他开口就是："哥哥见得是。"既然宋江哥哥见得是了，晁盖哥哥就见得不是了。

而且，接下来，花荣竟然完全无视晁盖的存在和晁盖的意见，直接越过了打不打的问题，去讨论如何打了。

晁盖没有说话。

薛永又跳出来，主动请缨。同样无视晁盖的意见。

晁盖还是没有说话。

宋江说话了："若得贤弟去走一遭最好。"

他竟然做起决定，批准薛永的要求了！

薛永真的就去了！

晁盖还是没有说话。

这么重大的事情，为什么晁盖只说了一句，就再也不说了？

第一，宋江不听他说话。

第二，大家也不听他说话。

第三，宋江自说自话。

第四，大家听宋江说话。

第五，于是他无话可说。

还有——

第六，我觉得，是施耐庵不让他说话。

为什么我这样说？因为，从此以下的一连串文字，都有大问题。

有意无意？施大爷竟忘了还有晁盖

下面,《水浒》赫然就是这样一句：

“宋江自和众头领在穆弘庄上商议要打无为军一事，整顿军器枪刀，安排弓弩箭矢，打点大小船只等项。”

就是说，大家在宋江的指挥调度下，忙得热火朝天。

晁盖呢？

第一，晁盖是否积极参与其中？

第二，如果不是，他在一旁干什么？

第三，如果是，难道他已经完全听从了宋江的领导？

这是何等的难堪！

但他的更大难堪还在后面。

两天后，薛永带一个人回来：他的徒弟通臂猿侯健。侯健见到宋江，竟然说:“小人近日在黄通判家做衣服，因出来遇见师父，提起仁兄大名，小人要结识仁兄，特来报知备细。”

这句话透露出两点信息：

其一，薛永对侯健说的，是宋江；其二，侯健来投奔的，是宋江。

就是不提梁山泊寨主晁盖。

而接待并询问侯健的，还是宋江！

宋江一一问明黄文炳家的情况，然后号令众兄弟。《水浒》接着写道：众头领齐声道:“专听哥哥指教！”

施耐庵这里的叙述太有问题了。他大概真的忘了，晁盖在场。

这齐声答应的众头领里有没有晁盖？

如果有晁盖，那也太荒唐了。

如果没有晁盖，晁盖在旁边，是何等尴尬！

可是宋江完全没有注意到晁盖的尴尬，也许他太兴奋，太激动，清风山上指挥倜傥的感觉又回来了。他开始发号施令：

穆太公如此如此；

张顺、李俊如此如此；

张横、三阮、童威如此如此；

侯健、薛永、白胜如此如此；

石勇、杜迁如此如此……

《水浒》接着写："宋江分拨已定。"

是宋江在分拨。

晁盖呢？

接下来，战斗开始，过程复杂，这里就不细说了，但是，《水浒》的叙事关键句子，我列一下，好教大家看出一些问题来：

宋江便叫手下众人……

宋江叫小喽啰……

宋江便叫放起带铃鹁鸪……

宋江叫军士……

宋江问白胜……

宋江引了众好汉下城来……

宋江唤侯健来，附耳低言……

宋江教众好汉分几个把住两头……

都是宋江。

我们再问施大爷一句：晁盖在哪里呢？

施耐庵施大爷，你要置晁盖于何地？

是你眼中无晁盖，还是你在暗示我们，宋江眼里无晁盖？

而且，众好汉眼里，也无晁盖！

自从晁盖反对打无为军说了一句话，被宋江驳斥以后，晁盖至此，一句话都没得说。

是施耐庵不让他说，还是施耐庵有什么暗示？

此时无声胜有声啊。

但老是这样一言不发也太奇怪。施大爷终于想起晁盖了，安排他说了一句话。那是在活捉了黄文炳以后，宋江大骂黄文炳，黄文炳告饶，晁盖喝道："你那贼驴，怕你不死！你这厮早知今日，悔不当初。"

晁盖终于说话了，但是，话却这样冲，显然是被憋屈的。

而且，"早知今日，悔不当初"，好像也有一些别的意思啊。

众多好汉看剐了黄文炳，都来草堂上与宋江贺喜时，宋江突然对着众兄弟跪了下去。

这是一个出人意料的举动，弄得众头领也慌忙跪下，齐道："哥哥有甚事，但说不妨，兄弟们敢不听？"

施大爷这里的叙述又有了问题。

这跪下并且声称不敢不听的众头领里，有没有晁盖？

如果有晁盖，那成何体统？

如果没有晁盖，别人都对着宋江跪下了，他一人站在一边，木桩一般，岂不是站也不是，跪也不是？

心机重重，匪夷所思

宋江到底有什么重大事情，要如此大动干戈呢？

宋江道："小可不才，自小学吏。初世为人，便要结识天下好汉。奈缘力薄才疏，不能接待，以遂平生之愿。自从刺配江州，多感晁头领并众豪杰苦苦相留。宋江因守父亲严训，不曾肯住。正是天赐机会，于路直至浔阳江上，又遭际许多豪杰。不想小可不才，一时间酒后狂言，险累了戴院长性命。感谢众位豪杰不避凶险，来虎穴龙潭，力救残生，又蒙协助报了冤仇。如此犯下大罪，闹了两座州城，必然申奏去了。今日不由宋江不上梁山泊投托哥哥去，未知众位意下若何？如是相从者，只今收拾便行；如不愿去的，一听尊命。只恐事发，反遭负累，烦可寻思。"

原来，就是要说服众位兄弟一起上山！这至于要跪下说吗？

何况这本来不是问题。因为，除了晁盖从梁山带来的十七人，其他的十三人里，要说对以前的生活还有留恋的，最多也就是穆弘、穆春兄弟。

再说了，正如他们自己认识到的："杀死了许多官军人马，闹了两处州郡，……朝廷必然起军马来擒获。今若不随哥哥去同死同生，却投那里去？"

所以，宋江此番言论，很没有必要，尤其不值得如此煞有介事。

但宋江此举，绝不是他糊涂，他有他的用意。

这个用意就是要说明：这一帮兄弟，乃是我宋江的兄弟，是我把他们拉上山的。

本来，此次晁盖亲征江州，聚集了江州包括宋江在内的十三条好汉，如果就这样糊里糊涂上了山，还真的可以看成是晁盖带上山的。

但宋江这么一跪，这么一说，立马形势大变：这一帮兄弟，是我拉上山的。

大家果然都表示要“随哥哥去”，注意，这个哥哥，指的是宋江哥哥啊。

如此，就不再是大家一起投奔梁山，而是宋江带着大家投奔梁山。

如此，就不是宋江到晁盖的梁山公司谋职找工作，而是带着资本去和梁山公司合伙，甚至，由于他的资本超过了晁盖的梁山公司，他还能玩以大吃小的把戏。

而“宋江大喜，谢了众人”。注意，这大喜，是当然的，我们都明白为什么。谢了众人，好像是人情自己担上，其实是功劳自己揽上了。

宋江今天的表演实在是太多了，太过分了。但是，还有更加匪夷所思的事情在后面，甚至让我们觉得恶心了。

杀了黄文炳，宋江报了心头之恨；带上了众多兄弟，宋江有了足够的资本，现在终于可以浩浩荡荡上梁山了。

大队人马分作五起出发，只隔二十里而行。我们该记得宋江当初带着清风山上的兄弟上梁山时，也是分作三起出发。所以，此次安排应该也是宋江的主张。

第一起晁盖、宋江、花荣、戴宗、李逵五骑马，带着车仗人伴，在路行了三日，前面来到一个去处，地名唤作黄门山。宋江在马上与晁盖说道：“这座山生得形势怪恶，莫不有大伙在内？可着人催趱后面人马上来，一同过去。”

说犹未了，只见前面山嘴上锣鸣鼓响。宋江道：“我说么！且不要走动，等后面人马到来，好和他厮杀。”

读书一定要读细一点。我们看，自从宋江被救出，只要是说话，基本上就是宋江在说，而晁盖基本上也就不说话了。你看这地方，宋江连说两句，卖弄聪明，指手画脚，而晁盖一言不发。

问题还在于，宋江说完，花荣便拈弓搭箭在手，晁盖、戴宗各执朴刀，李逵拿着双斧，拥护着宋江，一齐趱马向前。

施耐庵施大爷，越来越不像话了。

你看这地方写的：花荣搭箭，晁盖、戴宗执刀，李逵拿斧，拥护着宋江，一齐趱马向前。

晁盖已经成为宋江的马前卒了吗？

施大爷有时真是很没有分晓。

山坡边闪出三五百个小喽啰，当先簇拥出四个好汉，各挺军器在手，高声喝道："你等大闹了江州，劫掠了无为军，杀害了许多官军百姓，待回梁山泊去，我四个等你多时。会事的只留下宋江，都饶了你们性命！"

这些人也真有意思：不劫财，要劫人。而要劫的人，可不是什么花容月貌，而是又黑又矮的宋江。

不过，宋江此时，花荣、戴宗、李逵甚至晁盖都簇拥着他，他何等威风！

有这几个一流的战将在身边，他怕什么呢？

但是，我们万万想不到，他却做出了一个匪夷所思的举动。

这个心计很深的人，又玩什么花样呢？

九 谁是领袖

梁山三代领导人，王伦是小格局、小算盘；晁盖是没格局、没算盘；宋江有大格局、大算盘。

哀声求饶，大跌眼镜

宋江被救以后，和大队人马上梁山，经过黄门山，被四个人拦住了去路。

不过，这四个人很奇怪，不劫财，却劫人。那四个人声称要留下宋江。

此时，宋江身边，有花荣、戴宗、李逵这样的战将，按施耐庵的写法，连晁盖都执刀在手保护着他，何况，后面还有大队人马，他根本不需要怕。

但是，让我们大跌眼镜的事情发生了。

宋江听得，便挺身出去，跪在地下，说道："小可宋江被人陷害，冤屈无伸，今得四方豪杰救了性命，小可不知在何处触犯了四位英雄？万望高抬贵手，饶恕残生！"

施大爷的文字越来越幽默了，你看他写的：宋江挺身出去，何等英勇；我们以为他一定要大显身手，至少是义正词严，但却是出人意料地双膝一软，跪在地下，哀声求饶，何等脓包？

根据柏格森的研究，滑稽往往产生于事态的突然转折，当我们期待的结果没有出现，反而出现了极其相反的情况时，滑稽效果就出来了。

此时的宋江，就给我们带来了极大的滑稽。

你道这来的四个所谓好汉是谁？

欧鹏、蒋敬、马麟、陶宗旺。

就这四个鸟人。

面对四个鸟人，身后还有四个猛人，宋江竟然跪求饶恕。就算你自己没有自尊心，可是，你的身边，那可是花荣、李逵这样的一流高手啊！晁盖也不错，戴宗也不弱啊！

花荣、李逵、戴宗，可都是位列天罡的人物，而那四个，都在地煞星里。

宋江这样做，不是侮辱他们吗？

而晁盖，还是天下英雄向往的梁山上的寨主啊。

但是，令人非常奇怪的是，那四个猛人竟然一声不吭，连李逵这样的火爆人物，此时也傻站着。

只有一个解释：他们和我们一样，完全被宋江弄糊涂了，一时之间，无法做出反应。

宋江为什么这样窝囊，这样丢人现眼？

他心里其实很明白。

第一，在这种情况下，他定要出头，以显示他敢于担当。

第二，可是他没有什么武功，不能上前搏杀。

第三，他又不能指手画脚，派李逵等出战，毕竟晁盖在旁。

第四，他又不愿意等晁盖发号施令，尤其是那三个人，都是他的兄弟，他不想他的兄弟习惯了被晁盖指挥。

于是，他只能做出如此奇怪的举动。

下面又是我们司空见惯的场面，欧鹏四人慌忙滚鞍下马，撇了军器，飞奔前来，拜倒在地下，说道："俺弟兄四个只闻山东及时雨宋公明大名，想杀也不能够见面。……料想哥哥必从这里来，节次使人路中来探望，犹恐未真，故反作此一番诘问。冲撞哥哥，万勿见罪。今日幸见仁兄，小寨里略备薄酒粗食，权当接风。请众好汉同到敝寨，盘桓片时。"

还是闻得宋江的大名，但与此前的区别是，这四人是当着晁盖的面说的。他们这样说时，有没有顾及晁盖的自尊心？

这四筹好汉接住宋江，同到山寨。小喽啰早捧过果盒，一大壶酒，两大盘肉，托过来把盏。先递晁盖、宋江，次递花荣、戴宗、李逵，与众人都相见了。接下来，后面的人马都到了，尽在聚义厅上筵席相会。

宋江饮酒中间，在席上开话道："今次宋江投奔了哥哥晁天王，上梁山泊去，一同聚义。未知四位好汉肯弃了此处，同往梁山泊大寨相聚否？"

拉这四人上山，总该由晁盖提出来吧？

就算你宋江责任心特强，为梁山着想的心情特急，你也应该先向晁盖建议，再向这四人提出吧？

梁山的主人，可是晁盖啊！你怎么不请示主人，就往人家拉客呢？

再看这四个好汉的回答:“若蒙二位义士不弃贫贱，情愿执鞭坠镫。”

要知道，此时的宋江，在梁山并无位置，至少还没有安排位置，可是，他们已经把宋江看得和晁盖平起平坐了！

其实，哪里是平起平坐，把晁盖和宋江说在一起，恰恰是给晁盖面子！

他们的心目中，其实哪有晁盖？

忍无可忍，晁盖反击

次日，宋江、晁盖仍旧做头一起，下山进发先去。

《水浒》写道:“宋江又合得这四个好汉，心中甚喜……”

你看这施大爷，何等没分晓。怎么就是宋江合得这四个好汉呢？这四个好汉上山，难道就与晁盖没一点关系？

何况，自己都还没有上山的宋江，又哪里轮得到他心中甚喜呢？

如果他心中甚喜，只能说明两个问题：

第一，他已经在心中把自己看成是梁山的头头了。

第二，他觉得自己的资本又增加了。

总之，宋江很高兴。高兴之余，便对晁盖说道:“小弟来江湖上走了这几遭，虽是受了些惊恐，却也结识得这许多好汉。今日同哥哥上山去，这回只得死心塌地与哥哥同死同生。”

此前，当押送宋江的两个公人张千、李万在完成押送任务后，感慨地说了一句话:“我们虽是吃了惊恐，却赚得许多银两。”

而宋江在经历了这么多的惊吓以后，说的却是:“小弟来江湖上走了这几遭，虽是受了些惊恐，却也结识得这许多好汉。”

一个是高兴自己赚了银两，一个是高兴自己结识了人物。

为什么有些人是大人？为什么有些人是小人？这两句话，给了我们一个答案。

宋江对晁盖说这样的话时，心中是按捺不住的兴奋：兄弟，还是我的资本雄厚啊！

当然，他也不会忘了安慰一下晁盖：兄弟，别担心，我与你同死同生。

这是对晁盖的安抚，是在一连串的伤害以后，给予的一个安慰，同时，也可能是一个麻痹。

晁盖呢？施大爷还是没让他说话。

就这样宋江一路上说，晁盖一路上听，不觉早来到朱贵酒店里了。

宋江这下真的上山了。

这次上山，比上次被劫上山，风光多了。除了他实际上决策并指挥了打无为军之战外，他还带来了十六个新头领。所以，他是带着雄厚的资本上山来了。

到得关下，军师吴学究等六人把了接风酒，都到聚义厅上，焚起一炉好香。

这时，晁盖做出了一个出人意料的举动。

晁盖当即便请宋江为山寨之主，坐第一把交椅。

晁盖的这一举动，确实是出乎我们的意料。但是，细细一想，又觉得太好理解了。

自从在江州把宋江救出，一路走来，晁盖已然看出，宋江天生地好指手画脚，自觉不自觉地已经开始调度豪杰，而众豪杰也自然而然地接受他的调遣，自知不自知地服从了宋江。

而晁盖，倒成了一个多余的人，一个碍手碍脚又碍眼的人。

晁盖自己，在宋江的风头下，在众兄弟的冷落下，也不知如何自处：

充老大？没人听，甚至都没人向这边看一眼。

不当老大？可身份在这儿呢。

可以说，这一向晁盖受够了难堪、尴尬，所以他这样做，至少有三个目的：

第一，反击宋江。宋江这一段时间如此张狂，藐视自己，总要反击一下。

第二，试探宋江。看看你宋江是否真的就这么急于做老大。

第三，套住宋江。晁盖知道，此时让位给宋江，宋江接受的可能性不大，一定会找理由推辞。既然如此，我让过了，你推辞过了，而且，你推辞的理由就可以套住你，以后我是老大就是既成事实了。这是典型的以退为进。

我们要记住，晁盖很性直，很坦诚，很忠厚，但是，晁盖并不笨。

何况，欺负忠厚人，是不应该的，是有报应的。

果然，宋江没有料到晁盖会来这一手，一时很难堪。

那么，他能不能将计就计，坦然接受老大的位子呢？

不能。为什么？

第一，他岂不知这只是晁盖的一个试探。就算他不怕，还有更重要的——

第二，宋江有今天，他唯一的资本便是江湖上的名声。如果他刚刚被晁盖救上山，就把晁盖取而代之，他的江湖声望就会一落千丈。他还怎么在江湖上混？即便做了老大，他又怎么服众？

所以，宋江哪里肯，便道："哥哥差矣！感蒙众位不避刀斧，救拔宋江性命。哥哥原是山寨之主，如何却让不才？若要坚执如此相让，宋江情愿就死！"

晁盖道："贤弟如何这般说！当初若不是贤弟担那血海般干系，救得我等七人性命上山，如何有今日之众？你正是山寨之恩主。你不坐，谁坐？"

宋江道："仁兄，论年齿，兄长也大十岁。宋江若坐了，岂不自羞？"

仔细分析这晁盖、宋江二人的对话是有意思的。

晁盖让位宋江，理由是：你是梁山的恩主。

宋江推还晁盖，理由是：你年纪大我十岁。

这样一简化，你就看出来了，双方都不真心，双方都是高手。两个高手打太极，表面上看，一团和气，其实，在比试内功，互相较劲呢。

如果晁盖真心，他应该说宋江的才干，说梁山现在人员的组成以及人心的向背。可是，他却说宋江救过他们的命，那他不也刚刚千里奔波，救了宋江的命吗？

如果宋江真心，他应该说晁盖对梁山的首创之功，讲他对梁山发展壮大的贡献，讲他的高尚德行，讲他的地位是历史形成的。可是，他却说什么年纪大十岁，这算什么理由？如果有一个比晁盖年纪还大的来了，难道晁盖还要让出来不成？这简直是贬低晁盖，好像他完全没有其他方面的优点，就只凭着年龄占据高位。

所以，在不能马上对晁盖取而代之的情况下，宋江要让出去，却又要为将来坐第一把交椅打下基础，埋下伏笔。因此，又不愿意说晁盖的好话，才说出这样不伦不类的理由。

最后，晁盖坐了第一位，宋江坐了第二位，吴学究坐了第三位，公孙胜坐了第四位。

宋江不能占第一的位子，但是老二的位置，他从来没有想到要谦让。直接占有这样的位子，他才可能对晁盖逐渐取而代之。

梁山站队政治，泾渭分明

发号施令，却是宋江的爱好，刚刚当了老二，却又像老大一样发话了。宋江道:“休分功劳高下，梁山泊一行旧头领去左边主位上坐，新到头领去右边客位上坐，待日后出力多寡，那时另行定夺。”

众人齐道:“哥哥言之极当。”

宋江的这一招，太阴损了，太聪明了。

阴损在于，分。

聪明在于，不分。

什么是分呢?

他把此时梁山上的四十个头领，除去前四位，剩下的三十六个，分了两类：

旧头领：晁盖系统的。

新头领：宋江系统的。

晁盖系统的，林冲为首，共九人。按原先的次序，分别是：林冲、刘唐、阮小二、阮小五、阮小七、杜迁、宋万、朱贵、白胜。而林冲等四个还是王伦时期的遗产，他们的态度可能是中立的。

宋江系统的，花荣为首，共二十七人，包括上山不久的清风山、对影山来的九人，江州来的十六人，还有金大坚、萧让。按年龄排，分别是：花荣、秦明、黄信、戴宗、李逵、李俊、穆弘、张横、张顺、燕顺、吕方、郭盛、萧让、王矮虎、薛永、金大坚、穆春、李立、欧鹏、蒋敬、童威、童猛、马麟、石勇、侯健、郑天寿、陶宗旺。

这恰好是晁盖系统的三倍。

两边这样对着一站，一边阵容何等寒碜，人丁寥落；一边阵容何等华丽，人丁兴旺。

这是宋江给梁山所有人，包括晁盖一个非常直观感性的路线教育。要大家学会站队。站到哪一边，你们自己看着办。

这就是宋江为什么要分的原因。

为什么他又不分呢?

不分是说不分他们的功劳。

很简单啊，要讲功劳，那当然是晁盖系统的旧头领大。

这实际上已经体现在前四把交椅的安排上了：第一，第三，第四，晁盖系统占了三位。

当然，还不仅如此，更重要的是，不好分，分不好。

为什么不好分呢？

清风寨人马上山后，梁山排的位置是：晁盖第一，吴用第二，公孙胜第三，林冲第四，花荣第五，秦明第六，刘唐第七，黄信第八，然后是三阮，以下是燕顺、王矮虎、吕方、郭盛、郑天寿、石勇、杜迁、宋万、朱贵、白胜。

从这个分法来看，晁盖确实是不看资历不排队，很公正。

但是，现在江州的人马又来了。

如果要排，秦明之前的位置应该可以不动，但是，刘唐以下，就有问题了。比如李逵，救宋江闹江州，他是大出风头，把他排在哪里？

水军头领，江州一下子来了五名：李俊、张横、张顺、童威、童猛。他们和三阮兄弟又怎么排？

所以，不好分，分不好，分得不好，大家都不好了。

所以，宋江聪明，在没有找到一个好的分配方案之前，不分。

这个办法果然好，大家都一派和气，大吹大擂，且吃庆喜筵席。

不过，宋江又开始给晁盖上眼药了。就在这样的群英会上，大家都在场，他突然把江州蔡九知府捏造谣言一事，说给众人听：

“叵耐黄文炳那厮，事又不干他己，却在知府面前将那京师童谣解说道：‘耗国因家木’，耗散国家钱粮的人，必是家头着个‘木’字，不是个‘宋’字？‘刀兵点水工’，兴动刀兵之人，必是三点水着个‘工’字，不是个‘江’字？这个正应宋江身上。那后两句道：‘纵横三十六，播乱在山东。’合主宋江造反在山东。以此拿了小可。不期戴院长又传了假书，以此黄文炳那厮撺掇知府，只要先斩后奏。若非众好汉救了，焉得到此！”

宋江太有才了，他吃了黄文炳的肉，然后还用黄文炳的鬼话，给自己铺路。

这一番话，在这样的场合说，是什么用意，不是太明白了吗？

那就是，儿童歌谣上说的是我，天象上显示的刀兵是我，连黄文炳都说是我。我才是那个天命所归的老大！

刚刚推辞掉老大位置的宋江，看来还是心有不甘啊。

相比之下，晁盖的心地就光明磊落得多。

接下来，宋江不听晁盖劝告，一意孤行要冒极大风险回家搬取老父上山。结果，他回到家，连家门都没进，就被赵能、赵得追捕，万分危急之时，李逵、刘唐等人从天而降，救了他。

宋江奇怪，怎么你们来得这么及时呢？

刘唐告诉宋江：宋江前脚下山，晁盖放心不下，便叫戴宗随即下来，探听宋江下落。

晁盖还是放心不下，亲自带刘唐等人前来接应。

半路里撞见戴宗，得知宋江被人追捕，晁盖大怒，吩咐戴宗去山寨，只教留下吴军师、公孙胜、阮家三兄弟、吕方、郭盛、朱贵、白胜看守寨栅，其余兄弟，都叫来此间寻觅宋江，终于杀了赵能、赵得，救了宋江。

两次放心不下，并且再一次亲自下山救宋江，并且又几乎是倾巢出动——晁盖对宋江，可以说是一腔热血，日月可鉴！

而且，晁盖还忙中偷闲，派戴宗引杜迁、宋万、王矮虎、郑天寿、童威、童猛等人，搬取宋太公、宋清等人，已送到山寨中了。

如果说，宋江曾经救过晁盖一次命，晁盖就救了他两次命了。并且，这第二次，还是宋江多次伤害晁盖，给他难堪以后。所以，论待人忠诚，论为人仗义，晁盖真是令人感动。

三代领导，一分高下

但是，客观地说，作为山寨头领，做领袖，晁盖确有不足之处。

晁盖好像是一个一直无为而治的人，平时并不见他什么主张，有什么筹划，有什么战略。自然地，渐渐地，有事大家都等宋江拿主意，没事也等宋江提出新任务。

我们看，晁盖上山，加上原先的林冲等四人，共十一位头领。后来也只是把白胜救上山，十二位头领。

可是，宋江在清风山，一下子就给晁盖送去了九位头领。头领总数达到二十一位，这才使他有能力去偷袭江州。江州一战，包括金大坚、萧让，包括宋江，一下子又扩充了十九位头领，总数达到四十人。但是，我们发现，梁山的这两次壮大，都与晁盖没有多大关系，都不是他有计划地努力实现的，恰恰倒是宋江带来的。虽然晁盖作为山寨之主，来者不拒，海纳百川，梁山壮大，自有他的因素，但他好像一直在守株待兔，被动地等待，却不见他有什么主动的想法和措施，有什么具体的战略目标。

梁山的三代领导人，王伦、晁盖、宋江，就对梁山的未来筹划而言：

王伦是小格局。

晁盖是没格局。

王伦是小算盘。

晁盖是没算盘。

就做人而言：

王伦是小心眼。

晁盖是没心眼。

小心眼，总是算计别人，算来算去算自己，被人杀了。

没心眼，总是毫无心机，糊里糊涂对他人，被人架空了。

所以，王伦不是一个好人。

而晁盖不是一个好领袖。

晁盖是一个好人没问题，他为人特别实在，特别有正义感，是一个真正的好汉。

但是，他好像没有什么事业心。

王伦主政梁山的时候，是把梁山看成了自己的自留地，承包地。他只要做一个小财主，小富即安，不要别的。就相当于今天的一些小企业主，只是把企业当成一个取钱的地方，没想到要做成事业。

这样的思路，和他的拒绝天下英雄加盟的做法，是对应的。

晁盖主政梁山的时候，确实是敞开大门，欢迎各路英雄进来，但是，进来以后，大家干什么呢？他好像没有想过。他的思想是：这份家业，大家有福同享、有难同当。天天大碗喝酒，大块吃肉，岂不快哉！

所以，他是一个够格的好朋友，但是，他还不能说是好的领路人。

因为他没有对未来的筹划。

宋江和他们相比，显然高出很多：他有大算盘，他有大格局，他有筹划，有步骤。

他一直在想着，如何把梁山做大，如何让兄弟们有个归宿。

不久，他的机会就来了。

十 做大梁山

简单地说，对于梁山，晁盖要做正，宋江要做大。

要发展，就要主动出击

作为领袖，宋江确实比晁盖更具有战略眼光，更有远见和谋划。这谋划和远见就是，作为一个反叛朝廷的军事集团，要有前途或出路，必须实力足够强大。大到什么程度呢？

第一，大到可以推翻朝廷，自己取而代之。

第二，大到朝廷不能轻易消灭你，然后长期共存。

第三，大到可以和朝廷谈判，争取自己的权益。

总之，首先需要的是实力。而梁山此时的实力显然太小。

于是，发展成了当务之急。要发展，就不能太保守，要主动出击。

宋江在等待机会，而机会竟然很快就来了。

杨雄、石秀杀了潘巧云，然后和时迁投奔梁山，在祝家店投宿。时迁恶习难改，偷了店里报晓鸡吃，与店小二闹将起来，放火烧了人家的店，还杀伤他们好几个人。结果，时迁被抓，杨雄、石秀上山来求救。

没想到刚说到时迁偷鸡，晁盖大怒，喝叫：“孩儿们将这两个与我斩讫报来！”

宋江慌忙劝住，道：“哥哥息怒。两个壮士不远千里而来，同心协助，如何却要斩他？”

晁盖道：“俺梁山泊好汉，自从火并王伦之后，便以忠义为主，全施恩德于民。一个个兄弟下山去，不曾折了锐气。新旧上山的兄弟们，各各都有豪杰的光彩。这厮两个把梁山泊好汉的名目去偷鸡吃，因此连累我等受辱。今日先斩了这两个，将这厮首级去那里号令。我亲领军马去就洗荡了那个村坊，不要输了锐气！孩儿们，快斩了报来！”

为什么要斩他们？

第一，偷别人的鸡，玷辱了梁山的名声。梁山上都是豪杰，都有豪杰的光彩，哪能容得下偷鸡摸狗之徒？

第二，被别人活捉，折了梁山的锐气。

但是宋江的看法不一样。

他认为：

第一，鼓上蚤时迁原是此等偷鸡摸狗之人，并非是杨雄、石秀要玷辱山寨。所以，不该杀。

第二，眼下山寨正要招兵买马，不可绝了贤路。

宋江接着便请求亲领一支军马，带上几位兄弟下山，去打祝家庄。并分析打下祝家庄的好处：一是与山寨报仇，免此小辈被他耻辱；二是得许多粮食，以供山寨之用；三是就请李应上山入伙。

宋江的话音刚落，吴用便马上表态："公明哥哥之言最好，岂可山寨自斩手足之人？"

这不仅是支持宋江，而且是批评晁盖。

吴用从此，就站到了宋江一边。

谁给他自我实现的机会，他就跟谁

吴用本来是晁盖的知交，与宋江倒疏远，而且，他是晁盖的班底。但是，几乎是宋江一上山，他就站到了宋江一边。这其实很好理解：

第一，他是有志向、有能力的人。

第二，他是聪明人。

因为有志向，有能力，他与宋江一样，有强烈的自我实现的欲望。这样的人，谁给他自我实现的机会，他就会倾向谁。他和晁盖在梁山很久了，他一定发现，晁盖不是一个有志干大事的人，而宋江是。

因为他是一个聪明人，他岂能看不出来，这梁山迟早是宋江的？上一次宋江有意无意地让旧头领和新头领左右分立，他不但能看出双方的实力对比，也一定看出了宋江的真实心思。

吴用的话音刚落，戴宗便道："宁乃斩了小弟，不可绝了贤路。"这简直是要挟晁盖，挑战晁盖。

接下来，便是众兄弟一边倒地支持宋江。

打无为军时，大家一致听了宋江，否决晁盖。

打祝家庄时，大家又一致否决晁盖，听了宋江。

这很让一山之主晁盖没面子。但晁盖如果再坚持己见，等待他的，一定是更大的羞辱。

如果说，打无为军还是晁盖在某一件具体事务上屈从宋江，那么，打祝家庄这件事情就标志着，在事关梁山未来方针的方向性大事上，晁盖交出了决策权。

并且，这事也开了一个先河：以后每次下山出征，宋江都用同一个借口让晁盖留守山寨。这个借口就是：山寨之主，不可轻动。

宋江，就用这个借口，垄断了带领兄弟东征西讨的权力。

我们应该记得，当初宋江让旧头领、新头领分立左右时，他说过一句话：待以后根据功劳大小，决定座次。

把这两者结合起来，我们很容易就得出结论：

众兄弟要有地位，就必须有功劳。

众兄弟要有功劳，就必须下山打仗。

众兄弟要下山打仗，就必须紧跟宋江。

而宋江这次打祝家庄，点的将恰恰就主要是他带上山来的新头领。

宋江将下山打祝家庄头领分作两拨：

第一拨，宋江、花荣、李俊、穆弘、李逵、杨雄、石秀、黄信、欧鹏、杨林；

第二拨，林冲、秦明、戴宗、张横、张顺、马麟、邓飞、王矮虎、白胜。

宋江以外，共十八位头领，只有林冲、白胜两位是旧头领。真正属晁盖的人，可能只有白胜一人。而白胜是什么样的人呢？是无论如何扶持，无论如何给他加分，也不可能在梁山有分量的人！

宋江够阴的。

三打祝家庄的结果是，祝家庄被彻底夷平，祝家老小一个不留。扈家庄除了扈成逃走，扈三娘被擒，其他一门老小也被李逵杀了个精光。两座庄园的所有钱粮，都被运上梁山。从战略上讲，梁山扫清了正面的阻挡，从此，从梁山下来，越过水泊，前面一片开阔。

没心肝的人，干没心肝的事

宋江打下祝家庄，还干了两件事：

一是逼李应入伙。

李应被宋江骗上梁山，抄了他的家私，将家里一应箱笼、牛羊、马匹、驴骡等项，都拿了去，又把庄院放起火来都烧了。李应有国难奔，无家可回，只得随顺了，他悄悄地对妻子道："只得依允他过。"非常无奈。

二是逼扈三娘嫁给王矮虎。

扈三娘被林冲活捉，宋江叫人把扈三娘送上山，交给自己的父亲宋太公照管。当时还引起李逵的怀疑，以为宋江自己要娶扈三娘为妻。在逼迫李应归顺的第二天，宋江作席，请来众头领。宋江唤王矮虎来说道："我当初在清风山时，许下你一头亲事，悬悬挂在心中，不曾完得此愿。今日我父亲有个女儿，招你为婿。"

在没有征求扈三娘意见之前，就将她许给王矮虎了。

宋江自去请出宋太公来，引着一丈青扈三娘到筵前。宋江对她说道："我这兄弟王英虽有武艺，不及贤妹。是我当初曾许下他一头亲事，一向未曾成得，今日贤妹你认义我父亲了，众头领都是媒人，今朝是个良辰吉日，贤妹与王英结为夫妇。"

不是征求意见，而是宣布结论。

我们要问：扈三娘会答应吗？她会答应嫁给王英吗？

答案一定是：不会。

原因太简单了。

第一，扈三娘被逼成亲之时，离她一家老小一个不留被杀，最多只有两天的时间。梁山泊拉上山来的钱粮财赋，一小半就是在她家杀人越货来的。此时，就逼着她嫁给仇人，有心肝的人能干出这样的事吗？扈三娘有心肝，能答应吗？

第二，王英是什么货色啊？好色、无赖、无能、委琐、肮脏。而且是扈三娘的手下败将，是对扈三娘意图不轨的手下败将。扈三娘曾经的未婚夫，那可是仪表堂堂、武功一流的祝彪啊。

但是，完全出乎我们的意料，扈三娘竟然答应了！

《水浒》这样写的："一丈青见宋江义气深重，推却不得，两口儿只得拜谢了。"

而且是两口儿了！

这扈三娘怎么如此没心没肝呢？

我们说，宋江干这样没心肝的事，已经不是第一次了。当初他把花荣的妹妹嫁给秦明时，秦明原配妻子的首级还挂在青州城楼上，秦明一家老小的尸首也还卧在血泊之中。

那时，我们痛感宋江没心肝，更痛恨秦明没心肝。因为，秦明是可以拒绝的。

那么，**扈三娘是不是也如同秦明一样，是个没心肝的人呢？**

不是。我们看到的扈三娘，从此以后，成了一个木头人，一个几乎不开口说话的人了。整部《水浒》，只有在袁无涯一百二十回本的第五十五回和第九十八回，扈三娘各说了一句话。这说明什么？说明她的心死了。

潘金莲死于硬刀子，扈三娘死于软刀子

为什么扈三娘此时没有拒绝宋江呢？

答案是：她无法拒绝。

第一，她所有的亲人都被杀了，包括她的未婚夫祝彪。

根本没有人能保护她，一个十几岁的少女，突然之间，她的世界全部坍塌了，张眼望去，眼前全是灭家的仇人，且个个大呼小叫，群魔乱舞。那个魔鬼一样的黑旋风李逵，就在其中，并且对她毫无歉疚。

这个时候，她如果拒绝，她会被撕成碎片。

第二，把她撕成碎片的，还有所谓的纲常伦理。

按照封建纲常，她的婚事应该由父兄做主。

她自己的父亲扈太公被杀了，现在，她的所谓的“义父”是宋太公。

她自己的大哥被逼逃走江湖，现在，她的所谓的“义兄”是宋江。

现在，她的婚事就必须由“义父”“义兄”做主。

义父、义兄做主，众头领做媒，大义纲常在此，你能拒绝？

第三，把她撕成碎片的，还有所谓的江湖义气。

扈三娘知道，此时，她的那个温馨的小天地已经被踏平了，现在她置身在江湖之中。

这里，有这里的规矩，有这里的道理。在这个强盗世界里，有强盗世界的道，盗亦有道，不遵循这样的道，就不能立足于这样的世界。

宋江今天把众头领请来，事先并没告知大家这件事，他就是要这样的一种效果。

那么，众头领会赞成这样的婚事吗？

按我们的想法，答案也一定是：不会。

理由一：刚刚杀了人家一家老小，现在又逼迫人家嫁给这样委琐无能的小男人，这样做太没人性了。

理由二：二者太不般配。一般人有这样的心理，看到太不般配的男女结婚，自然而然都要产生一种反对的心理。

但是，这一切同样出乎我们的意料。

晁盖等众人皆喜，都称颂宋公明真乃有德有义之士。当日尽皆筵宴饮酒庆贺。

这宋公明真是有德有义之士吗？

这梁山，奉行的是什么样的道德标准呢？

在这样的群体里，扈三娘内心中的深哀剧痛，能和谁说呢？

她成了一个一言不发的人。

她身世太惨，冤屈太深，委屈太大，黑幕太重，她无处告诉！

《水浒》中的女人，就说话而言，有三类：

潘金莲、潘巧云说反动的女人话。

顾大嫂、孙二娘说正确的男人话。

扈三娘呢？既不能说女人话，又不愿说男人话，那就只能不说话。

《水浒》作者基本不让扈三娘说话，原因有二：

一是他不知道扈三娘该怎么说话。所以，写不出来。

二是他不愿意让扈三娘说那种男人腔，他不想破坏扈三娘美好的形象。这是作者心中对扈三娘隐藏很深的温情。

潘金莲、潘巧云是身死，扈三娘是心死。

二潘死于礼，扈三娘死于义。

二潘死于硬刀子，扈三娘死于软刀子。

架空晁盖，擅作主张

还有一个细节要注意。当宋江当众突然宣布把扈三娘强嫁给王矮虎时，“晁盖等众人皆喜”。这说明，宋江决定这样做时，根本没有征求晁盖的意见。

这很不正常。

第一，扈三娘是战俘。如何处理战俘，而且是已经关押在山寨中的战俘，当然要晁盖来定夺。至少，他也要知道。

第二，王矮虎是山寨中人，山寨中人如此重大的个人事务，而且牵涉到战俘，当然要征求晁盖意见，至少，事先应该与晁盖沟通。

但是，宋江显然没有这样做。

为什么？因为这事本来就是宋江笼络人心的大动作，不仅笼络一个王矮虎，而且是全体兄弟。

宋江要独自领受这份感激之情，要独自笼络众多的人心。

如此一来，不仅宋江一人独占了别人的感激之情，获得了有德有义的名声，而且把晁盖置于很难堪的境地。晁盖还不得不装着和大家一样兴高采烈，和大家一起称颂宋江。

岂止这样的具体事务，就是梁山的整体谋划，宋江也开始撇开晁盖，自作主张了。当然，吴用已经站在他的一边，他们两人开始架空晁盖。

五六天后，晁盖、宋江回至大寨聚义厅上，起请军师吴学究定议山寨职事。

看这一句，好像晁盖还管事，但下面就是这样的一句：“吴用与宋公明商议已定，次日会合众头领听号令。”

晁盖哪里去了？是晁盖最终没有参与商议，还是晁盖的意见被这两个人否决？

众头领一齐都来，听候分拨工作。下面是这样的一句：

“宋江道：……”

这样的场合，这样的事务，应该是晁盖发话吧？

即便晁盖不发话，也应该是吴用发话吧？

晁盖发话，是因为他是山寨之主。吴用发话，是因为他是军师，相当于丞相。

他俩说话，都正常。

宋江说话就不正常。

现在，宋江开始调拨众位好汉，这个如何，那个如何。最后是“一班头领，分拨已定……山寨体统，甚是齐整”。

这话也有意味：宋江上山之前，山寨比较随意，没有什么体统。这是事实。

我们比较一下梁山三代领导人的不同理念：

王伦的梁山——自留地。梁山只是自家人糊口的地方。来的都是客，招待招待，礼送下山，免得时间长了，反客为主。

晁盖的梁山——江湖公社。梁山是天下英雄豪杰的家。来的都是主，天下英雄豪杰到此，都可以海吃山喝。晁盖时的梁山，境界就是三阮的境界：大碗喝酒，大块吃肉。

宋江的梁山——割据诸侯。梁山是一个政治军事集团。来的都是宝，宝越多，梁山的价值越大，势力越强，砝码越重。

宋江上山，梁山有了新的指导思想和政治路线，这新的指导思想和政治路线就是：做大梁山，提升地位，增加砝码。

随着这一新的政治路线的确立和指导思想的贯彻，梁山出现了三大变化：

第一，梁山一天天大起来了。扫平了祝家庄，打破了高唐州、青州，梁山周边的环境一片开阔，声威大震，各路好汉来归如水之就海。

第二，指导思想的变化，导致决策人的变化。梁山的领导人、决策人不知不觉地变成了宋江，宋江逐渐完成了对晁盖的超越和架空。

第三，人才观念的变化。时迁偷鸡上山，晁盖的表现，显示出他更看重的是梁山的名声，更看重的也是投奔而来者的名声，名声不好的人他未必收留。其次才是梁山的威风。

而宋江显然更看重增加梁山的实力，所以，对投奔而来的人，他看重的，是武功和名望，而德行次之。像董平这样的人，品行极端恶劣，但武功一流，他就刻意笼络。

简单地说，对于梁山，晁盖要做正，宋江要做大。

在第二十回，晁盖等人打败黄安，刚刚站稳脚跟，探听得一起客商要从梁山泊旁经过。三阮等人前去打劫，晁盖吩咐道："只可善取金帛财物，切不可伤害客商性命。"待到打劫得胜归来，晁盖又问道："不曾杀人么？"在得到没有杀人的回答后，晁盖大喜，又说道："我等初到山寨，不可伤害于人。"金圣叹更是把这句话改为："我等自今以后，不可伤害于人。"更加突出晁盖的正直和善良。

而宋江则不然，他为达目的，常常不择手段，伤害于人的事干了很多，并且很多都是无辜的人。

比如下文将提到的一件事。

要杀人，李逵是最佳人选

朱仝为救雷横，被判决脊杖二十，刺配沧州牢城。

沧州知府敬重朱仝，留他在本府听候使唤，并吩咐朱仝早晚抱自己的年方四岁的儿子小衙内玩耍。

可是，宋江为了逼朱仝上山，竟然派李逵杀害了小衙内！

在柴进的庄上，柴进告诉朱仝："及时雨宋公明，写一封密书，令吴学究、雷横、黑旋风俱在敝庄安歇，礼请足下上山，同聚大义。因见足下推阻不从，故意教李逵杀害了小衙内。先绝了足下归路，只得上山坐把交椅。"

吴用、雷横也说："兄长，望乞恕罪！皆是宋公明哥哥将令，分付如此。"

朱仝道："是则是你们弟兄好情意，只是忒毒些个！"

为了拉朱仝下水，竟然用一个四岁小男孩的性命作牺牲，陷朱仝于不忠不义的境地。

那么，朱仝上山以后，宋江如何解释的呢？

有意思的是，朱仝根本就没有向宋江问起这件事。

不必问，大家彼此心照不宣。

问了又能怎样呢？朱仝已经无路可走了。

直到李逵在高唐州打死了殷天锡，逃回梁山，朱仝要与李逵拼命，宋江才正式就此事与朱仝赔话，却把责任推给了吴用："前者杀了小衙内，不干李逵之事，却是军师吴学究因请兄长不肯上山，一时定的计策。今日既到山寨，便休记心，只顾同心协助，共兴大义，休教外人耻笑。"

杀害小衙内，柴进、吴用、雷横、李逵四个人都说是宋江的主意，宋江却说是吴用的主意。柴进、吴用说是宋江时，宋江不在场；宋江说是吴用时，吴用在场却不发一言。很妙。这事成了无头案了。

但仔细分析一下，这事一定是宋江的安排。

其一，说是宋江主意的是四个当事人。说是吴用主意的偏偏是宋江，而且只有一个宋江。尤其是杀人执行人李逵，在朱仝要杀他时，暴怒道："是晁、宋二哥哥将令，干我屁事！"可见，杀人行动是在山上就决定好的。

其二，宋江说是吴用见朱仝不愿上山，一时定的杀人之计，有一个破绽：吴用、雷横在劝说朱仝的时候，并没有和李逵单独接触下达杀害小衙内命令的机会。事实上，在雷横、吴用把朱仝引开的同时，李逵就已经出手，根本就不是等到朱仝拒绝以后才动手的。

其三，如果宋江不是早就预谋好了要杀害小衙内，他们无须派李逵这样的闯祸王去济州。就这次行动而言，要杀人，李逵是最佳人选；不杀人，李逵是最差人选。

我们举一个例子看看。后来吴用要上东京去哄骗卢俊义上山，点名要一个粗心胆大的去，李逵一听，马上报名，宋江怎么说？宋江喝道："兄弟，你且住着！若是上风放火，下风杀人，打家劫舍，冲州撞府，合用着你。这是做细作的勾当，你性子又不好，去不得。"所以，如果不是派李逵去杀人，这样的在敌人眼皮底下的策反工作，哪里敢用莽撞的李逵。

其四，按照宋江的一贯作风，他不仅要朱仝上山，他还要绝了朱仝的归路，让他死心塌地，所以，小衙内非死不可。

当初，朱仝要和李逵厮拼，被吴用等人拉住。朱仝道："若有黑旋风时，我死也不上山去！"

我们要说的是，**山上只要有宋江，就一定有李逵，有宋江这样的头领，就一定不缺李逵这样不折不扣执行命令的人。**

这样的梁山，你去不去？

你还得去。因为你已经被彻底断了后路。

宋江改变了梁山的作风，在很大的程度上，降低了梁山的道德境界。

那么，宋江要把梁山引到哪里去呢？

十一 遗言危机

没有程序公正的权力，时时刻刻都要面对质疑甚至挑战。梁山也是如此。

宋江大名，名震江湖

宋江派李逵杀死了小衙内，愤怒的朱仝发誓与李逵是梁山上有他无我，有我无他。柴进提出一个权宜之计，让朱仝上山，留李逵在庄上。

后来，李逵在高唐州杀了知府高廉的妻弟殷天锡，连累柴进下狱。

为救柴进，宋江率军打下了高唐州，杀了高廉。

因为高廉乃高太尉高俅的叔伯弟兄，高俅便奏请朝廷发兵征讨。呼延灼带兵来讨伐梁山，却被梁山打得只身一人逃到青州，欲借青州兵马复仇。

青州慕容知府也有自己的小算盘，他的境内有桃花山、二龙山、白虎山三处草寇，也想借呼延灼之力剿捕，二人一拍即合，联手对付三个山上的好汉。

三山也联合起来，要对付呼延灼和慕容知府。

此时杨志说了一番话。杨志道："若要打青州，须用大队军马，方可得济。俺知梁山泊宋公明大名，江湖上都唤他做及时雨宋江，更兼呼延灼是他那里仇人。……孔亮兄弟，你却亲身星夜去梁山泊，请下宋公明来，并力攻城，此为上计。"

鲁智深道："正是如此。我只见今日也有人说宋三郎好，明日也有人说宋三郎好，可惜洒家不曾相会。众人说他的名字，聒得洒家耳朵也聋了，想必其人是个真男子，以致天下闻名。"

这段对话透出这样几个信息：

第一，杨志和鲁智深，都没有见过宋江，但是他们都听说过宋江。这也不光是因为他们身边有一个宋江的结义兄弟武松。宋江在江湖上的知名度高，而且关于宋江的，都是好的评价。可见宋江的美誉度之高。

第二，更大的问题是，讲到梁山泊，就是宋公明；向梁山求救，就是向宋江求救，之所以向梁山求救，是因为有宋江在。

这说明，**在江湖人眼里，梁山早已是宋江的梁山，而不再是晁盖的梁山了。宋江在梁山，是一个拿主意的人，是梁山的实际老大，他能做这个主，而晁盖未必。**

可见，晁盖被架空，已经不再是梁山机密，而是江湖上公开的秘密。

这样的局面带来的结果是：不但梁山上的兄弟们有意无意忽略了晁盖，给晁盖带来羞辱；就是那些准备投奔梁山的江湖好汉，也公然不把晁盖放在眼里，晁盖几乎成了天下江湖的笑话。

孔亮在杨志、鲁智深的催促下上了梁山，宋江一听，马上就亲自带领大队人马浩浩荡荡地开来了，青州打下来了。二龙山、桃花山、白虎山三山的好汉们，又浩浩荡荡地汇入了梁山泊。

宋江的威名更大了，梁山的势力也更大了。

但是，即便如此，还有人竟然扬言要吞并梁山。

谁呢？徐州沛县芒砀山上的樊瑞、项充和李衮。

这当然很可笑。结果也很可笑，宋江出征，这三个人都归顺了梁山。吞并是吞并了，不过不是芒砀山吞并梁山，而是梁山吞并芒砀山。

宋江的威名又大了。大到什么程度了呢？接下来就有一个例子。

宋江率军降伏芒砀山上的樊瑞等人后，回军到梁山泊边，正要过渡，只见芦苇岸边大路上，一个大汉望着宋江便拜。原来那人叫段景住，是个盗马贼。据他自己说，今春去北边地面盗马，盗得一匹好马，雪练也似价白，浑身并无一根杂毛，头至尾，长一丈，蹄至脊，高八尺。又高又大，一日能行千里，北方有名，唤作“照夜玉狮子马”，乃是大金王子骑坐的。因为在江湖上只闻及时雨大名，就要将此马前来进献，没想到被曾头市那曾家五虎夺了去。

连盗马贼都只闻宋江的大名了，而且盗得的好马也是指名道姓要送给宋江了！

一个盗马贼，要投奔梁山，见面礼不是送给晁盖，而是送给宋江！

临终遗言，吐露多少郁闷！

事情严重到这个地步，晁盖的江湖声望受到如此严重的贬损，晁盖胸襟再宽广，也不可能毫无感觉了。盛怒之下，他决意亲征曾头市。宋江当然还要阻拦，但是晁盖此次不再退让，他要通过这次行动，重新夺回自己的权力，重树自己在山寨以及江湖上的威望。

没想到，此次出征却大败亏输，晁盖自己也被曾头市教师史文恭的毒箭射中面额，待到被救回山寨，已自水米不能入口，饮食不进，浑身虚肿。宋江等守定在床前啼哭，亲手敷贴药饵，灌下汤散。众头领都守在帐前看视。

当日夜至三更，晁盖身体沉重，转头看着宋江嘱付道："贤弟莫怪我说。若那个捉得射死我的，便教他做梁山泊主。"言罢，瞑目而死。

晁盖的这个临终遗言，完全出乎我们的意料！

按照江湖规矩，老大死了，老二接任，天经地义。

宋江接任梁山寨主，也是上合天意，下顺人情。

无论从能力、声望、群众基础还是历史形成，宋江都当之无愧。

从梁山事业的稳定、发展角度，从众位兄弟的未来着想，更是非宋江莫属！

按照此前晁盖和宋江兄弟相称的和睦关系，晁盖也应该让宋江顺理成章接任，并且，这样的顺水人情，对宋江好，对自己岂不也好？

晁盖的这个临终遗言，完全没有道理！

梁山头领，需要的是多方面的才能，不能仅仅是武功；

需要的是多方面的功劳，不能仅仅是擒获史文恭；

需要的是在长期的斗争中形成的历史地位以及由此而形成的威望，哪能单凭一次战斗——很可能是完全偶然的机遇，就做山寨之主呢？

晁盖的这个临终遗言，完全不靠谱！

此时山寨，已有八十八位头领。这八十八位，都是妖魔再世，煞星下凡，要把他们管理得顺风顺水，要他们个个顺理成章，顺顺溜溜，岂是容易做到的？岂是人人可以做到的？

事实上，八十八人之中，只有宋江一人可以做到。

在这些人里，按照实力，要能活捉史文恭这样的武功一流之人，大约有如下几位有这种可能：林冲、呼延灼、花荣、秦明、鲁智深、武松、杨志、李逵。

但是，这几个人里，有谁的能力可以管理偌大的一个梁山，服膺诸多的英雄豪杰？

而唯一可以管理梁山的宋江，其低微到近乎无的武功，偏偏是万无可能捉住史文恭的！

所以，晁盖的临终遗言，是一种多败俱伤的遗言。

第一，严重损害了梁山的事业。从梁山事业的角度而言，晁盖的这个遗嘱，完全是不负责任，而且是置梁山事业于极大的危险之中。梁山很有可能因为不能选出合适的领导人而陷入崩盘。

第二，梁山动荡也好，崩盘也好，最终都严重损害了梁山兄弟的利益。

第三，损害梁山事业，损害梁山兄弟，晁盖也就严重损害了自己的声望，损害了自己一生的清誉。可以说，一世英名，毁于一旦。

第四，严重伤害了宋江，而且，让两人勉力维持的友谊彻底破裂。

那么，晁盖为什么要留下这样的遗言呢？

答案只能是一个：完全是因为宋江。

就是要报复宋江，让他做不成梁山之主。

至少，给他设置一个难以逾越的障碍，给他制造一个大大的麻烦，让宋江看看他临死前的报复！

晁盖此时已经在弥留之际，说完此话，就瞑目而亡，根本就没有办法没有时间和他讨论、争辩是非曲直，这是晁盖临死之前打的一个成功的时间差。

由此可见，**宋江平时目中无人的行径，是多么深地伤害了晁盖！**

晁盖的内心里，积压了多少的郁闷！

晁盖是忠厚人，却在临死前如此不忠厚。

为人不可以太过分，尤其不可以过分对待一个忠厚人。

这是宋江的教训。

权力的合法性，遭到质疑与挑战

接下来，林冲与公孙胜、吴用，并众头领商议，要立宋公明为梁山泊主。林冲为首，与众等请出宋公明在聚义厅上坐定。吴用、林冲开话道：“哥哥听禀：国一日不可无君，家一日不可无主。晁头领是归天去了，山寨中事业岂可无主？四海之内，皆闻哥哥大名，来日吉日良辰，请哥哥为山寨之主，诸人拱听号令。”

这话说得极其在理，按说，宋江就此坐了头把交椅，也是众望所归。

可见，晁盖的这个遗言，不仅伤了宋江的心，也不得人心。

这话又说得极其无理：晁盖尸骨未寒，遗言在耳，怎么就弃之不顾了呢？

宋江深知这一点，所以，他说："晁天王临死时嘱付：如有人捉得史文恭者，便立为梁山泊主。此话众头领皆知，誓箭在彼，岂可忘了！又不曾报得仇，雪得恨，如何便居得此位？"

宋江说这话，不是要大家遵循晁盖遗言，而是告诉大家，晁盖遗言让他很无奈。

但是，伤了你心也好，不得人心也好，老大的遗言就是老大的遗言，它利用了一个时间差，不容辩驳地确立了权力交接的合法程序。

对于权力来说，至少要符合三个条件：

第一，合法性。

第二，合理性。

第三，合德性。

合法性，就是指权力的来源。比如，古代的帝王权力的合法性来自天，来自继承，来自血统；今天的西方社会，来自公民选举，合乎程序；等等。

合理性，指的是权力对于社会的必要性。比如，黑社会就不具备合理性，因为它不是社会运作的必要环节，反而是有害环节。

合德性，指的是权力的道德属性。任何权力都要有一个道德支撑，要有一个道德目标。

显然，宋江就任老大之位，具备梁山这个小社会的合理性。而宋江本人的个人道德，及时雨的名声，以及梁山早就标榜的"替天行道"，也铸就了他接受这个权力的合德性。

如果晁盖临死之前，什么也没说，那么，按照"兄终弟及"的一贯传统，宋江当老大的合法性也是没有问题的。

那就太万事顺意了。

但是，晁盖临终遗言，提出了一个继位的必要条件，另外建立了合法性的来源，宋江的合法性被取消了！

而权力的首要条件，就是合法性。

那么，宋江能否走上战场，活捉史文恭呢？

完全没有这种可能。

《水浒》作者在宋江第一次出场时，有一段文字，单表宋江的好处：

宋江，表字公明，排行第三，祖居郓城县，宋家村人氏。为他面黑身矮，人都唤他做黑宋江；又且驰名大孝，为人仗义疏财，人皆称他做"孝义黑三郎"。……他刀笔精通，吏道纯熟；更兼爱习枪棒，学得武艺多般。

这一段话里，有讲得对的，也有讲得不对的。

讲得对的是关于宋江的外貌，面黑身矮。

这样的描写，是在说明，宋江的优势，在文才不在武功。

但这段话里还讲到了宋江“学得武艺多般”，这正是讲得不对的地方。

我们从来不见宋江何时显示过他的武功。他只在揭阳镇上，因为赍发五两白银给薛永，被穆春揪住要打，宋江做出要和他放对的架势。却没等到他动手，薛永赶来，三拳两脚，把穆春打翻了。这是宋江一生唯一一次摆出架势的，但也仅仅摆了个架势而已。接下来，张横逼着他和两个公人跳江，三人面对一个，却只是哀求对方饶命，对方不饶，宋江也就准备和两个公人互相抱着投江了。如果宋江真有武功，此时还不拿出来吗？

有人会说，宋江还带过徒弟呢。带过徒弟，不能说明他的武功就好。史进不也有过七八个师父吗？可是，经过王进以后，他才知道，那七八个人的武功，不值半分。今天冒充老师的更多，冒充大师的都有几个，没有真本事的多的是。宋江带的徒弟，就是孔明、孔亮兄弟，武松放翻孔亮，恰似放翻小孩子一般。可见宋江的教学成果。

既然宋江的武艺差劲到几乎没有，凭武功活捉史文恭，名正言顺地取得权力的合法性，就完全没有可能。了解他的林冲、吴用等，根本不做此想，他们只想通过合理性和合德性来反证宋江就任的合法性。

但是，这显然是不可以的。

没有程序公正的权力，是不能服众的，是时时刻刻都要面对质疑甚至挑战的。

能役使英雄，方能成就大业

宋江当然很想得到这个位子，但是，他不能破坏江湖规矩。不遵守前任的遗言，强行坐上老大的位子，不仅使他的权力没有合法性，也会使他丧失权力的合理性和合德性。他以后如何在江湖上理直气壮呢？

但是，按照宋江不择手段的性格，他哪里是一个被死人的遗言束缚住的人呢？

吴学究又劝道：“晁天王虽是如此说，今日又未曾捉得那人，山寨中岂可一日无主？若哥哥不坐时，……谁人敢当此位？寨中人马如何管领？然虽遗言如此，哥哥便可权临此位坐一坐，待日后别有计较。”

显然，吴用对晁盖的遗言也很无奈。

客观地说，晁盖的遗言，为难了宋江，也为难了整个梁山。

但是，聪明的吴用还是找到了晁盖遗言中的一个漏洞。

在捉住史文恭之后，权力必须移交给捉住史文恭的人。那么，在捉住史文恭之前呢？

由宋江代理老大，这是合法的。而且，非常必要，因为山寨不可一日无主。

所以，宋江马上道："军师言之极当。今日小可权当此位，待日后报仇雪恨已了，拿住史文恭的，不拘何人，须当此位。"

宋江很会顺水推舟，马上就顺着吴用的杆子，爬上了山寨之主的位子。当然，是权当此位，坐得并不踏实。

不过，一坐上这样的代理老大的位子，他就要发号施令，主张大事了。

他发号施令的话很长，我就不重复了，主要有两点：

第一，把众兄弟分做六寨驻扎。

第二，聚义厅今改为忠义堂。

先看第一条，显然宋江此前已经与吴用等人商议过了。要知道，此次安排，涉及的头领是八十八员，如何安排，尤其是排序问题，都很敏感。我比较了一下这次各寨、各关、各房的排序，和以后石碣天文上的排序还是有不少区别，说明这是一个很不成熟的排序。但是，结果却是，"梁山泊水浒寨内大小头领，自从宋公明为寨主，尽皆一心拱听约束"。

这是施耐庵一句皮里阳秋的话。自从宋公明为寨主，尽皆欢喜，说明什么？

说明晁盖为寨主时，还有人不欢喜。而宋江，却能让大家都满意。

就领袖而言，宋江确实比晁盖有较为全面的能力，可以吸引更多的人。

三国魏时刘劭《人物志》说英雄是这样的人：

夫草之精秀者为英，兽之特群者为雄；故人之文武茂异，取名于此。是故，聪明秀出谓之英；胆力过人谓之雄。

英，是植物中的精华；雄，是动物中的翘楚。有智慧，叫英；有胆力，叫雄。

晁盖有胆力，但是智慧上有欠缺。他是一个质朴的人，直性的人，爽快的人，忠诚的人。就一般人的品德来说，他非常好。他足够成为一个好汉，一个豪杰。他的这些品性，足够吸引那些和他资质相同和相近的人，但对另外一些人，一些比较内秀的人，比如，吴用、公孙胜、柴进、花荣等，就可能缺少足够的吸引力。那些从朝廷投降过来的人，也未必就对他很服气。刘劭《人物志》说：

徒英而不雄，则雄材不服也；徒雄而不英，则智者不归往也。

故雄能得雄，不能得英；英能得英，不能得雄。

故一人之身，兼有英雄，乃能役英与雄。

能役英与雄，故能成大业也。

梁山之上，一人之身，兼有英和雄两种素质与气质的，当然是宋江。宋江一出场，担着血海也似的干系，救了晁盖等七人，不仅有胆力，还要有聪明。在清风山，指挥花荣等人打败秦明，收服秦明，然后浩浩荡荡，奔赴梁山，也是胆力和聪明俱佳之人才能做得出来。到了梁山，三打祝家庄，打高唐州，打青州，打华州，宋江充分显示出了他的胆力和智慧。

这样的人，用刘劭的话说，才能役使英与雄。

而能役使英雄，才能成就大业。

除旧布新，梁山迎来一个新时代

宋江这次重新安排分工和职责、次序，达到了四个目的：

第一，充分照顾到了大家的不同利益诉求。加官晋爵也好，封官许愿也好，反正大家都有了位子，将来还有了奔头，于是皆大欢喜。

第二，职责明确了，分工明确了。大家知道自己该干什么了，宋江也好管理了。

第三，组织严密了，效率提高了，政令畅通了。

从此，梁山变成了一个真正严密的组织。那些来自江湖上的无法无天之徒有了纪律，有了约束，还能发号施令，当官做老爷，可以想象，他们的感觉好极了；那些来自朝廷和官场的人也重新找到了做官的感觉。宋江通过这样的安排和组织，把分散的力量收拢过来，编织成一个整体的力量，从而实现一加一大于二的整体大于部分之和的效能。

第四，更重要的是，通过这样的形式，给人一种除旧布新的感觉。老梁山随着晁盖死去，新梁山随着宋江诞生。

抹去旧的痕迹，添上新的色彩。这是一切继任者向别人宣布自己时代到来的常用手法。

梁山的新时代到来了。

我们必须看到的是，实际上，梁山的境界也是有一个不断提升的过程的。王伦时期的梁山就如同邓龙时代的二龙山，把山寨当作自己的自留地，不许别人染指。这样的山寨，不仅没有前途，也特别没有出息，特别小气。

待到林冲火并了王伦，晁盖为山寨之主，梁山的境界就大大地提升了一步，广结天下豪杰，广纳天下英雄，把梁山看成是天下的梁山，是天下英雄豪杰的梁山，梁山也就成为天下英雄的渊薮。梁山事业一时之间蒸蒸日上，红红火火。但是这样的梁山大是大了，还只是外延上的大，不是内涵上的大。

内涵上的大，是梁山要有精神，要有理想，要有目标。晁盖作为第二代领袖，还缺少这样的理想和目标，他只是沉湎于大家一起大秤分金银、成套穿衣服、大碗喝酒、大块吃肉这样满足基本生理需求、物质需求的低级阶段上。他的不足，主要是由于他没有什么文化，只是一个略有胆识，又特有义气，从而具有一定道义感召力的头领。由于没有什么文化，他自然就缺乏一种文化意义上的目标和境界。看看历史，我们会发现，从来没有一个没文化的造反者会取得最后成功。

当一个人走投无路的时候，他会上梁山。

晁盖敞开了梁山的大门，所以，很多英雄豪杰都来了。

但上了梁山之后，他不能就这么天天喝酒吃肉。

人生要有一个奔头，才有意义。

有想头，才是一个有出息的人。

给人一个想头，才是一个有前途的组织。

宋江，就是给梁山众兄弟一个奔头、一个想头的人。

这一点，就体现在他把聚义厅改为忠义堂。

宋江的这个举动，曾经引起过很严厉的批评，说他一字之改，就体现出他投靠朝廷的投降主义路线。

是这样吗？

十二 牢笼英雄

宋江将聚义厅改为忠义堂，一字之改，梁山不再是一帮流落豪杰啸聚一堂暂栖其身的地方，而是他们实现人生价值、升华人生境界的场所。

改变了事实，就改变了世界

前面我们讲到，晁盖死了，宋江做了代理老大。然后他发布了两道政令，一是重新安排大家的工作，实行了全员聘任；二是“改聚义厅为忠义堂”。

这是一种很有意思的行为。

“文革”期间，评《水浒》的时候，把宋江看成是投降派，于是，抓住这个事情不放，说晁盖的聚义厅是英雄聚义，是革命；而宋江的忠义堂，则是宣传对皇帝的“忠义”，是投降。

其实，这种说法对，也不对。

先说不对。有两点：

第一，“聚义厅”不是晁盖命名的，也不代表晁盖的什么政治路线、政治立场和政治主张。“聚义厅”只是一个泛称而已，比如，桃花山、清风山、少华山，都有聚义厅，都把会议、议事、集合的地方叫作聚义厅。梁山也一样，王伦时期就叫聚义厅，不是晁盖时期的名称，更不是晁盖专门命名的，所以，首先不能说是晁盖的聚义厅。其次，更重要的，也不能说聚义厅这个名称就一定有某种政治上的含义，代表所谓革命的立场。

第二，“聚义厅”不仅不是什么晁盖政治路线的体现，恰恰相反，是晁盖胸无大志、缺少政治目标的表现。事实上，晁盖延用王伦时期的泛泛而称的“聚义厅”，恰恰体现了晁盖的保守立场，他没有把梁山做大做强的志向，也没有把梁山做成区别于其他山头的想法。

所以，说宋江改“聚义厅”为“忠义堂”是背叛了晁盖的革命路线，不对。

但必须承认的是，宋江确实是想借正式命名来体现一种政治追求。

而这种政治追求也确实以忠于皇帝为核心。

这一改，就改出了新面貌。

《水浒》中一般好汉，讲究一个“义”字，而宋江多了一个“忠”字。唯其多了这一个字，就多了很多负担，多了很多责任，多了很多劳累。

主政梁山以后的宋江，就是一心一意要在江湖之义中，加入家国之忠。

有了家国之忠，人生的境界就不一样了。

聚义厅是个没有实在意义的词，也就是一帮哥们聚在一起大碗吃酒、大块吃肉、论秤分金银、成套穿绸锦的分赃之地。而“忠义堂”则有了意义。

梁山的最高境界是待宋江上山以后才得以提升的，宋江赋予梁山道德上的追求。聚义厅与忠义堂，一字之改，改江湖为国家，改江湖气为道德正气。梁山也不再是一帮流落豪杰啸聚一堂暂栖其身的地方，不再是他们追求个人享受的地方，而是他们实现人生价值、升华人生境界的场所。梁山好汉，由乌合之众，变成了有政治目标和道德追求的群体。

梁山，由此就由一个盗匪集团变成了一个政治集团。

梁山至此，就做大了，做强了，做出了千古的美名，做出了忠义大业。

从王伦的小农自留地到晁盖的流氓无产者的销金窝，再到宋江的有组织、有纪律、有目标、有理想的政治军事集团。梁山，终于实现了它的自我超越，梁山终于脱胎换骨，将晁盖时期虚无的“替天行道”落到了实处。

而这一自我超越的标志性事件，就是“忠义堂”牌匾的悬挂。

那么，为什么宋江要在这样的敏感时期挂出这样的牌匾呢？

首先，当然是现实的需要。

宋江需要在这个时候除旧布新，通过这样的行为来宣布自己时代的到来。“聚义厅”改为“忠义堂”，地点还是那个地点，世界却已经不是那个世界。旧梁山已死，新梁山已立。

维特根斯坦的《逻辑哲学论》上说：“世界是事实的总和而非事物的总和。”

事物还是那些事物，但事实已经不是那些事实。改变了事实，就改变了世界。

其次，梁山发展到了今天这个规模，必须有自己的派头，有自己的格局，以便区别于其他的小山头。如果还和其他的一些名不见经传的小山头一样叫“聚义厅”，就不足以显示其身份和地位，理想和追求，就不足以吸引更多的人来投奔。

最后，更重要的是，原来的聚义厅，大家大碗喝酒、大块吃肉、大呼小叫，很合一些人的胃口。比如，像三阮兄弟、李逵、燕顺、王矮虎等人。但是，随着梁山的壮大，梁山群体里，朝廷降将、地方名流、财主逐渐占了多数，这样的生活对他们而言毫无吸引力。他们需要有一些诸如建功立业、尽忠报国等的事业心。

在打青州的时候，吴用设计活捉了呼延灼。左右群刀手，把呼延灼推将过来。宋江见了，连忙起身，喝叫“快解了绳索”！亲自扶呼延灼上帐坐定，宋江拜见。

呼延灼道：“何故如此？”

宋江道：“小可宋江怎敢背负朝廷？盖为官吏污滥，威逼得紧，误犯大罪，因此权借水泊里随时避难，只待朝廷赦罪招安。不想起动将军，致劳神力。实慕将军虎威。今者误有冒犯，切乞恕罪。”

接下来宋江告诉呼延灼：“韩滔、彭玘、凌振，已多在敝山入伙，倘蒙将军不弃山寨微贱，宋江情愿让位与将军。等朝廷见用，受了招安，那时尽忠报国，未为晚矣。”

呼延灼沉思了半晌，一者是天罡之数，自然意气相投；二者见宋江礼貌甚恭，语言有理，叹了一口气，跪在地下道：“非是呼延灼不忠于国，实感兄长义气过人，不容呼延灼不依。愿随鞭镫，决无还理。”

你看，宋江说服呼延灼，靠的是两手：

第一，态度谦恭，礼貌周全。这对于一个俘虏来说，是很受用的。

第二，更重要的是，告诉呼延灼，梁山并不是一个反政府组织，而是一个随时准备投靠政府、接受招安的组织。这一点才是让呼延灼最终下定决心归顺的原因。因为，这样一来，呼延灼这样的人，就既不用担心落草为寇，玷污名节，成为千秋罪人，又看到了重新做人的希望。

宋江后来招降朝廷将领，全部使用的是这一招。

只有有了这样的目标，才能让这些人归顺。

像呼延灼这样的朝廷军官被捕获上山，怎么可能仅仅凭着兄弟义气就这样一直混下去？他们一定要有一个目标，一个前途，一定要对他们的未来给一个说法，才能安抚他们。换句话说，梁山必须有能吸引他们的地方，梁山必须对他们的未来有所承诺。

这个承诺，就是重回体制，重新回归朝廷。

所以，尽管我对宋江的很多行为并不欣赏，但是，宋江改“聚义厅”为“忠义堂”，却是一件必须肯定的事。

不怕贼偷，就怕贼惦记

不过，现在对宋江来说，关键的事还是如何为晁盖报仇。

他必须去打曾头市。

这也许是他不急于做的，却是他必须做的。

因为——

第一，继任者为老大报仇，这是江湖通义。不为老大报仇，江湖上就说不过去。

第二，这不仅事关晁盖，也事关梁山声望，是为山寨雪耻。一个小小的曾头市，公开扬言要与梁山作对，还抢走了别人送给梁山头领的骏马，又射死了梁山老大，这样的仇不报，梁山在江湖何以立足？那不是鼓励更多和梁山作对的人出现吗？

但是，曾头市此时还真的打不得。

为什么？就是因为晁盖的遗言。

此时打曾头市，谁会擒获史文恭呢？

比如林冲，比如呼延灼，比如武松，比如鲁智深，比如李逵……

问题就来了，按照晁盖遗言，他们中不管是谁，都必须做老大。

他们能吗？他们会吗？他们敢吗？

别人服吗？吴用服吗？宋江服吗？

打，还是不打，还真是一个问题。

解决这个问题，还需要宋江与吴用的精诚合作。

宋江当然知道这些，于是，不久就聚众商议，欲要与晁盖报仇，兴兵去打曾头市。

这是摆出架势，假动手，唱红脸。

军师吴用谏道：“哥哥，庶民居丧，尚且不可轻动，哥哥兴师，且待百日之后，方可举兵。”

这是真拦阻，唱白脸。

而且，吴用就是吴用，这事本来是为晁盖而起，他就也借晁盖说事：居丧期间，不可轻动。

动，是为晁盖。不动，也是为晁盖。

理由很充足。

宋江马上偃旗息鼓，一点也不坚持，就依吴学究之言，守住山寨，每日修设好事，只做功果，追荐晁盖。

你看，多难的一件大事，只要宋江、吴用合作，就易如反掌。

但是，就依吴用之言，一百天之后，你总得打吧？

所以，他们必须在这一百天之内，想到一个办法。

办法倒是没想到，他们想起一个人来。

谁呢？卢俊义。

俗话说，不怕贼偷，就怕贼惦记着。被梁山的贼惦记着，那就万分可怕。

朱仝被惦记了一回，结果是不仁、不义、不忠、不孝。

卢俊义被惦记上了，是什么下场呢？

朱仝被惦记，是因为他是梁山上晁盖、宋江、吴用、公孙胜、刘唐、三阮、白胜、雷横等的恩人，人家恩将仇报，好歹也是一个理由。

卢俊义被惦记，则完全是人在家中坐，祸从天上来。

有一个叫大圆的北京大名府龙华寺僧人，被梁山泊请在寨内做道场。宋江问起北京风土人物，那大圆和尚说道："头领如何不闻河北玉麒麟之名？"宋江听了，猛然想起，说道："你看我们未老，却恁地忘事！北京城里是有个卢大员外，双名俊义，绰号'玉麒麟'，是河北三绝。祖居北京人氏，一身好武艺，棍棒天下无对。梁山泊寨中若得此人时，何怕官军缉捕，岂愁兵马来临？"

吴用笑道："哥哥何故自丧志气。若要此人上山，有何难哉！"

宋江答道："他是北京大名府第一等长者，如何能够得他来落草？"

吴学究道："小生略施小计，便教本人上山。"

你看，这宋江、吴用，随随便便，为了自己，为了梁山，就这样算计起远在大名府的卢俊义了。

而且，他们最终还真的把卢俊义弄上了山。为了把他弄上山，他们把卢俊义害得九死一生。

我们知道，卢俊义长在豪富之家。他除了家产万贯之外，还家传清白，祖宗无犯法之男，亲族无再婚之女，自称："生为大宋人，死为大宋鬼。"

这样一个有家有国之人，日子过得滋润，又满脑子忠臣孝子的观念，要他上梁山，难。

不过，这两点，都难不住梁山。

你有家，让你家破人亡便是。

你爱国，让你有国难奔即是。

心如火炽，气似烟生

那我们就来看看他们是如何把这个北京城中的大财主弄上山的。

第一，吓他。

吴用冒充算命先生，到卢俊义府上，装神弄鬼，说卢俊义不出百日之内，必有血光之灾：家私不能保守，死于刀剑之下。

第二，骗他。

吴用告诉他，只有去东南方一千里之外，方可免此大难。为什么吴用要说这个方向和距离？因为，要到这个地方，必须经过梁山。

第三，陷害他。

吴用还念出四句藏头诗，让卢俊义自己写在壁上。这四句诗是：

> 芦花丛里一扁舟，俊杰俄从此地游。义士若能知此理，反躬逃难可无忧。

暗藏“芦（卢）俊义反”四字，作为将来官府判决卢俊义造反的铁证。

第四，玩他。

如果说吓唬他欺骗他陷害他，已经很恶劣，接下来梁山摆出阵势，玩弄卢俊义于股掌之间，就更加令人反感。

被吓、被骗的卢俊义不顾劝阻，带上管家李固，装十辆山东货物，径往梁山泊来。在梁山脚下，宋江、吴用用车轮战术，把卢俊义玩弄得七窍生烟。

先是林子里一声炮响，李逵托地跳出来，手握双斧，厉声高叫：“卢员外！认得哑道童么？”

卢俊义猛省，喝道：“我时常有心要来拿你这伙强盗，今日特地到此，快教那宋江下山投拜！倘或执迷，我片时间教你人人皆死，个个不留！”

李逵哈哈大笑道：“员外，你今日中了俺的军师妙计，快来坐把交椅！”

卢俊义大怒，握着手中朴刀，来斗李逵，李逵抡起双斧来迎。

两个斗不到三合，李逵托地跳出圈子外来，转过身，望林子里便走，没了。

卢俊义却待回身，松林旁边转出一伙人来，一个人高声大叫:“员外不要走。难得到此，认认洒家去!”

卢俊义看时，却是一个胖大和尚，鲁智深大笑道:“洒家是花和尚鲁智深，今奉军师将令，着俺来迎接员外避难。”

卢俊义焦躁，大骂:“秃驴敢如此无礼!”拈手中宝刀，直取那和尚。鲁智深抡起铁禅杖来迎。

两个斗不到三合，鲁智深拨开朴刀，又回身便走，没了。

接下来出来的是武松，抡两口戒刀，直奔将来。卢俊义又来斗武松。

又不到三合，武松又拔步便走。

卢俊义到此时还以为这些人都是斗不过他，跑了。于是哈哈大笑:“我不赶你，你这厮们何足道哉!”

说犹未了，只见山坡下一个人在那里叫道:“卢员外，你如何省得！岂不闻‘人怕落荡，铁怕落炉’？军师定下计策，……你待走那里去?”

卢俊义喝道:“你这厮是谁?”那人笑道:“小可只是赤发鬼刘唐。”卢俊义骂道:“草贼休走!”挺手中朴刀，直取刘唐。

方才斗得三合，斜刺里一个人大叫道:“好汉没遮拦穆弘在此!”刘唐、穆弘，两个人两把朴刀，双斗卢俊义。

又不到三合，扑天雕李应又从后面赶来，三个头领，共斗卢俊义。

卢俊义果然英雄，全然不慌，越斗越健。

正斗之间，山顶上一声锣响，三个头领各自卖个破绽，又一齐拔步去了。

卢俊义斗得一身臭汗，回到林子边，来寻车仗人伴时，十辆车子，人伴头口，都不见了。

卢俊义爬上山岗，四下里打一望，只见远远的山坡下，一伙小喽啰把车仗头口，赶在前面，将李固一干人连连串串，缚在后面，鸣锣擂鼓，解投松树那边去。

卢俊义望见，心如火炽，气似烟生，提着朴刀，直赶将去。

我们来看看，从李逵到刘唐，他们出来时，和卢俊义打话时，都是笑着。而卢俊义则常常是焦躁，直到此时心如火炽，气似烟生。为什么？因为他们是在玩弄卢俊义，而卢俊义则是被他们玩弄。

约莫离山坡不远，只见两拨好汉喝一声道:“那里去!”一个是美髯公朱仝，一个是插翅虎雷横。卢俊义见了，高声骂道:“你这伙草贼，好好把车仗人马还我！”挺起朴刀，直奔二人，朱仝、雷横各将兵器相迎。双方又斗不到三合，两个回身又走了。

为什么都是三合？就是故意这样，气死你。

到此，卢俊义已经被他们玩弄得筋疲力尽，但是，下面还有更狠的。

生为大宋人，死为大宋鬼

第五，羞辱他。

卢俊义舍着性命，赶转山坡，两个好汉，又都不见了。只听得山顶上鼓板吹箫，仰面看时，风刮起那面杏黄旗来，上面绣着“替天行道”四字。转过来一望，望见红罗销金伞下，盖着宋江，左有吴用，右有公孙胜。一行部从二百余人，一齐声喏道：“员外，且喜无恙！”

你看这是多么气人啊。卢俊义一连斗了五场，交手八人，斗得浑身臭汗，而宋江、吴用却在红罗销金伞下，清风习习，还鼓板吹箫，好不逍遥快活！

卢俊义见了，越怒，指名叫骂山上。吴用劝道：“员外且请息怒，宋公明久慕威名，特令吴某亲诣门墙，迎员外上山，一同替天行道，请休见外。”

卢俊义大骂：“无端草贼，怎敢赚我！”

宋江背后转过小李广花荣，拈弓取箭，看着卢俊义喝道：“卢员外，休要逞能，先教你看花荣神箭！”说犹未了，飕地一箭，正中卢俊义头上毡笠儿的红缨。

卢俊义吃了一惊，回身便走。大概到这时，他才领悟到，他的对手是有实力的。

此时，山上鼓声震地，霹雳火秦明、豹子头林冲，引一彪军马，摇旗呐喊，从山东边杀出来。

双鞭将呼延灼、金枪手徐宁，也领一彪军马，摇旗呐喊，从山西边杀出来，吓得卢俊义走投无路。

看看天色将晚，脚又疼，肚又饥，正是慌不择路，望山僻小径只顾走。约莫黄昏时分，走到鸭嘴滩头，只见满目芦花，茫茫烟水。

在水上，卢俊义被阮小二、阮小五、阮小七和李俊又戏弄了一番，最后，被张顺活捉。

于是，进入下一个环节。

第六，哄他。

被活捉的卢俊义被八个小喽啰，用轿子抬上山来。宋江、吴用、公孙胜，带着众头领，二三十对红纱灯笼，动着鼓乐，前来迎接。宋江先跪，后面众头领排排地都跪下。卢俊义亦跪下还礼道："既被擒捉，愿求早死！"

宋江大笑，说道："且请员外上轿。"又把卢俊义抬到忠义堂前，请卢俊义到厅上，明晃晃地点着灯烛。宋江和吴用向前陪话，希望卢俊义上山，共聚大义，一同替天行道。而且宋江便请卢员外坐第一把交椅。

卢俊义今天实在是被他们弄糊涂了，他不知道他们到底要干什么。

不过，他对自己要干什么，却非常清楚，一点也不糊涂。

卢俊义回说："宁就死亡，实难从命。"

次日，宋江杀羊宰马，大排筵宴，请出卢员外来赴席，酒至数巡，宋江起身把盏，陪话道："夜来甚是冲撞，幸望宽恕。虽然山寨窄小，不堪歇马，员外可看'忠义'二字之面。宋江情愿让位，休得推却！"

又是忠义的招牌，又是梁山第一把交椅的诱惑，但是这一切不能打动卢俊义。

因为，第一，卢俊义本来就是忠义的，他无须通过做强盗来行忠义。

第二，他做北京大名府第一财主，比做梁山第一强盗好。

所以，卢俊义答道："头领差矣！小可身无罪累，颇有些少家私。生为大宋人，死为大宋鬼，宁死实难听从。"

吴用并众头领一个个说，卢俊义越不肯落草。

至此，劝降已经完全无用。

吴用道："员外既然不肯，难道逼勒？只留得员外身，留不得员外心。只是众弟兄难得员外到此，既然不肯入伙，且请小寨略住数日，却送还宅。"

话说得丝丝入扣，天衣无缝，显得非常体谅卢俊义。但其目的，却是要卢俊义体谅梁山众兄弟：大家都想和员外多相聚几日。

卢俊义无法推辞，说道："小可在此不妨，只恐家中老小，不知这般的消息。"

没想到这倒正好中了宋江、吴用的计策。吴用道："这事容易，先教李固送了车仗回去，员外迟去几日，却何妨？"

于是吴用安排李固等人带上车子行李，先回家报告平安。留卢俊义在山上和兄弟们再聚几日。

吴用亲自到金沙滩送李固，对李固说道："你的主人，已和我们商议定了，今坐第二把交椅。"并且告诉李固，卢俊义未曾上山时，预先写下四句反诗，在家里壁上。这四句诗，包藏“卢俊义反”四字。所以，你们休想望你主人回来！

就这样，轻描淡写的几句，就把卢俊义的后路断了。

而卢俊义还蒙在鼓里。

蒙在鼓里的卢俊义，何时才能醒悟？

醒悟过来以后，他又如何选择？

十三 老大归位

宋江把位子让来让去，一是因为他骨子里的自卑，二是要让众兄弟感到他并不贪恋寨主之位。

用心险恶，鹊巢鸠占

宋江、吴用设计把卢俊义捉上了梁山，然后哄骗他要拉他上山入伙，遭到卢俊义的坚决拒绝。于是，宋江、吴用实行第二套方案，故意放卢俊义的管家李固回去，并且骗李固说卢俊义已经入伙并坐了第二把交椅，绝不会再回去。

李固本来就和卢俊义的娘子有私情，巴不得卢俊义不回来。所以，他回去后，干了两件事：

第一，和原来就有了私情的卢俊义娘子做了一路，半公开地做了夫妻，卢俊义的家没了。

第二，这对男女又到官府告发卢俊义造反，藏头诗就是重要物证。卢俊义的国也没了。

而在梁山的卢俊义对此一无所知。接下来，他又要应付一轮车轮大战：为了给李固散布卢俊义造反留够时间，为了让卢俊义上了梁山坐了第二把交椅显得更像，梁山必须让卢俊义留在山上足够长的时间。为此，在宋江、吴用的安排之下，山上、山下各寨头领，软磨硬泡，软硬兼施，都来做东，请卢俊义吃酒。宋江请了吴用请，吴用请了公孙胜请。三十余个上厅头领，每日轮一个请，这就消磨了一个多月。

卢俊义度日如年，宋江假意置酒送别，李逵大叫道："我受了多少气闷，……却不容我饯行了去？我和你眉尾相结，性命相扑！"

吴学究大笑道："不曾见这般请客的。我劝员外鉴你众人薄意，再住几时。"不觉又过了四五日。

卢俊义坚意要行，只见神机军师朱武，将引一班头领直到忠义堂上，开话道:“我等虽是以次弟兄，也曾与哥哥出气力，偏我们酒中藏着毒药?卢员外若是见怪，不肯吃我们的，我自不妨。只怕小兄弟们做出事来，悔之晚矣。”

吴用起身便道:“你们都不要烦恼，我与你央及员外，再住几时，有何不可?常言道:‘将酒劝人，本无恶意。’”

吴用这句话几乎是不打自招。**劝留卢俊义，拖延时间，总是众头领唱白脸，吴用唱红脸，一硬一软，一吹一拍，一打一拉，所有的请客吃饭，劝酒致敬，全是计谋，全是陷阱，全是恶意。卢俊义在山上被软禁了两个多月（百回本说四个月）。宋江、吴用知道卢俊义已是无家可归，才放他回家。然后，这两个恶人，就等着卢俊义九死一生再回来了。**

果然，回家的卢俊义被自己的老婆和李固告发，被官府缉捕归案，在大堂之上，两个人又一口一声地做证卢俊义谋反，并要求卢俊义认罪。公堂之上的那些做公的，全都受了李固的银子，一定要卢俊义死。在严刑拷打之下，卢俊义屈打成招，带上死囚枷，被关进死囚牢。

李固的银子，就是卢俊义的银子啊。

现在，卢俊义的一切，都是李固的了，包括老婆。

出来混，迟早是要还的

卢俊义为什么弄到这样悲惨的下场?

当然是宋江、吴用害的。但是，他自己也有责任。

他太自信，太自负，太自大，太骄傲，太不知天高地厚了。

当初，吴用用算卦骗他，他决定去东南方。

燕青告诉他，梁山泊有强人，卢俊义豪气冲天，说:“梁山泊那伙贼男女打甚么紧，我观他如同草芥，兀自要去特地捉他，把日前学成武艺显扬于天下，也算个男子大丈夫!”

到了离梁山不到二十里路时，卢俊义在一家小酒店，取出四面白绢旗，问小二哥讨了四根竹竿，每一根缚起一面旗来，每面栲栳（俗称笆斗）大小几个字，写道：

> 慷慨北京卢俊义，远驮货物离乡地。一心只要捉强人，那时方表男儿志。

原来，他是特地要来捉梁山好汉和宋江的!

单枪匹马，要扫荡梁山。并且，此前，会武功的燕青提出要同行，以便保护，他还坚决拒绝，好像不这样就不能显示自己是孤胆英雄似的。

李固和脚夫们都吓呆了，哭着哀求，卢俊义喝道："你省得甚么！这等燕雀，安敢和鸿鹄厮并！我思量平生学得一身本事，不曾逢着买主，今日幸然逢此机会，不就这里发卖，更待何时！我那车子上叉袋里，已准备下一袋熟麻绳，倘或这贼们当死合亡，撞在我手里，一朴刀一个砍翻，你们众人，与我便缚在车子上。撇了货物不打紧，且收拾车子捉人。把这贼首解上京师，请功受赏，方表我平生之愿！若你们一个不肯去的，只就这里把你们先杀了！"

你看这番话，把梁山好汉，一起比作燕雀，而把自己比作鸿鹄。而且，他是个生意人，竟然把到梁山来捉人，当成是来收货的，然后带到京师，卖给朝廷。

那四面旗子上的诗，金圣叹的本子是这样的：

慷慨北京卢俊义，精装玉匣来深地。太平车子不空回，收取此山奇货去。

金圣叹这一改，确实感觉更好一些，更能显示出英雄卢员外此时踌躇满志的样子。

他太自负了！

要知道，梁山此时，有头领八十八个，就算你卢俊义不了解那些来自江湖的高手，但其中像林冲、呼延灼、秦明都是从朝廷中来的一流高手，怎么都成了燕雀了呢？

这卢俊义，太自大！

接下来就更可笑，他带着十辆大车进山了，真的像是收山货的一样。前面摆四辆车子，上插了四把绢旗；后面六辆车子，随从了行。

那李固和众人，哭哭啼啼，行一步，怕一步，卢俊义只顾赶着要行。从清早起来，行到巳牌时分（上午十点钟左右），远远地望见一座大林，有千百株合抱不交的大树。恰好行到林子边，只听得一声呼哨响，前面出现四五百小喽啰拦住去路，后面又一声锣鼓响，又出现四五百小喽啰拦住退路，李固和两个车夫都躲在车子底下叫苦。卢俊义喝道："我若搠翻，你们与我便缚！"

几个人，要和上千人对阵，还要捉拿他们回去领赏，这简直是笑话了。

这样的狂妄，也该宋江、吴用玩玩他，戏弄戏弄他，羞辱羞辱他。

可是，即使被梁山活捉，又被软禁了两个多月，他仍然没有一点自惭和收敛。

他在山上待了两个多月，回到北京，尚有一里多路，碰到燕青，此时的燕青头巾破碎，衣衫褴褛，卢俊义差点没认出来。燕青告诉他家中的变故，卢俊义竟然不信，喝道："我的娘子不是这般人，你这厮休来放屁！"燕青又道："主人脑后无眼，怎知就里？主人平昔只顾打熬气力，不亲女色。娘子旧日和李固原有私情，今日推门相就，做了夫妻。主人回去，必遭毒手！"卢俊义大怒，喝骂燕青道："我家五代在北京住，谁不识得？量李固有几颗头，敢做恁般勾当！莫不是你做出歹事来，今日倒来反说！我到家中问出虚实，必不和你干休！"燕青痛哭，拜倒地下，拖住主人衣服。卢俊义一脚踢倒燕青，大踏步便入城来。

正是这最后的傲慢和自信，把他送到了死囚牢里。

卢俊义的前半生，太顺遂了。

太顺遂的人，往往太自信太自负，甚至狂妄自大，不知天高地厚。

卢俊义的后半生，太坎坷了。

这一怪宋江、吴用，二怪自己。

一为他人陷害，一为咎由自取。

前半生太顺遂，如同人生的超支。

超支了，总要还的。

小人不知悔改，《水浒》不怕重复

在死囚牢里，一边是李固给上上下下使银子要卢俊义死，一边是梁山使银子要卢俊义活。李固的银子是五百两，梁山的银子是一千两。一千两超过五百两，结果是判决卢俊义脊杖四十，刺配沙门岛。

讲到这里，有两个小人的下场我们交代一下，以便让人们知道，小人虽然聪明绝顶，虽然看起来处处得手，但最终是难逃身败名裂的下场。

哪两个人呢？就是董超、薛霸。

他俩曾经在开封府做公人，押解林冲去沧州，路上害不得林冲，回来被高太尉寻事刺配北京。梁中书因见他两个能干，就留在留守司勾当。今日又差他两个监押卢俊义。

当初押解林冲，两人临行前受了陆虞候的银子，路上要害林冲。现在，两人临行前又受了李固的银子，又要在野外杀害卢俊义。整个过程和当初押解林冲时一样，先是接受银子，接下任务，然后是在路上想方设法折磨卢俊义，用开水烫伤卢俊义的脚，到一个僻静的林子里假装要睡一睡，假装怕卢俊义跑了，骗着把卢俊义绑到了树上。然后，对卢俊义说的话和当初对林冲说的都一样，卢俊义的表现也和林冲一样，泪如雨下，低头受死。然后，还是薛霸两手拿起水火棍，望着卢员外脑门上劈将下来。

一切都一样！

为什么《水浒》作者不怕重复？

是《水浒》作者写不出新意吗？

不是。是《水浒》作者要写出小人还是小人，小人不知悔改，小人还是那个样！

小人不知悔改，作者就不必改写。

小人不知悔改，害人手法一点不差。

苍天公道仁慈，因果报应一丝不爽。

《水浒》的作者接着这样写着两个小人的下场：

薛霸两只手拿起水火棍，望着卢员外脑门上劈将下来。董超在外面望风，只听得一声扑地响，慌忙走入林子里来看时，卢员外依旧缚在树上，薛霸倒仰卧树下，水火棍撇在一边。董超道："却又作怪！莫不是你使得力猛，倒吃一交？"仰着脸四下里看时，不见动静。再一看，薛霸口里出血，心窝里露出三四寸长一枝小小箭杆。却待要叫，只见东北角树上坐着一个人。还没看清，只听得叫声："着！"撒手响处，董超脖颈上早中了一箭，两脚蹬空，扑地也倒了。

前面的文字，和林冲的完全一样。

后面的结局，和林冲的完全不一样。

这次，来救卢俊义的，不是鲁智深，而是燕青。

燕青用的不是重六十二斤的水磨禅杖，而是仅仅三四寸长的一枝小小短箭。

够了，就这样的两支短箭，就可以送这两个一生不知良知为何物的人渣上路了。

天意大概是这样安排的：送这样的两个肮脏的人渣上路，用鲁智深的禅杖，太浪费了，太亵渎了。那就用燕青的短箭吧，这是一次性用品，不必珍惜。

见到出身高贵的，就贱骨头发痒

但是，凭燕青一个人是救不走卢俊义的。何况卢俊义杖疮发作，脚皮破损，走不得路，卢俊义再次被抓。最后，是梁山打下北京，救了卢俊义。

这时卢俊义见宋江，再也没有当初的派头和气势。忠义堂上，卢俊义拜谢宋江道："上托兄长虎威，下感众头领义气，齐心并力，救拔贱体。肝脑涂地，难以报答！"

并且表示："但得与兄长执鞭坠镫，做一小卒，报答救命之恩，实为万幸！"

卢俊义只记得是谁救了他，忘了是谁害的他。

但是，就算卢俊义很明白谁害了他，他此时还具备和宋江、吴用叫板的实力吗？还能鸣冤叫屈吗？

他发现，他面对的，是极其黑暗又极其强大的力量，他根本无法与之抗衡。

他只有隐忍屈服。

读《水浒》，我们会发现：

上梁山之前的卢俊义自负自大。

上梁山之后的卢俊义自知自卑。

自知什么？自知不是宋江的对手。

自卑什么？自卑自己完全被对方挫败。

上梁山之前，卢俊义龙精虎猛，有精神。

上梁山之后，卢俊义丢魂落魄，一派呆气，无精神。

死里逃生的卢员外上山了，完全没有了第一次上山时的神气。

但宋江又要让位给他，卢俊义当然惶恐不敢当。

宋江对卢俊义，已经多次表达要把山寨之主的位子让给他。这事很蹊跷。

第一，卢俊义对山寨无尺寸之功，让位与他，没有任何道理。

第二，宋江此时也没有资格让位给别人，因为这个山寨老大的位子还不是他宋江的，他只是临时代理而已。

在此之前，他甚至也对呼延灼让过位子。

宋江为什么要这样反复让位？

按照他的见识，岂不知呼延灼根本不是领袖之才，卢俊义根本没有群众基础？

那他为什么要反复这样演戏？况且，前人看他给后人演同样的戏，比如呼延灼，看着现在宋江又信誓旦旦地要让位给卢俊义，他心中是何种滋味？

很多人都说这是宋江虚伪，是假惺惺地让，是他的权术。

我觉得，看金圣叹的本子，一定是这样。因为金圣叹极其厌恶宋江，所以，他在很多细节上做了手脚，目的就是要表现宋江的虚伪。

但是，如果看其他的本子，却并不如此，至少并不明显。

我的看法是：宋江把这个位子让来让去，原因大概有两点。

一是宋江骨子里的自卑。他是在官场待过的，见到比他出身高贵的，自然就贱骨头发痒。呼延灼是开国名将呼延赞的子孙，卢俊义是北京大名府第一等长者，身份都比他高贵。一个反证是：宋江就不会和其他名声地位较低的人说这样的话。

二是宋江知道别人不可能接受。山寨中的兄弟们也不可能接受一个新来的什么人做山寨之主。既然如此，反正又让不出去，何妨做出一个姿态，既给对方一个很大的面子，以此打动对方，让对方入伙；又可以向众兄弟表明他并不贪恋寨主之位。

果然，这边宋江再三请卢俊义做山寨之主，那边惹恼了李逵。李逵道："哥哥若让别人做山寨之主，我便杀将起来！"

武松道："哥哥只管让来让去，让得弟兄们心肠冷了！"

这事还得搁一搁。

吴用失算，聪明反被聪明误

而另一件事却不能再搁了。

那就是打曾头市。

这么长时间过去了，早过了百日，但宋江好像真的把曾头市忘了。

但曾头市又自己找上门来了。

还是那个段景住，又跑来报告，他与杨林、石勇前往北地买了二百余匹好马，又被曾头市夺去了。

这下，宋江不打也得打了。

宋江要派卢俊义做前部，吴用担心，如果卢俊义捉得史文恭，宋江不负晁盖遗言，会让位与他。因此，吴用力主叫卢员外引领五百步军，平川小路听号。没想到聪明反被聪明误，史文恭逃出主战场，恰好撞着卢俊义，真的被卢俊义活捉了！

这就有了大问题，按照晁盖的遗嘱，卢俊义应该而且必须做梁山之主。

在将史文恭剖腹剜心，享祭晁盖以后，宋江就忠义堂上，与众弟兄商议立梁山之主。

吴用一定为他自己的失算而很懊恼，他说："兄长为尊，卢员外为次，其余众弟兄，各依旧位。"

但是，这肯定是不行的。所以，宋江道："向者晁天王遗言，但有人捉得史文恭者，不拣是谁，便为梁山泊之主。今日卢员外生擒此贼，……正当为尊，不必多说。"

这里有一个问题，要特别说明一下。

因为金圣叹特别讨厌宋江，所以，在宋江做老大这个问题上，他可以说是处处埋汰宋江。他按照自己的想法，大肆改动《水浒传》，以至于把宋江的形象丑化得狗彘不食。**我以前说过，读《水浒》的前七十一回，金圣叹的本子最好，绝大多数他改动的地方，都更合理、更生动、更形象、更深刻。**

但是在讲宋江的时候，我基本上不采用金圣叹的本子，因为他的倾向性太明显了，他几乎重新塑造了一个宋江。如果按照金圣叹的本子来讲宋江，那我们讲的就是金圣叹的宋江而不是施耐庵的宋江了。

我认为，宋江不可能不想做老大，这与他的好做主张的性格有关。所以，他几次三番要让出老大的位子，虽然不能说是他虚伪，但至少他并非完全真诚。

因为，宋江完全知道以下四个"不可能"：

第一，不可能有人比他更适合这个位子；

第二，不可能有人比他更有资格接受这个位子；

第三，不可能有人比他更能代表和维护大家的利益；

第四，不可能有人比他更受到拥戴。

这四个"不可能"，不仅宋江知道，梁山上的所有人都知道。

梁山五大票仓，倾向性明显

在宋江、卢俊义推来推去的时候，一个最关键的人物，梁山三号人物吴用，始终站在宋江这边。吴用劝道："兄长为尊，卢员外为次，人皆所伏。兄长若如是再三推让，恐冷了众人之心。"

不仅表明了自己的立场，还俨然以民意代表的身份说话。其实，他早已给众人使眼色，要大家表态。

黑旋风李逵大叫道："我在江州舍身拼命，跟将你来，众人都饶让你一步。我自天也不怕！你只管让来让去，做甚鸟！我便杀将起来，各自散伙！"

武松也发作叫道："哥哥手下许多军官，受朝廷诰命的，也只是让哥哥，如何肯从别人？"

刘唐便道："我们起初七个上山，那时便有让哥哥为尊之意，今日却要让别人！"

鲁智深大叫道："若还兄长推让别人，洒家们各自撒开！"

假如可以投票来解决问题，我们可以简单分析一下梁山上的几大票仓。

第一大票仓：宋江嫡系票仓。包括清风山、对影山那边来的九人，江州来的十六人，郓城县来的朱仝、雷横、宋清。这些毫无疑问都是支持宋江的。

第二大票仓：朝廷降将票仓。代表人物：关胜、呼延灼。这些人，正如武松分析的："也只是让哥哥，如何肯从别人？"

第三大票仓，各路山头票仓。二龙山来的，鲁智深、武松、杨志为代表，同时，白虎山、桃花山、少华山、芒砀山等，这些人的态度，从武松、鲁智深的话里，就可以知道，他们完全站在宋江这边。

第四大票仓：梁山元老票仓。包括吴用、林冲、刘唐、三阮以及王伦时期的人员。他们的态度，吴用、刘唐也已经表白。

第五大票仓：零星票仓。主要是一些零星入伙者。他们投奔而来时，很多人是冲着宋江来的，至少，与卢俊义无关。

卢俊义的票仓在哪里？

他只有一个贴心的人：燕青。

甚至，连燕青都不会投卢俊义的票，他也不会让卢俊义出来当老大，因为凭他的聪明，他一定知道，如果那样他的主人会死得很难看。

当然，卢俊义自己也不会投自己的票，除非他不想活了。

修改"宪法"，化解危机

宋江见卢俊义不愿接受位子，众人不愿接受卢俊义，又提出一个办法：他和卢俊义分别带兵去打东平府和东昌府。先打破城子的，便做梁山泊主。

宋江果然厉害。

晁盖遗言的难题终于解决了。

这个解决的方法，就是把晁盖的遗言丢弃到一边，另外确立一个合法性程序。

这相当于通过修改“宪法”，来修改法律程序，实现自己的目的。

到这时，我们说，打下两座州府，可为梁山积累粮草。当然，如果有降将，还可以为梁山积聚人才。

至于梁山泊主的位子，一定与此无关了。

理由太一目了然了：

第一，卢俊义会积极用兵，抢在宋江之前打下州府吗？他没有那么笨。他只会消极怠工，等宋江先打下东平府再说。

第二，跟随卢俊义的那些头领们，会积极帮助卢俊义先打下东昌府吗？他们没有那么笨。他们也一定会消极怠工，等宋江打下东平府再说。

吴用就分配在卢俊义这边，但是，他接到宋江的战况通报信，就连夜来到宋江处，帮宋江出主意，然后再回卢俊义那里。而在卢俊义那里，根本不见他出过什么主意。

既然如此，结果也就很自然：宋江先打下了东平府，顺天应人般地坐上了老大的位置。

这个晁盖留下的梁山大危机，终于化解。

那么，终于名正言顺做了老大的宋江，会带着梁山走向何方？

十四 大结局

天罡地煞，散了，死了，埋了，都没了；谗臣贼子，一个一个还在朝廷作奸作恶，作威作福。

装神弄鬼，排定座次

宋江历经多次曲折，终于妥善地解决了继位的合法性问题，顺利地登上了老大之位。

但是，此时梁山大小头领已有一百零八员，一个很大的问题必须马上解决。

这是一个新问题，也是一个老问题，更是一个棘手的问题。

这么多的兄弟，如何排定他们的座次？如何排出来以后，大家都心悦诚服？

一碗水尚难以端平，一百零八碗水，如何端平？

宋江端不平。可以说，没有人能够端平。

没有人能够端平，那就让神来端！

最终，宋江、吴用装神弄鬼，假造一个石碣，偷偷埋在地下，然后再当着大家的面挖出来，再买通一个装神弄鬼的道士，让他把石碣上的鬼画符般的蝌蚪文字——也就是所谓的代表天意的天文——翻译出来，上面竟然是一百零八人的姓名、星宿名和排行座次。

大家一一心悦诚服。看着这些神秘的蝌蚪文字，众人皆道："天地之意，物理数定，谁敢违拗！"

一个如此棘手的问题，被如此简单地解决了。

宋江再一次显示了他的智慧。

梁山泊忠义堂上，在宋江的带领下，大家一齐跪在堂上，誓曰："但愿共存忠义于心，同著功勋于国。替天行道，保境安民。神天鉴察，报应昭彰。"

再不是什么大碗喝酒大块吃肉了，而是为国立功，保境安民。梁山有了新的宗旨，好汉有了新的境界，人生有了新的目标。

但是，一伙占据山头的草寇强盗，本来就是叛朝廷违国法的，他们如何去著功勋于国，如何保境安民呢？

这是宋江要解决的又一个问题。

其实，这个问题，他早就有了答案，那就是：招安。

他已经在一些非正式场合表达过这样的思路，但是，他还需要正式提出这样的主张，并争取获得大家的支持。

宋江觉得他应该寻找一个机会，在公开场合提出这个主张，试探试探大家的反应。

人生在世，站在哪里不是深渊？

这一年的重阳节来了，宋江觉得这是一个好机会。

宋江叫宋清安排大筵席，会众兄弟同赏菊花，唤作菊花之会。马麟品箫，乐和唱曲，燕青弹筝，众头领语笑喧哗，觥筹交错，开怀痛饮。不觉日暮，宋江大醉，叫取纸笔来，乘着酒兴，作《满江红》一词。写毕，令乐和单唱这首词，道是：

> 喜遇重阳，更佳酿今朝新熟。见碧水丹山，黄芦苦竹。头上尽教添白发，鬓边不可无黄菊。愿樽前长叙弟兄情，如金玉。
>
> 统豺虎，御边幅。号令明，军威肃。中心愿，平虏保民安国。日月常悬忠烈胆，风尘障却奸邪目。望天王降诏早招安，心方足。

上阕先写此时此刻的情景，陈述兄弟情谊，这是在表达此时大家的共同情怀。但是，在下阕，宋江就悄悄地加进了自己的私货：

“统豺虎，御边幅”是写他的得意与权力；

“平虏保民安国”是写他的理想；

“日月常悬忠烈胆，风尘障却奸邪目”是写他的忠诚不能上达天听，不能让皇帝鉴察的委屈；

最后，“望天王降诏早招安，心方足”是写他的最大愿望。

我们看，这下阕所表现的，完全是一个忠臣孝子的情怀，而不再是那个啸聚江湖、网罗豪杰、打家劫舍、冲州撞府的江湖叛逆。

孝义黑三郎的孝义思想，在这个时候，抬头了。

他要借这个其乐融融的场合，悄悄地把自己的想法灌输给大家，实现梁山的和平演变。

但是，没想到，当乐和正唱到“望天王降诏早招安”，只见武松叫道：“今日也要招安，明日也要招安去，冷了弟兄们的心！”

李逵便睁圆怪眼，大叫道：“招安，招安，招甚鸟安！”只一脚，把桌子踢起，颠做粉碎。

宋江大怒，把李逵关了禁闭。接着问武松：“兄弟，你也是个晓事的人，我主张招安，要改邪归正，为国家臣子，如何便冷了众人的心？”

鲁智深不等武松答复，说道：“只今满朝文武，多是奸邪，蒙蔽圣聪，就比俺的直裰染做皂了，洗杀怎得干净？招安不济事，便拜辞了，明日一个个各去寻趁罢。”

这个认识是非常深刻的，说明他对朝廷根本不抱希望。宋江说我们要改邪归正，在鲁智深看来，是朝廷要改邪归正，而且，这个黑暗腐朽的朝廷根本不可能改邪归正。招安以后，梁山好汉包括宋江，在朝廷上根本没有任何力量削弱高俅、童贯、蔡京等奸邪小人的势力，反而在处处委曲求全后，落了个彻底覆灭的下场。这血的事实，证明了鲁智深的远见卓识。

但是，**鲁智深也好，李逵也好，武松也好，他们反对宋江的招安路线，却不能提出自己的主张。**

这不是他们的问题，而是，在那样的时代，这些行侠仗义的好汉们，本来就没有一个安身立命的地方。

再扩而大之，人生在世，哪里有这样的地方呢？套用尼采的一句话，人站在哪里不是深渊呢？

不招安，路在何方？

《水浒传》的主题，有人说是“义”，有人说是“侠”，有人说是农民起义，等等。要我说，就四个字：安身立命。

他们以前都没有安身立命之地，于是找到了梁山；但上了梁山之后却发现，这里还不是最终的安身立命之所。

不招安，梁山一时就没有了方向。梁山就像一艘船，大家都从四面八方汇聚而来，那时，它是大家的方向。

等到大家都上了船，新的问题出现了：这艘船往哪个方向开？

宋江的主意是，往朝廷的方向开，在那儿上岸，带着资本去入股。

李逵也说，往朝廷的方向开，在那儿上岸，但不是带着资本入股，而是干掉他们，取而代之，开独资公司。

但大多数人的意见是：哪儿也不去，就在这儿，咱就开着梁山公司，大碗喝酒，大块吃肉，论套穿衣服，大秤分金银。与朝廷竞争。

宋江的主意，是做官。

李逵的主意，是做皇帝。

大多数人的主意，还是安心做强盗。

做官安心，做皇帝称心，做强盗开心。

做官，按宋江一厢情愿的想法，改邪归正，为国家臣子，当然好。但是，有三个问题。

其一，要与那些他们深恶痛绝的奸邪小人同流合污。

其二，如果不同流合污，正邪不两立，必然被小人陷害。

其三，官场之上，黑幕重重，尔虞我诈，互相倾轧，哪有真正的快乐与幸福？

那么，做皇帝，怎样呢？

做皇帝，当然好极了！李逵一想到这一点就热血沸腾，但是粗鲁的他，根本不知道，凭梁山的力量，显然还不能推翻大宋王朝。

而且，这不仅是一个武力的问题，还涉及道德、道义等问题。将大宋王朝取而代之，梁山还没有足够的道德上的支持。

大宋虽然腐败，但毕竟还不能说是恶贯满盈，它此前积累的政治资源、道德资源等，还没有用完。用一句俗话说，它的气数还未尽。

那么，梁山呢？

首先，我们看看梁山的道德资本。

一个新生力量要攫取国家政权，一定要有道德的积累。

而梁山的道德资本显然不够。

从个体上说，梁山上的一百零八人，真正具有道德光荣的人不多，他们中有很多是流氓、开黑店的、拦路抢劫的、杀人越货的、地方黑恶势力的，还有朝廷叛将。像鲁智深那样的道德楷模和像林冲那样的完全无辜者，不多。

所以，他们的才具、修养、道德水平都显然不足以做“民之父母”，不足以成为新的国家主人。

从集体上说，梁山作为一个集团，在发展壮大的过程中，一方面打家劫舍，一方面招降纳叛，基本上没有道德积累，恰恰相反，是不道德的积累。

其次，我们看看梁山的政治资本。

一个新生力量要获得执政权，一定要有政治上的主张和目标。

梁山恰恰没有政治主张，哪怕历来农民起义都有的那些最简陋的政治诉求，比如“均田地”等等，都没有。

梁山也没有组织机构，他们只有座次，但没有行政组织。

再次，我们看看梁山的文化资本。

一个新生力量要行使国家权力，一定要有相应的文化能力和文化愿景。

而梁山的整体文化水平太低，大多数是文盲，即便是他们中间的高级知识分子，如吴用、公孙胜，也只有术，只有计谋，没有哲学思想、政治思想；他们只有破坏的能力，却缺乏建设的蓝图。这样的一群人，做一个军事上的反对派还可以，做一个政治上的反对派都还很勉强，更不用说自己去执政了。

结论：梁山不可能管理一个国家，做不成皇帝。

那就继续做强盗，怎么样？

做强盗，也不行。

一是总不能一辈子做强盗。梁山好汉中，起主导作用的那些人，本来就并不甘心做强盗。这种玷污父母遗体、留下骂名、让子孙无路可走的强盗名分，是大多数梁山好汉不愿接受的。做强盗是被逼无奈的一时选择。

二是任何一个生命，从植物到动物，到社会组织，都不可能在某种不变的状态下长期生存，水放长了会臭，空气隔绝久了会浊，木头放久了会蛀。万物都只有在变化发展中才能生存下去。

三是朝廷也不会长期坐视不管，让你梁山强盗店一直开下去。

四是梁山好汉也会英雄老去，这些英雄大多数又都没有妻室后代，否则还可以生下小强盗，到老强盗廉颇老矣时，小强盗接班，养活老强盗。

所以，即使从养老的角度说，做强盗也只能是一时的权宜之计。

花了大价钱，见了名妓李师师

于是，宋江要招安。招安就是退而求其次：不求推翻现政权，自己做主人，只求在现政府中获得一些地位与承认，从而为这帮杀人放火的兄弟们谋一个前程，找一个安身立命之地。

借用犯罪学上“洗钱”的概念，招安就是“洗人”，使强盗变为合法的人。

“要做官，杀人放火受招安”，这是宋人的俗语（“若要官，杀人放火受招安”语出宋代庄绰《鸡肋编》），它说明了“洗人”的过程：杀人放火（做强盗——实际上是积累资本，如同洗钱之前的非法聚财）——招安——做官。从强盗变为官，中间的必要环节就是招安，经过招安这一环节，强盗的污垢洗去了，就可以变成官了。

当然，宋江的招安思想里，还有一层幻想：那就是进入体制以后通过自身的力量改变体制现状，清除小人。这是由体制外的反贪官变为体制内的反贪官。

他对大家说：“今皇上至圣至明，只被奸臣闭塞，暂时昏昧，有日云开见日，知我等替天行道，不扰良民，赦罪招安，同心报国，青史留名，有何不美！因此只愿早早招安，别无他意。”

但是，结果呢？“当日饮酒，终不畅怀。席散，各回本寨。”

大家不高兴。

看来，宋江要招安，还有一段路要走。

这段路实际上分两个阶段：

第一，内部统一思想——大家愿意招安。

第二，外部做好工作——朝廷同意招安。

而这两点，条件都还不成熟。

宋江原来的想法，当然是先做好内部工作，但是，重阳节这一幕让他明白，还急不得。连吴用都没有站出来支持他。

但是，宋江明白，现在梁山上的兄弟组成，已经发生了很大的改变。

来自朝廷的降将，和来自官场的官吏，以及地主、财主、地方名流占到了一半。问题还不在于数量而在于分量：无论在天罡星中，还是在地煞星中，来自朝廷的降将都占据了较前的名次，成了梁山的实际掌控者。他们一般较有文化，较有见识，较有眼界，所以，他们自然而然就有了话语权。

而其他文化水平较低的群体，原先社会地位较低的群体，实际上，最终是被形势裹挟的。形势一变，他们会随之而来。

宋江当然明白这一点。所以，他决定干脆跳过内部问题，去创造形势——创造出一种招安的外部形势。

做内部工作，他利用重阳节。

做外部工作，他利用元宵节。

他要在元宵节这一天去东京看灯。哪里是看灯？是看机会。

重阳节做兄弟们的工作，他写了一首词。

元宵节做皇帝的工作，他也写了一首词。

到了东京，花了大价钱，见了名妓李师师。为什么要见李师师？倒不是为了风流，而是李师师此时正和当今皇上打得火热，宋江要借李师师的枕头，向皇上吹吹风。

在李师师家，宋江乘着酒兴，索纸笔，磨墨浓，蘸笔饱，拂开花笺，写下一首乐府词：

> 天南地北，问乾坤何处可容狂客？借得山东烟水寨，来买凤城春色。翠袖围香，绛绡笼雪，一笑千金值。神仙体态，薄幸如何消得？
>
> 想芦叶滩头，蓼花汀畔，皓月空凝碧。六六雁行连八九，只等金鸡消息。义胆包天，忠肝盖地，四海无人识。离愁万种，醉乡一夜头白。

显然，宋江通篇都在暗示自己的忠肝义胆，以及不被朝廷赏识的苦闷。正在这时，有人来报，皇帝来了。宋江胆大包天，不仅没有赶紧溜走，反而和柴进、燕青躲在暗处观察，甚至要闯出来，当时就要皇帝一封诏书。三人在黑影里商量，门外的李逵闹将起来，结果是不仅吓得宋江和柴进、戴宗先赶出城，连本来要到李师师处一夜风流的徽宗皇帝也惊得一道烟走了。

这次行动以失败而告结束。

李逵的行动让宋江认识到，内部问题不解决，还真的不行。

没条件，谁投降啊！

但是，他没有想到的是，这次李逵元夜闹东京，以及他接下来的大闹寿张县，倒真的惊动了朝廷。朝廷还真的就派了殿前太尉陈宗善来招安了。这真让宋江喜出望外。

但是，这次招安又失败了。

原因有二：

第一，梁山这边反对招安的人太多。李逵、三阮等不用说了，关键人物吴用就暗中反对，并且暗中做了手脚。连朝廷降将都不看好这次招安，都有疑虑。

第二，朝廷那边执掌大权的蔡京、高俅反对招安。朝廷的诏书，一句安慰之言都没有，一点好处也没有，反而是严词斥责，威吓逼迫。最后是阮小七偷喝了御酒，李逵扯碎了诏书。刘唐、鲁智深、武松、史进、穆弘等人一齐发作，四下大小头领，一大半闹将起来，宋江见不是事，赶紧与卢俊义等护送钦差过渡口。

要梁山这一帮豪杰无条件投降，朝廷不了解梁山，也不了解自己。

在此之前，吴用就很冷静地对宋江说："论吴某的意，这番必然招安不成；纵使招安，也看得俺们如草芥。等这厮引将大军来到，教他着些毒手，杀得他人亡马倒，梦里也怕，那时方受招安，才有些气度。"

也就是说，要招安，不是你们朝廷的恩赐，而是我们双方的谈判。

谈什么？谈条件！

用陈佩斯、朱时茂小品中的台词：没条件，谁投降啊？

但是，要让朝廷知道这一点，必须让他们受一点教训。

接下来就是教训朝廷：宋江两赢童贯，三败高俅，甚至直接把高俅活捉上山。

在这样的情形之下，借助李师师的途径，终于达成了朝廷的招安。这次的招安诏书，就有了招降的条件：

> 切念宋江、卢俊义等，素怀忠义，不施暴虐，归顺之心已久，报效之志凛然。虽犯罪恶，各有所由，察其衷情，深可怜悯。朕今特差殿前太尉宿元景，赍捧诏书，亲到梁山水泊，将宋江等大小人员所犯罪恶，尽行赦免。给降金牌三十六面、红锦三十六匹，赐与宋江等上头领；银牌七十二面、绿锦七十二匹，赐与宋江部下头目。赦书到日，莫负朕心，早早归顺，必当重用。

概括起来说，条件有这么几点：

第一，首先承认了梁山好汉不是暴徒，而是素怀忠义之人。

第二，承认了此前他们所犯一切罪恶，都是被迫的。

第三，赦免他们此前所犯一切罪过。

第四，给予相应的物质奖励。

第五，最最重要的，是答应给予重用。

这一条，才是最能打动人心的。那些朝廷降将可以重新做官，那些江湖出身的人，更是由此获得了进身之阶，实现了杀人放火——招安——做官的理想。

有了这一条，宋江做兄弟们的工作就好做了。这次招安，结果是"众人皆拜谢""众皆大喜""满堂欢喜"。

从此，梁山好汉再也不是梁山好汉了，而是朝廷忠臣了。

赴京朝觐以后，宋江与军师吴用、公孙胜、林冲等人又回到梁山泊，祭献晁天王，然后焚化灵牌。山中应有屋宇房舍，任从居民搬拆。三关城垣，忠义堂等屋，尽行拆毁。

梁山没有了。

一场轰轰烈烈，至此冷冷清清。

死了，埋了，散了，都没了

当然，最后的结局还没有到来。

宋江招安以后，为朝廷征大辽、征田虎、征王庆，最后是征方腊。在征方腊时，梁山一百零八位好汉，十去其八。除去旧留在京师的，战死的，病死的，开小差走的，心灰意冷看破世态走的，最后跟着宋江所谓衣锦还乡回到朝廷等待朝廷封官加爵的，只有二十七人。东京百姓看了，皆嗟叹不已。连徽宗皇帝看见宋江等只剩得这些人员，也心中嗟念。

最后，宋江加授武德大夫，楚州（今淮安）安抚使兼兵马都总管。

军师吴用授武胜军（今河南邓县）承宣使。

花荣授应天府（河南商丘）兵马都统制。

李逵授镇江润州都统制。

为什么我特别说明这四位呢？因为其他几位，后来都零落星散，不再相见，这四位，还有一段缘分未尽。

蔡京、童贯、高俅、杨戬四个贼臣，不愿看见宋江等人受封，在皇帝面前搬弄是非，害死卢俊义以后，又给宋江送来毒酒。宋江饮御酒之后，叹曰："我死不争，只有李逵现在润州都统制，他若闻知朝廷行此奸弊，必然再去啸聚山林，把我等一世清名忠义之事坏了。"那怎么办呢？宋江连夜使人往润州唤取李逵星夜到楚州来。

待李逵到来，他竟然也拿毒酒给李逵吃，并在临别之时，直言相告："兄弟，你休怪我！前日朝廷差天使，赐药酒与我服了，死在旦夕。我为人一世，只主张'忠义'二字，不肯半点欺心。今日朝廷赐死无辜，宁可朝廷负我，我忠心不负朝廷。我死之后，恐怕你造反，坏了我梁山泊替天行道忠义之名。因此，请你将来，相见一面。昨日酒中，已与了你慢药服了，回至润州必死。你死之后，可来此处楚州南门外有个蓼儿洼，风景尽与梁山泊无异，和你阴魂相聚。我死之后，尸首定葬于此处，我已看定了也！"言讫，堕泪如雨。

宋江知道，他输了。

他殚精竭虑，要为自己和兄弟们谋一个前程，谋一个出身，谋一个身份。但是，他输了。

现在，他知道，他和他的那些已经死去的众多兄弟一样，只剩下一个虚名。

如果李逵造反，朝廷一定会追夺已经给予兄弟们的那些虚名。那样，他们可真的是输得干干净净了。

他毒死李逵，就是要保住这最后的虚名。

李逵见说，亦垂泪道："罢，罢，罢！生时伏侍哥哥，死了也只是哥哥部下一个小鬼！"言讫泪下，回到润州，果然药发身死。李逵临死之时，嘱咐从人："我死了，可千万将我灵柩运去楚州南门外蓼儿洼，和哥哥一处埋葬。"

吴用到任之后，常常心中不乐，忽一日，梦见宋江、李逵二人，扯住衣服，告知被朝廷毒死一事，吴用醒来，泪如雨下，坐而待旦。次日，便收拾行李，径往楚州来。寻到坟茔，置祭宋公明、李逵，一番痛哭之后，要自杀以追随兄弟。正欲自缢，只见花荣飞奔到墓前，见了吴用，各吃一惊。原来花荣也做了同样的梦，从应天府赶来。于是两个大哭一场，双双悬于树上，自缢而死。最后，都葬于宋江墓侧，宛然东西四丘。

> 莫把行藏怨老天，韩彭赤族已堪怜。一心报国摧锋日，百战擒辽破腊年。
>
> 煞曜罡星今已矣，谗臣贼子尚依然！早知鸩毒埋黄壤，学取鸱夷范蠡船。

天罡地煞，散了，死了，埋了，都没了；谗臣贼子，一个一个还在朝廷作奸作恶，作威作福。

替天行道，替天行道，这样的天，到底有没有道？

网友品读鲍鹏山

◎ 深入浅出！金圣叹的批注寥寥数语，读来是一种趣味；鲍鹏山的解读，更详尽，来龙去脉说得清楚而有趣，更适合现代人读吧。

◎ 写得很客观，真实地还原了《水浒》的历史背景，其实历史有时并不像我们想的那般美好。看看这本书吧，对人性有更多的认识。

◎ 鲍子的书要读，既可了解历史，又可对现代社会启蒙，更有鲍子的思想深度，不可不读。

◎ 借助学者的智慧深刻地读《水浒》，好事一桩；学者有幽默而不失智慧的感悟，获益匪浅。

◎ 这本书，数宋江部分讲得最好，成熟的标准有关于阅人是一个很重要的尺码。值得推荐，特别是对政治很感兴趣的朋友不妨仔细阅读。

◎ 好看的书！书写得很妙，鲍老师观点独特、新颖，讲解透彻、严谨，我很喜欢。一本可读性很强的书！

◎ 此书对人物分析有独到眼光，不拘金圣叹的版本，观点客观，值得玩味……

◎ 新角度，新视野，新见解，对人的心理剖析深刻，读后让人耳目一新，豁然开朗。

◎ 本书更为令人不忍释卷的原因，是作者通过对这几个人物的评点，让我们对世事有所感悟。这些引申的、透彻的分析，不但使我们更好地品读《水浒》，评判人物，更能进一步思考传统文化、体制、人性中隐藏的规则。

◎《水浒》中的故事文本，有思想，有见解，有文化。是本好书。2011年8月的新版《水浒》电视剧天天看，鲍老师的书天天读。比较文学与影视剧的不同，太有意思了。

◎ 爱读《水浒》。经过鲍老师的一番麻辣解读,《水浒》读起来更有趣味了，不只是情节，更涉及人性的层面。感谢鲍老师！期待将《水浒》继续新说下去。

◎ 鲍老师确实是文人中的侠客，我买了鲍老师的不少书，包括签名版的《风流去》《鲍鹏山品水浒》等。喜欢鲍老师针砭时弊、直抒胸臆的风格。希望鲍老师继续努力！

◎《鲍鹏山品水浒》很好，看得让人入迷。因此，爱看《水浒传》的人要读一读。在我看来，这本书有以下几个特点：一是对人物形象分析很透彻；二是对社会黑暗面的揭露、批判极为深刻；三是不落俗套；四是语言精练优美，读来痛快淋漓。

◎ 过去真的认为《水浒》就是打打杀杀，没有真正关注过它的思想性，至多只是认为写得精彩而已。那些耳熟能详的故事自以为已经理解，但听了鲍鹏山老师的讲座，忽然觉得理解得深刻多了，所以听了讲座还想特意买书来看，好好收藏！

◎ 绝对好书。打破以往意识形态的窠臼，从心理、社会等角度全面分析作品、人物。给以中国文化、社会的深刻分析。我是在书店买来读的，后来又搭配看了萨孟武先生的《〈水浒传〉与中国社会》，相得益彰。推荐一起读。

好书不仅告诉我们所不知道的真相，更重要的是告诉我们如何思考，摆脱可笑的束缚。

◎ 鲍老师的这本书不仅是新说，而且是深说，同时也是精说。鲍老师结合《水浒》中的人物用现在的社会心理学、哲学、美学知识，分析他们的性格，使我们大吃一惊，同时也感到无比的欣慰。因为有鲍老师这样一群人，这个社会的正义才能宣扬出来；有鲍老师的分析，我们周围的小人才能显示出来；有鲍老师等人的呼吁，我们这个社会的公民化和社会制度的人性化才能够有所改观。

◎ 作者敏锐的目光和犀利的评判，如同让我们重读了一遍《水浒》。在人物的语言、行为之外，我们看到施耐庵的用心之深和鲍先生的智慧与深邃。从人性的角度来诠释文学作品中的人物，应该说是这本书成功的最主要原因。

数百年来，我们在阅读《水浒》中所呈现的审美“集体无意识”，从此被矫正，打打杀杀的英雄故事背后我们可以看到人性的善恶、挣扎、彷徨、无奈，和我们制度文化基因的点点由来。于是，决定再读一遍《水浒》。这一次，用一颗真诚的心来读，不仅是为了那些个荡气回肠的英雄传奇。

◎ 书刚拿到手上，急不可耐，就用了两三个小时把评述李逵的那一章读完了。真是不错，让我受益匪浅。记得最早读《水浒》的时候，应该是上初中时，懵懵懂懂，稀里糊涂地就读过了。现在想来只觉挺好笑的，只记得了一些打打杀杀的零碎故事和那几个个性鲜明的人物而已，全没有些深刻的感悟。今读了鲍鹏山先生的书，深有体悟,《水浒》有的不只是打打杀杀，或是个人英雄主义，更多的是对人，对事，对当时社会的一种揭露、批判和深切的感悟！

◎鲍鹏山老师通过对几个点睛人物的评论，让我们真切体会到：

其一，那个时代的宋朝不论是官场还是民间，充满了太多欺行霸市，尔虞我诈，人性迷失。如此的大环境，下层官吏都难以生存，更何况普通百姓！

其二，天下有不平事，有产生不平事的人，那就应该有解决这些不平事的人。如果把解决这些事的人喻为英雄好汉，那么作者通过整部著作，不仅向我们展现了英雄好汉之间的性格差异，更为重要的还有人格差异。虽然都是在除暴安良，但是各自所采取的行动以及造成的后果也不尽相同。从中就显示出来境界的高低，这些境界说穿了就是人格魅力。

其三，站在今天的高度来重新审视这些英雄的诞生、发展以及结局，对我们更好地理解和认识《水浒》这部名著有很大帮助。特别是鲍鹏山老师很多寓意深刻的评论，更值得我们好好思考。

◎ 鲍老师的书让我们明白，大多数梁山好汉的道义只是存在于梁山兄弟之间。所谓的“替天行道”也是经不起推敲的。好汉们“劫富”了，但并没有“济贫”，一如晁盖们劫的生辰纲；好汉们也没有基本的道德与正义感，武松可以和杀人越货的张青夫妇结拜；李逵劫法场滥杀无辜。一些人被逼上梁山是因为黑暗的社会制度，还有很大一部分好汉是被梁山逼的，并且还伤及无辜，比如朱仝的上山。从某些意义上来说，梁山泊大部分好汉和黑社会的古惑仔们差不多，有着很多所谓的黑道的潜规则，有着所谓的强盗的职业道德。比如，张青和孙二娘的三不原则：不抢囚犯，不杀僧戒，不掠粉头。鲍老师的评述让人醍醐灌顶，看清了这些所谓英雄豪杰们的古惑仔本色以及世人对他们的盲目崇拜和赞赏。这是那个人治社会时代的无奈，也值得当代人深思。

◎ 听鲍先生讲《水浒》——

翔实的材料，飞扬的文采，平和的心态。

既可得读书之乐，又可得读书之法，收雅俗共赏之效。

叶嘉莹先生认为古诗词阅读应取一种细读法，鲍先生读小说《水浒》

也取了一种细读法。

鲍鹏山讲林冲，最大的好无非两个字：有核。有思想之核，有情感之核。思想之核，是乱自上作；情感之核，是逼上梁山。还似可说：讲清、讲透了两个“W”：1.What——林冲做了什么，说了什么；2.Why——林冲为什么这样做，为什么这样说。

林冲不死，昭昭天理。《水浒》作者对乾道的这种秉持和传承，古今中外卓异的作家莫不如斯。凡执笔者，凡讲述者，都应有如此的自觉。鲍先生讲座元气淋漓，正气凛然。这是鲍先生讲座深入人心的根本所在。物质的时代太需要这种非物质。

谁说鲍鹏山只详不略？十五集只讲林冲一人，略去了多少人和事啊。

“君子只做是非判断；小人只做利害判断”“小人缺失的仅仅只是德行，小人的智力并不低下”。我们的耳中听不到这种智性的话语，多少年了？

《三国》的语言刻板、乏味,《水浒》的语言质朴、有味;《三国》是一种理念的产物,《水浒》是一种情感的宣泄。抓住了《水浒》的语言，就抓住了《水浒》的魂魄，而鲍先生正是这样做的。易中天讲《三国》，讲思想，讲故事；鲍鹏山讲《水浒》，讲情感，讲语言，都是成功的。

讲先秦也好，讲《水浒》也好，鲍鹏山都是那个鲍鹏山。所写所讲，“句句都是自家体贴出来者也”。

鲍先生新说《水浒》。我们，重读《水浒》吧！

出版后记

有人戏称鲍鹏山为“鲍子”。我倒颇以为然。当时，我还在中央电视台《百家讲坛》栏目做编导。先读其书，耳目为之震赫、心灵为之感动，然后认识其人。之后，我和同事诸君策划推出了《鲍鹏山新说〈水浒〉人物》系列电视节目。如今我置身出版业，来出版《鲍鹏山品水浒》一书，似有往事如烟之慨，同时亦有一种难以言说的亲切感。

鲍子是一个性情中人，其人极有趣；其文字极富张力，冷峻中有热度，理性中有激情，常识中有升华。鲍子说话、写作，都不绕弯子，直达事物本质。这不仅是一种能力，更是一种品格。此非品性淳厚，胸有丘壑，且富有见识者，不能如此。

《鲍鹏山品水浒》源于《鲍鹏山新说〈水浒〉人物》系列电视节目，是在两卷本《鲍鹏山新说〈水浒〉》图书的基础上修订而成。本次出版将其合二为一，同时查漏补缺，修正错误；并在正文中以黑体字形式，来凸显作者的睿智评说——因为这正是其品读《水浒》的精华所在。

一部《水浒》大书，古往今来，仁智互见，众说纷纭。鲍鹏山品读《水浒》，独辟蹊径，独树一帜。他从文化、制度、人性等角度解读《水浒》，少讲情节，多讲细节；少说是什么，多讲为什么。他从林冲、武松、李逵、鲁智深、宋江等人入手，突破了对《水浒》故事情节的简单复述，读出了藏于故事背后无比丰富的人性内涵、文化内涵和思想内涵，读出了新的角度、新的观点和新的精彩。显然，与金圣叹、李贽等人主要限于从道德层面来臧否人物相比，《鲍鹏山品水浒》就显得开阔、厚重而深刻，不啻是《水浒》评论方面的重大突破。所以，读《水浒》是人生一大快事，读《鲍鹏山品水浒》更是人生一大快事。人们不仅能够从中获得足够的审美愉悦，而且，还可以从中汲取人性的力量、智慧的力量和思想的力量。这也是我们推出此书的初衷。

赵濑玉先生为本书提供了林冲、武松、李逵、鲁智深、宋江等《水浒》人物的插图。在此，我们深表感谢。此外，我们在书后附录了部分网友“品读”鲍鹏山的评论，以供读者参考。在此我们也请这些网友速与我们联系，以便及时赠送《鲍鹏山品水浒》一书，以表达我们的谢意。

由于编者水平有限，错讹之处在所难免，欢迎方家批评指正。

张佳彬

庚子冬日于玉林里